In seinem Roman ›Etzel Andergast‹ verfolgt Jakob Wassermann die Spuren des jungen Helden, der im ›Fall Maurizius‹ das ungerechte Treiben der Justiz und damit die Unmoral des Bürgertums aufgedeckt hatte. In einer schweren psychischen Krise begegnet Etzel dem erfolgreichen Seelenarzt Joseph Kerkhoven. Die gute Beziehung beider Männer erfährt jedoch eine Wendung, als Kerkhovens junge Frau Marie den Werbungen Andergasts erliegt. Eine komplizierte Dreiecksaffäre entsteht, in der der frühere Rächer selbst zum Verletzer jeden Sittengesetzes, zum Verräter an seinem Retter wird.

Jakob Wassermann wurde am 10. März 1873 in Fürth geboren und starb am 1. Januar 1934 in Altaussee in der Steiermark. Der gelernte Kaufmann wurde später freier Schriftsteller und arbeitete auch als Redakteur beim ›Simplicissimus‹. Mit seinen spannenden, psychologisch-realistischen Romanen und Novellen hatte er eine breite internationale Wirkung. Weitere Werke: ›Caspar Hauser oder Die Trägheit des Herzens‹ (1908), ›Mein Weg als Deutscher und Jude‹ (1921), ›Laudin und die Seinen‹ (1925), ›Der Aufruhr um den Junker Ernst‹ (1926), ›Der Fall Maurizius‹ (1928), ›Joseph Kerkhovens dritte Existenz‹ (1934).

Jakob Wassermann

Etzel Andergast

Roman

Mit einem Nachwort
von Henry Miller

Deutscher Taschenbuch Verlag

Von Etzel Andergast
sind im Deutschen Taschenbuch Verlag erschienen:
Laudin und die Seinen (10767)
Caspar Hauser oder Die Trägheit des Herzens (10192)
Der Fall Maurizius (10839)
Joseph Kerkhovens dritte Existenz (10995)
Das Gänsemännchen (11240)
Christoph Columbus (11504)
Mein Weg als Deutscher und Jude (11867)
Der Aufruhr um den Junker Ernst (12080)
Christian Wahnschaffe (12371)

Vollständige Ausgabe
September 1988
4. Auflage April 2002
Deutscher Taschenbuch Verlag GmbH & Co. KG,
München
www.dtv.de
© Albert Langen-Georg Müller Verlag GmbH,
München · Wien
Mit freundlicher Genehmigung der F. A. Herbig
Verlagsbuchhandlung GmbH, München
Umschlagkonzept: Balk & Brumshagen
Umschlaggestaltung unter Verwendung eines Gemäldes
von Ludwig Find
Gesamtherstellung: Druckerei C. H. Beck, Nördlingen
Gedruckt auf säurefreiem, chlorfrei gebleichtem Papier
Printed in Germany · ISBN 3-423-12960-3

Inhalt

ERSTER TEIL
Joseph Kerkhoven
Die Vor-Welt
7

ZWEITER TEIL
Etzel Andergast
Die Mit-Welt
233

ANHANG
Henry Miller
Maurizius forever
611

ERSTER TEIL

Die Vor-Welt
Joseph Kerkhoven

»Denk ich an Deutschland in der Nacht...«

Erstes Kapitel

Obschon ich mir bewußt bin, daß die im folgenden erzählten Vorgänge nichts von einer weltbewegenden Katastrophe an sich haben, bin ich doch der Meinung, daß sie beträchtlich in das Leben der Epoche eingreifen; vielleicht stellen sie sogar einen wichtigen Teil jenes Verlaufs dar, den man die innere Geschichte der Menschheit nennen könnte, ein im ganzen genommen wenig erforschter Bezirk. Und wenn die Ereignisse den stürmischen Gang vermissen lassen, der einen solchen Anspruch in den Augen der meisten erst zu rechtfertigen vermag, so ist es möglicherweise die Tiefe, in die sie hinabreichen, wodurch sie den Mangel ausgleichen. Es gibt auch im privatesten Dasein keine Veränderung, die nicht von den größten Wirkungen begleitet sein könnte. Unter Umständen ist es die Minierarbeit einer Kolonie von Mäusen, die einen Berg zum Einsturz bringt.

Der Kreis, den ich zu umschreiben habe, bedeckt eine so ungeheure Fläche, und die Personen, deren Geschicke sich innerhalb seiner Peripherie erfüllen, sind so verschiedenartig und vielschichtig, daß ich schlechterdings daran verzweifle, im einzelnen zu Bild und Figur zu gelangen. Ich muß mich damit abfinden, selbst auf die Gefahr hin, daß mir das Chaos über dem Kopf zusammenschlägt. Ob Figur oder nicht Figur, daran ist zunächst nichts gelegen. Wenn das Element, in dem sie entsteht oder entstehen soll, so stürmisch erregt ist, daß es immer wieder ihre Form und ihren Umriß zerstört, muß man vielleicht seine Aufmerksamkeit mehr auf die Natur der Widerstände richten und erst im Kampf gegen sie die charakteristischen Verschiedenheiten der Individuen festhalten, etwa wie man bei einem Waldbrand rings um ein gefährdetes Anwesen Erdwälle aufschaufelt. Viele behaupten, die Unverwechselbarkeit der Bildung, die man Gestalt nennt, bedeute nichts mehr gegen die Übermacht der Dinge und den Geist der Masse. Am Ende haben sie recht, und es ist unmöglich geworden, aus der einmaligen Art eines Menschen ein gültiges Zeugnis zu schöpfen für seine Zeit und seine Welt. Aber die Entscheidung darüber liegt weder bei ihnen noch bei mir, da walten Gesetze, die zu geheimnisvoll sind, als daß unser kurzer Sinn sie ergründen könnte. Ich weiß nur so viel: der Mensch ist das Dauernde, und aus der Menschenwelt kann ich nicht heraus, sie hängt mir an und umgibt mich wie der Sandhaufen das Sandkorn.

Die Unausweichlichkeit, mit der Irlen seit dem Tage seiner Landung in Europa nach allen möglichen Umwegen und Verzögerungen schließlich zu der Begegnung mit Joseph Kerkhoven geführt wurde, gab ihm später oft zu denken. Je nachdem man metaphysisch gestimmt war, konnte man es Zufall oder Fügung nennen, Instinkt oder Schicksalswillen, es war jedenfalls für ihn wie für Kerkhoven von einschneidender Lebensbedeutung.

Im August 1913 landete er mit einem vom Kongo kommenden Dampfer in Genua. Acht mitgebrachte Kisten enthielten Sammlungen. Er übergab sie einem Spediteur zur Weiterbeförderung nach Deutschland und ließ sie an seine Mutter, Frau Senator Irlen, adressieren. Zugleich schickte er ihr eine Depesche: Seereise glänzend überstanden, komme nächste Woche; dann setzte er sich in den Blauen Zug und fuhr nach Paris.

Warum das? Warum nicht nach Hause? Erstens war dies Zuhause ein wenig fraglich. Bei seiner Abreise von Dresden vor zwei Jahren hatte er seine Wohnung aufgegeben und die Möbel in das Haus der Mutter schaffen lassen, die damals in der Nähe von München wohnte. Vor einigen Monaten war sie, einem ihrer plötzlichen Entschlüsse gehorchend, nach der mitteldeutschen Universitätsstadt übersiedelt, wo ihr Enkel Ernst Bergmann lebte, sein Neffe also, der sich dort als Privatdozent der Philosophie habilitiert hatte. Er bewohnte mit seiner jungen Frau und einem einzigen Kind eine geräumige Villa, deren Erdgeschoß er schon immer für die Großmutter freigehalten hatte und wo auch der zurückgekehrte Irlen, wenn ihn nicht andere

Pläne daran hinderten, alle Bequemlichkeit und Ruhe finden konnte, die er sich nach so vielen Beschwerden vermutlich wünschte. So hatte er ihm in einem etwas trockenen und korrekten, dabei außerordentlich respektvollen Brief geschrieben. Aber Irlen hatte augenblicklich geringe Neigung, sich in provinzstädtisches Leben zurückzuziehen, das vielleicht trotzdem störende Anforderungen an ihn stellte.

Diese Überlegungen hätten ihn aber nicht allein zu dem launenhaft scheinenden Entschluß veranlassen können. Er hatte Angst, sogleich nach Deutschland zu gehen. Es war ein Gefühl in ihm, als müsse er zuerst einmal Vorposten beziehen. Er war auf den Eindruck, den ihm Europa machen würde, ungeheuer gespannt gewesen. Er empfand Europa als einheitliches Gebilde, will sagen, in seiner umgewandelten Vorstellung in der Ferne war es nach und nach in ein solches verschmolzen. Er wollte die Probe machen. Gab es eine Möglichkeit, für diese halb geistige, halb sehnsüchtige Konstruktion Stützen zu finden, so war, dünkte ihn, Paris der einzige Ort dafür. Er liebte Paris, er liebte Frankreich. Deutschland war in ihm, ja, er hätte beinah in anderssinniger Abwandlung eines berühmten Wortes sagen können: Deutschland bin ich. Aber das war nicht das wirkliche Deutschland, es war ein geträumtes. Vor dem wirklichen eben hatte er Angst. Das ging weit zurück, war unlöslich mit seinem Charakter und seinem Leben verwoben.

Er verbrachte einen Vormittag im Louvre, den Nachmittag bei den Bücherantiquaren auf dem Linken Ufer, schlenderte über die Boulevards, saß zu den Mahlzeiten in stillen, kleinen Tavernen, immer mit dem Bewußtsein: hinter mir Wildnis, gewaltig Unvergeßbares, Urwelt, Urwald, Urmensch. War er nicht fast erneuert oder doch verwandelt daraus hervorgegangen, weiser, wissender, erfahrener, gehärteter? Voller erschloß sich nun die gehütete und geschichtlich geschichtete Welt, ergriffener schaute er die vertrauten Dinge an, die erlauchten Werke, die gepflegten Gärten, die Dome, Paläste und alten Gassen. In der Stimmung gesammelten Selbstbesitzes, der zugleich Hingegebenheit ist, merkte er nicht, daß er allenthalben auffiel durch seine imposante Gestalt, die kaffeebraune Gesichtsfarbe und die jünglinghafte Geschmeidigkeit seiner Bewegungen und seines Ganges, die in überraschendem Gegensatz zu dem mit Silberfäden untermischten, aus der mächtigen Stirn in peinlicher Glätte zurückfließenden Haar stand. Er sah aus wie ein hoher Marineoffizier in Zivil, der so lange auf See war, daß ihm das feste Land auf Schritt und Tritt erstaunlich und neu ist. Es kam vor, daß ihn ein halbes Dutzend Gassenjungen verfolgte, um ihn neugierig anzustarren. Dann lächelte er bloß geduldig, nach Art der Riesen, die gegen die Zwerge von traditioneller Gutmütigkeit sind.

Die ungeheure Stadt war wie ein Wesen, das mit einer vernehmlichen Stimme sprach. Wer aufmerksam lauschte, dem verkündete sie etwas von der Seelenverfassung des ganzen Kontinents, der Bluttemperatur und der Geistesstimmung seiner Völker. Lange Einsamkeit und Sammlung hatten Irlens Nerven befähigt, auf die feinsten Schwingungen dieses bewegten Organismus zu antworten. Was er zu spüren glaubte, wenn er die Zeitungen las oder die durch die Straßen flutende Menge beobachtete oder nachts bei offenem Fenster in die brausende Dunkelheit hinaushorchte, entzog sich jeder Benennung, war aber beunruhigend wie Meldung von Gefahr. So intensiv wird es nur von dem empfunden, der fremd unter den Menschen ist. Einzelnes Schicksal ist ausgelöscht, und die Gesamtheit bekommt etwas von einer schlagenden Glocke. Vor der Reise zum Kongo war Paris Irlens letzte Station gewesen, jetzt war es die erste; beide Male war es wie Ausschau von einem Wartturm, damals nach rückwärts, heute nach vorwärts. Damals war er vor einer Art Selbsterprobung gestanden, das heißt, er wollte darüber klarwerden, ob er es war, der versagt hatte, oder seine Welt, seine Erziehung, seine Ideale; heute besaß er für sich hinlänglich Gewähr, aus vielen Gründen, seine Welt hatte er neuerdings zu prüfen.

Werfen wir einen Blick auf das »Damals«.

Deutschland um 1910 glich einem engen, hohen Haus mit vielen Stockwerken, die untereinander wenig Verbindung hatten, während innerhalb eines jeden der einzelne unter schärfster Aufsicht von allen stand. Das war ein System, wenn man will, war es sogar ein Symptom. Fragte man in gewissen Kreisen nach Johann Irlen, etwa weil der Name da und dort mit besonderer Betonung genannt wurde, so konnte man die widersprechendsten Auskünfte bekommen. Zum Beispiel die: einer von den vielen heimlichen Kaisern, die es bei uns gibt; durch ererbten Reichtum anmaßend geworden, haben sie ihre Hände überall und gefallen sich mit ihren Anhängern in einer hochmütigen Exklusivität. Oder die: Unsicherer Kantonist, geschaßter Offizier, verdächtig, liebäugelt mit allem Ausländischen, protegiert Künstler und Literaten, hat politische Ambitionen, jedenfalls ein gefährlicher Kopf. Oder, von einem würdigen Herrn vielleicht, der dabei die Stirn runzelte und vorsichtig die Stimme dämpfte: Bedenklicher Mann, sehr bedenklicher Mann, von der andern Seite, wissen Sie (Zwinkern), Verführer unserer jungen Leute, fliegen ihm zu wie Motten dem Licht, und er macht sich kein Gewissen daraus, sie dem Staat, der Familie, der bürgerlichen Gemeinschaft zu entfremden.

Man konnte aber auch, freilich seltener und von Seltenen, ganz anders klingende Urteile hören: hoher Geist, lauterer Charakter, mutiger Mensch; kein Wunder, daß alle Kröten vor Wut platzen, wenn er mit stolzer Geringschätzung durch den Pfuhl übler Nachrede schreitet.

Zweifellos war er eine Persönlichkeit, die durch entschiedene Herzenskraft und eigenwillige Bildung ungewöhnlich anziehend wurde. Die das Glück hatten, ihn näher zu kennen, sprachen von ihm wie von jemand, von dem Großes zu erwarten ist. Er war Wege gegangen wie ein verstoßener Fürst, der langsam erwählte Anhänger um sich sammelt, denen er mythisch wird, wenn er ihnen von Zeit zu Zeit in einen andern Bezirk seines Lebens entschwindet. Irlens Freunde, das war ein Begriff, dem etwas von einem geheimen Orden anhaftete, eine

Gruppe für sich, aristokratisch abseits, dem Gang der Dinge unmerklich aber heftig widerstrebend.

Bis 1907 hatte er, zuletzt mit Majorsrang, im preußischen Generalstab gedient. Er gehörte zu der kleinen Zahl von Offizieren, die, voller Ahnung, vor dem Einbruch der schamlosen Phrase mit allen ihren Folgen in schmerzlichem Ekel zurückwichen. Es war eine Fronde, die von der vulgären Übermacht erdrückt in sich selbst zerfiel. Er hatte erbitterte Gegner, meist dunkle und heimliche, die nichts unversucht ließen, ihm zu schaden. Seine freundschaftliche Beziehung zu einem Prinzen des kaiserlichen Hauses lieferte einer Kamarilla, die schon längst auf der Lauer lag, die gewünschten Waffen. Er mußte den Abschied nehmen. Der Anlaß war ihm willkommen, ihm war die Freiheit kein Hohlraum.

Er widmete sich vielseitigen Studien. Die Hälfte des Jahres war er auf Reisen, gewöhnlich im Ausland, allein oder mit Freunden. Er wollte Distanz gewinnen. Er hatte ein angstvolles Gefühl von der Brüchigkeit der Fundamente. Seine nächsten Freunde wußten, wie es um ihn stand. Er litt an Deutschland. Deutschland war ihm eine bittere Frucht, die niemals reif und süß werden wollte. Er litt in der Fremde, wenn er um der Zugehörigkeit willen für diejenigen seiner Landsleute eintreten mußte, die ihrerseits durchaus nicht darunter litten, daß sie die Nation kompromittierten. Er litt zu Hause noch viel mehr, weil ihn alles so tief anging, was ihn so tief verletzte. Das Reich war ihm eine Idee, in einem andern Sinn, als sie die Bismarcksche Welt verwirklichte, in einem alten, hohen Sinn, wobei die Geschichte ein Weiterzeugendes war und die Pflicht des gegenwärtigen Augenblicks den Jahrhunderten die Verantwortung von den Schultern nahm. Das macht prophetisch: wissen was gewesen ist und sehen was ist; Gegenstand unendlicher Gespräche zwischen ihm und den Freunden. Einer war darunter, den er um diese Zeit allen übrigen vorzog und auf dessen Zukunft er große Hoffnungen setzte. Es war Otto Kapeller, einziger Sohn von Andreas Kapeller, einer Großmacht, Herrn eines Reiches im Reich, Hauptaktionärs der

Kapellerschen Stahl- und Maschinenwerke. Der offensichtliche gute Einfluß, den der Verkehr mit Irlen auf Otto übte, und die Art, wie der junge Mensch seinen Freund und Führer schilderte, erregte in Andreas Kapeller das Verlangen, sich diesen Irlen vorstellen zu lassen. Er war so angetan von der Bekanntschaft, daß er ihm eines Tages den Vorschlag machte, in die Industrie überzugehen, das heißt in seinen Betrieb einzutreten. »Leute wie Sie such' ich mit der Laterne«, sagte er, »wir verkommen in der Routine, und wissen Sie warum? Weil wir das blödsinnige Prinzip haben, daß jeder Schuster bei seinem Leisten bleiben muß.« Der Versuch lockte Irlen, und der Industriemagnat hatte sich nicht getäuscht. Der neue Volontär entwickelte im Verwaltungs- und äußeren Dienst so ungewöhnliche Fähigkeiten, daß ihm Andreas Kapeller nach sechs Monaten die kaufmännische Leitung der gesamten Werke antrug. Er erbat sich Bedenkzeit, Otto drängte, da nahm er an. Wenige Stunden, bevor den Alten in der Jahresversammlung des Aufsichtsrats der Schlag rührte, unterschrieb er den Vertrag.

Es war eine Überraschung für seine Freunde, für viele eine Enttäuschung. Sie konnten sich einen Irlen, der nicht nach freiem Ermessen seine Zeit verschenkte, nicht mehr vorstellen. Allerdings, in diesem Punkt war er nun zur Sparsamkeit verhalten. Sein Tag hatte sechzehn Stunden Arbeit. Er begann um sieben Uhr morgens mit Besprechungen, Komissionen, Inspektionen und endete mit Sitzungen am späten Abend. Er nächtigte ebenso oft im Schlafwagen wie in seinem Bett, verhandelte bald mit Ämtern und Banken in Berlin, bald mit den Abgesandten eines Trusts in Paris; ein Telegramm, ein Telefonanruf konnte ihn zwingen, sich ins Auto zu setzen und im Hundertkilometertempo das nächste Schiff zu erreichen, das von Vlissingen oder Hoek nach England ging. Was ihn jedoch nicht hinderte, seine Studien weiter zu führen, wichtige neue Bücher zu lesen, gelegentlich die Freunde bei sich zu sehen oder zu besuchen und junge Menschen, die seine Hilfe suchten, nach Kräften zu fördern. Daher stammte dann auch die Meinung, mit seiner vielbestaunten Arbeitsleistung sei es eigentlich nicht weit her, das ganze Kunststück sei eine virtuos aufgezäumte Geschäftsfähigkeit. Dummes Geschwätz. Nein, das Kunststück war, daß er sich die Zeit gehorsam zu machen verstand und sich nicht von ihr tyrannisieren ließ; weil er nicht keuchte, glaubten die Esel, es sei nichts mit ihm los, und weil er zwischen einer Konferenz mit dem Vertreter des Eisenbahnministeriums und einer Beratung mit den Ingenieuren Muße fand, bei einem Sammler ein interessantes Bild zu besichtigen, erklärten ihn die »ernsten Männer« nicht für »seriös«.

Was aber hatte er im Sinn gehabt, als er sich unter das Joch beugte? Macht? An Macht war ihm nicht gelegen. Was er zu erlangen wünschte, war genau das, was er erlangte: Einblick, Erfahrung, Aufschluß. Er wollte nicht mit dem Ungefähr vorlieb nehmen: Gehörtes, Behauptetes, Überliefertes, Gelesenes genügte ihm nicht. Er brauchte das Unmittelbare und den Augenschein. Er wollte wissen, wie das Volk lebte und unter welchen Bedingungen es arbeitete, und er erfuhr es. Er wollte die wirtschaftlichen Zusammenhänge, die sozialen Abhängigkeiten, die politischen Richtpunkte, die Haltung der Parteien, das Verhältnis zwischen Kapital und Ware, zwischen Erzeuger und Verzehrer in einem bezeichnenden Ausschnitt und in diesem besondern geschichtlichen Moment kennenlernen, am eigenen Leibe nämlich, und er lernte sie kennen. Er hatte so viel gedacht, mit den Freunden so viel gesprochen, so viel theoretisiert und philosophiert, nun wollte er Gewißheit haben und sehen, wie es stand: mit ihm, mit seinen Träumen, mit seiner Klasse, mit der Nation.

Wie es mit Otto Kapeller zu dem unversöhnlichen Zwist kam, der mit dem Pistolenduell endete, bei dem der junge Industrielle tot auf dem Platz blieb, darüber wurde Zuverlässiges nie bekannt. Vermutungen gab es genug. Als Irlen ein halbes Jahr später die afrikanische Expedition ausrüstete, wurde sogar die kindische Fabel verbreitet, Otto habe von dem Plan gewußt, und weil er den unentbehrlichen Mann nicht verlieren wollte, habe er sich dem Projekt widersetzt und sich schließlich zu Drohung und Beleidigung hinreißen lassen.

Manche Leute wunderten sich, daß Irlen bei seinem oft genug kundgegebenen Abscheu vor diesem barbarischen Mittel, einen Streitfall zu schlichten, sich zu dem Zweikampf überhaupt bereit gefunden hatte. Am meisten verübelt wurde es ihm von den Arbeitern, die er durch seine Haltung für sich eingenommen hatte. Es war Verrat und Selbstverrat in ihren Augen, wenn er wirklich der war, der er geschienen, In-die-Knie-Brechen vor den verknöcherten Ehrbegriffen seiner Kaste. Natürlich war es etwas anderes als ein bloßer »Streitfall«, rätselhaft, was; seine Beweggründe waren jedenfalls die allerzwingendsten. Erst viel später sickerten Andeutungen der Wahrheit durch, Gerüchte über eine unheimliche Veränderung, die mit Kapeller vorgegangen war, so als ob sich mit dem Herrentum und der damit verbundenen Machtfülle sein Charakter aus der ursprünglichen Anlage geradezu ins Gegenteil verkehrt hätte. Um diese Zeit schrieb Irlen an Robert Waldstetten in Dresden, den Sohn seines Vetters, einen der jüngsten seines Kreises: »Ich erlebe eine Metamorphose, die meine Anschauungen über die Konstanz jener Summe von Eigenschaften, die wir Charakter nennen, gründlich über den Haufen wirft. Es ist ein gespenstischer Vorgang, Du kannst es mir glauben, mich schaudert. Hast Du einmal nachgedacht über den Einfluß von Standesvorurteilen, Lohnforderungen, Aktien und Repräsentation auf die Fettbildung eines Menschen? Ich ja. Wir steuern einer Herrschaft der Stiernacken und der feisten, blassen Gesichter zu. Ich sehe einen Kampf bis aufs Messer voraus zwischen den Cäsars aus Fett und den Brutussen, die der Haß bei ihrer Magerkeit hält.«

Über den letzten Zusammenstoß mit Otto Kapeller als einer Tatsache, die sich öffentlich abspielte, lagen natürlich authentische Nachrichten vor. Er erfolgte in den Januartagen 1911, während des großen Streiks. Man hatte, überflüssigerweise, um militärischen Schutz ersucht. Der Kommandant der alsbald von Köln herübergeschickten Husarenabteilung hatte durch Anschlag verkünden lassen, er werde bei der geringsten Zusammenrottung den Befehl zum Schießen geben. Der hochfahrende Ton des Manifests erbitterte Irlen. Gegen Abend, als einige hundert Streikende mit fast beängstigender Lautlosigkeit in einen der Farbikhöfe drangen, ließ der Offizier die Eskadron unter Feuerbereitschaft treten. Irlen stürzte ans Fenster eines Seitengebäudes und rief mit durchdringender Stimme hinunter: »Halt, übereilen Sie nichts, die Leute wollen ja verhandeln!«

Da schallte Otto Kapellers Stimme von einem gegenüberliegenden Tor höhnisch zurück: »Ruhe da oben!« Und nach einer unheilträchtigen Pause: »Oder vielleicht machen Sie mit Direktor Irlen den Anfang, Herr Rittmeister.«

Der einzige, der je erfuhr, warum Irlen die sogenannte ritterliche Form der Genugtuung gewählt hatte, war Joseph Kerkhoven.

Er schrieb an Freunde in Wien, er wolle am übernächsten Tag mit ihnen beisammen sein. Noch ein Mittel, die Heimkehr hinauszuschieben. Er hatte niemand in Paris besucht; für den letzten Nachmittag nahm er sich vor, den Maler Girard aufzusuchen, den er von früher her kannte. Als er in dem alten Montmartre-Haus die steilen Treppen zum Atelier hinaufstieg, bekam er auf einmal so starkes Herzklopfen, daß er im Zwischenstock innehalten und sich aus dem Fenster lehnen mußte, um Luft zu schöpfen. Das war neu. Was war los? Noch nie hatte ihm das Herz störend bemerkbar gemacht, daß es arbeitete, auch bei den ärgsten Strapazen im Urwald nicht. Offenbar vertrug er die Pariser Backofenhitze schlecht, und er hatte die Nerven durch ein Zuvieltun gereizt, vor dem er sie in den Tropen vorsichtig zu schützen sich gewöhnt hatte.

Am Abend, während er auf der Gare de l'Est zum Zug schritt, griff er plötzlich mit beiden Händen nach einem wildfremden Menschen und hielt sich an ihm fest. Mit ein wenig Schweiß auf der Stirn stammelte er eine Entschuldigung. Der Überrumpelte starrte ihn erstaunt an. Er straffte sich, atmete tief, lächelte betreten. Schwindelanfall. Für die Dauer von fünf Sekunden der Kopf leer wie eine Blase, die Kehle abgeschnürt von Angst. Und wieder: Na, was ist los? Ein Gespenst schlich um ihn herum. Widerwillig fingen die Gedanken an, sich mit ihm zu beschäftigen. Jetzt entsann er sich, daß er schon auf dem Schiff zwei- oder gar dreimal einer ähnlichen Attacke ausgesetzt war. Auch schon in Boma, wollte ihn dünken. Ja, auch in Boma. Er hatte Chinin genommen. Dort war Chinin beinahe ein Nahrungsmittel.

Im Schlafwagen befühlte er seinen Puls. Hundertzehn. Er lehnte den Kopf zurück und dachte: Schön, und wie nennt sich das Gespenst? Es gab ein Vierteldutzend, die einem Furcht einflößen konnten, welches war's?

Er erzählte den Freunden in Wien von einem Avisibbaneger, der ihn am Fluß Ituri vom Tod durch einen Schlangenbiß gerettet hatte. »Es gibt dort Pflanzensäfte, die nur Eingeweihte kennen«, sagte er, »der Mann pflückte das Kraut, zerkaute es im Mund, bis es ein grüner Brei war, den strich er mit feierlichem Gemurmel auf die kaum sichtbare Wunde. Ich hatte von derartigen Kuren gehört, aber ich war skeptisch, meistens ist man verloren, auch Ausbrennen nützt nichts, das Gift ist zu rasant. Man wird da unten furchtbar gleichgültig gegen den Tod. Immerhin war ich gespannt, mir war zumut, als müsse sich's jetzt entscheiden, ob das Land mich gelten ließ, ob es mich annahm oder nicht, ihr versteht das vielleicht . . .«

Er stockte. In seinen Ohren sauste es, wie wenn er neben einem Wasserfall stünde. Der Blick war stier. Vor den Augen tanzten zahllose geeckte, schwarze Würmchen. (Oder in den Augen drinnen.) Kurze Zeit verlor er das Gliedergefühl, die Gelenke lockerten sich in den Pfannen. Unruhe überkroch ihn von unten bis zur Brust. Seine Selbstbeherrschung war aber so groß, daß die Gäste kaum etwas merkten. Als er den Anfall bezwungen hatte, wischte er sich lächelnd den Schweiß von Gesicht und Hals und setzte seine Erzählung fort.

Am andern Morgen ging er zu Professor K., berühmtem Internisten. Sorgfältige Untersuchung von Herz, Lunge, Leber,

Milz, Harn, Augenschleimhaut, Schlund; Lidreflexen, Patellarreflexen, zwei Stunden lang. Zum Schluß versicherte ihm der Professor mit jener gutmütigen Nachsicht, mit der erfahrene Ärzte hypochondrisch gestimmten Patienten begegnen, er sei der gesündeste Mensch von der Welt. »Hätten Sie mir nicht selbst gesagt, verehrter Herr Major, daß sie vierundvierzig sind, ich hätte Ihnen nach Organbefund und Habitus höchstens fünfunddreißig gegeben.« Er verschrieb ein Medikament, empfahl Ausspannung, kohlensaure Bäder und drückte ihm zum Abschied gleichsam beglückwünschend die Hand. Daß er aus dem tropischen Innerafrika kam, hatte Irlen allerdings unterlassen, ihm zu sagen. Und hatte dabei ein Gefühl, als wäre ihm eine List gelungen.

Drei Tage blieb er verschont. Fast war er geneigt zu glauben, der Arzt habe das Übel durch bloße Leugnung beschworen. Es gibt eine Selbstentzündlichkeit von Krankheiten durch Furcht. So dachte er. Die Einladung der Geographischen Gesellschaft zu einem Vortrag lehnte er ab, und da ihn die Zeitungsberichterstatter ausfindig gemacht hatten und ihn um Interviews bestürmten, fuhr er am Abend des dritten Tages nach Berlin, ziemlich zuversichtlich gestimmt.

Da kam es wieder. Es fing damit an, daß er es in keinem geschlossenen Raum aushielt. Tagsüber lief er gehetzt durch die Straßen. In der Nacht war er benommen, verworrene Bilder liefen im Gehirn wie auf einer Drehscheibe. Einmal zuckte er lauschend auf. Er hatte eine Stimme gehört. Eine Stimme hatte ihm zugeraunt: Afrika rächt sich. »Warum?« Unbeantwortbar, warum. Wie wenn er ihm uralte Geheimnisse entrissen hätte. Als er, gegen Morgen, wieder klaren Kopfes war, vertiefte er sich, den Bleistift in der Hand, in eine Integralrechnung. Probe, ob er seinem Gehirn noch trauen konnte.

Er hatte keinen Antrieb. Viele Bekannte wären froh gewesen, ihn zu begrüßen; was ihn abhielt, zu jemand zu gehen, war die Erinnerung an den Zwischenfall in Wien. Als der Kellner das Frühstück brachte, war es Kaffee anstatt Tee. Er hatte Tee bestellt. Das Blut stieg ihm zu Kopf, er geriet in unbegreifliche Erregung und schrie den verdutzten Menschen wutverzerrt an. Mitten im Ausbruch begann er zu zittern und preßte die Hand an die Stirn. »Verzeihen Sie«, murmelte er, »es ist . . . ich bin nicht ganz wohl.« Blaß und argwöhnisch zog sich der Mann zurück. Nach einer Weile brachte ein anderer den Tee. Er berührte nichts. Er saß am Fenster und schaute auf den Wilhelmplatz hinunter. Die Steinhäuser rings; absurd, daß er Menschen von hoch oben sah, die sich bewegten, wie wenn Bilderbuchkäfer auf Hinterbeinen schreiten.

War es eine Unordnung der Seele, daß er sich des kleinen Galagos-Äffchens entsann, das er im Urwald gefangen? Es hatte sich zärtlich an ihn angeschlossen. Kirikiri hatte er es genannt. Eines Tages war das Tierchen wahnsinnig geworden. Nicht toll, wirklich wahnsinnig, wie ein Mensch. Ergreifend die Melancholie, das menschenhafte Insichhineinschluchzen und trostlose Im-Kreis-herum-Schleichen. Kranker Geist in einem Affen, was ist dann Geist, und was ist er im Menschen, sobald die unergründlich boshafte Natur das gebrechliche Gefäß verletzt, darin er wohnt? Und so steht es mit jeder Zerstörung von dorther, die Natur erschafft ein wundervoll zartes Gefäß und lauert tückisch darauf, an welcher Stelle es den ersten Sprung bekommt, um es wieder in amorphen Stoff zu verwandeln.

Er ließ sich am Telefon mit Doktor Ahrens verbinden, Generalarzt am Friedrich-Wilhelm-Institut. Er kannte ihn seit vielen Jahren; vertrauenswürdiger Mann, auch von wissenschaftlichem Ruf. Er hatte ein Buch über pathologische Physiologie geschrieben, das in Fachkreisen bemerkt worden war. Er bat Irlen für drei Uhr nachmittags zu sich, überrascht, so unvermutet seine Stimme zu hören, und empfing ihn in der großen, düsteren Stube einer altmodischen Junggesellenwohnung in der Jägerstraße. Irlen berichtete. Afrika zu unterschlagen war hier unmöglich, Doktor Ahrens wußte ja um die Reise. Trotzdem war ihm jedes Wort lästig. Es klang wie auswendig gelernt. Man suchte ärztlichen Rat, auch wenn der

Anlaß unbedeutend war; aus Denkfaulheit schließlich; der Körper ist ein Feigling. Kleines Lächeln. Doktor Ahrens hörte aufmerksam zu. Er ließ sich nicht täuschen, da steckte was dahinter. »Der negative Befund des Wiener Kollegen sollte ja genügen«, meinte er, »der Wiener Kollege ist ein großer Mann, was er nicht finden konnte, werd' ich auch nicht finden. Trotzdem wollen wir eine Blutuntersuchung machen.«

Irlen nickte. Es empfehle sich vielleicht, erwiderte er mit verschleiertem Blick, gewisse Protozoen, oder wie man diese Leute nenne, würde man wohl vor die Linse kriegen; Malaria habe er gleich im ersten Vierteljahr eingewirtschaftet, der entgehe keiner. Natürlich sei ihm bekannt, daß es gewisse Abarten gebe, sogar noch wenig erforschte und um so gefährlichere, das wisse er und sei darauf gefaßt. »Nun, hoffen wir das beste«, sagte der Generalarzt unüberzeugt. »Schüttelfröste?« erkundigte er sich, indem er sich wie zufällig bückte, um eine Sicherheitsnadel vom Teppich aufzuheben. – »Nein, bis jetzt nicht.« – »Einen Moment, Herr Kamerad . . .«, er umschloß mit Daumen und Zeigefinger Irlens Nacken und drückte leise, »Schmerz?« – »Nein.« – Die beiden Männer blickten einander schweigend an. In dem Schweigen lagen alle Möglichkeiten zwischen Leben und Tod.

Die Blutentnahme geschah am andern Morgen im bakteriologischen Saal. Ein Assistent stach mit der Skalpellspitze in Irlens Ohrläppchen und fing einen winzigen Tropfen Blut im Deckglas auf. Das war alles. Das Ergebnis sollte er am Abend erfahren. Falls sich Fieber einstellte, verordnete Doktor Ahrens zwei Gramm Chinin, ebensoviel an den folgenden vier Tagen. Injektion erübrige sich zunächst, da er ja vermutlich die Dosis vertrage.

Sonderbarerweise wartete Irlen das Resultat nicht ab. Ins Hotel zurückgekehrt, schrieb er an den Generalarzt ein paar Zeilen und bat ihn, den schriftlichen Befund an die Adresse seines Vetters, des Geheimrats Waldstetten in Dresden, zu schicken, eine dringende Angelegenheit verlange seine sofortige

Abreise. Vorwand. Mit dem Geheimrat war er nie gut gegestanden, nur mit dem Sohn, ich erwähnte es bereits, verband ihn Freundschaft, dem jetzt fünfundzwanzigjährigen Robert. Aber eine Stunde vorher hatte er noch nicht daran gedacht, ihn aufzusuchen.

Er hatte depeschiert, Robert holte ihn vom Bahnhof ab, glücklich, Irlen für sich zu haben. Die Geheimrätin war in Marienbad zur Kur, der Geheimrat den ganzen Tag im Ministerium beschäftigt. Den Abend verbrachten sie in der Oper, danach saßen sie noch lange beisammen. Irlen fühlte sich leidlich wohl. Robert fiel der brennende Glanz seiner Augen auf, aber er hielt es für ein geistiges Feuer. »Du bist noch wunderbarer geworden, Onkel Irlen«, sagte er mitten im Gespräch und mußte über seine Begeisterung selber lachen.

An Schlaf war nicht zu denken. Robert hatte ihm das Manuskript seiner Doktor-Dissertation gegeben, eine historische Abhandlung über die endogene Tragik im Hohenstaufenschicksal. Darin las er. Es berührte ihn. Beim Nachsinnen lag seine ungewöhnlich schmale und knöcherne Hand dunkelbraun auf dem weißen Papier. Den Ringfinger schmückte ein alter Ring aus goldenen Kettengliedern. In der Haltung der Finger drückte sich etwas Bestimmtes aus, ungefähr wie wenn nach einer aufgeregten Versammlung fünf zusammengehörige Leute still nach Hause gehn. Wieviel Feinheit und Kunst in dieser Schrift, ging es ihm durch den Kopf, wieviel Adel und Stil; aber wie soll er damit bestehn? Es ist alles Erbe, vergeblich wird er um den Besitz ringen. Das erste Morgenlicht zwängte sich durch den Spalt zwischen den Gardinen, als er sich zum dutzendsten Male aufrichtete, um den Druck loszuwerden, der auf seiner Brust lastete wie ein Sack Blei.

Er hatte kaum am Frühstückstisch Platz genommen, da brachte ihm Robert einen Brief mit rotem Eilpoststreifen. Auf dem Umschlag stand als Absender das Institut. Irlen legte ihn neben seine Tasse und schien ihn zu vergessen, während er mit Robert über dessen Arbeit sprach. Nach einer Weile wurde der junge Mensch unaufmerksam, mit einem Seitenblick auf den Brief sagte er: »Willst du ihn nicht lesen? Eine wichtige Nachricht wahrscheinlich . . .« – »Das könnte sein«, antwortete Irlen freundlich, »aber unter uns, ich glaube, es ist besser, ich lese ihn nicht.« Er schmunzelte ein wenig, nahm den Brief und riß ihn mitten durch; dann die Teile wieder und wieder. Das ganze Schnitzelwerk knüllte er in der nervösen Faust zusammen, erhob sich und warf es ins Ofenloch. »Manche Briefe muß man gar nicht aufmachen«, sagte er leichthin, »man weiß im voraus, daß sie Unheil anrichten.« Robert sah verwundert drein, aber er konnte nichts erwidern, da sein Vater eintrat, um endlich den Gast zu begrüßen.

Irlen hatte kaum zwanzig Worte mit dem Geheimrat gewechselt, als er schon wußte, daß er am Nachmittag reisen würde. Das war es ja, was er kaum ertrug, dieses: »Na, auch wieder im Lande?« Und: »Woher? Wohin? Wie geht's? Wie steht's?« Und: »Ja, du machst dir's bequem, guckst aus der Loge zu, unsereiner muß schuften.« Und: »So 'n bißchen Globetrotten möchte mir auch mal gefallen.« Alles mit der jovialen Miene eines Klassenvorstands, der unschlüssig ist, ob er die Allotria eines sonst nicht übel qualifizierten Schülers billigen soll oder nicht. Robert saß auf Nadeln. »Wenn du gestattest, laß ich dich mit Vater allein«, wandte er sich steif an Irlen und verschwand.

Der Geheimrat war seiner selbst gegen Irlen so sicher, daß er den Ton der Überlegenheit für einen Beweis herzlichen Wohlwollens hielt. Im Grunde betrachtete er ihn als einen Fahnenflüchtigen, der sich in eine Abenteurerexistenz gerettet hatte, ohne dadurch seinen Wunsch nach Geltung zu befriedigen. Nach der Anschauung seiner Kreise war man gesellschaftlich gescheitert, wenn man nur mit einem Schritt die Bahn verließ, die durch Geburt und Besitz vorgezeichnet war. Die Verständigung war daher etwas so Schwieriges, daß jedesmal ein »moralischer Ruck« dazu nötig war. Mit diesem »Ruck« erkundigte er sich nach Tante Viktorine, Irlens Mutter; als Irlen gestand, daß er sie noch nicht gesehen habe, trotzdem seit seiner

Ankunft in Europa zweieinhalb Wochen verflossen waren, machte der Geheimrat große Augen. Er wußte nicht recht, was er sagen sollte; einerseits war er versucht, den ihm unbegreiflichen Mangel an Pietät zu rügen, da er sich als die berechtigte Instanz dafür hielt, dem Alter und der sozialen Stellung nach, andererseits schüchterte ihn Irlens Art immer ein wenig ein; um nun seine Unzufriedenheit zu bekunden, wählte er einen minder heiklen Angriffspunkt, nämlich die Heirat Ernst Bergmanns mit der geborenen Martersteig. Er wundre sich, daß Irlen es ohne Einspruch habe geschehen lassen, die Eheschließung habe ja noch vor seiner Reise stattgefunden. Da Irlen schwieg, verfiel der Geheimrat in nörgelndes Herumreden. Ernst sei zweifellos ein feiner Kopf, habe auch überraschend schnell Karriere gemacht, scheine aber doch ein bißchen weltfremd, bißchen hoch gestimmt, gegen den Namen Martersteig möge im allgemeinen nichts einzuwenden sein, obwohl ... Irlen unterbrach ihn mit der trockenen Feststellung, er kenne Marie kaum, erinnere sich ihrer nur flüchtig, ihr Vater sei immerhin eine Persönlichkeit von Rang gewesen, »und«, fügte er hinzu, sich schroff erhebend, »ein Mann, dem ich viel zu verdanken habe.« Der Geheimrat gab sich den Anschein, als habe er dieses gewichtige Indiz vergessen. »Jawohl ja«, rief er und schlug sich gegen die Stirn, »du hast ja eine Zeitlang fleißig dort verkehrt. War er nicht ...« – »Einer unserer ersten Staatsrechtslehrer, gewiß«, sagte Irlen und betrachtete aufmerksam seine Fingernägel. – »Aber politisch nicht ganz zuverlässig, wenn mir recht ist ... Radikale Neigungen, was? Demokrat? oder täusche ich mich?« – »Nein, du täuschst dich nicht. Es blieb ihm nichts übrig als die Opposition. Ein ungewöhnlicher Geist und ein großer Charakter. Wäre er uns nicht so früh entrissen worden, er hätte dem Land noch große Dienste geleistet. Wie die Dinge zu liegen scheinen, hätte er freilich auf Dank niemals zu rechnen gehabt.« Das war hinlänglich deutlich. Der Geheimrat räusperte sich. Mit gerunzelten Brauen warf er hin: »Das ist Ansichtssache, ich behalte mir meine vor. Jedenfalls hat die Person, die Marie, keinen Knopf Geld ge-

25

habt, und nicht nur das, die Verhältnisse waren auch so zerrüttet, daß dein Neffe fünfundzwanzigtausend Mark nachgelassene Schulden bezahlen mußte. Das hat natürlich einen schlechten Eindruck gemacht. Die Heirat war ein Fehler. Der gute Ernst hätte sich eine ganz andere Position schaffen können durch eine vernünftige Verbindung.« Er schüttelte betrübt den Kopf. Seine rigoroses Mißvergnügen galt nicht dem Einzelfall, sondern der gefährdeten Ordnung überhaupt. Es war die Zeit, wo der Beamte anfing allmächtig zu werden und in der Stille bereits den Diktator spielte.

Während der langen Fahrt im D-Zug verfiel Irlen in einen dumpfigen Halbschlaf, der ihn mit der Vision quälte, der geheimrätliche Vetter stehe mit Gewehr und aufgepflanztem Bajonett im Wagengang, um Beweise für seine sträfliche Besinnung zu finden. Wenn sie nur den Dünkel nicht hätten, dachte er niedergeschlagen, und das physische Leiden, das er von seinem Bewußtsein abhalten wollte, flüchtete ins seelische hinein; diesen siebenfach gepanzerten Dünkel, wenn sie nur den nicht hätten; er riecht wie Aas und schmeckt wie Leim, er ist ihre Narrenkappe und unser Schafott. Wer uns doch davon befreien könnte! Als ob das schlaflos träumende Auge sich ins Widerspiel versenken wollte, erschien ihm das Äffchen Kirikiri, rührend traurig, weil es nach einer Nuß gegriffen hatte, wo nichts als leere Luft war; dann ein ungeheurer Baum, einer von den Urgiganten, wie sie nur dort entstehen; ein Baumwollbaum; grau und feierlich steigt er empor wie die Säule einer Kathedrale im Abendzwielicht. Um den dornenbesetzten Stamm tanzen im Reigen zahllose nackte, ölglänzende Wambutti, Zwergneger; indem er hinstarrte, wurden sie kleiner und kleiner, schließlich mikroskopisch klein, wie Protozoen so klein . . .

Er kam zu seiner Mutter ins Haus wie ein verwundeter Wolf, der sich in die erstbeste Höhle schleppt, um sich zu verbergen.

Zweites Kapitel

Marie Bergmann erhielt die Nachricht, daß Irlen aus Genua telegrafiert habe, von ihrem Mann. Vor Erregung wurde sie blaß. Seit Jahr und Tag hatte sie auf die Kunde von seiner Rückkehr gewartet, es war eine fortgesetzte innere Spannung gewesen, eine unbewußte; um so stärker empfand sie jetzt die Freude, in der sie sich löste.

Zum ersten Male hatte sie ihn als Sechsjährige bei ihrem Vater gesehen. Es war niemand aufgefallen, wie sie auf einem Schemel in der entferntesten Zimmerecke gesessen war und jedes seiner Worte begierig trank. Er hatte sie dann freundlich angeredet, und man hatte ihr gesagt: »Das ist Onkel Irlen, Marie, gib ihm die Hand.« Niemand erfuhr, daß sie noch lange nachher, wenn sie am Abend gebetet hatte, mit scheuer Andacht die zwei Worte in der Dunkelheit flüsterte: »Onkel Irlen . . . Onkel Irlen.« Jedesmal, wenn er kam, wußte sie es einzurichten, daß sie ihn wenigstens einen Augenblick sehen konnte. Dann vergingen Jahre, sie war schon vierzehn, als sie ihm in Bad Ems wiederbegegnete, wo er den Vater besuchte, der zur Kur dort weilte. Und schließlich, während ihrer Verlobungszeit, hatte sie ihn im Hause der Senatorin Irlen in Dresden als wirklichen Onkel begrüßen dürfen. Sie hatte nicht den Eindruck gehabt, daß ihm die verheiratete Verwandtschaft etwas bedeutete. Im Gegenteil; es schien, daß es in seinen Augen mehr war, Marie Martersteig als Marie Bergmann zu sein. Aber in ihren Augen war Ernst Bergmann vor allen andern jungen Leuten dadurch ausgezeichnet, daß er Johann Irlens leiblicher Neffe war. So stellte er gleichsam die Verbindung mit den höheren Mächten der Welt dar. (Vergessen wir nicht, daß sie achtzehn Jahre alt war, als sie sich verlobte, sie hatte gerade die Matura hinter sich.) Sie kannte Irlens Lebensweg ziemlich genau. In den letzten Jahren hatte sie alles mit Aufmerksamkeit verfolgt, was in den Zeitungen über ihn zu lesen stand, denn seine Afrikaexpedition hatte die Federn in Bewegung gesetzt. Gelegentlich las ihr die Senatorin Irlen Stellen aus seinen Briefen vor. Er schrieb freilich selten an seine Mutter. Das Verhältnis war kein besonders inniges. Als die alte Dame auf das Bitten der Enkelkinder in der Bergmannschen Villa ihr Quartier aufschlug, war sie ziemlich verwundert darüber, daß an ihre Wohnung anschließend drei geräumige Zimmer für Johann Irlen eingerichtet wurden. Es geschah auf Maries planvolles Betreiben. Sie hatte ihren Mann nach und nach dafür gewonnen. Sie wollte dem Zurückkehrenden ein Heim geben, gleichviel ob er es dauernd oder flüchtig in Besitz nahm. Die Senatorin war ohnehin den größten Teil des Jahres auf Reisen. Sie hatte kein Sitzfleisch. Sie hielt es nirgends lange aus. Sie nannte sich selbst einen unverbesserlichen Vagabunden. Sie war in Japan, in China, in Mexiko gewesen. Überall in Deutschland hatte sie Freunde und war beständig von einer Familie zur andern unterwegs. Etwas von der Unruhe ihres Bluts hatte sich wohl auf ihren Sohn Johann vererbt.

Ernst Bergmann hatte keine tiefere Zuneigung für seinen Onkel Irlen. Er achtete ihn hoch, er beugte sich willig vor seiner geistigen Überlegenheit, aber vieles in seinem Wesen war und blieb ihm fremd, seine politische Haltung war ihm sogar antipathisch, da er selbst trotz seiner Jugend durchaus konservativ gestimmt war und jede Befehdung des Bestehenden ablehnte. Zudem war er katholisch erzogen und konnte eine so durch und durch protestantische Natur wie die Irlens nicht verstehen. Er gab es gerechterweise selbst zu. Bei alledem hütete er sich sorgfältig, Marie in ihrer Verehrung für ihn irre zu machen. Dazu war er zu zurückhaltend, zu vornehm, und hauptsächlich war seine eigene Verehrung für Marie viel zu groß, als daß er Einspruch oder Kritik gewagt hätte. Nur über die Natur dieses Gefühls dachte er zuweilen nach, es zu enträtseln schien ihm schwierig. Es war wohl eine zu einfache Empfindung für seinen an denkerischen Problemen geschulten Geist. Anhänglichkeit, Idealisierungsbedürfnis, Übertragung der Liebe zum Vater auf den Freund des Vaters, das alles war es nicht, konnte es wenigstens nicht ausschließlich sein. Sie war allerdings eine richtige Vaterstochter, ganz in Vaters Bild geworden, und als ihr der abgöttisch geliebte Mensch durch den Tod geraubt worden, hatte sie den ihr ähnlich Scheinenden auf das leere Postament gestellt. So konnte es sein. Erotische Bindung konnte es keinesfalls sein. Bei ihren sicheren Instinkten, unmöglich. Sie war so geartet, daß die Irlensche Art sie von ihm trennen mußte wie ein Wasser ohne Brücke. Davon war er überzeugt. Sie selbst zu fragen hatte nicht viel Zweck. Sie ging so schwer aus sich heraus. Sie war zu intimen Mitteilungen nicht zu bewegen. Sie schaute einen dann mit so verwunderten Augen an, daß man sofort das Gefühl hatte, ihr zu nahe getreten zu sein, und das gesprochene Wort am liebsten zurückgenommen hätte.

Sie hätte ihm sagen können: einen Menschen verehren, an einen Menschen glauben, ist das nicht Erklärung genug? Es ist das Glück schlechthin, das Wunder. (Schließlich war es seine Schuld, wenn er das nicht verstand, muß man denn so etwas ausdrücklich sagen?) Ja, man kann sich krank sehnen nach Verehrung. Auch ein Kind kann es. Als sie ihn zum ersten Male sah, erschien er ihr wie der Graf Almaviva, das Vornehmste, wovon sie wußte. (Der Vater hatte sie kurz vorher zu Figaros Hochzeit mitgenommen.) Sie saß da, starrte ihn an und hatte innerlich den Wunsch, aufzustehen und sich dreimal zu verneigen, wie sie es in Tausendundeiner Nacht gelesen hatte. Er machte eine Bemerkung, die sie nie vergaß. Es gibt Worte, die im Blut bleiben, trotzdem vielleicht nichts Besonderes an ihnen ist. Sie sah ihn vor sich, in der dunkelblauen Uniform, Interimsrock mit der doppelten Reihe Knöpfe, er kam aus dem anstoßenden Zimmer, wo kein Licht war (er hatte ein Buch dort liegenlassen), und sagte zum Vater: wenn ich durch ein finsteres Zimmer gehe, spür' ich das ganze Universum auf der Haut. Das hatte unheimlich geklungen, unheimlich wahr, das ganz, ganz Wahre wirkte immer unheimlich auf sie. Später hieß sie ihn nicht mehr Almaviva bei sich, sondern Hyperion. Es war keine Schwärmerei. Es war auch keine Lesefrucht. Dazu

29

war sie ganz und gar nicht der Charakter. Man stellt einen bewunderten Menschen so hoch wie möglich, weil man hinaufsehen will. Ist das so schwer zu begreifen?

Nein, sie gehörte nicht zu denen, die sich in Gedichtetem spiegeln. Davon war sie weit entfernt. Sie *fand* sich manchmal darin. Sie griff manchmal in einer Not danach, das konnte vorkommen. Als sie ungefähr sechzehn war, lief eine possierliche Anekdote über sie um. Die Mutter ihrer liebsten Freundin, die Konsistorialrätin L'Allemand, war eine ungemein aktive Philanthropin, sie hielt sich auch für eine große Rednerin und sprach gern in Versammlungen. Maries Vater, der sehr witzig sein konnte, hatte einmal von ihr gesagt: »Die gute Frau hat etwas von einem auf Humanität dressierten Gendarm, der auszieht, Menschen aus Wohltätigkeit zu verhaften.« Wenn ihr Marie bei ihrer leidenschaftlichen Geschäftigkeit zusah, kam sie ihr wie jemand vor, der auf einem Brandplatz mit dem Flederwisch herumgeht und voll wütendem Eifer die Asche wegfegt. Eines Tages hatte die Rätin sie und ihre Tochter Tina, Maries Freundin, in ein Meeting mitgeschleppt. Sie stand auf der Tribüne und donnerte ihre Rede mit solcher Lungenkraft und solchem Wortschwall in den Saal, daß Marie sich zu Tode schämte. Zwischen Menschen eingekeilt, konnte sie nicht davonlaufen; da wußte sie sich keinen andern Rat, um das gräßliche Zeug nicht mit anhören zu müssen, als hundertmal nacheinander »Füllest wieder Busch und Tal still mit Nebelglanz, lösest endlich auch einmal meine Seele ganz« vor sich hin zu sagen. Sie hatte es Tina nachher gestanden.

Sie kannte Ernst Bergmann seit ihrem dreizehnten Jahr. Er verkehrte im L'Allemandschen Hause, da er mit Tinas beiden Brüdern befreundet war. Sie hatte ihn stets gern gehabt. Jahrelang hatte sie nichts anderes als einen Jugendgespielen in ihm gesehen, den älteren Kameraden. Daß er seinerseits sie mit andern Gefühlen betrachten, daß eine schicksalsvolle Leidenschaft in ihm entstehen könnte, daran hatte sie nie mit einem

Gedanken gedacht. Sie war spröd wie alle Unerweckten. In ihrer Führung und Haltung hatte sie eher etwas von einem starkherzigen und etwas verträumten Knaben als vom jungen Mädchen. Niemals hatte sie Flirts gehabt. Sie war so wenig gefallsüchtig, daß sie schon vollkommen zufrieden war, wenn man ihr versicherte, sie sei nicht häßlich. Anbeten, das konnte sie, heimlich bewundern, die herrlichsten Bilder um einen Menschen spinnen und tagelang Pläne schmieden, wie sie es bewirken konnte, einen Blick von ihm zu erhaschen; an diesem Punkt machten Phantasie und Wunsch unbedingt halt. Wahrscheinlich hat Ernst Bergmann sie von der ersten Begegnung an geliebt. Sie war ein höheres Wesen für ihn, unnahbare Diana. Es lag an seiner noblen Gehaltenheit, an seinen Anschauungen von Verantwortlichkeit und Ehre, daß er sein Gefühl als strenges Geheimnis in sich verschloß. Er war reich, einziger Erbe eines großen Vermögens. Der Reichtum dünkte ihn eher ein Hindernis, Marie zu gewinnen, als ein Vorteil, er wußte, wie stolz sie war, wie einfach erzogen, wie wenig sie sich aus Geld und Luxus machte. Indessen die Fügung war für ihn. Eines Tages mußte er für längere Zeit verreisen und nahm Abschied von ihr. In einem Augenblick des Selbstvergessens küßte er sie auf den Mund. Marie war zuerst sprachlos, dann lächelte sie glücklich-bestürzt, dann küßte auch sie ihn. Sie hielt die tiefe Zuneigung, die sie für ihn empfand, für Liebe. Als sie heirateten, schloß sie die Ehe mit einem zärtlich geliebten Bruder.

Woche um Woche verging, sie dachte: am Ende kommt er überhaupt nicht. Was soll ein Irlen in der dummen kleinen Stadt hier? Doch wartete sie, Tag für Tag. Sie ordnete Blumen in den Vasen und prüfte die Zusammenstellungen immer wieder, immer mit dem Hintergedanken, ob sie seinen Geschmack zu treffen fähig sei. Bisweilen trat sie vor den Spiegel, um sich mit den Augen des kritischsten Beschauers zu betrachten, den sie sich nur vorstellen konnte. Sie tat es nicht aus Eitelkeit, sie tat es aus Furcht. In der Furcht, dem zu mißfallen, dessen Urteil alles war, mißfiel sie sich mehr als je. Noch dazu bin ich eine Frau, dachte sie bekümmert, also doppelt reizlos für ihn. Vor ihrer kleinen Bücherei stehend, strich sie mit den Fingerspitzen über die glatten Rücken der Einbände und überlegte, ob er die Auswahl gutheißen würde. Dieses da und dieses liebte sie, ob er damit einverstanden wäre? Täglich zu einer bestimmten Stunde ging sie mit dem Kind auf dem Glacis spazieren, manchmal allein, manchmal von der Pflegerin begleitet. Wie soll ich's anstellen, daß er Interesse für Aleid faßt? ging es ihr durch den Kopf. (Der richtige Name des Kindes war Adelheid, Johanna Adelheid, die ungewöhnliche Form Aleid hatte sie gewählt, um es den Leuten möglichst zu erschweren, eine Diminutiv- und Koseform daraus zu machen, der bündige Zweisilber setzte Großmüttern und Tanten jedenfalls den größten Widerstand entgegen.) Ein schönes Kind, unleugbar; mit seinem braunroten Lockenhaar, das wie oxydiertes Kupfer aussah, glich es einem venezianischen Putto. Sie erinnerte sich, daß er kleine Kinder nicht leiden mochte. Sie war einmal dabei gewesen, wie ihm eine Dame der Gesellschaft ihr dreijähriges Bübchen präsentiert hatte. Er hatte ein so hilfloses und erschrockenes Gesicht gemacht, daß sich die junge Mutter, mit gutem Humor übrigens, beeilt hatte, das störende Wesen zu entfernen. Schade, dachte sie, womit soll ich ihn fesseln oder erfreuen?

Die Aufgabe für Irlen war, der Mutter seinen Zustand zu verheimlichen. Er überschätzte die Schwierigkeit keineswegs. Sie war eine kühle Natur und von ihren eigenen Angelegenheiten mehr beansprucht als von fremden. Auch um ihre Kinder hatte sie sich über die pflichtmäßige Betreuung hinaus nie viel gekümmert. Vor Johann hatte sie großen Respekt, war in gewisser Weise stolz auf ihn, fühlte sich aber, was Lebensführung, Grundsätze, Urteile über Menschen und Dinge betraf, durch eine Welt von ihm getrennt, verhehlte es auch nicht. Der einzige, den sie ins Herz geschlossen hatte, war Ernst Bergmann. Nach dem Tod der Tochter und des Schwiegersohns, seiner

Eltern, die beide bei einem Schiffsunglück im Mittelmeer umgekommen waren, hatte sie versucht, Mutterstelle an ihm zu
vertreten, mit unzureichenden Kräften und vielleicht auch
überflüssigerweise, denn er war damals schon ein junger Mann
von neunzehn Jahren gewesen; aber die bloße Bemühung hatte
alle Leute erstaunt, die sie näher kannten, und ihr Gefühl für
den stillen, artigen, feinnervigen, charakterfesten Enkel hatte
seitdem nichts an Zärtlichkeit eingebüßt, sie fand ihn musterhaft
in jeder Beziehung, er war auch der einzige Mensch, dem sie mit
Aufmerksamkeit zuhörte, wenn er mit ihr sprach. Über seine
Heirat hatte sie sich zuerst gebührend entrüstet, aber nachdem
sie sich überzeugt hatte, daß Marie in der Tat eine passende
Gefährtin für ihn war, und sie sich sonst nicht übel mit ihr verstand, hatte sie sich zufrieden gegeben. »Eine muß es sein, und
die bessere ist besser als die schlechtere«, pflegte sie zu sagen.
Sie hatte bereits eine Menge Bekannte in der Stadt, von denen
sie Irlen gleich am ersten Tag erzählte. Da waren zum Beispiel
Gaupps, reizende Leute, Professor Gaupp, Theolog (»daran
darfst du dich nicht stoßen, es ist eine Wissenschaft wie jede
andere«), sie werde sie einmal zum Tee bitten, höchst gebildet
alle beide, die Frau eine geborene Hiller von Hillersheim (»du
erinnerst dich vielleicht, die Hillersheim, die im Jahre sieben
den großen Erbschaftsprozeß hatten«). Irlen dachte höflich nach,
aber er konnte sich nicht erinnern.

Nein, sie sah ihm nichts an, sie merkte nichts. Groß und statt-
lich stand sie da, eine Krone schneeweißen Haars auf dem Haupt,
einen alten Goldschmuck am Hals, verbindlich-würdig, Bild
der Gesundheit, des Behagens an der Welt und an sich selbst.
Sie kannte weder Kummer noch Sorge.

Er packte die Kisten aus, wobei das häufige Bücken zur Folter
wurde, katalogisierte einzelne Stücke gleich und brachte sie
in dem nach dem Garten zu gelegenen Zimmer unter, das etwas
kleiner als die andern war. Die Papiere mußten geordnet
werden, Notizbücher, Zeichnungen, Stöße von Fotografien.
Länger als eine Stunde konnte er's nicht aushalten, dann mußte

er sich hinlegen, schweißüberströmt. Hatte sich der Puls beruhigt und war das schwarze Flimmern vor den Augen vorüber, dann begann er von neuem, bis zum nächsten Erschöpfungsanfall. Er hatte einen Diener aufnehmen wollen, unterließ es jedoch, um nicht von fremden Augen überwacht zu werden. Zu Bergmanns hatte er seine Karte hinaufgeschickt, am nächsten Tag wollten sie ihn begrüßen, er hatte sie bitten lassen, erst am Sonntag zu kommen. Um längeres Zusammensein mit der Mutter zu vermeiden, hielt er sich an geregelte Mahlzeiten, er schützte eine dringliche Arbeit vor, Beitrag für einen geographischen Jahresbericht.

Die Tage waren noch erträglich, das Schlimmste spielte sich in der Nacht ab, die Hochglut des Fiebers, er hatte schon 39,7 gemessen, das gräßliche Ameisenlaufen über Arme und Schenkel, die Erstickungsängste. Er nahm Chinin in Löffeln, das gewöhnliche Quantum war längst überschritten, aber die stärksten Dosen blieben wirkungslos. Er erwog den Gedanken an Abreise. Doch wohin? Er würde den Schwächeeinbrüchen erliegen. In eine Anstalt, sich den Experimenten der Ärzte unterwerfen, monatelange Krankenhaft auf sich nehmen für eine unsichere Hoffnung? Vielleicht half die Zeit, vielleicht die Natur. Das Übel hatte seine Perioden, seine Kurven, oft kam gerade dann Erleichterung, wenn man meinte, beim nächsten Zugriff sei alles aus. Das kannte man. (Er glaubte in jenen Tagen noch an eine der schweren Formen von tropischer Malaria.) Und versagte die Natur, was sollte die Wissenschaft ausrichten mit ihrem Ungefähr von Regel und Nachweis? Man wird den vorbestimmten Tod sterben, das ist alles.

Allein das Schwere ist nicht der Tod, sondern der Gang zum Tod.

Da er nachmittags zwischen fünf und sieben noch am meisten auf sich zählen konnte, bestimmte er diese Stunde für den Besuch des jungen Paares. Als sie kamen, entschuldigte er sich lebhaft, daß er nicht schon bei ihnen gewesen war, doch sei er von der Reise noch ermüdet und könne sich kaum entschließen, das Zimmer zu verlassen. »Ein entzückendes Heim, das ihr euch da geschaffen habt«, sagte er und blickte Marie forschend an, als sei er unsicher, wie diese das etwas unartige »ihr« aufnehmen würde. Aber die Sprache gab keine Möglichkeit, das Du für Ernst und das Sie für die junge Frau in der Anrede auseinanderzuhalten. Marie war außerordentlich gehemmt. Sie nahm ein paarmal einen Anlauf, etwas nicht ganz Törichtes oder Banales zu sagen, aber es gelang auf keine Weise. Da begnügte sie sich, einfach da zu sein und um seine Nähe zu wissen. Ernst sprach über die Verhältnisse an der Universität, über die verschiedenen studentischen Gruppen und die Beeinflussungen, denen sie unterlagen. Er übte Kritik nie. Er stellte alles sachlich und möglichst wahrhaftig dar. Er sprach gut, mit einer weichen, angenehm diskreten Stimme. Marie betrachtete ihn aufmerksam und sogar etwas neugierig, gleichsam mit Irlens Blicken. Seine schmale, flache Stirn stand unter dem korrekt gescheitelten, blonden Haar wie ein reines Blatt Papier. Die Stirn war das Auffallendste und das Edelste an ihm. Der Mund war groß und unschön. Wenn er lächelte, sah man das blasse Zahnfleisch. Es war, als koste ihn jedes Lächeln immer erst einen kleinen Entschluß. Er ist ungeheuer sympathisch, schloß Marie ihre ängstliche Musterung und atmete beruhigt auf. Irlen lauschte seinem Neffen mit artigstem Interesse. Bisweilen wandte er sich mit einer Frage an Marie, wobei er ihr nicht in die Augen, sondern auf den Mund sah. Sie hatte dieselbe Beobachtung schon bei andern Menschen gemacht; sonst war es ihr gleichgültig, wenn nicht lästig, in diesem Fall hob es ihr Selbstgefühl. Sie hatte ein ungemein gewinnendes Lächeln, die Lippen entblößten dann in einem hübsch gebogenen Oval die kräftigen Zähne (ich will nicht behaupten, daß starke Zähne bei Frauen immer ein Zeichen von Verstand sind, aber dumme Frauen haben in der Regel Zähne wie eine Maus), und ihre Züge erhellten sich in einer fast ansteckenden sinnlichen oder sinnenhaften Lebensfreude. Sie bemerkte in Irlens Gesicht Zeichen von Ermüdung und gab ihrem Mann einen Wink. Sie verabschiedeten sich. Als sie in ihrer Wohnung waren, fragte

Ernst: »Findest du ihn nicht sehr gealtert?« – »Ich weiß nicht«, antwortete Marie betroffen, »kommt es dir so vor? Er sieht wundervoll aus.« – »Ja, er sieht aus wie die Ritter auf mittelalterlichen Grabmälern.« Marie dachte ein wenig nach, dann nahm sie seinen Kopf zwischen beide Hände, vielmehr sie berührte nur seine Wangen mit den Fingern und hauchte einen Kuß auf seine Stirn. Es war eine charakteristische Liebkosung, die genau ihr Gefühl zum Ausdruck brachte.

Unter den Dutzenden von Briefen, die auf Irlens Schreibtisch lagen, war einer, dessen Beantwortung er nicht hinausschieben wollte. Die Freunde hatten erfahren, daß er zurückgekehrt war, jeder wollte Nachricht haben. Sie mußten sich gedulden. Nur diesen einen, den er seit zwanzig Jahren kannte und der vor einer heiklen Lebensentscheidung stand, durfte er nicht warten lassen. Sein Brief war von der liebenswürdigsten Ausführlichkeit, und nachdem er mit seiner eilenden, schwachgrundierten, rundungreichen Schrift viele Seiten über die Angelegenheit des andern geschrieben, berichtete er auch von sich selbst, hauptsächlich von der Schwierigkeit, dort wieder fruchtbar anzuknüpfen, wo er vor mehr als zwei Jahren die Fäden so jäh abgeschnitten hatte. Von seinem körperlichen Leiden keine Silbe. Wozu auch? War er invalid, so hatte er abzudanken wie die spartanischen Könige, die ihre Würde nur so lange innehatten, als sie stark und wehrhaft waren. Kranksein hieß verzichten und die Geschäfte berufeneren Händen übergeben. Pflege dich, wenn du siech bist, laß dich pflegen, aber verlange nicht von der Welt, daß sie noch mit dir rechnet. Der Schnellzug muß seine Fahrzeit einhalten, die Passagiere können sich nicht darauf einlassen, auf einen zurückgebliebenen Mitreisenden zu warten.

An ernste Krankheit hatte er im Innersten bis jetzt nicht geglaubt. Als er am nächsten Morgen aus somnolentem Zustand mit einem schmerzhaften Druck im Nacken erwachte und die tastenden Finger eine Geschwulst unterschieden, war ihm zumut, als ob er langsam in eine mit Schleim gefüllte Grube sinke.

So eisernen Gemüts war er nicht, um die Bedeutung des Zeichens unbeachtet zu lassen, so unerfahren nicht, um danach an der bisherigen, immerhin noch glimpflichen Annahme festzuhalten. Ein wenig später zog er das durchnäßte Hemd vom Leib und bemerkte auf der Brust drei handtellergroße ziegelrote Flecken.

In der zweitfolgenden Nacht erwachte Marie gegen drei Uhr, und es kam ihr vor, als habe sie im Schlafe beständig über Johann Irlen nachgedacht. Etwas beunruhigte sie an ihm, aber sie wußte nicht was. Der hohe Begriff, den sie in all den Jahren von seiner Person in sich getragen, hatte sich bestätigt, noch über ihre Erwartung hinaus. Definieren konnte sie den Eindruck nicht, aber es war alles so selbstverständlich, und das Selbstverständliche hat keine Formel. Seine Nähe gab ihr ein Gefühl vollkommenen Einklangs, sie entsann sich nicht, je ein so geistiges Glück verspürt zu haben. Das Sonderbare dabei war, daß ihr seine körperliche Erscheinung beinah gänzlich aus dem Gedächtnis entschwand, schon beim Verlassen des Zimmers hatte sie sich besinnen müssen, wie er aussah; das passierte ihr sonst nie, konnte sie doch den gleichgültigsten Menschen, der ihr in Gesellschaft begegnet war, oft noch lange nachher bis auf die unscheinbarsten Einzelheiten beschreiben. War es das, was sie beunruhigte, dieses Zerfließen der Form in das Empfundene hinüber? Sie vermochte es nicht zu ergründen.

Da hörte sie dumpfes Stöhnen, als ob im Garten jemand hilflos läge. Es war eine schwüle Nacht, das eine Fenster stand weit offen. Sie richtete sich auf und lauschte: wieder. Behutsam schlüpfte sie aus dem Bett, eilte zum Fenster und beugte sich hinaus. Wieder. Die Kronen der Bäume ragten still und schwarz, der Springbrunnen rieselte. Sie konnte feststellen, woher der Laut kam: aus dem offenen Fenster schräg unten, aus Irlens Schlafzimmer. Ihr Mund verzog sich bang. In unregelmäßigen Pausen wiederholte sich das dumpfe Stöhnen unaufhörlich. Sie ging ins Zimmer zurück, warf hastig den Schlafrock über, schlich auf Zehenspitzen zur Tür, um ihren nebenan schlafenden Mann nicht zu wecken, lief in den Flur, riß an der Eingangstür den Sperrhaken aus der Schiene, rannte barfuß die teppichbelegte Treppe hinaus und läutete unten, zweimal, dreimal, zuletzt so lange, daß die Spitze des Zeigefingers auf dem Taster weh tat. Endlich erschien ein verschlafenes Mädchen, sie schob es beiseite, um die Großmutter zu wecken. Aber die war bereits aufgestanden, sie trat eben aus ihrem Zimmer und fragte ungehalten nach dem Grund der nächtlichen Störung. »Geh mal sofort zu Onkel Irlen hinein, Großmutter«, stammelte Marie, »ich glaube, er braucht jemand . . .«

Irlen lag im Pyjama zusammengekauert, die Knie an den Bauch gedrückt, auf dem Diwan. Er war dorthin gekrochen, aus dem glühendheißen Bett herausgekrochen. Er sah zu, wie aus einer Hüftenwunde sein Blut rann. Es war eine eingebildete Wunde, sie ähnelte jener des gekreuzigten Christus. Das Blut floß in ein riesiges Marmorbecken, wo es sich als scharlachroter Teich ausdehnte, dessen Oberfläche in konzentrischen Ringen vibrierte. Die Bewegung wurde durch zahllose langschwänzige Geschöpfe verursacht, die sich wie Aale durcheinander schlängelten und die er nur deshalb wahrnehmen konnte, weil seine Augen als Mikroskope funktionierten. Er konnte beobachten, wie sie sich verdickten und aufschwollen, offenbar nährten sie sich vom Rot des Blutsees, denn an den Stellen, wo sich größere Massen von ihnen zu Knäueln geballt hatten, verwandelte sich das Rot in ein schleimig-bleiches Grau. Er hatte das Bedürfnis zu schreien, brachte es aber nur zu erstickten Kehllauten, und als er feststellen wollte, was ihn am Schreien verhinderte und den Unterkiefer anrührte, fand er, daß die Muskeln dort steinstarr waren. Er hörte vier Schläge vom Domturm aus der Stadt und empfand eine melancholische Befriedigung darüber, daß sich ihm die Zeit noch verkündete. Auf einmal wurde es hell, das elektrische Licht war aufgedreht worden. Er wandte das Gesicht ab, als er seine Mutter erkannte. Marie saß regungslos auf einem Stuhl im Vorplatz. Bei Tagesanbruch war der Anfall vorüber.

Die Senatorin ging mit unerwarteter Energie ins Zeug. Die Versuche Irlens, sie zu beschwichtigen, schlugen fehl. Umsonst bemühte er sich, sie glauben zu machen, es sei die übliche Tropenmitgift und der Höhepunkt bereits überschritten (was er bis vor drei Tagen selbst geglaubt, heute nicht mehr), sie ließ sich nicht beirren. Sie sagte: »Wozu haben wir die größten Kapazitäten bei der Hand?« und wollte gleich nach dem Frühstück den Professor L. anrufen, den Kliniker. Irlen beschwor sie, es zu unterlassen. Um ihr zu beweisen, daß er die Sache nicht vernachlässigt, erzählte er von der Ordination bei Ahrens in Berlin. »Nun?« fragte die alte Dame. »Und?« – »Er hat mir genaue Verhaltungsmaßregeln gegeben. Eine Geduldprobe, weiter nichts.« Er preßte die Finger um die Kehle; er fürchtete einen Erregungsausbruch wie neulich im Hotel, wenn sie noch länger auf ihn einredete. Sie verzichtete auf weitere Debatten, und ohne sich an seinen Widerstand zu kehren, läutete sie gegen neun Uhr die Wohnung des Professors an. Sie erhielt die Auskunft, er befinde sich auf einer Nordlandsreise, von der er erst in zehn Tagen zurückerwartet werde. Schon wollte sie nach den Namen des Stellvertreters und des ersten Assistenten fragen, da besann sie sich eines andern. Sie hängte den Hörer auf, ging ins Zimmer zu ihrem Sohn zurück, der gerade eine schön geschnitzte Gewürzbüchse aus der Landschaft Avatiko anschaute, und sagte in ihrer verbindlich überredenden Art: »Ich habe dir doch von Gaupps erzählt. Nun hör mal. Die haben eine zwölfjährige Tochter, die seit Monaten gelähmt war. Nachdem sie es mit allen möglichen Kapazitäten versucht hatten, wandten sie sich an einen hiesigen Arzt, einen ganz einfachen Hausdoktor, wie es ihrer Dutzende gibt, und denke dir, dieser unbedeutende kleine Doktor ist im Begriff, das arme Kind völlig wiederherzustellen. Es ist wirklich zu merkwürdig, Gaupps sind selig, am liebsten möchten sie den Mann in Gold fassen. Ich möchte ihn kommen lassen, Johann. Schaden kann es keinesfalls, und ohne jede Behandlung kannst du nicht bleiben, das mußt du einsehen. Ich erinnere mich nicht mehr an den Namen, aber man braucht ja nur bei Gaupps anzurufen.«

Es erwies sich später, daß die Heilung der kleinen Gaupp kein solches Wunder war, wie die Senatorin Irlen glaubte. Joseph Kerkhoven selbst schilderte Irlen den Fall bei einem seiner ersten Besuche. Das Mädchen war verhalten worden, dauernd im Bett zu liegen, angeblich wegen chronischer Nephritis. Ihm seien Zweifel an der Richtigkeit der Diagnose aufgestiegen, nach sorgfältiger Untersuchung und Beobachtung habe er eine ganz andere Ansicht gewonnen. Er ließ das Kind, das schon ganz muskelschwach und anämisch war, eines Tages aufstehen, ernährte sie „furchtlos" (das war sein eigener Ausdruck: furchtlos) und gewöhnte sie an regelmäßige Turnübungen. »Es war gewagt«, schloß er mit gesenkten Augen seinen Bericht, »aber es glückte. Ein Einfall eben; manchmal hat man so einen Einfall . . .«

Die Senatorin hatte ihren Willen durchgesetzt. Irlen hatte ermüdet nachgegeben und erlaubt, daß Doktor Kerkhoven kam, trotzdem er sich nach dem schweren nächtlichen Anfall bedeutend besser fühlte als vorher und wieder Hoffnung schöpfte. Der junge Arzt überraschte ihn durch sein ungewöhnlich stilles und rücksichtsvolles Benehmen. Von Mal zu Mal empfand er seine Gegenwart wohltuender; es ging von dem Mann etwas Friedlichmachendes aus, eine geheimnisvolle Ruhe, wie er sie noch bei keinem Menschen gespürt hatte.

Er konnte nicht umhin, zu beichten, wie er den Brief des Doktor Ahrens ungelesen vernichtet hatte. Kerkhoven sagte lakonisch: »Ich werde an das Institut schreiben.« Nach zwei Tagen bekam er die Antwort. Bezeichnung. Die Therapie nach dem derzeitigen Stand der Forschung war angegeben; gegen private Behandlung sei nichts anzuwenden; zum Zweck zweifelloser Feststellung wurde überdies empfohlen, eine Punktation der Nackendrüsen vorzunehmen. Er hielt das Papier lange in der Hand. Dreimal nacheinander murmelte er den schwierigen lateinischen Namen. Trypanosomiasis gambiense. »Hm«, sagte er dann, »hm«, und sein Gesicht erlosch.

Er holte das vorgeschriebene Medikament aus der pharmakologischen Abteilung der Klinik, weil er sich zugleich erkundigen wollte, ob die Anwendung nicht bedenklich sei wegen der Wirkung auf die Augen. Es wurde lange beraten, ein älterer Assistent sah in seinen Heften nach und schrieb ein gleichwertiges Präparat auf, das schädliche Folgen nicht befürchten ließ, er bezog sich dabei auf die Veröffentlichungen des Instituts für Tropenkrankheiten in Hamburg. Als Kerkhoven zu Irlen kam, war Marie bei ihm. Er hatte sie schon das vorige Mal getroffen, zwischen Tür und Angel, und sich ihr vorgestellt. Es war nicht recht erfindlich, warum sie sich in eine Abwehrstellung gegen ihn verschanzt hatte, vielleicht weil er ihr so ungeschlacht und in der äußeren Erscheinung vernachlässigt vorkam. Als er ins Zimmer trat, stutzte sie über den sonderbaren Ausdruck seiner weit vor sich hinsehenden Augen; während sie sich erhob, um die Herren allein zu lassen, bemerkte sie, daß auch Irlen ihn gespannt ansah. Im Hinausgehen hörte sie ihn sagen: »Also Sie haben Bescheid aus Berlin, Doktor?« Sie beschloß, im Vorgarten auf Kerkhoven zu warten.

Zwischen zwei Ulmen langsam auf und ab schreitend, den Strohhut am Band über den Unterarm gehängt, wiederholte sie sich im Innern Wort für Wort, was er über Afrika gesagt hatte, gerade als der Doktor kam. »Es hat nicht dieselben Gesetze wie die andern Kontinente, seine Menschen, seine Tiere, seine Pflanzen, seine Ströme, seine Berge, alles ist aus der Regel heraus. Es gibt Geologen, die behaupten, Afrika sei ein auf die Erde gestürzter fremder Stern, der sich als Fremdkörper in unsern Planeten hineingebohrt habe. Das hat viel für sich. Alles ist überdimensioniert, Leben und Tod über das Maß, das wir ertragen. Ich will Ihnen gelegentlich Aufnahmen von Felsformationen zeigen, rätselhafte Phänomene, man sieht, wie die Natur spielend in Stein vorläufig probiert, was sie später in lebendiger Gestalt gegeben hat, alle Riesen der Fauna und Flora . . .« Sie hatte noch den Klang seiner Stimme im Ohr, die zugleich hell und heiser war, sie sah, wie die Finger der erdbraunen Hände ineinander verschränkt waren und wie beim

Sprechen die Spitzen des gelbblonden kurzgestutzten Schnurr-
barts unmerklich zitterten (der Schnurrbart hatte an dem
Weißwerden der Haare nicht teilgenommen, darüber mußte
sie sich beständig wundern).

Wie ist es nun mit ihm und den Frauen, sann sie, während sich
ein leidenschaftlicher Ernst in ihren Zügen malte, offenbar sind
wir ihm bloß Menschen, weiter nichts, er beurteilt uns kühl,
ohne Neugier, ohne Voreingenommenheit und Befangenheit.
Eigentlich sehr anziehend, sehr befreiend, und daß ich bei ihm
sein darf, daß ich ihn, wie es scheint, nicht störe, spricht vielleicht
ein wenig für mich ... Ich wag' es ja kaum zu denken ...
trotzdem ... Sie lächelte in ihren Gedanken und hatte schier
vergessen, weshalb sie Posten ging, als Kerkhoven aus dem
Haus trat. Rasch schritt sie auf ihn zu. »Wollen Sie mir nicht
sagen, was es für eine Krankheit ist, an der Onkel Irlen leidet?«
redete sie ihn ohne Umschweife an. Kerkhoven blickte auf sie
nieder, als ob sie ihm nur bis zum Nabel reiche und nicht bis
über die Schulter, wie es doch tatsächlich der Fall war. »Gewiß, Frau Bergmann, ich kann es Ihnen schon sagen«, erwiderte
er mit sichtlicher Überwindung, »es ist die afrikanische Schlaf-
krankheit.« Ein leichter Schauer lief über ihre Schultern. Sie
schloß einen Moment die Augen und sagte leise: »Ich kann
mir nichts darunter vorstellen. Ist es ... besteht Gefahr ...
ich meine Lebensgefahr?« Kerkhoven starrte auf einen Baumwipfel (es schien, als blicke er auch über den Baum hinüber,
genauso wie über Marie) und antwortete: »Leider kann ich
Ihnen nur mit dem dienen, was ich ad hoc gelesen habe. Gefahr? Wenn Sie mich ins Gesicht hinein fragen: ja. Was man
fürchten muß, ist die Zerstörung des gesamten Nervensystems.
Der Erreger ist einer der tückischsten Parasiten, die wir kennen,
der Träger eine Stechfliege, die glossina palpalis. Da haben Sie
alles, was ich weiß.« – »Und gibt es ein Mittel, hilft es, ist es
möglich, ihn zu retten?« Sie suchte seinen Blick, es gelang nicht.
Es fiel ihr plötzlich auf, wie unendlich schüchtern dieser Mann
war. »Ich habe von Heilungen gehört«, erwiderte er bedächtig, und seine bartlosen Lippen hoben sich über sehr großen,

aber etwas schadhaften Zähnen (die beiden Vorderzähne standen ziemlich weit auseinander), »der Prozeß ist jedenfalls langwierig. Man kann noch nicht beurteilen, was der Körper an Widerständen aufbringt. Davon hängt es ab.« Marie atmete tief. »Glauben Sie«, fragte sie stockend, »daß Sie allein . . . daß . . . ich meine . . . Sie werden mir ja offen antworten . . .« – »Sie wollen wissen, ob man einen Konsiliarius zuziehen soll«, unterbrach sie Kerkhoven freundlich, »das wäre zu erwägen. Es hätte, in diesem Fall, keinen Zweck, aber man könnte es in Betracht ziehen. (Er schaute sich wie hilfesuchend um.) Sehen Sie, Frau Bergmann, wenn es zum Beispiel mein Bruder wäre, würde ich es unterlassen, und zwar aus Schonung für die besondere Natur des Patienten. Verstehen Sie mich recht, wenn ich Bruder sage, so ist das . . . in diesem Fall . . . nicht gänzlich aus der Luft gegriffen. Der gelehrteste Mediziner, sei er, wer er sei, bleibt da schließlich außen . . . bleibt am Rande. Verstehen Sie, was ich sagen will: am Rande . . .«

Er deutete mit dem Zeigefinger schwerfällig die Kontur ihres Kopfes an, um das »am Rande« zu illustrieren. Marie schaute ihm erstaunt nach, als er wie jemand, der nicht liebt, daß man seinen Rücken sieht, zur Gartenpforte schritt.

Drittes Kapitel

Schon in den ersten Tagen seiner Bekanntschaft mit Johann Irlen zeigte sich im Wesen Kerkhovens eine augenfällige Veränderung. Bis dahin ein Mann von nüchterner oder doch nüchtern scheinender Gesammeltheit, machte er nun den Eindruck zerfahrener Unruhe. Zuweilen sah er wie jemand aus, der insgeheim eine unerwartete Nachricht erhalten hat, deren Tragweite nicht abzuschätzen ist. Er war vor kurzem vierunddreißig geworden und stand seit acht Jahren in der Praxis, zum Besinnen war ihm wenig Zeit geblieben, nämlich zu dieser Art von Besinnen, die wie erschrockenes Innehalten auf einer bequemen Straße war. Es ließ sich etwa so ausdrücken: ein tadellos funktionierender Mechanismus war in Unordnung geraten, und die Ursache war nicht zu finden, ein Rädchen zerbrochen, eine Feder gesprungen, Gott weiß was. Wer seine täglich wiederkehrende Aufgabe hat, streng eingeteilten Dienst, der tut nicht gut, wenn er sich mit störenden Vorgängen in seinem eigenen Innern befaßt, namentlich wenn ihm das Innere der andern Menschen dauernd zu schaffen macht, er gleicht dann einem Mann, der angelegentlich in den Spiegel starrt, während ringsherum das Haus brennt.

Aber was war denn geschehen? Im Grunde nichts weiter als die Begegnung mit einer Persönlichkeit, die ähnlich wie ein Scheinwerfer wirkte. Bereits beim zweiten Besuch kam es außerhalb des ärztlichen Bereichs zu einem Gespräch, das Kerkhoven aus dem Gleichgewicht brachte, wobei ihm klar wurde, daß es ein eingerostetes Gleichgewicht war. Es lag nicht am berührten Gegenstand, auch nicht an der Art der Betrachtung, sondern an der Atmosphäre. Man hatte das Gefühl: Luft! Du kannst atmen! Am Ende der Woche ließ ihn Irlen gegen zehn Uhr abends rufen, weil er vor Kopfschmerzen fast verrückt wurde. Er blieb bis elf Uhr still bei ihm sitzen, dann, als die Schmerzen vorüber waren, unterhielten sie sich bis halb eins. Auf dem Nachhauseweg, im Regen, unter einer Gaslaterne, versteinerte er aus dumpfwühlenden Zweifeln heraus unter der schlaglichtartigen Erkenntnis: alles, was du bis jetzt getrieben, gedacht, vorgestellt hast und gewesen bist, war Irrtum und Zeitverlust.

Nun, damit konnte man sich ebensogut hinlegen und krepieren. Dazu die schülerhaft erstaunte Feststellung, daß man hierherum ungefähr sieben- bis achthundert Menschen kannte und zwei bis drei Dutzend hinlänglich gründlich und genau, daß aber dieser von allen übrigen so verschieden war wie ein Säugetier von Insekten.

Er war der Sprache nur in geringem Grad mächtig, nicht mehr als etwa ein gebildeter Handwerker, wenigstens was den Mut zur Äußerung betraf. Vieles lag ihm auf der Zunge, was er nicht formulieren konnte; Irlen war der erste Mensch, den er je getroffen, der es jedesmal erriet und zu seiner maßlosen Verwunderung in Worte brachte. Und auf einmal erwies es sich, daß er die Worte selber fand. Er hatte nie ein deutliches Bewußtsein von seiner Einsamkeit gehabt, in Irlens Nähe wurde sie ihm als Zustand sichtbar, wie eine Fotografie beinahe, und er versuchte stotternd, ihm eine Vorstellung davon zu geben. Irlen nickte ihm zu, als hätte er etwas ganz besonders Tiefes gesagt und bezeichnete es als ein Merkmal der Zeit. »Alle unsere Berufsleute sind einsam«, sagte er, »einige leiden darunter, die meisten spüren es nicht. Sie haben ihre Interessengemeinschaften und das armselige Ersatzmittel für höhere Beziehung, den gesellschaftlichen Verkehr, der durch alle sozialen Stufen in seiner eigentümlichen Verkümmerung besteht, indem er Kaste gegen Kaste ausspielt, in der Arbeiterwelt wie in der Adels- und Bürgerwelt. Das ist ja unser Unglück, deswegen sind wir so verarmt. Heute gibt es kaum einen Mann über dreißig, der noch einen Freund besitzt, vor zwanzig Jahren war man erst mit vierzig so weit, um neunzehnhundertdreißig werden bereits die Fünfundzwanzigjährigen vereinsamt sein. Sie werden mit zwanzig ihre erotischen Erlebnisse hinter sich haben und für die Liebe dann verloren sein wie für die Freundschaft. Die Ehe ist dann auch nur ein jämmerlicher Ersatz.« Kerkhoven machte ein naiv-schuldbewußtes Gesicht. (Vielleicht, weil er annahm, Irlen wisse nicht, daß er verheiratet war, er erzählte es ihm erst einige Tage später.) Er schaute Irlen in einem Moment, wo er sich nicht von ihm beobachtet glaubte, mit einem Blick an, der ihn durch und durch zu erforschen schien. Es war ihm zumut, als kenne er ihn schon viele Jahre, sei schon seit vielen Jahren vertraut mit diesem indianisch-schmalen Kopf, den blauen, tiefliegenden Augen, dem hastigen, harten, trockenen Händedruck, auf den er beim Kommen und Gehen immer wartete wie auf eine unentbehrliche Verständigung, und als sei es auf keine Weise zu erklären, daß sie einander erst vor kurzer Frist kennengelernt hatten.

Kerkhovens Ehe war ein Fall für sich, ein Kerkhovenscher Fall. Es dauerte Monate, bis Irlen in das Verhältnis Einblick erlangte, denn Kerkhoven konnte sich nicht entschließen, darüber anders als in spärlichsten Andeutungen zu sprechen. Die Vorgeschichte war nichts weniger als interessant. Schon als Student war er ein Abseitsgeher gewesen und hatte sich von den Kommilitonen ferngehalten. Nicht aus Hochmut, sondern aus Schwerblütigkeit und hauptsächlich, weil er sich mit ihnen langweilte. Seine Schüchternheit lähmte ihn auch dort, wo er sich gern angeschlossen hätte. Im allgemeinen war ihm die Methodik der studentischen Vergnügungen unleidlich, nichts verdroß ihn mehr als das programmäßige Über-die-Schnur-Hauen und das Heldentum, das sich nach der Quantität des konsumierten Alkohols bemaß. Sie sprachen mit schöner Ungeniertheit von sich; er liebte es in keiner Weise, von sich zu sprechen, wenn sich bei irgendeinem Anlaß die Aufmerksamkeit auf seine Person richtete, wurde er ängstlich und rollte sich igelhaft zusammen. Langweile unter Menschen war beinahe eine Krankheit bei ihm; war er einmal gezwungen, in Gesellschaft zu gehen, so bekam er richtiges Lampenfieber und verbarg seine Mißgefühle unter einer peinlich wirkenden steifen Höflichkeit, redete jeden beflissen mit seinem vollen Titel an und entschuldigte sich beim geringsten Verstoß so umständlich wie der unglückliche Beamte in der Geschichte von Tschechow, der seinem Vorgesetzten im Theater beim Niesen auf die Glatze spuckt. Infolgedessen beging er natürlich lauter Verstöße, mitunter ziemlich lächerliche. Jedoch nach seiner bürgerlichen Niederlassung gewann er hierin mehr Sicherheit und Haltung.

Während seiner Praktikantenzeit hatte er eine junge Italienerin kennengelernt, sie hieß Nina Belotti und stammte aus dem Trentino, eine äußerst lebhafte, anmutige, hübsche Person. Sie hatte sich als achtzehnjähriges Mädchen an irredentistischen Umtrieben beteiligt, und, ohne daß sie es recht merkte, in eine hochverräterische Verschwörung verstrickt, war sie der drohenden Verhaftung nur durch schleunige Flucht über die nahe Schweizer Grenze entgangen. Da die Familie sich von ihr lossagte und ihr die Unterstützung verweigerte, hatte sie den Plan gefaßt, sich in Deutschland zur Krankenschwester auszubilden. Wie sie in den politischen Kampf geraten war, darüber vermochte sie nie eine vernünftige Auskunft zu geben, vielleicht durch ein Liebesabenteuer, vielleicht bloß, um ihrem Temperament die Zügel schießen zu lassen. Über die Ziele, die ihr vorgeschwebt, wußte sie wenig auszusagen; wenn man neugierig wurde und sie bedrängte, brachte sie mit einem gewissen verlegenen Trotz die billigsten Schlagworte aus der Rebellenfibel vor, wie daß die Freiheit mit Blut erkauft werden müsse und die Unterdrücker den Tod verdienten. Kerkhoven hörte sich das jedesmal mit grabesernster Miene an. Sie zu belehren oder zu erziehen fiel ihm nicht im Traum ein.

Sie war entzückend ungebildet, ganz Naturkind, vollkommen anspruchslos. Und so gefiel sie ihm, so wollte er sie haben, so sollte sie bleiben. Was braucht eine Frau mehr als eine genügende Portion Hausverstand? Nämlich wenn sie in ihrem Äußern mit allen Eigenschaften ausgestattet ist, die den Mann zufriedenstellen. Ein paar Jahre lang hatte er in freiem Verhältnis mit ihr gelebt; nachdem er sich als praktischer Arzt ansässig gemacht, hatte er sie geheiratet. Er hatte geschwankt, hatte alle Möglichkeiten erwogen, sich durch alle Zweifel gekämpft, aber er hatte niemals Ursache gehabt, seinen Entschluß zu bereuen. Sie diente ihm mit Hingebung. Sie war seine Magd, seine Geliebte, seine Wirtschafterin und seine Assistentin. Sie war tapfer, hochherzig und selbstlos. Kinder hatten sie nicht.

Etwas trübte seine Beziehung zu ihr: die schrankenlose Bewunderung, die sie für ihn hegte. In dem Punkt war sie taub gegen jeden Einspruch und blind für die wirklichen Maße. Sie bewunderte alles, was er tat und sagte, sie bewunderte ihn beim Rasieren und beim Zeitunglesen, wenn er mißgelaunt und wenn er freundlich war, bei der Ordination und beim Schachspiel (er spielte gern Schach, als er es Irlen gestand, spielten sie bisweilen eine Partie), bei Tag und Nacht. Sie benahm sich dabei mit putziger Objektivität wie jemand, der sich für einen

47

besonders imposanten Menagerielöwen begeistert. Was konnte er dawider tun, daß sie ihn für einen großen Mann hielt? Es waren gar keine Unterlagen dafür vorhanden, sie hatte, in der Außenwelt, nicht die geringsten Anhaltspunkte dafür, aber in ihren Augen war er ein großer Mann. Sie hütete sich natürlich, schon aus Furcht vor seinem Zorn, ihre Meinung vor die Leute zu tragen, aber wenn in ihrer Gegenwart von bedeutenden Leistungen die Rede war, gleichviel ob wissenschaftlichen oder profanen, eines Dichters, Fliegers oder Boxers, mußte sie sich Gewalt antun, um nicht etwas Ungereimtes und Enthusiastisches zum Lob ihres Giuseppe zu sagen.

Ihre Begriffe waren die eines Kindes, Kerkhoven war gleichsam der einzige Erwachsene für sie, so wie für das Kind der Vater, der es führt, die einzige Person von Geltung ist. Daneben steckte etwas von dem abergläubischen Respekt der italienischen Bäuerin vor dem Doktor in ihr, er wußte es wohl und hielt es ihr zugute, denn er liebte ihre Volksart, wie er ihre Sprache und ihre durch keine Kultureinflüsse verderbte Einfalt liebte. (Viele Jahre später, als sie schon eine vom Leben zerschlagene Kreatur war, deren geistige Nacht sich nur blitzartig erhellte, wenn die Kunde von Kerkhovens Aufstieg zu ihr drang, sagte sie, so oft ihr davon erzählt wurde, mit einem ergreifenden Leuchten im Gesicht und dem unverändert radebrechenden Deutsch: »Seht ihr, ich 'aben es immer gewußt; ich allein 'aben es immer prophezeit.«)

Wenn man einem Menschen als etwas erscheint, was man auch bei mildester Selbstbeurteilung in das Gebiet unsinniger Übertreibung verweisen muß, verliert sich die Stimme dieses Menschen nach und nach ins Unartikulierte wie die eines Vogels. Es steht gefährlich um die Verbundenheit, wenn das Wesen, das man sich zugesellt hat, einen beständig in aller Unschuld über die Grenzen heben möchte, die man sich von Anfang an und in der Meinung, es sei für immer, gezogen hat. Es verletzt den Stolz, und in diesem Fall geschah Ärgeres: Als Irlen es erkannte, belehrt durch die zögernden, vorsichtigen, ganz langsam die Vergangenheit aufdeckenden Mitteilungen Kerkhovens (die ihn dann selbst über die Gespenstigkeit des Geschehens belehrten), erschrak er über die seltsame Typengleichheit der Erlebnisse innerhalb ein und desselben Menschenschicksals, trotzdem es nichts Neues für ihn war, er hatte die Erfahrung schon öfter gemacht. Da war etwas Begrabenes, was begraben bleiben sollte, und jene unschuldig-törichten Hände scharrten und scharrten danach. Kerkhoven war in seiner eigenen Meinung, was er eben war, ein unbedeutender Arzt in einer Provinzstadt, im Adreßbuch unter soundsoviel andern verzeichnet als Doktor der gesamten Heilkunde. Mehr wollte er nicht sein, weil er überzeugt war, nicht mehr sein zu können. Es war dies ein Ergebnis seiner inneren Verfassung, eines Zustands von Selbstauslöschung, von fortwährendem Herunterschrauben des Ichgefühls. Seine Bescheidenheit, oder wie man diese Eigenschaft nennen mochte, war eine chronische Erkrankung des Selbstbewußtseins. Der Ursache nachzugehen nahm er sich sorglich in acht, und so war es ein Schock, wie er ihn lange nicht verspürt hatte, als Irlen durch ein bestürzend unvermutetes Wort daran rührte und er, wie wenn in seiner Brust Blöcke von einem Höhleneingang wären weggewälzt worden, gezwungen war, einen Blick auf das »Begrabene« zu werfen. Es ließ ihn nicht mehr ruhen. Das und vieles noch. Manche Leute schleppen eine Last durch Jahrzehnte und gewöhnen sich dermaßen an ihr Gewicht, daß sie vergessen, wie schwer sie ist.

Da ist ein Momentbild der Sprechstunde: Er öffnet die Tür zum Wartezimmer, sein Blick überfliegt die geduldig harrenden Menschen. Jeder ist sorgenvoll mit seinem Leiden beschäftigt und überlegt, wie er es dem Arzt möglichst eindringlich schildern soll. Fünf Personen: eine schwarzverschleierte Frau, die er zum erstenmal sieht, ein Arbeiter mit verbundenem Kopf (eine Eisenstange ist ihm auf den Schädel gefallen); ein unaufhörlich hustender und spuckender Alter mit unsauberem Bart und Klumpfuß; ein barfüßiger kleiner Junge, dessen ganzes Gesicht von einem Ekzem bedeckt ist, und ein gewisser Schnaase, Varietékünstler, geschlechtskrank, der seit Wochen täglich

kommt und sich beharrlich weigert, einen Spezialisten aufzusuchen, weil er angeblich zu Kerkhoven mehr Vertrauen hat.
Während er die Schwarzverschleierte mit einer Handbewegung
ins Ordinationszimmer bittet, erscheinen noch zwei Frauen,
eine junge, die sich gleich auf einen Stuhl wirft und das Taschentuch an die Augen drückt, und eine bejahrte, offenbar die
Mutter, die die Anwesenden geringschätzig mustert, wie es nur
reichgewordene Kleinbürgerinnen tun, und sich pomphaft
an Kerkhoven mit der Frage wendet, ob sie nicht als erste dran-
kommen könnten. Als er stumm auf die bereits Wartenden
deutet, kehrt sie sich beleidigt ab wie eine Primadonna, die eine
Statistin abgeben soll . . .

Heute die, morgen andere. Im Grunde sieht es aus, als seien
es immer die nämlichen. Zu Irlen sagt er einmal: »Es gibt
eine Eintönigkeit im Wechsel, die das einzelne zur Masse zu-
sammenschweißt und die Fülle des Leidens zum Sammelsurium
macht.« Irlen antwortet nicht, er scheint darüber nachzudenken. Kerkhoven möchte es näher erklären, findet jedoch nicht
die richtigen Wendungen. Er würde dann ungefähr folgendes
sagen: Ja, wenn es noch ein ausgeprägtes Leiden ist, in grundlegenden Worten benannt, auf Kongressen erörtert, in Fachzeitschriften umstritten, wenn es noch das ist. Oder einer der
seltenen Fälle, wo die Wissenschaft im dunkeln tappt und
man in die Grenzgebiete gerät, vor deren Weglosigkeit auch
der berühmte Professor das ehrwürdige Haupt schüttelt und
aufmerksam zuhört, was der kleine Kollege an Symptomen auf-
zuzählen hat; da lohnt es vielleicht der Mühe, es geht gegen
einen Feind, an dem man unter Umständen seine Kräfte messen
kann. Unter Umständen; denn du lieber Gott, mit den Kräften
ist kein großer Staat zu machen, in der Zwangsfron ist man
lahm geworden, von der gewaltigen Arbeit zahlloser Forscher
in zahllosen Laboratorien und Kliniken sind die Ergebnisse nur
zu einem verschwindenden Teil zu einem gedrungen; hat man
denn Zeit, zu lesen und weiterzulernen? Und was man zu
lesen und zu lernen versäumt hat, das muß, alle sagen es, die

Erfahrung ersetzen. Was aber ist meistens Erfahrung? Die Reihenfolge des Mißlungenen. Trotzdem verleiht sie eine Art von Sicherheit, wenigstens den verzweifelten Mut, den Wissensmangel aus der Rechnung auszuschalten, und den edleren, das Eingeständnis der Unzulänglichkeit als Schutzwehr aufzurichten gegen den Dünkel und die Verbrechen der Ignoranz.

So ungefähr würde er es ausdrücken, wenn er etwas beredter wäre. Jedoch Irlen scheint ihn trotzdem zu verstehen, in seiner Miene liegt auch die Antwort, ungefähr so: Ich glaube, Sie sind auf einer falschen Fährte, Mann.

Er hatte sich früh damit abgefunden, daß er nur einen besseren Handlanger vorzustellen hatte. Die Schuld lag selbstverständlich an ihm, er hatte sich mit voller Überlegung in die beschränkte Bürgerexistenz begeben. (Jetzt, eben jetzt begann er zu ahnen, warum, er war auf dem Weg der Erkenntnis, und wie tief der auch hinunter- und zurückführte, er fürchtete sich nicht mehr vor dem, was ihm bisher das Allergefürchtetste gewesen war, der Durchforschung seines Innern, Durchforschung bis auf den Grund, wobei er sich darüber klar war, daß es ohne die Bekanntschaft mit Irlen nie so weit gekommen wäre.)

Natürlich hätte er ein Spezialfach wählen können, um der Verflachung im allgemeinen Betrieb zu entgehen. Aber dies hätte noch jahrelanges Studium erfordert, und dazu hatten die Mittel gefehlt. Er wollte fertig und unabhängig sein. Als Spitalassistent hatte er ein unangenehmes Erlebnis mit dem Chef seiner Abteilung gehabt; dieser hatte durch eine grobe Fahrlässigkeit den Tod eines Patienten verschuldet; er dachte aber gar nicht daran, die Schuld auf sich zu nehmen, sondern schob ihm, der sich nicht wehren durfte oder von dem er mit Recht annahm, daß er zu timid oder zu autoritätsgläubig war, um sich zu wehren, kaltblütig die ganze Verantwortung zu. Der Fall lag so, daß ein Versäumnis Kerkhovens im Bereich der Möglichkeit lag, die Berechnung aber stimmte: er wehrte sich mit keiner Silbe. Nicht unwahrscheinlich bei seinem schweigsamen Stolz, daß diese Erfahrung ihn von einer Laufbahn abschreckte, die ihm solche häßlichen Überraschungen vor der schwer erringbaren Selbständigkeit noch öfter bescheren konnte. Zudem lebte in ihm eine hohe, wenn auch ganz undeutliche Idee von ärztlicher Kunst und Zusammenfassung des Vielfältigen, die ihn von der Spezialisierung abhielt (sogar auf seinem Schild fehlte die Bezeichnung Facharzt), eine verborgene Bewegung seines Geistes zum Humanen hin unterstützte eine Illusion, von der allerdings nach ein paar Jahren nicht mehr viel übrig war.

Die trostlose Verflachung hatte er nicht vorausgesehen. Er hatte sich's anders gedacht. Was war's denn geworden? Als er davon mit Irlen sprach, löste ihm der bittere Unmut die Zunge. Sie kamen mit eitrigen Geschwüren am Finger, mit erfrorenen Zehen, entzündeten Augen und Sausen in den Ohren. Sie hatten Bauchschmerzen, Brustschmerzen, Gliederreißen, Übelkeiten. Kinder hatten Schafblattern, Masern, Keuchhusten, Mumps, alte Leute waren gichtbrüchig und asthmatisch. Dienstmädchen und Gouvernanten fürchteten schwanger zu werden und waren es zuweilen, Ehefrauen, die nicht mehr gebären wollten, simulierten Herzkrankheiten. Da ein Schorf auf der Haut, dort eine pfeifende Lunge, einmal eine Halsentzündung, einmal ein schwacher Darm, einmal ein Basedow. Den schickt man in die Poliklinik, den zum Zahntechniker, dem schneidet man einen Abszeß, dem vierten schient man ein gebrochenes Bein. Die einen finden, man verschreibe nicht genug, die andern, die Rezepte seien zu teuer. Sie wollen Pflaster haben, Purgative, rasch heilende Tränkchen, sie glauben, es ist Zauberei. Sie verweisen auf gewisse Zeitungsinserate und erkundigen sich, ob das angepriesene Mittel verläßlich sei. Manche verstehen alles besser, sie haben medizinische Traktätchen oder Flugschriften von Wunderdoktoren gelesen und benörgeln jede Verordnung. Manche schlottern vor Angst, wenn sie ein Brausepulver nehmen sollen, manche verlangen gleich den Chirurgen, wenn sie der Magen drückt. Manchen sitzt der Tod im Nacken, und sie lassen nicht von ihren aufreibenden

Geschäften und mörderischen Leidenschaften, manche rufen einen mitten in der Nacht, wenn sie Nasenbluten bekommen. Mit denen, die sich in der Sprechstunde einfinden, ist es leichter als mit denen, die man in ihren Häusern aufsuchen muß, mit den Armen hat man weniger Beschwer als mit den Begüterten. Die Großbürger geben einem zu verstehn: Wir bezahlen dich, folglich hast du uns zu helfen. Sie tun, als hätten sie ein besonderes Anrecht auf Gesundheit und langes Leben, als bewohnten sie einen sakralen Bezirk, in dem der Arzt etwas wie einen Schutzmann gegen Tod und Schmerz abzugeben hat, und als vervollkommne sich die Wissenschaft nur für sie, denn schließlich ist es ihr Geld, von dem man hygienische Institute baut, kostbare Mikroskope kauft und teure Professoren besoldet. Viele sind ungeheuer aufgeklärt, sie reden von Bakterien, Streptokokken, Röntgenbildern, Sepsis und Harnanalysen, daß man sich ganz dumm dabei vorkommt, und denken, das alles sei schon so sicher wie ein Staatspapier und einfach wie die Regeln beim Sport.

Nein; er hatte sich's anders gedacht. Bei aller Selbstunterdrückung, bei aller Überzeugung von der eigenen Mittelmäßigkeit hatte er sich's beglückender gedacht. Nicht so folgenlos und auf demselben Fleck bleibend, nicht so subaltern. Für einen kleinen Medizinbeamten war er vielleicht doch zu schade, obwohl nicht einzusehen war (wie er, sich selbst zurücknehmend, durchblicken ließ), worauf er hätte hinweisen sollen, um sich dagegen aufzulehnen. Er war in dem labyrinthischen Bau seiner Wissenschaft um ein paar Stockwerke zu tief hinuntergeraten, jetzt gab es keinen Ausgang mehr nach oben, das Türschloß war eingeschnappt, die Treppe nicht mehr zu finden, und um nur in die nächsthöhere Etage zu gelangen, hätte ihm der Ausweis gefehlt, nach dem er gefragt worden wäre. Er durfte sich nicht beklagen, er hatte es so gewollt, nun hieß es, sich zufriedengeben und demütig die spärlichen Botschaften entgegennehmen, die aus den erlauchten Regionen in seine niedrige Enge drangen. Daran vermochte auch, so dünkte ihn, das aufwühlende Wort Irlens nichts zu

53

ändern, das in ihm nachhallte wie ein auf eine Grammophon-
platte übertragenes Echo.

In späterer Zeit hat Joseph Kerkhoven noch oft über den Eindruck nachgedacht, den der kurze Dialog auf der Schwelle
von Irlens Zimmer zum Vorplatz, im Schein der emporgehal-
tenen Lampe, auf ihn übte. Ein schweres Gewitter war vor-
übergezogen, in der elektrischen Leitung war Kurzschluß, deswegen hatte Irlen die Lampe anzünden lassen. Die einzelnen
Umstände blieben Kerkhovens Gedächtnis für immer einge-
prägt.

Sie hatten von der Möglichkeit plötzlicher Wesensverände-
rung in einem Menschen gesprochen, und ob ein solcher Vorgang pathologisch bestimmbar sei oder auf rein seelischen Bewegungen beruhe. Irlen lag flach ausgestreckt, wie Kerkhoven
ihm geraten, den Kopf ein wenig nach abwärts, dadurch mil-
derten sich die rasenden Schmerzen im Hinterkopf. Irlen sagte,
ein derartiger Fall habe in seinem Leben eine große Rolle gespielt, sei auch der mittelbare Anlaß zu seiner afrikanischen
Reise gewesen. »Es handelte sich plötzlich nicht mehr um den
einen Menschen«, fuhr er mit leiser Stimme fort und als ob
es ihn wider seinen Willen zu der Mitteilung zwinge, »sondern
um das Verhältnis zu allen, die mir nahestanden. Alles kam
ins Gleiten, die Welt um mich hatte ihren Schwerpunkt verschoben, es war eine Krise der gesamten Existenz. Davon muß
ich Ihnen ausführlich erzählen, ich hatte eigentlich noch nie
solches Bedürfnis danach.« – »Es scheint Sie aufzuregen«, sagte
Kerkhoven, »es ist spät, Sie müssen sich schonen. Ich bin
natürlich gespannt, ich möchte vor allem wissen, was Sie mit
dieser verhängnisvollen Reise im Sinn hatten, ich meine, welches Ziel Ihnen dabei vorschwebte. Aber heute nicht mehr,
Sie müssen ruhen.« – »Gut. Erinnern Sie mich. Sie brauchen
mich nur an Otto Kapeller zu erinnern. Man soll ein so wichtiges Ereignis nicht im Bewußtsein untergehen lassen. Man
soll es von Zeit zu Zeit in die Gegenwart stellen, sine ira, wie
ein Ding, damit man sieht, daß man sich von seinem Einfluß

befreit hat und daß es kein Gift mehr in sich trägt.« Kerkhoven blickte betroffen empor, es klang wie eine Mahnung. Nach einem ziemlich drückenden Schweigen stand er auf, um sich zu verabschieden. Irlen schob die Decke beiseite, die er über seine Knie gebreitet hatte, und griff nach der Lampe, Kerkhoven sagte: »Lassen Sie doch, ich weiß ja meinen Weg«, aber Irlen bestand darauf, ihm in den Flur zu leuchten. Als Irlen die Tür aufmachte, hörte man gedämpftes Klavierspiel aus der Bergmannschen Wohnung. »Ist das Doktor Bergmann, der so spät noch spielt?« fragte Kerkhoven. – »Ich glaube nicht«, erwiderte Irlen, »ich glaube, Ernst spielt gar nicht. Es wird Marie sein. Sie spielt gut. Sonderbar, davon hat sie nie etwas erwähnt. Sie stellt gern ihr Licht unter den Scheffel.« – Kerkhoven sagte: »Frau Bergmann hängt sehr an Ihnen.« Irlen schien über etwas anderes nachzudenken. Er hob die Lampe, die einen Milchglassturz hatte, bis in die Höhe der Schulter und schaute Kerkhoven fest und intensiv an, sicherlich fünf oder sechs Sekunden lang. Durch die Belichtung von oben gewannen seine Züge eine übertriebene Schärfe, alles Charakteristische war ins Verzerrte gesteigert, die Geierschnabelnase, die dicken Wülste der Brauen, die eingehöhlten, membranhaft zitternden Schläfen, zwischen denen eine knabenhaft klare Stirn wie eine Miniaturkuppel schwebte, der schmallippige Mund, das eckig und gebieterisch vorgestreckte Kinn; grandiose Plastik eines zufälligen Moments.

Da sagte Irlen: »Es steckt eine Kraft in Ihnen, Doktor Kerkhoven, ich glaube, eine große Kraft. Sie müssen sie aus sich herausholen, sonst geht sie verloren.« – »Meinen Sie?« erwiderte Kerkhoven mit rauher Stimme, durch die eine gewisse Erregung brach. »Worauf gründen Sie die Meinung?« – »Vorläufig nur auf die Beobachtung, daß Sie alles tun, um sie niederzuhalten. Sollte das eine bestimmte Ursache haben?« – »Ich ... nicht daß ich wüßte«, gab Kerkhoven zaudernd und abwehrend zurück. – »Denken Sie doch einmal darüber nach. Ich wünschte sehr, daß Sie ... ich sehe natürlich die Schwierigkeit ... ich wünschte, daß Sie ihr nicht ausweichen, es wird die unerwartetsten Folgen für Sie haben.« – Kerkhoven, in seiner gewohnten Art, schaute blicklos durch die Wand durch. »Ich will's versuchen«, sagte er ohne Liebenswürdigkeit, »ich danke Ihnen, Herr Major. Gute Nacht. Morgen beginnen wir wieder mit den Injektionen.«

Er grübelte und grübelte. Auf dem Heimweg über das Glacis, in den engen, leeren Gassen der Stadt, im Bett vor dem Einschlafen, während des Schlafs im Traum, am Morgen beim Erwachen, beim Frühstück und in der Sprechstunde grübelte er und konnte nicht erdenken, was Irlen mit der Kraft meinte, die er aus sich »herausholen« sollte.

Sie war offenbar zu tief begraben.

Es konnte auch daran liegen, daß ihm der entschlossene Wille fehlte. Er hatte Angst und gestand sich die Angst nicht ein. Er war kein Freund von Entdeckungen in der eigenen Seele, er liebte das bequem Gewordene und klammerte sich krampfhaft an die gewohnten Lebensformen. Nur aus diesem Grund weigerte er sich beharrlich, einmal eine Ferienreise zu machen (zu Ninas Kummer) oder ins Theater zu gehen. Nur um Gottes willen nichts Neues, nur nicht aus dem Trott heraus. (Als sich allmählich ein freundschaftlicher Verkehr zwischen ihm und Marie Bergmann entwickelte, war diese bauernhafte Abneigung gegen jede Unterbrechung des automatischen Tagesverlaufs der Gegenstand von Maries liebenswürdigem Spott, sie ahnte damals nichts von dem Unterstrom von Angst, der ihn hemmte, als ob eine unbekannte namenlose Macht in seinem Innern laure, bereit, über ihn herzufallen und ihn zu zerfleischen.)

Es gibt Geistesstimmungen, die fast gesetzmäßig die ihnen entsprechenden Ereignisse zur Folge haben. Die Natur bedeutet uns damit, daß wir, um sie zu verarbeiten, erst den notwendigen Grad der Reife, oder der Bereitschaft erreicht haben müssen. Drei Vorfälle, die sich innerhalb weniger Tage zutrugen, waren für Kerkhoven wie das Verschwinden einer Wand in einem zu engen Raum, hatten aber zunächst keine andere Wirkung, als daß sie die von dem Gespräch mit Irlen her ihm verbliebene Bestürzung vermehrten. Der erste hing mit der schwarzverschleierten Frau aus der Sprechstunde zusammen. Es war eine fortgeschrittene Phtihsis, die er an ihr feststellte. Sie war die Witwe eines Postoffizials, hatte verhältnismäßig jung drei Kinder zur Welt gebracht, der Mann war an Auszehrung gestorben, sie wohnte bei ihrer Mutter und lebte von deren Gnade; die Kinder gerieten nicht recht, klagte sie, hatten einen neidischen, bösen Charakter, eigentlich habe sie keineswegs den Wunsch, das elende Leben fortzusetzen, aber ihr Beichtvater habe ihr ins Gewissen geredet, und so habe sie sich entschlossen, zum Doktor zu gehen. Beim ersten und zweiten Mal hatte sich Kerkhoven mit den üblichen Anweisungen begnügt und davon gesprochen, sich für ihre Unterbringung in einer Heilstätte zu verwenden, wovon sie aber durchaus nichts wissen wollte. Als sie das dritte Mal kam und er in seinen Notizen nachsah, hatte er das Gefühl, als habe er sie zu oberflächlich untersucht und sagte, sehr rücksichtsvoll, er müsse ihren Zustand noch einmal überprüfen. Sie entblößte den Körper bis zur Hüfte und stand da, schmal, blaß, mit glanzloser Haut, flachem Thorax, schräg abwärts fallenden Schultern und flackrigem Blick. Während er nun die Frau betrachtete, geschah etwas Seltsames. Er drückte den Rücken der linken Hand gegen die Stirn, kniff die Augen zusammen und sagte: »Ja, ich sehe schon, ich sehe, es ist gut, ziehn Sie sich nur wieder an.« Verwundert, daß er sie nicht abklopfte, gehorchte die Frau zögernd und fragte mit trübem Lächeln: »Steht's denn so, daß Sie sich das Hineinhorchen ersparen können, Herr Doktor?« Es schien, als erschreckten ihn ihre Worte, aber nur der Schall, nicht der Sinn, er winkte lebhaft ab und sagte: »Nein nein, wo denken Sie hin.« Da traf ihn ein unendlich vertrauensvoller Blick aus den Augen der Frau, so als habe sie die Hoffnungslosigkeit ihres Falles zwar begriffen, sei aber seit dieser Stunde auch gewiß, daß sie einen besseren Berater nicht habe finden können. Es war ein auffallender Stimmungsumschwung bei ihr zu bemerken, nach dessen Ursache sich Kerkhoven vergeblich fragte, denn wie er glaubte, hatte er nicht das mindeste dazu getan. Und dieser selbe Stimmungsumschwung bewirkte in den nächsten Tagen eine ebenso auffallende Besserung ihres ganzen Befindens; mit Erstaunen konstatierte Kerkhoven, daß sie nach wochenlangen Temperaturen plötzlich fieberfrei war.

Irlen sah, daß ihn etwas beschäftigte, und suchte ihn zum Reden zu bringen. Der Mann interessierte ihn mit jedem Tag mehr, er konnte kaum sagen weshalb. Er interessierte ihn ungefähr wie den Bildhauer ein unverarbeiteter Marmorblock interessiert oder, weil dieser Vergleich das Lebendige, das fast Blutmäßige seiner Anteilnahme herabsetzen könnte, wie den Erzieher ein begabter, aber total verwilderter und geistig vernachlässigter Knabe. Wenn er nicht geradezu betäubt von Fieber und Krämpfen war und die Schwächeanfälle ihn nicht stumm machten (was übrigens immer seltener der Fall war, das Leiden schien sich gewissermaßen zu verbreitern, der anfänglich katastrophenhafte Charakter ging in einen chronischen, aber milderen über), gewährten ihm die Unterhaltungen mit Kerkhoven ein wachsendes Vergnügen, mehr als das, eine Art Lenker- und Entdeckerfreude, und zur Verwunderung Maries und der Senatorin dauerten die täglichen Besuche Kerkhovens, längst nicht mehr ausschließlich Krankenbesuche, oft bis weit über Mitternacht.

Es bedurfte nur eines geringen Anstoßes von seiten Irlens, und Kerkhoven erzählte, ziemlich abgerissen und ungenau freilich, was ihm mit jener Frau passiert war. Er ging mit großen Schritten im Zimmer auf und ab, und indem er sprach, schien ihm die Sache plötzlich nicht mehr so rätselhaft wie bisher. »Wenn man längere Zeit im Seziersaal arbeitet, verliert die Leiche nach und nach das Menschenhafte«, sagte er leise und überstürzt, als rede er mit sich selber, »sie ist eben ein Präparat, weiter nichts. Man denkt nicht daran, daß das Herz einmal geschlagen, das Hirn einmal gedacht, der Mund einmal gelächelt und das Auge geschaut hat, daß das überhaupt jemand mit einem Namen und einem Leben war. Klar, nicht?

58

Wissenschaftliches Material, Studienmaterial. Doch klar. Nun stellen Sie sich vor, daß man Ihnen eine Leiche auf den Tisch legt, mit der Sie gestern noch in der Eisenbahn zusammen waren oder in einer Gesellschaft, könnte doch vorkommen, nicht? Sie haben irgendwas Nettes mit der betroffenen Person gesprochen, sich sogar ein wenig angefreundet, jedenfalls waren Sie nicht darauf gefaßt, sie auf einmal nackt und tot vor sich zu sehen. Ich glaube, Sie würden das Messer nicht ansetzen. Oder würden Sie? Ich glaube nicht. Sie hätten Widerstände. Nun, etwas Ähnliches geschah mir mit der Frau.« – »Und in welcher Weise?« erkundigte sich Irlen äußerst gespannt. Er hatte sich aufgerichtet und den Kopf auf den Arm gestützt. – »Sie war kein Patient mehr, sondern . . . ja was . . . ich weiß es nicht. Eine Person eben.« – »Flößte sie Ihnen besondere Sympathie ein, besonderes Mitleid?« – »Durchaus nicht. Eine Frau wie tausend andere, ganz reizlos. Nein, das war es nicht.« – »Können Sie es auf keine Weise erklären? Es läge mir außerordentlich viel daran . . .«

Kerkhoven setzte sich, beugte sich nach vorn, bohrte die Arme so tief zwischen die Knie, daß die Fingerspitzen fast den Boden berührten, und starrte angestrengt auf das Zifferblatt der Uhr, die auf dem Kaminbord stand. Er bemühte sich, deutlich zu machen, daß er in dem kritischen Augenblick ein vollständig genaues Bild von der inneren Organisation der Frau gehabt habe, nicht allein der körperlichen, auch der seelischen, derart, daß er wie bei einem kunstvollen Räderwerk die Abhängigkeit des einen vom andern habe bloßlegen können und die bestehende Unordnung erkannt habe, den Fehler im Getriebe, von dem er die quälende Empfindung gehabt, daß er zu verbessern sei, ja vielleicht behoben werden könne, wenn man nur einzugreifen verstünde. Überhaupt sei der ganze Vorgang merkwürdig quälend gewesen, auch physisch schmerzhaft, als ob die Augen dadurch wären überanstrengt worden. Keineswegs habe er ihn als Hervortreten einer ihm vielleicht innewohnenden Fähigkeit verspürt, eher als ein an Verzweiflung grenzendes Bewußtwerden einer Unfähigkeit, verbunden mit dem Entschluß, daß es damit anders werden müsse, kost' es, was es wolle. Er schwieg eine Weile, und Irlen schaute ihn an wie einen, den man für stumm gehalten und der nun fließend spricht. Dann fing er wieder an. »Das kann natürlich jeder sagen: Wenn ich die Mittel wüßte, könnt' ich helfen. So mein ich's nicht. Ich meine, die Hilfe müßte von der Erleuchtung ausgehen, nur so könnte man den allertiefsten Sitz des Übels finden, im Kern des Lebens, denn so weit bringt man's mit der Wissenschaft nicht. Die Wissenschaft leuchtet nur, die Erleuchtung kommt von woanders her. Bei mir fehlt's am Wissen, die Erleuchtung allein, die führt zum Humbug. Schwindeln, nein; niemals; auch nicht an der schummerigen Grenze, wo man nichts davon weiß.«

Irlen erhob sich, legte ihm die Hand auf die Schulter und sagte: »Ich denke, da wird es einen Ausweg geben. Sie sind dicht daran. Haben Sie Geduld.«

Am Tage nachher hatte Kerkhoven in der Nähe der Infanteriekaserne zu tun; als er das betreffende Haus verließ, gewahrte er wenige Schritte vor sich eine Ansammlung aufgeregter Menschen. Sie umstanden das Tor eines einstöckigen, barackenähnlichen Gebäudes, vor welchem, als sollte es abgetragen werden, Leitern, Bretter, Schaufeln und Sandkarren herumlagen. Zwei Schutzleute wehrten die Neugierigen vom Eindringen ab, an einem Fenster des Erdgeschosses zeigte sich ein dritter, und als Kerkhoven näher kam, hörte er furchtbares Winseln aus dem offenen Fenster. Er verzögerte unwillkürlich seinen Schritt, da erkannte ihn jemand aus der Menge, ein Schreinermeister, den er behandelt hatte, und rief: »Man muß keinen Doktor mehr holen, da ist schon einer.« Die Leute machten ihm sofort Platz, er ging auf den Schutzmann zu, nannte seinen Namen und fragte, ob ärztliche Hilfe gebraucht werde. Der Beamte erwiderte, man erwarte die Sanitätsleute, vielleicht wolle er sich inzwischen das arme Weib drinnen mal ansehen, ihr besoffener Mann habe sie gänzlich zuschanden geschlagen, habe sich im Hof verbarrikadiert und drohe auf jeden zu schießen, der sich blicken lasse. Unterstützungsmannschaft, ihn zu fangen und unschädlich zu machen, werde gleich anrücken, der Herr Doktor könne aber beruhigt ins Haus gehen, das Hoftor sei abgesperrt.

Er fand eine etwa vierzigjährige Frau in Agonie. Sie lag mit einem blutnassen Hemd bekleidet auf einer schmutzigen Strohmatratze auf dem Boden. Neben der Tür standen zitternd aneinandergeschmiegt zwei Kinder, sechs- und siebenjährig, und starrten mit weit aufgerissenen Augen auf die Mutter. Der Schutzmann salutierte, als Kerkhoven eintrat, und berichtete, daß er das Mädel und den Buben aus dem Bretterverschlag im Vorplatz hervorgeholt, in den sie ihr Vater hineingestoßen hatte, um die Frau ungestört mißhandeln zu können. Tagelang sei der Kerl von Hause fort gewesen und habe das Weib verdächtigt, ihn mit einem Schlossergesellen betrogen zu haben, grundlos, die Frau hatte bloß Sorge, wie sie für sich und die Kinder Brot schaffen solle. Typischer Eifersuchtswahn des Alkoholikers. Nachdem er drohend die Wohnung umlauert, war er in die Stube getorkelt und hatte die Frau mit dem Knotenstock niedergeschlagen. Dann kochte er sich seelenruhig eine Mehlsuppe, und satt gegessen, sperrte er die Kinder ein und griff abermals nach dem Stock. Als er aufhörte, lag ein Fetzen zuckendes Fleisch vor ihm. Mit grimmigem Mitleid deutete der Polizist hin. Kerkhoven schüttelte den Kopf, der Körper war vom Hals bis zu den Schenkeln eine einzige Wunde, der Puls kaum mehr zu spüren. Fraglich, ob sie den Transport ins Spital überleben würde. Er kniete hin.

Unter der Tür erschien ein Herr; weiße Kappe, Armbinde mit dem roten Kreuz. Hinter ihm schoben zwei Träger die Krankenbahre auf die Schwelle. Kerkhoven erhob sich, die Morphiumspritze in der Hand. Er kannte den Arzt, sie begrüßten einander. »Ich glaube, Herr Kollege, Sie können da nur noch die behördliche Leichenschau veranlassen«, sagte er. Als er in den von saurem Mörtelgeruch erfüllten Hausgang kam, drangen gerade sechs Polizisten mit entsicherten Revolvern in den Hof. In einer Regung von Vergeltungssucht folgte er

61

ihnen. Kein Verlust, wenn eine solche Bestie niedergeknallt wurde. Der Elende hatte sich am andern Ende des Hofes in einen Schuppen geflüchtet, der aussah wie ein Gänsestall. Hinter einer Tür aus dünnen Latten kauerte er mit dem Gewehr im Anschlag. Wie sich nachher herausstellte, hatte er es in der Kaserne gestohlen und in einem leeren Kohlensack unbemerkt weggetragen. Der Lauf blitzte zwischen den Latten. Er kauerte hinter einer Kiste, ein Mensch mit schwächlichen Schultern und dem Gesicht einer Ratte. Kerkhoven dachte: Man müßte sehen, ob das Vieh Appell im Leibe hat. Hinter diesem Gedanken lag etwas anderes: das Verlangen, eine Probe mit sich zu machen. Er sagte zu dem Wachtmeister: »Vielleicht kriegen wir den Burschen ohne Munitionsverschwendung. Überlassen Sie ihn mir.« Der Beamte wollte Einwendungen erheben, aber er war schon vor die Truppe getreten, ohne den Menschen eine Sekunde lang aus dem Blick zu lassen. Dabei winkte er befehlend nach rückwärts, worauf sich die Schutzleute widerstrebend unter das Tor zurückzogen. Wenn ich nachgebe, bin ich verloren, sagte sich Kerkhoven, es geht um den Kopf. Als er später Marie Bergmann den Vorgang schilderte, sagte er, es sei ihm plötzlich zumute gewesen, als trüge er das im wörtlichen Sinn totgeschlagene Weib auf seinen Armen, er habe auch die Arme ein wenig vor sich hingehalten, instinktiv, wie in einer Rolle, und dem Mörder sei dies zur Vision geworden, anders habe er, Kerkhoven, sich das Gelingen des gefährlichen Wagestücks nicht erklären können. »Markmann!« rief er fest, ohne jedoch zu schreien. »Tun Sie den Schießprügel weg!« Der Unhold hatte bereits den Finger am Drücker, seine Augen glitzerten tückisch, auf einmal ließ er das Gewehr sinken und glotzte stupid. »Machen Sie keine Geschichten, Markmann«, fuhr Kerkhoven fort, »kommen Sie her, kommen Sie auf der Stelle her zu mir.« War es die Stimme, oder der Blick, oder die übertragene Vision, der so Angerufene erhob sich wirklich, ließ das Gewehr fallen als seien die Hände lahm geworden, rückte mit den Knien die Kiste beiseite, stieß, ebenfalls mit den Knien, die Lattentür auf und schwankte

62

einknickend mit halbgeschlossenen Augen und an der Hose herumtastenden Fingern auf Kerkhoven zu. Der drehte sich nach den Schutzleuten um, die auf ihn losstürzten. Der Wachtmeister stand vor Kerkhoven stramm und legte mit dem Ausdruck soldatischer Hochachtung die Rechte an den Helmrand.

Es hätte übel ausgehn können, dachte Kerkhoven, als er wegging, wie bin ich denn nur darauf verfallen, früher hätt' ich mir so was bestimmt nicht zugetraut, offenbar vermag der Mensch viel mehr, als er weiß, daß er vermag: eine Lehre, eine bemerkenswerte Lehre...

Es kam aber eine andere hinzu, von ganz verschiedener Art.

In der Altstadt, über der Brücke, im dritten Stock des sogenannten Zunfthauses, wohnte eine junge Näherin, Berta Willig, die ein uneheliches fünfjähriges Kind hatte, ein Mädchen, an dem sie mit abgöttischer Liebe hing. Durch ihren Fleiß und ihre Bescheidenheit hatte sie sich die Sympathie der ganzen Nachbarschaft erworben, so daß kein Mensch mehr von ihrem Fehltritt sprach oder ihr den Umstand, daß sie unverheiratete Mutter war, zum Vorwurf machte, nicht einmal die frommen Kirchengänger. Wenn sie außer dem Haus beschäftigt war, was oft vorkam, nahm eine der Familien das Kind tagsüber zu sich und betreute es wie ein eigenes. Die Willig hatte viel Angst um das Kind ausgestanden, schon in den ersten Lebensjahren hatte es nicht recht gedeihen wollen, später war es alle paar Monate krank gewesen, kein Doktor hatte sagen können, woran es eigentlich fehlte. Um so mehr war sie auf der Hut, empfahl auch denen, die die kleine Anna gelegentlich beaufsichtigten, genaue Befolgung der von ihr geübten Vorsorge. Die sie näher kannten, wußten, daß sie immer Unglück gehabt hatte, mit achtzehn Jahren hatte sie in der Verzweiflung Gift genommen, auch das Verhältnis mit dem Vater des Kindes hatte auf die schnödeste Weise geendet; während sie blind an ihn glaubte, hatte er sie belogen und betrogen, ihre Ersparnisse durchgebracht und war schließlich spurlos verschwunden. Jetzt stand es so mit ihr, daß das kleine Wesen ihr

63

einziger Halt war, sonst hatte sie nichts, nur Plage, das wußten alle Leute, und wie es im Volk manchmal geht, sie legten in dem Benehmen ihr gegenüber eine ganz besondere Nettigkeit und Hilfsbereitschaft an den Tag.

Eines Abends klagte das Mädchen über Halsschmerzen, wollte nichts essen und hatte gleich hohes Fieber. Berta war glücklicherweise zu Hause, brachte es zu Bett und bat die Frau des Buchbinders, die auf demselben Gang wohnte, ihren Buben zum Kassenarzt zu schicken. Der war jedoch über Land, man wußte nicht, wann er zurück sein würde. Da erinnerte sie sich an Kerkhoven, den sie im Haus des Professors Gaupp, wo sie zuweilen nähte, ein paarmal gesehen hatte. Sie besann sich nicht lang, drückte dem Buben ein Fünfzigpfennigstück in die Hand und trug ihm auf, den Doktor Kerkhoven zu holen, die Wohnung könnte er in der Dom-Apotheke erfragen. Telefon gab es in der ganzen Gasse keines. Kerkhoven kam nach einer halben Stunde. Er stellte eine akute Mandelentzündung fest, beruhigte die aufgeregte Mutter, verordnete Umschläge, flüssige Nahrung, verschrieb ein Rezept zum Gurgeln und versprach, am andern Morgen wieder nachzuschauen. Bei der Untersuchung hatte ihm das kleine Mädchen nicht recht gefallen wollen, schwächliche Konstitution, Herzgeräusche, der Bericht der Mutter über frühere Anfälligkeit ließ auf Störung der Drüsenfunktionen schließen, doch war in alldem kein Zusammenhang mit der gegenwärtigen Erkrankung nachzuweisen, und das Bild verwischte sich wieder. Das verzieh er sich später nicht. »Man muß so ein Bild festhalten können«, sagte er immer wieder, »ob es nun ein zufälliger Eindruck oder eine Augenblickseingebung ist; wer dazu nicht fähig ist, mag ein guter Rezeptschreiber, ein guter Masseur und ein guter Krankenwärter sein, ein Arzt ist er nicht.«

Am andern Tag ging es der Patientin beträchtlich besser. »Bleib nur schön im Bett liegen, Annchen«, sagte er zu ihr, »wenn du brav bist, kannst du übermorgen aufstehn, Mittwoch komm' ich noch einmal, aber eigentlich brauchst du mich nicht mehr.« Das war Sonntag. Dienstag stand die Kleine wirklich auf, war fieberfrei, und Berta erlaubte ihr, trotzdem es ziemlich kühl und regnerisch war, daß sie mit einer Freundin in den Hof spielen ging. Sie selbst war den Tag über in der Arbeit, sie nähte an einer Ausstattung bei der Oberstin Warberg und kam erst abends um halb zehn nach Hause. Sie fand die älteste Tochter der Buchbindersleute in ihrer Stube. Annchen lag bereits im Bett und schlief. »Ist was los, Hermine?« fragte Berta erschrocken. »Sie sieht ja so blaß aus . . .« – »Gar nichts ist los«, war die Antwort, »sie war furchtbar müd, da hab’ ich sie schlafen gelegt.« Berta befühlte die Stirn des Kindes, die aber ganz kühl war, nur schien es ihr, daß der Atem unregelmäßig ging. Aber als Hermine berichtete, daß der Doktor, weil er in der Nähe zu tun gehabt, gegen Abend dagewesen sei und sich zufrieden geäußert habe, wich die ahnungsvolle Beklommenheit von ihr. Hermine hatte sich schon verabschiedet, da kehrte sie noch einmal zurück und sagte: »Du hast dich den ganzen Tag geplagt, Berta, du mußt deinen Schlaf haben, wenn’s dir recht ist, will ich bei Annchen wachen, du gehst in deine Kammer, ich bleib’ hier auf dem Sofa.« Berta wollte zuerst nichts davon wissen, aber weil sie sich in der Tat kaum auf den Beinen halten konnte, gab sie nach und ließ sich nur von Hermine versprechen, daß sie sie bei Tagesgrauen wecke. Hermine stellte ein Lämpchen auf den Ofen, bis Mitternacht hielt sie sich halbwegs munter, dann schlummerte sie ein. Als sie erwachte, stand Berta im Hemd auf der Schwelle zum Nebenzimmer. »Ich hör’s gar nicht schnaufen«, flüsterte sie. Beide traten an das Bett des Kindes. Das Gesicht war kreidig entfärbt, die Brust atmete nicht, nur die Nasenflügel bewegten sich, was die Ärzte als flachen Atem bezeichnen. »Da ist was, Hermine«, keuchte Berta angstvoll, »heb seinen Kopf, da ist was.« Hermine ergriff das Kind an den Schultern, es rührte sich eiskalt an, bei dem Versuch, es aufzuheben, knickte der Kopf wie gebrochen zurück, und an den Lippen zeigte sich weißlicher Schaum. Ein gräßlicher Schrei gellte durch das Haus. Berta brach in die Knie und heulte: »Der Doktor! Der Doktor soll kommen.«

Als Kerkhoven erschien, er war gleich mit der verstörten Hermine gegangen, war das Kind bereits tot. Die Ursache war ziemlich klar: Herzmuskelschwäche durch Infektion. Allerdings auf einer abnorm geminderten Widerstandskraft des Organismus beruhend. Das war es eben, das war es. »Ich habe keinen Fehler begangen«, sagte er später zu Nina, die ihn mit schlechten Gründen trösten wollte, »hundert solcher Fälle verlaufen gutartig, ich war nur tatenlos und gottverlassen.« Das Ereignis brachte das ganze Viertel in Aufregung. Von morgens bis abends pilgerten ununterbrochen Frauen zu Berta Willig. Zu Dutzenden standen sie in der Stube und auf der Treppe und weinten. Sie begriffen alle, daß da jeder Zuspruch Anmaßung und Überhebung sei. Es war ein Trauertag der Mütter. Kerkhoven schickte auch Nina hin. »Das ist keine Leidtragende mehr«, sagte er, »die ist noch ärger geschlagen als das Weib von dem Markmann.« Sie lag sechsunddreißig Stunden stocksteif, mit stieren Augen. Zu Marie Bergmann sagte Kerkhoven: »Wenn Sie etwas für mich tun wollen, nehmen Sie sich der armen Person ein bißchen an.« Als Marie, voller Zaghaftigkeit, in das alte Zunfthaus ging und die Wohnung Bertas betrat, war Kerkhoven gerade bei ihr. Der liebreiche Ernst, mit dem er der Unglücklichen zuredete, machte einen tiefen Eindruck auf sie.

Abends bei Irlen. Als Kerkhoven kam, saß dieser mit einem Buch bei der Lampe. Er blickte innerlich beschäftigt empor. »Was Sie neulich von der Erleuchtung sagten, hat mir zu denken gegeben«, redete er Kerkhoven an; »da lese ich eben eine Stelle im Paracelsus, die müssen Sie hören.« Er las vor: »Es ist mit den Dingen des Irrsals gleich wie mit dem falschen Glauben, da nicht ein jeglicher, der da spricht: ›Herr, Herr‹ wird erhört. Das ist wie wenn du kein Arzt bist und gebrauchst dich des doch. So du dein Experiment nimmst und sagst: tue das, tue das, es tut es aber nicht, denn die Arznei erhört dich nicht, bist du nicht der rechte Hirt zu diesen Schafen. Die Kranken müssen den Arzt haben, deshalb müssen sie ihn auch erkennen, denn er ist ihnen beschaffen. Darum allein der, so da beruft wird, ein Arzt ist, demselbigen wächst die Arznei aus der Erden, sie kennt ihn und hat ihn zu setzen und zu entsetzen. Der Mensch wird erlernt von der großen Welt und nicht aus dem Menschen. Da ist die Konkordanz, die den Arzt ganz macht: so er die Welt erkennt und aus ihr den Menschen, welche ein gleich Ding sind und nicht zwei.«

»Sie lesen mir das vor, und dabei blättern Sie mich um, als wäre ich selber ein Buch, sonderbar«, sagte Kerkhoven still. Irlen erwiderte in beiläufigem Ton: »Ja, für diesen Geist existieren die Jahrhunderte nicht. Sie merken natürlich, daß er unter Arznei allen Arztbehelf schlechthin versteht. Aber hören Sie noch das: ›Jegliche Form ist äußerlich in der Nahrung in allem Aufwachsen, so wir die nicht haben, wachsen wir nimmer auf, sondern sterben in verlassener Form. Denn in uns ist ein Wesen gleicherweise wie ein Feuer, es verzehrt uns unsere Form und Bild hinweg. So wir nichts hinzutäten und die Form unseres Leibes mehrten, so stürbe es in verlassener Bildnis. Darum müssen wir uns selbst essen, auf daß wir nicht sterben aus Gebresten der Form. Darum essen wir unsere Finger, Blut, Fleisch, Füß, Hirn, Herz. Darauf nun wisset, daß jegliche Kreatur zwiefach ist: die ein aus dem Spermate, die andere aus der Nahrung. Er ist eine Kreatur selbst, die Nahrung auch eine, er hat die Freiheit der Form des Menschen, darum ist der Mensch in Verzehrung der Form gesetzt durch den Tod. Einen Leib haben wir aus Gerechtigkeit, aus Vater und Mutter, daß aber derselbige nicht sterbe und abgang, empfahlen wir ihn aus Gnade, durch Bitt gegen Gott: unser täglich Brot gib uns heut, was so viel ist als: gib uns unsern täglichen Leib. Also haben wir zween Leib: der Gerechtigkeit und der Barmherzigkeit, und zwo Medizin: der Gerechtigkeit und der Barmherzigkeit . . .‹« Irlen hielt inne. Nach einer Weile sagte er: »Ihm sind Gerechtigkeit und Barmherzigkeit die Grundelemente der Form. Das ist ungeheuer tief. Die Form ist ihm der Sinn der Welt.« Kerkhoven antwortete nicht. Er sah aus, als ringe er mit etwas Schwerem.

Die Frage war: wie es fassen und aus der »Begrabenheit« herauszuziehen. Es lag wie ein Fremdkörper in seinem Innern, verkrustet und mit den untersten Wurzeln verwachsen. Wenn er es greifen und lockern konnte, war es vielleicht wie die Befreiung von einem heimlichen Geschwür, dessen schädlichen Einflüssen er nicht genügend Beachtung geschenkt. Er mußte nur zuvor ertasten, wo es saß, er hatte bloß ein Gefühl davon, kein Wissen. Möglicherweise handelte es sich nicht allein um das eine Erlebnis, das erst in den letzten Tagen deutlich aus seiner Erinnerung emporgestiegen war wie eine versunken gewesene Insel, Ort des Schreckens allerdings, sondern außerdem um zwei oder drei andere, zum Beispiel das mit dem Epileptiker Domanek. Er müßte einmal davon reden, von dem und dann erst von dem mit der Mutter. Er hatte nie davon gesprochen. Er begegnete Irlens Blick und schöpfte Mut aus diesen Augen, die in vielen Abgründen des Lebens Erfahrung gesammelt hatten. Was Irlen betrifft, erwartete er schon lang, daß Kerkhoven sich erschließe, er war sicher, daß sich damit manche Dunkelheiten seines Wesens aufhellen würden, auch für ihn selbst. Ihn direkt aufzufordern hatte er bisher nicht gewagt, weil er spürte, daß es ein von ihm gemiedenes Gebiet war, dem sich auch ein Freund nur mit Vorsicht nähern durfte.

Aber nun war es soweit. »Ich bin unter keinem guten Stern geboren«, sagte Kerkhoven. Er saß vor dem Kamin und sprach in die Höhlung hinein. Seine Geburtsstadt war Düsseldorf. Die Familie stammte väterlicherseits aus Holland. »Mein Vater war ein geringer Mann, er wollte hoch hinaus und hatte nie Erfolg. Was er angriff, schlug fehl. Das nenn' ich gering: mit aller Gewalt Türen aufmachen, zwischen denen man eingeklemmt wird. Daß er den Mut nicht verlor, wundert mich noch heute. Gering, aber mutig. Heldenhaft sogar. Es gibt unter kleinen Leuten viele Helden, man weiß nur nichts von ihnen.« Pause. Dann: »Nachdem er mit einer Erfindung, einem Bankgeschäft, einem Reisebüro und Gott weiß was noch gescheitert war, begann er eines Tages Schachteln zu fabrizieren. Er gründete eine Fabrik, das heißt, er mietete einen geräumigen

Schuppen, nahm Arbeiter auf und machte Schachteln. Meine Kinderjahre ... wissen Sie, was eine Kreissäge ist? Vom Kreischen der Kreissäge war meine frühe Jugend erfüllt. Sie wurde durch einen fünfpferdigen Motor betrieben, auf den mein Vater so stolz war, daß er immer mit der Zunge schnalzte, wenn er an ihm vorbeiging. Ich glaube, eine Menge sogenannte praktische Geschäftsleute sind im Grunde rührende Phantasten. Er machte also Schachteln. Kleine viereckige Holzschachteln. Jede war mit einem Bildchen beklebt: Blumen, Landschaften, idiotische Zwerge, ein Fräulein mit einem Hund. Oben stand in gebogener Schrift: remember me, unten: made in Germany. Feine Sache. Die Schachteln gingen nämlich alle nach England. Der widrigste Teil der Herstellung war, daß die Bilder schön lackiert werden mußten. Zwischen meinem siebenten und neunten Jahr habe ich nach der Schulzeit vielleicht zwanzigtausend blödsinnige Bilder lackiert. Der Pinsel mußte breit aufgesetzt und der Lack dick gestrichen werden, damit es glänzte. Meine Hände rochen beständig nach Terpentin. Remember me, made in Germany, das verfolgte mich in die Träume.« Pause. Starren ins Kaminloch. Dann: »Da ist noch etwas. Ich muß die Eindrücke auseinanderhalten. Wo wir wohnten, war im Parterre eine Bierwirtschaft. Wahrscheinlich stammt daher mein Abscheu vor allem Saufen. Jede Nacht wüstes Gejohle, Messerstechereien, dann rückte die Polizei an. Das ärgste aber, jeden Samstag wurde im Hof ein Schwein geschlachtet. Das höllische Quieken ging einem durch Mark und Bein, eine lebendige Kreissäge. Bis heut hat der Samstag einen Blutgeruch für mich. Schon am Nachmittag fing ich an, mich zu fürchten, im Bett zog ich die Decke über den Kopf und verstopfte mir die Ohren mit Brotkugeln. Nützte nichts, sobald das Vieh in der Todesangst schrie, wurde ich selber mitgeschlachtet. Am Sonntag starrten noch die Blutpfützen im Hof, erst Montag wurden sie fortgespült. Böse Mischung, das alles zusammen, Kreissäge, Terpentingeruch, Remember me, Schweinsgebrüll, Säufergejohl – was Gräberhaftes. Klar, nicht?«

Er stand auf, ging quer durch das Zimmer (sehr schönes

Zimmer, dachte er, könnte in einem alten Palast sein), setzte sich wieder, griff nach dem Band Paracelsus auf dem Tisch, und mechanisch blätternd fuhr er fort. Die Geschichte mit Domanek. Dieser Domanek war eine Art Kommis, beim Fabrikanten Kerkhoven angestellt, für einen Bettellohn, der Bursche war auch danach. Joseph, um diese Zeit neun Jahre alt, lackierte nun zusammen mit Domanek die Made in Germanys. Plumper, finsterer Mensch, das Gesicht mit Pickeln besät. Eine Tages redet er von Mädchen, prahlt mit seinen Eroberungen und wie herrlich es in den Bordellen ist. Joseph versteht keine Silbe. Domanek platzt vor Lachen, folgt die übliche sexuelle Aufklärung, lüstern, unflätig, handgreiflich. Dem Kind Joseph krampften sich vor Ekel die Eingeweide zusammen, er muß sich erbrechen. Domanek ist auf eine Leiter gestiegen, um eine Garnitur Schachteln zu holen, schaut herunter und wiehert vergnügt. Auf einmal lautes Gepolter, hochgellender Aufschrei, der Mensch stürzt von der hohen Leiter herab, windet sich wie ein Wurm auf dem Boden, das Gesicht violett, die Lippen voll Schaum, die Fäuste verkrampft, mit Armen und Beinen um sich schlagend. Es kommen Leute, man schafft ihn fort. Ein paar Tage darauf erkrankt Joseph an schwerem Scharlach. Er findet, das sei ein Glück gewesen, auf diese Weise habe er den Unflat aus sich herausgeschwitzt, sich gleichsam am Rand des Todes gesäubert. Dennoch glaubt der heutige Kerkhoven, dergleichen verschmerze sich nicht, eine bübische Enthüllung wie die, neunzig Prozent aller Männer trügen das nämliche Erlebnis als Seelenwunde mit herum. Allerdings schnitt hier die Kerbe durch die Koinzidenz mit dem Anfall besonders tief ein. Das Herunterstürzen des Menschen von der Leiter, als wäre er vom Blitz getroffen (wobei er sich aber nicht im mindesten verletzte); der nach hinten gezerrte Kopf; die glasigen Pupillen, aufeinandergepreßten Kiefer, vortretenden Halsmuskeln; das zyanotische Gesicht, die Zuckungen: das Bild schraubte sich tief in die Phantasie des Knaben, vermengt mit dem unzüchtigen Eindruck, wie Männer und Weiber miteinander umgingen. Was ein Kind schweigend in sich verschließt, könne von Erwachsencn nicht ermessen werden, bemerkt er, nicht unmöglich, daß deshalb so viele Kinder eine hochmütig-verschlossene Haltung gegen Lehrer und Erzieher einnähmen. Die Domanek-Geschichte hat noch ein Nachspiel. Der Vater hatte ihn entlassen, da er nicht einen Menschen mit der fallenden Sucht im Geschäft haben wollte. Nach einiger Zeit ließ er sich aber von Domaneks Bitten erweichen und nahm ihn wieder auf. Joseph ging ihm aus dem Weg, weigerte sich auch, mit ihm zu arbeiten, der Vater zwang ihn aber dazu. Alsbald nahm er wahr, daß Domanek in seinem Betragen gegen ihn wie ausgetauscht war. Die freche Überheblichkeit hatte sich in eine widerwärtig wirkende hündische Ergebenheit verwandelt. Wenn Joseph den Pinsel fallen ließ, bückte er sich eilig und hob ihn auf. Jeden Tag wollte er sein Vesperbrot mit ihm teilen. Wenn der Knabe müd wurde, drängte er ihn, sich auszuruhen, und übernahm sein Quantum Arbeit. Hundert solche Dinge. Joseph ließ sich alles ohne Dank gefallen. Eines Tages im Juli, er vergaß den Tag nicht, es war sehr heiß, die Säge krisch wie ein toll gewordener Hengst, legt Domanek Pinsel und Schachtel weg, beugt sich über den Tisch, packt Josephs beide Hände und murmelt sonderbar störrisch: »Vergib mir, du mußt mir vergeben. Ich bin ein Dreck, und du bist ein Licht. Du scheinst auf mich Dreck herunter. Dank dir schön dafür.« Das Gerede war dem Knaben über alle Maßen grausig, er lief Hals über Kopf davon. Am andern Tag kam die Polizei und verhaftete Domanek. Er hatte ein zehnjähriges Mädchen vergewaltigt und übel zugerichtet.

Irlen war bis jetzt aufrecht gesessen, nun legte er sich auf den Diwan. Er verspürte leichten Schwindel. Kerkhoven schaute ihn besorgt an, er sagte, es sei wohl genug für heute, doch Irlen machte eine dringlich verneinende Bewegung mit der Hand, und die Art, wie er Kerkhoven nicht aus den Augen ließ, gab diesem zu verstehen, daß er es als eine schlecht angebrachte Rücksicht betrachten würde, wenn er in diesem Moment abbräche. Bisweilen streifte er Kerkhoven mit einem eindringlich

forschenden Blick. Es war etwas an dem Mann, was ihm je
mehr zu denken gab, je länger er ihn kannte. Derart, als entfernte er sich von einem, wenn man sich ihm näherte. Manchmal glaubte man alles von ihm zu wissen, und er war einem
heimlich und vertraut, plötzlich sagte oder tat oder verschwieg
er etwas, wodurch er alsbald rätselhaft wurde, und alle Urteile,
die man sich über ihn gebildet hatte, fragwürdig machte. Die
meisten Menschen, mit denen Irlen umging, hatte er nach
kurzer Zeit überblickt, er kannte sie gewissermaßen auswendig,
sie hatten die und die eingelebten Gewohnheiten, Talente,
Launen und Fehler; bei Kerkhoven war das in beunruhigender
Weise anders, woher mochte es rühren? Warum war er nicht
zu »überblicken«? Vielleicht, weil sein Leben sich nicht in der
Fläche ausdehnte, sondern in der dritten Dimension. Eine
Kugel kann man nicht »überblicken«, sie bietet dem Auge
immer nur Teilansichten. Vielleicht war das der Grund, daß
einem die eine Seite von ihm wohlbekannt sein konnte und die
andere, wie beim Mond, ganz und gar fremd; und dies bewirkte wohl auch den Eindruck von raumhafter Persönlichkeit,
von Volumen und Geheimnis ...

Jetzt begann er von der Mutter zu reden. Sie war das entscheidende Erlebnis des Knaben, obschon er es nicht ausdrücklich
sagte, es ging nur aus seiner Erzählung und der Haltung dabei
hervor. Der Tag, an dem er sie in der Irrenanstalt besuchte, um
sein dreizehntes Jahr herum, war das Ende unbewußter Kindheit, das Erwachen zur Wirklichkeit der Welt. Der Vater war
um diese Zeit schon gestorben, er hatte sich totgearbeitet, wie
alle Leute von ihm sagten, die Arbeit war sein Brandmal. In
der bürgerlichen Ära gibt oder gab es Männer, denen die Er-
werbsarbeit heilig ist oder war wie den mittelalterlichen Menschen der religiöse Dienst. Bei seinem Tod war die Mutter
schon das zweite Jahr in der Anstalt. Kerkhoven bezeichnete
sie als eine äußerst gutmütige Frau. Sie war aus einem west-
fälischen Pfarrhaus, als Mädchen war sie eine Zeitlang in Gefahr
gewesen, sich in pietistischen Grübeleien zu verlieren. Allmäh-

lich hatte sich in ihr die fixe Idee festgesetzt, daß sie ausersehen sei, das Glück ihrer Kinder zu begründen, da ihr Mann hierzu nicht imstande war. Bisher hatte Kerkhoven nie erwähnt, daß er Geschwister habe, zwei Brüder, er gab zu, daß er sich nicht um sie kümmerte und nicht einmal wußte, wo sie lebten und wie es ihnen ging, eigentümlicher Zug, auch dies. Die beständigen Mißerfolge des Mannes und die zunehmende Verarmung brachten nach und nach ihren Geist aus dem Gleichgewicht. Sie legte heimlich Geld zurück und bewahrte es in alten Strümpfen auf, um den Söhnen ein Vermögen zu hinterlassen. Fünfhundert Mark für jeden wollte sie ersparen, doch sobald sie hundert beisammen hatte, verspielte sie alles, entweder in einer ausländischen Lotterie, oder sie fiel irgendwelchen Schwindlern, spanischen Schatzgräbern, einmal sogar Falschmünzern zum Opfer. Jedes Jahr machte sie ein anderes Testament und verfügte darin über eingebildete Liegenschaften und Kapitalien, sie stand in Briefwechsel mit Wanderpredigern und Heilsaposteln, nahm an spiritistischen Sitzungen teil und glaubte fest an Geistererscheinungen. Zuerst war alles harmlos, als aber die Vermögensumstände sich von Jahr zu Jahr verschlechterten, artete in Wahn aus, was anfangs nur Leichtgläubigkeit und mißleitete Geschäftigkeit gewesen war. Joseph war ihr Augapfel, und ihn machte sie auch zum Erfüller ihrer Träume.

Er sollte reich und berühmt werden. Abendelang, halbe Nächte lang redete sie mit dem Knaben von nichts anderem. Sie war davon durchdrungen, daß er zu etwas Außerordentlichem bestimmt sei. An dieser Stelle stockte Kerkhoven und starrte düster vor sich hin. Irlen wußte sofort, woran er dachte, die Andeutungen, die ihm Kerkhoven über seine Ehe und über Nina gemacht, ließen es ihn erraten, und hier eben war es, daß er betroffener als je zuvor des unheimlichen Gleichverlaufs innewurde, der sich bisweilen im Schicksal eines Menschen kundgibt, Wiederholung derselben Grunderlebnisse, die offenbar vom Charakter her ihren Ausgang nimmt. Wie tragisch konsequent sie sich bei aller Verschiedenheit der Naturen in diesem

73

Fall dann bis zum Ende auswirkte, konnte freilich keiner der beiden Männer ahnen.

Das Unwesen wurde nach und nach beängstigend. Sie lief zu den Lehrern, um ihren Joseph herauszustreichen, und verfeindete sich mit jedem, der ihn nicht für ein Wunder an Begabung erklären wollte. Sie bemühte sich, ihm Stipendien zu verschaffen und sein zukünftiges Studium sicherzustellen, belästigte die Verwandten, die Behörden, die Rektoren und Verwaltungen. Sie zeigte seine Schulhefte herum und las in der Tramway zum Gaudium der Fahrgäste seine deutschen Aufsätze vor. Als es immer ärger mit ihr wurde, begann er sich zu wehren und aufzulehnen, sie machte ihm gräßliche Szenen und warf ihm Undankbarkeit vor. Sie sei sein Schutzgeist, rief sie emphatisch, er wisse gar nicht, wozu er erwählt sei, ihr habe es Gott offenbart. »Jeder vernünftige Mensch konnte sich ausrechnen, wohin das führen mußte«, sagte Kerkhoven, indem er die Hände im Nacken faltete und zur Decke starrte, »sie zog mir quasi den Erdboden unter den Füßen weg. Eine je größere Verantwortung sie auf mich legte, je weniger traute ich mir zu. Lobte man mich in der Schule, so wurde ich argwöhnisch. Sollt' ich ein Gedicht aufsagen und ich hatt' es noch so gut gelernt, ich brachte keine Silbe heraus. Wenn ich eine ernsthafte Arbeit vorhatte, zitterte ich davor, daß jemand Notiz davon nahm. Das dauerte bis in die Universitätszeit hinein, viel länger, eigentlich bis heute. Es ist heute noch nicht anders. Mein erster Impuls ist immer, wenn es jemand wirklich einfällt, was Freundliches über mich zu sagen, oder wenn ich mit Müh' und Not was Diskutables zustande bringe, der erste Impuls ist immer: subtrahieren, reduzieren, klein machen. Damit sag' ich Ihnen wahrscheinlich nichts Neues. Jeder normale Mensch hat seinen natürlichen, anständigen Ehrgeiz. Meinem wurden die Flügel gebrochen, damals. Es war nichts von Belang schließlich, ein Kreidestrich überm Weg. Aber diesen Kreidestrich hab' ich wie ein dummer Vogel nie zu überschreiten gewagt. Als der unselige Einfluß aufhörte, war es zu spät. Das Wiedersehen im Irrenhaus, gerade in der Zeit, wo ich mannbar wurde, war nicht dazu angetan, mich zu befreien. Ich habe zu erzählen vergessen, daß der geistige Zusammenbruch bei ihr erfolgte, als die Fabrik des Vaters niederbrannte. Es war in der Nacht, sie lief laut singend in das brennende Gebäude, es fehlte nicht viel, und sie wäre im Rauch erstickt. Da brachte man sie in die Anstalt. Als ich konfirmiert werden sollte, zweieinhalb Jahre später, wollte sie mich sehen. Die Frau meines Vormunds fuhr mit mir hin. Großartige Idee, das. Kein Mensch nahm Anstoß daran. In der Provinz sind die Menschen in solchen Dingen absolut hirnlos. Die Konfrontierung war nicht gerade das Wünschenswerte für mich. Schon das Haus. Ich mußte lange warten und schaute vom Flur aus in den Hof. Ein hohes Fenster, ich seh' es noch vor mir. Seh auch die Männer unten, der Hof gehörte zur Männerabteilung. Einer mit braunem Vollbart machte unaufhörlich großartige Gesten wie ein Schmierenschauspieler. Dabei ging er allein auf und ab. Ein Rothaariger stand vornübergebogen wie versteinert, die Arme hingen schlaff, die wasserhellen Augen stierten unbeweglich auf einen Punkt in der Mauer. Er rührte sich nicht. Es waren vielleicht dreißig Leute, ich konnte die Augen nicht von ihnen abwenden. Sie erschienen mir wie Wachsfiguren, die man ein bißchen lebendig gemacht hat. Noch stärker hatte ich diesen Eindruck in den Weibersälen, durch die wir dann gingen. Die ruhige Abteilung. Manche lasen in zerfetzten Zeitschriften. Sie blickten auf und gafften mich erbittert an. Eine folgte uns nach und ging immer rings um uns herum, so ein freches Schleichen war's. An eine Schwarzhaarige entsinn' ich mich auch, die auf einem Schemel hockte, die Ellbogen im Schoß, mit diesen Augen, in denen nichts drin ist als der Jammer der Kreatur, und der ist leer. Alle seh' ich noch heute vor mir. Die Große, Schlanke, die ohne Unterlaß um den Tisch rannte; und die, die verschlagen in sich hineinlachte, wie wenn alle andern darauf brennen müßten, zu erfahren, was sie verschwieg, und sie dächte bei sich: ihr könnt lang warten. Es hat einen bestimmten Grund, daß ich mich so ausführlich darüber verbreite. Sie können sich kaum vorstellen, was das für mich war . . . ich spreche nicht von der Erschütterung, obwohl die auch . . . aber ich hatte doch schon einen dunklen Begriff von dem, was ich werden wollte ... An dem Tag wurde mir der wahnsinnige Mensch ... wie soll ich sagen ... ein Wesen, das Gott am Weg liegengelassen hat ... Nein, besser so: ein Rechenfehler der Natur, und man kann ihn ausbessern. Durch Gnade freilich, durch besondere Gnade. Ich stand damals unter dem Eindruck, daß die Gnade dazu gehörte. Eine Zeitlang, als Student, wenn ich nach Wunsch hätte wählen können ... zur Psychiatrie fühlte ich die meiste Berufung. Später hatte ich den Mut nicht. Ich traute mich nicht so weit vor. Fürchtete mich quasi vor der Seele. Der Kreidestrich ... Sie verstehen. Nun, um zum Schluß zu kommen: Als ich in das Zimmer trat, wo meine Mutter war, erkannte ich sie nicht gleich. Sie saß in einem Ohrenstuhl, breit hingegossen, die Haare hingen aufgelöst zu beiden Seiten bis auf den Boden, so breitete sie die Arme nach mir, stieß einen Schrei aus, wie wenn der Erlöser in Person gekommen wäre, überschüttete mich mit Liebkosungen ... aber wozu das ausmalen, die hochtrabenden Reden, das triumphierende Herumblicken, als wäre das Zimmer voller Menschen, denen sie mich endlich zeigen konnte ... wozu das ... es war schließlich zu früh für den Abgrund ... es hätte noch Zeit gehabt ... zu früh für dieses Negativ der Menschenwelt ... man hätte mich nicht hinlassen dürfen ... es frißt sich zu tief ein ... man überwindet es nicht wie den Scharlach ... geritzt, vernarbt, ja ... aber es geht zu sehr die Barmherzigkeit an und bleibt zu weit weg von der Gerechtigkeit, um mit Ihrem Paracelsus zu sprechen. Man ist ein Gezeichneter. Finden Sie nicht, daß man ein Gezeichneter ist?« – »Allerdings«, sagte Irlen nach langem Schweigen, »wer durch die Hölle geht, wird von ihr gezeichnet. Aber so ein Wort, ist es nicht eine theologische Verirrung, lieber Freund? Zeichnet dich das Schicksal, Joseph Kerkhoven, so zeichnet es dich aus ...« Er sah rasch empor, fast herrisch. In Kerkhovens Gesicht ging eine Veränderung vor wie bei einem kleinen Jungen, der unerwarteterweise eine Taschenuhr geschenkt bekommt. »Du?« fragte er überrascht. Irlen nickte und streckte die offene Hand über den Tisch. »Das freilich ... widerlegt

mich«, sagte Kerkhoven mit zuckendem Unterkiefer und gab
seine Hand schwer und bedächtig in die Irlens. Dann, mit einem
Anflug schmerzlichen Humors: »Jetzt müßte man sich vielleicht
vergewissern, ob mit dem Joseph Kerkhoven was los ist oder
nicht.«

In dieser Stunde empfand Irlen seine Krankheit als das Geschenk einer unergründlich weisen Fügung.

Viertes Kapitel

Bei den häufigen Begegnungen mit Kerkhoven hatte Marie
immer ein ungutes Gefühl. Sie war auf freundliches Entgegenkommen angewiesen; wenn es fehlte, wurde sie leicht an sich
selbst irre. Es verdroß sie, daß er ihr nie ins Gesicht sah, immer
über sie hinüber. Es störte sie, wenn jemand sie in ihrem Bestreben, eine gute Meinung von ihm zu hegen, nicht unterstützte. Sie liebte Wohlwollen zu empfangen und wohlwollend
zu sein. Eines Tages faßte sie sich ein Herz und fragte ihn
geradezu (es war im Vorzimmer, als er von Irlen kam und
seinen Mantel vom Kleiderhaken nehmen wollte), fragte ihn,
warum er sie nie ordentlich grüße. Kaum war das Wort heraus,
bereute sie es schon. Er war dermaßen erschrocken, daß er die
Hand mechanisch am Haken ließ. »Ich? Wieso?« stotterte er
und verfiel sogleich in seine geschraubte Höflichkeit, die etwas
noch Verletzenderes hatte als seine Ungeschliffenheit. »Es ist
mir wirklich nicht bewußt, Frau Bergmann. Sie müssen sich
täuschen.« Marie schüttelte befangen den Kopf. »Verzeihen
Sie bitte, es steht mir nicht zu«, stammelte sie, »aber ich hatte
den Eindruck, als sei es Ihnen lästig . . .« Sie vandte sich ab, er
warf hastig seinen Mantel über, verbeugte sich ungeschickt und
suchte so schnell wie möglich den Ausgang zu gewinnen. Am
andern Tag schien es ihr, daß er auf eine Gelegenheit wartete,
mit ihr zu sprechen. Sie merkte es und kam ihm entgegen. Er

sagte, er habe über ihre Reprimande nachgedacht. Sie möge recht haben. Zu seiner Entlastung könne er nur seine Kurzsichtigkeit anführen. (Ausrede; er war nicht kurzsichtiger als die meisten studierten Männer, hatte auch nie Augengläser getragen.) Marie lächelte ein wenig und erwiderte nicht ohne Spott: »Das dacht' ich mir ohnehin, aber es gibt doch eine Menge kurzsichtige Leute, die einen trotzdem artig grüßen. Sprechen wir nicht mehr darüber, Herr Doktor. Ich habe mir etwas herausgenommen, vergessen Sie es.« Kerkhoven bedachte sich eine Weile. »Ich muß Ihnen ein komisches Geständnis machen«, sagte er dann, »ich lebe in der Beziehung fortwährend auf Kredit. Da ich in vielen Einzelfällen ganz stattliche Summen von . . . von Freundlichkeit verausgabe, bild' ich mir ein, ich könnte mir bei unwichtigen Anlässen die Formalitäten schenken. Natürlich bleibt dabei immer eine Rechnung offen. Seh' ich ein. Sie sind die erste, die mir das vor Augen führt. Und um ganz aufrichtig zu sein, spielt da auch eine innere Faulheit mit. Sicher. Eine Gefühlsfaulheit. Ich bin Ihnen dankbar, daß Sie mich darauf aufmerksam gemacht haben, Frau Bergmann. Ich werde mich bessern.« Das alles klang so ehrlich, und sein Gesicht hatte einen so sorgenvollen Ausdruck, daß Marie versucht war, ihn zu trösten, und ihre Empfindelei noch ungerechtfertigter fand als vorher. Plötzlich fühlte sie eine starke Sympathie für ihn, völlig unerwartet, von einer Sekunde zur andern. Da sie schwieg und ihn ihr ernster Blick verlegen machte, fügte er mit gezwungener Jovialität hinzu: »Sie dürfen nicht zu streng ins Gericht mit mir gehen. Diese Faulheit ist wahrscheinlich eine Schutzvorrichtung. Jeder Mensch hat gewisse Wächtereigenschaften, sie funktionieren wie das Fett auf den Muskeln, wie die Leukozyten im Blut. Item . . . ich bin ja auch nicht zufrieden mit mir. Gar nicht, gar nicht, das können Sie mir glauben.«

Sie hatte nicht vorausgesehen, daß ihn ihr unüberlegtes Zur-Rede-Stellen beschäftigen würde. Er schien wenig Bescheid über sich zu wissen, infolgedessen war er bestürzt, wenn man etwas an ihm aussetzte. Dann wurde er nicht fertig damit; Marie erinnerte sich lächelnd, daß ihr Vater solche Leute Nagetiere genannt hatte. Und doch war es manchmal wieder nicht so, manchmal schien es ihm Spaß zu machen, etwas Bezeichnendes über sich zu erfahren, auch wenn es keineswegs schmeichelhaft war, oder er forderte sogar in einer gutmütigen Weise den Spott über sich heraus. Dazu sind nur sehr gefestigte Naturen imstande, die ihrer Wurzeln sicher sind. Warum aber dann das Einbekenntnis der Selbstunzufriedenheit? Sie hatte geglaubt, er ruhe unverrückbar in seiner eigenen Kraft. Diese stille, gleichsam ein für allemal gewährleistete Kraft strömte Ruhe aus und verlieh Ruhe, man wünschte nicht, sie bezweifelt zu wissen. Während sie darüber nachdachte, fing sie an zu begreifen, was Irlen zu ihm hinzog. Es war der Gegensatz der dunklen und chaotischen Natur zu seiner hellen und geordneten. Er hatte es einmal angedeutet. Wie wenn eine mythische Bindung darin läge, Urverwandtschaft hinter Urfremdheit. Ob es ein ähnliches Gesetz war, das ihn in die afrikanischen Wildnisse geführt hatte? Er hatte von Kerkhovens »Güte« wie von etwas Seltenem gesprochen, das nicht hoch genug einzuschätzen war (dabei verhehlte er nicht, daß ihn gewisse problematische Züge seines Charakters mit Sorge erfüllten); offenbar verstand er unter Güte nicht ganz das, was man gemeinhin darunter versteht, sondern etwas wie das Karat eines Diamanten.

Es verstimmte Marie und setzte sie vor sich selbst noch mehr ins Unrecht, als an einem der nächsten Tage die Senatorin Irlen während eines Mittagessens bei ihren Enkelkindern ziemlich schroffe Kritik an Kerkhoven übte. Daran bin ich schuld, dachte Marie. Offenbar hatte sie einen Lieblosigkeitsbazillus ins Haus getragen, der günstigen Nährboden fand. Frau Irlen war bereit, alle Vorzüge des Doktors anzuerkennen. »Mag er meinetwegen ein Engel sein«, sagte sie, »aber auch ein Engel muß einem auf die Nerven gehen, wenn er so hoffnungslose Manieren hat wie dieser Mann.« Ernst Bergmann, in dem ritterlichen Bestreben, einen Abwesenden zu verteidigen, fragte lächelnd: »Wirklich, Großmama? Gesetzt den Fall, ein Engel könnte schlechte Manieren haben, würde man nicht darüber hinwegsehen müssen?« Die alte Dame behauptete: nein; sie wolle gut behandelt werden, wenigstens von Menschen, im Umgang mit Engeln fehle ihr schließlich die Erfahrung. »Ich lege Wert darauf, daß man mich achtet, und brauche die äußern Zeichen dafür. Ich lasse mir nicht gern auf die Zehen treten. Findet ihr das zimperlich? Ein manierlicher Dummkopf ist mir eben lieber als ein taktloses Genie.« – »Er ist nicht taktlos, gewiß nicht«, wagte Marie einzuwenden, »Genie, das kann ich nicht beurteilen, aber taktlos? Nein.« – »So etwas dürfte man auch erst sagen, wenn wir mit Genies so reichlich versehen wären wie mit Dummköpfen«, bemerkte Ernst Bergmann lachend. Die Senatorin seufzte wehleidig. »Was verlangt man denn?« fuhr sie in einem Ton fort, als beklage sie ein ganzes Zeitalter der Ungeschlachtheit. »Ein bißchen Firnis. Ist das so schwer? Man muß nicht mit Gewalt einen Kinderschreck aus sich machen. Man muß nicht in die linke Zimmerecke stieren, wenn einem rechts jemand freundlich zunickt. Man muß auch nicht, während eine gewisse alte Frau was erzählt, mag's interessant sein oder nicht, mit furchtbar gelangweilter Miene die Daumen umeinander drehn. Nein, liebe Kinder, bei aller Toleranz, aller Achtung vor der Wissenschaft kann ich unmöglich zugeben, daß das zu den . . . wie sagt man? – zu den unveräußerlichen Rechten der Persönlichkeit gehört.« Sie nickte wie eine Hofdame und legte den Kopf resigniert auf die Seite. Ernst Bergmann spürte, wie unangenehm das Gespräch für Marie war, und lenkte es geschickt auf ein anderes Thema. Der Grad seiner Sympathie für Kerkhoven ließ sich schwer bestimmen. In der unbegrenzten Bewunderung, die er seiner Frau entgegenbrachte, hatte er bis jetzt alles, Menschen und Dinge, mit ihren Augen angesehen. Trotzdem war eine kühle Zurückhaltung gegen den ihm innerlich sehr fremden Mann nicht zu verkennen; sie schwand erst, als er Ende November an einer heftigen Gastritis erkrankte, die Kerkhoven behandelte. In den Tagen der Rekonvaleszenz gestand er Marie, daß er seine Ansicht über ihn völlig geändert habe. Als Arzt jedenfalls habe er etwas ganz Einzigartiges. »Wenn ein Musikinstrument Empfindungen hätte, müßte es sich in der Hand eines Virtuosen ungefähr so fühlen«, sagte er; »es geht eine magische Wirkung von ihm aus.« Marie antwortete lebhaft, genau dasselbe sage Onkel Irlen auch. (Damals war das Wort »magisch« noch nicht so mißbraucht und abgegriffen wie heute.) Da schwieg aber Ernst. Sonderbar: ihre Schwärmerei für Irlen hatte von Anfang an seine heimliche Eifersucht erregt. Während er an ihrem wachsenden freundschaftlichen Interesse für Kerkhoven nicht das geringste auszusetzen fand und sich jeder mißtrauischen Regung geschämt hätte, beunruhigte ihn die leidenschaftliche Ergebenheit, mit der sie an Irlen hing, täglich mehr, und oft hatte er Mühe, seinen Verdruß zu verbergen. Dabei war er sich der Unvernünftigkeit dieser Haltung vollkommen bewußt, aber es war, als stehe sein Wert gegen den Irlens in einer Proportion, aus der ein Kerkhoven von vornherein ausgeschaltet war. Marie fühlte es natürlich. Was konnte sie anderes tun als die Zärtlichkeit verdoppeln, mit der sie ihren Gatten immerfort umgab? Ihr Lebensgleichgewicht war ja um diese Zeit ernstlich gestört.

Eines Tages bekannte sie Irlen die eigentümliche Unsicherheit, in die sie durch ein voreiliges Wort gegen Kerkhoven geraten war, erzählte auch, wie absprechend sich die Großmutter über ihn geäußert habe. Sie war befangen wie immer, wenn sie sich an ihn als an die höhere Instanz wandte. Er hatte aufmerksam zugehört; als sie geendet hatte, sagte er: »Es ist eine schwierige Sache. Was den sogenannten guten Manieren Bedeutung gibt, ist das, was man damit darstellt. Benutzt sie einer bloß, um sich selber zu präsentieren, so werden sie auf die Dauer verdächtig. Das Verhältnis zur Welt mit allen seinen Bezogenheiten ist eben etwas äußerst Heikles. Man stellt sich dar, das heißt, man regelt seine Verpflichtungen gegen die Gesellschaft. Es fragt sich, ob man ein Convenu anerkennt. An einem alten Tor in Oxford stehen die Worte: manners make men. Vielleicht ist das richtig. Das Wunderliche ist, daß man bei wilden Völkern viel mehr gute

81

Manieren findet als bei uns. In unser Lager wurde einmal eine Akkafrau gebracht, von einem Zwergenstamm. Sie würde Ihnen höchstens bis zur Schulter reichen. Sie war splitternackt. Ich kann Ihnen versichern, Marie, ich habe nie ein manierlicheres Geschöpf gesehen. Wie sie sich benahm, bewegte, man hatte eine Lady vor sich, an die Nacktheit dachte man gar nicht mehr.« Er schwieg eine Weile, die Hand über die Augen gelegt, dann fuhr er fort: »Meine Mutter ist ungerecht. Sie sieht bei Kerkhoven die Ausnahme nicht. Sie ist zu verwöhnt, um sich auf eine solche Unbequemlichkeit einzulassen, man muß es auch nicht von ihr verlangen. Gott weiß, was ihr vorschwebt, die Erziehung eines Halbproletariers zur Salonfähigkeit vielleicht. Rühren wir da nicht unvorsichtig an. Der Mann steckt unter einer Eisdecke. Die muß er erst durchstoßen. Er hat keine Zeit, Figur zu machen und sich um unser Zeremoniell zu kümmern. Hat nie die Zeit gehabt. Was uns ein gnädiges, aber gedankenloses Geschick in die Wiege gelegt hat, darum hat er blutig ringen müssen und muß es noch. Vergessen Sie das nicht, Marie. Vergessen Sie die Eisdecke nicht.« Marie nickte drei- viermal rasch hintereinander, und bei jedem Mal sagte sie: »Ja; ja; ja.« Im Ton einer dankbaren Schülerin. Das Bild der Welt war ihr plötzlich größer geworden.

Kerkhoven war nicht auf den Kopf gefallen und spürte den Widerspruch, den er durch seine Art bei der Senatorin Irlen hervorrief, obwohl sie ihm meist mit einer betonten Liebenswürdigkeit begegnete, zu der sie sich als Dame von Welt und als Oberhaupt der Familie verpflichtet hielt. Das war es ja, daß sie ihm ihre Stellung zu fühlen gab; sie rückte an der Spitze ihrer gesamten Kaste gegen ihn an und bewies ihm durch die Musterhaftigkeit ihrer Haltung, wie sehr die seine zu wünschen übrigließ. Er spottete; er lachte; er ärgerte sich. Manchmal benahm er sich wie jemand, der arglos in einen Raum tritt, alle Blicke auf sich gerichtet glaubt und die peinliche Empfindung nicht los wird, ein Loch in der Hose zu haben und sich davon nicht vergewissern zu dürfen. Manchmal übertrieb er absichtlich eine Verfehlung, wenn er an den Mienen bemerkte, daß er im Begriff war, sie zu begehen. Dann konnte es vorkommen, daß ein Blick, ein Achselzucken Maries ihn beschämte und er sich so ungeschickt zusammennahm wie er sich ungeschickt hatte gehenlassen. Verdammt, dachte er dann, diese Leute sind mir über, und wenn ich nicht herauskriege wodurch, bin ich in Gefahr, ihnen den Tanzbären abzugeben. Da weit und breit kein Grund zu erblicken war, weshalb sie sich ihm anpassen sollten, entschloß er sich widerwillig, es seinerseits mit der Anpassung zu probieren. Es war nicht leicht.

Allmählich dämmerte ihm die Erkenntnis auf, daß sich eine knallgrüne Krawatte über einer schwarzen Samtweste mit roten Karneolknöpfen übel ausnahm. Daß gelbe Schuhe zum schwarzen Gehrock und grauen Schlapphut der Erscheinung eine exotische Unglaubhaftigkeit verliehen. Nach und nach verschwanden die pittoresken Westen und Schlipse in aller Stille von der Bildfläche. Die Haare wehten nicht mehr borstig um den Kopf, sie waren schlicht zurückgebürstet, was den Vorteil hatte, daß eine bemerkenswert schöne Stirn dominierend wurde. Beim Betreten eines Zimmers versuchte er ein heiteres Gesicht zu zeigen, auch wenn Irlen nicht allein war, und auf Fragen, die man an ihn richtete, ohne verletzende Zerstreutheit zu antworten, auch ohne die nicht minder verletzende Beflissenheit des Tschechowschen kleinen Beamten. Er gewann es über sich, der Frau des Hauses den Vortritt zu lassen, wenn sie zu gleicher Zeit durch eine Tür zu gehen hatten, und zog nicht mehr den Hornzahnstocher aus seinem Taschenmesser, um damit zur Bekräftigung seines Nachdenkens in den Mund zu fahren. Errungenschaften. Sie wurden auf der andern Seite gebührend anerkannt. Marie hatte dann eine Art, ihm zuzulächeln, die ihn an die Vorstellung erinnerte, die er als Knabe vom Ritterschlag gehabt. Ihr Verhalten in dieser für ihn scheinbar so unbedeutenden und kleinlichen, in Wirklichkeit weittragenden, weil sein Bewußtsein weckenden, sein Selbstgefühl straffenden Angelegenheit gab ihm wichtige Aufschlüsse über ihren Charakter. Er fand, daß die sympathetischen Handlungen der Menschen genauso gesetzmäßig gegeneinander wirken wie die mathematisch bestimmten Bewegungen der Himmelskörper. Er entdeckte Verstand bei ihr, eine höchst anziehende Form davon, und wunderte sich. Schließlich, sie war ein Frauenzimmer, ihr versteht, außerdem so jung, dreiundzwanzig vielleicht. In der Tat, drang man hinter die Hülle reizbarer Scheu und zaghafter Abgeschlossenheit, so leuchtete unversehens eine zarte Klugheit auf, von leiser Selbstironie umflort und listig immer wieder in die Entfernung gerückt, wie man eine Lampe wegträgt, deren Licht möglicherweise zu grell ist für die unbeträchtlichen Dinge, die sie bescheinen soll. (»Nein, schaut lieber nicht hin, es heißt nicht viel.«) Und immer behielt sie etwas von sich zurück; hätte man dem nachgehen wollen, so hätte sie wahrscheinlich alle Wege verrammelt, mehr erschrocken als erzürnt. Irlen sagte einmal von ihr: Sie erinnert an einen Pagen, der die Geheimnisse seines Herrn hüten muß.

Nun, ihre eigenen wußte sie mindestens ebensogut zu hüten.

Er kam oft mit ihr ins Gespräch. Sie faßte leicht Zutrauen. Da ihr jede Launenhaftigkeit fremd war, blieb sie sich im Umgang immer gleich. Das verringerte nicht den Reiz, der in der Unterhaltung mit ihr lag, es erhöhte ihn. Durchsichtiges Wasser hat größere Lockung als trübes. Sie sprachen, wieder und wieder, von Irlen, seinem Schicksal, seiner geistigen Art, dem unergründlichen Zauber seiner Persönlichkeit. Da kam dann auch ein anderer Kerkhoven zum Vorschein als der etwas kleinbürgerlich angehauchte Doktor, der den Leuten von Welt Stoff zu mokanten Glossen lieferte, ein völlig anderer Mann war das, unheimlich in manchem Betracht. Am unvergeßbarsten erfuhr es Marie bei einem gemeinsamen Spaziergang; sie gingen von der Villa ein Stück gegen den Hexenbruch hinauf. Nach zwanzig Jahren noch erinnerte sich Marie an jedes seiner Worte, an jeden einzelnen Baum an der menschenleeren Chaussee, an die kleinen Hügel welker Blätter, die vom Wind aufgehäuft unter ihren Füßen raschelten, an die Krähen, deren schwarze Körper sich in drohend langsamen Flugbahnen gegen den milchigen Himmel abzeichneten.

Er begann mit der Feststellung, daß die Bekanntschaft mit Johann Irlen zum überwältigenden Erlebnis für ihn geworden sei und alle seine Maße verändert habe. »Unfaßlicher Zufall, der mir den Mann in den Weg geführt«, sagte er mit grüblerischem Ausdruck. Als Marie bei dem Wort Zufall den Kopf schüttelte, korrigierte er sich. Natürlich, Zufall, das heiße nichts. Gnade müsse man's nennen. Aber kaum hatte er es ausgesprochen, nahm er es wieder zurück. Gnade, nein; Gnade stimme nicht mit seiner Gemütsverfassung überein; die sei derart, daß er eher behaupten könne, es gereiche ihm zum Unheil. »Warum?« forschte Marie erschrocken. Es sei eben so, er sehe nicht ab, was da werden solle, antwortete er unbestimmt. Marie wollte sich damit nicht begnügen, sie forderte ihn auf, zu erklären, was er meinte. Er sagte widerstrebend: »Es gibt Fälle, wo der Arzt ein Heiland sein muß, wenn er nicht als Schwindler dastehn soll.« Marie zuckt zusammen. Sie bleibt stehn und schaut ihn an, als hätte sie sein Gesicht bis zu diesem Augenblick nie richtig betrachtet. Beim Weitergehn hält sie den Kopf tief gesenkt. »Das ist der springende Punkt«, führt Kerkhoven fort, indem er gegen den dunkler werdenden Westhimmel starrt, »diese gräßliche Krankheit. Daß man ohnmächtig zusehn muß. Da hilft kein Studieren und Nachschlagen in Büchern. Die Kollegen zucken die Achseln. Die Autoritäten haben es bis zu soundsoviel Prozent Heilungen gebracht. Das Mittel, versichern sie, ist probat. Es wirkt ja auch in den meisten Fällen; bei der einen, einmaligen Konstitution Irlen scheint es zu versagen. Ich möchte noch nicht abschließend urteilen, aber ich fürchte, es ist ein unaufhaltsamer, wenn auch schleichender Prozeß. Was tun? Man leiert sein Sprüchlein her, zerdenkt sich das Hirn, kein Lichtblick, kläglicher Bankrott. Ich kann nicht in das vergiftete Blut hinein, ich hab' die Gewalt nicht, das Auge nicht, ich kann's nicht erzaubern, ich muß bei meinem dilettantischen Hokuspokus bleiben. Klar, nicht? Und jetzt kommt das

Beschämendste. Er weiß, daß ich nichts weiß, aber aus Noblesse stellt er sich, als glaube er an den Hokuspokus. Er hat doch diesen wunderbaren Organinstinkt, wenige Menschen besitzen ihn in solcher Vollkommenheit, es ist ein fabelhaft präziser Meldedienst, das gibt es, darin verhält er sich zu den Durchschnittsnaturen wie... na, wie ein kostbarer Chronometer zu einer ordinären Taschenzwiebel. Sie haben mich einmal gefragt, Frau Marie, ob ich nicht einen Professor zur Behandlung beiziehen will. Ich hab's damals für zwecklos erklärt. Es mag Ihnen vermessen vorgekommen sein, Sie werden sich gedacht haben, der Mann muß sich verteufelt sicher fühlen, daß er so große Verantwortung übernimmt. Ich kann Ihnen gestehen, daß mir nachher allerlei Bedenken aufgestiegen sind und mir nicht ganz wohl war in meiner Haut. Das ist vorüber. Sie schaun mich erstaunt an. Ja, was ich Ihnen jetzt sage, klingt sehr merkwürdig: Heute, wo ich doch weit und breit keine Hoffnung sehe, wo ich eigentlich nichts tue als auf das Wunder warten, das die Wendung bringen könnte, heute ist mein Gewissen in der Hinsicht weniger als je beunruhigt, und wenn Sie mich wieder fragten: Hand aufs Herz, Doktor Kerkhoven, können Sie es allein auf sich nehmen, ich würde ohne Zaudern antworten: Ja.« – »Wie das?« fragte Marie kaum hörbar. Kerkhoven schwieg eine Weile erregt in sich hinein. »Das ist schwer«, entgegnete er, und sein Schritt verlangsamte sich, »wie soll ich das ... Nämlich, ich kenne seinen Körper, wie ihn kein andrer kennen kann. Ich hab' mich mit ihm beschäftigt, ihn erforscht, untersucht und wieder untersucht, hab' seine innere und seine äußere Beschaffenheit langsam entziffert wie eine Rätselschrift; aber das ist schließlich Sache der Geduld, der Erfahrung, der Einsicht, darin wäre mir der betreffende Herr Kollege in jedem Fall voraus. Das mein' ich nicht. Sondern ... Passen Sie mal auf, Frau Marie. (Er packte sie beim Handgelenk.) Blicken Sie mal dort hinüber, auf den Hügelsaum, da leuchtet noch ein schmaler Scharlachstreifen, sehn Sie nichts?« – »Nein, nichts...« flüsterte Marie verwundert. – »Aber ich. Ich sehe den Körper von meinem Freund Irlen.« Marie schauderte unwillkürlich, als werde ihr ein Gespenst gezeigt. Sie hatte einen Moment das Gefühl, Irlen sei tot und Kerkhoven sähe ihn als Geist. Und wie er das Wort Freund aussprach, das er gleich darauf wiederholte, als wolle er es auf seinen Gehalt nachprüfen (»Freund . . . ich hab' nie einen gehabt, er ist der erste«,) berührte sie im Innersten. Auf einmal war sie unscheinbar klein neben ihm, schutzbedürftig, weltverloren. In Irlens Nähe war sie nie ,,verloren«. Irlen blieb stets in seinen Grenzen, er war kein dunkles Elementarwesen, das andre aus der Bahn schleudert. Ja, es war, als entglitte ihr der Boden, als entglitte sie sich selbst. Noch immer schaute sie naiv-gebannt in die von Kerkhoven gewiesene Richtung. Trotz des Dämmerlichts konnte sie die Ruhe in seinen Zügen wahrnehmen, da begriff sie, daß er keineswegs phantasierte, und als er das Wort wieder an sie richtete, büßte der Vorgang zwar nicht seinen geheimnisvollen Charakter ein, aber was Wirklichkeit an ihm war, trat um so ergreifender hervor.

Durch die innige Hingabe an den einen Gegenstand, Ziel der Obsorge, war Kerkhoven mit Irlens physischer Beschaffenheit so vertraut geworden, daß er sich die leibliche Gestalt wie das Spiel der inneren Teile in jedem beliebigen Augenblick bis zur vollkommenen Sichtbarkeit vergegenwärtigen konnte: eine durch den Willen beschworene Halluzination. (Ähnlich wie ein Maler durch beständig wiederholtes Anschauen des Modells das Bild zuletzt auswendig auf die Leinwand zu setzen vermag.) Es gelang ihm dies mittelst einer Anspannung, die auf der den ganzen Raum seiner Seele füllenden Sympathie beruhte. Damit schien sich ein Problem von selbst zu lösen, über das er oft nachgedacht hatte: ob Zuneigung und freundschaftliche Verbundenheit mit dem Leidenden den Blick des Arztes trüben und seine Entschließungen lähmen müssen oder ob sie, von der Angst umflackert, die Sinne schärfen, die Kräfte jeweils steigern. Er erfuhr das letztere.

Er sah den Körper des Freundes in verschiedener Art. Manchmal so, wie wenn an Stelle des Herzens eine Quarzlampe hinge, die die Hautwand durchsichtig machte. Näher lag freilich die

Ähnlichkeit mit einem vor dem Röntgenapparat befindlichen Objekt. Das Muskelgeflecht ein verwirrendes Kreuz und Quer rotglühender Bänder. Dahinter die Knochen wie Säulenschäfte; wie Schwibbögen; wie Tragflächen und Schalen, in allen Größen, senkrecht und waagrecht. Nieren, Leber, Milz, Eingeweide, Magen und Hirn, jedes in seiner unverkennbaren Bildung, seltsamen Tiefseeorganismen verwandt und im Gegeneinanderwirken ihrer Funktionen wie lautlose Dynamos und Regulatoren in Blasen-, Schlauch- und Schwammform. Der Schleimstrang des Rückenmarks in seinem gotisch gezackten Rohr aus beweglichen Gliedern. Die unsäglich verästelten Gewebe und Schaltwerke der Nerven; Silberdrähte, Seidenfäden, polypische Büschel, in zitternder Empfindlichkeit das Feste und Halbfeste, Feuchte und Trockene umspannend, die Sinne scheidend und zugleich vereinigt ins Bewußtsein ziehend. Die schlabbrigen Säcke und Traubengehänge der Drüsen. Das Herz, die rätselhafte Pumpmaschine, selber wie eine nicht ganz verhärtete Riesendrüse. Der Blutlauf in zahllosen Kanälen, von der königlichen Aorta bis in die äußersten Kapillargefäße; das hatte etwas wie purpurne Musik; alle diese Arterien, carotis, occipitalis, brachialis, radialis, ulnaris, femoralis und wie sie sonst hießen, waren wie die einzelnen Pfeifen in einem geisterhaft lautlosen Orgelkonzert.

Eine anatomische Vision. Allein sie hatte nur den Bezug auf Irlen. Es war der Irlensche Leib, der Irlensche Körperstaat, dessen allgemeine Verfassung den anthropos ausmachte, die Gattung, homo sapiens, dessen persönliche Besonderheit aber einmalig war, nie wiederkehrend, nie wieder möglich. Und wenn man in seiner Erforschung weit genug vordrang, bis zum Plasma, bis in den Zellkern, bis in die geheimsten Schwingungen unwahrnehmbarer Nervenfasern, war es dann nicht denkbar, mit Hilfe der Angst und der Liebe denkbar, daß man damit Klarheit und Wissenschaft für die gesamte Spezies erlangte, da doch das höchst entwickelte Exemplar alle geringerwertigen in sich schließt? Dieser Gedanke verfolgte Kerkhoven mit der Hartnäckigkeit einer Wahnidee. Was macht den wahren Arzt?

In die Form des andern Menschen schlüpfen, daß das Gebrechen zum Bild wird. Der Ausdruck »Bild« genügte ihm jedoch nicht, er ersetzte ihn nach einigem Suchen durch den ihm treffender erscheinenden »Engramm«, den er Marie erst erklären mußte. »Über die Zerstörungsarbeit der Parasiten können wir uns nicht mehr täuschen«, sagte er, »die Frage ist: wie das Unheil aufhalten? Es kommt mir manchmal fast vor, als wenn die äußern Eingriffe den Verlauf tückisch verschleiern würden. Vorgestern bekam er nach der Injektion in der Nacht heftiges Erbrechen. Alles bleibt in der Latenz. Drei Wochen lang sieht es wie Besserung aus, dann die ärgste Rezidive. Ist das Mittel zu schwach, zu stark? Sind die Zwischenräume in der Dosierung zu lang, zu kurz? Am Ende treibt man den Teufel mit Beelzebub aus. Oder vielleicht mästen sich diese . . . diese Trypanosomen bei der Behandlung, statt daß sie krepieren? Woher soll man das alles wissen? Es geht nicht vorwärts, es dreht sich im Kreis. Bisweilen kommt mir der verrückte Einfall: Die Krankheit wäre bekämpfbar, nur der Kranke steht dem entgegen. Die Krankheit kann ich erreichen, den Träger nicht. Sie verstehen nicht? Tut nichts, hören Sie gar nicht zu. Gestern abend wollte er gerade anfangen zu erzählen, was zwischen ihm und Otto Kapeller gewesen ist, ich erinnerte ihn an die Geschichte, er hatte mir's mal erlaubt, ihn zu erinnern, das alles interessiert mich ja brennend, sein Leben, seine Vergangenheit, daraus lassen sich Schlüsse ziehn, es gehört für mich gewissermaßen zur Anamnese. Na, schön; er hatte noch nicht zehn Worte gesprochen, da wird er aschfahl im Gesicht, kann die Zunge und den Kiefer nicht mehr bewegen, die Augen sind weit offen und blickstarr. Ich wußte, das geht vorbei, es war ja nicht der erste derartige Anfall, und wie ich mich über ihn beuge und ihm in die Augen schaue, seh' ich wie in einer Zauberkammer die innere Verheerung, Leber und Milz vergrößert, Lymphdrüsen vergrößert, Lunge und Magenschleimhaut blutend, das Knochenmark dunkelrot statt grau, die Gefäßwände verändert, die Blutzusammensetzung verändert, alles im Augenhintergrund signalisiert, aus dem Brunnen herauf, der

Menschenleib ist ja der tiefste Brunnen der Welt, mir ist so was nie begegnet, mir war zumut wie ... na wie soll ich's denn sagen, genau wie dem gewissen Rafael ohne Hände. Was kann mir die Gabe nützen, wenn sie mir andrerseits alle meine Wissenslücken – guter Gott, Lücken! – Gähnende Schlünde! – wenn sie mich meine himmelschreiende Ignoranz hundertfach fühlen läßt? Besitz' ich nicht wenigstens das Ungefähr von dem, was zur Stunde gewußt wird und gelernt werden kann, so bleib' ich auf ewig, was ich bin, nämlich ein Tropf und Scharlatan. Glauben Sie mir, Marie, das ist die Wahrheit. Man bringt's ja nicht einmal so weit, zu wissen, was man nicht weiß. Plätschern, schwimmen, raten; schauderhaft.«

Endlich erkannte Marie seine Not. Sie mußte an Irlens Wort von der Eisdecke denken. Was sollte sie erwidern; die Hilflosigkeit krampfte ihr das Herz zusammen. Im zaghaften Verlangen, ihn zu trösten oder nur zu bedeuten, daß sie da sei, ein mitempfindender Mensch, strich sie ihm mit der Hand über den Rockärmel. Er merkte die mutlose Bewegung gar nicht; in seiner Benommenheit, es war inzwischen finster geworden, stolperte er in den Straßengraben und arbeitete sich leise schimpfend wieder heraus. Da sagte Marie: »Das schlimmste ist, scheint mir, in einem Zustand beharren, den man unerträglich findet.« – »Sehr richtig, kluge Frau Marie, aber wie stellen Sie sich vor, daß ich ihn ändern soll?« – »Daß Sie so fragen, wundert mich nicht. Ich glaube, jeder Mensch, der vor etwas Neuem steht, muß so fragen. Ich, ich weiß es natürlich nicht. Aber wenn Sie's nicht wüßten, insgeheim wüßten, mein' ich, dann hätten Sie mir ja das alles nicht gesagt. Hab' ich recht oder nicht, Doktor Kerkhoven?« Nun geschah etwas ziemlich Sonderbares. Kerkhoven griff in die Tasche, holte eine Streichholzschachtel hervor, zündete eins der Hölzer an, und als es aufflammte, hielt er es Marie vor das Gesicht. Im Schein des Lichts sah er sie an, nickte ernsthaft und warf das noch brennende Holz auf die Erde. »Ich glaube, wir müssen umkehren«, sagte Marie nach einer Weile verwirrt.

Was sich unterdessen mit Nina Kerkhoven zutrug, ist ein trüber Teil dieses Kapitels. Sie hat längst gemerkt, daß mit ihrem Giuseppe etwas nicht stimmte. Man konnte in dieser Hinsicht nicht wachsamer sein als sie. Wachsamkeit ist vielleicht nicht die treffendste Bezeichnung, da es ein Zustand von Blutsverbundenheit war, vollkommene innere und äußere Gleichrichtung und Gleichfärbung, fast ohne Überschuß von Eigenleben. Ein solches Phänomen ist außerordentlich selten, obschon man nach allem, was über die Beziehungen zwischen den Geschlechtern geschrieben und gedichtet wird, glauben sollte, es käme alle Tage vor. Zu seiner Entfaltung bedarf es einer Atmosphäre, wie sie das Wachstum der Blumen begünstigt, temperierte Wärme; Nina war durchaus ein blumenhaftes Wesen, und jene unveränderliche Wärme, die sie brauchte, die spendete ihr Joseph Kerkhoven mit seiner breiten, an einen gutgeheizten Kachelofen gemahnenden Natur. Dieser Ersatz für südliche Luft und Sonne hatte sie bei der Verpflanzung in ein Klima, wo der Winter sechs Monate dauerte, wahrscheinlich vor dem sonst unvermeidlichen Seelenfrost behütet.

Sie war allgemein beliebt. Die Frauen der Nachbarschaft rühmten ihre häuslichen Tugenden, ihre Gefälligkeit und Anspruchslosigkeit. Die Männer hielten schmunzelnd mit ihrer Meinung zurück, als sei ihre Zustimmung ein Preis, um den möglicherweise noch gekämpft werden könne. »Reizendes Weibchen«, schnalzten sie am Stammtisch und schleuderten einen lüsternen Jägerblick in die imaginäre Richtung des glücklichen Besitzers. Da es sich dabei um Honoratioren handelte, Beamte, Gymnasial- und Universitätsprofessoren, Rechtsanwälte, Ärzte, Ingenieure und so weiter, war die trotz ihrer Rebellenvergangenheit stockbürgerliche Nina zufrieden im Bewußtsein, daß ihr gehuldigt wurde; das geringste Mehr hätte sie schockiert. Die Italienerin lebt sich nie aus der Provinz heraus, und das Gefühl, daß eine Frau verschuldetermaßen Freiwild ist, wenn sie die Liebe ihres Gatten verliert, gehört zu ihren geheiligten Vorurteilen.

In der letzten Zeit hat ihr mancherlei nicht mehr gefallen. Sein Appetit hat nachgelassen, der jungenhaft gesunde Hunger, mit dem er von den Krankenvisiten nach Hause gekommen ist, um erst in der Küche vergnügt zu schnuppern, il ficcanaso, und zu erspähen, was auf der Pfanne brodelte und im Topf kochte. Er hänselte sie gern mit seiner strengen Doktormiene, machte sich über ihren Eifer lustig und blies auf ihre hochroten Wangen, wie man auf einen Kuchen bläst, der noch zu heiß ist, um gegessen zu werden. Oh, er konnte furchtbar spaßig sein, dieser geliebte Giuseppe, die Leute täuschten sich sehr, wenn sie ihn für einen brontolone hielten, mit Unrecht zitterten sie vor seinen dunklen Zaubereraugen, sie hätten nur sehen sollen, wie er strahlte, wenn sie die köstlich duftenden spaghetti al pomodoro auf seinen Teller häufte, nicht genug konnte er davon bekommen. Die Bereitung der heimischen Gerichte war freilich eine Sache, auf die sie sich verstand, es war nur in der Ordnung, daß er sie jedesmal laut belobte und eine Meisterin des Faches nannte. Aber das hat aufgehört, warum nur, Dio mio? Sie konnte die verführerischste zuppa milanese vor ihn hinstellen, seine Miene erheiterte sich kaum. Wenn ein Mann in den Speisen herumgabelt, statt herzhaft zuzugreifen, ist ihm nicht mehr zu trauen, da hat er was im Sinn, gib acht, Nina.

Die sonderbare Person; sie trieb das Achtgeben so weit, daß sie sich nächtelang wach hielt, um seinen Schlaf zu behorchen. Bei jedem Stocken seines Atmens spitzte sie die Ohren und lauschte, ob er im Traum sprechen werde. Wenn sie aus seinen Armen geschlüpft war, grübelte sie stundenlang in körperlicher Unruhe über seine Zärtlichkeit nach, deren Verminderung sie angstvoll spürte, ohne doch einen andern Grund dafür gelten zu lassen als die eheliche Gewöhnung und die Sorgen des Berufs; erlaubte sie ihren Gedanken nur den kürzesten Flug in die Finsternis ihrer Befürchtung, so fühlte sie ihr Bleichwerden wie kalte Nässe im Gesicht und wühlte die Wangen ins Kissen, um schreckliche Vorstellungen drin zu ersticken. Horchen, horchen . . . Der schwere Schlaf, den er schlief, das schwere, widerwillige Erwachen, als ob nicht sie da wäre, als ob er nicht zu ihr erwachte . . . Allerdings ist er beim Aufstehen morgens von jeher kratzbürstig und verdrossen gewesen, allein nach einer halben Stunde hat er meistens den Humor seiner Übellaunigkeit erfaßt und sie gelegentlich im Ton einer wissenschaftlichen Auseinandersetzung darüber belehrt, daß bei einem richtigen Mannsbild die matinale Verdüsterung kein Charakterdefekt, sondern Ausdruck des allgemeinen Lebensjammers sei, bloß die Windbeutel (fanfaroni) begännen ihren Tag mit Holdrio und fidibum. Derlei zweifelhafte Sprüche, verstand sie sie auch nur halb, söhnten sie mit seiner Brummigkeit wieder aus, wurden doch seine Züge mit jeder Stunde heller. Jetzt hingegen wich das trübe Gewölk überhaupt nicht mehr von seiner Stirn, sie konnte die Hände falten und still-verwundert den Kopf schütteln, soviel sie wollte, er bemerkte es nicht. Was ging denn vor, daß er nach dem letzten Bissen aus dem Haus stürzte? Kaum war die Ordination zu Ende: Mantel, Hut und Tasche und fort; ein paarmal hatte er sogar Patienten weggeschickt, die noch warteten. Wohin, Giuseppe, wohin, caro mio? Er zuckt die Achseln, murmelt etwas zurück. In die Anatomie? In die Poliklinik? Warum denn? Jeden Tag in den Seziersaal, ins Spital, zu Vorlesungen, wozu um Gottes willen, bist doch ohnehin ein großer Gelehrter, was willst du denn noch lernen? Da konnte er sie beim Genick packen wie man eine Katze anpackt und sich zu ihr herunterbeugen und lachen, aber in einer Art, daß sie erschrak und ängstlich die Schultern zusammenzog und, genau wie eine Katze, ein wenig miaute. Auch abends hielt es ihn nicht mehr daheim; ins bakteriologische Institut, in die Bibliothek, zu einer angesagten Nachoperation oder viel öfter, wieder und wieder, zum Major Irlen hinaus aufs Glacis. Was ging da vor, ihr Heiligen! Blieb er jedoch zu Hause oder kam er vor Mitternacht zurück, so setzte er sich ins Sprechzimmer zu den Büchern, die auf seinem Arbeitstisch nach und nach zu kleinen Türmen wuchsen, biologische Werke, psychiatrische, histologische, anatomische, urologische, dermatologische und las, las, las bis drei Uhr, vier Uhr früh, zeichnete, exzerpierte, notierte wie ein Student vor dem Examen, vergaß, daß er müde war, daß er eine Frau hatte, daß um acht Uhr die Berufsarbeit anfing. Wenn sie barfuß hinüberschlich, hinter seinen Stuhl, die Hände auf seine Schultern und ihren unbegreifenden Kummer in den Wohllaut ihrer Muttersprache legte, der ihn stets entzückt und bezwungen hatte, dann wandte er den Kopf zurück und schaute sie an wie eine Fremde, die von der Gasse kommt, als wollte er sagen: Wer bist du, was störst du mich, was schwatzest du; da hielt sie ihr Schluchzen zurück, senkte langsam den Kopf, und ihre Finger spielten schüchtern mit dem silbernen Amulett, das auf ihrer Brust hing, seit der Kindheit trug sie es, fest überzeugt, daß sie ihm alles Glück zu verdanken hatte, dessen sie bis jetzt teilhaftig geworden war.

Sie begriff nicht, begriff nicht und zerdachte sich das Hirn.

Mit dem Einbringen der Außenstände hat es immer schon Schwierigkeiten gegeben, die Leute ließen sich Zeit; besonders wenn sie die Krankheit überstanden hatten, dünkte ihnen die bescheidenste Nota zu hoch, viele erinnerten sich nicht mehr, daß sie wochenlang jeden Tag auf den Arzt gewartet hatten wie auf den Erlöser, es vergaß sich wie das Fieber, Gesundheit ist frech. Die Reichen waren darin die schlimmsten, der Arme neigt eher zur Erkenntlichkeit, er findet jede Forderung gerecht, wenn man ihm geholfen hat, und schämt sich, wenn er die geringe nicht begleichen kann. Mahnen, das hat Giuseppe verboten, das lief der Würde zuwider, auf alle Fälle hatte man sich zu gedulden, bis die Säumigen ihrer Schuldigkeit bewußt wurden. Ganz gut, aber von den Sprechstundenhonoraren allein konnte man nicht leben, war doch ohnehin ein großer Teil dieser Patienten mittellos; die Krankenkassenbesoldung war kaum der Rede wert; die einzige Einnahme, auf die man sich stützen konnte, war die von der Lebensversicherungsgesellschaft, doch die waren nicht mehr mit ihm zufrieden, weil seine ärztlichen Deklarationen in letzter Zeit an Eindeutigkeit zu wünschen übrigließen, wie sie behaupteten, so daß mit Quartalsende die Kündigung zu gewärtigen war. Es hatte Ninas ganzer Sparkunst bedurft, Haus und Wirtschaft zu führen, immer am

Rande hin, und sorgloses Behagen vorzuspiegeln, wenn es nur mit Zusammenscharren der letzten Groschen gelang, die Wochenrechnung bei Metzger und Krämer zu bezahlen. Voriges Jahr um Weihnachten herum hat sie sogar ihren Verlobungsring ins Leihhaus tragen müssen, Giuseppe hat es nicht gemerkt, Dio sia lodato. Kein Weg ist ihr zu weit gewesen, wenn sie die Butter um fünf Pfennige billiger kriegen, keine Arbeit zu viel, wenn das Budget verringert werden konnte, ei, Frau Doktor, sagte die Rentamtmannswitwe im ersten Stock, wenn sie um sieben Uhr früh mit dem Einkaufskorb auf den Markt ging, schon wieder fleißig, schon wieder auf den Beinen? Und sie: freilick, ich müssen, ich 'aben keine Sseit ... Sie wusch, flickte, stopfte, kochte selber, reinigte das Geschirr, putzte die Fenster, nähte ihre Kleider, machte ihre Hüte, und eh sie sich bei einem häuslichen Schaden einen Handwerker zu rufen entschloß, versuchte sie erst mal die Reparatur auf eigene Hand und gewöhnlich mit Erfolg.

Seit die unheimliche Änderung in seinem Wesen eingetreten, ist aber Giuseppe immer lässiger in Gelddingen geworden. Oft unterließ er es, die Visiten aufzuschreiben; wo keinerlei Gefahr und Dringlichkeit vorlag, wiederholte er den Besuch nicht, ja er bemühte sich, den Patienten von der Überflüssigkeit seines Kommens zu überzeugen, der Körper wolle bloß ruhen und täusche eine Krankheit vor, bei der der Arzt nichts zu suchen habe. Ja, das sagte er, der Dummkopf, als ob die Menschen dergleichen hören wollten, was verschlug's, wenn er den »medizinischen Schutzmann« machte, wie er unwillig zu äußern pflegte, es ist angenehm für die Bürger, den Schutzmann in der Nähe zu wissen, sie haben das Gefühl, daß der Einbrecher dadurch in Schach gehalten wird. Natürlich wurden die Klienten stutzig und holten sich einen andern Doktor, der sich nicht lang bitten ließ, wenn er vernahm, der Herr Kollege habe auf weitere Behandlung verzichtet; schon redete sich's herum, der Doktor Kerkhoven habe einen Span, die vornehme Kundschaft, Bergmanns und der kranke Afrikaforscher, sei ihm zu Kopf gestiegen, wer ihn brauche, müsse nur die Nummer 2625 anrufen, da sei er meistens zu treffen, die besoldeten ihn wahrscheinlich als Leibarzt. Nun, von Sold wußte Nina leider nichts, sie ärgerte sich, als ihr das Spießbürgergeschwätz zu Ohren kam, aber was ihn eigentlich in das Haus und zu jenem Major Irlen zog, wußte sie auch nicht, gar so krank konnte der Mann doch nicht sein, man sah ihn ja manchmal im Wagen fahren oder, auf einen Stock gestützt, auf dem Residenzplatz und im Hofgarten, eine hübsche junge Person war meistens mit ihm; hatte ein interessantes Gesicht, der Mensch, alle Leute blickten ihm nach; hätte Giuseppe ihr nur erklärt, warum er jede freie Stunde dort verbracht, aber nein, kein Sterbenswort, als ob es ihre Art sei, ihm zur Last zu fallen, wenn das Verständnis über ihren Horizont ging; als ob es ihr nicht schon genügte, wenn er den Versuch machte. Aber so stumm, so lieblos stumm . . .

Nina, ein Kind aus dem Volk, ahnte nichts von Problemen des Geistes und der Tragik geistiger Krisen. Was ihre Sinne nicht faßten, blieb ohne Sinn für sie, und weil die Frage nach der tieferen Ursache von Kerkhovens Wandlung überhaupt nicht in ihr entstehen konnte, umkreisten ihre verstörten Gedanken unablässig den einen Punkt, der die Mitte ihres Lebens bildete, den kleinen Herzraum ihrer kleinen Welt. Wie einfach sie war; einfach wie ein Tier. Daß sie seine Liebe verlieren könne, diese Möglichkeit hat sie noch niemals in Betracht gezogen, ebensogut hätte sie sich vorstellen können, die Alpen würden eines Tages vom Erdboden verschluckt werden, an die Unverrückbarkeit dieser Liebe glaubte sie mit derselben ruhigehernen Zuversicht wie an den Augenschein ihrer und seiner Existenz, deshalb hat sie auch nie eine Regung der Eifersucht verspürt, er und eine andere Frau, Jesus Maria, so was zu denken war schon verrückt, die Seele nahm es gar nicht auf. Und doch, es ist nicht mehr so, wie es in all den Jahren gewesen ist, immer hat er sich in der gleichen vertraulichen Nähe befunden, sie mochte allein sein oder unter Menschen, immer war er da, jetzt war es, als ginge er mit jedem Tag weiter von ihr weg, von unsichtbarer Hand unaufhaltsam gezogen, jeden Tag ein Stück

mehr, bald wird die Entfernung so groß sein, daß ihn auch ihr
Ruf nicht mehr erreicht. Warum? Warum? Hat am Ende sie
selbst sich verändert? War sie nicht mehr schön, hat ihre Stimme
die Musik eingebüßt, ist ihr Körper fett geworden, ihre Umarmung ohne Feuer, ihr Kuß ohne Süße? Was denn, was denn,
es mußte wohl etwas davon sein, aber etwas, wovon sie nicht
wissen konnte, denn ihr Äußeres, Haut, Figur, Bewegung, Gang,
hat nicht gelitten, der Spiegel log nicht, und ihre Augen sahen
gut. Vielleicht hat sie eine Sünde begangen, ist ihm ungehorsam gewesen, vielleicht war sie zu begehrlich, oder zu lau, oder
hat es an Achtung fehlen lassen, oder an Freundlichkeit oder an
Eifer für sein leibliches Wohl, oder hat nicht immer ganz fest
an ihn geglaubt, ihm manchmal die Ehrfurcht in ihrem Herzen
verweigert, die er hat fordern dürfen wie kein Mann sonst? Sicherlich lag es daran, und nicht zufrieden mit der strengen Ge-
wissenserforschung, die sie alsbald vornahm, ging sie zur Beichte
und zum Abendmahl, kniete täglich eine Stunde lang vor dem
Altar der Neumünsterkirche in inbrünstigem Gebet, und eines
Tages wallfahrtete sie mit vielen frommen Pilgern zur Kapelle
auf dem Nikolausberg, stieg in heiliger Sammlung die zahllosen
Steinstufen auf den Knien hinan. Es fruchtete nicht, es wurde
nicht besser. Da suchte sie eine Wahrsagerin und Kartenlegerin
auf, deren Wohnung in der Domschulgasse ihr das Fräulein in
der Papierhandlung unten verraten hatte; beschämt wegen der
Verschwendung schob sie das Zweimarkstück auf den Tisch,
hielt erregt das rohe Ei in der Faust, dessen Weißes die Pro-
phetin dann in ein mit Wasser gefülltes Glas tropfen ließ, um aus
den Figuren die Zukunft zu verkünden; atemlos verfolgte sie
den Fall der Karten; klopfenden Herzens streckte sie die
offene Hand hinüber, in deren Linien sich das Schicksal offen-
barte; aber was sie schließlich erfuhr, war zu vieldeutig, als
daß sie Hoffnung hätte draus schöpfen können, Warnung und
Trost durcheinander, Unsinn und Belehrung, so kindisch war
sie doch nicht, das Gefasel von einer jungen Dame, die ihr
auf dem »Weg entgegenstehe« und eine »böse Botschaft« für
sie habe, ernst zu nehmen, da konnte sie sich nicht halten, brach

in schallendes Gelächter aus und rief: »tante grazie, padrona, basta, basta, a rividerla; guten Abend...« Die Magierin schaute ihr verblüfft nach, die Lustigkeit hatte nicht ganz echt geklungen. In ihrer Mädchenzeit hatte Nina einmal gehört, daß es Zaubertränke gebe, mittelst welcher eine Frau die Liebe ihres Mannes zurückgewinnen könne, wenn sie merkt, daß sein Gefühl für sie erlahmt. Sie erinnerte sich sogar an ein Rezept: Eisenhut und Pappelblätter gekocht und mit Ruß und einer Unze frischen Bluts aus dem eigenen Körper gemischt; ein Fingerhut voll erzielt die gewünschte Wirkung. Dies zu erproben lockte sie schaurig, allein sie wagte es nicht, sie trug Scheu vor seinem Urteil, ihr Tun konnte ihm nicht verborgen bleiben, sie hatte zu lang in der Helligkeit seines Geistes gelebt, als daß der Schein nicht auf sie übergeglänzt und sie hätte versuchen dürfen, ihn mit schwarzer Kunst zu hintergehn.

Ich kann nicht sagen, wodurch sie von seinem Umgang mit Marie Bergmann Kenntnis erlangte und durch wen. Eines Tages wußte sie es. Möglicherweise hat es ihr eine der Frauen mitgeteilt, die sie kannte und die sie bisweilen auf ihren Gängen in die Stadt traf. Sie blieb dann aus Artigkeit ein paar Minuten stehen und unterhielt sich mit der betreffenden. Kann auch sein, sie erfuhr es von einem Kollegen Giuseppes oder in einem der Geschäfte, wo sie ihre Einkäufe besorgte. Es ist gleichgültig wo und wie; auch ob es ihr boshaft oder arglos, beflissen oder zufällig, mit Einzelheiten oder ohne solche, als Gewißheit oder Gerücht hinterbracht wurde, ist gleichgültig; genug, eines Tages wußte sie's. Mit diesem Tag hörte sie auf, die Nina zu sein, die sie bis zum soundsovielten Januar 1914 gewesen, und wurde eine andere Nina. Sie verwaltete die Wirtschaft wie früher, sie tat ihre Arbeit wie früher, sie machte die Tür auf wie früher, wenn Patienten kamen, und geleitete sie ins Wartezimmer, sie telefonierte nach ihm wie früher, wenn er an ein Krankenbett gerufen wurde und nicht zu Hause war, sie kochte, nähte, wusch und putzte wie früher, alles mit derselben Emsigkeit und Unverdrossenheit, aber es war eine andere Nina. Eine

immerfort lächelnde. Wie eigen: beständig lächelte sie. Nie
wich ein starres, verblasenes, süßliches Maskenlächeln von ihren
Lippen, kein Mensch konnte sich erklären, was es zu bedeuten
hatte. Denn alle Leute merkten es, außer Kerkhoven, der
merkte nichts, überhaupt nichts. Wunderlich auch, daß sie das
Deutsche auf einmal stärker radebrechte als früher, dadurch
klang alles, was sie sagte, viel komischer. Eine Menge Wörter
und Wendungen, die sie sich in einem Jahrzehnt angeeignet
hatte, schien sie gänzlich vergessen zu haben. Betrat sie zum
Beispiel einen Konfektionsladen und verlangte einen halben
Meter Schirting, hatte sie in der Apotheke einen Auftrag Giuseppes auszurichten, bestellte sie beim Kohlenhändler Briketts
für den Winter, so geriet sie ins Stottern und Suchen, warf itali-
nische Brocken ein, so daß auch die mit ihrer Redeweise vertrauten Lieferanten oft nicht wußten, was sie wollte, und andere
Leute, die zugegen waren, sich bei ihrem hilflosen Kauderwelsch das Lachen verbissen. Sie hatte beobachtet, daß Giuseppe seit einiger Zeit eine Sorgfalt auf Kleidung und Aussehen
verwendete, die er zuvor nicht gezeigt hatte. Da holte sie seine
alten Anzüge aus dem Spind, sah sie gründlich durch, reinigte
und bügelte sie, unterzog auch seine Wäsche gründlicher Musterung, und als sie entdeckte, daß einige Krawatten schadhaft
waren, ging sie spornstreichs aus und kaufte ein Vierteldutzend
neue, ohne ihm vorher oder nachher etwas davon zu sagen; und
er, er bemerkte es nicht einmal. Bei diesem Einkauf passierte es
übrigens, daß sie, während sie an der Kasse zahlte, aufseufzend
um sich griff und in eine tiefe Ohnmacht fiel. Sie erholte sich
rasch, bat die Inhaberin des Geschäftes um Verzeihung und
entfernte sich wie jemand, der sich schlecht benommen hat.
Von da an begann sie unter schweren, periodisch wiederkehrenden Migränen zu leiden, die sie aber Giuseppe so lang wie möglich verheimlichte. Und wie von allem andern merkte er auch
davon nichts.

Sie schütteln den Kopf, lieber Leser. Die Sache ist Ihnen unverständlich. Sie finden mit Recht, daß sich die gute Nina ge-

gen ihren Mann hätte aussprechen müssen. Sie zucken die Achseln darüber, daß sie sich von einem unüberprüften Gerücht umschmeißen ließ, statt sich vorerst einmal die nötige Gewißheit zu verschaffen. Es ist nicht anzunehmen, daß Joseph Kerkhoven sie mit Lügen hingehalten hätte, soviel wissen wir von dem Mann, und soviel wußte sie natürlich auch. Vielleicht war es aber gerade die Gewißheit, die sie fürchtete. Vielleicht war das Glas schon zersprungen, eh' der Hammer darauf fiel. Zermürbt von der Pein, die ihr sein unenträtselbares Benehmen verursacht hatte, brauchte sie vielleicht die ausdrückliche Bestätigung nicht mehr. Jedenfalls tat sie keinen Schritt nach dieser oder einer anderen Richtung und ließ alles folgende ohne Abwehr und Appell über sich ergehen. Den eigentlichen Grund kann ich nicht angeben. Die Menschen sind eben sehr geheimnisvoll.

Eines Tages sagte die Senatorin Irlen zu ihrem Sohn: »Ich glaube, du solltest mal den Doktor Kerkhoven um seine Nota bitten und nicht bis zum Jahresschluß warten. Er kommt seit Monaten täglich ins Haus, ich hab' nicht den Eindruck, daß der Mann im Geld schwimmt. Man erzählt sich, daß er in der letzten Zeit eine Menge Klienten verloren hat, wieso, ist mir wirklich rätselhaft bei solch ausgezeichnetem Arzt. Wenn du willst, ordne ich die Sache mit ihm.« Nein, das wollte Irlen nicht. Aber er hatte der Mutter für den Wink zu danken; daß er nicht selbst daran gedacht, warf er sich als Phantasielosigkeit vor. Um so unverzeihlicher, als sich sein Zustand seit einer Woche infolge einer von Kerkhoven allmählich und gleichsam tastend aufgebauten Strahlen- und Diathermie-Behandlung, kombiniert mit strenger Milchdiät, bedeutend gebessert hatte. Er hatte fieberfreie Tage, Nächte ruhigen, obschon nur vier- bis fünfstündigen Schlafs, die Hautausschläge waren zurückgegangen, die Muskelkrämpfe, die sich bis zu Teil-Lähmungen gesteigert hatten, meldeten sich nur noch anfallsweise, geblieben war eine allgemeine Schwäche, an der vielleicht die eingeschränkte Ernährung schuld war, vielleicht auch die natürliche

Ermattung des Körpers, als der Gesamtaufruhr seiner Säfte niedergeworfen war und bloß in lokalen Revolten da und dort noch flammte. So ungefähr sah es Irlen an, nicht ganz ohne Hoffnung, unter der freilich wieder, in einer tieferen Schicht des Bewußtseins, ein klar umrissenes Bild des wirklichen Verlaufes lag. Denn da war etwas wie verletzte oder gestörte Statik; Raumhunger; Widersetzlichkeit der Sinnes- und Nerven-funktionen; Unsicherheit des Herzens, Herztanz, Flimmerherz, Herzschwulst, Empfindung, wie wenn man an einer senkrech-ten Wand mit schwerkraftloser Langsamkeit herunterglitte. Dadurch hörte das Leben auf, ein Gefüge zu sein, es zerstückte sich in eine Summe einzelner Sekunden und Augenblicke, als wären sämtliche Buchstaben eines Dramas durcheinander ge-schüttelt und man hätte an Stelle einer geistbestimmten Form einen Haufen von hunderttausend Alphabeten vor sich.

Er steckte fünf Hundertmarkscheine und eine Karte in ein Kuvert und schickte es mit dem Bergmannschen Diener zu Kerkhoven. Auf die Karte hatte er geschrieben: Damit ist der materielle Teil meiner Schuld weder getilgt noch beziffert, der andere muß ohnehin auf Nachsicht des Gläubigers rechnen. Er glaubte so die Sache abgetan, aber zu seiner Verwunderung zeigte sich Kerkhoven äußerst verstimmt und bat ihn, das Geld zurückzunehmen; als er die Karte gelesen, habe er im ersten Moment gemeint, er sei verabschiedet. Irlen fragte: »Hattest du beschlossen, daß ich zu deiner Armenpraxis gehören soll?« – »Es geht nicht«, erwiderte Kerkhoven, »es geht wahrhaftig nicht.« Wenn einer aus dem Wasser gezogen und vom Ertrinken gerettet worden sei, könne er vom Retter nicht noch Honorar verlangen. »Ich will mich ja nicht aufspielen«, sagte er und rieb verlegen das Kinn, »es sieht vielleicht aus, als wollt' ich mich großartig aufspielen. Ich bin ja nicht in der Lage, um . . . sei mir nicht böse, Irlen, aber es geht nicht.« Irlen wurde unge-duldig, die eisblaue Flut seiner Augen verdunkelte sich. »Wie-der mal eins von den Mißverständnissen, die das Leben über-flüssig komplizieren«, sagte er. »Du findest, unsere Freundschaft steht zu hoch für die Erledigung gemeiner Geldfragen. Kinderei. Es scheint dir dabei etwas von idealem Gewinn vorzuschweben, den dir unsere Beziehung gewährt und der unvereinbar ist mit elendem Mammon. Wie? Nun überlege: Entweder ist der besagte Idealgewinn auch auf meiner Seite, oder er ist illusorisch. Im Grunde mutest du mir zu, daß ich die sehr realen Dienste, die du mir leistest, mit freundschaftlichen Gefühlen bezahlen soll. Schöne Wirtschaft. Du begreifst, daß ich die Debatte darüber ablehne. Wenn das Zartgefühl sich überspitzt, wird es zum Ärgernis wic eine stachlige Mimose. Du nimmst mir doch die kleine Standrede nicht übel?«

»Nein«, sagte Kerkhoven. Dann schwieg er, den Kopf gesenkt, ganz tief herunter, als müsse er, was er antworten wollte, auf dem Teppich lesen. »Stimmt alles«, begann er nach einer Weile, »stimmt auffallend, ist aber trotzdem nur Symptom. Ich bin da in verteufelter Bedrängnis. Eine von mcinen vielen Sackgassen. In der Sache zwischen uns magst du recht haben, das heißt, ich muß dir Recht lassen, wennschon der Wert meiner Bemühungen ... du schätzt sie zu hoch ein. Ich bin keine Leuchte der Wissenschaft ... fünfhundert Mark ... Herrgott, ist ja lachhaft. Na, schön ... ich darf mich eigentlich nicht wehren, wie die Dinge liegen, wär's der pure Bettlerstolz. Leider. Wenn ich aufgemuckt habe, so steckt was andres dahinter ... vielleicht darf ich es ... ich will mich kurz fassen. Ein offener Konflikt. Es ist alles virulent geworden ... ich bin außerdem überreizt ... sitze die Nächte durch und büffle, alle Tritt ins Spital, ins Ambulatorium, ins chemische Institut, Tierversuche, anatomische Präparate, hab' keine Ruh mehr in mir, keine Sicherheit, komme mir vor wie ein aufgerissener Acker. Verrückter Zustand. Abcr das nur nebenbei. Entschuldige. Was ich sagen wollte, ist folgendes. Es macht mir seit einiger Zeit Beschwer, die Leute für Geld zu behandeln. Natürlich gibt das ein queres Verhältnis zur ganzen Existenz. Es hat immer was Klägliches, wenn sich ein einzelner mit unzureichenden Mitteln gegen das Bestehende auflehnt. Das Soziale ist ein eiserner Reifen. Auch die Priester und die Künstler müssen ihre Seele verkaufen. Opfer, das steht auf einem andern Blatt, es läuft gewöhnlich auf den Narrenturm hinaus. Meine Skrupel ... es sind gar keine Skrupel ... du wirst gleich hören ... weiß der Himmel, was es ist, vielleicht überheb' ich mich bloß ... Aber mach' ich dich nicht müde, Irlen?« Er hob erschrocken den Kopf. »Es ist ja schließlich leeres Gerede, mit dem ich dich behellige.«

Da Irlen mit entschiedener Geste verneinte, griff Kerkhoven nach der Kognakflasche, die auf dem Taburett zwischen ihnen stand, schenkte ein Likörglas voll und goß es hastig hinunter. Den Rumpf wieder gegen die Schenkel gekrümmt, so saß Irlen gut aufmerken mußte, um ihn zu verstehen, entwickelte er seinen Gedankengang, wobei das Abgerissene und nach jedem Satz Stockende sich allmählich verlor. Er sagte, Arzt, das sei eine Kategorie für sich. Als Kind war er überzeugt, jeder Doktor sei ein Engel. Es lebte ein Doktor Übeleisen in seiner Heimatstadt, er sah aus wie der Moses von Michelangelo; nie wieder hat er solchen Ehrfurchtsschauer verspürt, als wenn der in die Stube trat, der Karbolgeruch um ihn war Weihrauch für seine Nase. Im Volk empfinden noch viele so, versicherte er; was für Heilmöglichkeiten gehen mit diesem Glauben verloren. Nun, die Gottähnlichkeit erstrebt er nicht, er dünkt sich in keiner Weise erhaben, im Gegenteil, er ist mit sich selbst nicht einverstanden, es ist eben der gewisse Punkt ... Er beugte sich vor, langte nach dem Schürhaken und malte wie mit einem Griffel Zeichen auf den Teppich ... »Lassen wir die Luxuskranken beiseite«, fuhr er fort, »meinetwegen auch die Scheinkranken, obwohl es Scheinkranke genaugenommen nicht gibt, auch die unzähligen Fälle, wo nichts zu kurieren ist, weil es sich nicht um Krankheit handelt, sondern um Ablaufshemmungen, die der Körper braucht und sich erzwingt, schad ums Medikament, hätten die Leute Grütze und wüßten was von der Natur, sie ließen eher den Gesanglehrer holen als den Doktor. Mag's hingehen, daß man ihre Instinktlosigkeit ausnützt und teilweise von ihnen lebt, angenehm ist es nicht. Das sind aber die, bei denen schon der Kern getroffen ist, da sind die Mori-

bunden, sind die Schwindsüchtigen und Syphilitiker, mit
Karzinom und Sarkom Behafteten, die Väter und Mütter
lebensunfähiger Kinder, die krassen Fälle von Knochen-,
Nieren-, Gebärmutter-Tuberkulose, und so weiter, wozu die
Aufzählung, das Tollste ist eigentlich, daß man sich dran gewöhnt, es gab eine Zeit, wo ich . . . im Anfang bin ich nah am
Umsatteln gewesen . . . man kommt da vor sich selbst in Situationen . . . Sich gewöhnen . . . ich weiß nicht . . . wenn jetzt
ein Kollege mich hören könnte, er würde sich ins Fäustchen
lachen . . . Der Unterschied ist, ob man stumpf wird oder
nicht. Doch klar. Und Nichtstumpfwerden heißt so viel zusetzen . . . wer hat denn so viel in sich, daß er immerfort zusetzen und zusetzen kann? Der Routinier hat's nicht nötig, der
setzt nichts zu . . . Vielleicht kann es überhaupt keinen richtigen
Arzt geben ohne Routine. Es wird allgemein angenommen.
Du bist nicht der Meinung, scheint mir? Was mich betrifft,
mir fehlt einfach das Talent dazu. Ich bin wahrscheinlich ein
Dilettant. Aber was soll jetzt noch aus mir werden, in meinem
fünfunddreißigsten Jahr?«

Er lachte kurz auf, und da sich in Irlens Gesicht kein Zug veränderte, schlug er die Augen nieder. Er fährt in lauter abge-
brochenen Sätzen fort. Stockt, greift zurück, sucht mühselige
Argumente. Diese zerfetzte Rede mit allen hilflosen Einschal-
tungen und Abschweifungen wiederzugeben ist kaum möglich.
Ich beschränke mich auf das Wesentliche. Es besteht in der Frage,
die er sich täglich und in jedem einzelnen Fall vorlegt, ob er sich
von den Todeskandidaten bezahlen lassen darf. Ganz schnöd
herausgesagt: bezahlen. Ob sich das mit der moralischen Sauberkeit verträgt. Mit der Idee des Berufs. Reich oder arm, das ist
im Prinzip egal. Ob er für Herrn von Soundso am Jahresende
eine vornehme Nota schreibt oder beim Händewaschen dem
armen Teufel in der Sprechstunde zu verstehen gibt, daß er
seine Mark zu blechen hat, ist egal. Denn (mit erhöhter
Stimme): »Was richt' ich denn aus? Was ist denn meine Leistung?« Daß er das traurige Gefühl seiner Ohnmacht mit bie-
deren Redensarten verkleistert. Daß er Mittel verschreibt, von

denen er a priori weiß, sie sind für die Katz. Daß ihm dann und
wann eine richtige Diagnose gelingt. Na und? Was weiter?
Das bedeutet ja meistens schon das Ende. Diagnose ... Sie
kommen ja immer zu spät. Erst der Schmerz macht ihnen Beine,
das allerletzte Signal, wenn sich der Organismus nicht mehr
anders helfen kann. Da rennen sie, mit dem fertigen Tod im
Leibe kommen sie, und er muß sich hüten, sie nur mit einem
Blick merken zu lassen, wie's in Wahrheit mit ihnen steht. Manche Kollegen sind furchtbar stolz auf ihre Diagnosen, oft haben
sie alle Ursache dazu, aber sie vergessen, daß sie in der Schick-
salslotterie spielen und sich ihre Nieten gern unterschlagen.
Diagnose ist ein Griff ins Irrationale, man muß schon ein
Seher sein, damit nicht das Quentchen Mogelei einfließt, das
der Teufel auch in die reinsten Absichten zu mischen pflegt.
Und dann, nach geschehener Feststellung, was dann? Die
modernen Erkenntnisse und Behelfe in Ehren, man steht in
staunender Bewunderung davor, wahrhaftig, der Mensch ist
ein Riese, aber Gott oder Natur, oder wie ihr's nennen wollt,
richten eine Mauer auf, da sind eherne Pforten drin, da heißt
es: Halt, elender Zwerg, Eintritt verboten. Schwer mit dem
überzeugten Brustton von Heilung zu reden, von Besserung, verflucht schwer, wenn der Mensch dich vom Grund der Seele aus
befragt und du weißt, er ist verloren. Sie hoffen auf das Wunder,
kein einziger, der nicht auf das große Wunder hoffte, der
kranke Mensch hat eine kranke Wirklichkeit, und er, der
Arzt, muß tun, als wäre das Unwahrscheinliche die Regel und
das Unmögliche möglich zu machen sein tägliches Geschäft.
Sie haben alle so schöne Augen, die, so bittende Augen. Kann
er sie nicht von der Todesfurcht befreien, und das vermag einer
nur durch das, was er ist, nicht durch das, was er weiß, dann
ist's besser, er wird Versicherungsagent. Er erzählt von einem
Fall, den er neulich gehabt: jüngerer Mann, in verantwort-
licher Stellung, unverheiratet, erhält aber die Eltern und drei
Schwestern samt deren Familien. Der konsultiert ihn, nachdem er bei einem halben Dutzend andern Ärzten war, Internisten, Nervenärzten, Psychoanalytikern, Homöopathen,

irgend jemand hat ihm von Kerkhoven gesprochen, er hat das Gefühl, dieser Kerkhoven wird ihm helfen, keiner hat sich ausgekannt, Störungen des Sympathikus, innersekretorische Störungen, hat es geheißen, er leidet an Ohnmachten, jagender Unruhe, Pulssturm, Schwindel, hauptsächlich aber ist es die Unruhe, die ihn quält, sie steigert sich häufig zu lähmender, entsetzlicher Angst. Kerkhoven hat ebenfalls lang herumgeraten, hat untersucht und wieder untersucht, bis ihm eines Tages klar wird, was da los ist, soweit einem so was klar werden kann. Miliares Aneurysma. Was das ist? Erbsengroße Verdickung im Gehirn, eine richtige kleine Bombe, können auch mehrere sein, ja eine Bombe, die früher oder später explodieren wird, dann ist's aus, der Tod ist noch ein Glück. Zu wollen ist da nichts, da versagt die Wissenschaft, er muß die Angst von dem Menschen nehmen, sonst gibt es nichts. Und es gelingt. Bis zu einem gewissen Grad gelingt's. Ohne Morphium, überhaupt ohne Mittel, davon hätte ja der Mann nichts, er muß arbeiten, muß täglich auf dem Posten sein, mit ihm steht und fällt die Firma. Kerkhoven hat es versucht, ihn, bis zu dem gewissen Grad eben, zum Herrn über die Angst zu machen. Es geht. Er kämpft wenigstens. Irlen wird sagen: Das ist doch Leistung genug, was denn noch? Richtig. Wenn sich's nur nicht so von selbst verstünde. Nicht eine einfache Pflicht wäre. Samariterdienst. Klar, nicht? »Findest du, daß ich dafür die Rechnung präsentieren kann?« fragte er den Kopf vorstoßend, Irlen ins Gesicht hinein. »Ist das erlaubt? Denk mal nach, Johann. Doch schandbar, wie? Königlicher Lohn ... ja, das ließe man sich gefallen, notabene, wenn man greifbare Resultate erzielt hat ... aber um die Tarife feilschen wie ein besserer Friseur ... danke. Ich tu's natürlich, muß es tun, in die Ordnung bin ich nun einmal hineingeboren, wovon soll man leben, mit einer Frau außerdem. Ich kann nicht von heut auf morgen die Kabinettsfrage stellen und den Bannfluch der gesamten Kollegenschaft auf mich laden. Soviel kommt mir auch nicht zu. So wichtig bin ich nicht. Mancher glaubt, er ist schon ein Martin Luther, wenn er verkündet: Hier stehe ich, ich kann nicht anders. Wir sind kleine Leute, allzumal. Immerhin, das Dilemma bleibt. Ich seh' keinen Ausweg. Du wunderst dich vielleicht . . . es klingt alles ein wenig . . . wie soll ich sagen . . . ein wenig neugebacken. Ja, das stimmt. Früher war mir's nicht bewußt. Hier und da ein Schatten, aber seit ich dich kenne . . . erfaßt man einmal die Symptome, so hat man auch schon das Krankheitsbild. Ich wundere mich selber. Wahrhaftig, ich weiß nicht, was der morgige Tag aus mir machen wird . . .«

Wir haben diesen Joseph Kerkhoven als einen wortkargen und verschlossenen Mann kennengelernt. Alle Anzeichen deuteten darauf hin. Die Mitteilungsleidenschaft, die er immer wieder gegen Irlen, bisweilen auch gegen Marie Bergmann an den Tag legte, bildet eigentlich keinen Widerspruch hierzu, sie beweist nur, selbst wenn man die Fiktion eines festumrissenen Charakters aufrechterhält, was mehr und mehr seine Schwierigkeiten hat, daß die Quellen der Rede und der Verständigung außerordentlich tief verlagert, vielleicht stellenweise sogar gänzlich verschüttet sind. Er hat nie einen Freund gehabt. Es ist nie eine Frau in sein Leben getreten, die ihn aus seinen Verschanzungen zu locken verstanden hätte. Seine Einsamkeit war halb eine Trägheits-, halb eine Verzichts-Einsamkeit. Man findet diese Kreuzung bei vielen begabten Naturen. Eines Tages ziehen sie die letzte Folgerung und verkapseln sich im edlen Schmollwinkel, trotzig vermauert gegen eine Welt, die gar nicht daran denkt, das Idyll zu stören. Diese Gefahr war von Joseph Kerkhoven durch seine Freundschaft mit Irlen endgültig abgewendet. Was sich in vielen Jahren in seinem Gemüt gestaut hatte, brach nun über die Dämme. Es war ihm aber nicht ganz wohl dabei zumute. Oft blieb ein quälendes Gefühl von Mißbrauch zurück. Er hatte nie Angst, zu viel gegeben zu haben, er warf sich nur vor, zuviel genommen zu haben: Zeit, Kraft, Anteil, Aufmerksamkeit. Woran mag es bloß liegen, daß mich der wunderbare Mensch so selbstbesoffen macht? fragte er sich dann naiv betrübt. Eigentümlicher Irrtum. Dieser intuitive Kenner der Menschenseelen wußte wenig von Menschen und fast nichts von den Gesetzen der seelischen Vergesellschaftung. Sonst hätte er sich sagen müssen, daß in einem derartigen Verhältnis nehmen und geben vollkommen identisch ist. Er hätte dann auch seinen Trieb, *kein Geheimnis mehr für den andern zu sein*, nicht so kleinlich mißverstanden.

Er war aufgesprungen und marschierte mit großen Schritten kreuz und quer durchs Zimmer. Irlen saß kerzengerade, Bein über Bein. Kerkhoven konnte nicht ahnen, was in Irlen vorging, während er in seiner »Selbstbesoffenheit« schilderte, wie er die Todgeweihten um das Wissen vom Tod betrügen mußte. Malte er denn nicht eine Situation, die der Zuhörer als seine eigene anzusehen hatte? Irlen sagte sich logischerweise: Aha, deshalb will er kein Geld von mir nehmen. Er hielt minutenlang die Augen geschlossen, und Kerkhoven bemerkte es natürlich nicht, schon weil er meistens in den Boden hineinredete. Es war aber nur eine Anwandlung. Welches Maß von Takt wäre auch erforderlich gewesen, um mitten im Bekenntnis der erschütterten Existenz zu spüren, daß man, vielleicht, eine Illusion des andern zu schonen hatte. Irlen war sehr stark, sehr großmütig und mehr als klug, er gab sich dem Eindruck nicht hin, sicherlich wäre Kerkhoven in die größte Bestürzung geraten, wenn er ihm diesen Sinn mit Worten unterschoben hätte. Er meint es auch gar nicht, überlegte er mit einem inneren Lächeln der Sympathie, für mich mag es ein Memento sein, für ihn ist es höchstens der unbewußte Traum von mir, er träumt sich ja in meinen Blutgang hinein, das Merkwürdigste, was mir je an einem Menschen begegnet ist. (Ein Schluß, der nicht triftiger hätte sein können, wenn Irlen das Hexenbruch-Gespräch zwischen Kerkhoven und Marie belauscht hätte.)

»Ist es wahr, was man mir erzählt, daß deine Praxis seit einiger Zeit nachgelassen hat?« erkundigte sich Irlen. Kerkhoven blieb endlich stehen. »Ja und nein«, erwiderte er; »ein Teil der Stammkundschaft ist mir tatsächlich untreu geworden. Eben die Leute, von denen man die Rente bezieht. Sie sind nicht

mehr zufrieden. Warum, weiß ich nicht. Meistens die gut-
situierten Familien. Vielleicht finden sie, daß ich mich nicht
genug ins Zeug lege. Dafür haben sich neue eingefunden, ganze
Menge, ohne daß ich was dazu getan hätte.« – »Was für neue?«
– »Hm. Wie soll ich das erklären. Es gibt welche, die alle Vierteljahr den Doktor wechseln, wie es Männer gibt, die's bei keiner
Frau aushalten. Einmal erwischen sie dann doch die richtige.
Viele Patienten wandern von Arzt zu Arzt, weil ihnen was vorschwebt vom großen Zauberer. Es sind fast immer schwere
Fälle.« – Irlen, mit einem Lächeln: »Und du? Fühlst du dich
à ton aise als Zauberer?« – »Ach Gott, sie bleiben nicht lang
im Zweifel, daß ich keiner bin. Möcht' schon, möcht' schon, bin's
aber nicht.« – »Aber warum laufen sie dir zu?« – »Es könnte sich
herumgesprochen haben, daß . . . na, daß ich so meine besondern Methoden habe. In der Hinsicht haben die Kranken
einen Instinkt wie die Bienen. Bienen riechen den Honig meilenweit.« – »Aber Joseph! So könnte jeder Kurpfuscher ar-
gumentieren.« – »Gewiß, Kurpfuscher . . . was willst du damit
sagen . . . Ist der Unterschied zwischen einem gelehrten und
einem ungelehrten Nichtswisser gar so groß? Man hat noch nicht
festgestellt, welcher mehr Schaden anrichtet. Christus war auch
kein Doctor medicinae. Hippokrates war ein einfacher Mann
aus dem Volk. Braucht man ein Diplom, um helfen zu dürfen?
Es scheint so, aber der Heilige Geist ist selten beim Rabbi.
Geh mal in unsere Hörsäle und betrachte dir die Gesichter.
Studierende Jugend . . . da fragt man sich erschrocken: quis
custodiet ipsos custodes?« – »Trotzdem wirst du mir nicht einreden wollen, daß es die Methoden sind, die dich . . . Das dürfte
kein anderer von dir sagen.« – »Methoden . . . auch nur ein
Wort. Du weißt, was ich meine.« – »Nicht ganz. Du mußt deutlich sein.« – »Ich möchte es so genau nicht untersuchen. So
genau gar nicht wissen. Wozu . . . Es ist eine Veranlagung, mit
der man übel dran ist. Der andere sein . . . hinüberschlüpfen . . .
in ihm drin sein . . . jedesmal ein Fünfsekundentod . . . ein
Teiltod . . . scheußlich.« – »Aha, ich verstehe.« Irlens Gesicht
wurde sehr ernst. Er schwieg einen Augenblick, dann fragte er

109

zögernd: »Also auch mit dem Aneurysma war es so? . . . Hegel spricht einmal vom sichtbaren Unsichtbaren. Der momentane Selbstverlust ist wahrscheinlich der Einsatz . . .« – »Ja, ungefähr«, erwiderte Kerkhoven mit merklicher Unlust. – »Aber wenn du nicht die praktische Erfahrung hinter dir hättest, würdest du dennoch im finstern tappen, Irrtümer wären unvermeidlich, glaubst du nicht?« – Kerkhoven zuckte die Achseln. »Das sind sie auch so. Ich will die Erfahrung nicht herabsetzen, aber sie macht müd. Man erstickt unter ihrem Gewicht.« Auf einmal flammte er auf: »Wer die Erfahrung vergessen könnte, in der Art, daß sie im Blut bleibt und aus dem Blut heraus wirkt, transitorisch, lastlos, wie Geruch und Geschmack aus den Nerven, der wäre ein großer Arzt.«

Es war eins jener Worte, von denen Irlen sagte, sie brächen wie Blitze aus einem Menschen hervor. Kerkhoven stand am Fenster und starrte in die schneedurchleuchtete Dunkelheit. »Ein großer Arzt«, sprach er vor sich hin, »das wäre was, das wäre was . . . Man redet immer vom ärztlichen Beruf. Es ist aber kein Beruf, mit andern verglichen. Man ist kein Wissenschaftler, man ist kein Künstler, was ist man denn? Staat, Gesellschaft, Fortschritt, nichts geht mich was an. Der Arzt war schon da, wie die Menschheit in der Wiege gelegen ist; er wird sie auch begraben müssen. Ich habe mit dem Urzustand zu tun; die paar Jahrtausende, was bedeuten die. Jede andere Menschentätigkeit ist bedingt und auf Schichten beschränkt, meine nicht. Ich bin eine Ausnahme. Als Ausnahme muß ich auch leben. (Er drehte sich um.) Vielleicht hätte ich das Zeug zu einem richtigen Kerl . . . es steckt was da drin, kommt mir vor . . . wenn die Umstände günstiger wären, könnte ich . . . Quack, es sind gar nicht die Umstände . . . es gebricht mir an was. Es fehlt an was.« – »So? Was könnte das sein?« forschte Irlen gespannt. – »Ich bin einfach, eine einfache Natur«, erwiderte Kerkhoven, »aber ich bin's aus einem Mangel heraus . . .« – »Wie . . . aus einem Mangel, wie meinst du das?« – »Ganz klar. Es fehlt mir das Doppelte, das die großen Leute haben, der innere Dual.« – Irlen war so überrascht von dem

Ausspruch, daß er Kerkhoven wortlos anschaute. – »Ja«, fuhr dieser fort und lachte ein bißchen gezwungen, »wenn ich dich noch in mir hätte, Johann. Als Komplement sozusagen . . . Unser Herrgott hat mich nicht fertig gemacht. Was mir fehlt, das bist du. Verstehst du?« – Irlen sagte, nicht ganz im Ton eines Scherzes: »Nun, dem ließe sich vielleicht abhelfen.« – »Wüßte nicht, wie.« – »Vielleicht braucht es nur unsern Willen und Vorsatz, um in einem andern weiterzuleben. Nicht als Komplement. Eher als Amalgam.« Jetzt war die Reihe an Kerkhoven, verwundert zu sein. Etwas schroff sagte er: »Das führt zu nichts.«

Irlen erhob sich, legte Kerkhoven, wie er bisweilen zu tun pflegte, beide Hände auf die Schultern und fragte mit einer angenommenen heiteren Neugier, hinter der ein geheimer Plan zu stecken schien: »Wenn dich nun jemand von dem Druck der gewissen Umstände . . . ich setze den Fall, Joseph, es findet sich ein Mensch, der so überzeugt ist von dir, daß er dir nach jeder Richtung hin volle Unabhängigkeit verschafft. Eine Hypothese. Wie würdest du dich dazu stellen?« – Kerkhoven strich mit der flachen Hand bedächtig über seinen Scheitel. Eine Viertelminute standen sie einander stumm gegenüber, Blick in Blick. Dann antwortete Kerkhoven, während er sich sanft den Händen Irlens entzog: »Ich glaube, ich müßte verzichten. Ich glaub's nicht nur, ich weiß es bestimmt.« – »Und warum das?« – »Weil . . . erstens weil ich eine geschenkte Unabhängigkeit nicht . . . nicht zu schätzen wüßte. Es wäre keine für mich. Es brächte falsche Verantwortungen mit sich. Aber darüber könnte man zur Not hinwegkommen. Es . . . wenn wir schon über deine komische Hypothese ernsthaft verhandeln wollen . . . so eine Freiheit muß verdient werden, die darf einem nicht in den Schoß fallen. Glücksgaben für die Glückskinder. Leute wie ich müssen sich ihr Schicksal selber zurechthämmern, sonst paßt es ihnen nicht auf den Leib. Ich belehr' dich da. Lächerlich. Als ob du nicht besser wüßtest, daß das den Charakter angeht. Zu jeder Freiheit muß man erst reif werden, klar, nicht? Sogar zu der schäbigsten, der materiellen.«

Irlen gehörte zu jenen Männern, die trotz eigener Geisteskraft und tiefer Bildung das ungewöhnliche oder nur treffende Wort eines Freundes mit einer Dankbarkeit aufnehmen, als seien sie dadurch in überraschender Weise bereichert worden. Er drückte Kerkhoven die Hand und sagte: »Sehr wahr, daß man zu jeder Freiheit erst reif werden muß. Der Satz könnte als Motto über meinem Erlebnis mit Otto Kapeller stehen.« – »Ja, du hast schon öfter davon gesprochen, warst schon einmal drauf und dran, zu erzählen ...« – »Es ist eine lange Geschichte, aber wenn du Lust hast, es geht mir heute ganz leidlich ... Bleib zum Abendessen bei mir ...« Kerkhoven sah nach der Uhr: halb acht. Um acht wollte er in der Klinik sein, der Chefarzt, Professor v. Möckern, hatte ihn bestellt. Mit dem Hier-Essen werde es hapern, meinte er, jedoch um neun Uhr könne er leicht zurück sein. (Die Erwähnung v. Möckerns bereitete ihm sichtliches Unbehagen. Der Widersacher. Zum ersten Male erschien der Widersacher, greifbare Gestalt, bis dahin war er nur »umgegangen«, als »Geist«, jetzt hatte er Menschenzüge.) Irlen versicherte, er könne warten, bei seiner Säuglingskost verschlage ihm das wenig, zudem sei er allein, die Mutter sei für ein paar Tage nach Frankfurt gefahren. Indem Kerkhoven aufstand, um sich zu verabschieden, klopfte es leise, und Marie trat ein. Irlen war zum Schreibtisch gegangen, er wollte Kerkhoven einen Brief mitgeben, den er in den Kasten werfen sollte. Marie grüßte Kerkhoven mit den Augen und fragte Irlen, wann er zu essen wünsche, die Großmutter habe die Köchin bis morgen beurlaubt, er sei bei ihr in Pension. »Wenn es Ihnen nicht unbequem ist, erst um neun«, sagte Irlen, während er unter einem Stoß von Papieren den Brief suchte, »aber Doktor Kerkhoven ist mein Gast, Sie müssen so freundlich sein, liebe Marie, und auch für ihn –« – »Eine Kleinigkeit, ein Butterbrot«, fiel ihm Kerkhoven ins Wort und ging auf Marie zu. Er hatte plötzlich das Gefühl, daß etwas mit ihr war, sie kam ihm bedrückt vor, in ihren sanften, sonst so ruhigen Augen lag etwas Fremdes, wie verheimlichter Kummer. Er stellte eine alltägliche Frage, sie gab eine alltägliche Antwort.

Irlen hörte auf zu suchen. Ein Ton hatte seine Aufmerksamkeit erregt, eine Schwingung, vielleicht nur eine um ein Minimum zu ausgedehnte Pause, genug, er erhob den Kopf wie ein witterndes Tier. Sekundenkurze unsinnige Regung. Er schaute nicht zu ihnen hin, fühlte beide bloß am Rand seines Blickfelds, sie sprachen diese alltäglichen Phrasen . . . allein es war da etwas . . .

Irlen legte die Schreibmappe, die er in der Hand gehalten, so vorsichtig auf den Tisch zurück, als decke er ein Bild zu, das je wieder zu betrachten durchaus vermieden werden mußte.

Fünftes Kapitel

Für die Dauer einer Episode haben wir mit v. Möckern zu tun, Chirurg, Hoffnung der Fakultät und ihr jüngster Ruhm.

Zuvor eine allgemeine Bemerkung. Es könnte scheinen, als ob hier die Dinge der Medizin und des ärztlichen Lebens auf Grund eigener Erfahrung wiedergegeben seien. Dem ist nicht so. Es ist alles von außen gesehen. Notgedrungen. Ich bin nur wie ein Spiegel, in den eine Reihe von Bildern und Antlitzen gefallen ist, die er aufbewahrt hat. Wer dürfte es wagen, sich als Laie auf einem Gebiet zu tummeln, dessen Unermeßlichkeit so einschüchternd ist, daß selbst die Kundigen Richtung und Überschau verlieren, sobald sie sich von der gewählten Arbeitsstätte zu weit entfernen. Hat doch hier der Menschengeist, wie wenn er für Jahrzehnte auf alle übrigen Aufgaben zugunsten dieser einen verzichtet hätte, Erstaunlicheres geleistet als jemals auf einem andern Feld. Mir obliegt Geschichtsschreibung, Schicksalsdarstellung, Blick in das Gewebe der Epoche. So betrachtet, wird alles andere zum Vorwand, und was sie bedeuten, diese Figuren und Schatten von Figuren, wo sie hingehn und welchen Sinn ihr Tun und Treiben hat, das kann ich selbst nur ergründen, wenn ich auf ihrer Fährte bleibe und ihnen auf ihren verworrenen Wegen geduldig folge.

v. Möckern kannte Kerkhoven aus dem Ambulatorium der Klinik, wo er seit einigen Wochen Volontärdienste tat; man hatte ihm auch acht Betten zugewiesen. Der Chefarzt hatte ein ungünstiges Vorurteil gegen den Hospitanten gefaßt. Nicht nur war ihm Kerkhoven persönlich nicht sympathisch (etwas an seinem Auftreten mißfiel ihm, die Gelassenheit vielleicht, der spürbare Mangel an Unterordnung), sondern auch als Arzt war er ihm nicht angenehm, er hielt ihn für einen Romantiker (Ausdruck der Geringschätzung), einen jener unverläßlichen Köpfe, die mit der Phantasie und dem Gemüt arbeiten statt mit der Beobachtung und dem exakten Nachweis, das Verhaßteste, was es für ihn geben konnte. Woraus er diese Schlüsse zog, kann ich nicht sagen, in der allerersten Zeit und vor der Sache mit dem Buchbinder Schaller hatte er keine Beweise dafür, ohne Zweifel handelte es sich um eine jener blutmäßigen Abneigungen, die sich zwischen Männern von polarer Natur- und Geistesverschiedenheit nicht zu entwickeln brauchen, sie sind von Anfang an vorhanden, unversöhnlicher Gegensatz auf den ersten Blick. Doch wer war Joseph Kerkhoven schließlich im Vergleich zu Professor Doktor v. Möckern? Welchen Anlaß sollte die umworbene, bewunderte, am Beginn einer großartigen Laufbahn stehende Kapazität haben, sich um den unbedeutenden und im Grunde ja recht bescheiden auftretenden Doktorsmann überhaupt zu kümmern? Merkwürdig, aber es war doch so. Der Mensch fiel ihm auf, sofort. Sein Anblick beirrte ihn, er wußte nicht warum. Er tat meist, als übersehe er ihn, was ihn keine Überwindung kostete, auch nicht weiter bemerkt wurde, da es nicht seine Art war, irgend jemandem in seiner Umgebung persönliche Beachtung zu schenken, für ihn gab es nur »Fälle« und die für die Fälle nötigen Hilfskräfte; trotzdem war dieser eine Mensch störend zugegen. Merkwürdig. Man muß an eine vorahnende Eifersucht glauben, an eine Mobilisierung der kämpferischen Instinkte lange vor dem Waffengang, lang bevor der Gegner als solcher auf den Plan tritt. Während Kerkhoven zu Fuß in die Klinik marschierte, Hände in den Manteltaschen, und in seiner Gedankenversponnenheit achtlos in alle Pfützen tappte, hatte er genau dasselbe Gefühl wie als Einjähriger-Rekrut, wenn er wegen eines Subordinationsvergehens zum Rapport befohlen war.

Den Buchbinder Schaller hatte er mehrere Wochen hindurch in seiner Privatordination behandelt. Der Mann hatte an ständigen schweren Kopfschmerzen gelitten, die sich von Mal zu Mal verschlimmerten. Kerkhoven hatte an eine Höhlenentzündung gedacht, an Reizung durch ein exogenes Gift, an Zirkulationsstörung, an Hyperämie, an ein Dutzend anderer Ursachen, aber alles, was er gegen das Leiden unternahm, blieb wirkungslos, das einzige, wodurch er die Schmerzen zuweilen lindern konnte, war, wenn er dem Mann die Hand auf den Schädel legte. Das tue ihm wohl, sagte er mit einem rührenden Ausdruck der Dankbarkeit. Natürlich wußte Kerkhoven, daß er darauf keine Therapie bauen konnte, es war einfach eine suggestive Willensbeeinflussung, die nur vorübergehend war und die Wurzel der Krankheit nicht berührte. Der Patient beging aber dann, als ihn Kerkhoven endlich in die Klinik schickte, die Unbedachtheit, von dem Handauflegen zu erzählen und daß es ihm geholfen habe. Er sagte es nicht dem Chefarzt selber, sondern einem der Assistenten, und zwar kurz vor der Schädeltrepanation, die den vermuteten Tumor zeigte, doch v. Möckern hörte davon, und als Kerkhoven den Operierten in der Klinik besuchte, ziemlich verstört, denn er war sich des Fehlers, den er begangen, wie einer verbrecherischen Leichtfertigkeit bewußt, kam v. Möckern auf seiner Inspektionstour zu dem Bett des noch bewußtlosen Buchbinders, nickte Kerkhoven zu und sagte in seiner beintrockenen Manier und einem gespenstischen Lächeln um die farblosen Lippen: »Bei so ausgeprägten Symptomen eines Glioms, Herr Kollege, war die magnetische Kur nicht durchgreifend genug.« Und ging weiter. Die jungen Ärzte, die wie sein Hofstaat hinter ihm her zogen, kicherten belustigt und diskret. Kerkhoven wurde rot bis unter die Haare. Nicht fein von dem Mann, dachte er, aber die Lektion hab' ich reichlich verdient. Die Schädelöffnung war übrigens in dem besondern Fall, er konnte sich später, als Zuschauer bei der Sektion, davon überzeugen, ein solches Meisterstück chirurgischer Kunst, daß sein Groll völlig in Bewunderung unterging.

Er blieb allen diesen Leuten fremd. Niemand hatte das Bedürfnis, sich ihm anzuschließen, zumal er älter war als die meisten. Ein Gruß, ein paar der Arbeit geltende Worte, darauf beschränkte sich der ganze Verkehr mit ihnen. Die Scheu, die er verspürte, erweckte Scheu, so ist es immer, versöhnend wirkte nur seine Art von Bescheidenheit, eine recht knifflige und undurchsichtige Art im Grunde, weil man sich sagte, er habe wahrscheinlich Ursache, sich in den Schatten zu stellen. Daher konnte es geschehen, daß von der Geschichte, die bei der Vorführung eines achtzehnjährigen Mädchens passierte, einer Schaffnerstochter, gar kein Aufhebens gemacht wurde, man erinnerte sich erst wieder daran, als es wegen des angeblichen Ileus der Prostituierten Klein zu dem Meinungsstreit zwischen ihm und dem Chefarzt kam. Das mit dem Mädchen verhielt sich so. Anscheinend völlig gesund, stand sie seit ein paar Tagen unter Beobachtung, da sie weder gehen noch stehen zu können behauptete und über Schmerzen in den Weichteilen klagte, ohne daß die Schmerzen lokalisiert werden konnten. Kerkhoven, der sich unter den Hörern befand, bat den demonstrierenden Assistenzarzt, seine Meinung äußern zu dürfen. Er hatte sich die junge Person genau angesehen, nun trat er vor und sagte, er könne der Annahme, als handle es sich um einen Fall hochgradiger Hysterie, nicht beipflichten, nach seiner Überzeugung liege eine Tuberkulose des Rückenwirbels vor, der bezeichnete Schmerz sei zweifellos reflektorischer Natur. Der Assistenzarzt war höchlich betroffen. Schon wollte er auffahren und unwirsch erwidern, auf Zuschauerdiagnosen könne er sich nicht einlassen, jedoch ein Blick in Kerkhovens Gesicht veränderte seine Haltung, er entschloß sich plötzlich zu einer neuen sorgfältigen Untersuchung, deren Ergebnis alsbald die Richtigkeit von Kerkhovens Erkennung bestätigte. Die Zeugen des Vorfalls, acht oder neun Praktikanten, waren nicht weniger verdutzt als der Assistenzarzt, aber unerklärlicherweise schwiegen sie wie auf Verabredung darüber. Nicht unter allen Umständen ist das Außerordentliche den Menschen verdächtig und unbequem; vorausgesetzt, daß es nicht eine Schädigung ihrer privaten Interessen bewirkt (wozu freilich schon die Aussicht, sich mißliebig zu machen, gehört), erkennen sie es sogar nicht ungern an. Für das aber, was oben befremdet und unten den zünftigen Zusammenhalt sprengt, haben die Mittelmäßigen eine untrügliche Witterung.

Ob der Chefarzt von der Sache erfuhr, blieb ungewiß. Als er das Mädchen im Gipsbett sah, berichtete ihm der Assistenzarzt die Krankengeschichte, ohne Kerkhovens Namen nur zu nennen. Gleichwohl mußte er von anderer Seite davon gehört haben, vielleicht durch die Kranke selbst, was ihn dann zu weiterer Nachforschung veranlaßte, denn Wochen nachher, bei der Auseinandersetzung über den Fall Klein (die Klein war Kerkhoven zur Behandlung zugewiesen), ließ er abermals eine beißende Bemerkung fallen, ungefähr des Sinnes: mit telepathischen Diagnosen möge man ja zuzeiten Glück haben, in der Regel empfehle sich die wissenschaftliche Methode als die korrektere. »Womit nicht gesagt sein soll, daß ich gelegentliche Leistungen auf diesem Gebiet unterschätze, Herr Kollege«, fügte er mit dem gespenstischen Lächeln hinzu, das seinem flachen Gesicht einen Ausdruck gab, als habe er einen zu heißen Bissen im Mund. Kerkhoven bewahrte diesmal seine Ruhe. Diktatorisch verblieb v. Möckern bei der Feststellung des Ileus. Kerkhoven hatte, nach gewissenhafter Prüfung, nur eine einfache Kolitis konstatieren können. Allerdings täuschte das Krankheitsbild insofern, als die Patientin schwere Angstzustände erlitt, der Wahn, sie habe ein Geschwür im Leib, steigerte die ohnehin vorhandenen Schmerzen zu solcher Heftigkeit, daß sie blutigen Schleim erbrach, Folge der abstrahlenden psychischen Darmerregungen. So faßte er es auf, und es gehörte Mut und Festigkeit dazu, die Operation für überflüssig zu erklären und, in einem unbestimmten Gefühl ihrer individuellen Gefährlichkeit, vor ihr zu warnen. v. Möckern schüttelte starrsinnig den Kopf. Er war verantwortlich, offenbar, aber sein finsterer Blick sagte: Ich lasse mir keine Verantwortung rauben. Zuletzt war es wieder das heimlich Zwingende in Kerkhovens Wesen und Miene, das selbst ihm ein Zugeständnis abzwang: Er willigte in eine sechsstündige Frist. Diese Frist lief um acht Uhr abends ab. Das war der Grund, der Kerkhoven zu dem Gang in die Klinik nötigte.

Im Laufe des Nachmittags war die Klein in derartige Schmerzparoxysmen verfallen, daß der diensthabende Arzt, der Kerkhoven vertrat, den Chefarzt benachrichtigte, der dann nach kurzer Untersuchung von dem Aufschub nichts mehr wissen wollte und die sofortige Operation anordnete. Sie fand um halb sieben statt. Der Bauch wurde aufgeschnitten: von Ileus keine Spur. Aber das Weib starb unterm Messer, buchstäblich. Embolie in der Narkose, eine Wendung, die freilich niemand hatte voraussehen können. Die Oberschwester teilte es Kerkhoven mit allen Einzelheiten mit. »Der Chef ist wütend«, sagte sie, »man muß ihm aus dem Wege gehen.« – »Ist er noch im Hause?« – »Ich glaube nicht.« – »So brauch' ich mich wohl nicht mehr bei ihm zu melden.« – »Kaum, das wird jetzt gegenstandslos sein, Herr Doktor.« – »Ist für den Abend noch was vorgemerkt, Schwester?« – »Eine Laryngektomie. Saal elf. Aber wahrscheinlich erst spät.« – »Es fließt viel Blut hier«, sagte Kerkhoven und schaute den öden Korridor hinunter, in dessen Tiefe, man konnte sich vorstellen, daß er meilenweit hinlief, von einer Tür zur gegenüberliegenden lautlos drei hagere weibliche Gestalten in weißen Hemden glitten. – »Gewiß, Herr Doktor, die Wissenschaft verlangt es«, erwiderte die Schwester freundlich. Kerkhoven rückte die Krawatte zurecht. Sie lag immerfort schief. Die Oberschwester sagte lachend: »Warten Sie, der Kragen springt aus dem Knopf.« Sie stellte sich auf die Zehen und half ihm, während die Augen hinter der Brille lustig funkelten. – »Danke, Schwester. Gute Nacht.« – »Gute Nacht, Herr Doktor.« Sie blickte ihm mitleidig nach, bis er an der Treppe verschwand.

Statt direkt auf das Glacis und zu Irlen zu gehen, wählte Kerkhoven den Umweg über den Kai. Am Ufer blieb er lange stehen und schaute ins Wasser des Flusses, dessen kleine Wellen in schwachem Mond wie silberne Blätter raschelten.

Als der Tisch abgeräumt und das Mädchen gegangen war, setzte sich Irlen in den Lehnstuhl, breitete eine Decke über die Knie und schob die elektrische Lampe ein Stück weiter weg, da zu starkes Licht seine Augen angriff.

»Ich habe darüber nachgedacht«, begann er, »wie ich dir die Geschichte mit Otto Kapeller verständlich machen soll. Es ist eine Geschichte ohne Ereignis. Das Duell am Schluß gehört innerlich kaum dazu, es war nur die einzig mögliche Lösung, ich handelte dabei unter dem Zwang einer höheren Logik, obschon es zugleich der dunkelste Moment in meinem Leben war. Im Grunde ist es die Geschichte einer Enttäuschung, aber damit ist nur etwas über das Persönliche ausgesagt, es hatte einen Bezug weit über das Persönliche hinaus und nötigte mich am entscheidenden Punkt zur Revision meiner ganzen Existenz. Das klingt vorläufig rätselhaft, ich muß daher ein bißchen weiter ausholen. Ich habe dir aus meiner Vergangenheit bereits manches angedeutet, manches wirst du von andern gehört und dir in deiner Weise zurechtgelegt haben. Du weißt ja, wir haben davon gesprochen, daß seit zehn Jahren und länger noch meine Sorge um unser Land beständig gewachsen ist. Sorge, das ist ein Wort wie ein anderes, du verstehst mich schon, es steckt mehr dahinter, als ich Lust habe zu erklären; daß es sich weder um verschrobene Opposition noch um einen esoterischen Edelpatriotismus handelt, wissen sogar meine Feinde, trotz der törichten Legenden, die über mich umlaufen. Ich weiß nicht, ob dir der Name Lagarde etwas sagt; nein? Einer der großen deutschen Warner. Siehst du, es handelt sich für uns schlechterdings um Sein oder Nichtsein. Wir sind das Herzvolk Europas. Unsere Krankheit ist auch die Krankheit Europas und stellt alles in Frage, die geistige Entwicklung der gesamten Menschheit, die Ernte von Jahrtausenden. Wer das nicht begreift, lebt eben nur sich, das heißt, er lebt zum Schein. Es gibt ein Wissen über die Erfahrung hinaus, damit sag' ich gerade dir nichts Neues. Von einer bestimmten Zeit an, fast könnte ich den Tag nennen, es war nach einem Gespräch mit dem alten Mommsen, bedrängte mich dieses eigentümliche Vor-Wissen mehr und mehr. Schlimmer als Träume und Gesichte einen bedrängen können, darunter hatte ich ja nie zu leiden; die Wirklichkeit, faßt man sie nur, ist stärker. Aber das Erfassen eben, das ist das Schwere. Ohne Phantasie und ohne Selbstentäußerung kann man nicht zur Wirklichkeit durchdringen. Nun, das führt zu weit... Der Zwiespalt war für mich der: Entweder ich versumpfte in einer unmoralischen Untätigkeit, wozu ich auch irgendeine beliebige Beschäftigung rechnete, und ließ mich treiben, oder ich suchte Abhilfe und griff ins Geschehen unmittelbar ein. Da mir nach dem Abbruch meiner militärischen Laufbahn der Weg zum öffentlichen Dienst so gut wie verschlossen war, mußte ich einen andern wählen, um in Aktion zu treten, der Zustand des Hintreibens dauerte nicht lang, konnte nicht dauern, das ging über meine Kraft. So sammelte ich nach und nach einen ausgewählten Kreis von jungen Menschen um mich, was du nicht gar zu wörtlich nehmen mußt, alle diese Leute lebten da und dort verstreut, trafen einander da und dort, in zwanglosen Gruppen, als geistige Wahlverwandte, manchmal war ich zugegen, manchmal nicht, mit vielen stand ich nur in Briefwechsel oder regte sie zu wechselseitigem schriftlichem Meinungsaustausch an. Es sind natürlich die absurdesten Märchen darüber verbreitet worden, das läßt sich denken. Man witterte etwas wie einen politisch-pädagogischen Geheimbund oder ein Seminar für angehende Frondeure; dergleichen lag mir ganz fern. Ich hatte nicht nötig, den Präzeptor zu spielen, und Verschwörung, mein Gott, wir hatten nichts zu verbergen, das Erstaunliche war die selbstverständliche Sinneseinigkeit, wie wenn alle zu gleicher Zeit vom gleichen Geist und der gleichen Bewegung ergriffen worden wären. Wir waren wie Brüder aus demselben Haus, es bedurfte oft nicht einmal der Aussprache, die Sprache allein ge-

nügte, die Sprache als Leib und Rhythmus. Es war ein so
wundervolles Erlebnis für mich. Ich sagte mir: zu verzweifeln
ist noch kein Anlaß, diese Jugend gibt einige Gewähr für die
Zukunft. Vielleicht war es einer der Augenblicke geheimnisvollen Aufflammens, auch die Völker haben solche Euphorien . . .
du schaust mich entsetzt an, du denkst dir: wir liegen ja keineswegs auf der Totenbahre . . . gewiß, ganz im Gegenteil, dem
Anschein nach sind wir noch nie so oben und vorne dran gewesen . . . aber lassen wir das . . . ich könnte nicht Rechenschaft
darüber geben, was mir das Herz abdrückt, seit ich wieder in
Europa bin. Jedenfalls ist es nicht bloß die Trypanosomiasis, die
mich hingeworfen hat. Eine ganze Anzahl von den Freunden
aus der damaligen Zeit ist ja auch noch da, steht nach wie vor
zu mir, viele haben die Hoffnungen annähernd erfüllt, die ich
auf sie gesetzt hatte, aber die Sache mit Otto Kapeller war
eben doch der eigentliche Klaps für mich, wer weiß, in welcher
tückischen Weise sie den Boden für die Parasiten bereitet hat.
Es gibt ja einen Zusammenhang zwischen physischen und
psychischen Schädigungen, nicht wahr, lieber Doktor? Der
Körper entschließt sich nur manchmal lange nicht zur Antwort.«

Pause, die durch die zehn Schläge der Kaminuhr ausgefüllt
wurde. Als sie verhallt waren: »Ich erinnere mich nicht mehr,
wer mich mit Otto bekannt gemacht hat. Er saß am Klavier
und spielte Debussy. Ich habe nie einen jungen Menschen von
einschmeichelnderem Wesen gesehen. Schlank, mit einem
stählernen Körper, lächerlich blond, lächerlich hübsch. Er
gab sich ohne jedes Zaudern in meine Hand, als ob er nur darauf gewartet hätte, mir endlich zu begegnen. Darin war etwas
von der Hingabe des Tons an die Hand des Bildhauers. Beschreiben kann man das nicht. Es überwältigte mich. Hauptsächlich das eine, daß er in mir das Gefühl zu erwecken verstand, ich hätte ihm bis jetzt gefehlt, ohne mich könne er sich
nicht vom Erdboden erheben. Er bot sich mir gleichsam als
Aufgabe, er schien zu sagen: da hast du Material, mach etwas
daraus. Er hatte viel Feinheit in sich, viel Spürsinn. Im Grunde

trieb er ein wunderliches Spiel mit dem Leben, er trieb das
Spiel, daß es ernst sein solle. Eine durchtriebene Angelegenheit, niemand kann es ohne weiteres durchschauen. Dabei war
er ein Dichter, war sich dessen aber nicht bewußt, es lag nur als
schwebende Möglichkeit in ihm, als Phantasierichtung. Das
hat mir viel zu denken gegeben, es ist etwas abgründig Deutsches darin, ich habe mehrer junge Leute, von der Art gekannt,
alle zwischen achtzehn und vierundzwanzig, nicht so interessant wie der, aber in jedem schäumte etwas vom Genie der
Rasse auf, Ungeheures versprechen sie, man steht wie vor einer
feurigen Fontäne, auf einmal: nichts, Finsternis, Stille. Ich hab'
das häufig erlebt, wie gesagt, bei andern Völkern geht es nicht
so ins Extrem. Otto war der einzige Sohn, eine blendende
Zukunft lag vor ihm, was die Kapeller-Werke sind, darüber
muß ich dich ja nicht erst aufklären. Schon unsere ersten Gespräche drehten sich um die Verantwortung, die auf seinen
Schultern ruhen würde, nicht viel geringer als die eines Königs.
Ich begriff, daß er recht hatte mit der Erwartung in bezug auf
mich: da war wirklich eine Aufgabe. Denn der Weg, den er zu
gehen hatte, lag genau in der Linie der Gefahr. Dort war das
größte Gelingen, der sichtbarste Aufschwung, der entschlos-
senste Machtwille, die gewaltigste Anhäufung von Kapital,
eine Vorherrschaft der Materie, eine Überlegenheit der äußeren Mittel, ein oligarchischer Fanatismus, die in anderthalb Jahrzehnten das Gesicht der Nation bis zur Unkenntlich-
keit verändert hatten. Dieses Plusquamperfekt könnt' ich mir
schenken, aber ich erzähle ja Geschichte. Ja, es ist so, gaben
mir die pessimistischen unter meinen Freunden zu, Deutschland wie ein Mann in einer schwarzen Rüstung, unheimlich ist
alles an ihm geworden, unheimlich ist es zu leben, wir sind
keine Nation mehr, wir haben einen Staat, wir sind kein Volk
mehr, wir sind Belagerte in einer Festung, die man mit Füsi-
lierung schreckt, wenn wir aufmucken. Gebt acht, daß ihr
euch dem Mann in der schwarzen Rüstung nicht mit Haut und
Haar überliefert, antwortete ich ihnen, man soll ein Schicksal
nicht für unentrinnbar halten, weil man ein Symbol daraus

gemacht hat. Sie verstanden mich und schwiegen. Wenn ich nicht irre, war es Otto, der mir eines Tages in großer innerer Erregung sagte, die Ideale, die man ihm und seiner Generation als ewigen Besitz der Menschheit aufgeredet, könnten angesichts der Lebenstatsachen bloß noch als schnurrige Phantome humanistisch gebildeter Oberlehrer gelten. »Kein Anlaß, darüber zu jubeln, daß Omar in unserem Alexandrien die Bibliothek nicht verbrannt hat, er hat nur *noch* nicht verbrannt«, rief er bitter. Ich stutzte. Daher weht der Wind, ging's mir durch den Kopf. Was, Ideale, erwiderte ich ihm, habt Ideen, vielleicht braucht ihr dann die Ideale nicht. Aber gerade er hatte Ideen, sein Hirn war voller Projekte, Entwürfe und Vorsätze. Er legte mir Siedlungspläne vor, großartige Wohlfahrtseinrichtungen, die Gründung von Arbeiter-Universitäten, Musikhallen, Arenen und Theatern mit Monstre-Aufführungen, unter anderm auch recht interessante Reformen zur Vereinfachung und Steigerung des Betriebs, die das amerikanische Taylorsystem durch Einbeziehung der Bodenbewirtschaftung beseitigen sollten; das alles hatte aber nicht genug Realität, war zu utopisch, zu volksbeglückerisch; alle Romantik ist in diesem Fall nur der Versuch, dem tödlichen Ernst der Notwendigkeit auszuweichen, hielt ich ihm entgegen. Ich las ihm einige meiner nationalökonomischen Studien vor, zeigte ihm Hefte mit Statistiken, die ich im Lauf von Jahren angefertigt und oftmals überprüft hatte, schließlich reisten wir zusammen nach Manchester und in die Schneider-Creusot-Werke, an Empfehlungen mangelte es uns nicht. Indem er das Angeschaute verarbeiten lernte und sich zu einer ruhigen Betrachtung der bestehenden Verhältnisse bekehrte, dämmte sich der Überschwang von selber ein, er bewies mir seine Anhänglichkeit und Dankbarkeit auf jede Weise, und nicht nur das, er glaubte mich überhaupt nicht mehr entbehren zu können. Die erste Anregung, ich sollte in die Kapeller-Werke eintreten, ging von ihm aus, seinen Vater hat er erst nach und nach dafür gewonnen. Ich habe lange geschwankt. Ich hatte die Unabhängigkeit schätzengelernt; daß ich sie schon wieder opfern sollte, fiel mir schwer. Meine jungen Freunde begriffen nicht, daß da überhaupt eine Lockung sein konnte, manche sahen einen Verrat schon in der Unschlüssigkeit. Den Ausschlag hat schließlich die Erwägung gegeben, daß mir ein Wirkungsfeld eröffnet wurde, wie ich es nie wieder finden konnte. Vor allem, daß ich in Otto, dem künftigen Herrn dieses gewaltigen Reiches der Arbeit, einen Menschen geformt hatte, geformt zu haben wähnte, mit dem sich große Dinge ausführen ließen. Ich hatte mich sehr an ihn attachiert. Er hatte mich ganz und gar gewonnen. Ich habe an ihn geglaubt. Das kann ich wohl sagen. Nun, ich kam bös zu Sturz. Als der alte Andreas Kapeller starb, sieben Monate nach meinem Eintritt in die Firma, dauerte es keine weiteren sieben Monate, und Otto begann langsam seine wahre Natur zu zeigen.«

Der durchdringende blaue Blick, bisher fast ununterbrochen auf den Zuhörer gerichtet, senkte sich wie erschöpft zu Boden. »Wahre Natur ... da stock' ich gleich. Muß man sich nicht schämen, wenn man aus dem eigenen Urteilsdefekt fremde Schuld macht? Man war kurzsichtig, die Augen haben sich betrügen lassen, daraus konstruiert man eine Lebensenttäuschung und vergißt, daß uns der Instinkt verliehen worden ist, damit er uns richtig führen soll. Mein äthiopischer Freund Ngaljema, das schönste Menschenexemplar, dem ich auf dieser Erde begegnet bin, sagte mir einmal: du ... gut, du guter Mann. Woher weißt du das, Ngaljema? fragte ich. Und er, mit seinem kindlichen Lächeln und einem Mund voll strahlendweißer Zähne: Ich nicht wissen, meine Augen wissen ... Schon zu Anfang gab es eine ganze Kette von Vorkommnissen, die mich hätten beunruhigen müssen, wenn ich Zeit gehabt hätte, ihnen genügend Aufmerksamkeit zuzuwenden. Zunächst war es auffällig, mit welchem Aplomb sich Otto der Trauer um den Tod seines Vaters hingab. Er fand kein Ende mit Gedenkfeiern, Würdigungen, Nachreden und Ansprachen. Kindisches Theater, jeder Mensch wußte, daß das Verhältnis zwischen Vater und Sohn ziemlich kühl gewesen war, er wollte aber der

Welt durch das offizielle Pathos Sand in die Augen streuen. Die Leute spotteten auch schon darüber, ich sagte ihm, er möge doch das ärgerliche Wesen lassen. Er schien zuerst betroffen, dann lachte er, dann gestand er mir mit sonderbarem Zynismus, die Rolle des Leidtragenden gebe ihm vorläufig die beste Möglichkeit, zu repräsentieren, da sonst jeder merken müsse, daß ihm der Purpur noch um die Schultern schlottre. Repräsentieren, Purpur: ich muß komisch dreingeschaut haben, denn er brach wieder in sein unwiderstehliches Lachen aus und sagte, ich solle ihn nur gewähren lassen, das sei eben seine Manier, mit den neuen Aufgaben und Forderungen fertig zu werden. Etwas in seinem Gesicht gab mir zu denken. Es war wie ein Belag ... wie ein unsichtbarer Ausschlag ... ein gewisser Zug, den Gesichter im Fieber haben. So viel war bereits klar, dem jungen Menschen war eine Machtfülle zugefallen, unter der die Stützen seiner Persönlichkeit wankten wie Brückenpfeiler unter dem Druck von Treibeis. Beunruhigender Vorgang. Es passierte folgendes. Eines Tages setzte er den alten Diener Quinke, einen durch und durch anständigen Mann, der achtundzwanzig Jahre im Haus war, Knall und Fall vor die Tür. Der Anlaß war so lächerlich, daß man sich fragte, wie ein vernünftiger Mensch überhaupt davon berührt werden konnte. Im Eifer der Rede hatte sich Quinke vergessen und hatte Otto statt mit gnädiger Herr in zerstreuter Vertraulichkeit mit dem Vornamen angesprochen. Der alte Mann kam zu mir, verzweifelt; er war nahezu mittellos, seine Ersparnisse hatte er bei dem Bankrott einer kleinen Bank verloren. Ich sagte zu Otto: Wenn du den Mann nicht wieder aufnimmst, und ich sehe nicht ein, warum nicht, mußt du ihn entschädigen. Er brauste auf; entschädigen? er denke nicht daran, er halte kein Greisenasyl. Dann zwingst du *mich* dazu, sage ich. Wenn es dir Spaß macht, bitte, antwortete er, es ist immerhin lehrreich, daß dich schwachsinnige alte Männer gegen mich in Harnisch bringen. Ich ... was erwiderte ich ... ich weiß es nicht mehr, wahrscheinlich nichts. Als ich gehen wollte, hielt er mich zurück und sagte, dieser Quinke sei ihm zeit seines Lebens verhaßt gewesen. Verhaßt?

frag' ich erstaunt, warum denn gleich verhaßt, da tust du ihm mehr Ehre an als ich. Begreife doch, sagt er und faßt mich zutraulich unter, er kennt mich zu lang, er hat mich als Kind gekannt. Ich, noch mehr erstaunt: nun, und? Aber ich wünsche nicht, daß mich einer kennt, der mir aufzuwarten hat, ruft er aus, gibt es was Lästigeres als Domestiken mit Gemütsansprüchen? Ich brauche wirkliche Diener, keine gerührten Hausgespenster. Am selben Tag schickte er mir zwölf Flaschen alten Bordeaux in die Wohnung, dazu einen seiner charmanten Briefe; er beschwor mich, ihn gegen sich selber zu schützen, er brauche mich, ich sei sein Führer, sein guter Geist, sein Virgil, ich dürfe nie vergessen, daß ich ihn einst glauben gemacht, er sei der geliebteste meiner Freunde. Ja, das war wahr, aber jetzt war ich schon zu sehr irre, um zurückzufinden, das Vertrauen zu einem Menschen ist ein Diamant, den die geringste Verletzung entwertet. Ich befand mich in der Lage eines Schwimmers, der einen See überqueren soll und mittendrin merkt, daß ihm sein Arm lahm ist. Ich hatte mich umgarnen lassen, ich war dieser Seele nicht bis in ihre Wurzeln nachgegangen, das war meine Unterlassung, und Unterlassung ist Schuld. Alles, was daraus erfolgte, traf in den Mittelpunkt meiner Angst, Angst um diese unsre Welt, und außerdem ging es in die Tiefe eines Traumas hinein, das war meine Strafe, deswegen endete es im Verhängnis. Um das mit dem Trauma zu erklären, muß ich von einem Menschen sprechen, der in meiner Jugend eine Rolle gespielt hat. Ein etwas bedenklicher Terminus, Trauma, man sollte mit Worten bescheidener sein, unleugbar war es das, was du neulich Seelenwunde genannt hast, aber Wunde stimmt auch nicht ganz, es hat mit etwas Heilsamem zu tun, es war eine gebieterische Warnung, die das Schicksal beizeiten an mich ergehen ließ ... Du siehst mich so prüfend an. Nein, ich bin nicht müde. Laß nur, es geht noch, ich kann jetzt nicht abbrechen. Hab' ich dir nie von Gore erzählt? Helmut Gore war mein Vetter von Vatersseite her. Die Gore von Groothusen sind eine alte hanseatische Familie, weit älter als die Irlen, wir sind erst vor drei Generationen eingewandert, aus dem Cleveschen, Irlen

bedeutet natürlich Erlen, die bei den Erlen hausen. Na ...
Gore war Leutnant, als ich noch in der Quarta saß, also für
mich ein Mann, und nicht allein das, Inbegriff des Mannes.
Er hatte so etwas wie einen Nimbus um sich, war glänzender
Reiter, Fechter, Pistolenschütze, außerdem sagte man ihm
eine Menge Abenteuer mit Frauen nach. Jemand hatte ein
Couplet über ihn verfaßt, jede Strophe eine Anspielung auf eine
seiner tollen Geschichten, und schloß, nach der Offenbachschen
Melodie gesungen, mit dem Refrain: Ich bin der Gore und
kenne keine Furcht. Friedliebende Leute gingen ihm gern aus
dem Weg, man konnte bei ihm nie wissen ... Er hatte eine
mächtige Figur, breitschultrig, konnte fünfzig Pfund mit dem
kleinen Finger heben, Stirn und Nase waren von klassischem
Schnitt, mit den untern Partien stand es nicht so gut, die Lippen
waren dick und brutal, das Kinn zu feist, das Irlensche und das
Groothusensche stieß da feindlich aufeinander. Jedesmal, wenn
er zu uns kam und mich sah, packte er mich am Oberarm und
preßte ihn mit seiner ganzen Riesenkraft, ich glaubte zu sterben
vor Schmerz, aber ich wußte, es kam darauf an, nicht zu schrei-
en, nicht einmal die Miene zu verziehen. War die Probe bestanden, so legte er mir seine gewaltige Tatze auf den Kopf
und sagte: Brav, Junge, kannst so bleiben. Meine Mutter erhob eines Tages Einspruch, sie meinte, er könne mir den
Knochen zerbrechen. Er antwortete lachend: besser der
Knochen hin als keine Courage im Leibe. Was, Kerl, sag daß ich
recht habe, wandte er sich zu mir und drückte mich an sich,
daß mir der Atem verging. Er hatte große Protektion und machte
rasch Karriere, mit dreißig, obschon erst Hauptmann, bekam
er das Kommando über ein Bataillon, das irgendwo draußen
an der Küste stationiert war, in Heppens oder Bant oder so.
Sonderbar, wenn man über einen solchen Lebenslauf nachdenkt ... da hast du wieder dasselbe Phänomen: ein Mensch
von ungewöhnlichen Gaben, eine Natur, wie man zu sagen
pflegt, nimmt einen herrlichen Anlauf, plötzlich: Schluß, es geht
nicht weiter. Was ist geschehen? Man spricht von einem Knacks,
aber was ist es eigentlich? Mißglückter Versuch des großen

Chemikers, der mit uns gleichgültig experimentiert? Von Kameraden Gores erfuhr man bei uns, es stehe nicht gut mit ihm, die Vorgesetzten wüßten sich keinen Rat, beständig müsse man die Übergriffe vertuschen, die er sich zuschulden kommen ließ. Nachrichten von Soldatenmißhandlungen waren in die Zeitungen gedrungen, man konnte darauf gefaßt sein, daß er über kurz oder lang abgesägt wurde. Anfangs 1887 wurde er nach Kugelbake versetzt, einer einsamen Fortifikation, es war wohl das letzte Mittel, ihn zur Vernunft zu bringen, aber war gänzlich erfolglos. Was er dort getrieben, darüber hörte ich erst viel später Genaueres. Er war nicht nur der Schrecken seiner Untergebenen, vom Offizier bis zum letzten Rekruten, auch die Zivilbevölkerung zitterte vor ihm, die Kaufleute, die Beamten, die Schifferfamilien, es ist eine abseitige Gegend, noch heute, die Menschen sind wie Inselbewohner auf sich gewiesen und fern von der Welt; bis einer den Mut zur Anzeige und den richtigen Weg zum richtigen Amt findet, fließt viel Wasser ins Meer, da entschließen sie sich lieber zum Ausharren. Deshalb dauerte auch der unerträgliche Zustand ziemlich lang, über ein Jahr. Er soll nachts in die Häuser gedrungen sein und ihm mißliebige Personen einfach verhaftet haben. Sie wurden der Spionage verdächtigt, das war droben üblich. Auf offener Straße traktierte er Leute mit der Reitpeitsche, und einmal jagte er auf dem Marktplatz sein Pferd in eine Schar spielender Kinder. Die Macht war ihm zu Kopf gestiegen, der lächerliche Fetzen Macht, dessen er habhaft geworden, hatte ihn berauscht, hatte ihn um und um gedreht. Oder schrieb er sich ein Anrecht auf eine ganz andere Macht zu, eine für die Urgewalt seines Temperaments gemäßere, in der er nicht erstickt und verkommen wäre? Möglich. Eines Tages beging er die Verrücktheit und ließ den Redakteur eines kleinen Lokalblattes, den er sozialistischer Umtriebe bezichtigte, an die Mauer stellen. Zum Glück wurde der Mann nur verwundet, aber das schlug dem Faß den Boden aus, der Skandal war enorm, der Regierung gelang es nur mit Mühe, das Verfahren niederzuschlagen, aber Gore erhielt natürlich den blauen Brief. Um diese Zeit starb mein Vater, ich hatte eben das Abitur hinter mir und wollte mathematische Physik studieren. Erst ein Jahr später entschied ich mich für die militärische Laufbahn, hauptsächlich unter dem Einfluß meines Onkels Eckbert Irlen, der Lehrer an der Kriegsakademie war, ein Mann wie Fontanes Stechlin, ein Paladin aus der großen Zeit noch. Aber ich schweife ab, es handelt sich ja um Gore. Was ich dir bisher von ihm erzählt habe, ist nur Vorspiel zu der letzten und entscheidenden Begegnung mit ihm. An einem Sonntag, eine Woche nach Vaters Tod, ich erinnere mich noch genau, es war ein drückend schwüler Augusttag, komm' ich nach Hause, und Gore sitzt bei meiner Mutter. Das heißt, ich erkannte ihn nicht, Mutter sagte zu mir: das ist Gore. Kondolenzbesuch. Ich sehe einen Menschen brettsteif dasitzen, den Zylinder neben dem Stuhlbein, Gamaschen über den Lackschuhen, schwarze Glacés an den Händen, Gehrock und schwarze Krawatte. Aus dem Kragen quillt ein Fetthals, hinten ein Specknacken, von dem ein eikahler Schädel emporsteigt, vorn das Gesicht . . . das Gesicht! Im ersten Augenblick dachte ich, der Mann sei von Wespen zerstochen, so aufgedunsen war die Haut, so amorph die Züge, die Augen kleine fahle Punkte in fahlen Teiggruben, der glattrasierte Mund ein Rüssel, der schnarrende Geräusche ausspie. Ich stehe wie angeschraubt. Er reicht mir die Fingerspitzen und schnarrt etwas. Ich weiß, das ist Gore, man hat es mir gesagt, ich weiß, Gore kann nicht viel älter sein als sechsunddreißig, der Mann da ist ein jahrloses Ungetüm. Ich muß annehmen, daß es derselbe Gore ist, den ich als Zwölf- und Dreizehnjähriger glühend bewundert habe, der einmal ausgesehen hat wie ein junger Eroberer, für den die Herzen von Frauen geschlagen haben, dessen Seele von feurigem Ehrgeiz erfüllt war, der lachende, stolze, stürmische Held Gore . . . und dieses Wrack da? Dieser mitleidswürdige, gedunsene Fettsack? Dieser abgedankte Caligula mit der Miene eines magenkranken Philisters? Nein, ich ertrug's nicht, es zu denken, ich stürzte hinaus, verriegelte mich in meinem Zimmer und heulte wie ein Schloßhund. Ich habe ihn nie wiedergesehen. Ich weiß nicht, was aus ihm geworden ist, Ich war taub, wenn man seinen Namen nannte. Manchmal ist er durch meine Träume gegangen. Ich erblickte dann das Gesicht, ungeheuerlich vergrößert, wie ein Fliegenkopf unterm Mikroskop, es glitt immer näher und näher an mich heran, zuletzt sah ich nur noch den weitaufgerissenen Mund, aus dem mir die Worte entgegenschnarrten: Courage, Junge, Courage . . .«

(Zwei Jahre später, als Kerkhoven in Westpreußen Hunderte von Typhusbaracken unter seiner ärztlichen Obsorge hatte, wurde er eines Nachts von einem Soldaten, der vor Erschöpfung fast vom Pferd fiel, gebeten, zu einem kranken Offizier zu kommen. Im Schlitten fuhren sie eine Stunde lang über verschneite Äcker und zugefrorene Wasserläufe, bis sie vor einer elenden Kate hielten. Es war finster drinnen, nach ungeduldigem Rufen kam ein altes Weib mit einem brennenden Kienspan, der einen niedrigen, ungedielten, entsetzlich schmutzigen und stinkenden Raum zur Not erhellte, die Wände waren mit Frostreif bedeckt, von der Decke tropfte das Schmelzwasser auf den von der Ofenwärme aufgeweichten Lehmboden und auf die Lagerstatt, die aus einem quadratischen Kasten bestand. Darin schliefen drei kleine Kinder, und neben ihnen lag der Offizier bereits tot. Ein Mann weit über sechzig. Die Oberlippe glatt. Von der Spitze des Kinns rann ihm ein schütterer fahlgelber Bart auf die Brust. Das Gesicht war nichts als Haut und Knochen. Kerkhoven verlangte von dem Burschen, der ihn geholt, die Papiere des Toten. Er las den Namen: Helmut Gore von Groothusen.)

Irlen fuhr fort: »Vielleicht begreifst du jetzt, was sich ereignet hat . . . Gore: das Motiv, Otto Kapeller: die Durchführung. Der eine die Skizze, der andere das Bild. Solche Vorgänge sind viel häufiger, als man weiß. Wir tun immer, als sei das Leben in seinen Typenschöpfungen unbegrenzt verschwenderisch. Keine Rede. Alte Formen werden wieder benutzt, frühere Versuche wiederaufgenommen. Ähnliche Gruppierungen ergeben ähn liche Gestaltungen. Zur Erkenntnis dieser Prozesse muß man aber mehr Naturforscher als Psycholog sein. Zum ersten Male zeigte sich mir das Gore-Gesicht, im Anfangsstadium sozusagen, bei der Geschichte mit Dagmar. Otto war dahintergekommen, daß seine Schwester Dagmar heimliche Zusammenkünfte mit einem jungen Düsseldorfer Kapellmeister hatte. Einem sympathischen und begabten Menschen übrigens. Otto hatte freundschaftlich mit ihm verkehrt, ihn häufig mit dem Auto holen lassen und abendelang mit ihm musiziert. Ich weiß nicht, wie weit sich Dagmar engagiert hatte, jedenfalls eröffnete sie dem Bruder ganz ruhig, als er ihr die Beziehung im Ton eines Untersuchungsrichters vorhielt, daß sie den Mann zu heiraten gedenke. Dagmar war keine Schönheit, aber äußerst anziehend und charaktervoll. Sie hatte den Bruder vergöttert, die Veränderung seines Wesens, die sie früher bemerkte als alle andern, war eine schmerzliche Enttäuschung für sie. Bald nach dem Tod des Vaters war es zu einer Auseinandersetzung zwischen ihnen gekommen wegen der Rücksichtslosigkeit, mit der er die Mutter behandelte; ihre Gegenwart störte ihn, er vertrug sich nicht mit ihr, und nach einem vom Zaun gebrochenen Streit hatte er sie gezwungen, sich auf den trierischen Landsitz der Familie zurückzuziehen. Dann fing er an, sich allen möglichen Ausschweifungen zu überlassen, alkoholischen Exzessen und sonstigen ... für diese Zwecke hatte er ein Haus in Köln gemietet, dort spielte sich, in jedem Sinn, der nächtliche Teil seines Lebens ab, in welcher Gesellschaft, ist überflüssig zu sagen. Dagmar wußte es. Ich steckte um diese Zeit bis über den Hals in Arbeit, war die Hälfte des Jahres auf Reisen und bekam diese Dinge erst viel später und wie von ungefähr zu hören, niemand traute sich damit an mich heran, man hätte sich eine derbe Abfuhr geholt, denn unter allen Umständen hatte ich ihn ja nach außen hin zu decken. Wenn ich mit ihm beisammen war, gab es Konflikte genug, aber in der Regel zeigte er einen Eifer, mir zu gefallen, und war so bemüht um mich, daß der Argwohn, der mich freilich nie verließ, nur in der Tiefe weiterglomm. Eines Abends ließ sich Dagmar bei mir melden und um eine Unterredung bitten. Aufgeregt, ängstlich, halb vermummt kam sie, um mir zuvörderst mitzuteilen, daß sie von Spionen umgeben sei, auf Schritt und Tritt von Detektiven beobachtet, und daß sogar ihre Korrespondenz abgefangen werde. Dann berichtete sie die Ursache der Verfolgungen. Ich hatte davon gehört, mich aber gehütet, das Gerede aufzugreifen oder gar Otto darüber zu befragen. Sie war überzeugt, ich sei der einzige, der ihr helfen könne, der einzige, der noch Macht über Otto habe. Aber das war vorbei. Oder richtiger, es war nie gewesen. Was hat es mit dem Einfluß auf eine Seele auf sich, die keine Gravitation besitzt? Es ist eine Selbsttäuschung, und eine, bei der man schon hilflos auf der Strecke liegt, wenn man sie erkennt. Er hatte ihr so abscheuliche Szenen gemacht, daß sie noch in der Erinnerung erblaßte, hatte wie ein kotzebuescher Familientyrann getobt und die albernsten Velleitäten von Mesalliance und Familienschande vorgebracht. Es war zum Lachen. Ich bin nicht eben stürmisch eingenommen für die Mißachtung von Standesunterschieden zugunsten sogenannter Liebesheiraten, aber mein Gott, der Großvater von Andreas Kapeller war schließlich noch simpler Hufschmied in Steele gewesen. Da Otto bei seiner Schwester auf die unbeugsame Entschlossenheit stieß, die immer entsteht, wenn man sie mit ungeeigneten Mitteln brechen will, drohte er, ihren Liebhaber niederzuknallen, wenn er ihm vor die Augen trete, und als Dagmar dafür nur ein Achselzucken hatte, erklärte er ihr trocken, er werde ihre Entmündigung beantragen und sie in ein Irrenhaus sperren lassen. Das klang allerdings bedenklich, dergleichen war ihm zuzutrauen. Wann hat er das gesagt? fragte ich. Gestern, sagte sie und blickte mich schreckerstarrt an, als sei sie meines Beistandes plötzlich nicht mehr gewiß. Ich versicherte ihr jedoch, sie habe nichts zu fürchten. Am andern Morgen ging ich zu Otto, nachdem ich mich telefonisch angesagt, denn er hatte einen förmlichen Hofstaat von Dienerschaft um sich, und man konnte nur schwer zu ihm dringen. Ich gab ihm in aller Ruhe zu verstehen, daß jede Gewalttat, zu der er sich in dieser Sache vergäße, mich unweigerlich auf der Seite seiner Schwester finden würde. Was nun kam, war unerwartet. Eifersuchtsausbruch. Anklagen. Als ob ich ihn vernachlässigt, unsere Freundschaft verraten hätte, als ob ich mit Dagmar im Einverständnis sei, ja als ob Dagmar ... absurd absurd ... als wär' ich dem Edelsten meiner Natur untreu geworden und hätte ihn damit in heillose innere Verwirrung gestürzt. Absurd. Dazu Tränen, wirkliche Tränen. Ich weiß heute noch nicht, was daran Spiel und Rolle und was Wahrheit und echtes Leiden war. Wer will das Leiden auf seine Echtheit prüfen? Es gibt keinen Lügner, der nicht in seiner Lüge bis zu einem gewissen Grad wahr ist. Das ist es ja, weshalb uns die Lügner so viel zu schaffen machen, mir wenigstens. Ich legte ihm die Hand auf die Schulter, und indem ich mich zu einem Lächeln zwang, zitiere ich die Worte Petrucchios: Wenn kleiner Wind die kleine Flamme facht, so bläst der Sturm das Feuer und alles aus. Er schaute mich erstaunt an, dann schlug er die Augen nieder. Und in dem Moment durchzuckte es mich: Gore! Seine Wangen waren in den letzten Wochen unheimlich aufgequollen, die Farbe war kräftig und ungesund, der Hals hatte sich verdickt, der Nacken setzte zum Wulst an ... Gore. Aber ein viel gefährlicherer Gore, ein viel unheilvollerer, einer, der sich auf ein Postament gestellt hatte und auf der öffentlichen Bühne den Heros mimte. Ich wußte damals schon: es geht auf Leben und Tod. Alles, was ich da erzähle, ich seh' dir's an, macht dir vielleicht den Eindruck, als hätt' ich es mit einem Halbwahnsinnigen zu tun gehabt und sei mir bloß nicht klar darüber geworden, mit einem Urzurechnungsfähigen, demgegenüber ich den Fehler begangen, ihn für voll zu nehmen, für ebenbürtig. Aber das ist ein Irrtum, ein fundamentaler Irrtum, Lieber. Weißt du, was diese scheinbare Unzurechnungsfähigkeit, diese großartig tuende Tollheit in Wirklichkeit war? Trivialität. Du mußt nicht meinen, daß ich im Augenblick der Erkenntnis alles geleugnet hätte, was zweifellos an großen Eigenschaften einmal vorhanden war, Finesse, Bildung, Erziehung, Anmut, Phantasie, aber das alles war durch die ungeheure Last von Besitz und Macht zu einem Brei von Trivialität zerquetscht worden. Der

Organismus war zu schwach, das Gewicht zu tragen. Er war nicht darauf eingerichtet. Gore zur Potenz erhoben. Eine solche Trivialität hat etwas unglaublich Niederschmetterndes und Ernüchterndes. Sie saugt einem das Mark aus, und wo man hinfaßt, greift man ins schleimig Formlose. Ich war beengt, in jeder Hinsicht. Ich arbeitete unter beständigem Gegendruck. Von Reformen und Verbesserungen war längst keine Rede mehr, obwohl in manchen Teilen des Betriebs Zustände herrschten, die dringender Abhilfe bedurften. Wichtige Posten wurden mit Ottos Kreaturen besetzt. Über deren Köpfe hinweg traf er Verfügungen und griff in die Verwaltung ein, wobei er sich auf mich berief und mich in die Zwangslage brachte, ihn zu desavouieren. Zwei meiner besten Leute, ein Subdirektor und ein Ingenieur, wurden trotz meinem Einspruch entlassen, jener sollte ein Fabrikgeheimnis an die Konkurrenz verraten, dieser eine neue Verordnung sabotiert haben. Alles erlogen, eine perfide politische Intrige steckte dahinter. Im Dezember 1910, kurz vor dem großen Streik, hatte ich in Stockholm Verhandlungen mit einem schwedischen Konzern zu führen; in der entscheidenden Stunde, die Verträge sollten nur noch unterschrieben werden, fiel mir Otto mit einem geradezu verräterischen Telegramm an die Gegenpartei in den Rücken, mir, seinem Beauftragten. Du fragst mit Recht: Warum hast du ihm Amt und Stellung nicht vor die Füße geworfen und bist deiner Wege gegangen? Dem stand vieles entgegen. Ich habe oft mit dem Entschluß gerungen; es stand zu viel entgegen. Lebendiges Glied an einem lebendigen Körper, wie sollt' ich mich da leichterdings lösen? Jahre meines Lebens waren hineingeflossen, mein Blut war drin, Ideen, Pläne, Hoffnungen, Erwartungen, sollte alles umsonst gewesen sein, Fristung der Existenz bloß, und ich über alle Verantwortung hinweg das bereits Gewonnene, eine Welt, im Stich lassen wie irgendein bezahlter Schreiber? Unmöglich. Um zu kämpfen und mir's nicht bequem werden zu lassen, war ich ja da. Ich hatte überall im Betrieb Freunde, bis zu den jüngsten Arbeitern hinunter ergebene Leute, es war mir gelungen, ihr Vertrauen zu erwerben, sie hielten zu mir, auf eine abwartende Weise oft, aber es bedeutete ihnen was, wenn ich mich an ihren Diskussionen beteiligte, ihre Streitigkeiten schlichtete, ihre Versammlungen besuchte, sie nahmen es nicht für den Luxussport eines Herrn, sie fühlten, was sie anging, ging auch mich an. Ich hatte Freude an dem Ganzen, es war mir manchmal wie mein Eigenes. Wenn ich durch die Zechen, Gießereien, Stahlwerke, Walzwerke schritt, die Hochöfen, Krane, Pressen, Generatoren, Bohrer, Kessel, Schmieden und Hämmer sah, wenn die rotglühenden Eisenstangen über die Blockstraßen sausten und die glühenden Radscheiben an den riesigen Hebemagneten hoch über meinem Kopf hinschwebten, das war eine eigentümliche Betörung, Gewalt über die Elemente und die Materie, und schlug ich dann einen Band Goethe auf oder schaute mir ein Bild von Renoir an, so war das gar nicht so weit weg davon. Die Flinte ins Korn werfen, das hätte geheißen, sich als Besiegten und als Flüchtling bekennen, und das konnt' ich nicht, durft' ich nicht, dagegen bäumte sich alles in mir auf, da mußte sich erst das Schicksal selbst gegen mich erklärt haben ... Aber ich will zum Ende kommen. Der Streik, der von Anfang an den Charakter eines sozialen Unglücks gehabt hatte, war in der Hauptsache auf die starre Haltung Ottos zurückzuführen. Geringe Nachgiebigkeit nur, und man hätte verhandeln können; als ich ihm bedeutete, daß es hier nicht um Theorien gehe, nicht um persönliche Kraft- und Energieproben, sondern um ein Gesetz der Zeit und um Notwendigkeiten, die sich auch ohne ihn und wider ihn durchsetzen würden, gab er mir zur Antwort, darauf wolle er's eben ankommen lassen, vorläufig halte er sich noch für stärker als den aufgewiegelten Mob. Diese Verblendung machte mich schaudern, ich verzichtete auf weiteren Kampf. In der vierten Streikwoche, an einem frühen Morgen, erschien eine Deputation von Arbeiterfrauen vor der Villa und begehrte ihn zu sprechen. Es waren etwa dreißig Frauen jeden Alters, zweieinhalb Stunden warteten sie in der Kälte, standen lautlos vor dem Parkgitter und blickten zu den Fenstern empor wie Figuren von Meunier. Ich bewohnte um die Zeit das sogenannte Kavalierhaus am Ende des Parkes, vor mir hatte Dagmar drin gewohnt; seit dem Zerwürfnis mit dem Bruder lebte sie in England, eine Lösung, die ich vorgeschlagen hatte. Ich wußte von der Abordnung, ich dachte, Otto hätte sie längst empfangen, indessen teilte mir um dreiviertel zehn mein Sekretär mit, daß sie noch immer vor dem Tor stünden. Das geht doch übers Bohnenlied, sagt' ich mir, ging sofort in die Villa hinüber und verlangte Otto zu sprechen. Der Butler kam, der erste Kammerdiener, der zweite: Bedauern, der gnädige Herr ist noch im Bad. Ich: das kümmert mich nicht, die Sache leidet keinen Aufschub, und dränge die Leute beiseite. Zwei Minuten drauf stehe ich im Badezimmer, besser gesagt Badesaal, alles eitel Marmor und Gold, er sitzt in der Wanne, feist und zufrieden. Er vergnügt sich damit, ein Gummikrokodil schwimmen zu lassen und mit dem Finger den Rachen auf und zu zu klappen. Er mustert mich spöttisch und fragt: Na, was Neues vom Kriegsschauplatz? Gore. Gore in Vollendung. Da wußt' ich: Er oder ich, denn er und ich, das war nicht möglich, auf tausend Meilen Entfernung nicht. Da war kein Zwist und Handel zwischen Privatpersonen mehr, da ging's um was anderes. Er schien es selbst zu begreifen, die Insulte, die er mir drei Tage später im Fabrikhof vor den Arbeitern, Mannschaften und Offizieren zuschleuderte, war durchaus von kalter Überlegung eingegeben, sie machte auf alle, die dabei waren, den Eindruck, wie wenn einer in der für ihn vorteilhaftesten Situation die Maske abwirft und sich stellt. Vielleicht war es ein Akt der Erlösung, wer will das beurteilen, vielleicht ein letzter verzweifelter Durchbruchsversuch aus dem Schein in die Wirklichkeit mit der feigen Absicht, die Entscheidung dem Schicksal zuzuschieben. Schein . . . eben, eben. Alles Dämonenwesen und Gorewesen ist ja bloß Schein. Das Duell ging auf schwerste Bedingungen, Pistolen, sieben Schritt Distanz, Kugelwechsel bis zur Kampfunfähigkeit eines Gegners. Am Abend vorher schrieb ich einige Briefe, dann ging ich mit einem Buch in den kleinen Wintergarten, um noch eine Stunde zu lesen. Da war mir, als glitte ein Schatten an der Glaswand vorüber. Ich sah auf, es war heftiges Schneegestöber

draußen, sah auf und gewahrte Otto. Er stand drei Schritte
von mir, die gläserne Wand zwischen uns, im Pelz und niedern
steifen Hut, eine Zigarre im Mundwinkel, und schaute mich aus
leicht verkniffenen Augen durchdringend an. Als ich das Buch
weglegen und aufstehen wollte, drehte er sich um und verschwand im Flockenwirbel. Dieses Bild von ihm wie von der
Schwelle der Unterwelt her ist mir unauslöschlich in der Erinnerung geblieben.«

Nach langem Schweigen erhob sich Irlen und sagte mit be-
legter Stimme: »Heute würde ich nichts gegen ein Veronal einzuwenden haben, Joseph.«

Daß mit Nina etwas nicht in Ordnung war, hatte Kerkhoven
gespürt, aber eben nur gespürt, nicht wahrgenommen. Als er
an einem der nächsten Abende spät nach Hause kam und in sein
Arbeitszimmer gehen wollte, um noch eine Stunde zu lesen,
bemerkte er, daß die Schlafzimmertür nur angelehnt war.
Durch den Spalt schimmerte Licht. Sie hat vergessen, das Licht
auszulöschen, dachte er. Leise ging er hin und öffnete die Tür
ein wenig weiter. Sein Schritt war fast unhörbar; wenn er
nachts heimkam, pflegte er im Vorzimmer die Filzschuhe anzuziehen, um Nina nicht zu wecken. Er spähte gegen das Bett
und sah, daß sie wach war. Sie lag still da, die Hände unter
dem Nacken, und blickte zur Decke hinauf. Das Gesicht hatte
etwas Lebloses, doch kaum hatte sie, ohne die Richtung ihres
Blicks zu verändern, die Bewegung der Tür bemerkt, als ein
elektrisches Beben über ihren Körper lief, bis zu den Knien
verfolgbar, und sofort erschien das süßliche Lächeln auf den
Lippen, das nur dann von ihnen wich, wenn sie ganz sicher
war, allein und unbeobachtet zu sein.

Kerkhoven trat an das Bett. »Hallo, Nina, fehlt dir was?« –
Eifriges Kopfschütteln. – »Warum schläfst du denn nicht?« –
Achselzucken. Sie wisse es nicht. – »Es ist doch gleich eins.
Bist du nicht müde?« – Müde? O nein. Non è mai stanca. Wo-
von sollte sie müde sein. – »Aber du siehst so komisch aus ...
du hast etwas ... willst du mir's nicht sagen?« – Erstaunen.

Wahr'aftig nein, Giuseppe. Nix. Nixnix. Und das Lächeln. Er schaute sie noch eine Weile forschend an, dann ließ er sie. Als er gegen zwei Uhr zu Bett ging, lag sie noch genauso da, die Hände unterm Nacken, mit demselben geronnenen Lächeln, aber die Augen waren geschlossen, sie schien zu schlafen. Er hegte Verdacht, sie stelle sich bloß schlafend, doch fand er es bequemer, sich nicht davon zu überzeugen. Es wühlten zu viele Gedanken in seinem Hirn, zu viele Sorgen bestürmten sein Herz. Er glaubte noch nachzudenken, während er schon schlief, die Taggespenster ließen ihm keine Ruhe. Und so floß alles, was in seinem Unbewußten mit Nina zu tun hatte, in einen aus der Finsternis des Schlummers herausgeschnittenen Leucht-kreis, dessen quälende Grellheit den Augenblick des Auf-wachens zur Erlösung machte.

Er fing an, sie zu beobachten, und dies wirkte auf sie wie auf den Goldfisch die Annäherung eines Menschen an das Bassin, in dem er schwimmt. Vielleicht gewahrt er nur den Schatten, aber der genügt zur Panik. Das geronnene Lächeln, mit dem Nina von früh bis abends herumging, gab ihm zu denken. Ihr Schwatzen und Lachen hatte etwas Entseeltes, wie das Geräusch von Regentropfen in einer Dachrinne. Dazu der scheue Blick, und, wenn er eine liebkosende Berührung versuchte, das Zurückziehen. Beim Weggehen von zu Hause küßte sie ihn, aber nur auf die Wange, ganz obenhin, ganz gehorsame Magd. Er wunderte sich. Manchmal wurde er ungeduldig und zankte. Da faltete sie stumm die Hände vor der Brust und stand da wie eine melancholische kleine Madonna ... Komm her, Nina, setz dich zu mir ... näher, hast du denn Angst vor mir, gib mir doch die Hand ... Sie setzte sich an seine Seite, reichte ihm langsam die Rechte, schaute ihm eine Sekunde lang starr in die Augen, dann verdeckte sie seine Augen mit der Linken und kehrte sich weg. Sehr italienische Geste, sie rührte ihn, aber was tun? Die tiefe Anhänglichkeit, die er für dieses Geschöpf empfand (wie entsprach sie dem Sinn des Wortes, wie unver-kennbar war sie »creatura«), hinderte ihn nicht, zu sehen, daß sie sich nur noch am äußersten Rand seines Lebens bewegte und daß es schwierig war, sich mit ihr zu verständigen, sobald es nicht um das gewohnte tägliche Einerlei ging. Zu viele Gedanken wühlten in seinem Hirn, zu viele Sorgen bestürmten sein Herz, kleine Nina, du wehrst dich umsonst gegen das unerbittliche Schicksal, deine Zeit ist um. Kerkhoven war freilich nicht der Mann der graden Wege und der mutigen Abrechnungen, mit sich und mit andern konnte er nicht fertig werden, er hing und verhing sich in jeden Zustand, fürchtete die Entscheidung und die Endgültigkeit eines jeden. Die Senatorin Irlen hatte einmal zu ihrem Sohn gesagt: »Hast du bemerkt, daß er gern die Türen hinter sich offen läßt? Das muß etwas zu bedeuten haben.« – »Es hat zweifellos etwas zu bedeuten«, gab Irlen mit leiser Ablehnung kritischer Folgerungen zur Antwort, »ein Mensch, der nicht weiß, wie weit er gehen wird, sucht sich instinktiv den Rückzug zu sichern.«

So lang wie möglich wird Kerkhoven an die Unerschütterlichkeit seiner Verbindung mit Nina glauben. Das heißt, er wird sich weder die Kraft noch die Entschlossenheit zutrauen, das Band zu zerreißen, und wird eher hundert Gründe ausfindig machen, die es als untrennbar und schicksalhaft erscheinen lassen, als dem einzigen gemäß handeln, der ihm die tiefe Brüchigkeit des Verhältnisses vor Augen führt. Er wird seine Dankbarkeitsverpflichtung vorschützen, sein Mitleid, seine Ehre, um sich einen Schritt zu ersparen, der ihm zu große Opfer an Energie und Festigkeit auferlegt, und mit der Ausrede, daß höhere Aufgaben sein Leben beanspruchen, wird er unter Umständen dieses Leben selbst zum Opfer bringen, nur um nicht vor ein Entweder-Oder gestellt zu werden. Er weiß es. Er fürchtet sich vor sich. Er hat immer gedacht: Frau ist Frau, und da man nun einmal eine haben muß, ist man noch mit der am besten dran, die einen am wenigsten stört. Aus dieser nicht sonderlich erlauchten Auffassung heraus hatte er vor kurzem gegen Irlen geäußert: »Meine Ehe ist, was eine richtige Ehe sein soll, nämlich in jeder Hinsicht neutralisiert.« Irlen hatte spöttisch-nachsichtig gelächelt, was blieb ihm anders übrig, wenn ein so grundgescheiter Mann so törichtes Zeug redete. Doch Kerkhoven fühlte sich unbehaglich, seine ganze Existenz war ihm so unbehaglich, als ob er immerfort rauhe, geflickte Wäsche am Leib trüge. Er war beirrt, gereizt, aufgescheucht; im Wunsch, es möge alles so bleiben, wie es war, und in der Angst, daß es nicht mehr so weiterging wie bisher, fachte er die halberloschene Zärtlichkeit für Nina wieder in sich an und ging, als sei dies die unerläßliche Folge, Marie Bergmann geflissentlich aus dem Weg. Denn dort wurzelt ja die Angst. Nur Angst, nichts, worauf sie sich gründete, nichts Ausgesprochenes, nichts, was man stummes Einverständnis nennen konnte, leere, blöde Angst. Er machte sich nichts vor, er spürte natürlich, daß zwischen dem geronnenen Lächeln auf Ninas Lippen und seiner eigenen veränderten Gemütslage ein Zusammenhang bestand, aber daß Nina von Marie Bergmann wußte, daß sie wie eine, der eine Verkündigung geworden, in ihrer Seele bereits erlitt, was sie erst erleiden sollte, das hätte er sich nicht träumen lassen. Ein Vorfall vermittelte ihm die Ahnung davon.

Eines Mittags, es war an einem Dienstag Ende März, saß er mit Nina bei Tisch, als es draußen läutete. Der Depeschenbote, Telegramm von Marie Bergmann. Aufgegeben in einer zwanzig Eisenbahnminuten entfernten kleinen Stadt. Inhalt: wenn er es möglich machen könne, bitte sie ihn inständig, sogleich zu ihr zu kommen, sie liege krank in dem und dem Gasthof. Kerkhoven verfärbte sich. Drehte das Papier um und wieder um. Krank? In einem Gasthof krank? Wie kam sie dort hin? Was hatte sie dort zu suchen? Er zog sein Notizbuch, blätterte nervös, ging dann ins Vorzimmer und telefonierte ein dringendes Antworttelegramm. In einer Stunde konnte er bei ihr sein. Aber Nina war schuld, daß es länger dauerte.

Er hatte die Depesche achtlos liegenlassen; als er wieder ins Zimmer trat, stand Nina neben dem Tisch, das Telegramm in der Hand. Sie las oder schien zu lesen, denn die Augen bewegten sich nicht. Sie stierte mit dem Ausdruck hilfloser Verzweiflung auf das Papier, als ob sie unermeßliches Unglück daraus erfahren oder bestätigt gefunden hätte. Kerkhoven erschrak. Trotz des Schreckens mußte er aber erst seine Gedanken zu ihr zwingen, weil noch der andre Schrecken in ihm war. »Nina! Che cosa, Nina!« rief er und legte die Hand auf ihre Schulter. Langsam richtete sie den Blick auf ihn, wie erstaunt über seine Stimme. Da begriff er alles. Noch ehe sie seinen Armen entgleitend in die Knie gebrochen war, hatte er begriffen. Mit tiefem Aufseufzen hielt sie sich an der Tischkante fest und flüsterte vor sich hin: »Morire ... morire ...« Mit seiner respektablen Kraft hob er sie auf und trug sie zum Sofa. Er bettete sie hin wie einen verwundeten kleinen Vogel, den man unterwegs aufgelesen hat, und setzte sich zu ihr. Toll, ging es ihm durch den Kopf, gänzlich närrisch. Er verspürte einen Lachreiz, rein motorische Gegenwirkung, denn einen Augenblick lang stockte sein Herz. Nicht weil er für Nina fürchtete. Auch das. Aber es stand in zweiter Linie. In erster stand die Besorgnis, wie er sich gegen die grausige Hellseherei dieser Frau schützen sollte, wenn einmal (wer weiß, wann) der feig verhehlte Traum, den die wachen Sinne aus der Erinnerung drängten, Wirklichkeit erlangte. Jetzt galt es zu trösten, zu spotten, unbefangen sein, Ruhe bewahren, überlegen sein, Zeit gewinnen, die häusliche Ordnung nicht gefährden. Manöver. Uralte Manns-Methoden. Er redete italienisch. Es war näher, faßlicher, beschwichtigender für Nina, außerdem war ihm dadurch eine gewisse Ausdruckssteigerung erlaubt, die ihm die deutsche Sprache verwehrte. Allein in Ninas Innern war ein Gefühl wie ein genau eingestellter Meßapparat, der zeigte Ablauf und Ende an, untäuschbar. Sie hielt seine Rechte mit ihren beiden umschlossen und hörte ihm scheinbar gläubig zu. Vielleicht glaubte sie ihm wirklich, während er sprach. Sie konnte nicht in sein Gehirn hineinschauen. Sie konnte nicht wissen, daß er immerfort an die andere dachte, die aus einem Gasthof einer andern Stadt nach ihm gerufen hatte wie eine Sterbende. Seine gezwungen scherzhaften, seine vorwurfsvollen Fragen beantwortete sie ganz zutraulich, ganz heiter schon: »Sì ... credo ... hai ragione ... sì, sì ... sono un po' stupida, scusa,

141

Giuseppe.« Aber es war nur eine vorübergehende Aufhellung ihres Gemüts. Bald umhüllte es der dunkle Schleier von neuem. Bis Kerkhoven erkannte, daß der Zustand das Bild einer Seelenkrankheit bot, vergingen noch Wochen. Die Zeit riß ihn von ihr weg, das Schicksal, unbarmherzig, da nützte kein Vorsatz, kein Pflichtgefühl, keine Dankbarkeit, kein Wille zu schonen.

Er hatte ein Werk über Blutkrankheiten mitgenommen und versuchte während der Fahrt zu lesen. Die Gedanken irrten eigensinnig ab. Er hatte, gestern oder vorgestern, den Privatdozenten Bergmann getroffen, dieser hatte ihm erzählt, seine Frau sei für ein paar Tage auf das Gut einer Freundin im Odenwald gereist. Er hatte nicht weiter darüber nachgedacht. Marie unternahm oft derartige kleine Ausflüge. Er hatte sogar eine Art Erleichterung gespürt, ähnlich wie: um so besser, da kann sie mir nicht begegnen, es bleibt alles beim alten. Auch das war schon zuviel, wie durfte er es wagen, eine Begegnung *nicht* zu wünschen, also zu wünschen? Im Moment, wo er das Telegramm gelesen, hatte er dieselbe Empfindung gehabt wie als Kind, wenn man ihn des Morgens aus dem Bett gerissen hatte: Kälte, Kränkung, Überfall. Marie war die Person nicht, die sich in blindem Alarm gefiel. Wenn sie ihn mit solcher Eindringlichkeit rief, hatte sie Grund, den ernstesten. Nun, ich komme, dachte er, ich komme. Und trommelte vor Ungeduld auf der offenen Buchseite.

Um halb vier kam er an. Der Gasthof lag zwei Minuten vom Bahnhof. Ein besseres Landwirtshaus eigentlich. Vor dem Eingang ein Bierwagen, schwatzende Handlungsreisende. Man wies ihn an eine ältere Frau. Er nannte seinen Namen. Ja, die Dame erwarte den Herrn Doktor, Zimmer fünf, zweiter Stock. Er stieg hinauf, immer zwei Stufen auf einmal nehmend, ein finsterer Gang, er zündete ein Streichholz an, um die Nummern lesen zu können, klopfte endlich an einer nischenartig vertieften Tür. Riesiges Zimmer mit niedriger Decke, schlecht durchwärmt, mit Kälteunterschicht, drei Fenster, ein Erker, Plüsch-

möbel, kahl, unwohnlich, hinten zwei Betten, in einem von
ihnen bleich, matt lächelnd, unkenntlich fast: Marie. »Dank«,
flüsterte sie, »Dank, daß Sie gekommen sind, vielen Dank.«
Er entledigte sich seines Mantels, warf ihn samt dem Hut aufs
Sofa, zog einen Stuhl herbei. Drei, vier Fragen in feststehender
Formulierung. Sie antwortet mechanisch. Was ihr fehlt, kann
sie nicht sagen. Angst, Angst, Angst. Sie ringt verzweifelt die
Hände, um die Angst zu illustrieren. Sie kann nicht essen, nicht
trinken, nicht schlafen, nicht denken, nicht gehen: Angst,
fürchterliche Angst. Das Herz tobt, die Eingeweide krümmen
sich, der Kopf schwindelt ihr, sie kann auf keiner Stelle liegen,
wälzt sich und wälzt sich, das Gehirn ist ein einziger gräßlicher
Gedankenaufruhr, aber das Allerallerärgste ist die Übelkeit,
sie kann keinen Begriff davon geben, wie schrecklich es ist, sie
hat Baldrian in Löffeln genommen, Algocratin, alles umsonst,
es ist wie ein inneres Erwürgtwerden, sie hält es nicht mehr aus,
sie will nicht mehr leben.

Kerkhoven schaute sie an. Lange Zeit. »Seit wann ist das so?«
fragte er. – »Seit drei Tagen.« – »Also seit Sie von zu Hause fort
sind?« – Sie zögerte: »Ja . . .« – Dieses Zögern fiel ihm auf.
»Ist es der erste Anfall der Art, oder haben Sie schon früher . . .?
– »Schon früher. So heftig war's aber noch nie.« – »Können Sie
mir sagen, zu welcher Zeit es angefangen hat?« – »Vor zweieinhalb Monaten. Ich hab' mich sehr zusammengenommen, damit
es niemand merken soll. In meinem ganzen Leben hab' ich
mich nicht so zusammengenommen. Diesmal aber . . .« – »Und
die Ursache? Können Sie mir eine bestimmte Ursache nennen?«
– Wieder zögerte sie. »Ich denke, ja. Es hat mit Aufregungen zu
tun. Es ist . . . ich . . .« Tiefer Atem hob ihre Brust. Die Augen
waren naß. Der schöngebogene Mund zuckte. – »Sie müssen
mir alles sagen, Frau Marie. Wenn ich den Zustand . . . wenn
ich Ihnen helfen soll, dürfen Sie mir nichts verschweigen. Vielleicht warten wir ein wenig. Vielleicht denken Sie in aller Ruhe
ein wenig nach.« Während er sprach, schaute er sie immerfort
aufmerksam an, ohne daß sein Blick die mindeste Neugier, die
mindeste Gemütsbewegung verriet. Sie hielt dem Blick stand,

143

ungefähr wie jemand, der sich krampfhaft wo festhält, um nicht
zu fallen. Es löste sich etwas in ihr. Seine stille Gegenwart flößte
ihr Sicherheit ein. Sie schloß die Augen. Doch ihre ineinander-
verschränkten Finger machten unaufhörlich qualvolle Knetbewegungen. »Es ist schon ein bißchen besser«, murmelte sie,
»es ist besser mit der Angst.« Warum liegt sie in diesem Wirtshaus da, in dieser greulichen Bude von einem Zimmer? dachte
er in ratloser Betroffenheit; was sich hier darbietet, läßt keinen
Zweifel zu, ausgesprochene Psychoneurose, abzufragen was sie
hervorgerufen hat, erübrigt sich wohl . . . aber wie geht das zu?
Was, um Gottes willen, ist geschehen? Er nahm sanft ihre gequälten Hände auseinander und sagte: »Reden Sie, Frau Marie.
Reden Sie sich's von der Seele.«

Was er gleich vermutet hatte, bestätigte sich. Liebesgeschichte.
Erotische Verstrickung. Ehebruch. Freilich, eine halbe Stunde
vorher hätte er nicht einmal den Gedanken zu denken gewagt,
hätte empört und mit überlegener Verachtung die bloße Andeutung der Möglichkeit zurückgewiesen, wer immer sie auch
geäußert hätte. Darauf kam es jetzt nicht an. Hier war er nicht
Mann, sondern Arzt. Hier hatte er mit der Patientin Marie
Bergmann zu schaffen, mit nichts und niemand sonst. Alle
Vergesellschaftung mit andern Ideen und Träumen war glatt
auszutilgen.
Die Erzählung läßt sich nur inhaltsmäßig festhalten. Fehlt
die Musik der Klage darin, so ist sie nichts mehr. Die brutale
Wiedergabe macht ihr Ergreifendes zunichte. Die Tatsachen
unterscheiden sich in keiner Weise vom Üblichen. Unter der
Grobheit ihres Unglücks litt sie vielleicht am meisten. Ver-
gangenen Juli hat sie bei ihrer Freundin Tina, der geborenen
L'Allemand, seit zwei Jahren an den Oberförster Audenrieth
verheiratet, einen Herrn von P. kennengelernt, Weltmann,
Sportsmann, Jäger, unsinnig reich, Stück von einem Abenteurer, Stück von einem Grandseigneur. Dieser Mann, über fünfzig
schon, hat sich mit besinnungsloser Leidenschaft in sie verliebt.
Sie bemüht sich zu erklären, warum sie dem Ansturm von

Raserei nicht widerstehen gekonnt, findet aber nur hilflose Worte. Es ist ihr damals leer ums Herz gewesen, erdrückendes Einerlei der Tage; keine Freude, keine Aussicht auf Freude, auf einmal war's wie eine Windhose, die einen herumwirbelte und mit fortnahm. Es kommt eben so. Man kann nichts dafür... Ihre Stimme war gleichmäßig leise, der gesenkte Blick suchte auf der Bettdecke einen Punkt, wo er ruhen konnte, die gefalteten Hände bewegten sich nicht und wirkten wie gefesselt. Sie ist in dem Verhältnis von Anfang an die Überwältigte gewesen und war der Freiheit der Entschließung beraubt. Der Zustand hat Ähnlichkeit mit einem jener Träume gehabt, aus denen zu erwachen man sich verzweifelte Mühe gibt, und es gelingt nicht. Sich gegen die Tyrannei aufzulehnen ist vergeblich gewesen. Obwohl er seiner Familie gegenüber dieselben zwingenden Gründe wie sie gehabt, das Geheimnis zu wahren, hat er sie durch seine wahnwitzige Eifersucht und die rücksichtslosen Forderungen an ihre Zeit in die größte Angst versetzt, alles werde an den Tag kommen. Sie darf nicht wagen, sich zu entziehen, der triftigste Abhaltungsgrund wird zum Anlaß abscheulicher Auseinandersetzungen, er ist fähig, in ihr Heim zu dringen, vor keinem Skandal wird er zurückscheuen, anerkennt er doch auch keine Macht über sich, er ist gewohnt, alle Schranken niederzureißen, hat nur Liebediener und Jasager um sich. Im Oktober hat er ihr mitgeteilt, er müsse für zwei Monate nach Amerika reisen. Sie hat aufgeatmet. Neues Leben schien möglich. Sie beschloß ein Ende zu machen, und als ob das Schicksal ihr beistehen wollte, hatte es Johann Irlen gesandt; in seiner Nähe, so dünkte ihr, konnte sie die verlorenen Seelenkräfte zurückgewinnen. Aus den zwei Monaten seiner Abwesenheit wurden vier. Als er ihr seine Rückkunft meldete, war sie innerlich eine andere geworden, aber mit ihm zu brechen, sah sie trotzdem keine Möglichkeit. Fragen Sie nicht warum, Doktor Kerkhoven, nein, fragen Sie nicht, es ist die schlimmste aller Qualen. Sie begreift es selber nicht. Sie liebt ihren Gatten. Ihm Schmerz zuzufügen, unausdenklich. Und solchen Schmerz. Wenn er ahnte. Es läßt sich kaum vorstellen, was mit ihm geschähe. Sie liebt ihn, wirklich, wirklich, sie liebt ihn, sie hat ihn unendlich gern. Sein kleiner Finger ist mehr wert als jener ganz. In diesem Menschen, der sie so verrückt zu lieben vorgibt, ist kein Funke Edelmut, keine Vornehmheit, kein höherer Geist, nichts, nichts, nur wilde Kraft. Sie weiß es. Darin liegt ja das Furchtbare: in der Hingabe an einen Mann, den sie nicht achten kann, noch mehr, mit dem sie innerlich nichts gemein hat. Doch es zwingt sie, wie geht das zu, es macht sie vollkommen elend. Gestern abend ist sie mit ihm in sein Jagdhaus gefahren. Dort pflegen sie einander zu treffen. Und wie es immer gewesen ist, so auch diesmal. Erst das wütende, rasende ... ach, Gott, wozu es aussprechen ... dann der Nervenzusammenbruch. Jedesmal. Und jedesmal ärger als das vorige Mal. Es träte wahrscheinlich auch dann ein, wenn er sich wie ein Mensch benähme, der seine fünf Sinne beieinander hat. So aber ist gar kein Halt. Verdächtigung, Drohung, Beschimpfung. Dann wieder der tobsüchtige Körper. Ohnmacht über Ohnmacht, physische, seelische. Und wieder die Folter der Befragung. Sie schildert, weil sie es plötzlich innerlich sieht, wie er auf dem Tischrand sitzt, die Arme verschränkt, und mit kaltem Ingrimm sein Kreuzverhör beginnt. Nach jeder Antwort lacht er schallend und verdreht den Körper wie ein Akrobat. Er glaubt nicht, daß sie ihm allein angehört. Es ist demütigend, daß es so ist, demütigend, daß er es nicht glaubt. Seit Monaten lebt sie ja nicht mehr mit Ernst, so seltsam es klingt, es ist die Wahrheit. Ernst bescheidet sich. Er würde sich jahrelang bescheiden. Er fügt sich ihrem Wunsch, und er fügt sich ihrer Indifferenz. Was immer sie tut, er findet es richtig, murrt nicht, beklagt sich nicht, wartet, ist glücklich, daß sie bei ihm ist, braucht keine sinnlichen Entflammungen. Vielleicht wird er eines Tages anders sein, es ist nicht wahr, daß die Natur keine Sprünge macht, vorläufig ist seine Haltung von der unfaßlichsten Sanftmut und Geduld. Der andere aber: unersättlich. Es läßt ihn nicht, bis die letzte Schwäche und Erniedrigung jeden Lebenshauch in ihr absterben macht. Aber sie will berichten, wie es gekommen ist, daß sie hier liegt. Gegen Morgen hat er sie verlassen, sie hat nicht schlafen können, plötzlich ist ihr klargeworden: gehst du in dieser selben Stunde nicht auf und davon, so ist es zu spät für immer. Sie ist aufgestanden, hat sich angekleidet, ist heimlich aus dem Haus gegangen, hat sich anderthalb Stunden durch den Wald geschleppt, hat im Dorf glücklicherweise einen Wagen gefunden, der hat sie hierher gebracht. Sie hat an Tina telegrafiert, sie möge im Fall einer Nachfrage von zu Hause oder vom P.schen Jagdhaus angeben, sie sei für einen Tag nach München gereist, dann auch an ihn, Kerkhoven. Was soll sie jetzt tun? Sie traut sich nicht heim. Wie wäre das möglich, abgesehen von ihrem Zustand. Sie kann Ernst nicht vor die Augen treten. Sie kann dieses Spiel nicht mehr spielen. Sie kann nicht dorthin zurückkehren, wo Johann Irlen ist. Wenn Aleid nicht wäre, könnte sie vielleicht verschwinden, für eine Weile wenigstens, Kerkhoven würde sich nicht weigern, ihr dabei zu helfen. Sie hat sich die Frage vorgelegt, ob sie ohne jenen Mann existieren kann. Sie weiß es nicht. Trotz allem und allem, sie weiß es nicht. Mit ihm bestimmt nicht. Ohne ihn auch nicht.« »Was soll ich also tun, Doktor Kerkhoven, sagen Sie es mir, so kann man doch nicht weiterleben . . .« Sie schlug die Hände vors Gesicht. Sie zitterte am ganzen Leib. Weinte nicht. Sie weinte selten. Seit dem Tod des Vaters hatte sie nicht mehr geweint. Um sich selbst weinen . . . da mußte, metaphorisch gesprochen, schon etwas vom Sternenhimmel dabeisein.

Kerkhoven strich sich mit der Hand über seine Stirn, die feucht war, und sagte: »Das alles werden Sie mit andern Augen ansehn, Frau Marie, wenn sich erst Ihr Körper wieder beruhigt haben wird.« Sie schüttelte traurig den Kopf. Kerkhoven gab sich einen Ruck und fragte mit rauher Stimme, worin denn die Anziehung für sie bestanden habe . . . oder solle er sagen: bestehe? Er begreife es nicht ganz. Schließlich, ein Mann, dreißig Jahre älter als sie . . . Da müsse doch die Hinneigung von ihrer Seite . . . es mache den Eindruck krankhafter Übersteigerung. Könne sie ihm nicht einen Anhaltspunkt geben? (Eine Frage, die er sich, nach allem, natürlich selbst beantworten konnte, aber es war der »Mann«, nicht der Arzt, dem sie entschlüpfte und der hören wollte, was er zu hören fürchtete.) Mit ihren erfahrenen, ernsten Augen sah ihn Marie verwundert und wie sinnend an. Diese Augen waren der stummen Sprache in höherem Grad mächtig als der Mund der Worte. Sie stützte den Ellbogen auf das Kissen, legte die Wange in die Hand und sagte leise: »Er ist ein Mann, der physisch keine Grenzen kennt.«

Kerkhoven stand auf, ging zum Fenster und verharrte dort in wortlosem Nachdenken. Er sah, ohne zu sehen, Häuser wie aus der Spielzeugschachtel, zu beiden Seiten einer Straße hingestellt. Als er nach drei vier Minuten an das Bett zurückkehrte, hatte es den Anschein, als habe er in der Zwischenzeit lediglich erwogen, wie der Fall zu behandeln sei.

Sechstes Kapitel

Mit großer Lebhaftigkeit und ermunternden Blicken schlug er ihr vor, aufzustehen und mit ihm in die Stadt zurückzukehren. Er setzte ihr den Plan mit allen Einzelheiten auseinander. Er wird telefonisch ein Auto bestellen und, wenn sie angekommen sind, in einer bestimmten Straße aussteigen. Übrigens wird es ja bis dahin dunkel sein, niemand wird ihn sehen. Die kurze Strecke zur Villa wird sie dann allein fahren. Es hängt alles davon ab, daß sie sich jetzt zusammennimmt. Was sie zu Hause tun soll, wird er unterwegs ausführlich mit ihr besprechen. Daß er ihr in dem fremden Ort, in dem öden Wirtshaus keine wesentliche Hilfe leisten kann, liegt auf der Hand. Sie darf sich eine oder zwei Stunden lang nicht nachgeben. Hier, das wird sie einsehen, kann sie nicht bleiben. Er müßte sie auch bald verlassen, über den Abend ist er nicht abkömmlich, dann befände sie sich in verhängnisvoller Einsamkeit. Er würde es unter keinen Umständen zugeben.

Marie sah ihn angstvoll flehend an. Ihr Blick begann wieder zu flackern. Sie fürchtete, daß sie nicht dazu imstande sei, flüsterte sie. Die Farbe in ihrem Gesicht wechselte beständig, die Hände setzten bereits zu den Knetbewegungen an. Kerkhoven befühlte den Puls, behorchte mit dem Stethoskop das Herz, drückte die Finger leicht auf ihre Augenlider. Er sagte: »Es geht, es muß gehn.« – »Was soll ich antworten, wenn sie mich zu Hause fragen?« murmelte sie und hob beschwörend die Hände. Sie hat doch Pflichten, wie soll sie ihre Pflichten als Mutter, als Hausfrau erfüllen? Die Großmutter Irlen ist immer ein wenig ungehalten, wenn sie krank ist, sie hat dann einen mißtrauisch forschenden Blick. Sie kann sich nicht ins Bett legen und sich bedienen lassen, niemand wird ihr diese Krankheit glauben, es ist ja eine hassenswerte Krankheit, man haßt sich nicht nur selber dabei, man findet es auch verzeihlich, daß einen die Menschen meiden. Kerkhoven lachte. Er nahm ihre Hand in seine, und sie verspürte eine unmittelbare Linderung ihrer Erregung. »In dem Punkt müssen Sie sich an mich halten«, erwiderte er, »mir vertrauen. Uneingeschränkt. Denken Sie nicht darüber nach. Überlassen Sie das alles vollständig mir.« Sie hob die Augen zu ihm auf, zaghaft zuerst, aber allmählich füllten sie sich mit dem geforderten Vertrauen. Was für Augen sie hat, dachte er, wie blasse Blumen. Er sagte: »Sie legen sich zu Hause gleich nieder. Dann lassen Sie mich rufen. Heute abend noch. Es kann so spät sein, wie es will. Vorher sprechen Sie mit niemand über Ihren Zustand. Sie kommen von der Reise, haben unterwegs schwere Schwindelanfälle mit Herzklopfen gehabt. Alles Weitere plausibel zu machen ist meine Sache. Ich werde in der Zwischenzeit darüber nachdenken. Ich werde mit Ihrem Mann reden. Ebenso mit der Frau Großmama. Ihr den Ernst der Situation bedarfsgemäß darzustellen hat keine Schwierigkeit. Und Doktor Bergmann, den haben wir ja keinesfalls zu fürchten. Er wird Sie wie seinen Augapfel betreuen.« Sie sah ihn immer noch an, gespannt, gläubig, dankbar. Er hielt immer noch ihre Hand. Er dachte wieder: die Augen . . . blasse Blumen. Er fuhr mit suggestiver Eindringlichkeit fort: »Sie müssen in jeder Beziehung ruhen, Frau Marie. Was in der gewissen Angelegenheit zu geschehen hat, erörtern wir mit der Zeit. Vielleicht fangen wir schon morgen mit den Beratungen an. Allzusehr auf die lange Bank schieben dürfen wir es nicht. Aus verschiedenen Gründen. Aber seien Sie guten Muts. Ruhe ist das Wichtigste. Dazu gehört eines. Sagen Sie sich um Gottes willen nicht vor, daß Sie eine ungehörige Krankheit haben, oder, wie Sie es ausdrücken, eine hassenswerte. Es wäre töricht, es wäre schädlich. Tun Sie es nicht. Lassen Sie sich nur ganz fallen. Geben Sie sich dem Zustand ohne schlechtes Gewissen hin. Machen Sie keine moralischen Kraftanstrengungen. Das wirft Sie zurück. Sie müssen im Gegenteil versuchen, keinen Druck und Zwang auf sich auszuüben. Alle Spannung wegtun. Das Leiden seine natürlich Bahn fließen lassen. Das ist ganz leicht. Gar kein Kunststück, bewahre. So wie Sie beschaffen sind, macht es nicht einmal was aus, wenn Sie ein wenig Wollust in dem Kranksein verspüren. Das vergeht alsbald. Wissen Sie«, fügte er mit einem wunderlichen Ausdruck von Pfiffigkeit hinzu, »in Ihrer seelischen Organisation steckt ein Geheimnis, das ich noch nicht kenne, ich werde aber den Schlüssel schon finden, und das wird uns zustatten kommen. Ich gehe jetzt hinunter. Bis Sie fertig sind, ist der Wagen hoffentlich schon da.« Marie fühlte sich gänzlich in seiner Gewalt. Sich gegen seinen Willen aufzulehnen hätte sie jetzt nicht mehr gewagt. Hätte es auch so wenig vermocht, wie man einen Stock missen kann, wenn man sich lahm vom Boden aufgerichtet hat. Sie fürchtet, daß sie nicht die Kraft haben wird, sich anzuziehen, deutet sie an und klammert sich bebend an seinen Arm. Er zerstreut ihre Besorgnis mit einem Lächeln, das ihr wohltut, und fragt, ob er ihr Tee oder ein Glas Kognak heraufschicken soll. O nein, wehrt sie ängstlich ab, jeder Bissen, jeder Schluck würgt sie, dann kommt gleich die entsetzliche Übelkeit, bei der ihr so sterbenselend zumute wird. Er nickt. Er versteht. Beim Hinausgehen verneigte er sich.

Der Vorwand, den er für Maries Bettlägerigkeit erfand und während ihrer Leidenszeit aufrechterhielt, war eine nervöse

Magenverstimmung. Wie sie es vereinbart hatten, kam er am gleichen Abend noch auf ihren Anruf und hatte dann ein eingehendes Gespräch mit Ernst Bergmann, der alle Maßregeln zur Schonung der Patientin zu treffen versprach. Kerkhoven empfahl ihm, sie in den nächsten Tagen möglichst ungestört zu lassen, auch alle Besucher und Besucherinnen fernzuhalten. Der Charakter des Übels sei zwar ziemlich manifest, könne aber auch tiefer liegen als in der organischen Umgrenzung, ließ er einfließen, darum scheine es ihm geboten, subjektives und objektives Befinden gleich sorgsam zu überwachen. Mit Absicht wählte er die fachmännisch orakelnde Ausdrucksweise, der Nebel der Wissenschaftlichkeit sicherte ihn vor unbequemer Wißbegier. Der junge Gatte schien sich jedes seiner Worte einzuprägen. »Sie ist so zart«, sagte er beklommen, »ich wußte das, aber ich hielt sie trotzdem für gesund. Ich schmeichelte mir mit der Hoffnung, daß ein großer Fonds von Gesundheit in ihr steckt.« – »Das ist auch durchaus der Fall«, beruhigte ihn Kerkhoven mit jener Autorität, die seit einiger Zeit langsam in ihm wuchs und erstarkte wie ein noch junger Baum in fruchtbarem Erdreich, »durchaus. Sie brauchen nicht betrübt zu sein. Ihre Frau ist zart, ohne Frage, aber es ist die Zartheit, die nicht bricht, sie biegt sich nur.« Ernst Bergmanns Züge erhellten sich. Er drückte Kerkhoven fest die Hand. »Sie verstehen wirklich zu trösten«, sagte er fast heiter. Kerkhoven blickte mit konventionellem Lächeln über die schmale Schulter des jungen Mannes hinüber.

Er konnte nun mit Marie wie hinter einer befestigten Schanze verhandeln. »Ich sehe nur eine einzige Rettung«, gab er ihr am andern Morgen mit freundlicher Bestimmtheit zu verstehen, »und da bin ich gänzlich auf Ihre Hilfe angewiesen, verweigern Sie mir die, so garantiere ich für nichts.« – »Was? Also was?« stieß Marie krankhaft ungeduldig hervor. Kerkhoven schob den Stuhl beiseite, auf dem er gesessen, und nahm auf dem Bettrand Platz. »Sie müssen jenem Mann . . . Ihrem Freund den Abschied geben. Unwiderruflich und für immer.« –

Marie schwieg. Sie nagte mit den Zähnen an der Oberlippe.
– »Es bleibt nichts anderes übrig«, fuhr er sachlich fort, »aus
dieser Hörigkeit müssen Sie sich befreien. Unterschätzen Sie
nicht den Ernst der Situation. Ich bin Ihnen die Wahrheit
schuldig. Ist es nötig, ausdrücklich zu sagen, was auf dem Spiel
steht? Es geht um die Zukunft, es geht ums Leben, Frau Marie.
Es geht um alles.« – »Ja, ich weiß«, antwortete Marie mit
kaum vernehmbarer Stimme, »ich will ja . . . ich glaube, ich
werde es tun.« – »Das ist mir zu vag. Es genügt mir nicht. Jede
Unschlüssigkeit, jedes Hinauszögern belastet Ihr Gemüt,
verrammelt den Weg. Schreiben Sie sofort. Warten Sie nicht
länger. Nehmen Sie Papier und Feder und schreiben Sie.
Niemand kann Sie stören. Dafür ist gesorgt. Niemand wird eine
Ahnung haben. Sie geben mir den Brief mit, und alles ist in
Ordnung.« – Mit aufgerissenen Augen starrte ihm Marie
sprachlos ins Gesicht. »Aber das . . . das ist unmöglich«, stammelte sie, »das muß man sich doch erst zurechtlegen . . .« –
»Wenn es unmöglich ist, Frau Marie, und ich begreife bis zu
einem gewissen Grad Ihre Bedenken, dann, fürchte ich, kann
ich die Verantwortung nicht länger auf mich nehmen«, sagte
er nicht um eine Spur unfreundlicher. »Das beste ist, Sie rufen
einen andern Arzt. Daraus erwächst Ihnen keine Verlegenheit.
Ihrem Mann gegenüber läßt sich ein Grund leicht finden,
sonst sind Sie ja keinem Menschen Rechenschaft schuldig. Ich
werde zum Beispiel sagen, daß ich mich in der Sache nicht
mehr kompetent fühle und die Behandlung lieber einem Spezialisten anvertrauen möchte. Nichts einfacher als das.« – »Doktor
Kerkhoven!« rief Marie schmerzlich-ungläubig. – Er zuckte
bedauernd die Achseln. »Nicht zu leugnen, was ich verlange,
ist ein radikaler Eingriff, aber alles andere wäre Halbheit und
Selbstbetrug. Sehen Sie es nicht ein, Frau Marie? Was schreckt
Sie denn? Sie stehen auf einem Balken über einem Abgrund
und ·trauen sich nicht vorwärts, nicht zurück.« Er erhob sich,
sie langte ängstlich nach seiner Hand. Er merkte, daß sie schwankend wurde. Er wußte, daß sie nachgeben würde. Wie er es
vorausgesehen, war seine Unerbittlichkeit die Erlösung für

152

sie. Und als sie nun inständig bat, er möge ihr vierundzwanzig Stunden Zeit lassen, bis morgen werde sie den Brief geschrieben haben, willigte er ein. Ihr Blick war ruhiger geworden. Wie der Wind die Nebeldünste von einer Wasserfläche fegt und den schimmernden Spiegel enthüllt, wichen unter seinem Einfluß die Wolken der Verstörung von ihr.

Andern Tags reichte sie ihm mit mattem Lächeln den Brief: offen. »Soll ich ihn denn lesen?« fragte er ein wenig bestürzt. – »Ja, ich möchte, daß Sie ihn lesen«, versetzte sie leise. Er zögerte, das Blatt in der Hand. »Haben Sie das reiflich überdacht? Sie könnten es bereuen, Frau Marie. Sie sollten mit Ihrem Vertrauen nicht so . . . stürmisch sein. Den Schritt können Sie nie ungeschehen machen. Was ich weiß, kann ich verschweigen, aber ich kann nicht machen, daß Sie es vergessen.« – Marie antwortete gesenkten Kopfes: »Ich werde nie wünschen, es zu vergessen. Was Sie von mir wissen, ist geborgen, Doktor Kerkhoven.« – Er trat zum Fenster und las. Der Brief war so sie selbst, so ganz Marie, daß es schien, sie habe ihr Wesen unmittelbar darin abgedrückt, wie man eine Radierung von der Kupferplatte auf den Karton überträgt. Nichts von körperlichem Zusammenbruch, nichts von der düstern Prognose des Arztes. Sich darauf zu berufen wäre ihr feig erschienen. Es ist alles zu Ende, weil es zu Ende sein muß. Daß er sich fügt, schweigend, ist ihre Hoffnung. Lehnt er sich auf und will ertrotzen, was vorbei ist, wird er sie zu allem entschlossen finden, wozu seine Ungroßmütigkeit sie zwingt. Er muß sie vergessen. Mit jedem Stück Vergessen hilft er ihr. Nichts an ihrer Person vermag ihm Ersatz zu bieten für das Unzulängliche, das sie in sich weiß, aber sein Vergessen, je stolzer und gründlicher, je mehr, wird sie entschädigen für den Kummer, in den sie ihre Schwäche und Begehrlichkeit gestürzt haben. Sie nimmt sich nicht zurück, sie ist nur nicht mehr, wo sie gewesen, mit keiner Faser. Sie hat einen Schatz von Liebe achtlos liegenlassen, weil sie geglaubt hat, ihn entbehren zu können. Sie kann es nicht. Sie besitzt sonst nichts. Der Brief muß ohne

Antwort bleiben, nur dann wird die Erinnerung vielleicht eine Spanne Leben verklären, die zu keiner Stunde frohe Gegenwart war. Durch ihre Schuld allein. Adieu. Adieu.

Aber nun wollte Kerkhoven wissen und von ihr hören, ob es ihr ernst sei mit dem »Schatz von Liebe« und ob sie ihn wirklich nicht entbehren könne. Er gab sich mit ihrer Versicherung nicht zufrieden. »Sie müssen in jedem Sinn zu Ihrem Mann zurückkehren«, mahnte er dringlich, »dürfen sich mit keiner Halbheit begnügen. Ich kann mir ja ungefähr denken, was Ihnen vorschwebt. Zärtliche Freundschaft, liebevolle Ergebenheit, jeden Wunsch von den Augen ablesen und was derlei edle Surrogate mehr sind. Lauter Selbsttäuschungen, Frau Marie. Sie betrügen sich, Sie betrügen ihn damit.« Marie drückte die Hand vor die Augen. »Was hülf es«, sagte sie so leise, daß er sich vorbeugen mußte, um zu verstehen, »es wäre mir nicht geholfen. Das ist ... ich fürchte, verscherzt.« – Kerkhoven heftete den jäh getrübten Blick auf ihre Hand, die über dem Gesicht lag. Das feine Gelenk, der an der Schläfe aufliegende Daumen, die sich verjüngenden Finger mit den ovalen rosigen Nägeln, die weiße, leicht ins Gelbliche spielende Haut mit dem blauen Geäder drin, alles war ihm übermäßig nah, niemals hatte er so stark die Empfindung gehabt, daß die Hand ein geschlechtliches Wesen ist, er erschrak. Wie kam es nur, daß er an Nina dachte, ihre aufopfernde Liebe und schweigsame Geduld. Anspruchslose Nina, in jedem Betracht anspruchslos, für jede Gabe dankbar, für jede Umarmung dankbar, alles sanft hinnehmend, gutes und böses Wetter, gute und böse Laune, Kuß und Versagen von Kuß. Neun Jahre. Er erblickte sie greifbar, die neun Jahre, wie neun steinerne Türme, neun Jahre Trott, neun Jahre Mühlrad, neun Jahre Lauheit, Zufriedenheit und fünfzehn Grad Réaumur ... Marie zog die Hand von den Augen, und sogleich hatte er sein früheres Gesicht. »Wenn ich nur wieder richtig schlafen könnte«, seufzte sie. Die Mittel, die er ihr gebe, nützten nicht viel. Nach zwei, drei Stunden wacht sie auf, dann fängt es an, das Gedanken-

154

bohren und -bohren. Endlose Schraube. Es ist kein Spaß, liegen und in die Finsternis starren, bis sie rotglühend wird. Ob er das kennt, Viertelstunde um Viertelstunde auf den Uhrenschlag warten, erst der Dom, dann Neumünster, dann die Marienkapelle, dann Sankt Johannis, dann Sankt Peter. Das dröhnt wie vom Himmel herunter, als wenn der Himmel Löcher hätte für die Glocken. Er nickt. Er verweist sie auf den gemeinsamen Ausgangspunkt aller Störungen. Er gebraucht den Ausdruck Konkordanz, Erinnerung an Paracelsus. Ihrer Natur fehlt die Konkordanz. Er kommt wieder auf das Verhältnis zu ihrem Gatten zurück. Er spricht von Abblendung der Gedanken. Es gebe etwas wie Entfeuchtung des Gemüts. Er zitiert eine merkwürdige Stelle aus dem Heraklit, deren er sich zufällig entsinnt: Trockener Glast – weiseste und beste Seele. Marie schaute erstaunt zu ihm auf. Sie entdeckte immer neue Seiten seines Wesens. Er entfaltete sich vor ihr wie eine Landschaft, die voller Geheimnisse und unvermuteter Reichtümer ist. Seine Haltung, jedes Lächeln, jede Wendung des Gesprächs zeugte von überlegtester Vorsorge und war die Eingebung eines genialen Instinkts. Das Kühnste, was er in den folgenden Tagen versuchte, war eine scheinbar objektive und daher lieblos klingende Analyse von Ernst Bergmanns Charakter, durch die er Maries Widerspruch herausforderte und sie in eine Verteidigungsstellung nötigte. Er fand ihn zu pedantisch, zu gemessen für seine acht- oder neunundzwanzig Jahre, eigentlich sei er ein veredelter Schulmeister, hochgezüchteter deutscher Typ des Philologen, der die Anwartschaft auf den Geheimrat schon im Schulranzen habe und doch ewig ein Primaner bleibe, lebensfremd und blutarm. Marie errötete vor Unwillen; nein, das sei nicht wahr, zumindest sei er doch ein Irlen und als solcher keineswegs aus der Art geschlagen, es gäbe keine vornehmere Natur als Ernst. Ja, ja, ja, erwiderte Kerkhoven gedehnt, vornehm, was habe es damit viel auf sich, Vornehmheit und nichts dazu, das sei ein Petrefakt, bei einem Mann wie Johann Irlen sei das was andres, aber man könne nicht verlangen, daß er die gesamte Familie mit Feuer und

Auftrieb versorge. Für den Neffen sei nicht genug übriggeblieben, nicht genug Schwung, nicht genug Initiative. »Er sollte mal die Brille heruntertun, der Herr Privatdozent, und mit seinen zwei nackten Augen in die Welt gucken, mit so scharfen Gläsern sieht man keine Bilder mehr, nur noch Umrisse, er sollte sich mal seine Frau als Bild anschauen, nicht als Idee bestaunen.« Ein schreckliches Wort, Marie war betroffen und brach die Unterhaltung ab. Ein paar Tage später fing er von neuem an. Es war Besessenheit, wirkte wie Selbstbetäubung. Doch schwang ein Ton mit, der Marie zum Aufhorchen zwang, wie wenn jemand in eine sonst völlig verständliche Rede Wendungen aus einer unbekannten Sprache mischt, die er aber selbst nicht recht versteht. Mit einem Eifer, als habe er jetzt erst den Kern der Schwierigkeit gefunden, setzte er ihr auseinander, Ernst befinde sich nach seiner Meinung noch im erotischen Schlaf und an ihr sei es, ihn zu wecken, nötigenfalls mit aller List und Kunst, die sie erdenken könne. Marie schlug langsam die Lider auf. Ihr Gesicht zeigte fast keine Bewegung, nur in den Augen lag das Lächeln einer Frau, die sich wundert, worauf die Männer in ihrer vermeintlichen Weisheit verfallen. »Das . . . nein«, sagte sie, »das liegt mir nicht. Es liegt auch nicht in unserer Ehe . . .« – »Ei was«, rief Kerkhoven ungeduldig, »dann ist es eben überhaupt keine Ehe.« – »Vielleicht nicht«, erwiderte sie still, »nach Ihrer Auffassung vielleicht nicht.«

Sie hätte das Bett schon verlassen können, wenn sie sich nicht in der zweiten Woche erkältet hätte. Sie hustete stark, die Bronchien schienen angegriffen. Kerkhoven hätte sie untersuchen sollen, konnte sich aber nicht dazu entschließen. Ihr anbefehlen, den Oberkörper zu entblößen, zu denken, daß er das Innere ihres Leibes abhorchen sollte, davor schreckte er zurück. Idiotisch, unbegreiflich, aber er brachte es nicht fertig, in seiner ganzen Praxis war ihm dergleichen nie geschehen. »Ich müßte eigentlich einmal nachschauen«, sagte er in beiläufigem Ton zu ihr und machte eine Gebärde, als sei es nicht der Mühe wert und man könne es noch verschieben (wobei ihm aber das schlechte Gewissen aus den Augen sah, denn er war so durch und durch Arzt, daß ihm die geringste ärztliche Unterlassung wie der Ansatz zum Mord vorkam). Marie war noch ganz arglos, als sie die wahre Ursache seines Zauderns in seinem Gesicht las. Ihre innere Antwort war beredt genug: als ob ein Vorhang zugezogen würde, den man aus Gedankenlosigkeit vergessen hat zu schließen. Unruhe, Verwirrung, Scham, Verdruß malten sich nacheinander in ihren ausdrucksvollen Zügen. Sie gehörte zu den Frauen, die ihr Bewußtsein, Frau zu sein, nicht immerfort ängstlich und aggressiv mit sich herumtragen. Die Art, wie sie jetzt daran erinnert wurde, stimmte sie äußerst nachdenklich und schrieb ihr eine veränderte Haltung vor. So etwas planmäßig durchzuführen, war aber auch nicht ihre Sache, dazu war sie zu erschütterbar und ihr Wesen zu fließend. So bemächtigte sich ihrer eine halb furchtsame, halb neugierige Erwartung, nicht auf den andern, nein, ganz auf sich selbst gerichtet. Wenn die Menschen vor vollzogenen Tatsachen stehn, wie sie zu sagen pflegen, ist das, was mit ihnen geschieht, meistens schon geschehen. Es ist nur die Welle, die sie erreicht hat und weiterträgt. Jeder Tag hat seinen Anteil an der Bewegung, unmerklich reift alles zum Schicksal, Liebe ist eine Frucht, Tod ist eine.

Von dem Tag an machte die Besserung überraschend schnelle Fortschritte, am Ende der dritten Woche stand sie auf und war wieder heiter, lebhaft, gesellig, mehr als je sogar, doch bei aller scheinbaren Aufgeschlossenheit in einer neuen Weise undurchsichtig. Sie verbrachte fast alle Nachmittage bei Irlen, dessen Zustand seit einem schrecklichen Tobsuchtsanfall, den er in den ersten Märztagen erlitten hatte (seine fortwährende Angst von dem Berliner Aufenthalt her), Anlaß zu Besorgnissen gab. An einem Abend war es geschehen, nach einem unbedeutenden Wortwechsel mit seiner Mutter. Er hatte sich die Kleider vom Leib gerissen und war nackt durch die Zimmer gerannt, laut brüllend, so daß die Passanten auf der Straße stehengeblieben waren. (Marie hatte das Schreien gehört, ihr Mann hatte sie durch irgendeine plausibel klingende Erklärung beruhigt.) Die Senatorin, die ihre Geistesgegenwart nie verlor, hatte den Schäumenden einfach um den Leib genommen, mit dem Aufgebot aller ihrer Kräfte zum Bett geschleppt und ihm kalte Kompressen gemacht. Es war danach in tagelange Somnolenz verfallen, auch die Ödeme hatten sich wieder gezeigt. Auf Kerkhovens Rat war eine Krankenschwester engagiert worden, aber kaum hatte sich sein Befinden gebessert, als er verlangte, daß man sie auf der Stelle fortschicke. Er könne die dauernde Gegenwart einer fremden Person nicht ertragen, wolle man ihn dazu zwingen, so werde er seine Koffer packen und abreisen. Mit derselben Heftigkeit weigerte er sich, einen zweiten Arzt beizuziehen. Frau Irlen wünschte es um so nachdrücklicher, als Kerkhoven durchaus nicht dagegen war. Allein er wollte nichts davon hören. »Laßt mich in Frieden leben oder sterben«, sagte er, »es sei denn, ihr mögt mich hier bei euch nicht haben. Wenn Joseph für ein oberstes medizinisches Gericht plädiert, so spricht er gegen seine Überzeugung. Er weiß über mich Bescheid, und ich sehe keinen Grund, weshalb ich mich an jemand wenden soll, der nicht Bescheid weiß.« Die Senatorin schüttelte den Kopf über so viel Eigensinn, mußte sich aber fügen. Der Anfall war offenbar mit dem Tiefpunkt der Kurve zusammengetroffen, von dem Tag an trat eine Art von Genesung ein, wochenlange Aufwärtsbewegung, obschon er zu bestimmten Stunden müde und teilnahmslos auf dem Sofa lag, mit weit in die Höhlen gesunkenen Augen, der Blick trüb und verschleiert. Längst war die Bronzefarbe des Gesichts einem pergamentfahlen Grau gewichen, die Backenknochen standen wie Klippen hervor, die Lippen waren blutleer, die Haut am Hals und an den Händen faltig eingeschrumpft. Marie fand aber die Züge noch immer faszinierend, namentlich die herrlich aufgetürmte Stirn mit dem erstaunlich schönen Haaransatz und den frühweißen Haaren, die schlicht und peinlich geglättet zum Hinterkopf flossen und einer flachen, silbernen Helmhaube glichen.

Sie kam gewöhnlich gegen vier und blieb bis gegen halb sieben. Als ihr Kerkhoven von der unverhohlenen Freude erzählte, die er bei der Nachricht gezeigt, daß sie wieder gesund sei, waren ihr die Tränen in die Augen getreten. (Das war ein Grund für sie, zu weinen, das ja.) Sie las ihm vor, ordnete seine Hefte, registrierte die Aufzeichnungen und Korrespondenzen und schrieb bisweilen Briefe, die er ihr diktierte. Dadurch erhielt sie unerwarteten Einblick in seine Beziehungen, die Richtung und Haltung seines Geistes wurde ihr wie in einem Anschauungsunterricht verständlich. Sie begriff, daß der leidenschaftliche Anteil, den er den öffentlichen Vorgängen, der politischen Verfinsterung, der immer stärker zu spürenden Beunruhigung Europas schenkte, sein wahres Wesen war und die Existenz als solche anging. Unfaßliche Strömungen, dunkle Maschenschaften, eilig schossen Fäden zum Gewebe, das Bild konnte keiner erblicken, aber ein paar Wächter waren da, die schickten einander Meldung und Warnung zu. Dieser da, der sieche Mann da, war einer. Sie kam sich wie auf einem Leuchtturm vor, draußen war das Meer, überm Meer lastete die nervenzerreißende Ruhe, die dem Sturm vorhergeht. Einige Freunde, aufs höchste beunruhigt, wollten ihn aufsuchen, er wehrte ab, er schob den Zeitpunkt hinaus, schweren Herzens ließ er durchblicken, er fürchte, den damit verbundenen Aufregungen nicht gewachsen zu sein. Einem aber, dessen Mitteilungen er mehr Gewicht als allen andern beizumessen schien, es war ein österreichischer Diplomat, Sekretär bei einer Botschaft, soviel Marie dem Brief entnehmen konnte, ließ er sagen, daß er ihn Ende April erwarte, er möge seine Urlaubsreise für einen noch zu bestimmenden Tag unterbrechen, es hänge von der Unterredung ab, welche Entschlüsse zu fassen seien, inzwischen rechne er noch auf entscheidende Berichte von anderer Seite. Leider bleibt die Verantwortung, die auf uns lastet, den Mächten, gegen die wir zu kämpfen haben, tot und stumm, schloß das Schreiben. Das alles erregte Marie, wie einen das unheilverkündende Gesicht eines Boten erregen würde, der nur gestikuliert statt zu sprechen. Eine Frage an Irlen zu richten, die schüchternste nur, verbot sich von selbst. Sie verstand ihn sehr gut. Wenn er nicht auf Verschwiegenheit und Zurückhaltung rechnen durfte, war ihm jeder Dienst wertlos. Er gewöhnte sich an ihre Gegenwart, sie fühlte es beglückt, sein Gefallen an ihr wuchs, die eigentümliche Gehobenheit, etwas unbewußt Freudiges, Beschwingtes und Bebendes, das er in letzter Zeit an ihr wahrnahm, fesselte ihn, der Ursache nachzuspüren lag nicht in seinem Sinn. In ihrer Bewegung, in ihrer Art zu sprechen erinnerte sie ihn manchmal so stark an ihren Vater, daß er es ihr eines Tages lächelnd gestand. »Ja? Wirklich?« fragte sie und blieb vor Freude wie angewurzelt stehen. Beinah hätte sie sich niedergebeugt und aus Dankbarkeit seine Hand geküßt. Er erkundigte sich auch, nicht ohne zarte Vorsicht, denn die Ehe war keine glückliche gewesen, nach ihrer Mutter. Marie hatte sie seit Jahren nicht gesehen. Sie lebte bei Verwandten in Königsberg.

Zwischen sechs und sieben, fast täglich, kam Kerkhoven. Sie wartete täglich auf den Augenblick, wo ihm das Mädchen im Vorzimmer Hut und Mantel abnahm und sie seine tiefe Stimme hörte, die voller Widerklang war. Es war jedesmal ein Gefühl, als sei sie vor einer Enttäuschung bewahrt worden. Nachdem sie ihn begrüßt und ein paar Worte mit ihm gewechselt hatte, ließ sie die beiden Männer allein. Sie wußte, daß er oft lange unten blieb. Solang er im Haus war, erschien sie sich geborgen. Bisweilen kämpfte sie mit der Versuchung, noch einmal hinunterzugehen, um ihn noch einmal zu sehen, der Vorwand hätte sich finden lassen. Natürlich tat sie es nicht, schon aus Furcht vor dem befremdeten Blick, mit dem Irlen sie vielleicht angeschaut hätte. Bei der Stille im Haus hörte sie mit ihren lächerlich scharfen Ohren seine Schritte, wenn er wegging und das Tor zuschloß. (Er besaß den Hausschlüssel für den Fall, daß er in der Nacht gebraucht würde.) Da erst war der Tag unwiderruflich zu Ende, mit dem Umdrehen des Schlüssels im Schloß. Sie stand hinter den Fenstergardinen und lauschte seinen starken Schritten, die sich entfernten. Es dünkte

160

sie, als ginge er unerreichbar weit fort. Ein anderes Haus ist eine andere Welt. Zugeschlossenes Tor, Schritte, die sich in der Nacht verloren, nun hieß es sich gedulden, vierzehn Stunden, sechzehn Stunden. Am Vormittag kam er zu ihr, oder sie traf ihn in der Stadt; wenn er verhindert war, rief er sie telefonisch an. Manchmal kam er nur für zehn Minuten, im Vorbeigehn, wie er sagte. Nein, es war kein Verbeigehn, es kostete ihn den weiten Weg, es kostete Zeit, auch wenn er ein Vehikel benutzte. Sie wußte, wieviel der Tag von ihm, wieviel er vom Tag verlangte. Nicht die äußeren Obliegenheiten nahmen ihn so über Gebühr in Anspruch, Praxis und praktische Berufsarbeit, die hätte er leicht bewältigen können, auf befahrener Bahn fährt sich's rasch, äußerte er oft. Aber es war das andere, die strenge Bestrebung, der harte Wille und Vorsatz zu erringen, was er »das Wirkliche« nannte. Offenbarung? Verkündetes Ziel? Selbstgewähltes Ziel? Er ließ keine hohen Worte gelten. Student. Nina hatte es richtig bezeichnet, Student. Anfänger. Da er aber den unendlich weiteren Überblick hatte, fiel es ihm unendlich mal schwerer als jedem Studenten, Plan und System in die unübersehbare Vielfalt zu bringen. Es schreckte ihn nicht. Die Aussicht auf jahrelange aufreibende Bemühung nicht, die Gefahr und Unsicherheit des Weges nicht. Neben der Arbeit im physiologischen Institut beschäftigten ihn jetzt hauptsächlich bakteriologische und serologische Untersuchungen. Er fehlte bei keiner wichtigen Sektion und wartete jedesmal mit der Spannung eines Schülers auf die Epikrise. Er verbrachte Stunden mit der Enträtselung eines schwierigen Leichenbefunds und freundete sich mit dem greisen Anatomen an, der ihm wohlwollte, der einzige fast unter all den akademischen Größen, mit denen er in Berührung kam. Er zeichnete Präparate, mikroskopierte, las Hunderte von Publikationen und fuhr überdies jede Woche einmal nach Heidelberg (schon um fünf Uhr morgens), um die Goldschmidtschen Vorlesungen über Kolloidal- und Molekularphysik zu hören, die damals Aufsehen erregten. Das aber erfuhr Marie erst nach und nach, mehr von Irlen als von ihm selbst. Er sprach ungern davon. Er beschränkte sich ihr gegenüber auf Andeutungen, die nur seine Bedrängnis verrieten. »Ich bin ein Baumeister, der sein Haus einreißt«, sagte er grimmig. Seine Unermüdlichkeit und ruhig schreitende Beharrlichkeit gemahnten sie an einen Riesen, der front, die schweigsame, sanfte, in manchen Momenten erhabene Geduld, die ihm eigen war, vervollständigte das Bild. Es ist Größe darin, sagte sie sich, was sollte sonst groß sein, wenn nicht das? Es rührte sie, es riß sie hin. Endlich begriff sie Irlens Wort vom Durchstoßen der Eisdecke ganz. Es war ein Schauspiel, das sie demütig machte. Ein wunderbarer Glaube an ihn erfaßte sie, denn sie hatte ja die Kraft verspürt, mit der er sie schützte und führte. Und daß er ihr so viel von seiner Zeit schenkte, dieser kostbaren, heißbegehrten Zeit, das war ein völlig neues Erlebnis für sie. Ein Mann, der Zeit hat, während er in die Enge getrieben ist vom Mangel daran, der immer da ist, wenn man heimlich wünscht, daß er komme, der nicht bloß »vorbeigeht«, sondern verweilt, gelassen, unbefristet, mit all seinem Sack und Pack gleichsam, verschwenderisch großmütig, fünf Minuten zur Fülle, Stunden zu ebenso vielen Minuten macht, das war herrlich, es verlieh einem das Gefühl der Erlesenheit . . .

In einer Seitengasse am Dom hatten sie eine kleine Konditorei entdeckt, dort trafen sie einander an manchen Vormittagen, dort erzählte er ihr auch zuerst von Nina und der Angst und Sorge, die er ihretwegen hatte. Ohne zu erwähnen, welche unheilvolle Rolle Marie bei der Verfinsterung ihres Gemüts schuldlos gespielt, schilderte er sie und ihr Leben, ihre Einsamkeit und Vereinsamung. »Es sind die Umstände«, sagte er mit niedergeschlagenen Augen, »ich kann ihr nicht mehr sein, was ich ihr einmal war, und sie fühlt es.« – »Ich wußte nicht, daß sie so einsam ist«, antwortete Marie. »Hat sie niemand? Keine Freundin? Niemand als Sie?« – »Niemand.« Es klang, wie wenn man von einer Last spricht, von der man endlich weiß, daß sie nicht mehr zu tragen ist. – »Und wenn ich einmal zu ihr ginge, wenn ich sie besuchen würde?« fragte Marie. »Wie würde sie es aufnehmen? Was denken Sie?« Es war unvorsichtig, sie spürte es sofort, aber nun war es heraus, Kerkhoven war auch so überrascht, daß er nicht gleich eine Erwiderung fand. »Wenn Sie das tun wollten, Marie, das wäre…«, stammelte er halb erfreut, halb erschrocken. Er vergegenwärtigte sich die Trübseligkeit seiner Behausung, die schmucklosen Zimmer mit ihrem Doktorgeruch, die scheue, wortkarge Nina, was für eine Begegnung sollte das werden… Doch nur der erste Gedanke war unbehaglich, die Folgen konnten ersprießlicher sein, als sich im Augenblick absehen ließ. Er vermied es gleichwohl, auf den Vorschlag näher einzugehen. Erst einige Zeit später kam er dazu. Marie ging wirklich zu Nina Kerkhoven, und das wurde ein Schicksalstag.

In einer der folgenden Nächte träumte Marie, sie befinde sich in der Wohnung der Berta Willig, jener Näherin, der das einzige Kind gestorben war, und die aufzusuchen Kerkhoven sie gebeten hatte. Das war vor Monaten gewesen, sie hatte mit der armen Person nur ein paar Worte gesprochen und die Sache längst vergessen. Woher nun der Traum? Die Stube im Traum hatte keine Ähnlichkeit mit der wirklichen, die die Näherin bewohnt hatte. Außer einem Kinderbett standen keinerlei Möbel darin, auch die Wände waren vollständig kahl. An einem hohen Fenster, das wie ein Kirchenfenster aussieht, lehnt feindselig-stumm Berta Willig, dann ist noch eine andere Frau zugegen, schattenhaft wirkend, von der Marie weiß, unerklärlich wieso, daß sie eine Ärztin ist. Sie trägt einen weißen Kittel, kotbespritzte Gummischuhe, die ihr viel zu groß sind, und ist angestrengt bemüht, eine Arzneiflasche zu entkorken. Marie sitzt am Bett des Kindes und zeigt ihm die Bilder in einem Bilderbuch. Es ist eigentlich Aleids Buch, sie macht sich Vorwürfe, daß sie es dem fremden Kind gebracht hat. Sie begreift es um so weniger, als das Kind zwar spricht und sich bewegt, aber im übrigen aussieht, als sei es aus Wachs. Sie faßt es an der Schulter an und bemerkt durch das Hemdchen durch, daß die Eindrücke ihrer Finger als Löcher in der Haut bleiben, genau wie wenn man Wachs anrührt. Da wendet sie sich unwillig zur Mutter und sagt: Was ist denn das, das Kind war doch schon tot, und jetzt lebt es. Die Willig nimmt von ihren Worten keine Notiz, statt ihrer antwortet die Ärztin verbissen, indem sie die Arzneiflasche schüttelt: Daran ist nichts zu staunen, alles ist jetzt umgekehrt, die Tage und die Zeiten sind in Unordnung geraten. Während sie diese dunklen Worte spricht, öffnet sich die Tür, und Maries Vater tritt eiň. Zu ihrem großen Schmerz scheint er sie nicht zu erkennen, er nickt nur und wiederholt mit einer Stimme, die nicht seine eigene ist: Ja, die Tage und die Zeiten sind in Unordnung geraten.

Obwohl ihr der Traum unmittelbar nach dem Erwachen aus dem Gedächtnis entschwand, bedrückt sie sein Gewicht den ganzen Tag hindurch. Ernst war für zwei Tage zu einem Freund nach Freiburg gefahren, zu Mittag sollte sie bei Bekannten in der Stadt essen; bevor sie fortging, sah sie wie gewöhnlich nach Aleid und wunderte sich über das Gefühl der Erleichterung, das sie empfand, als sie wahrnahm, daß das Kind ruhig spielend auf dem Fußboden saß und mit der Pflegerin plauderte. Nachmittags hatte sie häusliche Besorgungen zu machen, auch bei der Schneiderin war sie bestellt, so wurde es ziemlich spät, als sie sich endlich auf den Heimweg begab, sogar die Zeit, die sie bei Irlen zu verbringen pflegte, war versäumt. Sie wollte ein Taxi nehmen, fand aber keins, und während sie ging, wuchs eine unerklärliche Unruhe in ihr, sie beschleunigte ihre Schritte und kam atemlos an. Die Ahnung hatte sie nicht betrogen, Aleid lag fieberglühend zu Bett. Die Pflegerin meinte, es sei wohl eine Halsentzündung, sie war eben im Begriff, die Temperatur zu messen, das Ergebnis deutete auf eine ernstere Erkrankung: vierzig Grad. Marie war zumut, als seien ihre Beine aus Blei. Das Kind begann zu delirieren. Sie schickte die Pflegerin zu Irlen hinunter, ob Doktor Kerkhoven noch da sei. Unglücklicherweise hatte er den heutigen Besuch abgesagt. Sie telefonierte in seine Wohnung, Ninas Stimme antwortete, er sei in der Klinik (angenehme Stimme, dachte sie mitten in ihrer Verzweiflung), als sie die Klinik anrief, wurde gesagt, er sei eben weggegangen, die Angst schnürte ihr die Kehle ab, sie rief der Pflegerin zu, sie solle nasse Tücher vorbereiten; während sie im Telefonbuch nach der Nummer eines andern Arztes suchte, denn da war kein Zuwarten mehr möglich, stand der Traum der vergangenen Nacht von Anfang bis zu Ende lebendig vor ihr, und ihr Herz erstarrte vor Schrecken. Sie fuhr mit dem Finger über die Kolonne der Adressen, fand die eines alten Medizinalrats, den sie vor Kerkhovens Zeit konsultiert hatte, aber als sie sich zum Apparat wandte, schrillte das Läutwerk, er war es. Er wollte ihr mitteilen, daß er nicht zu Irlen kommen könne. Sie rief zehn Worte in die Muschel, die genügten, eine Viertelstunde später war er da. Kurze Untersuchung. Diphtherie. Nicht überraschend, es herrschte eine Epidemie in der Stadt. Das Serum hatte er mitgebracht, es war keine Zeit zu verlieren, die Pflegerin assistierte. Es war halb acht, er blieb noch bis acht, um die Wirkung abzuwarten. Als er ging, versprach er wiederzukommen, es könne spät werden, aber er wolle auf jeden Fall noch einmal nachsehen. Um halb zehn schickte Marie die Pflegerin schlafen: sie solle sich im Gastzimmer einrichten. Sie selbst setzte sich mit einem Buch an Aleids Bett. Natürlich blieb das Buch unaufgeschlagen auf ihren Knien liegen. Sie schaute die kleine Schläferin unverwandt an, das Kinn in die Hand gestützt. Das von den rötlichen Lockenhaaren überschattete Gesichtchen war noch immer vom Fieber gedunsen, noch immer sott das Blut in den Adern. Fieber ist auch nur ein Blühen, ein entartetes, das Leben will aus seinem Gefängnis heraus, rebellisch wie ein Vogel, der dem Bauer entwichen ist, um dann gegen die Fensterscheibe zu stoßen. Maries Blick ruhte zärtlich auf den fetten, winzigen, rätselhaft gegliederten Händchen, die sich ins Kopfkissen gekrampft hatten, als seien sie entschlossen, auf dieses greifbare Stück Welt, somit auf das Dasein überhaupt, um keinen Preis zu verzichten. Sie dachte: Herrgott, was für ein Menschlein, ein richtiges Menschlein, und man hat es geboren. Das ewige Staunen der Mütter. Als Kerkhoven kam, es war elf, machte er leise die Tür auf und trat auf Fußspitzen näher. Sie nickte ihm zu. Wie selbstverständlich, daß er da war, sie nicht allein ließ, tief in der Ordnung der Dinge. Er ließ das Gitter des kleinen Bettes herab, legte das Ohr auf die Brust des Kindes. »Es ist gut«, murmelte er, »es geht seinen richtigen Gang.« Er zog einen Stuhl herbei und setzte sich neben Marie. So saßen sie bis Mitternacht. Schweigend. Es war vollständig überflüssig, irgend etwas zu sagen. Es wäre störend, es wäre enttäuschend gewesen. Nachdem Kerkhoven das Haus verlassen hatte, blieb er in der Mitte der Straße stehen, riß den Hut vom Kopf und schaute in den bestirnten Himmel hinein. Es gibt Stunden, wo uns die Sterne zum erstenmal scheinen.

Einige Tage später war es, daß Irlen Marie und ihm die Geschichte des Äthiopiers Ngaljema erzählte. Es kam so. Als Marie gegen fünf Uhr bei ihm erschien, merkte er, wie benommen sie war. Sie wußte selber nicht, was mit ihr vorging, schon der Schreck mit Aleid hatte ihr zugesetzt, aber davon hatte sie sich bereits erholt, es war etwas anderes, manchmal war ihr zumut, als habe die Welt um sie keine rechte Realität mehr. Sie übertrieb Gesehenes, die Eindrücke verzerrten sich in ihr, so hatte sie heute beim Mittagessen zu fühlen geglaubt, Ernst verfolge sie mit vorwurfsvoll-schmerzlichen Blicken. Ein Wahn, sie war überzeugt davon, daß es ein Wahn war, aber in ihrer aufgewühlten Stimmung konnte sie seiner nicht Herr werden. Irlen wollte sie durch eine Erkundigung nicht noch mehr iritieren, er nahm es nicht allzuschwer, bei einer andern als Marie hätte er es überhaupt nicht beachtet, er wußte ja wenig von Frauen, nur als soziale Figuren und Genossinnen männlicher Schicksale erregten sie zuzeiten sein Interesse. Aber weil es eben Marie war, die er nicht für eine alltägliche Erscheinung hielt und deshalb in seinen privaten Lebenskreis hatte eintreten lassen, wollte er ihr behilflich sein, sich aus der Umfangenheit zu befreien. Sie hatte stets mit begieriger Aufmerksamkeit zugehört, wenn er von seinen afrikanischen Erlebnissen gesprochen hatte, und da er den bewundernden Blick auffing, den sie auf dem langen Dolchmesser mit dem kunstreich geschnitzten Elfenbeingriff ruhen ließ (er hatte es am Vormittag seinem kleinen Museum entnommen, um eine Beschreibung für den Katalog anzufertigen), sagte er, mit diesem Stück habe es eine eigene Bewandtnis, es stamme ursprünglich aus einem Elfenbeintempel der Aruwimi, die noch vor dreißig Jahren für Kannibalen gegolten hätten, müsse aber aus dem Heiligtum entfernt worden und in den Besitz der Häutplingsfamilie übergegangen sein, denn Ngaljema, der letzte Häuptling, habe es ihm kurz vor seinem schrecklichen Ende als eine Art Pfand übergeben.

Er war sehr ruhig an diesem Tag, das einzige, worüber er klagte, war der seit dem Morgen herrschende Föhn. Er hatte unter dem Klima viel zu leiden, Scirocco nahm ihn hart mit, Kerkhoven nannte ihn einen Wetterfühler, was ein medizinischer Terminus ist, es gibt eine besondere Krankheitsform, die man Zyklonose nennt. Er hatte seine Erzählung eben begonnen, als Kerkhoven kam. Er winkte ihm lächelnd zu und wies auf den Sessel, der neben Marie stand. Marie neigte kaum merkbar den Kopf.

»Ich lernte Ngaljema zufällig kennen, als ich mich mit mehreren meiner Gefährten im Urwald verirrt hatte«, fing er nochmals an. »Damit du im Bilde bist, Joseph, Marie hat sich für dieses Messer mit dem schöngeschnitzten Griff interessiert, und ich will ihr erzählen, wie ich in seinen Besitz gelangt bin. Also wir suchten den Weg zu einem großen Dorf im Norden des Flusses, wo sich arabische Elefantenjäger festgesetzt haben sollten. Ich hatte Nachricht, daß einer von ihnen, Scheich Mehemed Ali, der von der Westküste kam, Post für mich mitgebracht hätte. Um Briefe zu bekommen, marschiert man dort hundert Kilometer weit. Trotzdem sah ich der Begegnung mit gemischten Gefühlen entgegen. Die arabischen Jäger und Händler sind nämlich seit Jahrhunderten das große Unglück des Herzlands von Afrika. Sie haben uralte Handels- und Durchzugsprivilegien, aber darauf allein verlassen sie sich nicht. Ganze Geschlechter von ihnen sind im Urwald reich geworden; um Elfenbein zu gewinnen, scheuen sie vor keiner Tücke und Grausamkeit zurück, ihre Habgier geht über alle Begriffe.

Von Nubien bis zum Kongo herunter ersäufen sie das Land in
Blut, ich habe verbrannte Dörfer gesehen, wo die Kochherde
noch warm und die Toten noch nicht verwest waren. Richten
sie mit ihrer Übermacht und brutalen Gewalt nichts aus, so
greifen sie zu andern Mitteln, die unter Umständen noch wirk-
samer sind, noch verheerender, ich meine den Alkohol und die
Rauschgifte. Das haben sie dem christlichen Europa abgeguckt,
und wenn auch nicht, das christliche Europa hat ihnen nichts
vorzuwerfen, da es doch dreihundert Jahre lang mit schwarzem
Menschenfleisch geschachert und sich bereichert hat, Europa
und Amerika, das ihm über den Kopf gewachsen ist, sie sind
eines Geistes. Ich glaube nicht, daß sich irgendein Faktorei-
agent, der gestern noch kleiner Kommis in einer Marseiller
oder Bremer Überseehandlung war, ein Gewissen daraus
machen würde, für eine Wagenladung Gummi oder ein Dutzend Elefantenzähne einen ganzen Volksstamm abzuschlach-
ten. Europa ist der Mord, seine Religionen, seine Praktiken,
seine Zivilisation, jedes für sich, alle zusammen. Ngaljema
sagte einmal zu mir, als wir schon Blutsbrüder waren: Wie
können die weißen Männer gute Männer sein, da man nie ihre
Füße sieht und sie bis zum Hals in Gewändern stecken? Das
ist es, schon mit den Kleidern fängt für sie die Lüge an. Diesem einen Menschen hatte die Natur freilich den triftigsten
Grund gegeben, Kleider zu verachten, einen solchen Körper
kann man sich nicht vorstellen, vollendet im Wuchs, mit den
feinsten Gelenken, biegsam wie ein Pantherleib, die Haut,
lichtbraun wie Milchkaffee, hatte ein Timbre wie das Innere
von Muscheln, das Gesicht vom edelsten äthiopischen Schnitt,
wie man ihn noch selten findet, die Rasse stirbt mit Vehemenz
aus. Sie ist so auf den Tod gestimmt, daß sie keiner Krankheit
mehr widersteht, nur in unauffindbaren Gebieten können sich
ihre Reste erhalten. Ich bin sicher, die ägyptischen und griechischen Künstler müssen sie gekannt haben, es gibt antike
Skulpturen, bei denen die Verwandtschaft bis in anatomische
Einzelheiten geht. Und welcher Formensinn, schaut euch doch
diese Figürchen und Ornamente an, die Grazie der Darstellung,

ich kenne wenig Ähnliches. Aber das nur nebenbei. Es ist nicht einfach, euch begreiflich zu machen, was die Bekanntschaft mit Ngaljema für mich bedeutet hat. Er war ja nicht der erste, zu dem ich in nähere Beziehung trat, ich hatte bereits verschiedene Freundschaften geschlossen. Wenn ich mich zu einem Dorfältesten setzte und mich in stundenlange Gespräche mit ihm verlor, war mein Ruf schon begründet. Die Unterhaltung ist lapidar, Dolmetscher finden sich überall, und das Gemeinsame der zahllosen Dialekte erfaßt man rasch. Durch bloße Freundlichkeit kann man alles bei ihnen erreichen. Und wenn sie einsehen, daß man keine Zwecke verfolgt. Daß man sie selber sucht, daß sie einem Wohlgefallen einflößen. Da blicken sie zu einem auf wie Kinder. Stößt man auf Argwohn und Feindschaft, so ist nicht zu zweifeln, daß der »weiße Mann« seine Spuren hinterlassen hat. Oder der Araber, den der Burnus verhüllt und der ihnen daher noch verräterischer erscheint, noch mehr als böser Zauberer. Ich war also, was Kenntnis der Bräuche und der Menschen betrifft, nicht mehr ganz Neuling, aber durch den Umgang mit Ngaljema änderten sich meine Anschauungen insofern, als das bloß Gewußte und von außen Erfaßte zum Bild wurde. Das war ja der alleinige Sinn meines ... na, nennen wir es Abenteuer. Du hast mich neulich danach gefragt, Joseph. Heute kann ich dir antworten. Es handelte sich darum, einmal aus den sämtlichen Hüllen und Schalen herauszuschlüpfen, in die die Existenz innerhalb einer so tyrannisch-gleichmacherischen Lebensform wie die unsere uns einschnürt. Wir haben uns ja verloren. Einen großen Blickpunkt aus großer Weite zu finden, darum ging's. Als stünde man auf einem zehntausend Meter hohen Berg in vollkommen reiner Atmosphäre. Was hatte ich denn nötig als zu sehen, wie Ngaljema einen Eingeborenenpfad im Wald entlangschritt. Unsereins würde überhaupt nicht ahnen, daß da ein Weg ist, wo er mit königlicher Sicherheit wie auf einer breiten Straße geht. Ein Mensch, der mit so ergreifender Selbstverständlichkeit in jedem Augenblick des Handelns ungeteilte Kraft und ungetrübter Spiegel ist, bringt einen auch in ein wahres, ich

169

möchte sagen absolutes Verhältnis zu dem Element, in dem er sich bewegt, also zur Natur, um das allgemeinste Wort zu gebrauchen. Und so hab' ich durch ihn die afrikanische Landschaft eigentlich erst erlebt, Baum, Wasser, Fels, Gras, Sumpf und Steppe, diese überseltsame Landschaft, wo man sich auf einer gewöhnlichen Wiese mit den drei Meter hohen Halmen wie Gulliver in Brobdignag vorkommt. Er und nur er gab mir den Begriff von den Millionen kleiner Leidenschaften der Wildnis, wie Stanley so schön sagt, ich glaube, an derselben Stelle, wo er auch von der sphinxhaften Unbeweglichkeit und Ungeselligkeit dieser Landschaft spricht und den afrikanischen Sonnenschein trotz seiner Glut ein intensiveres Mondlicht nennt. Es ist wahr. Es ist unbeschreiblich, von beinahe abstoßender Feierlichkeit, die den Menschen sprachlos macht. Was ich jetzt erzähle, könnt ihr nur verstehen, wenn ihr euch das alles in Ngaljema verkörpert denkt. Die Sache war die, daß Mehemed Ali und seine Leute von einem großen Elfenbeinvorrat gehört hatten, der sich seit langer Zeit im Besitz der Aruwimi befand, es sollten hundertfünfzig Zähne sein, jeder mindestens anderthalb Meter lang, also ein enormer Wert. Tauschangebote waren schon früher gemacht worden, aber ohne Erfolg. Die größten Versprechungen blieben wirkungslos. Zuletzt hatte der Scheich zweitausend Gewehre, hundert Fässer Munition und hundert Flaschen Branntwein angeboten. Ngaljema weigerte sich und schickte die verdutzten Unterhändler jedesmal zurück. Ich gestehe, auch ich war erstaunt, als ich es erfuhr, es kommt niemals vor, daß ein Stamm solchen Verführungen nicht erliegt. Ngaljema erklärte mir aber, warum er das Elfenbein nicht ausliefern könne. Es war der Schatz des alten Tempels, vierundvierzig von den Zähnen waren die Säulen gewesen, die andern heilige Fetische. Ngaljemas Vater hatte das Tempelhaus selbst zerstört, um es den habsüchtigen Blicken der Fremden zu entziehen, und er und seine Priester hatten alles Elfenbein im Urwald vergraben, an einer Stelle, die nur Ngaljema allein bekannt war. Als sein Vater den Tod nahen fühlte, hatte er ihm mit dem heiligsten Eid des Stammes geloben müssen, den Platz nie zu verraten, ich habe Grund zu glauben, daß das Messer, das da vor uns liegt, eine Rolle dabei spielte, es ist ein uraltes Opfermesser, mit dem den Kriegsgefangenen das Herz herausgeschnitten wurde. Sie schaudern, Marie, Sie werden das Ding nicht mehr berühren wollen, trösten Sie sich, unsere Ahnen in grauer Vorzeit haben es nicht anders gemacht, der Erzvater Abraham war sogar drauf und dran, den eigenen Sohn zu schlachten. Es scheint, Ngaljema hat den Eid auf das Opfermesser leisten müssen, das ihm als sakraler Besitz zuwuchs. Symbol der Macht wie bei uns das Zepter; wenn er seinen Schwur brach, war der Untergang des Stammes besiegelt, er selbst würde in einen vogelköpfigen Zwerg verwandelt werden. Das vertraute er mir an, als wir in einer Mondnacht vor meinem Zelt saßen. Sein Vater muß übrigens ein weiser Mann gewesen sein, der die Gefahren zu ermessen wußte, von denen sein Volk bedroht war. Indem er sie eines greifbaren Reichtums beraubte, der sie in Versuchung und Unglück bringen mußte, gab er ihnen den Traum davon und errichtete nach bewährtem Rezept durch einen Mythus die Schranke der Furcht. Natürlich bestärkte ich Ngaljema in seinem Widerstand. Zu fürchten hatte er ja die Araber kaum, der Stamm war zahlreich und gut bewaffnet. Nur durch Hinterlist konnten sie zu Fall kommen, und davor warnte ich Ngaljema eindringlich. Leider umsonst. Hast du einmal Stanleys Bericht über die Auffindung Emin Paschas gelesen, Joseph? Und Sie, Marie? Auch nicht davon gehört? Eins der interessantesten Bücher der Welt. Er sitzt, ich weiß nicht wieviel hundert Meilen im Norden, nachdem er unter den undenklichsten Mühsalen den Urwald durchquert hat, und wartet auf die Nachhut, die in Jambuja zurückgeblieben ist und ihm nach einer genau bestimmten Zeit folgen sollte. Sie kommt nicht und kommt nicht. Er hat sie unter der Führung der verläßlichsten, tapfersten, ergebensten Männer zurückgelassen, es vergehen Wochen, es vergehen Monate, sie kommt nicht. Da entschließt er sich, noch einmal die sechzig Tagereisen durch den fürchterlichen Wald zu machen, und am vierzigsten oder am fünfundvierzigsten Tag, ich erinnere mich nicht mehr, stößt er auf diese Nachhut, um die er gezittert und gebangt hat, aber die Abteilung ist in vollkommen aufgelöstem Zustand, dezimiert, moralisch verkommen, der Führer beraubt. Was ist geschehen? In Jambuja, am Fluß, hatte sich der König der arabischen Händler mit seinen Leuten festgesetzt, der damals weitberühmte Tipu-Tip, ein unheimlicher Mann. Er hatte es darauf angelegt, die Nachhut aufzuhalten und mit den raffiniertesten Mitteln ihre Disziplin zu zerstören, ich glaube, er hatte gewisse Verträge mit Stanley, die ihm lästig geworden waren und ihn wünschen ließen, daß die Expedition scheiterte und ihre Teilnehmer zugrunde gingen. Durch welche Mittel er die Eingeborenen und einen Teil der Weißen in sein Lager zu locken verstand, mit was für tückischen Künsten sie dort zum Ungehorsam, zur Desorganisation, zur völligen Verlotterung gebracht wurden, ist aus der Darstellung Stanleys nicht recht ersichtlich, ich denke, er wollte seine Gefährten schonen, es war jedenfalls ein teuflisches Spiel, das dieser Tipu-Tip getrieben hat. Etwas Ähnliches unternahm Mehemed Ali, um den Elfenbeinschatz der Aruwimi zu erlangen. Ich muß gestehen, es ging mir nicht viel anders wie Stanley. Ich weiß bis heute nicht, was eigentlich vorgegangen ist. Alles geschah hinter einem Schleier. Wenn ich zurückdenke, ist es wie ein langer, schwerer Traum, aus dem nur einige Bilder deutlich hervortreten. Ein afrikanischer Traum, finster, sehr finster, gewitterschwül und von Fiebern durchzuckt. Kultische und sexuelle Einflüsse wirkten zusammen, die Aruwimi gefügig zu machen und zu zermürben; daß sie erlagen, ging wohl auf eine geschlechteralte fatalistische Überlieferung zurück. Mit einem geheimnisvollen Licht im Urwald fing es an. Die jungen Männer der Aruwimi wurden unruhig. Ängstlich klagende Stimmen weckten sie aus dem Schlaf. Sie gingen in den Wald, manche kamen nicht wieder, oder erst nach Tagen, dann waren sie stumm und müde, und wenn die Stimmen wieder lockten und das Licht wieder durch die Lianenwirrnis schimmerte, brachen sie wieder auf. Es hieß, sie hätten das brennende Gold gesehen. Die Sage vom brennenden Gold hing mit dem Verschwinden eines Sees zusammen, an dessen Stelle ein unermeßlich tiefer Brunnen sein sollte, aus dessen Grund alle siebzig Jahre eine Fontäne aus feuerflüssigem Gold schoß. An einem Abend bot sich uns ein überraschender Anblick. Wir sahen etwa zwanzig nackte Tänzerinnen, die auf einer Lichtung einen Reigen tanzten, fremde Frauen. Das geisterhafte Schauspiel dauerte nur wenige Minuten, es war wie eine Luftspiegelung, plötzlich war es wie fortgehaucht. Das geheimnisvolle Licht habe ich selbst nie gesehen, aber die Stimmen hab' ich gehört. In der Tat war es das Schauerlichste, was ich je vernommen habe, als ob die Toten aus Gräbern klagten. Das sonderbarste war, daß die wilden Tiere fortzogen und kein Vogel sich mehr blicken ließ. Das erste Zeichen der Verzauberung eines Dorfes ist immer, daß die Weiber aufhören zu arbeiten. Gegen Sonnenuntergang lagen sie vor ihren Häusern auf dem Rücken und lachten. Ihr habt sicher schon lachende Neger oder Negerinnen gesehen, es ist immer eine Explosion, die Lustigkeit von Dämonen, aber stellt euch zwei- oder dreihundert Weiber so vor, auf der Erde liegend, mit weit offenen Mündern, die schwarzen Rachen, die weißen Zähne, das endlose, sinnlose, tobende Gelächter, es war ein hysterischer Massenanfall, letzte Entfesselung; sie sagten, der böse Geist sei über sie gekommen und kitzle sie. Nagljema kam zu mir und beschwor mich, ich solle den Zauber aufheben, ich mußte aber mein Unvermögen bekennen; das erschütterte seinen Glauben an mich, ich merkte, daß er schwankend wurde. Wie um das Verhängnis voll zu machen, beteiligte sich auch die Natur an der Verhexung, es brachen um diese Zeit die periodischen Nebel jener Gegenden ein. Alles war verhüllt von schattenhaften, phantastischen Rauchgebilden, Palmen, Bananen, Zuckerrohr, die ungeheuern Laubdome, alles voll fransiger Fäden, wie man sie in Fieberdelirien sieht. Wenn ich auf einen Hügel stieg, konnt' ich nicht erkennen, was braunrote Erde, grauer Fluß oder aschfarbener Himmel war, die Landschaft hatte was Schlaftrunkenes, das Gemüt wurde schwer davon bedrückt. Rätselhaft, daß sich von den Arabern und Manjemma des

Scheichs niemals einer zeigte, auch meine Leute bekamen sie nie zu Gesicht, aber das ist ihre Taktik, es geschieht alles nach genauen psychologischen Berechnungen. Diese Orientalen, in europäischen Methoden erfahren, waren geübt in der Kunst, auf die Phantasie von Naturkindern zu wirken, aber auch meine Gefährten wurden angesteckt, auch ich. Eines Nachts weckte mich mein sudanesischer Diener, und als ich auffuhr, sah ich Ngaljema in der Öffnung des Zeltes stehn. Er näherte sich mir, er zitterte wie Espenlaub und raunte mir zu, der Scheich habe ihm Botschaft geschickt. Alle seine jungen Krieger drängten ihn, den Handel abzuschließen, sie hätten ohne sein Wissen bereits vierzig Ballen Stoffe und sieben Kisten mit Glasperlen ins Lagerhaus des Stammes getragen. Nacht für Nacht hätten sie alles herübergeschleppt, die Gewehre und das Pulver sollten erst noch geliefert werden und für ihn selbst ein wunderbares Kleid. Ich fragte ihn streng, ob er schon im Lager der Araber gewesen sei. Eine weiße Frau war im Spiel, ohne Zweifel, das macht sie ja rasend, der bloße Gedanke an eine weiße Frau. Kein europäisches Gehirn kann erfassen, wohin diese Menschen im Sinnlichen, Geschlechtlich-Sinnlichen getrieben werden können, in die unterste Hölle, in die glühendsten Himmel. Doch das führt wörtlich, ins Bodenlose. Ich sah ihn lange an, ich hob fragend die Hand. Er kniete nieder, ergriff meine Hand und legte seine Stirn darauf, zugleich schob er einen großen, sorgfältig in Palmblätter eingewickelten Gegenstand vor mich hin. Nimm es an dich, Sungi, sagte er – so nannte er mich, Sungi, das heißt der Mond –, wenn ich eidbrüchig geworden bin, soll es Sungis Eigentum bleiben, Ngaljema und sein Volk hat dann keinen Anspruch mehr darauf. Ehe ich noch etwas erwidern konnte, war er verschwunden wie ein Geist. Es waren die letzten Worte, die er zu mir sprach. Er war mir wie ein Bruder, wie ein Sohn, vom Anfang der Zeiten her. Das übrige ist rasch berichtet. Ein paar Tage später führten mich mehrere meiner Leute mit geheimnistuerischem Gehaben in den Urwald, ziemlich weit, bis zu einer Stelle, wo ein Orkan, vor Jahren schon, Hunderte gewaltiger Bäume gestürzt hatte, dort war eine Grube, vier Meter im Geviert etwa und drei Meter tief, eine leere Grube. Die Männer deuteten schweigend hinunter. Erst dacht' ich, sie wollten mir eben nur die leere Grube zeigen; daß sie vor kurzem noch das Versteck des Elfenbeinschatzes gewesen war, konnt' ich aus der frischausgehobenen Erde, den herumliegenden Schaufeln und dem zertretenen Boden erkennen, aber dann sah ich, daß unten in der Grube ein toter Mensch lag, oder nein, nicht lag, an einen Erdhaufen gelehnt war, in aufrechter Stellung fast, und höchst absonderlich, höchst widerwärtig kostümiert, nämlich mit einem alten Zylinderhut auf dem Kopf, wie ihn bei uns die Droschkenkutscher tragen, einer roten goldbordierten zerrissenen Jockeyjacke und einer nagelneuen karierten Hose. Zuerst konnt' ich das Gesicht nicht ausnehmen, es war tiefe Dämmerung im Wald, trotzdem es mitten am Tage war, aber die düstern Mienen meiner Leute veranlaßten mich, näher hinzutreten, da erkannte ich Ngaljema. Die Leute erzählten mir später, er habe sich in den europäischen Fetzen von sämtlichen Kriegern bewundern lassen, die ihm in das Araberlager gefolgt waren, der Scheich selbst habe sie ihm Stück für Stück angelegt. Warum aber hatte er sich umgebracht? Ich habe es nie erfahren. Ich habe die Aruwimi auszuforschen versucht, ich habe den Scheich darüber befragt, niemand wußte es oder wollte es mir sagen. Und daß er sich selbst getötet, ließ keinen Zweifel zu. Unter der schändlichen Jockeyjacke fand man den Schaft einer langen, dünnen, rostigen Nadel, mit der er sich das Herz durchbohrt hatte, und zwar mit geradezu wissenschaftlicher Akkuratesse.«

Der folgende Tag war ein Sonntag, Marie hatte mit Kerkhoven eine Verabredung, daß sie ihn bei schönem Wetter in eine nahe gelegene Ortschaft begleiten würde, wo er eine Krankenvisite zu machen hatte. Es war dort ein altes bischöfliches Schloß mit schönem Park, in welchem sie auf ihn warten wollte. Aber in aller Frühe rief er sie an, um ihr mitzuteilen, er könne nicht abkommen, mit Nina stehe es so, daß er einen psychiatrischen Kollegen werde zu Rate ziehen müssen. Sie habe die ganze Nacht unaufhörlich geweint, ohne jeglichen Grund, all sein Zureden und Bemühen habe nicht gefruchtet. Momentan sei sie wieder ruhig, die häusliche Arbeit lenke sie immer ab, doch wolle er sie möglichst wenig unbeaufsichtigt lassen. Auch am Nachmittag werde er sich schwerlich losmachen können und nach dem Spitalsdienst gleich nach Hause gehn. Marie fragte aufs Geratewohl, ob sie ihm jemand schicken solle, sie kenne eine junge Person, mit der sie sogar ein wenig befreundet sei, Tochter eines pensionierten Offiziers, die sich in solchen Fällen schon öfter nützlich gemacht habe und sich gern zur Verfügung stelle. Kerkhoven erwiderte, nach einer sonderbaren Pause, das sei nicht nötig, die Professorin Gaupp habe ihm gütigerweise ihre Hilfe angeboten, heute sei sie allerdings verhindert, aber von morgen an werde sie in ihren freien Stunden Nina Gesellschaft leisten. Ihm sei es freilich zweifelhaft, ob Nina noch lange im Haus werde bleiben können. Man werde ja sehen. Damit läutete er ab. Marie blieb bestürzt vor dem Apparat stehen und überlegte. Was mochte er wohl gedacht haben in jener Pause, die ihr so sonderbar erschienen war? Hatte sie bedeutet, daß er sich an ihr Anerbieten, Nina zu besuchen, erinnerte und sie jetzt nicht mahnen mochte, erstaunt, daß sie nicht mehr davon sprach? Sie wußte nicht, was sie tun sollte, ihr Schwanken setzte sie selbst in Verwunderung und verriet ihr Motive, die sie erschreckten und die entkräftet werden mußten, ein unzulässiges Spiel mit Schatten. So machte sie sich um drei Uhr ohne weiteres Grübeln auf und fuhr zur Kerkhovenschen Wohnung. Es war ihr nicht wohl zumut dabei, sie fühlte, daß es kein glücklicher Schritt war, aber sie konnte nicht anders.

Finstere steinerne Stiege. Als sie den elektrischen Knopf an der Eingangstür niederdrückte, zitterte ihre Hand. Leise, leichte Schritte, die vor dem Öffnen der Tür zögerten. Und dann stand Nina vor ihr. Sie war überrascht. Sie hatte sie sich nicht so hübsch vorgestellt. Fremdländisches Wesen, fremde Rasse, dunkle Kraft. Welch eigensinnige Stirn. Eine verschlagene Glut in den chinesisch geschlitzten Augen, die Haltung bescheiden, mehr als bescheiden, zugleich ein beängstigender Trotz darin wie bei einem verstockten Kind, das zu Unrecht gezüchtigt worden ist und sich eher die Zunge abbeißt als sich beklagt oder beschwert. Die roten Korallenohrringe ... ein bißchen neger- haft ... kleine Füße, grobe Hände, deren Finger von Nadel- stichen verunschönt waren ... das alles nahm Marie mit einem einzigen Blick wahr, als seien ihre Sinne unnatürlich geschärft, über die sonstigen Fähigkeiten hinaus. Und mit demselben Blick spürte sie die unerbittliche, unversöhnliche Feindin. Sie erschrak vor dieser Erkenntnis. Ja, diese Frau würde ruhig lächelnd zuschauen, wenn man sie, Marie Bergmann, vor ihren Augen zerfleischte, mit keiner Wimper würde sie zucken. Ich hätte vielleicht doch nicht kommen sollen, ging es ihr durch den Kopf. »Ich bin Marie Bergmann«, sagte sie mit etwas affektierter Artigkeit. Ninas dunkle Brauen hoben sich. »O! si ... si ... trete' Sie ein, signorina, prego, prego ...«, rief sie in singendem Tonfall, trat mit ungeschicktem Knicks zur Seite und wies mit dem Arm auf die offene Tür des Wohn- und Eßzimmers. Marie schaute sich zaghaft um. Dumpfe Engigkeit, banale Möbel, billige Teppiche, armselige Kunstdrucke an den Wänden. Sie hatte sagen gehört, um einen Menschen ganz zu kennen, müsse man seine Behausung kennen, aber es gab wohl Personen, die sich dieser Regel nicht fügten, heimatlose, die anderswo hausen, als wo sie ihr Geschick hinverdammt hat, zu schlafen und zu essen, sonst hätte man um Joseph Kerkhoven weinen müssen. Indem sie diesem Gedanken nachhing, verzieh sie sich ihn nicht und haßte das luxuriöse Behagen, in welchem sich ihr eigenes Leben abspielte. Ihr Blick fiel auf ein Gebetbuch, das auf dem Tisch lag, auf dem schwarzen Deckel ein Ring, ohne Zweifel Ninas Ehering, warum mochte sie ihn abgestreift haben, es war alles so seltsam, und die schwermütige Stille in den Zimmern ... Befangen nahm sie auf dem Stuhl Platz, den ihr Nina anbot. »Il dottore non è a casa«, plapperte sie dabei, »nicht zu 'ause ... is wegg ... avanti ... grossse Ehre für mich, signorina, oh ich weiß ... signorina Bergmann ... grossse Freundin von Giu-

seppe.« Sie lachte. Marie rieselte es bei dem blechernen Lachen
kalt über den Rücken. Was soll ich ihr denn um Gottes willen
antworten, dachte sie, wie etwas halbwegs Vernünftiges sagen...
»Wolle' Sie warten?« fuhr Nina schmeichlerisch fort, mit der
Hand die Tischdecke umklammernd, in der devoten Verneigung einer Kellnerin, die eine Bestellung entgegennimmt.
»Muß bald surück sein, Giuseppe ... subito ... hat mir gesakt,
kommt um vier ... alle quattro ... sicuro.« – »Nein ... ich ...
Sie sind im Irrtum, Frau Doktor«, stotterte Marie (noch nie in
ihrem Leben hatte sie sich so verlegen, so vollkommen ratlos
gefühlt), »ich komme ja zu Ihnen. Ich wollte Sie endlich kennenlernen. Doktor Kerkhoven hat uns so viel von Ihnen erzählt ...
er sagte, Sie gingen nie zu Leuten, auch zu seinen besten Freunden nicht, da dacht' ich mir ...« – Nina hob die gefalteten
Hände an die Lippen. »Per Dio .. hat Giuseppe so gesakt?«
rief sie in unverständlicher verwunderter Entzücktheit, »il
ladro! Ja, is wahr, è vero,« fügte sie mit beschwörend ausge-
strecktem Zeigefinger hinzu, »ich gehe nirgends wohin. Nix. Ist
so. Wirklich. Bin, wie heißt man ... Ofensitzerin.« Wieder das
blecherne Gelächter. Marie versuchte ein Lächeln. »Hoffentlich
sind Sie mir nicht böse«, sagte sie, immerfort mit der beschämenden Empfindung der Sinn- und Zwecklosigkeit all dieses
leeren Geschwätzes, »Doktor Kerkhoven hat mir zugeredet,
ich hätte mich sonst nicht getraut, Sie zu stören ...«, aus lauter
Verzweiflung log sie und spielte ein bißchen die scheue junge
Frau, die sich gegen die ältere was herausgenommen hat. Nina
schlug mit lautem Krach die Hände zusammen. »Ma perchè?«
versetzte sie mit erschrockenem Bedauern, »ist wahr'aftig
grossse Ehre für mich, carissima signorina. Tanto piacere.
Grossse Freude. Wolle' Sie was zu sich nehmen? Kaffee?
Cioccolata? Nein? Peccato. Macht nix. Is in zehn Minuten
fertig. Nein? Mi dispiace molto.« Sie starrte Marie mit ver-
schlingender Neugier an. Der Körper war dabei nach vorn gebeugt. Das Gesicht hatte, seit Marie ins Zimmer getreten war,
den nämlichen Ausdruck grundlos aufgeregter Heiterkeit bei-
behalten. Plötzlich stürzte sie auf die Knie, umschlang Maries

Beine, küßte die Schuhe, den Rocksaum der zutiefst Entsetzten, und unter herzbrechendem Schluchzen murmelte sie erstickt: »O bellissima ... così giovane ... così gentile ...« Mit überströmten Augen emporschauend, wühlte sie die Finger beider Hände in die Haare. Marie erhob sich zitternd. »Bitte, bitte bitte«, hauchte sie und streckte die Arme vor. Dann, von Mitleid ergriffen: »Stehn Sie doch auf, Liebe, stehn Sie, bitte, doch auf ... ich weiß ja nicht ... was tun Sie denn ...« Im Nu hatten sich Ninas Züge verändert. Mit unheimlichem Interesse musterte sie auf einmal Maries weiße Glacéhandschuhe. »Fein«, sagte sie bewundernd, »come una principessa. Elegante, molto elegante.« Sie sprang empor, es war die Bewegung einer Wildkatze, huschte ans Büfett, riß eine Schublade auf und brachte einen Revolver zum Vorschein, der ganz hinten zwischen Servietten und Tischdecken versteckt gewesen war. Ein alter Trommelrevolver, den Kerkhoven vor vielen Jahren gekauft hatte, er war Nina samt einer Schachtel Patronen in die Hände gefallen, als sie einige Wochen zuvor in einer aus der Heidelberger Zeit stammenden Kiste gekramt hatte. Sie verstand mit Waffen umzugehen, aus ihren Verschwörer- und Irredenta-Tagen her, so hatte sie den Revolver gereinigt, geladen und heimlich aufbewahrt, ohne sich etwas dabei zu denken. Mit der den Verstörten eigenen Kurzschluß-Assoziation war jetzt die Erinnerung aufgeflammt. Sie näherte sich von der andern Seite her dem Tisch und wog die Waffe bedächtig in der Hand, dabei trat das geronnene Lächeln auf ihre Lippen, unerwartet für Marie, sie kannte es nicht, überhaupt keine solche Art von Lächeln, es schnitt ihr in die Seele. Die Situation hatte trotz der Bedrohlichkeit und Sonderbarkeit für ihren Wirklichkeitssinn etwas so Theatralisches, daß sie vor lauter Erstaunen die augenscheinliche Gefahr zunächst übersah. Nina hantierte an der Sicherung herum, warf den Kopf hoch und sagte mit einem herausfordernden Gurren in der Kehle: »Wenn ich Ihnen jetzt schieße, signorina Maria, sind Sie tot ... piff, paff, mausetott. Soll ich?« Grausig neckend erhob sie den Arm mit dem Revolver und zielte.

179

Marie rührte sich nicht. Ihre Gedanken waren der Reihe nach folgende: Kerkhoven kann jeden Augenblick kommen, dann kann alles noch gut ablaufen; er scheint doch nicht zu wissen, daß die arme Person den Verstand total verloren hat; geschieht das Verrückte wirklich, und sie trifft mich, so ist es jedenfalls für ihn furchtbar, was wird er tun? Es kann auch sein, daß ich dabei umkomme, so was geschieht manchmal, man liest es dann in der Zeitung, ob er um mich trauern wird? Das ist die Frage, ich weiß nicht, was ich ihm bin; eigentlich hab' ich bisher nicht viel von meinem Leben gehabt, jetzt vielleicht wäre es schön geworden; die ganzen letzten Tage war ich so aufgeregt, ich muß geahnt haben, daß mir was Schlimmes bevorsteht; ich habe aber nicht die Spur von Angst, ich möchte nur nicht, daß er Kummer durch mich hat, das Schicksal ist ohnehin nicht freundlich gegen ihn; wenn sie losdrückt und die Kugel fährt mir ins Herz oder ins Gehirn, ist es ein dummer und gemeiner Tod. Dann sah sie wunderlicherweise das Gasthofzimmer vor sich, in dem sie krank gelegen, als sie Kerkhoven zu sich gerufen hatte: die zwei häßlichen Betten, die Plüschdecke auf dem Tisch, den halbblinden Toilettenspiegel, der sich in einem Scharnier drehen ließ, die Glühbirne an einer Schnur, an der drei tote Fliegen hingen, den Schrank, dessen Tür entsetzlich knarrte, wenn man sie öffnen wollte . . . Während ihr alles dies im Lauf von fünf oder sechs Sekunden durch den Kopf ging, hörte sie sich Nina etwas zurufen, ungefähr: Lassen Sie das doch, Frau Doktor, damit scherzt man doch nicht, und Nina ihrerseits rief ein paar italienische Worte zurück, die sie nicht verstand und die nur wie durch Wolle zu ihr drangen. Überhaupt war alles, was sich bis zu Kerkhovens Eintritt und auch eine Viertelstunde länger noch zutrug, wie hinter eine Wand geschoben, deswegen hatte sie auch sein Kommen überhört, er stand unvermutet unter der Tür, dann mit einem Sprung neben seiner Frau, die mit durchdringendem Schrei, ähnlich wie ein Pfau schreit, aus dem Zimmer in das nebenan gelegene Schlafzimmer rannte. Er trat zu Marie, packte sie an beiden Armen, stammelte zwei, drei Fragen, eilte zur Tür, hinter der

Nina verschwunden war, kehrte plötzlich wieder um und bat
Marie mit einem flehenden, zugleich aber befremdlich finstern
Blick, sie solle warten, er habe mit ihr zu reden. Dann stürzte er
hinaus. Sie hatte, unbegreiflich warum, den Eindruck, er sei
erzürnt über sie; dies dünkte ihr kaum erträglich, im übrigen
verspürte sie eine namenlose Schwäche, in der das Verlangen
war, aufgehoben und fortgetragen zu werden. Sie saß in einer
Ecke des schwarzen Ledersofas und zählte die weißen Knöpfe am
Holzrahmen, sie kam bis neununddreißig, dann begann ihr vor
der Unzahl zu schwindeln. Wie aus weiter Ferne hörte sie
Kerkhovens Stimme am Telefon, bald darauf das vorsichtige
Gewisper einer Frauenstimme an der Eingangstüre und die
kurzen Antworten oder Unterweisungen, die er gab. Sie dachte:
Das ist alles unwahrscheinlich, es paßt gar nicht zu mir, es ist
gar nicht mein Genre von Erlebnissen ... Sie mochte recht
haben, aber das Schicksal hat zuweilen seine Launen und schert
sich nicht darum, daß wir seine Knalleffekte stillos finden.

Es dauerte ziemlich lang, bis Kerkhoven wiederkam. Er hatte
verschiedene Anordnungen getroffen, über die er mit ein paar
Worten hinwegging. Es handelte sich um Ninas Überführung
in die Beobachtungsstation der psychiatrischen Klinik. Um
sieben erwartete er den Kollegen, der die Entscheidung treffen
sollte. Sie schlief jetzt. Er hatte ihr eine Morphium-Einspritzung
gemacht, da die Aufregung sich noch gesteigert hatte. Er könne
leider nicht bis zum Abend bei ihr bleiben, fügte er hinzu und
sah hastig auf die Uhr, um halb sechs müsse er bei einem Schwer-
kranken in der Zeller Straße sein, eine unaufschiebliche Visite,
er habe deshalb Frau Rentamtmann Günther im ersten Stock
gebeten, Nina zu überwachen, bis er zurück sei. Er sprach zu-
sammenhanglos, sein Gesicht war zerwühlt wie nach einer
durchwachten Nacht. »Ja, ich muß mit Ihnen reden, Marie«,
sagte er und drückte Zeige- und Mittelfinger gegen die Augenlider, »aber wo? Im Ordinationszimmer? Ich möchte das
nicht ... Hier? Nicht wünschenswert, gerade hier. Aber wir

haben keine andern Räume.« – »Ich weiß nicht«, sagte Marie mechanisch. – »Man lebt wie ein Schuster«, grollte er und ging ungeduldig vor dem Sofa auf und ab. Er sah Ninas Ehering auf dem Tisch liegen, nahm ihn, zuckte die Achseln und steckte ihn in die Westentasche. – »Sprechen Sie doch«, flüsterte Marie abgespannt, »es ist ja einerlei wo.« Dann, mit einem leichten Schauer und einem Blick gegen die Schlafzimmertür: »Oder... ich weiß ja nicht ...« – »Nein«, machte Kerkhoven mit beschwichtigender Geste, »das ... ist ausgeschlossen. Sie schläft fest. Frau Günther sitzt schon an ihrem Bett. Sie würde mich rufen.« – »Gewiß«, stimmte Marie in derselben mechanischen Weise zu, »aber ich weiß ja nicht, was Sie mir sagen wollen.« Er ging zur Tür des Schlafzimmers und zog den roten Vorhang vor, der in den Ringen einer Messingstange lief. Darauf setzte er sich Marie gegenüber und schaute abermals auf die Uhr. »Ich habe knapp eine halbe Stunde«, sagte er, »kann die Leute unmöglich im Stich lassen. Das beste wäre, Sie würden mich begleiten, Marie, Sie hatten mir's ja ohnehin für den Vormittag versprochen, ich nehme ein Auto und bringe Sie von dort aus heim.« Er unterbrach sich mit der Bemerkung, sie sehe erschöpft aus. Sie bat ihn um ein Glas Wasser. Um seine Besorgnis zu zerstreuen, lächelte sie, als er es brachte. Von seinen Gedanken gequält, schaute er auf die Spitze ihres kleinen Schuhes und wunderte sich, daß darin ein menschlicher Fuß Platz hatte. »Ich will Ihnen sagen«, begann er überstürzt, mit gedämpfter Stimme, »daß das, was hier geschehen ist, nicht gewesen sein darf. Sie müssen es aus Ihrem Gedächtnis streichen. Das heißt, wenn Sie im geringsten was von mir halten. Man kann das. Man kann so vergessen, daß von einer Tatsache weniger übrigbleibt als von einem Traum. In manchen Märchen gibt es ein Kraut, wenn man es zu sich nimmt, vergißt man. Böses und Gutes. Hier handelt es sich um Böses. Leider. Sie müssen es vergessen. Sie müssen nur wollen, und es ist nicht mehr da. Sie haben einfach geträumt.« – »Warum liegt Ihnen daran?« fragte Marie, erregt flüsternd. – »Ich kann es schwer erklären«, erwiderte er, ebenfalls flüsternd und nicht minder erregt. »Vielleicht ist es ein Aberglaube. Es kommt mir vor, als wenn ich in Ihren Augen gezeichnet wäre. Nein, antworten Sie nichts. Es wird da etwas zur Wahrheit ... wie lautet das Wort? Das Gesetz, nach dem du angetreten ... Sie müssen wissen, meine Mutter ... sie war wahnsinnig ... sie ist im Irrenhaus gestorben ... ich habe Irlen davon erzählt ... ich war ihr Abgott, ihr Idol ... genauso. Wiederholung. Ich hab' mir's immer verschwiegen ... Eines Tages ist sie auf den Klassenvorstand mit dem Messer losgegangen, weil er mir eine schlechte Note gegeben hatte, ein andermal hat sie die Küchenmagd beinah erdrosselt, weil sie zu zärtlich mit mir war, als ich mich in den Finger geschnitten hatte. In meinem Leben, scheint es, wiederholen sich gewisse Dinge ... Ich bin dann das Opfer analoger Konstellationen. Es geht so weit, daß der Herzpuls damit zusammenhängt, die Kurve von Gelingen und Fehlschlag, ich könnt' es auf dem Papier zeichnen. Was ich möchte, Marie ... was ich mehr als alles wünsche ... es läßt sich höchst einfach formulieren: unsere Beziehung darf um keinen Preis der Welt mit einem Stigma behaftet sein. Sie ist ja quasi noch ohne Haut, diese ... diese Freundschaft. Die leiseste Verletzung, und sie verblutet. Davor habe ich Angst, Marie. Dazu kommt noch eins. Ihre Phantasie. Ich weiß, was es damit auf sich hat. Sie haben nämlich keine gewöhnliche Weiberphantasie, die nur leeres Stroh drischt. Bei Ihnen nehmen die Dinge ein wahrhaftiges Leben an. Und das ist meine Hauptangst. Sie müssen mich, mich, diesen Joseph Kerkhoven, aus der Vergangenheit herausschälen und sozusagen als einen neuen Menschen nehmen, heute erschaffen, vor Ihren Augen erschaffen quasi. Sonst wird nichts. Verstehen Sie mich?« – »Ja, ich verstehe, das verstehe ich ausgezeichnet«, versicherte Marie atemlos. – »Sehen Sie, ich wußte es, Sie verstehen alles, Sie, Liebe, Liebe, Wunderbare«, fuhr er mit einem ungeschlachten Ton von Zärtlichkeit fort, der sie einfaßte, ringsum, wie eine goldene Wolke. »Es liegt ja auf der Hand. Dieses verpfuschte, zertrampelte Leben, es ist auf einmal um- und umgestülpt. Mir ahnt oft, es gibt einen inneren Wendekreis, über den muß man hinüber, um unter einen besseren Himmel zu kommen. Es hängt von der Idee ab. Wenn sich ein Mensch nicht zu der Idee durchringt, die er nach dem Plan der Schöpfung vorstellt, ist er eine Uhr ohne Zifferblatt. Er meldet keine Zeit, er weiß keine Richtung. Eines Tages hat mich der Geist angerufen: Joseph, steh auf, du bist dran. Natürlich wollte ich zuerst nicht. Ich bin von Haus aus faul und stumpfsinnig. Im Grund ist mir's am liebsten, wenn die sieben Wochentage einer um den andern vorbeimarschieren wie die Soldaten auf dem Exerzierplatz, reglementmäßig. Aber dann, wenn ich mich mal entschlossen hatte, da war auch schon das Unterste zuoberst gekehrt. Und ich weiß, daß es einen argen Weg nehmen wird, vorläufig. Ich spür's in allen Gliedern wie die Seekrankheit. Doch ich habe was, und das kann mir keiner rauben. Mag's immerhin bloß Einbildung sein. Tut nichts. Ich bin gegen alles gefeit, was mir überhaupt zustoßen kann. Die Gespenster sollen keine Gewalt drüber haben. So steht es. Die Gespenster sollen sich hüten, es anzutasten. So steht es.« Er stand auf und trat zum Fenster. Marie, tief erschrocken, sagte fast unhörbar: »Die Gespenster leben.« – Er nickte düster. – »Und man muß mit ihnen leben«, fügte sie ebenso leise hinzu, »sie sind in der Regel stärker als wir.« – Seine Beredsamkeit schien erschöpft. Er erwiderte schroff: »Das hab' ich auch geglaubt. Deshalb ist es so weit mit mir gekommen.« – »Trotzdem muß man wissen, was man gewinnt und was man verliert«, sagte Marie. – Und er: »Bah, wenn das alles ist. Ich hab' mein Sach auf nichts gestellt. Schon lang.« – Marie senkte den Kopf. Das halsbrecherische Bis-ans-Äußerste-Gehen des Gesprächs begann sie zu foltern. Das Zimmer drehte sich im Kreis. Sie erhob sich so jäh, als fehle ihr die Luft zum Atmen. Kerkhoven wandte den Kopf und sah sie mit trübem und schüchternem Blick an. Die »blassen Blumen« öffneten sich weit. Sie sagte mit bebendem Lächeln: »Was auch da wird, ich fürchte mich nicht, Joseph.« – Aus seinem Gesicht wich alles Blut. Zwei Worte entrangen sich ihm: »Mein Gott.« Das war alles. Nach einer Weile sagte er in kühl hinwischendem Ton: »Es ist Zeit. Wir müssen gehn.«

Von der Fahrt im Mietsauto, bei strömendem Regen, hinaus an die Grenze der westlichen Vorstadt, wäre manches zu sagen und ist am Ende nichts zu sagen. Denn während ihrer ganzen Dauer geschah nichts und wurde nichts Erhebliches gesprochen, weder auf dem Hinweg noch auf dem Rückweg zum Bergmannschen Haus, an das entgegengesetzte Ende der Stadt. Sie saßen nahezu stumm nebeneinander, die ganze Zeit. Jedoch muß sie für beide von einschneidender Bedeutung gewesen sein. Es liegt ein Brief Kerkhovens an Marie aus dem Jahre 1916 vor, in einem Feldlazarett an der polnisch-russischen Grenze geschrieben, worin er sich ausführlich und wie über ein lebenswichtiges Ereignis darüber äußert. Was um so schwerer wiegt, als er zu dieser Zeit nicht bloß den aufreibendsten militärischen Dienst versah, sondern infolge seines Rufes, der sich überall, wohin er kam, schnell verbreitete, auch von der Zivilbevölkerung, Bauern, Juden, Kleinstädtern, bis zum völligen Schlafraub beansprucht wurde. Es heißt in dem Schreiben unter anderm: »Wie man sich an etwas erinnert, was sich vom Himmel als Geschenk kaum hat erhoffen lassen, habe ich heute mitten im Stöhnen und Schreien der Verwundeten, Verstümmelten und Fiebernden an jenen Mainachmittag zurückgedacht, zweieinhalb Jahre ist es her, an dem wir in die Zeller Straße hinausfuhren. Weißt du noch? Von der ersten Minute an hast du ununterbrochen am ganzen Leib gezittert, Schauer auf Schauer überlief dich, und ich entsinne mich noch genau, trotzdem der Regenguß die Scheiben wie mit grauen Vorhängen bedeckte, an welchem Punkt der Fahrt die Bewegung auch mich ergriff, als wär' ich angesteckt, und so heftig, daß ich die Ellbogen in die Seiten drückte und die Zähne, damit sie nicht klappern sollten, fest aufeinanderbiß. Ich spürte zum erstenmal deine elektrische Natur, lach mich nicht aus, später hast du mir ja selbst oft gezeigt, wie aus deiner Seidenwäsche die Funken knisterten, wenn du sie auszogst, und an manchen Tagen war es auch so, wenn ich mit der Hand über deine Haare strich, sie knisterten auch. Aber das war es nicht allein. Die unbegreifliche physische Erschütterung, von der ich dich hingenommen sah, zauberten mir eine Vision deines Körpers vor, als gehörtest du mir schon, sie machte dich so hüllenlos, völlig nackt warst du mir da, und ich empfand das geisterhafte Mitleid, das in jedem Mann, der nicht bloß Tier ist, die Erstlingsflamme dämpft und das so nah an die Angst und an den Tod grenzt. Mir war, wenn ich dich anrührte, müßt' ich augenblicklich sterben. Ich fragte dich, ob ich dir meinen Mantel umtun sollte, denn du schienst mir zu leicht gekleidet, du schütteltest aber nur den Kopf. Ich streichelte deinen Arm, immerfort, das beruhigte dich ein wenig, du legtest den Kopf in die Ecke des Wagens und schlossest die Augen. Dann war ich bei dem alten Mann, der schon in der Agonie lag, ich konnte nicht mehr helfen, nur den letzten Kampf erleichtern, aber ich sprach und handelte wie mein eigener Schatten. Daß ich dich draußen wieder finden würde, machte alles andere unwirklich, und die halbe Stunde, die du noch bei mir bleiben würdest, erschien mir wie ein Leben für sich, der elende Ratterkasten von Auto eine Welt für sich . . .«

Siebentes Kapitel

Am vierzehnten Mai, abends, brachte Kerkhoven seine Frau in die Kreisirrenanstalt. Er hatte ein langes Gespräch mit dem Direktor und ein zweites mit dem Abteilungsarzt. Sie bekam auf dem Zahlstock einen besonderen Raum, zweifenstrig, mit Ausblick auf den Garten. Als er in das Zimmer trat, um Abschied von ihr zu nehmen, saß sie am Tisch und zeichnete mit der Fingerspitze imaginäre Linien auf die Holzplatte. Sie schaute nicht empor. Er ergriff sanft ihre beiden Hände und legte sie auf seine Brust. Sie ließ den Kopf nachfolgen, mit einer Bewegung, als knicke der Hals. Er streichelte ihre Haare. »Nina«, sagte er. Sie lächelte scheu zu ihm auf. Die Fenster standen offen, Akaziengeruch wehte herein, die eisernen Gitter sahen aus wie parallele schwarze Striche, die über den schwarzblauen Himmel gezogen waren. »Vuoi portarmi fiori, Giuseppe, domani, vuoi?« murmelte sie. Er sagte, er habe veranlaßt, daß man ihr jeden Tag frische Blumen ins Zimmer stelle. Sie umklammerte ihn und schluchzte fassungslos. Sie hatte es noch nicht begriffen, das alles. Es war ein Dämmerzustand, in dem sie die Dinge erlebte. Der Arzt erschien unter der Tür und nickte Kerkhoven bedeutsam zu. Er riß sich los. Im Korridor hörte er sie noch weinen. Ihr bettelndes »Mi vuoi portarmi fiori« verfolgte ihn noch lange. Nina, Nina . . .

Aber Ninas Bild wurde bald blasser als der Schatten an der Wand. Dazu bedurfte es nicht vieler Wochen oder Tage, die bloße Rückkehr in die Stadt genügte, das Bewußtsein, daß es in einer bestimmten Straße, in einem bestimmten Haus eine Frau gab, deren Atem und Herzschlag wie seine eigenen waren und mit der er verbunden war wie noch mit keinem Wesen auf der Welt. Das aber hatte nichts mit klarer und der Wirklichkeit abgerungener Erkenntnis zu tun, es war eine sehr dunkle, beinahe mystische Empfindung, gegen die sich ein unfaßliches Etwas in seinem Innern zur Wehr setzte. Warum? Welche Feigheit oder Unentschlossenheit war die Ursache? Es war elf Uhr nachts, als er in seine verödete Wohnung zurückkehrte. Und von elf Uhr bis drei Uhr morgens schritt er unablässig wie ein Militärposten durch die offenen Türen von Zimmer zu Zimmer, vom finstern Schlafzimmer durch das beleuchtete Wohnzimmer ins finstre Wartezimmer und finstre Sprechzimmer und wieder zurück, unablässig. Erst als der Himmel im Osten rot wurde, ging er zu Bett und versuchte zu schlafen. Aber schon um fünf Uhr wurde er zu einem erkrankten Kind geholt.

Ihr habt natürlich einen Liebenden zu sehen erwartet, den das Glück erwiderter Liebe freudig emporträgt. Rückhaltlos hat sich ihm Marie gegeben, ohne Einschränkung, ohne Bedingnisse, mit der hochherzigen Freiheit einer Frau, der Schenken eine Lust ist, Sichselberschenken, wenn sie liebt, eine Selbstverständlichkeit. Sich aufheben, sich verheißen, sich kostbar machen, das kennt sie gar nicht, davon weiß sie nichts, sie ist von allen Künsten so weit entfernt wie von bürgerlichen Ängsten, und wenn man ihr von Strategie der Leidenschaft spräche oder den Gefahren der Sorglosigkeit, wäre sie erstaunt und verletzt. Ihre Seele ist darin so offen wie der Himmel und so einfach wie ein Quell. Der Untergrund ihres Wesens und die Atmosphäre ihres Lebens ist Zärtlichkeit, und aus der Zärtlichkeit wird das Lächeln geboren, mit dem sie ihren Körper der Liebe überläßt. Nicht viel anders, als wenn ein Vogel seine Schwingen ausbreitet, um sich der Luft anzuvertrauen. Wird er sich vorher besorgt nach der Temperatur erkundigen und was morgen für Wetter sein wird und was die übrigen Nestbewohner davon denken werden?

Das ist es ja, was Kerkhoven so bestürzt macht. Sein Tun ist von Verantwortung belastet, seine Gedanken, seine Entschlüsse, seine Gefühle. Es ist eine wahre Düsternis, moralische Kettenhaft, Abhängigkeit von dem Richtertum des nie schlummernden Gewissens. Böses Gewissen in Permanenz. Aber damit, will uns scheinen, ist noch wenig gesagt; oberflächliche Andeutung eines Zustandes, dessen Entwicklung bis in die Knabenjahre zurückreicht. Wenn er als Kind von der Liebe zwischen Mann und Weib gelesen hat, ist ihm dies etwas Heiliges gewesen, umhüllt von Romantik und Geheimnis und nur auserlesenen Geschöpfen beschieden. Im Maß wie die Sehnsucht erdgebundener wurde, der reine Traum von sinnlichen Wünschen umflort, verwandelte sich das Geheimnis in die Heimlichkeit und das Heilige in die Lockung des Teufels. Daran hatte die Epoche ihren Anteil, das Leben in der Provinz, die Dürftigkeit der Lebenslage, die geistige Verdorrung und die verlogenen Konventionen der Bürgerwelt am Ende des Jahrhunderts. Ein Erlebnis wie das mit dem Epileptiker Domanek wäre sonst nicht möglich gewesen. Der Einfluß davon war verhängnisvoller, als er es Irlen gestanden, vielleicht weil er nicht einmal die ganze Tragweite ermessen konnte, so umfassend kann sich ein Mensch gar nicht sehen. Und er hatte vieles verschwiegen, was zu bekennen den Mut jedes Mannes übersteigt. Wozu auch, es geht gegen die Scham, die das Rückgrat des Selbstbewußtseins ist.

Zwischen seinem fünfzehnten und einundzwanzigsten Jahr hat es Zeiten gegeben, wo er in Qualen durch die abendlichen Gassen gewandert ist, um vor jedem beleuchteten Fenster stehenzubleiben und mit brennenden Augen das Spiel der Schatten auf den Vorhängen zu betrachten. Seine Phantasie gaukelte ihm das Ungeheure vor, das Verschwiegene, das Heimliche, das Sündhafte. Es gab ein Fenster in der elterlichen Wohnung, von wo er mit Hilfe eines der Mutter entwendeten Opernglases und von der Nacht beschützt stundenlang in die gegenüberliegende Wohnung eines Ehepaares zu schauen pflegte, von einer schmerzlichen, unreinen Neugier besessen, jede Miene, jede Regung, jeden Blick der beiden Menschen beobachtend, in herzklopfender Erwartung des Heimlichen, des Sündhaften, an dem auch seine Augen zu Sündern werden mußten, wenn es sich ereignete. Alles so nah, daß man hätte hinüberrufen können, und doch eine ferne Welt, wie ein Vorgang auf dem Mond, fremde, banale Leute, aber verzaubert durch eine sinnliche Vision in einem mönchischen Gehirn. Er verabscheute Laster und Ausschweifungen, aber er kannte ihre Stätten, und sie zogen ihn unwiderstehlich an. Eine Frau verehren, das hieß sie meiden; von ihr träumen, das war schon viel, sie im Traum umarmen Verbrechen. Liebe war das Heilige, die Sinne erniedrigten und zerstörten es. Man kann nicht im Unwirklichen existieren, die Engel kann man nicht besitzen, der Körper ist ein Tier, also muß man dem Teufel geben, was des Teufels ist. Das ist der Mann mit der Erbsünde, dem aufgetragen ist, daß er jedes Glück zu bezahlen, das heißt zu büßen hat, der nicht wagt, an sein Herz zu glauben, der sich immer ein wenig fürchtet, zu lachen, und der vom Schicksal niemals eine Gunst und Freundlichkeit erwartet, sondern sich von vornherein zitternd vor ihm duckt wie vor dem Basilisken, dessen Blick erstarren macht und dem gegenüber man sich am richtigsten verhält, wenn man seine Aufmerksamkeit nicht auf sich lenkt.

Das war die Anlage. Leben und Erfahrung hatten sie in mannigfacher Hinsicht gemildert und die Schroffen abgeschliffen. Der ärztliche Beruf ist wie kein anderer geeignet, die Ausgleichung des Gegensätzlichen zu bewirken. Vor dem Krankenbett und vor dem Leichnam hat nichts mehr Bestand, nichts mehr Gültigkeit, kein Brauch, kein Gesetz, kein Vorurteil, keine Leidenschaft, keine Religion. Alles wird Menschenprodukt, hat sein karges menschliches Maß und seine flüchtige menschliche Dauer. Kerkhoven hat in so viele Seelenabgründe geblickt, daß der eigene für ihn an Interesse verloren hat, er ist sozusagen vom Leid und der Not der andern angefüllt worden und daher nur noch vorhanden, wie das Becken eines Sees als Abgrund vorhanden ist, das Wasser schließt ihn und macht ihn unsichtbar. Er hat so viele Formen und Arten der Liebe kennengelernt, wie es Worte gibt, um sie zu bezeichnen. Sie waren vergänglich, alle; keine war, von außen betrachtet, was sie denen zu sein schien, die sie hegten. Eine sterbliche Illusion, abhängig von Glücksgütern, von der Blutbeschaffenheit, von der Epidermis. In dunklen Stunden war man versucht, an eine pathologische Entartung gewisser Drüsen und Nerven zu glauben, die Hypothese war nur zu platt und zu mißbraucht, ihr Zynismus hatte nichts Verführerisches mehr. Die Ehe mit Nina kam dazu, sie hatte nach allerlei Schwankungen und Rückfällen zu einer Versöhnung zwischen oberer und unterer Welt geführt, Friedensschluß unter Garantie des Behagens und der geregelten Ernährung und unter Verzicht auf alles, was mit Traum und Traumwesen zu schaffen hat.

Obschon Marie dies alles nicht weiß, ist das Gefühl für ihn so tief und das Bild, das sie in ihrer Vorstellung von ihm hat, so fest umrissen, daß nichts an ihm sie zu überraschen vermag, was er auch tut oder unterläßt. Es ist wie eine Inspiration, durch die sie jede Regung in ihm kennt bis auf den Grund seiner Seele hinab. Noch nie hat sie einen Menschen so gewußt, oft ist ihr zumut, als hätte sie ein früheres Leben mit ihm gelebt, aber nicht zu Ende gelebt, die eigentliche Erfüllung sollte erst in diesem kommen. Dadurch, so dünkt ihr, war sie vorbereitet. Dadurch konnte sie ihm sein, was ihm eine Frau sein mußte.

Sie hat viel darüber nachgedacht. Als sie ihr Herz geprüft und ihren Entschluß gefaßt hatte, war diese stürmische Bereitwilligkeit über sie gekommen, Jubel beinahe, ihm zu dienen. Ihre Wünsche gingen bis an jene Grenze, wo das Herz, trunken von ihnen, sich mit übermenschlichen Kräften begabt fühlt. Aber sie war nicht die Person, die sich in einen Rausch verliert. Sie sah außerordentlich klar. Sie wußte, daß sie wie ein Auswanderer handelte, der seinen ganzen Besitz wegwirft, um im Ungewissen ein ungewisses Glück zu suchen. Keine Spur von Bedauern war in ihr. Während sie in ihrem Innern alle Entscheidungen traf, schien sie sorglos, wie im Spiel. Kerkhovens Andeutungen über die Zukunft ergötzten sie, sie tat, als ließe sie sich treiben. Vorläufig wollte sie nichts weiter sein als seine Geliebte. Mit geschlossenen Augen, ganz, ganz still. Es war ein wunderbarer Enthusiasmus in ihr, der ihn erschütterte.

Sie täuschte sich nicht darüber: erschüttern konnte sie ihn, mitreißen nicht. In den meisten menschlichen Beziehungen liegt ein Krankheitsstoff, der unter günstigen Umständen nicht zum Ausbruch der Krankheit zu führen braucht, er enthält nur die immanente Gefahr; so bildete sich an diesem Punkt der zerstörerische Keim, der viele Jahre später virulent werden und das gesamte Gefüge der Existenz auseinanderreißen sollte. Seine Dunkelheit, seine Schwere, seine Erd- und Taggebundenheit erregten ihr schmerzliches Mitleid, sie spürte, was dahinter lag, die freudlose Jugend. Er ließ es ja nicht über sich Herr werden. Es gibt Männer, die in einer großmütigen Veranlagung alles, was sie durchgelitten haben, mit Vergessenheit bedecken, sie stoßen es kraftvoll ins Ungewußte hinunter, entschlossen mit jedem Heute wie mit einem ehrenhaften Gegner zu verhandeln, von dem man sich keines feigen Hinterhalts versieht. So setzte er beständig seine mächtige Natur ein, um die kleinen Tücken und Verrätereien des Lebens zu paralysieren, gelassen und geduldig, aber niemals froh und niemals innerlich ruhig. Die Leidenschaft, mit der er Marie umfing, war eine Form von Betäubung, ein finsteres Element, vor dem sie bisweilen erschrak.

Und doch war er so zart, so rücksichtsvoll, so fürsorglich, fast wie eine Frau. Wunderlicher Widerspruch. Erst nach und nach vermochte sie ihn zu lösen. Ein Wort, das ihm entschlüpfte, eine scheue Frage, das Bruchstück eines Geständnisses halfen ihr. Ihre Sinne und ihr Verstand nahmen alles, was ihn anging, mit Begierde auf, sie konnte Stunden und Stunden damit hinbringen, über eine Eigenschaft von ihm, einen Ausspruch, einen Blick oft nur, ernstlich und gesammelt nachzudenken. Wovor bangte ihm? Wovor verkroch er sich? Immer die Gebärde, als müsse man die Türen verrammeln und die Fenster verhängen, wenn sie bei ihm weilte. Wenn er dasteht und seine Augen flüchten ins Leere, erinnert er nicht an einen ungetreuen Diener, der in den Kleidern seines Herrn auf den verstecktesten Platz im Theater geht und jeden Augenblick erkannt zu werden fürchtet? Es ist ein erstohlenes Glück, er hat es nicht verdient, er kann es nicht bezahlen. Eines Tages wird der Gläubiger erscheinen und ihm die Rechnung vorhalten, und dann? Oh, sie begreift, was es ist, ihr Herz zieht sich zusammen, sie ahnt die Schwierigkeit ihrer Aufgabe, wieviel muß sie ihm sein, um dieses Gift in seinem Blut zu löschen, darin liegt wohl auch die geheimnisvolle Bestimmung, daß sie ihn lieben muß, sie, die aus der Irlenschen Welt kommt, wo alles hell und weit ist . . .

Ihre heitere Unbefangenheit erscheint ihm oft wie Herausforderung. Sie hat keine Angst vor Entdeckung. Es fällt ihr nicht ein, Vorkehrungen zu treffen und Umwege zu wählen. Sie ist nicht blaß und atemlos, wenn sie kommt. In ihren Zügen ist keine lüsterne Spannung, kein aufgeregtes Komplicenlächeln, kein böses Gewissen, nichts, nichts, nur Freude. Sie trägt den Kopf frei, was sie tut, ist das Natürliche, das Angemessene. »Was bist du denn für eine«, fragt er beklommen, »fürchtest du dich denn gar nicht? Du bist ja ganz aus der Art . . .« Ihre Liebkosungen zaubern die nervösen Schatten von seiner Stirn weg, aber wenn sie sich voneinander trennen, hat er das Gefühl sträflicher Pflichtversäumnis und stürzt sich in die Arbeit, als stünde schon der Rächer mit der Peitsche hinter ihm. Sie leidet darunter, sie will ihn nicht so bebürdet sehen, sie möchte den

Krampf in ihm lockern, die Besessenheit von ihm nehmen, sie können alle warten, sagt sie, laß dir doch Zeit, du bist der Herr in deinem Leben; und umklammert bittend mit ihren beiden Händen seine rechte. Er schüttelt den Kopf. Nein, er hat keine Zeit. Es macht den Eindruck, als müsse er das ganze Leben mit einem einzigen Bissen hinunterschlingen. »Aber«, seufzt er, »du weißt ja nicht... dort, wo du bist, was weiß man denn dort... du hast es ja nie erfahren... du kennst nicht die Not, keine geistige, keine leibliche... du hast in einem Rosengarten gelebt... das ist es ja...« – »Was, Joseph, was«, drängte sie, »nur die hungern, können mitreden? Nur die Not gibt dem Menschen seinen Wert? Das willst du doch nicht sagen?« – »Nein. Das nicht. Ich meine, was aus uns werden soll...« Ihr stolzes, sorgloses Lächeln beschämt ihn. Aber was ihn nachhaltig bedrückt, ist der bevorstehende Kampf. Die Heimlichkeit muß ja nun enden. Sie dürfen sich nicht wie unwissende Kinder aufführen, die eines Tages bei verbotenem Spiel ertappt werden. Was die der Welt vorenthaltenen Stunden der ersten Leidenschaft entschuldigt, wird gräßlich und unredlich, sobald sich, wie es hier geschieht, oder ihnen geschehen ist, der Anspruch auf einen Lebenszustand daraus erhebt. Das ist Kerkhovens Gefühl. (Zehn Monate früher, bevor er Irlen kannte, hätte er wahrscheinlich nicht so streng geurteilt.) Es ist auch Maries Gefühl. Aber etwas in ihr widerstrebt der Preisgabe. Als solle sie eine glückliche Insel verlassen, um ernüchtert ins Menschengewühl zurückzukehren. Es gebrach ihr nicht an Mut, sich zu stellen, es tat ihr nur leid um das Schöne, das nun dem Bittern und Traurigen zu weichen hatte. Wenigstens für lange Zeit.

Kerkhoven fand, daß er sich vor allem Irlen eröffnen müsse. Er habe schon viel zu lange gezaudert. Der Mann habe ihn aufgenommen wie einen Bruder, dafür habe er ihn schmählich hintergangen, sei in sein Haus eingebrochen wie ein Dieb in der Nacht und habe seine Freundschaft mißbraucht. So stehe doch die Sache, von der andern Seite angesehen, man dürfe sich nichts vormachen. Marie schaute schweigend zu Boden. Die

»blassen Blumen« hatten einen Ausdruck melancholischen Besinnens. In der abbrechenden Geste, die sie machte, lag die Bitte: nicht so harte Worte, nicht richten, nicht klein werden . . . Sie dachte an Ernst. Sie konnte sich nicht vorstellen, wie er es aufnehmen würde, wie er es ertragen sollte. Sie sah sein Gesicht mit der reinen, schmalen Stirn, dem bis zur Schwärze erloschenen Blick hinter den Brillengläsern, die schlaff herabgesunkenen Arme mit den Händen eines alten Fürsten. Er wird ihr nicht sagen: du hast mein Leben zertrümmert, Marie, aber sie wird vom ersten Augenblick an wissen, daß es so ist. Und Aleid? Und Aleid? Sie kann nicht in ein neues Leben gehen ohne ihr Kind. Da ließe sie das alte zu keiner Stunde los. Sie muß das Kind haben. Aber wie, wenn sie kein Anrecht besitzt? Man wird ihr zu verstehen geben: Wie kannst du ihm eine gute Mutter sein, da du eine schlechte Gattin warst? Was in aller Welt sollte Ernst zum Verzicht bewegen und zur Großmut stimmen? Weder er noch die alte Dame, noch Johann Irlen würde für ein solches Verlangen etwas anderes übrig haben als ein Achselzucken. Ja, auch Irlen. Bei dem Gedanken an ihn wird ihr weh, sie legt die Wange in die flache Hand wie ein kleines Mädchen, das gescholten wird. Kann sie denn das Haus verlassen, solang er dort krank liegt, ist das denkbar? Wäre es nicht eine widrige Lieblosigkeit und Selbstsucht? Diese Erwägungen überfielen sie wie eiskalter Regen auf einer Landstraße, es war so verwirrend, so trostlos plötzlich, daß sie sich vorbeugte und mit den Händen das Gesicht bedeckte. Kerkhoven schlang die Arme um ihre Schultern. »Nicht, Marie, nicht«, beschwor er sie, küßte ihr Haar und versuchte sanft, ihre Hände von den Augen wegzuziehen. Aber sie hob von selbst den Kopf. Sie lächelte schon wieder. »Sei mir nicht böse«, sagte sie mit dem strahlenden Lächeln, »ich bin dumm. Manchmal ist man ein bißchen dumm.« Sie sah ihn mit jenem offenen Kameradenblick von gleich zu gleich an, der so charakteristisch für sie war. »Du hast recht, Lieber«, sagte sie, »ihm bist du die Wahrheit schuldig.«

Kerkhoven erinnerte sich an folgendes. An dem Abend, an dem er Nina in die Anstalt gebracht hatte, war er noch bei Irlen gewesen, Irlen wußte, woher er kam. Marie hatte es ihm mitgeteilt. Er sprach kein Wort über das Geschehene. Sein Händedruck enthielt alles, was er hätte sagen können. Er war darin der zartesten und eigentümlichsten Nuancen fähig. Im allgemeinen liebte er nicht das viele Einander-die-Hand-Reichen, namentlich nicht bei täglichem Verkehr, doch wenn sich ein besonderer Anlaß bot, wurde die bei den meisten Menschen so leere Geste ein ausdrucksvolles Zeichen, für Verschiedene verschieden. Kerkhoven entsann sich der wohltuenden Empfindung eines Halts und Anhalts, als Irlen seine Hand umfaßt hatte, den Daumen wie mit besonderer Versicherung anpressend, und drei oder vier Sekunden lang die gesenkten Augen auf ihren verschlungenen Händen hatte ruhen lassen. Das schweigsame Mitgefühl, das sich darin kundgegeben, hatte ihn beschämt, ungeachtet seines Kummers um Nina, schon an jenem Tag war ihm sein eigenes Schweigen wie Verrat erschienen. Heute, da er den Verrat einbekennen sollte, trat er den Weg zum Freund mit schwerem Herzen an.

Er stellte die gewöhnlichen Fragen, nahm die Temperatur ab, prüfte den Verlauf der Fieberkurve auf dem Zettel, der über dem Bett hing, dann setzte er sich Irlen gegenüber, und mit einem Gesicht, das im Sprechen verfiel, sagte er: »Ich habe eine private Angelegenheit vorzubringen, Irlen. Eine Sache, die mich seit einiger Zeit bedrückt. Nicht an sich bedrückt, nein. Sondern weil sie sich hinter deinem Rücken abgespielt hat. Ich habe einfach nicht den Mut aufgebracht, dich ... es handelt sich um etwas, das entscheidend für mein Leben ist ... und nicht für meines allein ... es ist ... kurz und gut: Marie Bergmann und ich, wir lieben uns und sind gesonnen, alle Konsequenzen daraus zu ziehen.« Er riß das Taschentuch heraus, wischte sich die Stirn, bog den Rumpf bis zu den Schenkeln herab und nickte ein halbes dutzendmal pagodenhaft mit dem Kopf. Da Irlen keinen Laut von sich gab und die Stille auf beunruhigende Weise andauerte, blickte er endlich wieder empor. Irlen saß in steinerner Unbeweglichkeit auf seinem Stuhl. Er schaute geradeaus gegen die Tür, die Pupillen schienen starr, das Blau der Augen schimmerte ins Grünliche. Die Unterlippe war ein wenig herabgesunken und machte wie bei einer japanischen Maske aus dem Mund einen offenen Spalt. Bestürzt sprang Kerkhoven auf und wollte sich ihm nähern. Da erhob er aber langsam den Arm. Kerkhoven blieb stehen. »Laß nur«, murmelte Irlen, »nichts . . . es geht vorbei. Nein, ich will nicht liegen. Nicht . . . nicht sprechen. Laß. Bemüh dich nicht.« Kerkhoven sah sogleich, daß hier keine Krankheitswirkung vorlag. Um so betroffener war er. Er ging zum Kamin, stützte den Arm auf den Bord und wartete. Er starrte auf das Zifferblatt der Uhr und konnte das Vorrücken des großen Zeigers verfolgen. Sie hatte ein schönes Gehäuse aus getriebenem Silber, auf dem Amoretten lagerten. Auf einmal, wie um einen Ausruf zu unterdrücken, preßte er die Hand an den Mund, in seine Augen trat eine beinahe kindliche Überraschung, aber eine von der schmerzlichsten Art. Und dieser Schmerz oder das Bedauern oder was es war galt nicht bloß Irlen, auch ihm selbst, seiner Unwissenheit und Verständnislosigkeit, als Arzt und als Mensch. Es ging ihm lange nach. Es dauerte Tage, bis er wieder einigermaßen ins Gleichgewicht kam. Was für ein Schwachkopf man ist, grollte er in sich hinein, roh, dickhäutig, ahnungslos, als hätte man zeitlebens nur mit der Heugabel zu tun gehabt; weiß nichts vom Menschen, von Tod und Teufel nichts und macht ein Riesengetue von seiner Kenntnis und Erfahrung, statt das Maul zu halten und zu lernen, miserabler Idiot, auf Knien zu rutschen und zu lernen . . .

Indessen hatte sich Irlen gefaßt. Das Gesicht hatte wieder Farbe, nur auf der Stirn lag ein eisengrauer Ton, sie sah aus wie mit einer Tinktur bestrichen. »Es ist zum Verzweifeln«, klagte er, »nachgerade kommt mir alle Fähigkeit abhanden, die gewissen kleinen Anfälligkeiten im Keim zu unterdrücken. Vor kurzem konnt' ich's noch. Jammervoll. Es scheint, es hapert mit den Reserven.« Kerkhoven gab keine Antwort. »Ich denke, du läßt mich jetzt allein, Joseph«, fuhr er mit veränderter, freundlich-bittender Stimme fort, »es ist besser so. Vielleicht auch morgen. Ich werde telefonieren lassen. Du bekommst Nachricht. Auf alle Fälle.« – »Nun, gute Nacht, Irlen«, sagte Kerkhoven. – »Gute Nacht, Joseph.« Als Kerkhoven die Tür hinter sich zugemacht hatte, sagte Irlen bitter vor sich hin: »Ngaljema zieht den roten Kittel an.«

Ungefähr zur selben Zeit saß oben Marie vor dem Flügel, in sich hineingebückt. Ihre rechte Hand ruhte auf der Klaviatur, bisweilen drückte sie mit einem Finger eine Taste nieder, a oder c, dann erschrak sie über den schwachen Ton in der Einsamkeit des Zimmers und senkte den Kopf noch tiefer. Endlich stand sie auf, ging zur Tür, die in die Bibliothek ihres Mannes führte, und lauschte. Es war ganz still drinnen, sie öffnete leise und spähte hinein. Nichts zu hören. Finster. Da wurde sie von Angst ergriffen, tastete nach einem der Schalter, ein Eckenlicht in einer Bronzekerze flammte auf, und bei dessen Schein sah sie Ernst auf der Ottomane liegen, den Kopf in Kissen gewühlt, den Rumpf so zusammengebogen, daß es aussah, als habe man einen Haufen Kleider hingeworfen. Ungewöhnlicher Anblick bei einem Mann, der sonst die Beherrschtheit selbst war, dessen korrekte Haltung eher an einen Offizier in Zivil als an einen jungen Gelehrten denken ließ. Marie stand wortlos da; die Arme über der Brust gekreuzt, wagte sie kaum zu atmen. Was sollte sie tun? Was sollte sie sprechen? Es war ja alles so unsinnig, was für Worte gab es denn, welchen Trost, der bloße Versuch, solche Verzweiflung zu mildern, deren Ursache man selber war, hatte was seltsam Eitles, sie bebte zurück davor, es machte sie auch so schuldig, und sie konnte sich nicht schuldig finden. Seine Brille lag auf dem Teppich, dies rührte sie, es war, als hätte er sich freiwillig des Zeichens seiner Würde begeben und sei dadurch doppelt hilflos und mitleidswert. Sie setzte sich zu ihm und streichelte zaghaft seinen Kopf. Sie begann zu reden. Was ihr gerade in den Sinn kam, nicht viel Verständiges, nur so eben, daß er ihre Stimme hörte und nicht glaubte, sie empfinde nicht mit ihm. Immer das nämliche: der Irrtum, in dem sie sich befunden, er und sie, als sie die Ehe geschlossen. Sie hätten einander mißverstanden und jeder sich selbst. Nur Freundschaft hätte es sein dürfen, wie es ja jetzt noch Freundschaft sei, von ihrer Seite wenigstens die innigste, und nichts wünsche sie sehnlicher, als daß er sie auch weiterhin als seine beste Freundin betrachte, die allerergebenste, allerdankbarste. Und so weiter. Er machte eine unmerklich verneinende Bewegung mit dem Kopf. Doch, Ernst, doch, beharrte sie in schwesterlichem, naiv-schmeichelndem Ton, er müsse sich nur langsam an den Gedanken gewöhnen, den andern Gedanken aber gar nicht in sich laut werden lassen, er habe ihr unsäglich viel gegeben, ihr Herz sei ganz erfüllt davon, es seien so wunderbar schöne Jahre gewesen, die sie miteinander verlebt, nie werde sie's vergessen, warum müsse es denn gerade das eine sein, diese eine besondere Liebe, die sei ihnen eben nicht beschieden, sie habe es immer schon gewußt, erst dunkel und zweifelnd, dann klar und unabänderlich. Und so weiter. Törichte Argumente im Grund. Zärtliche, humane, der Situation angemessene, aber ihr Ziel verfehlende und auch nicht ganz aufrichtige Argumente. Der Sieger ist nie ganz aufrichtig, nur weiß er es nicht, wenn er schonen will. Ernst konnte der eifrigen Trösterin das Wort entgegenwerfen, das sie für den Augenblick verstummen machte. Wie ein Stöhnen aus einer Höhle klang's: »Und das Kind?« Sie zuckte zusammen. Sie war darauf gefaßt. Oh, er mußte nicht so tun, als würden alle Kinder, die geboren werden, von liebenden Gatten in die Welt gesetzt, es war ein Schmerzensschrei, und nicht ganz ehrlich, denn auch der Schmerz hat seine Winkelzüge, aber Marie wollte nichts erwidern, der Gedanke an Aleid schnitt ihr in die Seele. Ihre brennende Erwartung (mehr als Erwartung, Gewißheit fast, weil alle göttlichen und menschlichen Rechte und die Überzeugung von der Noblesse des Mannes sie in dem Glauben befestigten), ihre Zuversicht, daß das Kind ihr gehören würde, konnte jetzt nicht erörtert werden, im ersten Aufruhr der Gefühle. Sie schwieg lang. Leidvoll starrte sie vor sich hin. Da war es nun, das Zerrüttende, das viel zu früh die Blüten abschor. Sie dachte an ein Gespräch, das sie vor ein paar Tagen mit Kerkhoven gehabt. Gleichsam, um sie auf die Probe zu stellen, hatte er wie beiläufig bemerkt, sie werde in dem Kampf schließlich erlahmen. Da kennst du mich schlecht, hatte sie geantwortet, Widerstand macht mich stärker, aber, hatte sie leiser hinzugefügt, man braucht dazu ein Gewissen, das muß so weiß wie Schnee sein. Und er: Du siehst so eigentümlich aus, hast du denn das schneeweiße Gewissen nicht? Nicht ganz, nicht ganz schneeweiß, war ihre Entgegnung gewesen, ich hätte ihm schon damals sagen müssen, wie es mit mir stand, du weißt, was ich meine, und ich habe es nie gesagt, auch nicht, als du's förmlich von mir verlangt hast, von mir erwartet hast. Warum nicht? Kannst du mir's erklären? Und er darauf: Sicher nicht, weil du zu feig dazu warst, du bist nicht feig, du hast nur nicht das Gefühl gehabt, das dich heute zwingt, du hast ihm ja nicht geraubt, was du ihm heut raubst, hätte er denn den Unterschied sehen können? Nein; er hätte es genauso schwer genommen, und dir wär' zumut gewesen wie einem Kind, wenn es für eine Notlüge ebenso hart bestraft wird wie für einen Diebstahl; es stand nicht im Verhältnis, hab' ich recht? Da war sie ihm mit einem kleinen Jubelschrei an den Hals geflogen und hatte ihn mit einer Glut geküßt wie nie vorher. Ja, es war so, wie er es gesagt hatte, der liebe große Mensch; und doch, etwas stimmte daran nicht, schneeweiß war das Gewissen doch nicht. Wiewohl sie wußte, daß sie das Unglück dieses Mannes, der da so maßlos elend vor ihr kauerte, durch ein umfassendes Geständnis nur noch vermehrt hätte, wünschte sie in einer selbstquälerischen und leidenschaftlichen Verstrickung, daß sie ihm alles gebeichtet hätte. Vielleicht, um ihm vor Augen zu führen, daß nicht nur das Glück mit einem andern, sondern auch das Grauen und der Selbstverlust an der Seite eines andern sie auseinandergerissen hatten. Aber sie unterließ es. Man kann nicht noch mit einem kleinen Hammer zuschlagen, wenn man den großen schon weggelegt hat.

199

Es war eine schwüle Nacht, Anfang Juli, die Fenster standen offen, bisweilen erscholl im Garten ein schwacher Vogelruf, fette Falter flatterten um das Licht. Weder Marie noch Ernst dachten an Schlafengehen; mit dem Vorrücken der Stunden faßte sich der junge Mensch halbwegs, er vermochte wenigstens seine Lage zu überdenken, sich darein fügen konnte er nicht, alles in ihm bäumte sich gegen die Vorstellung, daß er Marie verlieren sollte, es ließ sich nicht zu Ende denken, zwischen Verzicht und Entbehrung war schon keine Brücke mehr, Verzicht, einmalige Handlung, an der ein Schimmer von Heroischem lockte, Entbehrung, tödlicher Zustand, der das Leben vereiste. Was waren Heim, Beruf, Arbeit, was Bücher, Ideen und Pläne, wenn er Maries Schritt nicht mehr hören, ihr Lächeln nicht mehr sehen, die Berührung ihrer Hand nicht mehr fühlen durfte, wie den Tag beginnen, wenn sie nicht da war, wie den Abend ertragen. Das lag in seinen stumm-entsetzten, ohne Brille wie blind aussehenden Augen, als er den Kopf in ihren Schoß schmiegte und in dumpfes Schluchzen ausbrach. »Ach, liebster Ernst«, sagte Marie bloß, »liebster Ernst.« Als er sich satt geweint hatte, setzte er sich auf, nahm ihre Hand, strich sacht drüber hin, und ohne sie anzuschauen sagte er mit heiser gewordener Stimme, es sei ihm klar, wie unvernünftig und unmännlich er sich betrage; verrückt, daß er die Möglichkeit, sie könne von ihm gehen, nie im geringsten erwogen, nicht einmal in bösen Träumen befürchtet habe. Warum? Weil er nie an sich irre geworden sei; weil er das ihm vom Schicksal Gewährte als etwas ihm Gebührendes betrachtet habe, ein Privileg sozusagen. »Eine tolle Unbescheidenheit, und in der bin ich erzogen worden«, fuhr er selbstfeindlich fort; »das Gute kommt einem von Rechts wegen zu, am Übel ist ein Schlamperei der Vorsehung schuld, und man ist das Opfer. Kein Los ist so verdient wie das von der Hybris geschaffene. Geh nur deinen Weg, Marie, du bist zu Besserm bestimmt als zur Lebensgefährtin eines staatlich besoldeten Philosophen, der mit seiner Philosophie wie ein Narr dasteht, wenn sie ihm helfen soll zu leben.« Dann, mit fast irren Blicken: »Vielleicht dauert die ganze Herrlichkeit über-

haupt nicht mehr lang. Ich hab' ein Gefühl wie vor einem Erdbeben. Gestern abend, wie wir zusammen unten im Garten
waren . . . es regnete förmlich Sternschnuppen . . . man sehnt
sich nach Vernichtung . . . vielleicht gibt es Krieg, es hat ja
allen Anschein . . . immerhin, es wäre ein Ausweg.« Er lachte
leise, wie schadenfroh, mit gebleckten Zähnen, das blasse
Zahnfleisch sah aus wie etwas Totes im Mund. Marie verspürte
einen Schauder. Es wurde nicht still in ihm, er mußte reden,
reden. Zaghaft äußerte er, sie werde doch nicht von heut auf
morgen aus dem Haus gehen. Er will ihren Entschluß nicht
antasten, in keiner Weise, aber sie soll nichts überstürzen. Es
braucht alles Zeit, vieles muß geordnet werden, man will es
doch friedlich und anständig ordnen, ohne Hast. Er wird sie
nicht stören, ihr nicht lästig fallen; wünscht sie es, so wird er
für ein paar Wochen verreisen, es sind ja bald Ferien, vielleicht
klärt sich unterdessen manches in ihr. Marie schüttelt verwundert den Kopf. Er hat noch Hoffnung, dachte sie, er weiß noch
immer nicht, was es ist, glaubt, es geht vorüber wie eine Krankheit. Im Hinblick auf die nächste Zukunft beruhigte sie ihn.
Natürlich denke sie nicht an sofortige Veränderung, sie so wenig
wie Kerkhoven. Für ihn wie für sie bestünden Pflichten, die
jede Übereilung ausschlössen. Wie sich ihr Verhältnis zu Irlen
jetzt gestaltet habe, könne sie ihn nicht im Stich lassen, und wenn
sie einmal mit Kerkhoven auch äußerlich verbunden sei, könnten sie hier in dieser Stadt nicht mehr bleiben. Ein Ausdruck von
Erleichterung zeigte sich in seinem Gesicht. Da sie ihn so weich
und nachgiebig sah, hielt sie den Augenblick für gekommen,
die Schicksalsfrage zu stellen, und während ihr Herz wie ein
Motor klopfte, sprach sie mit einer Stimme, die sie selber nicht
vernahm, von Aleid. Er werde ihr doch das Kind nicht streitig
machen . . . darüber brauchten sie doch nicht erst zu verhandeln . . . damit stehe und falle sie ja . . . sie beide seien doch
nicht Menschen, für die das einen Anlaß zu Auseinandersetzungen geben könne. Ernst hob sinnend die Augen zu ihr. Er erkannte die schwache Stelle ihrer Position. Eine Sekunde lang
schien es, als denke er daran, den Vorteil auszunützen. Seine

201

Stirn bedeckte sich mit feiner Röte. Gleich darauf, wie erschrocken, schlug er die Augen nieder und sagte bedrückt: »Mach dir keine Sorgen, Marie. Das Kind muß bei dir bleiben. Das versteht sich von selbst.« Marie stand rasch auf, trat zum Fenster und faltete heimlich die Hände.

Sie hatte den Mächten zu früh gedankt. Wohl war Ernst gesonnen, seine Zusage zu halten, allein er hatte nicht mit dem Einspruch der Senatorin gerechnet. Die alte Dame hatte schon seit einiger Zeit Unheil gewittert. Sie hatte scharfe Augen und wußte zu beobachten, obwohl sie sich immer neugierig-ahnungslos stellte wie ein junges Mädchen, das frisch aus dem Pensionat kommt, und mit der stereotypen Leutseligkeit einer Herrscherin die Menschen ihrer Umgebung darüber täuschte, daß sie sich über jeden einzelnen eine ziemlich richtige Meinung bildete. Ihr Mißtrauen gegen Marie war nie ganz eingeschlummert, ihr Gefühl war immer gewesen: die Person hat's hinter den Ohren, ihre Artigkeit und ihr offener Blick, damit behext sie bloß die Leute. Auf Kerkhoven war sie ohnehin nicht gut zu sprechen; »es ist wahr, er gibt sich jetzt Mühe, einen guten Eindruck zu machen«, sagte sie, »aber die schlechte Kinderstube kann einer nicht loswerden, das steckt im Blut, deshalb wird er auch nie auf einen grünen Zweig kommen, und wenn er so bedeutend wäre wie Virchow.« Sie war einmal am Fenster gestanden, als die beiden das Haus verließen. Die Haltung Maries, die Kopfwendung; da war eine offensichtliche Intimität. Ein andermal war sie vom Garten in den Treppenflur getreten, als beide in leisem Gespräch die Stiege herunterkamen. Im Moment, wo sie sie bemerkten, hatten sie geschwiegen. Der Senatorin war es nicht entgangen, keine Miene, keine Gebärde. Dann waren ihr allerlei Gerüchte zugetragen worden, die Bekannten fingen an zu tuscheln, die Dienstmädchen hatten unverschämt-wissende Gesichter, wie es eben geht. Bisweilen dachte sie daran, den Enkelsohn zu warnen, aber sie traute sich nicht recht, auch war ihre Natur zu passiv dazu. Sie liebte nicht »Affären«. Sie war für den Frieden, für glatte Oberfläche, für einen reibungslosen Tag. Wenn sie morgens aus ihrem gesegneten Schlaf erwachte und sich die Schokolade ans Bett servieren ließ, mußte sie sich sagen können: Es kann mir nichts Unerfreuliches zustoßen. Wenn sie dies Bewußtsein hatte, war sie strahlender Laune; wenn es fehlte, war sie indigniert und grollte mit aller Welt. Man konnte also nicht erwarten, daß sie in eine so brenzlige Geschichte tätig eingriff, um »Gott behüte« einen »Eklat« hervorzurufen. Hätte es sich nicht um Ernst gehandelt, an dem sie mit jenem Fanatismus hing, der sich gerade bei so kalten und selbstsüchtigen alten Frauen häufig zeigt, sie hätte wahrscheinlich aus Angst vor Auftritten und Verwicklungen die für den August geplante Badereise schon jetzt angetreten. Jedoch es war ihr nicht vergönnt, sich in Sicherheit zu bringen. Die Umstände zwangen sie zur Anteilnahme, und als sie einmal begonnen hatte, sich einzumischen, stellte sie sich auch mit ihrer ganzen Energie auf die Seite des Enkels, mit der ganzen sittlichen Entrüstung ihrer Kaste, die das Universum gefährdet wähnt, wenn die einfache Bewegung des Lebens an ihre Schwelle dringt. Es hatte bei aller Lächerlichkeit etwas Großartiges.

Sie hatte Ernst ein paar Tage nicht gesehen, und da sie hörte, er sei nicht wohl, ging sie hinauf, um ihn zu besuchen. Er war allein. Seine Verstörtheit beunruhigte sie aufs höchste. Sie brauchte nicht lange zu forschen. Im Lauf von zehn Minuten wußte sie alles. Nach einer weiteren halben Stunde war sie die Herrin der Situation und hatte sich zu seiner Beraterin ernannt. Eine ihrer ersten Fragen galt dem Kind. Als sie vernahm, er wolle es der Ehebrecherin ausliefern, war sie vollkommen außer sich. Sie erklärte, das dürfe um keinen Preis geschehen, nur über ihre Leiche. Habe er Lust, in den Augen der Welt als der Schuldtragende dazustehen, oder, noch schlimmer, als verächtlicher Schwächling, der die ihm angetane Schande gutmütig einsteckt, ja noch belohnt? Solche Torheit könne nur durch eine traurige Geistesverwirrung entschuldigt werden. Sie war keineswegs aufbegehrend, bei aller Empörung blieb sie vornehm und gemessen. Ernst schwieg. Er

203

wünschte, die Großmutter hätte ihn mit alldem verschont. Er hatte nicht die Kraft, ihr zu widersprechen, er fühlte sich auch nicht fähig, irgendwelchen Maßregeln, die sie treffen würde, zu begegnen. Während er still vor sich hin schaute, trat Marie ins Zimmer. Sie kam aus der Stadt, war noch in Hut und Staubmantel. Sie war blaß und erregt: zum dritten Male hatte man sie bei Irlen unten abgewiesen. Vorgestern hatte er sagen lassen, er habe Kopfschmerzen, gestern waren zwei Herren bei ihm gewesen (später erfuhr sie, daß der eine von ihnen jener österreichische Diplomat war, an den sie geschrieben), heute war ihr ausgerichtet worden, der Herr Major sei soeben ausgefahren und habe am Vormittag seine Koffer gepackt, da er am Abend verreisen werde. Sie hatte das Mädchen ungläubig angestarrt. Reisen? Onkel Irlen will reisen? Dann hatte sie noch zur Großmutter hineingewollt, das Mädchen hatte erwidert, die Frau Senator sei oben beim Herrn Privatdozenten. Nun stand sie da, mit zitternden Knien, und wollte von ihr hören, ob es wahr sei, ob es möglich sei, ob Kerkhoven davon wisse (denn von diesem war sie seit gestern ohne Nachricht, er hatte eine schwere berufliche Unannehmlichkeit, wie er ihr mit kargen Worten am Telefon mitgeteilt hatte). Sie hatte kaum den Mund zum Fragen geöffnet, als sie schon vor dem förmlich gefrorenen Blick der Senatorin stutzte. Unwillkürlich und wie ein Automat drehte sie den Kopf und folgte der alten Dame mit den Augen, als diese in majestätischer Haltung an ihr vorbei und zur Tür schritt. »Was bedeutet das, Ernst?« hauchte sie mit einem ratlosen Lächeln. Der zuckte seufzend die Achseln.

Nun stand er auf der obersten Stufe und hielt sich keuchend am Geländer fest. Ja, da war das Schild. Er sah auf die Uhr: dreiviertel vier. Er war nicht verspätet, die Sprechstunde konnte noch nicht zu Ende sein, er mußte ihn noch treffen. Er wartete, bis sich Puls und Atem einigermaßen beruhigt hatten, trocknete das schweißnasse Gesicht mit dem Taschentuch ab, dann läutete er. Eine ältere Person öffnete, eine Zahnarztgehilfin, die ohne

Stellung war und die Kerkhoven für ein paar Stunden des Tags aufgenommen hatte. Im Wartezimmer saßen zwei alte Weiblein, die wie Armenhäuslerinnen aussahen, eine Frau aus dem Mittelstand, die einen Säugling auf dem Arm trug, dessen Stirn von einem eitrigen Ausschlag bedeckt war, und ein junger Mensch, der seine grüne Gymnasiastenmütze auf dem Kopf behalten hatte und ungezogen vor sich hin pfiff. Von Zeit zu Zeit warf er einen scheuen Blick auf den Ankömmling, und plötzlich hörte er auf zu pfeifen und nahm sogar die Hände aus den Hosentaschen.

Die Tür zum Ordinationszimmer ging auf, ein Mann, dessen beide Augen verbunden waren, wankte am Arm eines Soldaten heraus. Kerkhoven stand auf der Schwelle, blickte über die Wartenden, prallte zurück: »Irlen!« Dieser machte eine leicht ungeduldige Geste gegen die Harrenden. Kerkhoven nickte, hastig zustimmend. Zwanzig Minuten darauf waren alle abgefertigt, Irlen trat ins Sprechzimmer. »Das ist also deine Nachricht? Daß du selber kommst?« rief Kerkhoven vorwurfsvoll. Hat das sein müssen? Die steile Stiege . . . du bist hoffentlich hergefahren . . . ich habe gewartet . . . mußte annehmen, du verzichtest auf meine weiteren Dienste, doch logisch? . . . Empfehlenswert finde ich solche Exkursionen nicht . . .« Aus Nervosität redete er leer. Irlen hatte sich im Sessel vor dem Schreibtisch niedergelassen. Die eine Hand hatte er zwischen die Knöpfe seines Rocks gesteckt, die andre, auf dem Tisch liegend, zitterte so, daß der goldene Kettenring am Finger gegen den Knöchel glitt. (Denn die Finger waren in letzter Zeit erheblich abgemagert.) »Ach, Joseph, keine Strafpredigt«, sagte er mit mattem Lächeln und trocknete abermals das feuchte Gesicht; »es ist ein Versuch. Eine Probe. Muß den widersetzlichen Leichnam vorübergehend zum Gehorsam zwingen. Für die nächsten paar Tage wenigstens. Dann . . . na, über das Dann reden wir, wenn es so weit ist.« – »Ich verstehe nicht, Irlen . . .« – »Es ist wichtig, daß ich für eine Woche verreise, lieber Joseph.« – Kerkhoven sprang auf. »Wie? Verreisen? In deiner Verfassung? Dagegen protestiere ich nachdrücklich.« –

»Leider ist an dem Entschluß nichts zu ändern«, versetzte Irlen mit freundlicher Bestimmtheit; »du mußt dich damit abfinden. Welche Folgen es für mich hat, kann keine Rolle spielen. Du wirst mir ohne weiteres glauben, wenn ich sage . . . kurz, es ist eben notwendig. Übrigens werd' ich in den besten Händen sein. Zwei meiner Freunde begleiten mich. Außerdem der Diener des einen, der mal Krankenwärter war. Du bist vielleicht so gut und schreibst einige Anweisungen auf. Für alle Fälle . . . Was kann Schlimmeres passieren, als daß sie mich mit dem nächsten Expreß nach Hause schaffen. Du siehst, ich bin nicht allzu optimistisch. Aber ich habe nicht das Gefühl . . . nein . . . so was spürt man ja . . . ich denke, ich werde durchhalten. Willst du mir den Gefallen tun und . . . es ist hauptsächlich wegen unvorhergesehener Attacken . . .« – »Gewiß«, versicherte Kerkhoven, bemüht, sich zu beherrschen, »natürlich . . .« Er griff nach dem Notizblock, setzte sich an die Schmalseite des Schreibtischs und fing an zu schreiben. Ohne daß er emporschaute, sah er Irlens Gesicht vor sich. Wie ein Phantasma floß es zwischen seinen Augen und dem Papier hin und her. Hager, bleifarben die Haut, die Züge zerwühlt, fast unkenntlich gemacht von Gram und Sorge, die Augen zwei fiebrig lodernde, blaue Flammen in tiefgehöhlten Gruben, von den weißen Brauen finster überbuscht. Alles vergebens gewesen. Alle Therapie, alle Betreuung, alle Mühe, alle Kunst. Ein verlorener Mann. Er erkannte es mit vollkommener Deutlichkeit. Seine Ohnmacht kam ihm mit solcher Wut zum Bewußtsein, daß er aufstöhnte und zweimal mit dem Fuß auf den Boden stampfte. Irlen blickte verwundert auf ihn. Er lachte einfältig, gab vor, sich verschrieben zu haben, riß das Blatt ab, zerfetzte es und begann von neuem. Und dieser Mensch will reisen, dachte er und überlegte, wie er es verhindern könne. Im selben Moment aber begriff er wie durch Erleuchtung das Opfer, das Irlen brachte. Er ahnte, für welche Sache es gebracht wurde. Mit einem Schlag, von einem Atemzug zum nächsten, wurde er in innerster Seele ruhig. Kommt es denn so viel darauf an, zu leben oder nicht zu leben, ging es ihm durch

den Kopf, während er emsig schrieb, das Leben ist eine Fiktion
so gut, wie der Tod eine ist, vielleicht kommt es bloß darauf an,
was man dafür erkauft, denn etwas, das besser ist, muß es ja
geben ... Er legte die Füllfeder weg. »So. Das ist in ein paar
Sätzen das Wesentliche«, sagte er und reichte Irlen das Blatt.
»Darf ich erfahren, wohin ...?« – »Nach London«, erwiderte
Irlen. – An dem kurzen Ton merkte Kerkhoven, daß er mehr
nicht sagen wollte. »Ich hoffe nicht, daß du nur deswegen gekommen bist«, lenkte er ab und deutete auf das beschriebene
Papier, »du hättest mich doch einfach ...« – »Ich weiß«, unterbrach ihn Irlen, »selbstverständlich. Aber ich sagte dir ja ...
es schien mir ratsam, mit dem gebrechlichen Skelett da einen
Versuch zu unternehmen ... Außerdem, der Abschied neulich abend war so ... so unverbindlich, daß ich mich verpflichtet fühlte, danach den ersten Schritt zu tun. Es mag dir
beweisen (mit einer gelassenen Geste, als schiebe er etwas beiseite), daß nichts zwischen uns steht.« – »Ich konnt' es mir nicht
anders denken«, murmelte Kerkhoven. – »Und weil es so ist«,
fuhr Irlen ruhig fort, habe ich einiges vorzubringen, was in die
bewußte Angelegenheit schlägt. Du verzeihst, wenn ich meine...
nun, wie soll man's nennen, meine Bedenken äußere, dem
Freund gegenüber ... es ist Schuldigkeit, nicht wahr?« – »Aber
bitte, Irlen, ich bitte dich ... von deiner Billigung hängt ja so
viel für uns ab.« – Ein unzartes Wort, hier, wo Heikles an
Heikelstes stieß; Kerkhoven fühlte es zu spät. Irlen sagte kühl:
»Billigung; um die geht es nicht. Ich habe weder zu billigen
noch zu richten. Ich möchte dich nur an einige praktische
Schwierigkeiten erinnern. Es wird dir bekannt sein, daß Marie
gänzlich vermögenslos ist. Du weißt es? Natürlich. Du darfst
es aber nicht leicht nehmen. Marie ist an eine gewisse Largesse
gewöhnt. Vom Elternhaus her. Professor Martersteig war zwar
nicht wohlhabend, hatte aber in den letzten Jahren bedeutende
Einnahmen. Nach allem, was ich von ihr weiß, ist sie nicht die
Frau, die mit Pfennigen zu rechnen versteht. Sie hat einen
starken Willen, vermag viel über sich, aber sie muß von einem
großen Gefühl getragen werden. Fragt sich, wie lang ein großes

Gefühl vorhält. Ein solcher Mensch geht ein furchtbares Wagnis ein, wenn er den geschützten Bezirk verläßt.« – Kerkhoven blickte, ganz in seiner früheren Weise, an Irlen vorbei. Sein Gesicht hatte sich verdüstert. »Ist mir alles klar«, antwortete er, »hab' ich mir alles selbst gesagt. Trotzdem, Irlen«, er breitete die Arme aus und ließ sie an die Hüften fallen, »es ist, wie es ist, und wir wollen's riskieren.« – »Was? Was riskieren, Joseph? Freies Zusammenleben? Du als bürgerlicher Arzt und verheiratet, sie als geschiedene Frau? Denn die Ehe schließen, das könnt ihr ja nicht, nach unsern Gesetzen, solang deine legitime Frau in einer Anstalt ist. Was also? Wie also?« – Kerkhoven trat ganz dicht an Irlen heran und legte beide Hände schwer auf die Schulter des Sitzenden. »Hör mal zu, Irlen«, sagte er dumpf, »das sind Dinge, wo der Verstand nichts mehr dreinzureden hat. Sonst geht alles in Fetzen. Wenn ich erst nachdenken soll, kann ich einen Darmkrebs nicht von einer Kolik unterscheiden. Ich, ein kleiner Mensch, Irlen, von kleinen Entschlüssen, ein geschobener Mensch. Packt's mich nicht beim Genick und schmeißt mich hinein, dann steh' ich da wie ein dummer Junge und weiß mir nicht zu helfen. Na, und es hat mich gepackt, diesmal. Seh' ich aus wie ein Abenteurer? Da mußt du doch selber lachen. Es hat den Kern getroffen, lieber Freund. Was daraus entsteht? Ich will's nicht wissen. Viel zu lang hab' ich gewußt, was nächste Woche sein wird. Jetzt will ich's anders versuchen, vielleicht ist *das* das Richtige.« – Irlen hatte den Kopf in die Hand gestützt und sah nachdenklich aus. Was für eine Lebensfülle, dachte er mit einer Regung schmerzlichen Neids, welch dämonische Kraft. »Das heiß ich tabula rasa machen mit der Vergangenheit«, sprach er vor sich hin. »Ich gestehe, daß ich nicht ganz im Bild war. Nun, du kennst ja meine Ansicht. Jeder wird mit seinem Fatum geboren. Die Bemühung des andern, eingebildetes oder auch wirkliches Unheil zu verhüten, gehört dazu. Ich glaube an dich, Joseph. Ich habe einen unerschütterlichen Glauben an dich. Fast kann ich mit meinen inneren Augen sehen, wie du in deine Bestimmung hineinwächst. Es ist eine der schönsten Genugtu-

ungen, die ich erlebt habe. Freilich, ich hatte mir vorgestellt . . .
es erschien mir zuerst wie ein Abfall . . . ich habe in gewissen
Stunden von einer Zugehörigkeit geträumt . . . einer aus-
schließlichen . . . Leute meiner Art leiden an einer herrischen
Unbedingtheit . . . wir haben einen intensiveren Begriff von
Treue . . . Das soll kein Vorwurf sein, Joseph, um Gott nicht,
aber (den Kopf hebend, mit einem noblen Lächeln) der andere
Weg ist nicht leicht, wenn ich ihn auch, wie du siehst, bereits
gegangen bin.« Er stand mühsam auf. »Leb wohl. Ich denke,
wir sehen uns bald wieder. Und keine Besorgnisse. Begleitest du
mich hinunter? Ausgezeichnet.« – Kerkhoven, außerstande etwas zu sagen, griff mit fahrigen Bewegungen nach seiner
Tasche. Im Vorplatz nahm er Hut und Stock vom Halter und
legte seinen Arm unter den Irlens. Da spürte er, daß dieser
zusammenzuckte. Er sah ihn erschrocken-fragend an. Irlen
wies mit dem Kopf gegen den Spiegel im Kleiderständer. »Sonderbar«, sagte er, »mir war, als könnt' ich mich im Spiegel nicht
sehen. Mein Bild war nicht drin. Das ist mir schon einmal
passiert. Vor der Reise nach Afrika. Im Hotel in Marseille.
Unheimliche Sache . . .«

(Irlens englische Reise war ebensosehr ein Akt stoischer Selbstverleugnung, namentlich in Anbetracht seines physischen Zustands, als sie sich auf ein tiefes, bei einem solchen Kopf beinahe unbegreifliches Mißverstehen dessen gründete, was persönlicher Einsatz und private Initiative am Gang welthistori-
scher Geschehnisse zu ändern vermögen. Allerdings hatte er
eine große Zahl einflußreicher Freunde dort, teils in politischen
Stellungen, teils in der Geschäftswelt und der Rüstungsindustrie,
manche gehörten sogar zu seinem engeren Kreis. Vor seiner
Tätigkeit in den Kapellerwerken hatte er ein halbes Jahr
drüben gelebt. Er war einige Zeit der Gast Lord Haldanes
gewesen, den er von Göttingen her kannte und als redlichen
Mann und passionierten Verehrer deutscher Philosophie
schätzte. Damals hatte Haldane als Kriegsminister die Umge-
staltung der Armee begonnen, Irlen hatte ihm durch seinen

fachmännischen Rat nützlich werden können. Sie hatten später noch lange korrespondiert. Er wußte um die Verläßlichkeit des englischen Charakters. Errungenes Vertrauen bleibt bestehen wie ein Baum mit tiefen Wurzeln. Er und seine Begleiter hatten gewichtige Empfehlungen. Trotz seiner genauen Kenntnis der internationalen Interessen und Verwicklungen, trotz des niederdrückenden Gefühls von der Unaufhaltsamkeit der Katastrophe gab sich Irlen über den Erfolg der selbstauferlegten Mission einer Täuschung hin, die an Verblendung grenzte. Gewiß, in Deutschland war für ihn nichts zu hoffen. Dort, wo er hätte eingreifen müssen, war sein Name verfemt. Selbst bei Männern, an die er vor einem Jahrzehnt noch geglaubt hatte, vermißte er die höhere Verantwortlichkeit, jene Zauberstimme, die in die Zukunft hinaustönt, auch wenn sie nur dem Tag zu gelten scheint. Sie hatten keine Demut mehr, warum nannten sie sich dann noch Deutsche; sie erlagen einem Lügentraum von der Macht des Schwerts. Drüben aber hatten sie gelernt, mit Tatsachen zu rechnen und Geschichte zu leben; es schwebte ihm etwas wie Gewissensweckung vor, Appell an den europäischen Geist. Er überschätzte seine Kraft, die Kraft des einzelnen überhaupt, und er unterschätzte die Elementargewalt, vor der die Führer und Schürer hilflos standen, während sie sich noch zu kommandieren wähnten. Er wollte sie nicht spüren und wissen. Weil er prophetisch alle Folgen voraussah, schloß er in verzweifelter Auflehnung die Augen davor. Es hatte ihn nicht mehr im Winkel gelitten. In drei Wochen hatte er alles in allem kaum dreißig Stunden geschlafen. Die Nerven versagten den Dienst, jede Speise mußte er erbrechen, die Gedanken stoben gespenstisch formlos durch sein Hirn, Krankheit des Körpers und Krankheit der Seele schlugen ineinander über wie zwei Feuersbrünste, deren Wut sich nach der Vereinigung nicht bloß verdoppelt, sondern verzehnfacht. Die Reise überstand er leidlich. Verstärkte Injektionen und große Dosen von Stimulantien ermöglichten annähernd die Durchführung des Programms. Aber schon nach den ersten Schritten wurde ihm die Vergeblichkeit klar. Es war alles zu weit gediehen. Man nahm ihn achtungsvoll auf, man hörte ihn artig an, man schien gewillt, einiges zuzugeben, anderes nicht, die Reinheit seiner Motive stand außer Frage, allein über die Verbindlichkeit einer Klubunterhaltung ging es nicht hinaus, niemand glaubte im Ernst, daß der Krieg zu verhindern sei, hinter aller Freundlichkeit war ein vorsichtig zugeknöpftes Wesen. Bei Lord Haldane saß er eine halbe Nacht, mitten im Depeschensturm. Das Ergebnis war gleich null. Zuletzt hieß es immer: Die Deutschen wollen den Krieg. Der junge Viscount S., Parlamentsmitglied, einer seiner leidenschaftlichsten Anhänger, sagte zu ihm am Schluß eines aufwühlenden Gesprächs: »Ungewiß ist, ob es dreihundert Jahre zu spät oder dreihundert Jahre zu früh ist, daß du dich auf den Weg gemacht hast; gewiß ist nur, daß der jetzige Augenblick der unglücklichste ist.« Dann kam der Zusammenbruch. Die Freunde mußten ihn auf einer Tragbahre ins Coupé bringen lassen. Am Nachmittag des 31. Juli kam er schwerkrank, hochfiebernd zu Hause an.)

Zu den wenigen Familien, in denen Kerkhoven bis vor einem Jahr noch (jetzt nicht mehr) freundschaftlich verkehrt hatte, gehörte die des Baumeisters Frickart, sehr wohlhabende Leute, alteingesessen, von patriarchalischen Lebensformen. Manchmal im Sommer hatte sie ihn und Nina auf ihr nahe gelegenes Gut eingeladen, er hatte sich in dem anspruchslosen Kreis behaglich gefühlt, von der andern Seite war es auch ein Dankbarkeitsverhältnis, die ältere der beiden Töchter hatte eine Zeitlang an einer schweren Hysterie mit sensorischen Störungen gelitten, und es war ihm gelungen, sie völlig davon zu heilen. Diese Helene Frickart war ein auffallend schönes Mädchen von echt fränkischem Typus, ernst, bildsam, ziemlich begabte Bildhauerin und schon ihres Vermögens halber viel umworben. Sie hatte aber alle Anträge ausgeschlagen, worüber Mutter und Schwester recht unglücklich waren, denn das Oberhaupt der Familie hielt an dem Brauch fest, daß die jüngere Tochter nicht vor der älteren heiraten durfte, wenigstens vor einer gewissen Zeit nicht. Kerkhoven hatte das Mädchen liebgewonnen, vielleicht war es sogar ein tieferes Gefühl, das ohne sein Wissen in ihm entstanden war, jedoch als er zu merken glaubte, daß auch er Helene nicht gleichgültig war, bekam er es mit der Angst und brach unter dem Vorwand beruflicher Überbürdung die Beziehung ab. Darüber war ein Jahr vergangen. Eines Tages, zu Anfang Juli, war Frau Frickart in seiner Sprechstunde erschienen, um ihn wegen irgendeiner unbeträchtlichen Beschwerde zu konsultieren. Ihr frohes Gesicht fiel ihm auf, er brauchte gar nicht viel zu fragen, nach den ersten Worten schon berichtete sie, Helene sei verlobt. Natürlich erkundigte er sich, wer der Erwählte sei, sie nannte den Namen samt allen empfehlenden Eigenschaften des Betreffenden, ganz junger Mann noch, Sohn eines Spinnereidirektors, Jurist vor dem Staatsexamen. Kerkhoven stutzte. Er ließ sich den Namen wiederholen und hatte Mühe, seinen Schrecken zu verbergen. Derselbe Mann war vor kurzem mit einer syphilitischen Infektion bei ihm gewesen, und zwar einer ungewöhnlich bösartigen Form davon, mit Exanthem über den ganzen Körper. Da er für solche Fälle nicht die erforderlichen Hilfsmittel zur Verfügung hatte und alles, was an Halbheit und Pfuscherei nur streifte, immer mehr zu verabscheuen begann, hatte er ihn an einen spezialistischen Kollegen verwiesen. Verwechslung war nicht gut möglich, trotzdem vergewisserte er sich noch am gleichen Tag, er hatte die Adresse in seinem Buch, eine Anfrage genügte: ja, Spinnereidirektor Soundso war der Vater. Die Hochzeit sollte schon im September stattfinden, also Helene sollte geradezu einem Verbrecher in die Arme geworfen werden. Wie sich später ergab, steckte der junge Mensch bis über den Hals in Schulden und konnte sich nur durch eine schleunige Heirat mit dem reichen Mädchen vor seinen Gläubigern retten. Er erinnerte sich das Mannes ganz gut: eleganter Windbeutel, selbstsicherer Durchschnittsverführer. Daß ein Geschöpf wie diese Helene nicht mehr Instinkt besaß . . . oder sah es so aus, wenn sich eine schließlich begnügt? Nachdem er ernsthaft mit sich zu Rate gegangen war, bat er Frau Frickart brieflich um eine Unterredung, und als sie zu ihm kam, teilte er ihr ruhig mit, wie die Dinge lagen und daß er als Hausarzt gegen die Eheschließung ohne Karenz Einspruch erheben müsse. Die entsetzte Frau hörte gar nicht mehr, als er die Bitte hinzufügte, seine Eröffnung nach außen hin geheimzuhalten, sie lief einfach davon. Das Verlöbnis wurde am selben Tag gelöst. Wahrscheinlich hatte der Ex-Bräutigam darauf bestanden, den Grund zu erfahren, Frau Frickart mochte ihm seine bodenlose Frivolität vorgeworfen und, als er frech zu leugnen versuchte, sich auf Kerkhoven berufen haben, die Folgen ihrer Indiskretion bedachte sie nicht. Nun erhob sich der Lärm. Der schimpflich Zurückgewiesene, wütend, daß seine Hoffnungen zu Wasser geworden, zeigte Kerkhoven bei der Ärztekammer wegen Verletzung der Schweigepflicht an. Er wurde vorgefordert, er sollte sich rechtfertigen, er rechtfertigte sich auch, viel konnten sie ihm nicht anhaben, doch hatte er den Standesvorschriften zuwidergehandelt und mußte sich ein Tadelsvotum gefallen lassen. Die Sache wirbelte immer mehr Staub auf, einige Zeitungen schrieben darüber, es gab Leute genug, die sich auf seine Seite stellten, sogar Kollegen, aber die Angelegenheit bereitete ihm bitteren Verdruß, sie hatte ihn in den letzten Wochen um alle Sammlung gebracht und ihn bei wichtigen Studien gestört. Ein Glück, daß das öffentliche Interesse sich auf einmal ganz andern Ereignissen zuwandte, wovon er freilich auch wenig Notiz nahm. Er wußte kaum, was in der Welt vorging, in den Tagen, da eigentlich niemand mehr richtig arbeitete und die Straßen wie überfüllte Versammlungslokale aussahen, beschäftigte ihn unter vielen andern Problemen ein entwicklungsphysiologisches; anderthalb Jahrzehnte bevor die offizielle Wissenschaft sich damit befaßte, unternahm er den Versuch der Transplantation von Ei-Teilen, um die Organgestaltung beim Tier-Embryo zu ermitteln. Außerdem glaubte er gegen die Trypanosomiasis endlich ein bedeutend wirksameres Präparat als die bisherigen gefunden zu haben.

Er erzählte Marie den Hergang der Frickart-Geschichte und vor welchen inneren Konflikt ihn die Entscheidung gestellt.

Marie begriff nicht, daß er nur einen Augenblick habe schwanken können, wo das Rechte zugleich das Anständige und die Menschenpflicht sei. Sie hörten von der Straße herauf die Extrablätter ausrufen. Kerkhoven sagte: »Alles wird verkuppelt, eins ans andere verraten, Freiheit und Dienst, Gesetz und Einsicht. Die Menschen sind eine armselige Gesellschaft. Nicht bloß, daß sie ewig unmündig bleiben, sie wollen auch keinem die Mündigkeit zugestehen. Daß einer was ist und was leistet, das mochten sie schon, dabei soll er ihnen aber den Kuli machen. Du siehst, wie es geht, Liebste. Ich hab' keinen Boden mehr unter den Füßen. Irgendwas hat mich in die Luft hinaufgewirbelt. Ganz spaßig. Ich fühlte, es ist was in mir, was mein Leben aus den Fugen reißt und durch und durch schüttelt, aber was es ist, das könnt' ich dir nicht sagen. Als ob ich in der Schmiede-Esse hinge und in andere Form geschmolzen würde.« – »Und ich? Was geschieht mit mir derweil?« flüsterte Marie nah an seinem Mund. – »Du? Du bist dabei. Du bist in mich hineingeglüht.«

Als Marie in fast feierlich gehobener Stimmung heimkam, ging sie eine Weile im Garten auf und ab. Es hatte geregnet, Wege und Büsche waren noch naß, betäubender Blumengeruch stand in der Luft schier sichtbar wie Rauch. Behutsam brach sie eine voll erblühte Rose ab und preßte ihr Gesicht hinein, auch die Augen, als wolle sie sich mit allen Sinnen drin lösen. Ein zärtliches, zärtlich-trunkenes Lächeln wich nicht von ihren Lippen, ihr Blut war schwer von Glück, jeder Tag sammelte so viel an, daß sie auch der Nacht noch davon abgeben konnte, oft war's, als fühle sie sich süß werden wie eine Frucht in der Sonne. Die Sturmflut war noch nicht an die Uferstelle gelangt, wo sie sich für eine kleine Weile geborgen hatte, für die Dauer eines Traumes nur.

Am zweitfolgenden Tag kam sie später als sonst aus der Stadt, und nachdem sie in ihrem Zimmer Hut und Handschuhe abgelegt, beeilte sie sich, Aleid gute Nacht zu sagen. Sie hoffte sie noch wach zu finden, manchmal wartete die Pflegerin, wenn sie sich verspätete. Das ängstliche Gesicht der Jungfer fiel ihr nicht weiter auf, sie fragte nur, ob Ernst zu Hause sei. Ja, hieß es, er arbeite in der Bibliothek. Als sie die Tür des Kinderzimmers geöffnet hatte, blieb sie mit einem Laut des Erstaunens auf der Schwelle. Es war niemand da. Die Fenster weit offen, auf dem Bettchen die blaue Atlasdecke noch, ein paar Spielsachen auf dem Boden, eine Puppe, kleine hölzerne Häuser. Niemand. Die Jungfer war ihr gefolgt. Sie sagte scheu: »Die Frau Großmama war Nachmittag oben und hat Aleid und das Fräulein mitgenommen. Sie sind im Auto weggefahren. Die gnädige Frau sagte, Aleid müsse einige Zeit aufs Land.« Marie starrte sie an. Wortlos kehrte sie um und lief mehr als sie ging in die Bibliothek. Ernst erhob sich vom Schreibtisch, als sie hineinstürmte. Seine Stirn faltete sich wie bei einem alten Mann. »Wo ist Aleid?« stieß sie bebend hervor, und als er nicht antwortete: »Rede, Mensch, wo ist Aleid? Was habt ihr mit dem Kind gemacht?« – Er brachte stockend hervor: »Großmama wünschte . . .« – Sie, halbverrückt vor Ungeduld: »Was? So sprich doch endlich um Gottes willen . . . wünschte . . . was, wünschte? Wo ist mein Kind?« Sie rüttelte ihn an der Schulter. – Ernst sagte gedrückt: »Ich weiß es nicht, Marie. Sie wollte es mir noch mitteilen. Sie sagte . . . Sie ließ mir keine Ruhe . . .« Er brach ab. Er konnte Marie nicht in die Augen blicken. Er hatte seine Frau noch nie so gesehen. Phantasielos genug, daß er nicht darauf gefaßt war, sie so zu sehen, das muß man sagen. Marie schwieg lange. Die »blassen Blumen« blieben groß geöffnet, kaum daß die Lider zuckten. Einen Moment überlegte sie, ob sie nicht Kerkhoven verständigen solle, wies aber den Gedanken unwillig zurück. Nein, man wird nicht gleich zum Beschützer laufen und ihm mit seinem Jammer in den Ohren liegen, dazu ist er nicht da, dazu hat er selber zuviel auf sich, man wird allein fertigwerden. In hartem Ton und mit einer kleinen, verächtlichen Kopfbewegung sagte sie: »Komm«, und als Ernst sie unschlüssig anschaute, nahm sie ihn bei der Hand. »Wir gehen zu ihr hinunter«, befahl sie, »ich habe mit ihr zu reden, und du wirst dabeisein. Ich will sehen, ob du mich auch vor ihr im Stich läßt.« Er leistete keinen Widerstand. Mit gesenktem Kopf folgte er ihr. Das Mädchen unten sagte, die Frau Senator sei noch nicht zu Hause. »Dann warten wir«, erklärte Marie. Sie schritt voraus in den Salon. Der Raum war von der Röte der untergehenden Sonne erfüllt. Sie spürte, daß das Haus ohne Irlen war. Als sei der legitime Herr nicht mehr zugegen und habe Unordnung hinterlassen. Ernst setzte sich ans Fenster und starrte in den Garten, Marie ging auf und ab. Der schwere Teppich machte ihre Schritte unhörbar. Endlich vernahmen sie die Stimme der Senatorin. Es dauerte noch mehrere Minuten, bis sie kam. Sie hatte wohl keine Eile, obschon ihr das Mädchen gesagt haben mußte, daß sie erwartet wurde und von wem. Marie blieb in der Mitte des Zimmers stehen und blickte gegen die Tür. Als sie der alten Frau ansichtig wurde, erblaßte sie jäh. Die Senatorin teilte ein konventionelles Lächeln aus wie bei einem Empfang. Sie glich einer weißhaarigen Puppe. Ihre Wangen waren glatt wie Porzellan. Sie trug das Witwenhäubchen und einen Spitzenumhang. Sie sah gewinnend und vornehm aus. Als Marie eine Bewegung zu ihr hin machte, nahm sie eine steife Haltung an, und das Königinnenlächeln erlosch.

Marie sagte: »Ich hoffe, wir werden uns verständigen, Großmama. Du erlaubst mir doch die Anrede noch. Verständigen heißt, ich will das Geschehene als nicht geschehen betrachten, wenn es sofort gutgemacht wird. Durch Gewalt bin ich nicht einzuschüchtern. Du vergißt, daß ich noch die Frau deines Enkels bin. Ich habe noch nie gehört, daß man Eltern das Kind wegträgt, weil sie beschlossen haben, sich zu trennen. Komisch. Wenn es eine Pression sein soll, ist sie verfrüht. Was soll damit erreicht werden? Ich verlange, daß Aleid geholt wird, auf der Stelle, wo sie auch ist. Ich bleibe in dem Zimmer, bis man sie mir bringt. Und wenn es die ganze Nacht dauert und morgen den ganzen Tag. Willst du so gütig sein, Großmama, und das Nötige veranlassen?« Die Senatorin rührte sich nicht. Sie war ziemlich perplex. Eine solche Sprache, was sich die Person herausnahm. Der Mut, die Festigkeit Maries verfehlten ihren

Eindruck auf sie nicht. Sie war ihrer Sache nicht mehr sicher. Sie glich jemand, der einen Schreckschuß abfeuert und zu seinem Unbehagen merkt, daß er sich selbst getroffen hat. Diese Art Frauen, da sie in einer Scheinwelt leben, spielen sogar das Böse, ohne sich die Folgen klarzumachen, und handeln dann mehr eigensinnig als planvoll, mehr verworren als schlecht. Alte Kinder. So war es der pure Eigensinn, der sie mit ihrer hellen, wehleidigen Stimme erwidern hieß: »Wir durften dich nicht in dem Wahn lassen, als könntest du das unschuldige Kind in eine fragwürdige Existenz verschleppen.« – »Wir?« gab Marie erstaunt zurück. »Warum wir? Ernst war es selbst, er selbst hat mir angeboten . . .« – »Das ist nicht wahr, in einer Situation wie der seinen kann man auch keine bindenden Zusagen machen«, schnitt ihr die Senatorin das Wort ab; »im übrigen ist er ja viel zu arglos, um deinen Künsten gewachsen zu sein.« – Marie hob wie frierend die Schultern und wandte das Gesicht langsam ihrem Mann zu, der aufstand, ein paar Schritte machte, plötzlich mit der Hand an seinen Hals griff – und stumm blieb. Da sagte Marie: »Ich sehe, ich bin allein. Ich hab' mich immer als Gast hier betrachtet. Hab' es auch Ernst nie verschwiegen. Vielleicht hab' ich einen Augenblick zu lang gezögert, das wirklich sehr, sehr gastliche Haus zu verlassen. Das muß ich eben büßen. Ist denn das dein letztes Wort, Ernst, dieses nichtgesprochene jetzt, mit dem du dich zum Feigling und mich zur Lügnerin machst? Das ist doch unmöglich. Das bist ja nicht du.« – »Es ist nicht zu ertragen«, sagte Ernst gequält, »Marie ist im Recht, Großmutter . . . tausendmal im Recht . . . ich bitte dich, verzeih mir, Marie . . . nein, ich bin es nicht, noch immer nicht . . . ich sehe den Menschen zu, ich höre die Menschen an und weiß nichts, weiß nichts, begreife nichts . . . Sei ganz sicher, Aleid wird noch heute zurückgebracht werden . . . ich bürge dafür, du kannst ganz beruhigt sein.« Er trat zu Marie, beugte sich nieder und küßte ihre Hand. Die Senatorin blickte von einem zum anderen, äußerlich kalt und hochmütig, jedoch mit dem Gefühl einer Frau, der für ihre Pflichttreue übel gedankt wird. Sie hatte

das Kind zu einer ihr befreundeten Dame gebracht, die sie vorher ins Geheimnis gezogen. Sie hatte damit gerechnet, daß
Marie dann nicht länger bei ihrem Mann bleiben und sie Ernst
leicht würde überreden können, mit ihr und dem Kind irgend-
wohin zu reisen. Der Plan war schmählich gescheitert. Marie
entließ die Pflegerin noch am selben Abend, Aleids Bett wurde
in ihr Schlafzimmer geschafft. Sie lag die Nacht über wach
und lauschte dem friedlichen Atmen des Kindes. In ihr war
kein Frieden. In ihr war Aufruhr wie da draußen. Jetzt fing
sie an zu wissen. In ihrem Ohr war ein düsterer Rhythmus:
Ihm ward gegeben an keiner Stätte zu ruhn ...
Und mir, dachte sie furchtlos lächelnd ...

Gleich nach Irlens Ankunft war Kerkhoven bei ihm gewesen.
Es sah bös aus. Kompletter Verfall. Erst gegen neun Uhr abends
erwachte er aus schlafsüchtiger Lethargie. Hände, Hals und
Brust bedeckte eine Art Aussatz. Schenkel und Arme waren
geradezu entfleischt. Fieber 39,9. Beim Liegen die Knie hoch
an den Leib gezogen. Das Herz hüpfend wie ein Gummiball.
Eine halbe Stunde lang war Kerkhoven am Telefon gestanden,
um eine Diakonissin aufzutreiben. In der allgemeinen Verwirrung und Aufregung war keine zu bekommen gewesen.
Die Senatorin war am Morgen aus Groll gegen den Enkel nach
Homburg gefahren, nur Marie war zur Bewachung und not-
dürftigen Pflege da, natürlich wollte sie bleiben, bis Kerkhoven
zurückkam, wie spät es auch werden mochte. Ernst war bei
einer Kundgebung in der Universität. »Gerade jetzt will's das
Mißgeschick, daß ich ein paar schwere Fälle habe«, sagte
Kerkhoven unter der Tür zu Marie; »gib nur acht, darfst ihn
keine Minute allein lassen, und ruf mich um elf Uhr an, die
Nummer hab' ich aufgeschrieben.« Irlen winkte ihn mit einer
schwachen Geste zurück. Als er am Bett stand, zwang ihn ein
Blick noch näher. Er beugte sich über ihn. Irlen sagte lallend:
»In drei, vier Stunden, ich weiß es genau, bin ich wieder ...
kann ich bestimmt mit dir ... Es ist ... immer so. Die Pausen
freilich ... kürzer. Wir haben zu sprechen, Joseph. Viel zu

sprechen . . . Was wollt' ich nur sagen . . . du hast doch immer alles bei dir . . . für Injektionen und so . . . der Vorrat ist aufgebraucht . . . auch Morphium, wie? Also schön, lieber Freund . . . Wenn du kommst . . . zögre nicht gar zu lang . . . kann ich dir sicher entgegengehen . . .« Er lächelte schattenhaft und drehte den Kopf zur Wand.

Es wurde viertel eins, bis Kerkhoven frei war. In den meisten Straßen brannten keine Laternen. Er mußte zu Fuß gehen, weit und breit kein Wagen. Er schritt rasch aus, die Tasche mit Instrumenten und Verbandzeug wurde ihm schwer, obwohl er gewohnt war, sie zu tragen. Warmer Staub wehte ihm ins Gesicht. Er hörte von fern den Stampfschritt von Infanteriekolonnen, das Rumpeln von Trainfuhrwerk. Trompetensignale geisterten. Sirenengeheul. Auf einer Alleebank eine weinende Frau. Die Nacht hatte etwas vom Innern eines ungeheuern Maulwurfshaufens. Endlich war er am Ziel. Marie stürzte ihm entgegen: »Denk dir, er ist aufgestanden!« Und so war's. Irlen saß im Sessel. Er nickte Kerkhoven mit einem Ausdruck kläglichen Triumphs zu. Er hatte seinen Mantel über den Schlafanzug geworfen. Das mächtige Haupt über den mächtigen Schultern, alles eingefallen, die Hautsäcke, das Ruckhafte der Bewegungen, dabei die blaue Flut der Augen . . . Marie stand an der Tür und mußte sich festhalten, so zitterte sie. Mit einem hastigen Gute Nacht, das wie Schluchzen klang, verschwand sie.

Ich sehe voraus, daß die Wiedergabe des folgenden Gesprächs zwischen den zwei Männern über mein Vermögen und fast über die Mittel der Sprache geht. Was sich andeutungsweise festhalten läßt, der Verlauf, das Pragmatische, Stücke von Rede und Gegenrede, wird aufzuzeichnen versucht; die tieferen Hintergründe entziehen sich, fürchte ich, dem Wort, an manchen Stellen vielleicht sogar dem Verständnis. Da erscheint Kerkhoven nicht mehr als bewußt handelnder Mensch, sondern eher wie das Werkzeug eines solchen oder wie einer, der durch eine Art von Zauberei veranlaßt worden ist, aus dem Rahmen seiner Persönlichkeit herauszutreten und für eine Weile auch, halb körperlos gleichsam, in diesem Zustand zu verbleiben. Schon am Anfang zeigte sich eine auffallende Gehemmtheit an ihm; zum Beispiel, als ihn Irlen bat, nachdem sie einander ungefähr zehn Minuten schweigend gegenübergesessen waren, er solle im Nebenzimmer nachsehen, ob wirklich niemand mehr dort sei, erhob er sich erst nach einer weiteren Minute und ging dann zur falschen Türe, nicht zu der, durch die Marie gegangen war. (Offenbar fürchtete Irlen, Marie habe es nicht über sich gewinnen können, nach oben zu gehen, und sitze noch nebenan im Finstern. Das war aber bei ihr ganz ausgeschlossen. Unter keinen Umständen, selbst unabsichtlich nicht, hätte sie es riskiert, zur Lauscherin zu werden.) Eine weitere Sonderbarkeit lag darin, daß es der todkranke Irlen war, der die meiste Zeit sprach, trotzdem jede Miene und Bewegung verriet, welche Anstrengung es für ihn bedeutete, während Kerkhoven etwas zusammengekrümmt im Sessel kauerte und sich erst allmählich aus seinem Brüten aufraffte. Gleich die erste Frage Irlens hatte ihn in Bestürzung versetzt; er zog es vor, in sich zu versinken statt zu antworten, und statt über die Antwort nachzudenken, beschäftigte er sich in Gedanken mit dem physischen Problem Irlen, ob die Natur oder der Geist das Wunder an ihm bewirkt hatte, daß er sich überhaupt aufrecht erhielt, zu schweigen von der Allüre, von der Freiheit des Ausdrucks (wenn man die Augen schloß, konnte man glauben, er mache Konversation). War es nicht die Gnade der Stunde, Euphorie, so war es der Wille, der den Dämon der Krankheit niederhielt, eine ins Mark gedrungene Zucht und die Tapferkeit einer männlichen Seele. Die heimlich gefürchtete Frage, mit der Irlen begann, ließ sich nicht einfach ignorieren. Sie klang nicht, wie aufgegebene Kranke manchmal zu fragen pflegen, um Mut und Fassung zu heucheln, indes sie die Angst vor dem Tod würgt, sondern sie wurde in einer sehr durchsichtigen Absicht gestellt, nämlich zu erfahren, ob er, der Arzt Kerkhoven, es mit seinem Gewissen vereinbaren könne, den Leidensprozeß abzukürzen. Er gab es auch dann mit dürren Worten zu. Wie lange hab' ich noch zu leben? Das fragen viele. (Hand aufs Herz, Doktor, und zwinkern vertraulich und werden um die Nasenflügel bleich.) Allein hier lag ein Beschluß vor. Ein gefälltes Urteil geradezu. Es hat keinen Zweck weiter. Schluß. Erledigter Fall. »Wir stehen heut auf einer andern Plattform, Joseph, als bisher. Wir müssen absehen vom Üblichen, vom Persönlichen, absehen vom Gefühl und einem oberflächlichen Begriff von Pflicht. Du kannst nicht hoffen, mich durch Argumente zu erschüttern, die bei jedem Pastor zu haben sind. Also verrate mir deine Meinung: Wieviel Tage oder Wochen gibst du mir noch? Ohne Umschweife.« Kerkhoven will entschlüpfen. Das ließe sich nicht vorausbestimmen, kein Diagnost der Welt könne es auf sich nehmen; etwas der Art stottert er. Unwirsch, wie beleidigt. Der Augenschein zeige ja die Labilität des Zustands, im unerwartetsten Moment könne sich alles zum Bessern wenden, auch zur Genesung, jawohl, auch zur Gesundung. In die Fügung eingreifen? Gefahr laufen, den Funken zu zertreten, der die Flamme wieder anfachen kann? Aberwitz. Aberwitz. (Das alles natürlich in Fragmenten, in Silben, in Interjektionen hervorgestoßen.) Er umschlingt seine Knie mit den Armen und schweigt böse. Geisterhaftes Lächeln huscht über Irlens Gesicht. Dieser Mann, dieser Freund begreift und begreift nicht; er hat nicht den blassen Schimmer. Wie borniert solche genialen Leute oft sind. Und als ob er das vernichtende Urteil noch eigens bekräftigen wollte, fügt Kerkhoven trotzig-murrend die Erwähnung des Präparats hinzu, das er in den letzten Tagen mit Hilfe eines ausgezeichneten Pharmakologen hergestellt. Er verspreche sich eine sichere Wirkung davon. Traurig über dieses Geschwätz senkt Irlen den Kopf. Er kann sich eines leisen Lachens nicht enthalten. Kerkhoven schaut ihn erstaunt an. Selten hat er Irlen in dieser Art lachen hören, so richtig kichern. Irlen denkt lange nach. Rührung überkommt ihn. Es ist ein neues Gefühl, das er für Kerkhoven in sich entdeckt. Wie für einen jüngeren Bruder, mit dem man Nachsicht haben, den man belehren muß und deshalb nicht weniger liebt, eher mehr als den starken Gefährten und Helfer, der er eben noch war. Er beugt sich vor und legt die Hand auf Kerkhovens Knie. Er spricht von seinem Leben. Überblick im Telegrammstil. An der Idee zum Narren geworden. Der Prophet hat die Zerstörung des Tempels verkündigt, die Trümmer sind sein Grab. Großer Anlauf, jämmerlicher Sturz. Der Wahn, mit der Nation bis in den Herzgrund verbunden zu sein, hat ihn zu spät erkennen lassen, daß er dem Volk ein Fremdling war. Gemeinschaft mit den Besten, Haß und Hohn von den vielen. Töricht, Lohn zu erwarten für Opfer oder Dienst. Aber eine Folge hätte sein müssen, irgendeine, die allerkleinste. Nein, keine. Was hat denn Folge? Doch nur, was weder Wurzel noch Gestalt hat. Deutschland ist verloren; er ahnt's, er fühlt's, es kommt eine Zeit, die nicht zu erleben gut ist. Verloren. Kerkhoven kann nicht ermessen, was das bedeutet. Dazu muß man den Traum von der Sendung geträumt haben. Alles umsonst. Zwanzig Jahre lang Brücken gebaut für nichts. Morituri te salutant, Europa. Was soll er tun? Zwischen die Laken kriechen und die Zeitungen lesen? Wenn er sich auf ein Pferd setzt, kann es passieren, daß er an der nächsten Straßenecke unter dem Gelächter der Rekruten in den Dreck purzelt. Bleibt er in seiner Höhle und füttert den morschen Kadaver noch eine Weile mit Medikamenten, so verkommt er vor Scham und Qual. Warum denn leben? Warum es hinschleppen? Um schließlich mit dem Gefühl, daß man den letzten Preis doch nicht hat zahlen können, einen Altweibertod zu sterben? Pause. »Verstehst du mich jetzt besser, Joseph?« Kerkhoven war wie nicht vorhanden, ausgelöscht. Dann, in verändertem Ton, nüchtern: »Du kannst einwenden: Wozu braucht er mich, wenn er ohnehin entschlossen ist, den Schritt zu tun? Wozu die ganze Erörterung, es gibt bewährte Methoden genug, nichts hindert ihn, eine zu wählen, gegen die vollendete Tatsache gibt's keinen Appell. Sehr schön. Aber erstens möchte ich den schnellsten, den schmerzlosesten und den sichersten Weg gehen. Sozusagen unter fachmännischer Leitung. Muß man mir zugute halten. Zweitens muß die Sache so arrangiert werden, daß kein Außenstehender auf den Verdacht kommt, ich hätte etwa nachgeholfen. Es wäre mir unangenehm. Der Ausgang wird niemand überraschen, bei einem solchen Aspekt ... Und drittens, Joseph, wäre es ein freundlicher Abschiedsgedanke für mich, den Tod als Geschenk aus deiner Hand zu empfangen. Was natürlich nicht au pied de la lettre zu verstehen ist. Die letzte Manipulation, die macht mir keine Sorge, aber um die Gabe handelt sich's ...«

Kerkhoven hat sich schwerfällig erhoben, er geht zweimal durch das Zimmer und bleibt jenseits der Schattenlinie der Lampe stehen. Das Ungeheure der Forderung fällt mit voller Wucht in sein Bewußtsein. Das Vorherige ist nur ein Spiel mit Worten gewesen, das da der Griff an die Kehle. Es gibt kein Entweichen mehr. Er will etwas sagen, die Stimmbänder sind wie zerschnitten. Er räuspert sich, er fängt an zu husten; die Anstrengung, den Reiz zu bekämpfen, treibt ihm die Tränen in die Augen. »Was würdest du vorschlagen?« fragt Irlen leise, förmlich rücksichtsvoll. »Morphium? Eine Mischung? Morphium und Skopolamin? Dacht' ich mir. Spritze natürlich. Du hast alles mit? Ich bat dich ja darum. Du legst es dann einfach auf den kleinen Büchertisch, bevor du weggehst.« Der Hustenanfall ist Gott sei Dank vorüber. Kerkhoven denkt: Was redet er? So weit sind wir noch nicht. Gleichwohl hat er zu den verschiedenen Fragen Irlens genickt oder den Kopf geschüttelt, je nachdem, also seine Willfährigkeit bekundet. Waren zwei Kerkhoven im Zimmer, einer, der sich hat überzeugen lassen und die schaurige Notwendigkeit einsieht, oh, nicht nur das, der schon längst zu dem Liebes- und Bruderdienst bereit gewesen, bewegt vom biblischen Leiden dieses wundersamen armen Lazarus, und einer, der sich sträubt und wehrt, weil es seines Amtes ist, das Leben wider den Tod zu verteidigen, bis aufs Messer, bis auf den allerletzten Atemhauch? Ja, da sind sie also alle beide da, der Mann der Barmherzigkeit und der Mann der Gerechtigkeit. Sie liegen sich in den Haaren, sie können sich nicht schlüssig werden über das Problem der Probleme, und vor dem Fenster singt schon eine früh erwachte Amsel. Ein bißchen verschlafen noch, aber sie singt. Irlen späht in den Schatten hinüber, in den Kerkhoven wie in ein Versteck geflüchtet ist. »Ich möchte wirklich wissen, was dir so viel Kopfzerbrechen macht«, sagt er achselzuckend. – »Es ist wider die Natur, Johann.« – »Was heißt das. Unser ganzes Leben ist wider die Natur.« – »Nein. Oder vielleicht ja. Aber es hat etwas von einem grausigen Betrug. Wie wenn ich die Uhr dort zerschlage, weil ich die Zeit aufhalten will.« – »Kein Verbrechen weiter, wenn die Uhr bloß noch eine Attrappe ist. Der Tod nimmt mich ja aus der Zeit.« – »Was weißt du vom Tod. Was weiß ich davon. Wenn ich wenigstens was vom Leben wüßte. Nicht einmal das weiß ich, ob der Blutdruck zentral oder peripher, chemisch oder reflektorisch, von der Niere oder vom Gehirn reguliert wird. Nicht einmal das.« – »Jaja, von dem Pelz, in dem wir brabbeln, sehn wir gerade noch die Haarspitzen.« – »Man bildet sich ein, der Krankheitswille der Organe könnte gebrochen werden«, warf Kerkhoven scheinbar ohne Zusammenhang hin; »keine Idee. Jedes Organ hat das Bestreben zum Martyrium, so auch der ganze Mensch. Er merkt es nur nicht. Da steckt ein großes Geheimnis.« – Irlen nickte. »Ich habe mir einmal ausgedacht«, sagte er, »daß das Leben dort entsteht, wo im Kosmos Stoff und Geist einander in zerstörender Absicht durchdringen. Und da der Stoff viel mächtiger ist, könnte man folgern, daß wir nur von Gnaden des Todes leben.« Kerkhoven bewegte die Lippen, brachte aber kein Wort heraus. Was soll mir das, wenn ich ihn morgen nicht mehr sprechen höre, ging es ihm durch den Kopf. Irlen wandte sich ihm mit aufgehellter Miene zu. »Erinnerst du dich, Joseph, daß du mir vor langer Zeit sagtest, es fehle dir das – wie drücktest du es aus? – das Doppelte. Ja. Das Doppelte. Wenn du mich noch in dir hättest, sagtest du, könnte was Großes, in deinem Sinn Großes, aus dir werden . . . oder so. Es war jedenfalls schmeichelhaft für mich. Ich antwortete, scheint mir, man könne nicht wissen, darin hätten wir vorläufig kein Erfahrungsmaterial, oder so ähnlich . . .« – »Ja, ich erinnere mich« (Kerkhoven trat endlich aus dem Schatten hervor), »wie kommst du darauf?« – Sie sahen einander stumm in die Augen. »In den alten Büchern der Parsen ist viel von den Fravashis die Rede«, begann Irlen und drückte die Lider mit den Fingern zu, »die Fravashis der Reinen ist ihr voller Name. Sie sind ein Teil der menschlichen Seele, doch vom Körper unabhängige Wesen. Es heißt, daß sie in einem der Vernichtung preisgegebenen Körper nicht verweilen können, sie gehen heraus. Sie sind nicht vernichtbar wie das Gewissen und das Bewußtsein – die sind vernichtbar, heißt es –, sie sind auch nicht auf ein und denselben Leib angewiesen, sie dürfen sich eine andere Behausung suchen, vorausgesetzt, daß sie einem Reinen gehört. Wenn sie das tun, ist es ein freiwilliges Opfer. So hat man mich belehrt. Wundervoll, hör zu. Der Gott schickte sie erst auf die Erde, nachdem er sie gefragt hatte, ob sie lieber in die Körper einziehen und mit den Drujas, das sind die Geister des Bösen, kämpfen wollten, um zuletzt, wenn sie die besiegt hätten, wieder unsterblich, unalternd, oppositionslos zu werden, oder ob sie vorzögen, im Himmel zu bleiben, dann müßten sie freilich bis in alle Ewigkeit den Kampf mit den Drujas führen. Nun, da waren sie einverstanden, eine Zeitlang in der materiellen Welt zu dienen. So hat jedes lebende Wesen einen Fravashi, aber es gibt Auserwählte, die haben auch zwei, sogar drei. Merkwürdig, nicht?« – »Ja, sehr merkwürdig«, wiederholte Kerkhoven mit angehaltenem Atem. Dann tiefes Schweigen.

Es wurde schon hell draußen. Der Ruf der einsamen Amsel war zu einem hundertstimmigen Vogelkonzert geworden. »Du mußt jetzt gehen«, sagte Irlen. »Wir wollen uns adieu sagen, wenn du . . . wenn jene Kleinigkeit erledigt ist.«

Als die »Kleinigkeit« getan war, reichten sie einander beide Hände. Irlen hatte sich erhoben. Sie standen Blick in Blick, bis Kerkhoven sich losriß. Gesprochen wurde nicht mehr. Im Hausflur, wo es noch dunkel war, stützte Kerkhoven die Stirn an die Mauer und weinte lautlos. Nur das Zucken der Schultern verriet es.

Hier wäre, was diese Lebensepoche Joseph Kerkhovens betrifft, zu enden. Der Vorhang könnte zugezogen werden. Zu verfolgen, wie die äußern Geschehnisse, die sich an den Tod Johann Irlens knüpften, in die allgemeinen Weltgeschehnisse mündeten, in denen alles private Schicksal spurlos zerging wie eine Handvoll Salzkörner in einem grundlosen Wasser, könnte kein tieferes Interesse erwecken. Nur von einer eigentümlichen Geistes- und Seelenverfassung Kerkhovens muß noch berichtet werden, in die er fast unmittelbar nach dem nächtlichen Zwiegespräch mit Irlen verfiel und die ungefähr bis zu seiner Einberufung als Militärarzt dauerte, also annähernd fünf Wochen. Ohne merkbaren Übergang zeigte sich danach ein gänzlich verwandelter, beinahe gegensätzlicher Zustand, obwohl später, im Feld, hie und da noch Rückschläge eintraten. Das Phänomen scheint nicht eben häufig. Bei der Durchsicht der einschlägigen Literatur fand ich nur spärliche Angaben darüber, die sich durchaus nicht in allen Punkten mit dem Fall deckten. Am ehesten ließ sich an eine Apraxie denken, eine krankhafte Sinnesveränderung, aufgehobenes Verständnis für den richtigen Gebrauch der Dinge, verbunden mit der Unfähigkeit, bestimmte Bewegur 1 auszuführen. Zeitweilig schien es sogar Ähnlichkeit mit einem halluzinatorischen Stupor zu haben, obschon die Bewußtseinstrübungen nur vorübergehend waren. (Mit einer einzigen Ausnahme, wo sich eine solche über vier Tage erstreckte.) Von einem eigentlichen Leiden konnte nicht die Rede sein, eben wegen des episodenhaften und einmaligen Charakters. Von außen gesehen glich er in jenen Wochen einem Mann, der in einer unbekannten Gegend bei eingebrochener Dunkelheit den Weg verloren hat. Oder als erlösche in gewissen Abständen die Wirklichkeit in ihm wie ein mangelhaft unterhaltenes Feuer. (Damit hing auch die Vernachlässigung seiner ärztlichen Tätigkeit zusammen, so daß sich seine Klientel schließlich vollständig verlief. Dieses berufliche Versagen hätte eine schlimme Wendung nehmen können, die Ersparnisse waren ja geringfügig, wenn das großartige Legat aus Irlens Testament nicht gewesen wäre; es kam freilich erst viel später zur Auszahlung.) Von innen gesehen, als inneres Erlebnis gefaßt, stellt sich der Vorgang jedoch in Dimensionen und Formen dar, die über die pathologische Umgrenzung weit hinausreichen. Wenn die Seele, wie die fortgeschrittensten Gelehrten behaupten, wirklich nichts weiter ist als eine Summe chemischphysikalischer Reaktionen, dann steht man hier ohne Frage am Ende aller Weisheit.

Das Entscheidende spielte sich zwischen zwei Besuchen bei Nina wie zwischen zwei Kontrollstationen ab, und zwar in dem erwähnten Zeitraum von fünf Wochen. Innerhalb dieser Zeitspanne lag der Schlüssel des Geheimnisses, aber niemand, Kerkhoven selbst am wenigsten, wäre imstande gewesen, darüber Auskunft zu geben. Es war, von einem Besuch zum zweiten, genau wie eine Reise, von der man scheinbar als der nämliche, in Wirklichkeit aber als ein ganz anderer an den Ausgangspunkt zurückkehrt.

Am Tag von Irlens Begräbnis, am späten Nachmittag, fuhr er in die Anstalt hinaus. »Man muß doch seine Toten in Evidenz halten«, äußerte er zynisch. Der Abteilungsarzt teilte ihm mit, Nina sei seit einiger Zeit für keinerlei äußere Eindrücke mehr empfänglich, sie brüte ununterbrochen still vor sich hin, reagiere auf keinen Anruf und sei kaum zu bewegen, die notwendige Nahrung zu sich zu nehmen. Kerkhoven meinte, daß sich dieses Verhalten ihm gegenüber wohl ändern werde, aber er täuschte sich. Sie schien ihn gar nicht zu gewahren. Als er eintrat, hob sie nicht den Kopf. Sie saß auf dem Rand des Stuhls in einer Art wie jemand, der bereit ist, beim geringsten Alarm aufzuspringen und zu fliehen. Doch das geschah niemals, obwohl sie immer so saß. Der Rumpf war ein wenig verdreht, die Hände hatte sie flach auf dem Tisch vor sich ausgebreitet wie Gegenstände. Die Augen wanderten langsam über die Fingernägel hin und her, sonst schienen sie nichts zu sehen. Kerkhoven rief sie beim Namen. Nichts. Nicht die leiseste Regung. Er hatte einen Strauß Nelken mitgebracht und legte ihn vor sie hin. Nichts. Kein Zeichen, sie starrte nur auf ihre Fingernägel, automatisch liefen die Pupillen hin und her. Zart berührte er mit der Hand ihre Schulter. Er hätte ebensogut die Stuhllehne anfassen können. Ihr Mund lächelte nicht mehr. Sie erkannte ihn nicht mehr. Es war wie eine Szene aus der Unterwelt, trostlos und finster. Er wandte sich ab. Während der Rückfahrt blieb er verstört.

Nun begann dieses halbtraumartige Dämmern in Teilnahmslosigkeit und Selbstentfremdung. Dies Warten auf ein Unbestimmtes. Herumirren ohne Ziel, mit Menschen reden, ohne sie recht zu verstehen. In seiner Haltung war manchmal etwas Unsicheres, Lauschendes wie bei einem Medium, das unter Fernhypnose steht. Für Stunden versagte das Gedächtnis, er vergaß, was er sich vorgenommen, ging zum Beispiel zu einem Patienten, der seit langem geheilt war, und versäumte den Besuch bei einem andern, der dringend seiner bedurft hätte. Es kam vor, daß er beim Schreiben eines Rezeptes, beim Verbinden einer Wunde in ein starres Besinnen verfiel, zwei, drei Minuten lang, zur ängstlichen Verwunderung derer, die gerade zugegen waren. Dann griff er sich mit scheuem Lächeln an den Kopf und mußte sich erst wieder in einer Wirklichkeit zurechtfinden, die ihm abhanden gekommen war wie der vergangene Tag. Dabei bemühte er sich, Marie die Sorge auszureden, von der sie bisweilen erfaßt wurde und die sich nur in einem angstvollen Blick, einem Zucken des Mundes verriet. Es waren ja im Grunde keine Anhaltspunkte für Befürchtungen da, wenn man ihn nicht gerade beobachtete, schien er wie jeder andere Mensch, doch weil er in ihren Augen niemals einem andern Menschen geglichen hatte, merkte sie die Veränderung um so deutlicher. Sie hatte in dieser Zeit einen Traum, der beinahe den Charakter eines Kommentars hatte, so unmittelbar drückte er ihr ahnungsvolles Gefühl aus. Sie sah ein stattliches, schönes Haus, das einsam in einer abgelegenen Gegend stand und das sie, wie ihr der Traum bewußt machte, schon oft gesehen hatte und das ihr vertraut und lieb war. Seltsamerweise hatte es keine Fenster, nur ein mächtiges eisernes Tor, sonst erhoben sich auf allen Seiten die glatten Steinmauern ohne Unterbrechung. Während sie nun das Haus lange und mit intensiver Aufmerksamkeit betrachtete, verspürte sie eine beständig wachsende

Unruhe, die ihr zunächst unerklärlich war, bis sie endlich dahinter kam, was es war: im Innern des Hauses war Feuer, es wurde innen von einer Feuersbrunst verzehrt. Weder am Dach noch an der Fassade, noch am Tor gewahrte sie das geringste Zeichen davon, trotzdem wußte sie: im Innern des Hauses war Feuer. Mit diesem Alpdruck-Wissen wachte sie auf.

Sie konnte sich Kerkhoven nicht zu allen Stunden widmen, in denen sie wünschte, ihm nah zu sein. Unermüdlich in ihrer Liebe zu ihm, war sie auch unermüdlich in jeder andern Liebe, sie stand vielen Menschen bei, die Freundinnen erinnerten sich ihrer nie mit sich selbst sparenden Tatbereitschaft. Daß sie viele Nächte schlaflos zubrachte, den blutigen Visionen ausgeliefert, die ihre Phantasie heraufbeschwor, und angesichts des Schrekkens, der die Menschheit heimsuchte, das schmerzliche Verlangen nach einer klösterlichen Abgeschiedenheit kaum unterdrücken konnte, sah man ihr am Tage nicht an, wenn sie sich allem Ungemach gewachsen zeigte und jedem Dienst stellte. Ernst Bergmann, der Offizier der Reserve war, hatte schon in der ersten Woche ins Feld gemußt, die bereits eingeleiteten Scheidungsverhandlungen waren sistiert worden. (Sie brauchten nicht mehr aufgenommen zu werden, denn im Oktober fiel er an der belgischen Front.) Ende August wurde es notwendig, daß sie zur Ordnung von Familienangelegenheiten nach Dresden fuhr, wo sich gegenwärtig ihre Mutter befand. Kerkhovens wegen entschloß sie sich äußerst ungern zu der Reise, die sie immerhin acht bis zehn Tage von ihm trennte. Er begleitete sie auf den Bahnhof; während sie vor dem Zug auf und ab schritten, erzählte sie ihm ihren Traum. Er hörte mit gesenktem Kopf zu. Dann blieb er stehen und faßte ihre Hand. »Weißt du, was das Feuer bedeutet?« sagte er. »Nichts weiter, als daß alles alte Gerümpel in dem Haus verbrennt.« Sie antwortete nichts. Sie schaute ihn nur bebend an, in den Majaschleier ihrer Liebe gehüllt.

Er ging vom Bahnhof nach Hause, es war schon gegen Abend, rosige Dämmerung hing über den Häusern und Höfen, er machte alle Fenster zu, weil er die Geräusche nicht hören mochte, die noch dazu von den hastigen Schlägen eines Maschinengewehrs wie vom Getack eines Mammut-Bohrwurms übertönt wurden. Er stand im Sprechzimmer und griff geistesabwesend nach allerlei Dingen, bald nach dem Bunsenbrenner, bald nach dem Mikroskop unter der Glasglocke; er nahm den Sterilisator vom Rost und starrte hinein, blätterte im Krankenjournal, alles mit einer müden Neugier, wie wenn es unbekannte, aber keineswegs anziehende Gegenstände wären. Der Raum hatte was Entlegenes, was Gemiedenes fast, eine Hexenküche ohne jeden Spuk, nur noch mit den ernüchternd wirkenden Requisiten. Er riß ein Blatt vom Notizblock herunter und schrieb mit großen Buchstaben: Dr. Kerkhoven ist verreist. Dann ging er hinaus und heftete das Papier mit vier Reißnägeln an die Eingangstür, die er von innen verriegelte. Hierauf begab er sich ins Sprechzimmer zurück, legte sich auf den Diwan, streckte die Glieder wie zu tiefem Schlaf und sah zu, wie es finster wurde. Ein schmaler Lichtschimmer an der Decke bewegte sich hin und her wie ein okkultes Pendel. Nach einer Weile verlosch dieses Licht. Und dann auch der Raum, das Drinnen wie das Draußen. Denn so, ohne Regung, ohne Blick, nur als schlagendes Herz und atmende Lunge, lag er vier Nächte und vier Tage. Er vermochte später nichts darüber auszusagen, als daß er fortwährend die dumpfe, aber durchaus nicht quälende Empfindung gehabt habe, in einem undefinierbaren Element, nicht Luft, nicht Wasser, etwas gänzlich Fremdartigem mit einem Wort, zu schweben, und zwar mit dem vollkommen klaren Bewußtsein der vergehenden Zeit; er könne sich vorstellen, daß so ungefähr das Lebensgefühl eines Baumes beschaffen sei. Als er in seinen gewöhnlichen Zustand zurückkehrte, stand die Sonne hoch, es mußte Mittag sein, er nahm in Eile irgend etwas zu sich, was sich in der Küche vorfand, gleich darauf stand es für ihn fest, daß er zu Nina in die Anstalt hinausmüsse. Warum sich ihm gerade dies als gebieterische Notwendigkeit aufdrängte, als etwas, das zuallererst getan werden mußte, blieb vorerst auch ihm selbst ein Rätsel. Er hatte es

nicht im mindesten überlegt, er handelte einfach unter einem
Befehl. Ganz begriffen hat er es auch später nicht; wenn er den
Versuch machte, seine Gedanken darauf zu konzentrieren,
wurde ihm sofort unheimlich zumut, und er gab es auf. »Ich
konnte mir doch nicht einbilden«, sagte er zu Marie, als er ihr
nach ihrer Rückkehr das Geschehene erzählte, »daß ich ihr
armes, krankes Gemüt heilen könnte. So was wäre mir gar nicht
in den Sinn gekommen, da wäre ich ja selbst ein halber Narr.
Ich weiß nur, daß es mir immerfort im Kopf herumging, wie
erbärmlich ich mich fühlte, als ich vor ihr stand und sie überhaupt keine Notiz von mir nahm. Ich habe mich unmenschlich
geschämt dabei. Ich sagte mir, so traurig ist es bestellt um deine
innere Gewalt, daß ein Geschöpf, mit dem du Jahre und Jahre
gelebt hast, nicht das geringste von deiner Nähe spürt, daß du
nicht einmal ihren Blick zu dir zwingen kannst? Das hat nichts
mit dem Sensorium zu tun, das ist Sache des Bluts. Und wenn
mir das Blut in einem Menschen auf meinen Ruf nicht antwortet, was habe ich dann zu suchen auf der Welt? Wahrscheinlich deshalb hat es mich wieder hingetrieben, verstehst du? Wegen der Probe. Und die ist ja gelungen. Für ein Intervall.
Gewiß. Aber ein Intervall herauszaubern aus der *anima
nocturna* war schon viel. Eine Sekunde lang schien's, als bitte einen
die Natur wegen ihrer Grausamkeit um Verzeihung. Kannst du
es verstehen? Das Eis war durchgestoßen, das war's.« Marie
packte ihn jäh bei den Schultern und schaute ihn tiefbetroffen
an. Das Irlensche Wort in dem Augenblick! War es Zufall, daß
er es gebrauchte? Wir unsererseits müssen es annehmen. Das
Motiv, mit dem er Marie gegenüber seinen Impuls erklärte,
klang jedenfalls plausibel, obwohl er den wichtigsten Umstand
dabei außer acht ließ, nämlich aus welchem Grund er sich an
diesem Tag einen Einfluß oder, wie er es nannte, die innere
Gewalt zutraute, die er vier oder fünf Wochen vorher nicht
besessen hatte. Darin eigentlich lag das Geheimnis, und diesen
Punkt berührte er mit keinem Wort.

Als er sich auf den Weg machte, fühlte er sich unsäglich leicht
gestimmt, auch physisch ohne Schwere. In der Anstalt draußen

mußte er ziemlich lange auf den Abteilungsarzt warten, der teilte ihm dann mit, im Befinden wie im Gehaben Ninas habe sich nicht viel geändert, nur etwas lenksamer sei sie geworden. Doch spreche sie weder noch zeige sie irgendwelches Interesse, noch sei sie zu einem Gang ins Freie zu überreden. Mitten in seinem Bericht stutzte er und blickte Kerkhoven forschend an. »Was gibt's, Herr Kollege«, fragte dieser freundlich, »hab' ich was an mir?« Der junge Arzt errötete flüchtig. Es war ihm allerdings etwas aufgefallen, aber was es war, konnte er nicht sagen, ein Ausdruck in den Augen vielleicht, eine nicht bezeichenbare Veränderung in der Haltung. Sie gingen dann hinauf. Kaum daß sie eingetreten waren, geschah das Unerwartete, schier Ergreifende. Beim Klang seiner Stimme, zuckte Nina zusammen. Sie schaute empor, schaute ihn an. Groß, groß erstaunt, als ob er eine Erscheinung für sie sei. Auf einmal ging ein Leuchten über ihr Gesicht, sie erhob sich, schritt zögernd auf ihn zu, verneigte sich erst wie eine Dienerin, sehr tief, und während ein Schauer merkbar über ihre Glieder rann, schmiegte sie sich mit einer halb ehrfürchtigen, halb kindlich getrösteten Bewegung in seine Arme.

ZWEITER TEIL

Die Mit-Welt
Etzel Andergast

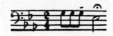

Zwischen den letztberichteten Ereignissen und den nunmehr beginnenden liegen vierzehn Jahre. Die Welt, die wir verlassen haben, ist von der, die wir betreten, so verschieden, daß kein Gleichnis es veranschaulichen kann, außer vielleicht das von dem sagenhaften Epimenides, der nach siebenundfünfzig-jährigem Schlaf in einer kretischen Höhle zu neuer Wirklichkeit aufwachte.

Achtes Kapitel

Eins der Grundgesetze, denen die Existenzen unterworfen sind, ist das der Begegnung. Darin wirkt sich recht eigentlich der geheime Wille der oberen Mächte aus, das, was wir Schicksal heißen. Wir haben gesehen, wie Joseph Kerkhoven dem todgeweihten Irlen begegnen mußte, um sich selbst zu entdecken, seiner Bestimmung innezuwerden und die Gefährtin zu finden, ohne die er vermutlich trotz allem seelenlahm geblieben wäre. Wir werden sehen, wie Etzel von Andergast, ein junger Mann von zwanzig Jahren, nicht unbedeutend in seiner Art, belastet von Gewesenem, nie ganz Verwundenem, als Kind seiner Zeit und seiner Welt (also unserer Zeit und Welt) von allen ihren Nöten umfangen, mit allen ihren Bitternissen getränkt, wie der an einem Punkt, wo er aufs äußerste, aufs tiefste in seinen gesamten Lebensbeständen gefährdet ist, eben diesem Joseph Kerkhoven begegnen muß, ihm und keinem andern, weil allein er die Kraft und Gabe hat, ihn aus einer Verwirrung, einer schier hoffnungslosen Finsternis zu lösen, in die er weniger durch eigene Schuld geraten ist (wäre es nur Schuld gewesen, so hätte er einen Anhalt gehabt, einen Fingerzeig gleichsam) als durch die Verkettung der Wege, die Gewalt der allgemeinen Strömung, die so und nicht anders beschaffene Charakterlage.

Das führt weit. Und wie dann neue Finsternis kommt, unheilvollere Verwirrung noch, verschuldete diesmal, die alle Beteiligten an den Rand der Vernichtung bringt, den geliebten Meister und Führer, die Frau und ihn selbst, auch das führt weit, kaum abzusehen wohin.

Außerdem erfordert es die Bloßlegung vielfach verschlungener Fäden, die nach allen Richtungen in die Vergangenheit laufen. Schon die mit der Begegnung verbundenen Umstände sind ziemlich ungewöhnlich und lassen sich nicht mit wenigen Worten erklären. Obwohl auch hier das Verlangen nach ärztlichem Beistand den ersten Anstoß gab, war es doch bei Licht betrachtet ein reiner Verzweiflungsschritt, namentlich wenn man bedenkt, daß dieser Arzt einer der beschäftigtsten, gesuchtesten von ganz Berlin war. Im Hinblick auf die Folgen, die der nicht sehr überlegte Entschluß nach sich zog, die eigentümliche Beziehung, die daraus entstand, ereignisschwer für beide Teile, sieht er durchaus wie etwas Schicksalgewolltes aus. Da handelte es sich ja nicht um gleichberechtigte und annähernd gleichaltrige Personen, die der Zufall zueinander bringt und die auf der Basis einer vorhandenen Interessen- oder Geistesgemeinschaft zu Freunden werden, sondern auf der einen Seite um einen Mann auf der Höhe des Lebens, in einer Wirksamkeit von beispielloser Intensität und Tragweite, umglänzt von jenem fast legendären Ruhm, der mehr der Ausdruck des Dankgefühls der dunklen Masse ist als Schilderhebung und Fanfare; auf der andern Seite um einen mehr als achtundzwanzig Jahre jüngeren Menschen, einen Namenlosen aus der »dunklen Masse«, der keine weiteren Verdienste hat als ein entschlossenes Selbstbewußtsein (wenn das als Verdienst gelten kann), eine Reihe von brennenden Erlebnissen in der Seele und einen Geist, der gelernt hat oder es sich einbildet, alle Dinge des Lebens mit liebloser Glut auf ihren wahren Wert einzuschätzen. Eine Woche zuvor hat er wahrscheinlich noch nicht genau gewußt, wer dieser Professor Kerkhoven wirklich ist, der Name ist ihm ein unbestimmter Begriff gewesen wie hundert andere; als Universitätshörer und bei der beharrlichen, bohrenden, nachspürenden Aufmerksamkeit, mit der er jeden Fortschritt, jedes Phänomen auf naturwissenschaftlichem Gebiet verfolgt, wird er vermutlich von ihm gehört haben, dies und jenes, Kritisches und Anerkennendes, wenn auch der ausübende Mediziner gerade diejenige Figur ist, die ihm nur mäßiges Interesse einflößt. Es ist eher Abneigung, die er gegen ihn empfindet, und sie hat ihre Gründe. Eines Tages aber ergibt es sich, daß jemand seinen Namen nennt als des einzigen, der in einer gewissen dringenden Not in Betracht kommt, da besinnt er sich nicht lang und geht hin.

Vor allem wirft sich die Frage auf: Welche Möglichkeiten, welche Behelfe und Glücksumstände waren es, deren sich Joseph Kerkhoven bediente, um an eine Stelle des Lebens zu gelangen, von der er ehedem nicht einmal zu träumen gewagt hätte? Oder war alles von innen her geschehen als Fügung, Wachstum, Gesetz? Ich will versuchen, die ziemlich erstaunliche Linie einer zeitgenössischen Entwicklung nachzuzeichnen, die, so unergründlich auch das Triebwerk sein mag, doch sehr im Geist der Epoche liegt. Es ist nicht ohne Reiz, den Blick auf eine Existenz zu richten, die sich noch vor anderthalb Jahrzehnten gedrückt und nüchtern im Rahmen einer Kleinstadt abspielte und nun leuchtend in der Mitte der Welt stand, etwa wie wenn aus einem subalternen Provinzbeamten ein großer Staatsmann geworden wäre, der das Geschick seines Volkes zu lenken hat, den freilich auch die Häufung der Pflichten und Geschäfte, Verantwortung und Kampf, Forderung von allen Seiten und zu jeder Stunde des Tages und der Nacht um die Besinnung bringt, um den Schlaf, allmählich um das Gefühl, daß er lebt. Hilfloses Beginnen, Pedanterie, wollte ich an Bekanntes anknüpfen. Es ist nicht mehr derselbe Mensch. Wenn wir uns seiner erinnern, ist es, als nähmen wir ein Jugendbildnis von ihm zur Hand; die Züge haben etwas rührend Fremdes wie bei einem Menschen aus einem früheren Jahrhundert. In einem Zeitraum von vierzehn Jahren erneuert sich der Mensch leiblich schon, keine Faser bleibt erhalten, und die Jahre von 1914 bis 28 haben sogar, viele behaupten es, das Bild der Menschheit verändert. Nur die Wand des Körpers macht, daß das Fließende nicht zerfließt, und auch sie ist nicht viel fester als der Schatten, den sie wirft, Membran, das sich hart wehren muß gegen den Andrang des Fließenden. Eigentlich ist es allein die Idee von Gesicht und Form, die dem Vergehen trotzt, deswegen bist du dir in jedem Spiegel einen Augenblick lang grausig unbekannt, und dein geheimnisvoller Schreck darüber ist nichts anderes als die jäh aufblitzende Erkenntnis der Illusion, der du dich über dein Ichsein unaufhörlich hingibst. Selbstverständlich ist es noch immer das einmalige Individuum Kerkhoven, mit den näm-

237

lichen Gliedmaßen, den nämlichen Organen, den nämlichen
Trieben und Grundeigenschaften, aber die Verschiedenheit ist
ungefähr so wie zwischen dem rohen Tonmodell und der aus-
geführten Plastik. Nicht in allen Fällen gelingt es der Natur,
die Absichten zu verwirklichen, nach denen sie ihre Geschöpfe
anlegt, dazu bedarf es sozusagen einer großen Veranstaltung,
zu der sie sich selten entschließt; geschieht es jedoch, dann beseitigt sie gleich jeden Zweifel an ihrer bildnerischen Kraft und
läßt kein Mißverständnis zu über den Gedanken, der sie geleitet
hat. Eine wunderlich eckige Gestalt, übermittelgroß, in den
Schultern zusammengerafft wie bei Leuten, die sich häufig in
einer Menschenmenge bewegen; die Haltung ruhig, frei, überlegen; der Kopf blockartig und beinah starr auf starkem Hals
sitzend; das Gesicht klar aufgebreitet, schmal, mehr als hager;
mit Ausnahme eines Kinnbärtchens (nicht größer als das Kinn
selbst) bartlos; die Haut tief bronzefarben; die mongolische
Stirn ohne Alterszeichen, nur an den Schläfenwölbungen, die
ganz dünngehämmert aussehen, schiebt das sonst braun ge-
bliebene Haar graue Strähnen vor; die Augen gewöhnlich verdeckt, so daß der Blick eingekerkert wirkt oder zurückgerufen
oder heimlich wartend, bis sich eine Beute zeigt, die zu packen
sich lohnt; so, würde ich sagen, sieht Joseph Kerkhoven mit
achtundvierzig Jahren aus, wenn mir nicht bewußt wäre, daß
mit einer solchen Aufreihung von Einzelheiten das Bild des
Menschen eher verwischt als verdeutlicht wird. Es soll nur ein
Steckbrief sein.

Hier einiges Material über ihn und wie ihn die Welt sah. Da
er im allgemeinen für schwer durchschaubar galt, ja für heimlich und unoffen (vielleicht wußte niemand außer Marie, wie
einfach er in Wirklichkeit war, wie naiv geblieben), bezeichneten ihn auch die Kollegen, wenigstens diejenigen, die Ursache
hatten, von seinem wachsenden Ruf beunruhigt zu sein, als
einen unzugänglichen Charakter, stolz, ungesellig, sogar hochmütig (nichts konnte falscher sein), durchdrungen von seiner
Unfehlbarkeit (das gerade Gegenteil traf zu), ohne Solidaritäts-

gefühl und eigentliches Standesbewußtsein (daran war allerdings etwas Wahres, nichts erschien ihm schädlicher und widersinniger als ärztliche Korporationen), und im übrigen sei er als Wissenschaftler, sagten sie, wenn man den höchsten Maßstab anlegte, nicht ganz ernst zu nehmen. (Was zu untersuchen wäre, wenn es ein Forum dafür gäbe, vor dem zu bestehen jedoch nicht sein Anspruch war, es ging ihm um andere Dinge.) Nur unter den Jüngsten waren viele, die ihm bewundernde Anerkennung zollten, teils solche, die ihm persönlich nahestanden, teils Häretiker, die sich dem Bereich der offiziellen Wissenschaft entzogen hatten, oder ernsthaft Ringende, die im Chaos der Theorien, im Überwuchern des seelenlosen Stoffes keinen Ausweg mehr fanden. Was sie anzog, war vermutlich seine herrliche Unbeirrtheit, die von seinem Wesen ausstrahlende Reinheit, sonst konnten sie ja wenig bei ihm gewinnen, es gab da keine Schule, kein System, keine umwälzende Entdeckung. Seine Gegner sprachen spöttisch von Relativitätsmedizin, manche taten ihn achselzuckend als eine Auferstehung des romantischen Arztes ab (wie wenn er damit vollständig erledigt wäre), nannten ihn demzufolge einen Entheisten und Exorzisten und stellten gewisse von ihm angewandte Methoden auf dieselbe Stufe wie das berühmte Kernersche Experiment, einen Tobsüchtigen mit dem Spiel der Maultrommel zu heilen. Auch wohlwollende Beurteiler warfen ihm vor, daß er in seinem Bestreben, den Kranken zu helfen, oft kritiklos werde, sie verfochten den Standpunkt der Objektivität und kühlen Beobachtung gegen den philanthropischen, womit sie nicht unrecht gehabt hätten, wären seine innersten Motive wirklich nur menschenfreundliche oder mitleidige gewesen; sie waren aber von viel elementarerer Natur. Ja, wenn man will, war er auch Menschenfreund, aber ungefähr so wie eine Lokomotive unter anderm auch Wärme verbreitet.

Immerhin hatte er eine Anzahl von Arbeiten publiziert, die die wissenschaftliche Welt zum Aufhorchen genötigt hatten, sie waren aus dem Bezirk der Erkenntnis nicht mehr wegzudenken. Eine davon, die ihm die Professur verschafft hatte, betitelt: »Die Frage des Primats in der Wechselbeziehung von organischen und psychischen Funktionsstörungen«, war in die breite Öffentlichkeit gedrungen und hatte im Publikum und in den Zeitungen erregte Diskussionen veranlaßt. Sie war Ende 1920 erschienen, nach dem Erlöschen der großen Grippe-Epidemie, und er hatte darin nachgewiesen, daß zwischen der Vehemenz der pestartigen Seuche und der Gemütsverfassung der Menschheit ein ursächlicher Zusammenhang bestehe, der durch eine Reihe von überraschenden Symptom-Feststellungen erhärtet war. Der Leitsatz von der „Krankheitssehnsucht des Leibes, wenn die erschöpfte Seele ihren Imperativ eingebüßt hat«, war eine jener Prägungen, die einen gewissen Einfluß auf die Geistesrichtung einer Zeit üben. (Also doch Romantik. Erinnern Sie sich an das Wort eines »romantischen« Arztes: »Nimmt die Seele die Krankheit nicht an, so kann sie den Leib nicht ergreifen.« Alles kehrt wieder.)

Wie zu erwarten war, wurde ihm dieser (keineswegs beabsichtigte) Versuch, wissenschaftliche Probleme zu popularisieren, von jenen, die sich selten nennen, dafür aber um so strenger richten, sehr verübelt. Man beschuldigte ihn sogar der Karriere-Macherei und zeigte sich um so erbitterter, als er die Anklage durch sein Verhalten aufs bündigste entkräftete. Es wurde ihm damals eine führende Stellung im Reichsgesundheitsamt angeboten; er schlug sie rundweg aus. Während des letzten Kriegsjahres war er Chef des gesamten Sanitätsdienstes an der Ostfront gewesen, hatte dabei Erfahrungen genug gesammelt, um einzusehen, daß er in jedem Amtszwang verkümmerte. Es war seine abergläubische Überzeugung, er dürfe kein Kompromiß schließen, nach keiner Seite, um keiner Rücksicht willen, das sich nicht alsbald an ihm rächen würde, an der Aufnahmefähigkeit seiner Sinne, der Sicherheit des Auges und der Hand. Trotzdem hatte er im Jahre 25 dem Drängen einiger Freunde in der Regierung nachgegeben und den Posten eines Generalgutachters der Eisenbahnen übernommen. (Vermutlich wollte man ihn sichergestellt wissen, das Jahresgehalt war sehr bedeutend, seine Einnahmen waren trotz des ungeheuern

240

Umfangs seiner Klientel bei großen Aufwendungen verhältnismäßig gering, die Reste des Irlenschen Vermächtnisses hatte die Inflation verschlungen; ein Glück, daß Marie einige Jahre vorher das Gut gekauft hatte, das sie mit Hilfe ihrer Mutter mit günstigem Ertrag bewirtschaftete, dadurch war er der Sorge für sie und die Kinder enthoben.) Nach wenigen Wochen verspürte er aber ein derartiges Erlahmen seiner inneren Spannkraft, oder, wie er es nannte, Leuchtstärke, daß er zunächst einen Urlaub zum Studium der rätselhaften Haffkrankheit nahm, die um diese Zeit an der Kurischen Nehrung auftrat und zahlreiche Opfer forderte, und dann das Amt plötzlich niederlegte. Niemand begriff es, auch Marie verübelte ihm den unvernünftigen Verzicht bis zu einem gewissen Grad; schließlich sah sie ja immer alles ein und wußte, daß er nicht anders handeln konnte; in diesem Fall fiel es ihr schwer, sein Verhalten zu billigen und innerlich zu ihm zu stehen, nicht weil ihr gerade an dieser Stellung ausnehmend viel lag, so ehrenvoll und glänzend dotiert sie auch war, sondern weil schon damals in ihrem Leben eine schmerzliche Veränderung vor sich ging, etwa wie wenn ein Kristall sich trübt oder ein Baum, der bisher in jedem Frühling reich geblüht hat, auf einmal nicht mehr ausschlägt, man weiß nicht warum. Zudem kannte sie das Gesetz seiner Natur, die geheimnisvolle Wiederkehr geistiger Katastrophen, unter deren Einwirkung er unter Umständen alles von sich warf, um an irgendeinem Punkt, wo kein Mensch es vermutete, von vorn anzufangen, sie kannte das, denn sie hatte es bereits zweimal erlebt, das erste Mal vor Irlens Tod (wir entsinnen uns), das zweite Mal in den Tagen, als er vom Feld zurückgekommen war. Ihr ahnte, daß jene Amtsniederlegung nur ein Präludium war, ein Wetterleuchten, sie spürte es ihm an, sie wartete jahrelang auf den Ausbruch, mit ewig zurückgekämpfter Angst wartete sie: und so geschah es denn auch. (Doch damit greife ich weit vor. Es spielt da vieles hinein, was zu ausführlicher Darstellung drängt, vor allem die Beziehung zu Etzel von Andergast, sonst wäre ein Entschluß kaum verständlich, der seine ganze Existenz auf einen neuen Boden stellte und seine Anhänger, seine Freunde, die unabsehbare Schar seiner Patienten und Pfleglinge mit Erstaunen und Bestürzung erfüllte.)

Was die öfters erwähnten vierzehn Jahre betrifft, teilen sie sich in drei deutlich voneinander unterschiedene Perioden, deren erste bis 1919 dauerte, während die zweite, eine Zeit der Rastlosigkeit, der Heimatlosigkeit, zugleich der innigsten Verbundenheit mit Marie, im Herbst 22 eine Art Abschluß durch den Tod Ninas erfuhr, den sie beide als Erlösung empfanden, da er es ihnen endlich ermöglichte, zu heiraten und einen geregelten Hausstand zu errichten. (Doch war da eine regnerische Vormittagsstunde auf dem Friedhof, als sie mit Ninas Sarg daherkamen und eine Krähe laut krächzend nah über seinem Kopf vorbeizog, da dünkte ihn, daß sie auch seine Jugend mit ins Grab hineinlegten und zuschaufelten und alles Sterben, das er in vier Jahren gesehen, kalt und wach wie einer, der beim Jüngsten Gericht zugegen ist, zu einem einzigen grausigen Todesakt würde.) Ausführliche Angaben im Stil einer Lebensbeschreibung wären völlig unangebracht, was sich darbietet, ist ein Bild von Unruhe der Existenz, das sowohl die Epoche wie die Verfassung dieses Mannes kennzeichnet: immerwährender Wechsel des Domizils, Aufbrechen von Stadt zu Stadt; überall Suchen nach dem festen Punkt, nach einer Mitte der Bewegung, Marie stets tapfer folgend, erst mit Aleid und dem kleinen Johann Karl, der 1921 geboren war, und als Aleid in das Dresdener Erziehungsheim kam, nur mit jenem; dann 1925, nach der Geburt des zweiten Knaben, Ludwig Robert, die Erwerbung des Gutes Lindow, das nördlich von Neuruppin gelegen war, wo Marie anfangs nur selten längere Zeit verweilte, da sie ihren Mann ungern allein ließ; erst in den letzten Monaten zog sie sich häufiger und häufiger dahin zurück, als sie einsehen mußte, daß er ihr Dasein kaum recht wahrnahm. Es sind Daten, die ihren Platz haben müssen, aber etwa so wie das Kleingedruckte in den Geschichtsbüchern. Die dritte Phase, die nun sechs Jahre dauerte, brachte den Aufstieg, Ruhm, Erfolg, äußerliche Erfüllung. Nicht, was er davon erwartet hatte.

Nicht das vollkommene Einverständnis mit sich selbst. Trotz einer Arbeitsleistung ohnegleichen, trotz täglicher vielfacher Bestätigung der Fruchtbarkeit dieser Arbeit nicht die unbedingte unerläßliche Zustimmung in der eignen Brust, die das Gelingen in einem höheren Sinn erst rechtfertigt. Warum? Das fragte er auch, wenn er irgendwann in seinem siebzehnstündigen Tag einmal zwei Minuten Zeit fand, um über sich nachzudenken.

Ohne den Krieg wäre er nicht geworden, was er war. Um in normalen Zeiten die Erfahrungen zu sammeln, die er sich dort aneignete, hätte er dreihundert Jahre gebraucht, wie er selbst sagte. Material lag buchstäblich auf der Straße. Man konnte wählen. Man konnte sichten. Es war eine millionenmal vergrößerte pathologische Anatomie samt Klinik. Es war alles da, alles, alles: für den Externisten, den Internisten, den Psychiater, den Bakteriologen, den Histologen, den Dermatologen, den Urologen, den Ophthalmologen, den Laryngologen, wozu aufzählen, alles, eine Universal-Lehranstalt von unerhörtem Ausmaß, ein gigantisches Seminar, in dem man gründlich erlernte, was es mit dem Menschen auf sich hat, wie er lebt und wie er stirbt. Verbranntes, zerrissenes, verfaultes Fleisch, zermalmte Knochen, vergiftetes Blut, wunderbare Fälle von Rückenmarksneurose, vasomotorischen Störungen, Paralysis agitans. Kein Glied, kein Organ, kein Nerv, keine Funktion, die sich nicht mit einer interessanten, oft geradezu demonstrationsreifen Verstümmelung und Beschädigung in Fülle und Überfülle dargeboten hätten, von Geistes- und Seelenwunden ganz zu schweigen, erst recht von der einfachen Durchlöcherung und dem einfachen schnellen Tod. Denn es gab vielerlei Tod, verwickelten, langwierigen, lärmenden, anmaßenden, unsaubern, gemeinen Tod und stillen, hohen, geheimnisvollen, seltenen, den zu studieren der Mühe wert war, weil es sich dabei gewöhnlich um unscheinbare Leute handelte, die von heroischen Idealen so wenig wußten wie von Bildung und Erziehung. Volk, das war jedenfalls etwas anderes, als man zu Hause gemeint hatte, etwas anderes auch, als es in den Spitälern, Versammlungen,

Kirchen und Kinos der Städte in unerfreulicher Menge in Erscheinung trat, etwas schwer zu Fassendes und im einzelnen gar nicht Definierbares, man fühlte nur plötzlich auf eine unerwartete Weise, daß man dazugehörte, wie wenn man eines Tages die Nachricht bekommt, daß man einen Verwandten beerbt hat, den man nie gesehen. Die Massenhaftigkeit des Sterbens glich einer Rache der Natur an der Massenhaftigkeit des Lebens, von Auslese keine Rede, Schicksal? Das wird auch der Trost der Weizenkörner sein, während sie gedroschen werden, und ob aus hingemähten Völkern himmlisches Brot gebacken wird, das ist noch die Frage. Es war ein Mechanismus, der sich als Gottheit aufspielte und ebenso planlos wie böse und dumm in Vernichtungsorgien schwelgte. Wer das Gemetzel nicht mit der Nüchternheit eines Schlachthausinspektors betrachtete, war schließlich doch in Gefahr, den Verstand zu verlieren, obschon der kein Arzt sein kann, der nur durch ein Zittern seiner Lider verrät, daß er selber leidet, wenn sich die Kreatur in rasenden Schmerzen vor ihm windet oder eine verstörte Seele ihn aus Augen anschaut, die nicht mehr Glanz haben als ein Mineral. Gewiß, die Qualen lassen sich betäuben, die Mittel sind dank den Fortschritten der Chemie so zahlreich wie unfehlbar, es ist, als hätte sich der menschliche Geist beeilt, den Erfindungen seiner Mordlust einen versöhnlichen Schnörkel anzuhängen, doch hat noch niemand ergründet, was unterhalb der Betäubung vor sich geht und ob Bewußtlosigkeit gleichbedeutend ist mit Empfindungslosigkeit; wenn das Direktionsbüro auch geschlossen ist, in der Buchhaltung und in der Kassa wird vielleicht doch gearbeitet. Davon zu sprechen, lieben die Ärzte nicht, sie geben auch ungern Auskunft über ihre eigenen Gefühle. Abgehärtet wird der Harte, der Gewöhnliche gewöhnt sich, soviel scheint mir klar. Den der Anblick der Leiden leiden macht, ohne daß sein Blick sich trübt und seine Hand erlahmt, der hat eine höher geartete Kraft einzusetzen als der Mann aus Stahl, für den es keine Schrecken gibt, es ist eine andere Qualität der Wirkung. Und das war es, was Kerkhoven von vielen unterschied und was sich vom ersten Tag an bemerkbar machte.

Der Grund seiner auffallend raschen Beförderung lag nicht darin, daß er gewillt war emporzusteigen und daher die ihm im Wege stehenden Hindernisse überwand, ganz und gar nicht, man bedurfte eben seiner, er konnte nicht übersehen werden, und man räumte ihm die Hindernisse von selbst aus dem Weg. Manchmal hatte er den seltsamen Gedanken: Es gilt nicht mir allein, es ist noch einer dabei, dem es gilt, was wäre ich ohne ihn ... Weiter zu denken wagte er nicht, hier war ein verrammeltes Tor.

Finstere Schule, durch die er ging. Es war, wie wenn ein Maler einen Totentanz malen will und sein Dämon, der es gut mit ihm meint, läßt ihn einen erleben, wild und blutig, die blutige Vision vom Ende der Welt. Dann aber war er wirklich, was er vorher nur geglaubt hatte zu sein: Arzt.

Anfangs tat er wie alle aus der Zivilpraxis Einberufenen den vorgeschriebenen Dienst in den Feldlazaretten. Es dauerte nicht lange. Als er nach anderthalb Jahren die niederen Rangstufen hinter sich hatte, konnte er seinen Wirkungskreis selbst bestimmen, das heißt, er arbeitete für den gesamten Front- und Etappenraum seine Pläne aus und machte entsprechende Vorschläge. Wenn sie nicht die Absichten der Obersten Heeresleitung störten, ließ man ihm in der Regel freie Hand, und da unbeschränkte Geldmittel und Arbeitskräfte zur Verfügung standen, die ihm je weniger verweigert wurden, je sichtbarer die Erfolge waren, konnte er seine Ideen auf der breitesten Grundlage ausführen, ob es sich um notwendige Maßnahmen oder bloße Erprobungen handelte. Sein Interesse wandte sich hauptsächlich den Psychosen und Neurosen, den Nervenkrankheiten und Epidemien zu. Er errichtete Laboratorien, Ordinationszentralen und ambulante Beratungsstellen, die er alle unter persönlicher Aufsicht behielt, ohne jedoch auf eigene ärztliche Tätigkeit zu verzichten; im Gegenteil, der größte Teil seiner Zeit gehörte dem Lesen der Krankengeschichten, gründlichen Untersuchungen, Beobachtungen und Behandlungen. So war er häufig gezwungen, wenn er bei Tag an Ort und Stelle sein wollte, die Nacht im fahrenden Auto zu verbringen und zu schlafen, so gut es ging, zuweilen nur um eines einzigen Falles, den er nicht aus dem Auge lassen mochte. Im Sommer 18 gründete er jene fast sagenhaft gewordene Waldsiedlung in der Ukraine (sie wurde ein Jahr später von der Weißen Armee dem Erdboden gleichgemacht), die so weltentlegen war wie eine Blockhausniederlassung auf einer Südsee-Insel und wo er den sonderbaren Versuch unternahm (den er selbst nur als erstes Aufschimmern neuer Möglichkeiten bezeichnete), anscheinend hoffnungslose Fälle von Gemütsdepression durch eine Art von Wunscherfüllungsexistenz, begünstigt von der märchenhaften Abgeschiedenheit, in eine heilende Euphorie zu versetzen. Weiter verlautete darüber nichts, auch die Ergebnisse wurden nicht bekannt, aber die Tatsache zeigt, was für Träumen er sich damals überließ.

Es war nicht das, was ihm Ansehen verschaffte. Weder die Experimente noch die organisierte Fürsorge. Es war der Mann, der Mensch. Wenn er einen Krankensaal betrat, entstand die Stille der Spannung, alle Augen richteten sich erwartungsvoll auf ihn, auch die von Sterbenden. Er hatte keine Gewohnheitsphrasen, er war nicht jovial, er klopfte keinem auf die Schulter, teilte keine Trostsprüche aus, weder erheuchelte noch gutgemeinte, und wie sein Betragen ohne beschäftigte Strenge und ungeduldige Hast war, so daß jeder Patient der hilfreichen Täuschung unterlag, er widme ihm seine ganze Obsorge allein, zeigte er sich auch frei von der Nervosität, die bei manchen seiner Kollegen im Krieg zu einem richtigen Verfolgungswahn wurde, das Opfer von Simulanten zu werden, da er in den meisten Fällen auch die Simulation für eine Form der geistigen Erkrankung hielt. Niemals erlaubte er sich eine hochmütige Geste, ein zerstreutes Wegschauen, die gelangweilte Miene, die zu verstehen gibt: Weiß ich alles, hab' ich hundertmal gehört; das ironische oder schlaue Lächeln, das sagen will: Du übertreibst, mein Lieber, ist lang nicht so schlimm, ich tu' dir nur den Gefallen, als nähm' ich dich ernst. Nichts davon; wodurch er die

Kranken vom ersten Augenblick an für sich einnahm und sogar in nachhaltige Verwunderung versetzte, besonders Leute aus dem Volk, war die eigentümliche Bescheidenheit seiner Haltung, die ungeteilte, intensiv hingegebene Aufmerksamkeit, mit der er den geringsten Mann behandelte, die geringste Beschwerde freundlich entgegennahm. Was sie einschüchterte und manchem sogar ein wenig Angst einflößte, waren seine Augen, der verschleierte, schlafende Blick, der aus jäh geöffneten Lidern plötzlich aufspringen konnte, um sich einem in die Seele zu bohren. Es war wie eine schmerzhafte Injektion mit wohltätigen Folgen, indem sie ein schier unbegreifliches Vertrauen erweckte. Untergebene und Leute, mit denen er außeramtlich und nicht als Arzt zu tun hatte, verspürten natürlich eine derartige Wirkung nicht, man könnte sagen, ihnen gegenüber blieb der Blick »eingesperrt«, aber dadurch hielt er die Menschen, ohne es zu wissen und zu wollen, in Distanz, ja in einer gewissen Scheu.

Jedenfalls war eine Atmosphäre hochgesteigerten Zutrauens um ihn, die sich (im Bereich seines Wirkens zumindest) merklich abhob gegen den mit den Jahren stetig anwachsenden Dunstkreis von Übelwollen, Aufsässigkeit, Verzweiflung und Haß. Nicht nur bei der Truppe, in Spitälern und Infektionsbaracken, bei Mannschaften und Offizieren genoß er eine an Verehrung grenzende Achtung, sein Ruf war auch in die Dörfer und besetzten kleinen Städte gedrungen; an manchen Orten fanden förmliche Wallfahrten zu seinem jeweiligen Quartier statt, und die Straße war stundenlang von Bauern und Juden belagert, die zu seiner Sprechstunde vorgelassen zu werden hofften. Lahme, Blinde und Bresthafte begleiteten ihn auf Schritt und Tritt und flehten ihn an, er möge sie heilen, und da sie ihn für einen Wunderdoktor hielten, verlangten sie oft nichts anderes, als daß er mit der Hand ihre Stirn oder ihre Brust anrühre. Den Juden dieser Gegenden war jeder Arzt ein Gegenstand heiligen Respekts, und wenn der Name von solchem Nimbus umgeben war wie der Kerkhovens, sahen sie ihn für einen Propheten an. Einmal brachte ihm ein jüdischer Dorfältester einen kleinen Beutel mit Goldmünzen und legte den Schatz schweigend vor die Füße Kerkhovens; er fühle sich seit seinem dreißigsten Jahr krank, erzählte er in seinem schwerverständlichen Jargon, der Herr Generaloberarzt möge ihn gesund machen; dabei konnte er nicht sagen, was ihm fehlte, er dachte wahrscheinlich: Da ist ein berühmter Doktor, die Gelegenheit muß man benutzen, er kann auf alle Fälle was finden und mich vor einer richtigen Krankheit bewahren. Als Kerkhoven eines Morgens aus seinem Zimmer trat, hockte eine Frau vor der Tür, die ein bis zum Gerippe abgezehrtes Kind auf den Knien liegen hatte. Bei siebenundzwanzig Grad Kälte hatte sie die ganze Nacht im Flur zugebracht. Während der Fahrt durch ein wolhynisches Dorf warf sich eine Schar von Bauernweibern, mehr als zwanzig, mit irrem Geschrei vor sein Auto. Durch einen Zufall hatten sie erfahren, daß er das Dorf passieren würde, ein Epidemie der zerebralen Kinderlähmung hatte in kürzester Frist drei Viertel aller Kinder hinweggerafft, von den Säuglingen bis zu den Zwölfjährigen, weit und breit war kein Arzt, und die Mütter der noch Lebenden waren es, die mit aufgehobenen Händen um Hilfe schrien. Er ließ halten, ging von einer der elenden, schmutzstarrenden Hütten in die andere, aber da war wenig zu tun, es war eine außerordentlich schwere Form der Meningitis, er teilte Chinin und Kalomel aus, soviel er bei sich hatte, an durchgreifendere Maßregeln war bei dem ganzen Zustand des Ortes nicht zu denken. Lange konnte er die Augen nicht vergessen, mit denen ihn jede dieser Mütter anschaute, wenn er an die kümmerliche Lagerstätte trat; manche kniete vor ihm nieder und küßte seine Hände, seine Schuhe. Auch das Bild des betrunkenen, zerlumpten Popen vergaß er nicht, der im einen Arm ein quiekendes Schwein, im andern das Kreuz hielt und unter einem verwilderten Bart ungeheure gelbe Zähne bleckte.

Die vielfache Berührung mit slawischer Welt, die nicht nur auf die unteren Schichten beschränkt blieb, erfüllte ihn mit Erstaunen und ahnungsvoller Abneigung. Die Mischung von Inbrunst und Schamlosigkeit, Leidenschaft und Schwäche,

Bestialität und Mystik, die ungeheure Traurigkeit der Steppen und der Seelen, all dies Weite, Schwere, Maßlose und Amorphe alterierte ihn und zog ihn zugleich unwiderstehlich an. In seinen Briefen an Marie war oft davon die Rede, sie aber wehrte sich mit aller Kraft gegen das asiatische Unwesen, wie sie es nannte, ich will davon gar nichts wissen, schrieb sie, es ist mir unheimlich, es ist mir fatal, ich habe auch keine Lust, es zu verstehen, der Himmel behüte, daß wir uns damit befassen sollen. Trotzdem er ihre Empfindung teilte, war ein Zwiespalt in ihm, sein dunkleres Ich, das träumende, chaotische, das ur-kerkhovensche, war verlockt, erregt, sah die Grenzen des Seelischen erweitert, das andere (soll ich sagen das irlensche, durch die Flamme des Irlenschen Todes gegangene?) erkannte die Gefahr und war auf der Hut.

Die Monate vom November 1918 bis Februar 19 glichen dem finstern Durchlaß zwischen zwei Straßen, einer verwüsteten im Rücken, auf der es nicht weiter ging, und einer neuen, die erst gefunden werden mußte. Was ihn in den ersten Wochen hinwarf wie einen abgesägten Baum, war nicht allein die aufgeschobene Selbsthilfe des Organismus gegen das jahrelange Übermaß an Kräfteverbrauch, war vielmehr die gewaltsame Korrektur einer Lebensrichtung, die bei einer so geschlossenen und immer gleich in ihrer Gesamtheit bedrohten Natur das zeitweilige Aussetzen der Funktion, ja, einen vorübergehenden Tod bedingte. Vermutlich wäre der Zusammenbruch ohne die allgemeine Katastrophe kein so tiefgreifender gewesen; aber der Anblick der Zersetzung, die Verdunkelung der Existenz, das Gefühl der Vergeblichkeit von Opfer und Hingabe forderten unerbittliche Prüfung der Erlebnisse und Erfahrungen, und da stand auf einmal wieder alles in Frage, Übung und Lehre, Wissen und Wissenschaft, alles stürzte ein wie ein Kartenhaus.

Bis in die Nacht seiner Erschöpfung hinein spürte er die Lockerung, den Zweifel am scheinbar Gesicherten, das Schwanken des Bodens, auf dem er sich bewegt hatte. Als das Schlimmste überstanden war und er sich langsam aus den Trümmern herausarbeitete und wieder Hoffnung schöpfte und Licht sah, faßte er einen eigentümlichen Entschluß. Es lebte damals in Leipzig der Pharmakolog Heberle, einstiger Schüler und Freund des berühmten Naunyn, ein richtiger Sonderling, der eine Art Privat-Institut besaß, in dem er nur wenige Assistenten beschäftigte und wo er in jedem Jahr drei oder vier Vorlesungen abhielt, die in der Fachwelt als Ereignisse betrachtet wurden; nicht bloß die studierende Jugend, auch in der Praxis ergraute Ärzte und die anerkannten Größen der Fakultät drängten sich dazu. Er hatte etwas von einem alten Alchimisten, obschon er ein Mann der strengsten Forschung war, exakt wie die Instrumente, mit denen er wog und maß, und allen wissenschaftlichen Träumereien gründlich abhold; was nicht gewogen, gemessen und gezählt werden konnte, war keiner Beachtung wert. Kerkhoven hatte vor Jahresfrist in einer bestimmten toxikologischen Angelegenheit mit ihm einige Briefe gewechselt, jetzt fragte er bei ihm an, ob er drei Monate in seinem Laboratorium arbeiten dürfe. Die Antwort lautete: Ja, kommen Sie. Heberle verstand nach dem ersten Gespräch, was er wollte. Natürlich handelt es sich diesmal nicht mehr wie vor fünf Jahren um die Elemente, der Lehrlingschaft war er entwachsen, aber als er erkannt hatte, welche Wendung es mit ihm nahm und wohin der innere Zug ging, suchte er instinktiv das Gebiet der unanzweifelbaren Feststellung auf. Es war eine Ruhepause. Überschau: was ist da, womit kann man rechnen. In seinem Schreibtisch hatte er ein Manuskript verwahrt, es hieß: Der Gehorsam gegen die Krankheit. Er hatte nicht die Absicht, das Werk zu veröffentlichen, tat es auch nie. Es war als Bekenntnis wie als Programm gleich revolutionär und hätte Acht und Bann gegen ihn heraufbeschworen. Diese Furcht hielt ihn nicht zurück, aber er wollte es für sich bewahren; die Schrift enthielt in der Anlage die ganze spätere Entwicklung. Sie war dem Andenken Irlens gewidmet. In ihrem allgemeinen Teil standen Sätze wie von Irlens Geist diktiert. Als er Marie diesen Abschnitt vorlas, packte sie ihn genauso bei den Schultern und sah ihn genauso tiefbe-

troffen an wie einst, da er die Worte von der durchstoßenen
Eisdecke gesagt hatte.

Heberle, der um diese Zeit nah an siebzig war, faßte ein
Interesse für Kerkhoven, das sich nach und nach in väterliche
Zuneigung verwandelte. Daß er die vor Kerkhoven zu verhehlen suchte, lag nicht an seinem Mangel an Umgänglichkeit
und Welt (er war keineswegs der knorrige Wauwau und Kauz,
als den ihn viele hinzustellen beliebten, sondern ein liebenswürdiger alter Herr), es lag an der zurückhaltenden Art Kerkhovens, der sich seit dem Verlust des einzigen Freundes, den
er besessen, an keinen Mann enger angeschlossen hatte und
auch in diesem Fall durch eine Menschenfurcht, die er nie
loswerden konnte, schwer zu beseitigende Schranken zog; sie
fielen immer nur, wenn ihm der kranke Mensch gegenübertrat.
Dennoch entstand eine zarte und geistige Beziehung zwischen
ihnen, wie sie sich nur zwischen Männern bilden kann, die einander bewundern, indem jeder das Leben und die Anschauungen des andern für tragisch verfehlt hält. Heberle weigerte sich
leidenschaftlich, in der praktischen Medizin eine Kunst zu
sehen, er verwies Begriff und Wort aus diesem Bereich und erklärte, es sei ein billiger Vorwand für Leute, die im trüben
fischen wollten. Auch von der sogenannten Intuition des Arztes
wollte er nichts hören, insofern damit der geringste Verzicht
auf die wissenschaftlichen Grundlagen verbunden war. »Habt
ihr Lust zu phantasieren, schön, dann heißt euch Künstler«,
rief er aus, während er etwa ein Lötglas aus der Flamme zog,
»für den wahren Arzt hat die Intuition nur eine heuristische
und provisorische Geltung.« Er war aber nicht pfäffisch, in
keiner Weise, und wenn er vom Einbruch einer gesetzlosen
Psychologie in die Medizin wie von einer Heiligtumsverletzung
sprach, konnte er lächeln wie ein weiser alter Priester, dem am
Ende die menschlichen Angelegenheiten doch näher gehen als
die kirchlichen. Als ihm Kerkhoven eines Tages seine Gedanken
über die Beziehungen des Auges zu den Krankheiten des Herzens mitteilte, hörte er ihm zu wie einem Märchenerzähler,

dann sagte er: »Wunderbar, ganz wunderbar, aber der Nachweis? Der feste Punkt? Womit kann ich da arbeiten?« Und da Kerkhoven schwieg, legte er seine kleine, glatte Hand (die Hand eines Verwachsenen) auf die des andern und fuhr fort: »Ich erinnere mich, es wird jetzt fünfzig Jahre her sein, da kam der junge Naunyn einmal in aller Frühe freudestrahlend auf meine Bude und weckte mich erbarmungslos auf, um mir zu verkünden, daß er endlich die Flimmerhaare auf der Innenfläche des Echinokokkusmembrans gefunden hätte. Und das stimmte. Und es war was. Man konnte es sehen und belegen. Und er hatte Ursache, sich zu freuen.«

Ungefähr um diese Zeit war es, daß Kerkhoven gegen einen der Hauptpfeiler der herrschenden Wissenschaft jenen Angriff unternahm, den man ihm nie verziehen hat; in einem Vortrag, den er im Verein der Charité-Ärzte hielt, sprach er über die Kontagiosität der Epidemien, wies insbesondere bei der Serumbehandlung der Diphtherie die Fehlerhaftigkeit der statistischen Angaben, ja die Wertlosigkeit alles zahlenmäßigen Materials nach und stellte, unter unwilligem Kopfschütteln der Versammlung, dem Begriff der Ansteckung den der periodischen Massendisposition, hervorgerufen durch soziale Schwächung, gegenüber. Wider alles Erwarten fand er in Heberle einen Verteidiger, ich glaube, er selbst war am erstauntesten darüber. Heberle schloß seine kurze Ansprache mit den Worten: »Die Ausführungen des geschätzten Vorredners haben mich wohl nicht zu überzeugen vermocht, aber andrerseits bin ich außerstande, ihn zu widerlegen, da mir die bisherigen Erfahrungen nicht dazu ausreichend erscheinen, wenigstens nicht in dem Maß, daß aller Widerspruch für die nächsten drei Jahrhunderte zu verstummen hat. Sollte aber einer der anwesenden Herren zu einer klinisch und physiologisch unanfechtbaren Demonstration bereit sein, so wird der geschätzte Vorredner seinen Irrtum gewiß in Demut abschwören. Bis dahin bin ich verpflichtet zu sagen, daß eine millionenfache Erfahrung noch kein Naturgesetz ist und die verführerischste Wahrscheinlichkeit noch keine Wahrheit.« Hierauf erfolgte bestürzte Stille. Kerkhoven stand einsam, mit verschränkten Armen und gesenktem Kopf, an einer Wand des Saals.

Und so ging er den schweren Weg. Einsam.

Neuntes Kapitel

Mit Kerkhoven zu sprechen, in seiner Eigenschaft als Arzt nämlich, hatte sich Etzel Andergast leichter vorgestellt, als es war. Obwohl die Ordination erst um neun Uhr begann, war das Wartezimmer schon eine Stunde vorher überfüllt. Zwei Frauen in Pflegerinnentracht schrieben die Namen auf und sorgten für Einhaltung der Reihenfolge. Eine Anzahl ambulanter Fälle stand in der Behandlung des Assistenten Doktor Römer, zu dessen Ordinationsraum einer jener langen Korridore führte, die charakteristisch für die Bauart Berliner Häuser sind. Das Haus lag am Ende der Großen Querallee, ein solides zwei-stöckiges Gebäude aus der Mitte des neunzehnten Jahrhunderts mit einem Portal, das einen Renaissancepalast vorspiegelte. Bis zum Umsturz hatte eine landwirtschaftliche Bank darin amtiert. Im oberen Stock befand sich Kerkhovens Privat-wohnung, wo er sich allerdings nur von Mitternacht bis sieben Uhr morgens aufzuhalten pflegte, und auch das nicht immer. Seit er die Leitung der ehemaligen Werther-Françoisschen Nervenheilanstalt übernommen und sie mit Hilfe staatlicher Zuschüsse nach seinen Ideen und Plänen ausgebaut hatte, brachte er zwei- oder dreimal wöchentlich dort die Nacht in einem primitiven Schlafraum zu.

Andergast war spät gekommen. Es lag ihm nicht daran, bald vorgelassen zu werden. Eigentlich wünschte er der letzte zu sein. Es war unbehaglich, an Wartende denken zu müssen, wenn man Gewichtiges vorzubringen hatte. Um nicht in müßige Erwägungen über den Ausgang seines Unternehmens zu ver-

253

fallen, widmete er seine Aufmerksamkeit den Menschen ringsherum, fünfzehn bis zwanzig Gesichtern und doppelt so vielen Augen, Schultern, Händen, Schenkeln und Füßen. Bei seinem entwickelten Sinn für das Soziale und der unzähmbaren Wißbegier danach schöpfte er Belehrung aus jeder Gebärde und Miene, aus der Haltung, der Frisur, der Beschaffenheit der Fingernägel und des Schuhwerks. Anhaltspunkte, die es bei einiger Schärfe der Beobachtung nicht schwer machen konnten, Beruf, Lebensweise, Charakter und Temperament zu bestimmen. Dennoch wußte er, daß das Vergnügen an diesem Spiel oft nur so lang dauert, bis es sich vor der Wirklichkeit als Knacken leerer Nüsse herausstellt. Vielleicht war die überelegant gekleidete Person mit dem gipsweißgepuderten Gesicht, den traubengrünen Fischaugen und hennagefärbten Nägeln keine Filmstatistin oder Sängerin in einem Vorstadtkabarett, sondern Kassiererin in einem Handschuhladen oder ehrbare Gattin eines Automobilagenten; man konnte nie sicher sein, die Grenzen verwischen sich immer mehr, Kleinbürgerinnen sahen aus und betrugen sich wie Kokotten, Schnapsfabrikanten waren nicht von Pastoren zu unterscheiden, Reporter nicht von Diplomaten, und umgekehrt. Die einen gaben es nach oben hin etwas billiger, die andern nach unten hin etwas teurer, jeder wollte das am wenigsten sein, was er war. Immerhin müßte man abschätzen können, ob der kahlköpfige Herr in der Ecke, der mit übergeschlagenen Beinen hochmütig zurückgelehnt dasaß, nichts als eine aufgeblasene Null war, Deklassierter, der es sich selbst verhehlte, oder ob er nicht doch einigen Grund zu der lässigen Überlegenheit des einflußreichen Mannes hatte, die er zur Schau trug. Dann der blasse ältere Herr im Gehrock mit der edlen »Denkerstirn«, der neben der Büste von Helmholtz saß; es hatte den Anschein, als sei sein Hirn der Geburtsort eines neuen philosophischen Systems; ebensogut konnten ihn aber die armseligsten Erwägungen beschäftigen, die Höhe der Lebensmittelpreise, Zwistigkeiten in der Familie, ein ärgerlicher Wortwechsel im Amt. Der wie ein lächerlicher Prahler wirkte, konnte ein aufopfernder Bruder sein, die gütigblickende Ma trone eine Verleumderin, der Schwätzer, der unaufhörlich seine Nachbarn belästigte, ein genialer Erfinder. Warum konnte man nicht in sie hineinschlüpfen und sie gleichsam überführen, eines jeden Maß und Wahrheit erkennen, seine offene und seine geheime Existenz? Während der junge Mensch mit kalter Ruhe die ungeheuer fremden Gesichter betrachtete, in denen sich Erwartung, Ungewißheit, Hoffnung, Angst und Kummer erschreckend deutlich malte, bekam er einen Begriff von der Macht des Mannes, der sie zwingen konnte, ihm ihre gehütetsten Geheimnisse preiszugeben. Es war Hineingenommenwerden in die Spannung und Willenslockerung all dieser Unbekannten, als wenn der Geist, der hier herrschte, ihn angerührt hätte, und er empfand eine unbestimmte Furcht. Es fehlte nicht viel, und er wäre aufgestanden und weggegangen. Er konnte keinen brauchen, der den eisernen Tresor aufsprengte, um die unter Verschluß gesetzte Seele zu beäugen. Aber wer sollte das fertigbringen? Unsinn. Er wollte ja nichts für sich, kam ja nicht in eigener Sache, es ging um eine andere Person, er selbst blieb außer Spiel.

Meinte er. Und an dieser Täuschung hielt er fest bis zu dem Augenblick, wo der »eiserne Tresor« aufgesprengt war.

Innere Veränderungen erleiden wir gewöhnlich nicht auf einmal und unvorbereitet. Es ist in der Regel ein langsamer Prozeß, der sich ohne unser Zutun und Wissen vollzieht. Verschiedene Strömungen vereinigen sich, und irgendein Geschehnis, das mit dem Umschlag in keinem unmittelbaren Zusammenhang zu stehen braucht, wirkt mit, jenen Zustand schmerzhafter Empfänglichkeit zu erzeugen, ohne den das Leben zum Mechanismus wird. Am Morgen vorher hatte Kerkhoven einen Brief von Marie aus Lindow bekommen. Seltsames Schreiben voll Andeutung, Sehnsucht, Resignation und trüber Betrachtung. Er hatte es zuerst nur flüchtig gelesen, aber die Worte hatten sich festgehakt und ihn hinter seinen Beschäftigungen beschäftigt, so daß er einige Stunden später den Brief aus der Tasche zog und zum zweiten Male las, aufmerksamer als das erste Mal. Er schüttelte verwundert den Kopf. War das seine aufrechte, heitere, nie kleinmütige Marie? Warum die melancholische Versonnenheit, das schier vernehmliche Seufzen um die vergehende Zeit und daß der Frühling so leer sei, so leer und so kalt, und daß sie friere, innen und außen. (»Du weißt, Lieber, mein Lieber, das Frieren werd' ich nimmer los, aber heuer ist, als seien mir die Blutadern zu Eis geworden.«) Er wußte es. Er hatte sich schon oft Sorgen darüber gemacht. Vermutlich laborierte sie an einer chronischen Zirkulationsstörung. Sie hätte ein paar Monate in den Süden gehen sollen, aber ohne ihn zu reisen, davon wollte sie nichts wissen, und für ihn war es ein unerfüllbarer Traum. Was ihn an dem Brief ein wenig erschreckte, war die Spannungslosigkeit, die Müdigkeit, die er erkennen ließ. Eine glückliche Frau schreibt nicht so, sagte er sich. Und er schüttelte abermals den Kopf, da er ja bis zu diesem Moment überzeugt gewesen, daß sie das gerade war: eine glückliche Frau. Hätte ihn Marie bei diesen Gedanken belauschen können, sie hätte in ihrer zärtlich-spöttischen Weise gelächelt, ganz geschwind und ganz verschwiegen wie über einen geliebten dummen Sohn, der sich's bei Tisch gut schmecken läßt und die Küche über den grünen Klee lobt, ohne im entferntesten zu ahnen, wieviel Kopfzerbrechen und heimliche Opfer der Aufwand Tag für Tag kostet. Denn Marie, das muß hier eingeschaltet werden, ging in der Schonung dieser echt Kerkhovenschen Selbsttäuschung so weit, daß sie eine offenere Kundgebung als das erwähnte Lächeln schon als Verrat an ihm empfunden hätte, vorausgesetzt, er hätte es bemerkt. In der Beziehung glich er einer Zauberfigur, die jedes Jahr einmal die Lider hebt, um sich zu vergewissern, ob in dem Raum, wo sie sich befindet, alle Dinge noch am selben Ort sind: der Tisch, der Ofen, die Truhe, die Frau. Und Maries Aufgabe besteht darin, sich im Moment, wo der geliebte Golem wieder die Augen öffnet, an den Platz zu stellen, wo sie gewesen, als er das vorige Mal die Augen geöffnet hat. Ganz leicht, man muß nur aufpassen und die Zeit wahrnehmen, auf Stunde und Minute läßt sich das Ereignis nicht berechnen;

erst wenn er durch ein zufriedenes Nicken festgestellt hat, daß alles in der gewohnten Ordnung ist, kann die Gefahr als beseitigt gelten. Es ist riesig amüsant für Marie, aber auch ein bißchen bitter, und sie kann nichts dafür, daß sich das Bittere Tropfen für Tropfen sammelt und schließlich als Bodensatz in der Existenz verbleibt.

Kerkhoven hatte versucht, den Brief zu vergessen, allein es war, wie wenn man sich den Finger geritzt hat, es tut nicht weh und tut doch weh. Als er am späten Nachmittag in die Wohnung kam, um rasch Tee zu trinken, war zu seiner Freude Marie da. Sie hatte sich plötzlich entschlossen, ihrem Brief nachzufahren, sie bereute, ihn geschrieben zu haben, es war eine Dummheit, sagte sie sich, man darf ihn nicht aufschrecken. Sie stellte sich das Gesicht vor, das er beim Lesen gemacht (falls er sich die Zeit zu genauem Lesen überhaupt genommen hatte), sie kannte es so gut, die ratlos blickenden Augen, den bestürzt fragenden Ausdruck eines fälschlich Beschuldigten, unwillkürlich mußte sie lachen. So setzte sie sich, ohne viel zu überlegen, in ihren kleinen Opel-Wagen, den sie selbst chauffierte, und war schon zu Mittag in der Stadt. Nachdem sie verschiedene Besorgungen erledigt, ging sie zu ihrer Schneiderin, wo man ihr die neuen Pariser Modelle vorführte, unter andern ein begehrenswertes Frühjahrskostüm. Man überredete sie, es zu probieren, es paßte wie angegossen, es machte sie schlank, obschon ihr Körper an Schlankheit nichts zu wünschen übrigließ, es machte sie um fünf Jahre jünger, obschon ihr niemand mehr als dreißig, höchstens zweiunddreißig gegeben hätte. Verkäuferin, Direktrice, die jungen Fräulein äußerten eine durch die Würde der Kunst gedämpfte Anerkennung, und in einem angenehmen Rausch, im Wunsch, sich selber neu zu werden (der immer bei dem Verlangen nach schönen Dingen mitspielte), schlug sie die guten Vorsätze leichtsinnig in den Wind und erlag der Versuchung. Einige unbedeutende Verbesserungen mußten vorgenommen werden, dann zog sie das Kostüm gleich an, um sich Joseph darin zu zeigen. Und sie wettete im stillen mit sich, daß er es nicht bemerken würde.

Wenn er es wider alles Erwarten bemerkte, war sie zu demütiger Abbitte bereit. Es war keine Abbitte nötig. Vergebens stellte sie sich zwei-, dreimal auffällig vor ihn hin, vergebens lächelte sie mit fast flehendem Hinweis und dehnte sich ein wenig wie ein Kind, das sich größer machen will, er sah nichts. Dabei weiß sie, daß er eines Tages, in sechs Monaten ungefähr, überrascht fragen wird: Hast du nicht ein neues Kleid an, Marie? Woher ist es? Es steht dir ausgezeichnet; und daß er dann hocherstaunt sein wird, wenn sie ihm erklärt, wie lange er es schon an ihr gesehen hat, ohne es zu sehen. Aber was hat es denn zu bedeuten. Sie erlaubt sich auch nicht, länger daran zu denken, als es sich mit der Drastik der Situation verträgt, die in der Wiederholung des gleichen liegt. Sie hatte immer Angst, ihn aus seinem Zauberkreis zu reißen, sie hat einige Übung darin erlangt, sich auszulöschen und zu verschwinden. Ihn nicht stören, das ist seit vielen Jahren der Leitsatz ihres Lebens gewesen, in seiner Befolgung ist sie an den Kindern schier zur Tyrannin geworden; als Aleid noch klein war und die Wohngelegenheit beengt, hat sie immer ihre ganze Aufmerksamkeit darauf richten müssen, daß das Kind nicht zu laut lachte und zu lärmend spielte, wenn er im Hause arbeitete. In den Reden des indischen Buddha wird oftmals von der »innigen Hochachtung« gesprochen, die der heiligen Person gezollt wird. Das war es, was sie allen Menschen, mit denen sie zu tun hatte, für ihn einflößte, innige Hochachtung, genau das, Kindern, Dienstboten, gleichgültigen Fremden, unabhängig davon, was er durch sich selber war und wirkte. Jetzt hatte sie manchmal die deprimierende Empfindung, als hätten sie einander nicht mehr viel zu sagen. Er war außerhalb der Berufstätigkeit so schweigsam geworden, daß auch sie, die so bedürftig war nach Gespräch und Mitteilung, unter der Entbehrung litt, wie man an Hunger oder Durst leidet, und in seiner Gegenwart zwangvoll verstummte. Jetzt war sie drei Wochen von ihm getrennt gewesen, eine bedrückend lange Zeit, trotzdem sie in diesem Jahr fast den ganzen Winter mit ihm (oder doch im selben Haus wie er) verbracht hatte. Etwas lag ihr schwer auf der Seele, aber sich ihm anzuvertrauen trug sie Bedenken. Sie saß am Fenster, das Kinn in die Hand, den Arm auf das Sims gestützt. Er schritt auf und ab und erzählte ihr mit der Bewegtheit eines Mannes, der nach allem greift, was ihm dienen kann – auch dem scheinbar Entlegenen, weil ihm vieles schon dient, wenn er es bloß ahnt –, ein deutscher Forscher habe im chemischen Institut in Schanghai den Nachweis für die Existenz des Protaktiniums geführt, eines rätselhaften Metalls, schwerer als alle bekannten Metalle, das infolge beständiger Atomexplosionen im Dunkeln leuchte und mit dem sich die Radiologen seit langem beschäftigten. Marie sah interessiert aus, aber sie hörte nur die Worte. Von Zeit zu Zeit blieb er vor ihr stehen und schaute sie halb zerstreut, halb liebreich an mit diesen wundersamen Augen, deren Blick, wenn er sie traf, wenn er sie wirklich faßte, ihr noch immer durch und durch ging.

Endlich sagt sie es ihm doch: sie glaubt sich schwanger. Sie weiß es noch nicht sicher, aber die Wahrscheinlichkeit ist groß. Es steht aber so, daß sie dem Ereignis nicht mit Freude entgegenblickt. Über den Grund kann sie sich keine genaue Rechenschaft geben. Daß sie es nicht gewünscht hat, in diesem Moment des Lebens, kommt nicht in Frage. Es ist die letzte Neige der Jugend, nicht zu leugnen, und vielleicht hat das Schicksal noch etwas mit ihr vor, das erhebender ist als Kindbett und Ammenschaft. Vielleicht, man kann es nicht wissen. Es ist eine kleine, dumme Märchenhoffnung, aber es ist so. Ein leiser Trotz regt sich in ihr, wenn sie daran denkt, daß sie sich dem geistlosen Zufall fügen soll, der ihr befiehlt zu gebären, auch wenn Körper und Seele nicht ganz einverstanden sind. Aber darüber käme sie leicht hinweg. Nicht aus Bequemlichkeit sträubt sie sich, ist ihr doch keine Eigenschaft verhaßter und keine ihrer Natur fremder als Bequemlichkeit, auch nicht weil sie sich innerlich der Verantwortung nicht gewachsen fühlt. Zwar kann sie ihre Erfahrungen nicht ausschalten, nicht einmal die physischen, alle ihre Geburten waren schwer, nach jeder hat sie viele Wochen gebraucht, um sich zu erholen. Jedem

Kind muß man in einer neuen Weise Mutter sein, mit neuer Bereitschaft; wird man contre coeur hineingezwungen, so fehlt vielleicht der Schwung, die Heiterkeit, der rechte Mut. Sie denkt auch an ihn, an die abermals vermehrte Last, nicht bloß im groben Sinn, für ihn ist ja alles, was er liebt, zugleich Last, Beschwernis, Aufenthalt. Zudem wird sie Monate und Monate lang als Kamerad für ihn erledigt sein. Schon jetzt . . . Dies deutet sie zaghaft an, stockt aber sofort, die Lider zittern verdächtig, zugleich lächelt sie, um den Eindruck zu verwischen, als beklage sie sich, denn noch nie, seit sie an seiner Seite lebt, ist es zu einer sogenannten Szene gekommen. Tapfer lächelt sie, in der nur ihr eigentümlichen Art: ungefähr wie eine Schülerin, die dem bewunderten Lehrer zu verstehen gibt, nichts, was er von ihr verlangt, sei für sie zu schwer. Und wartet mit verhaltener Spannung. Denn alles Widerstreben, alle Unlust, alle diese Bedenken, von denen sie weiß, daß sie selbstsüchtig und ihrer nicht ganz würdig sind, kann er durch ein einziges Wort, einen Laut, eine Bewegung fortfegen, als wären sie nie gewesen. Darauf wartet sie. Deshalb ist sie eigentlich hier. Es war eine Flucht. Sie ist zu ihm geflohen.

Kerkhoven blickt schweigend in das ihm offen zugewandte ergebene Gesicht, das sich seit vierzehn Jahren in keinem Zug für ihn verändert hat. Er kennt alle Regungen darin, in den »blassen Blumen« spiegeln sich, davon ist er überzeugt, die geheimsten Gedanken. In dieser Hinsicht ähnelt er einem Mann, dem eines Tages ein großes Vermögen in den Schoß gefallen ist und der dann unbekümmert drauflos gelebt hat, ohne je nachzusehen, was er von dem Kapital noch besitzt; er wiegt sich in der angenehmen Illusion, der Überfluß werde ewig dauern. Derselbe Kerkhoven, der als Arzt die verborgensten Seelenschwingungen zu deuten und mit einem ans Wunderbare grenzenden Instinkt dort schon Gefahr und Leidenskeim zu entdecken vermochte, wo stumpfere Beobachter nicht die geringsten Symptome finden konnten, der hatte für den teuersten Menschen keine Augen und ließ sich täuschen durch einen stolz gewahrten Schein. Was in vielen Verhältnissen die Regel ist, wird hier ziemlich merkwürdig, wo es sich um einen Charakter handelt, der im Physischen wie im Seelischen als Feind und Leugner aller Regel auftritt. Auch in Marie bäumt sich alles auf gegen Regel und Tabulator; schon als Kind war ihr die Vorstellung widerwärtig gewesen, daß jedes Jahr von der Geburt an bis zum Tode dreihundertfünfundsechzig Tage und zweiundfünfzig Sonntage haben sollte. Kam auch in den Schaltjahren noch ein dreihundertsechsundsechzigster Tag hinzu, so war das ein magerer Trost in der arithmetischen Wüste Gobi. Und so hatte sie alles gehaßt, was nach der Vorschrift ging, und alles war ihr verleidet, wenn es Programm wurde. Man kann auch einem andern Menschen zum »Programm« werden, das er erledigt, schlecht und recht; dann ade, Schönheit und Traum. Es war wohl so, daß sein Wissen von ihr an einem bestimmten Punkt stehengeblieben ist. Die ungeheuern Ansprüche, die er an sich, die die Existenz an ihn stellte, verboten ihm ganz einfach, zu gewähren, was als ungestillter Wunsch ihr Herz aufzuzehren drohte. Sie war ja da, ihr Bild war da, das Gefühl von ihr war da, das mußte genügen. Sie sagte sich auch: Es genügt, es genügt reichlich, und dennoch, es genügte nicht; im untersten Grund des Bewußtseins, dort, wo das »Warten« war, genügte es nicht. Er war in ihren Augen der Meister des Spiels, und sie spielte die Rolle, die er ihr zugeteilt hatte, gehorsam und mit täuschender Wahrheit. Aber verhindern ließ es sich nicht, daß er so über vieles, was sich in der letzten Zeit in und mit ihr ereignet hatte, ahnungslos wie der erstbeste Fremde war. Hätte er sie aufgeschlossen, sie aufzuschließen nur den Willen gehabt, sie hätte ihm seltsame Dinge erzählen können, schwebende, schwer faßbare, die ein großmütiges Verstehen voraussetzten, und unheimlich niedrige, die den Alltag verstörten, wie zum Beispiel das ganze Erlebnis mit der Mutter, das ihr den Aufenthalt in Lindow nachgerade zur Qual machte. In diesem Fall hatte sich's am deutlichsten gezeigt, wie sonderbar er ihr entrückt war, etwa wie einem ein Mensch entrückt ist, dem man fortwährend Briefe schreibt, die er nicht beantwortet. Weil er die Einsamkeit auf dem Gut für sie gefürchtet hatte und es ihm ein unbehaglicher Gedanke gewesen war, sie nur mit den Kindern, ohne einen vertrauten Menschen dort zu wissen, hatte er alles darangesetzt, daß ihre Mutter nach Lindow übersiedelte. Es war ihm endlich gelungen, den Widerstand der Professorin Martersteig zu besiegen, an das Leben in der Stadt gewöhnt und sehr konservativer Natur, hatte sie sich lange gesträubt; er war wenigstens dreimal deswegen zu ihr nach Dresden gefahren. Natürlich hatte sich Marie den Anschein geben müssen, als könne ihr nicht Lieberes geschehen, sie hätte ja keinen triftigen Grund angeben können, weshalb es ihr hätte unlieb sein sollen; seit ihrer ersten Verheiratung hatte sie die Mutter nur drei- oder viermal gesehen, dadurch war ein Gefühl der Verschuldung in ihr entstanden, das ihr die Zustimmung zur Pflicht machte. Desungeachtet hatte sie Josephs Bemühungen mit banger Verwunderung verfolgt, wie wenn er ihr geheimes Gefühl hätte kennen, wie wenn er hätte voraussehen müssen, wovor sie sich dunkel ängstigte und was dann auch eintraf. Aber das gehörte eben zu den Dingen, die sie halb trotzig, halb um ihn zu schonen mit Schweigen bedeckte.

Und nun sah sie ihn an und wartete, was er sagen würde, ob das eine Wort kam, die eine innere *Antwort* vielmehr, die ihre Niedergeschlagenheit und lastvolle Traurigkeit in Zuversicht, ja in hellen Jubel verwandelt hätte. Er spürte das Verlangen und daß da etwas unendlich Heikles zwischen ihnen war, das ihn zu bedachtester Sorgsamkeit zwang, denn der Augenblick, wo er es im Entstehen hätte beseitigen können, war, das fühlte er, unwiederbringlich vorüber. Er war zu betroffen, um sich zunächst auch nur tröstend oder aufmunternd äußern zu können, er fand nicht einmal die Bestimmtheit der Haltung, die Marie, wie er wohl wußte, in jeder Situation mit der Überschwenglichkeit einer Achtzehnjährigen von ihm erwartete. Er glich einem Pferd, das mitten im Lauf stutzt, weil ein Balken überm Weg liegt. Erst nach und nach faßte er sich und redete ihr gütig zu. Er räumte ein, daß er ein wenig erschrocken sei, aber es sei töricht, es sei frevlerisch, darüber zu erschrecken, viel eher sei Anlaß zur Sorge für ihn, daß sie so verstimmt scheine. Marie lehnte den Kopf an seine Schulter und schwieg. »Du bleibst doch in der Stadt?« fragte er, indem er etwas nervös auf die Uhr sah. Sie nickte. »Ich möchte jetzt gern bei dir bleiben«, sagte sie, »oder wenigstens«, korrigierte sie sich eilig, »da sein, wo du bist.« – »Fein«, sagte er und küßte sie auf die Stirn, ich will trachten, daß ich bald zu Hause bin.« Dann ging er. Als Marie allein war, schaute sie die Tür an, durch die er verschwunden war, und ihre Augen füllten sich mit Tränen, die sie mit einer zornigen Kopfbewegung unterdrückte.

Etzel Andergast trat ein, setzte sich auf die stumme Aufforderung Kerkhovens diesem gegenüber und wartete die erste Frage ab. Es war schon das Ende der Ordination, Kerkhoven war ermüdet, er ließ einige Minuten verstreichen, bevor er sich dem Besucher zuwandte, und füllte die Frist damit aus, daß er ein paar Stichworte auf ein Blatt Papier schrieb und nur hie und da einen prüfenden Blick auf den vor ihm Sitzenden warf. Dann forderte er ihn auf zu sprechen. Nach den ersten zehn Sätzen war seine ganze Aufmerksamkeit wach. Eine sonderbarere Sache war ihm nie vorgetragen worden, und in welcher Weise noch dazu. Keine Befangenheit, keine Redensarten, kein äußeres Zeichen der Teilnahme, hart, kalt, knapp, sachlich. Kerkhoven stützte das Kinn auf die Hand, neigte den Kopf ein wenig zur Seite, und mit halbgesenkten Lidern nahm er das Bild des Redenden in sich auf. Alles war ungewöhnlich an dem jungen Menschen, zum Beispiel war er mit gesuchter Sorgfalt gekleidet, dabei mindestens seit drei Tagen nicht rasiert; er hatte zarte Gelenke und lange, schmale geistreiche Hände, aber der Brustkorb und die Schultern waren die eines Lastträgers, breit, gedrungen, muskulös; sein Dasitzen mit an den Leib gedrückten Armen hatte etwas Ungeduldiges wie bei einem Gefesselten, damit kontrastierte wieder die maskenhafte Starrheit des Gesichts, das von Kälte und Fühllosigkeit wie von einer Kruste überzogen und von Weichheit, Träumerei und ähnlichen überholten Empfindungen nichts zu wissen schien, was um so befremdlicher wirkte, als es trotz einer gewissen übernächtigen Mitgenommenheit ein recht wohlgebildetes Gesicht war, fast schön in seinen klaren und regelmäßigen Umrissen, mit Augen, die ein Kapitel für sich waren, man vergaß sie schwerlich, wenn sie einen einmal angeschaut hatten; grau, grüngetöntes Grau, mit bösen, spöttischen, jagenden Lichtern, ungeheuerlich erfahren und auf eine verschlagene und täuschen wollende Art jung; in manchen Momenten funkelte es krank und wild in ihnen auf, mit eingespritzten goldenen Körnern in der Iris, in manchen wieder waren es die Augen eines galgenhumoristisch aufgelegten Walzbruders, dreist, bieder, unbekümmert. Sie mußten übrigens, wie Kerkhoven gleich feststellte, hochgradig kurzsichtig sein, das häufige Zwinkern und der verhängte Blick ließen mit Sicherheit darauf schließen, beim Lesen und Schreiben bediente er sich wohl einer Brille, vermutlich nicht unter zehn Dioptrien, merkwürdig, daß er sie nicht ständig trug, es konnte sein, daß er seine Sehkraft ernstlich gefährdete, man mußte es ihm gelegentlich sagen. Wo kam der Mensch her? Was war er? Was stellte er vor? Jedenfalls eine seltsame Vereinigung anziehender und abstoßender Elemente, in einer Form, daß man beinah den Eindruck von Mystifikation oder Schauspielerei gewann, neckend und unheimlich.

Was ihn veranlaßt hat herzukommen, ist eine ganze Geschichte. Fraglich, ob er es ordentlich und in der richtigen Folge erzählen kann, er bittet im voraus um Verzeihung, wenn es verworren klingt, aber in seinem Kopf geht noch alles drunter und drüber, zudem hat er seit zwei Nächten nicht geschlafen. Doch handelt es sich nicht um ihn selber, das zu betonen ist wohl überflüssig, in dem Fall hätte er sich zu einem solchen Schritt nicht entschlossen. Es hat sich im Verlauf von gewissen unglückseligen Ereignissen eine Situation ergeben, bei der eine Familie in Mitleidenschaft gezogen ist, die sich ohnehin in einem Zustand befindet, für den der Ausdruck Verzweiflung noch gelind ist, und da er diesen Menschen nahesteht, hat er es auf sich genommen und ist da. Es muß eingegriffen werden, bevor noch weiteres Malheur passiert, und zwar von jemand, der Macht über eine heillos verstörte Seele hat. Daß er mit seinem Anliegen an der richtigen Stelle ist, weiß er, obschon er sich das Herz dazu erst gefaßt hat, nachdem ihm Eleanor Marschall gestern gesagt: Geh zu Professor Kerkhoven, geh sofort zu ihm, er wird dich anhören, er wird dir helfen. Folgendes ist geschehen. Vor fünf Tagen, in der Nacht vom elften auf den zwölften März, hat sich sein Freund Roderich Lüttgens erschossen, dreiundzwanzig Jahre alt, Sohn des bekannten Redakteurs und sozialistischen Abgeordneten.

Kerkhoven hob den Kopf. Schon bei dem Namen Eleanor Marschall hatte er aufgehorcht. Er wußte von ihr. Sie war die Gründerin der Jugendsiedlung in Britz bei Tempelhof, eine junge Amerikanerin, deren Reichtum und extravaganter Charakter gewissen Kreisen seit Monaten Stoff zu aufgeregtem Gerede lieferten. Der Fall Lüttgens war als besonders tragisches Ereignis in allen Zeitungen erörtert worden, schon wegen der Persönlichkeit des Betroffenen, der als führender Politiker im Mittelpunkt des öffentlichen Interesses stand und (ein weißer Rabe) wegen seiner Ehrenhaftigkeit und moralischen Unbeflecktheit auch von den Gegnern geachtet war. Er hatte nicht nur den Verlust des einzigen Sohnes zu beklagen, auch die Frau war ihm am selben Tag entrissen worden, sie hatte sich zwölf Stunden mit aller Kraft zusammengenommen, hatte in erstaunlicher Haltung das Nötige angeordnet, sogar, wie versichert wurde, dem Mann und den beiden Töchtern mit heiterer Ruhe Mut zugesprochen, plötzlich war sie, im Übermaß des beherrschten Schmerzes, zusammengebrochen, ein Herzschlag hatte ihr Leben beendet. Als Etzel Andergast an Kerkhovens Miene erkannte, daß er um diese Vorgänge von ungefähr wußte, nickte er erleichtert, weil er sich dadurch kürzer fassen durfte, und schwieg einige Zeit mit sorgenvoll verzogener Stirn. Wie nicht anders zu erwarten, habe man von Mißhelligkeiten zwischen Roderich und seinen Eltern ge-

265

fabelt, berichtete er weiter. Daran sei kein wahres Wort. Namentlich das Verhältnis zwischen Vater und Sohn sei das herzlichste gewesen, das man sich denken könne, wie zwischen ungleichaltrigen Brüdern, zärtlich und nachsichtig von der einen Seite, voll Vertrauen und Respekt von der andern. Nach seinem, Andergasts, Geschmack sei es sogar des Guten zuviel gewesen. (Wieso das, dachte Kerkhoven, zuviel Vertrauen, zuviel Liebe?) Jedenfalls gibt es für Roderichs Selbstmord kein nur halbwegs plausibles Motiv, deshalb erwähnt er die blödsinnigen Gerüchte. Auch er war total stuff und konnte sich die Sache auf keine Weise erklären. (Ob er in dem Punkt ganz aufrichtig ist, dachte Kerkhoven; mit seinem für jede Schattierung in Stimme und Tonfall empfänglichen Ohr glaubte er eine leise Übertriebenheit in der Beteuerung herauszuhören, die auf ein verhehltes Anderswissen schließen ließ, jedoch er tat natürlich, als hege er nicht den leisesten Zweifel.) Schließlich kann man sich nicht wundern, meinte Andergast, die Jungs und Mädels haben es bereits in der Übung, es braucht ihnen bloß der Daumen zu jucken, da knallt es schon. Am Sonntagabend ist er noch mit Roderich beisammen gewesen, in größerer Gesellschaft, gegen elf sind sie nach Hause gegangen, vor dem Schlafengehen hat er über irgendeine Dummheit auf der Treppe so laut gelacht, daß ihn Etzel hat ermahnen müssen, er solle seine Leute nicht aufwecken, dann ist jeder in sein Zimmer gegangen, und eine Viertelstunde später krachte der Schuß. Auf einen fragenden Blick Kerkhovens schaltete er erläuternd ein, Lüttgens hätten ihm seit November in ihrer Gartenvilla in der Lessingstraße eine Mansardenstube eingeräumt, und er habe das gastliche Anerbieten angenommen, wenigstens für gewisse Tage oder Wochen, denn er habe eigentlich kein ständiges Quartier, wohne bei verschiedenen Freunden, bald bei dem, bald bei jenem, oft auch draußen in der Marschallschen Siedlung. Das sei natürlich nicht von Belang, er teile es aber mit, um die Beziehung zu Lüttgens klarzustellen, da er nicht allein mit Roderich befreundet gewesen sei, sondern auch mit den Schwestern gut stehe, namentlich mit Hilde, der älteren, und indem er sie erwähne, sei er auch schon beim entscheidenden Punkt.

Es erscheint mir ratsam, die Erzählung Andergasts ohne Rücksicht auf mehr oder weniger interessante Einzelheiten auf ihren Kern zusammenzudrängen, da es sich hier nicht um eine Sitten- und Charakterstudie handelt, sondern um Historie. Der Leser hat dann nicht zu befürchten, daß der Vorgang stimmungsmäßig aufgebauscht und durch ein darin befangenes Medium gefärbt ist. Und was ihm an Spannung entgeht (ich komme immer mehr dahinter, daß es nichts Langweiligeres gibt als die sogenannte Spannung), gewinnt er an Überblick und rascher Folge.

In der Dienstagnacht (am Nachmittag hatte das Begräbnis von Mutter und Sohn stattgefunden, und zwar unter der Beteiligung zahlreichen Publikums) läutete gegen halb zwei das Telefon bei Lüttgens. Doktor Lüttgens hatte ein starkes Schlafmittel genommen und hörte das Signal nicht, nur Hilde war wach und ging an den Apparat. Eine matte Stimme rief klagend den Namen Roderichs, zwei-, dreimal, und als Hilde beklommen und unwillig fragte, wer es sei, kam keine Antwort mehr. Zwanzig Minuten darauf schrillte die Glocke abermals, Hilde ging wieder hin, und wieder kam die Stimme und rief nach Roderich, flehend, fast wimmernd. Um Gottes willen, wissen Sie denn nicht . . ., flüsterte Hilde bestürzt, und dann: Wer sind Sie denn? Wer ist es denn? Kaum vernehmlich sagte die Stimme bloß: Hilde, oh, Hilde. Geisterhaft wie aus dem Jenseits. Hilde war weder abergläubisch noch leicht in Furcht zu setzen, zuerst dachte sie an eine dumme Büberei, einen schaurigen Spaß, den sich jemand machte, der Stimme nach ein Frauenzimmer, da kam es ihr vor, als habe sie die Stimme schon einmal gehört. Sie blieb eine Weile am Telefon stehen und wartete. Hierauf nahm sie den Hebel wieder auf, um sich mit der Auskunft verbinden zu lassen und in Erfahrung zu bringen, wer angerufen habe, unterließ es jedoch und sagte laut vor sich hin: Das muß Jessie Tinius gewesen sein. Sie stand da, die Hand an der Stirn und überlegte. Plötzlich war ihr Entschluß gefaßt. Fünf Minuten später war sie zum Ausgehen fertig, stieg in die Mansarde hinauf und klopfte an Andergasts Türe. Er war bis eins bei ihr drunten gewesen und wollte eben zu Bett gehen. Sie bat ihn um seine Begleitung. Ihr Vorhaben erklärte sie mit drei Sätzen. Er stellte keine einzige Frage, nickte bloß, schlüpfte in den Mantel, und nach einigen Minuten waren sie auf der Straße und gingen zu einem Taxistandplatz. Sie fuhren in die Nürnberger Straße. (Die Adresse hatte Hilde unlängst auf einem Brief Roderichs gelesen.) Keines sprach ein Wort. Es dauerte ziemlich lang, bis ihnen das Haustor geöffnet wurde. Oben im vierten Stock, an der Tür links ein Messingschild: Carola Breitenfeld, darunter eine Visitenkarte: Jessie Tinius. Sie läuteten und läuteten. Nichts rührte sich. Erst als Andergast mit der Faust an die Tür hämmerte, schlurften Schritte. Eine schmierige Person im Nachthemd und grünem Kittel, offenbar die Dame Breitenfeld, fragte erbost, was sie zu nachtschlafender Zeit hier suchten. Ich übergehe die Verhandlungen und wie sie durch Gewaltanwendung Andergasts in Jessies Zimmer drangen. Andergast packte Hilde am Arm und hielt sie fest. Achtung, Leuchtgas, zischte er. Er stürzte in die Küche, näßte ein Handtuch an der Wasserleitung, schlug es über sein Gesicht, daß nur die Augen frei blieben, eilte so in Jessies Stube und riß die beiden Fenster auf. Sie hatten das Schlimmste gerade noch verhütet. Unter dem widrigen Gejammer und Schimpfen der Carola Breitenfeld stellten sie Wiederbelebungsversuche an, die Erfolg hatten. Andergast brauchte hierzu keinen Arzt. Seine Anweisungen waren kurz und zweckentsprechend. Um vier Uhr früh verließ er das Haus, Hilde blieb bei Jessie. Er schlief vier Stunden, unterrichtete beim Frühstück Hildes Schwester Hedwig von dem Geschehenen, und um neun war er wieder in der Nürnberger Straße. Daß Jessie nicht unbeaufsichtigt bleiben konnte, war klar. Daß man sie nicht Fremden übergeben möge, flehte sie mit aufgehobenen Händen. Spital oder Klinik war nicht mehr notwendig, sie klagte nur, Folge der Vergiftung, über quälenden Kopfschmerz und Brechreiz. Hilde war zu Hause nicht entbehrlich, der Vater bedurfte ihrer, die sechzehnjährige Hedwig war hilflos ohne sie, beide Dienstmädchen waren nach dem Doppeltod in törichter Panik weggelaufen. Jessie in ihrer Wohnung bei der erbitterten Breitenfeld zu lassen war unmöglich, sobald man den Rücken wandte, würde sie den mißglückten Versuch wiederholen, und mit größerer Umsicht diesmal, ohne vorherigen Ruf ins Telefon (welche Tatsache vielleicht Zweifel an dem Ernst ihres Vorhabens wecken konnte, aber es war eine halb wahnsinnige Anwandlung gewesen, als bilde sie sich den Tod des Freundes vielleicht bloß ein, ein letztes Sichklammern an den Namen, ein Adieu und, mit einem Funken Hoffnung möglicherweise, die Kundgebung: noch leb' ich, noch könnt ihr mich retten). So beschlossen Hilde und Andergast, sie ins Lüttgenssche Haus zu bringen. Hilde glaubte diese Maßnahme ihrem toten Bruder schuldig zu sein, sie handelte und fühlte genauso, als ob Jessie ihre legitime Schwägerin sei, obgleich sie sie nur zweimal im Leben gesehen hatte, das erste Mal um Weihnachten auf dem Polytechnikerball, wo Roderich sie ihr als seine Freundin vorgestellt hatte, dann erst wieder beim Begräbnis, da war sie abseits gestanden, allein, im schwarzen Kleid, ganz bleich. Jessie erhob nur schwachen Einwand, zu Mittag war die Umquartierung geschehen, im Mansardenstock war neben der von Andergast bewohnten noch eine Kammer frei, dort wurde sie untergebracht, und Andergast, Hilde und Hedwig teilten sich in die Aufgabe der Überwachung, dem Doktor Lüttgens wurde die Sache aus guten Gründen verheimlicht, was nicht viel Verstellung erforderte, da er keinerlei Teilnahme für das zeigte, was um ihn vorging. Beide Töchter waren von so vielen häuslichen Pflichten in Anspruch genommen, hatten so viele Besuche zu empfangen und abzufertigen, daß Andergast den größten Teil des Tages wohl oder übel allein bei Jessie bleiben mußte und sich höchstens einmal auf eine Stunde entfernen konnte: den ganzen Mittwoch, die Nacht auf den Donnerstag, den ganzen Donnerstag und die letztvergangene Nacht. Am ersten Tag weinte sie unaufhörlich. Andergast ging entweder schweigend im Zimmer herum, oder er saß am Fenster und schwieg auch dort, mißlaunig. Was fängt man mit der Närrin an, dachte er; fatale Geschichte, von der kein Ende abzusehen ist. Wenn er sie anredete, gab sie keine Antwort und verzog nur schmerzlich das Gesicht. Gegen Abend schlief sie ein wenig, in der Nacht lag sie mit weit geöffneten Augen da. Hilde hatte auf dem Sofa ein Notbett aufgeschlagen, aber sie hatte sich in den Kleidern aufs Bett geworfen, sich auszuziehen weigerte sie sich stumm. Am Morgen bat sie um Zigaretten und rauchte ununterbrochen, so wie sie am Tag zuvor ununterbrochen geweint hatte. Einigemal machte sie Anstalten, aufzustehen und wegzugehen, Andergast bedeutete ihr unfreundlich, er könne sie nicht fortlassen. Sie fügte sich mit feindseliger Miene. Natürlich kannte sie ihn längst. Zu ihrem Verdruß hatte Roderich ihn bisweilen aufgefordert, mit ihnen beiden beisammen zu sein. Sie fürchtete sich vor ihm. Sie hielt ihn für einen schlechten Menschen und behauptete, er habe einen unheilvollen Einfluß auf Roderich. Er wußte es. Er hätte ähnliche Erfahrungen schon öfter gemacht. Das Mißverständnis lag nah und verdiente Mitleid. Jetzt faßte er plötzlich Interesse für das Mädchen. Nicht bloß für den »Fall«, auch für die Person, also mit einer Zutat von Sympathie. Sie war klein und unscheinbar und hatte etwas Infantiles im Wesen, aber als er einmal beim Aufund abwandern einen Blick auf sie warf und sie auf dem Bett kauerte, mit dem Gesicht nach unten, die Stirn auf der Armbeuge, rührte ihn der schmale Nacken, der einem entschälten Ast glich. Er fing an, darüber nachzudenken, wie man ihr helfen könne. Er konnte nicht ewig bei ihr Posten gehen und die Polizisten nachahmen, die in der Nähe gewisser Brücken patrouillieren, um bei der Hand zu sein, wenn die Selbstmörder ins Wasser springen. Es war albern, man mußte einen Ausweg aus der dummen Verlegenheit suchen und die Lüttgens-Mädels von der Last befreien. Das einzige Mittel war, ihr die krankhafte Todessucht auszureden, eine Hoffnung in ihr zu entfachen, ihr ein Ziel zu zeigen. Er erinnerte sich nun, daß ihre ganze Beziehung zu Roderich nichts anderes war als sinnliche und

270

seelische Betäubung dieser Todessucht, der Freund hatte es ihm einmal gestanden, ich bin ihr Opiat, hatte er gesagt und dann hinzugefügt: na ja, was willst du, auf diese Weise hängen wir alle aneinander, sofern wir aneinander hängen. Er legte sich einen Plan zurecht, es erwies sich aber bald, daß er die Schwierigkeit unterschätzt und sich in der Annahme geirrt hatte, er könne sie mit billigen Weisheiten bekehren. Wohl verstand er sie zu fassen, sie mit List oder Derbheit aus ihren kleinen Hinterhalten zu locken und ihre etwas beschränkten Verstocktheiten ins Lächerliche zu ziehen, er war vertraut mit der Vorstellungswelt solcher Geschöpfe, kannte ihr Idiom, ihre Vorurteile, ihren engen Lebenshorizont. Sozial betrachtet gehörte sie einem verbreiteten Typus an, Artistin mit bürgerlichen Ambitionen. Als Weib war sie mit ihrer Mischung von Gewitztheit und Unschuld, Zynismus und Opheliahaftigkeit nicht ohne Reiz für Neulinge. (Wir müssen annehmen, daß es kein geringes Erfahrungsmaterial war, das den Zwanzigjährigen zu derlei Erwägungen und Unterscheidungen führte; später werden wir sehen, wie es sich damit verhält.) Aber wie gesagt, er kam mit seiner ganzen Taktik nicht sehr weit. Er erkannte, daß die Todesentschlossenheit tiefer verwurzelt war, als er geglaubt, es trat da eine aus dem Blut stammende Willenslenkung zutage, wenn man es nicht Wahn oder psychopathische Verkrampfung nennen wollte, und das dargebotene Bild war weniger das eines einzelnen Schicksals als vielmehr, auf eine für ihn nicht überraschende, obschon ihn immer wieder beunruhigende Weise, das von vielen, von schauderhaft vielen. Da genügte kein bloßes »Zureden«, keine onkelhafte Alltagslogik, genügten keine moralischen Gemeinplätze, da hieß es Kraft einsetzen, mit Umsicht handeln, und als er das erst begriffen hatte, wurde sein Ehrgeiz rege; er sagte sich: das Mädel muß ich herumkriegen, die darf mir nicht so mir nichts dir nichts entschlüpfen. Darum weigerte er sich, in seine Stube zu gehen, als ihn Hedwig in der zweiten Nacht ablösen wollte, und schickte sie mit einem gnädigen Kuß schlafen. Kurz vorher hatte Jessie wieder den Versuch gemacht, sich einer Zwangsaufsicht zu entziehen, die sie in verbissenen Trotz hineintrieb; als er sie fragte, wohin sie wolle, zuckte sie die Achseln, er gab sich den Anschein, als hätte er nichts dagegen, daß sie ihrer Wege ging, sie hatte schon die Türklinke in der Hand, da legte er den Arm um ihre Schultern, zog sie ein paar Schritte zurück und zitierte mit parodistischer Weinerlichkeit die Verse: ich bin so dumm, du bist so dumm, wir wollen sterben gehen, kumm. Sie lachte, zum ersten Male. Bis jetzt hatte sie keinen Bissen gegessen, er brachte sie dazu, etwas zu sich zu nehmen, er hatte Brot und Butter in der Lade, öffnete eine Sardinenbüchse und stellte Wasser zum Tee auf den elektrischen Kocher. Seinem Drängen nachgebend, aß und trank sie mit ziemlichem Appetit und sah ihn dabei mit ihren feuchten Malaiinnen-Augen fortwährend scheu und mißtrauisch an. Aber sie hörte ihm doch zu, als er mit ihr redete, ihre Miene wurde aufmerksam, allmählich ließ sie sich herbei, seine Fragen zu beantworten, seine Gründe zu widerlegen, seine Meinung über sie zu berichtigen und das zu verteidigen, was sie als ihr verdammtes Recht bezeichnete, das einzige, das ihr und ihresgleichen niemand streitig machen könne, wie sie sagte. Sie geriet in Eifer, sie wurde schlagfertig; wenn er sich eine Blöße gab und sie ihn bei einem Widerspruch ertappte, hakte sie geschickt ein, so daß er sich halb ärgerlich, halb verwundert bemühen mußte, die erlittene Schlappe wieder gutzumachen. Er kam überhaupt aus dem Staunen nicht heraus, da war eine naturhafte oder volkshafte Art, die Dinge anzuschauen, die keine Zweideutigkeit, kein Zwielicht zuließ, eine furchtlose Entschlossenheit zum Wirklichen (so wie er das Wirkliche verstand), die wie alles Einfache und Echte den Eindruck erweckte, als sei es zum erstenmal so gesehen und werde zum erstenmal so gesagt. Ein Wort, eine Wendung, und ein Erlebnis flammte auf, das in ihren Augen nicht weiter bedeutungsvoll war und dabei das schärfste Schlaglicht nicht bloß auf ihre Existenz, sondern auf eine ganze Klasse warf, auf eine halbe Million Jessies gleichsam, als sähe man einen langen, langen Zug von Schatten, die zwischen der Finsternis, aus der sie kamen, und der Finsternis, in die sie gingen, für die Dauer eines Augenblicks in den Kegel eines Scheinwerfers tauchten. Nun, das war Wasser auf Etzel Andergasts Mühle, er hatte nicht bedacht, daß er plötzlich in die Notwendigkeit versetzt wurde, des Teufels Advokaten zu machen. Wenn sie ihn wild und höhnisch anfiel: Was wollen Sie? Sagen Sie, was Sie wollen, sagen Sie mir, was ich tun soll, ehrlich, mein Lieber, nur ehrlich, dann schnappte er nach Luft, biß sich in die Lippen, packte die Hand des Mädchens und drückte ihre Finger so heftig, daß sie laut aufschrie. Es gab kein Zurück mehr für ihn. Da sie allmählich in seinen Anteil hineinwuchs, das heißt, teil an ihm hatte, bürdete sie sich seiner Sorge auf, und der Appell erging an sein Pflichtbewußtsein. Versagte er, so war seine Anmaßung auf der einen Seite, seine Schwäche auf der andern offenbar. Zuviel Tod ringsherum, zuviel Defätismus, und alle diese waren keine Römer, die sich, um nicht zu Sklaven zu werden, ins eigne Schwert stürzten, sie kapitulierten von vornherein, lieferten sich mit gebundenen Gliedern aus, feig, servil und entnervt. Verrat. Fahnenflucht. Deshalb war er ja auch diesem Roderich so gram, daß er nicht mehr von ihm hören und reden wollte; als er an seiner Leiche gestanden, hatte ihn die Wut übermannt, am liebsten hätte er den Toten an den Schultern gerüttelt und ihm ins Ohr geschrien: warum, du Idiot? So schien's fast eine Abwehrhandlung, daß er sich die Kugel ins Ohr gejagt hatte. Jessie starrte ihn mit entsetzt aufgerissenen Augen an, als er ihr dies mit herzloser Ruhe auseinandersetzte. Seine eisige Leidenschaftlichkeit schüchterte sie unbeschreiblich ein; es wäre besser, wenn er mich schlüge, dachte sie. Dann wieder wurde er in komödiantischer Weise zärtlich, beschwor und flehte, versprach ihr seine Freundschaft und allen Beistand, den sie haben wollte, das ängstigte sie noch mehr, sie brauche seinen Beistand nicht; nein, er solle ihr vom Hals bleiben mit seiner Kakelei, und sie schüttelte halbe Minuten lang den Kopf: nein, nein, nein, nein. Was lag ihm schon daran, was lag ihm an ihr. Ich glaube, du bist ein ganz doller Lügner, sagte sie (mitten in der Nacht hatten sie plötzlich angefangen, einander zu duzen.) Instinktiv spürte sie, daß es ihm

273

nicht so sehr um ihr persönliches Wohl und Weh ging als vielmehr um eine Kraftprobe, deren Sinn sie allerdings nicht verstand, eine Art Sportleistung; das erbitterte sie und verlieh ihrer Widerspenstigkeit etwas Fanatisches. Willst du mir vielleicht was für mein Leben zahlen, rief sie ihm haßerfüllt zu, oder bekommst du was dafür gezahlt, streckte ihm aber gleichzeitig mit zuckenden Lippen die flach aneinandergelegten Hände entgegen. Ja, beim Reichspräsidenten kassier' ich's ein, erwiderte er trocken. Ob es nun Erschöpfung war oder einfach die menschliche Nähe, seine Haltung verlor immer mehr von jener rabiaten Sachlichkeit, die sie so abstieß und verletzte, er fand Worte, die sie bewegten und ihr ans Herz griffen, und das war das Schlimmste, was passieren konnte, da schlug das Unglück vollends über ihr zusammen, das Unglück, nichts zu sein und niemand zu besitzen, nicht leben zu können und nicht sterben zu dürfen, und es endete, wie es begonnen, mit hemmungslosem, unstillbarem Weinen.

Wollte ich das ganze Gespräch aufschreiben, so müßte ich wenigstens hundert Seiten damit füllen. Es dauerte mit geringen Unterbrechungen einundzwanzig Stunden. Eine der Unterbrechungen war, daß er zum Telefon ging und Eleanor Marschall anrief. Nell, so wurde sie im intimen Kreis genannt, lag mit einer Halsentzündung zu Bett, sonst wäre sie gekommen, denn daß man Jessie zu Lüttgens gebracht und welche Schwierigkeiten sich daraus ergeben, hatte er ihr schon am Mittwoch mitgeteilt. Sie hatte das Ganze für eine bodenlose Dummheit erklärt, das Verkehrteste, was man hatte tun können. Jetzt, nachdem er ihr berichtet hatte, wie verzweifelt die Sache stand, sagte sie: »Du hast einen Gefangenen gemacht, der dich nicht losläßt, treib die Pfuscherei um Gottes willen nicht noch weiter; siehst du nicht, daß du mit aller Gewalt etwas herbeiführst, was du verhindern willst?« Dann eben gab sie ihm den Rat, Kerkhoven aufzusuchen, sie habe Unglaubliches von ihm gehört, in solchen Fällen vollbringe er wahre Wunder. Als er in die Mansardenkammer zurückkehrte, lag Jessie vor Hilde auf den Knien und bettelte um ein schnellwirkendes Gift. Wozu die Unkosten, warf Andergast brutal hin, kannst ja in die Spree gehn oder dich im Tiergarten an einem Baum aufhängen. Er wußte nicht mehr, was er sagte, der Kopf war ihm ganz wüst. Hilde zog ihn in eine Ecke und raunte ihm zu, Vater habe was gemerkt, lautes Sprechen höre man durch den Fußboden durch; wenn er erfahre, die Geliebte seines Sohnes sei im Haus und unter solchen Umständen, seien die Folgen nicht abzusehen, leider habe sie sich das vorher nicht überlegt. Sie kamen überein, Jessie eine starke Dosis Brom in den Tee zu mischen. Bei dem rohen Ausfall Andergasts war sie zusammengezuckt und hatte die Hand auf den Mund gepreßt. In ihrem schwarzen Trauerkleid saß sie am Tisch, folgte den beiden mit den Blicken und ließ alles mit sich geschehen. Das Medikament tat die gewünschte Wirkung, sie schlief ein. Hilde verbrachte den Rest der Nacht bei ihr und hörte sie mehrmals im Schlaf schmerzlich aufseufzen. Andergast, statt endlich zu Bett zu gehen, verließ um Mitternacht das Haus, fragte in einer Bar und in einer Weinstube, ob Lorriner da sei, den man gewöhnlich um diese Zeit dort traf, und da er ihn nicht fand, lief er bis zum Tagesgrauen planlos durch die Straßen. Mit zwanzig Jahren verfügt man über Kräfte, die sich schon durch eine andere Richtung der Bewegung erneuern.

Kerkhoven ersuchte ihn, eine Viertelstunde im Wartezimmer Platz zu nehmen, er werde gleich mit ihm gehen. Der Mann macht wenigstens keine Geschichten, dachte Andergast und war ebenso angenehm überrascht, als der Professor auf die Sekunde pünktlich erschien und ihn mit einem Kopfnicken bedeutete, er sei bereit. Unten stiegen sie ins Auto. Kerkhoven blieb während der Fahrt schweigsam. Sonderbarerweise hatte dieses Schweigen nichts Bedrückendes für Etzel Andergast. Er empfand weder Unbehagen noch Verlegenheit, hatte auch nicht, wie es in solchen Situationen häufig vorkommt, den leeren Impuls, etwas zu sagen, weil man sonst mitsamt dem andern plötzlich in ein finsteres Loch fällt. Nach seinen Beobachtungen beruhte die Angst der meisten Menschen vor dem Schweigen darauf, daß jeder die Gedanken des andern fürchtet wie eine

Beleidigung, vor der man sich nur durch pausenloses Reden und Fragen schützen kann. Von dieser argwöhnischen Haltung, die vielleicht auf einer Tiefenverletzung des Selbstbewußtseins beruhte, hatte er die würdigsten, die von sich selbst erfülltesten Personen nicht frei gefunden. Der Mann an seiner Seite war frei davon, und das mit Sicherheit zu fühlen und zu wissen hatte etwas von einem unverhofften Geschenk, denn es war selten. Es war vor allem in seinem Dasein selten, das voller Tumult, voller Worte, voller Kampf gegen Anspruch und Argwohn war. Er schloß die Augen, und ihn dünkte, als gebe ihm der Mann an seiner Seite die Erlaubnis zu ruhen, als verstehe er seinen Zustand besser, als jeder andere Mensch ihn verstehen konnte, ja als befehle er ihm innerlich, mittels einer ihm verliehenen Kraft, sich ihm ohne Widerstand hinzugeben. Es war ungeheuer wohltuend. Merkwürdiger Mann, der Mann an seiner Seite.

Hilde Lüttgens stand an der Treppe zur Mansarde und schloß sich Kerkhoven und Andergast an, als sie hinaufgingen. Sie berichtete flüsternd, Jessie habe bis sieben Uhr morgens geschlafen, das Frühstück habe sie unberührt stehenlassen und wieder Zigaretten verlangt, von denen sie mindestens zwanzig geraucht habe. Gesprochen habe sie nichts, soviel man aber erkennen könne, sei sie furchtbar erregt, weswegen sie sie keinen Augenblick allein gelassen habe. Kerkhoven hörte still zu, dann bat er, man möge ihn zu ihr führen. Hilde eilte voran, öffnete die Tür ein wenig und winkte ihrer Schwester, die drinnen bei Jessie war, sie solle herauskommen. Kerkhoven verbeugte sich an der Schwelle vor den drei jungen Menschen, womit er ihnen zu verstehen gab, daß er ihrer nicht mehr bedürfe. Die Mädchen gingen in das untere Stockwerk, Etzel Andergast, um Kerkhoven den Weg zu weisen, wenn er das Zimmer verließ, und darauf zu achten, daß nichts geschah, was Doktor Lüttgens die Anwesenheit des fremden Arztes verraten konnte, setzte sich im Flur auf eine Fensterbank und wartete. Er hatte ein Buch vor sich aufgeschlagen, las aber nicht darin. Von Zeit zu Zeit starrte er in den Hof hinunter, den rußiger Nebel so dicht verhängte, daß von zwei teppichklopfenden Weibern nur Umrisse zu sehen waren und sogar das marternde Klopfen sowie in den Pausen das gänsehafte Geschnatter der beiden davon gedämpft wurde. Nach dreiviertel Stunden öffnete sich die Tür, Kerkhoven und Jessie traten heraus, er erhob sich und ging hin. Jessies Gesicht war verändert. Als sie seiner ansichtig wurde, streifte ihn ihr Blick nur ganz flüchtig, als sei es ihr nicht erlaubt, ihre Aufmerksamkeit von Kerkhoven abzuwenden. Dieser legte behutsam die Hand auf ihren Arm und sagte mit einer Stimme, die Etzel durch den außerordentlich tiefen Klang wie verstellt erschien: »Sie haben alles Nötige bei sich, nicht wahr? Sonst können wir auch in Ihre Wohnung fahren und holen, was Sie brauchen.« Dann, mit derselben tiefen Stimme, zu Etzel gekehrt: »Ich bin sehr froh. Fräulein Tinius hat sich entschlossen, mit mir zu gehen. Sie kann mir nämlich in einer schwierigen Angelegenheit recht behilflich sein. Sie sind vielleicht so freundlich, Herr von Andergast, die Damen Lüttgens zu benachrichtigen, wir wollen uns verabschieden.« Gelungen, meditierte Andergast auf dem Weg, er wickelt sie scheint's um den Finger. Er hatte den Eindruck, als sei der Kerkhoven da oben nicht mehr derselbe wie der, dem er im Sprechzimmer gegenübergesessen war. Darin lag etwas Verwirrendes wie in der Darbietung eines Zauberkünstlers, es löste auch ein ähnliches bestürztes Erstaunen aus. Natürlich nur, solange man den Trick nicht kannte. Zu Hilde sagte er, während sie hinaufgingen: »Der Mann ist uns verflucht über, der versteht sein Geschäft.« Als Hilde und Hedwig auf Jessie zutraten, spielte sich eine stumme kleine Szene ab, die Andergast mit kritischer Neugier verfolgte. (Vielleicht weil er auf den Trick kommen wollte.) Der Abschied von den Schwestern rief nämlich einen Rückfall hervor, den Kerkhoven offenbar gewünscht hatte, um die Widerstandskraft zu prüfen, die er ihr eingeflößt; sie kreuzte die Arme über der Brust, lehnte sich an die Wand und schaute verstört von einem zum andern, dann gegen die Treppe hin, als überlege sie die Möglichkeit einer Flucht. Ohne sich ihr zu nähern, sagte Kerkhoven leise, jedoch mit unerwarteter und daher erschreckender Strenge: »Nehmen Sie sich zusammen, Kind. Haben Sie vergessen, was Sie mir versprochen haben? Sie müssen endlich begreifen, daß Sie Ihren Freunden etwas Rücksicht schuldig sind, Sie haben ihre Geduld ohnehin auf eine harte Probe gestellt. Oder nicht?« – »Ja«, hauchte Jessie, »ja.« Sie lächelte unterwürfig. Stärker als die Worte wirkte das Auge des Mannes auf sie, soviel Andergast beurteilen konnte, und stärker als das Auge die Gewalt seiner Gegenwart. So sind mächtige Bäume oder Tiere gegenwärtig. Wo war also der »Trick«? Es gab vielleicht keinen. Vielleicht gab es nicht einmal etwas wie Routine bei dem. Vielleicht hatte er auch nur äußerlich mit der Wissenschaft zu tun. Vielleicht war er auf eine Weise Arzt, die nur entfernt mit der aller andern seines Zeichens zusammenhing, nicht mehr als seine, Andergasts, Existenz mit all den Existenzen, die sie scheinbar berührte und kreuzte. Schon möglich bei dem Mann. Es war etwas Aufregendes um den Mann, nicht zu leugnen. Sich ihm anvertrauen war ein Gedanke, der nicht ohne weiteres von der Hand zu weisen war. Anvertrauen, dummes Wort; sich ihm in den Weg stellen, ihn aufhalten, ihm zurufen: Schau mal her, was da für einer ist und ob du ihn brauchen kannst. Wozu, das wird sich finden. Ob sich's dir lohnt, wird sich finden. Nicht ausgeschlossen, daß er stutzig wurde und wirklich hinsah. Nicht ausgeschlossen, daß er, mit diesen Hexenmeister-Augen, zu sehen imstande war, was keiner sah, wenigstens keiner von denen, die, jenseits der Wendekreise, in der verderblichen Zone des Erfolgs und der Geschäfte wohnten: die Fetten, die Beruhigten, die Aktionäre, die Gesetzeshüter.

Unerklärliches Verlangen, das sich auf einmal regte. Eitle, verrückte, abstruse Hoffnung, als ob, was nie sich ereignet hatte, in der bittersten Verzweiflung nicht, jetzt sich ereignen könne. Gab man der verdächtigen Regung nach und wurde schwach, so konnte man elend hereinfallen, und was in aller Welt sprach dafür, daß man nicht hereinfiel? Du bist ein gebranntes Kind, hüte dich vorm Feuer. Trotz dieser Erwägungen, mit denen er sich zu ernüchtern und abzuschrecken suchte, überlegte er hin und her, wie er es ermöglichen könne, wieder mit Kerkhoven zusammenzutreffen, vielmehr sich ihm auf eine Art zu nähern, die eine andre Verbindung herstelle als diese flüchtige, deren Anfang auch schon Ende war. Natürlich sah er die Aussichtslosigkeit, soweit sein eigner Wunsch in Frage kam, vollständig ein, es war ungefähr so, wie wenn er erwartet hätte, der Justizminister würde ihn täglich zum Mittagessen bitten, weil er vor Jahren einmal, als halber Bub noch, für die Unschuld eines zu lebenslänglichem Zuchthaus Verurteilten beinah sein Leben eingesetzt hatte. Doch er war heftig im Wunsch, sein Wille war schwer zu brechen, er gewann es nicht über sich, mutlos zu verzichten. Er begleitete Jessie und Kerkhoven ans Auto, und im letzten Augenblick, als dieser schon den Fuß auf dem Trittbrett hatte, fragte er ihn, wohin er Jessie Tinius bringe und ob sie dort Besuche empfangen dürfe. Die eigentümliche Bezüglichkeit im Ton, das Aufglimmen der goldigen Einsprengsel in der Iris verriet Kerkhoven den Hintersinn der Frage, er fixierte den jungen Menschen einige Sekunden lang, wobei ihm die Frische der Lippen und die jugendliche Schönheit der Stirnbildung auffiel, und während er freundlich Bescheid gab (»Sie werden sie in meiner Anstalt finden, selbstverständlich können Sie kommen, zu jeder Zeit«), empfand er außerordentlich intensiv und viel bewußter als vor zwei Stunden im Sprechzimmer den fast beunruhigenden Reiz, den dieses Gesicht auf ihn ausübte, und er fügte rasch hinzu: »Vielleicht suchen Sie auch mich dort mal auf, ich bin jeden Tag da, und wir unterhalten uns ein wenig miteinander.« Andergast, barhaupt, ohne Mantel, sah dem Wagen nach, bis er um die Ecke verschwunden war. Darauf ist kein Verlaß, sprach er zu sich, es ist mir nicht sicher genug, der Mann hat mehr zu tun als sich an so vage Aufforderungen zu erinnern, würde mich komisch angucken, wenn ich ihn beim Wort nähme. In seiner herrischen Ungeduld dünkte ihn jeder Aufschub von Übel, jedes Zuwarten Verringerung der Möglichkeit. Es war wie Examenfieber, er begriff sich nicht. Die schreckliche innere Bedrängnis, die war chronisch bei ihm, die war er gewohnt, aber diese akute Wut, sich einem Menschen »in den Weg zu stellen«, von dem man schließlich nichts wußte, nichts erwarten durfte und der alle Ursache hatte, die Zudringlichkeit mit einem Fußtritt zu beantworten, was sollte die bedeuten, wozu sollte es führen?

Andern Tags kam Hilde in seine Stube und erzählte, der Vater habe eine schlechte Nacht gehabt und sehe überdies so leidend aus, daß sie die ärgsten Befürchtungen habe. Da riet ihr Andergast, den Professor Kerkhoven anzurufen; wenn er sich nur zu einer Untersuchung bestimmen lasse, sei schon viel gewonnen. Dies leuchtete Hilde ein, und sie ging gleich zum Telefon. Nach einer Weile kehrte sie erfreut zurück und berichtete, sie habe ihn nicht selbst sprechen können, aber er habe ihr durch den Assistenten sagen lassen, er sei bereit zu kommen, vorausgesetzt, daß Doktor Lüttgens nicht schon in Behandlung eines andern Arztes sein, in welchem Fall er nur als Konsiliarius erscheinen könne. Sie hatte versichert, es sei noch kein Arzt dagewesen. Am späten Nachmittag kam er. Andergast war unten bei den Mädchen. Seit dem Mittag schon. Er spielte mit Hedwig Schach. Bei jedem Läuten spitzte er die Ohren. Während Kerkhoven dann bei Doktor Lüttgens war, sah er zwanzigmal auf die Uhr. Nach einer halben Stunde kam Kerkhoven wieder heraus. Er gab Hilde einige vorläufige Anweisungen und beruhigte sie. Andergast begleitete ihn in den Vorplatz. Sie sprachen ein paar Worte miteinander, dann ging er mit ihm. Kerkhoven schien es erwartet zu haben. Er rief dem Chauffeur eine Adresse zu und ließ das Auto vorausfahren. Alles hatte sich ganz natürlich ergeben.

So spann sich das an.

Kein Mensch, auch der im breitesten Wirkungsfeld stehende nicht, kann alle Provinzen des Lebens überschauen. Im Gegenteil, je größer die Kreisfläche ist, die er abschreitet, je mehr unerforschtes Gebiet wird sie in sich schließen. Es ist die ungeheure, ununterbrochene Bewegung der sozialen Welt, die es verursacht, daß sie nie aufhört, geheimnisvoll zu sein, und zwar so, daß gerade der erfahrenste Betrachter am meisten davon verwirrt und gequält wird. Alles vorgebliche Wissen täuscht, alles noch so verbürgte Material, alles da und dort ans Licht gezogene Geschehen; sie vermitteln immer nur die ungefähre Kenntnis eines Ausschnitts, einer jeweiligen lokalen Erschütterung, während die entscheidenden Vorgänge und Verflechtungen verborgen bleiben. Das Verhältnis zwischen Aufklärbarkeit und Unzugänglichkeit liegt ähnlich wie bei der Erdmasse, der tiefste Brunnen, die tiefste Bohrung durchstoßen nicht einmal die alleroberste Schicht und Epidermis, das Innere bleibt Mysterium. Es gibt Geister, die daran zerbrechen, daß es sich ihnen nicht entschleiert.

Mit den Jahren hatte sich in Kerkhoven ein unermeßlicher Lebensstoff angehäuft. Ihn zu sichten oder zu verarbeiten und bestimmte Schlüsse praktischer oder theoretischer Natur daraus zu ziehen war ihm nicht gegeben. Dazu fehlte ihm alles. Er war kein intellektueller Mensch. Er war, wenn ich mich so ausdrücken darf, der Probierstein der Phänomene und Prozesse, in deren Mitte ihn sein Schicksal gestellt hatte. In der Rückwirkung gegen ihn erwies sich der Aggregatzustand, die Affinität, der Gehalt, das Karat der andern, und so mußte er die Menschen gleichsam erst erleiden, um sie verstehen zu können. Vielleicht beurteile ich ihn ungerecht, aber ich glaube, er besaß die Fähigkeit zur Definition und Analyse nur in sehr geringem Grad, und dies war nicht nur ein geistiger Mangel, er trat auch in seinem Charakter hervor. Darin lag vermutlich der Grund, weshalb seine Bedeutung als Wissenschaftler von so vielen angezweifelt wurde. Er hatte wenig Ideen, er hatte nur Gesichte. Er war niemals denkerisch an einem Problem interessiert; betraf es ihn überhaupt, so ging er mit seinem ganzen Wesen darin auf. Eine ständige Gefahr, aber die Weisheit seines guten Dämons hatte Mittel gefunden, ihn davor zu schützen: einmal die Langsamkeit, ja fast Trägheit seiner Reaktionen und dann eine seltsame sinnliche Liebe zu aller Erscheinung. (Wenn ich ein psychologisches Porträt von ihm zu liefern hätte, würde ich von diesen beiden Grundeigenschaften alle übrigen ableiten.)

Die Tragödie im Haus Lüttgens und die Sache mit Jessie Tinius, in die ihn der junge Andergast wie der Bote im antiken Drama handelnd einzugreifen zwang, waren natürlich nichts Unerhörtes oder nur Ungewöhnliches in seiner Praxis. Ähnliche Fälle kamen ihm fast täglich unter, ihre Gesetzmäßigkeit, soziale Bedingtheit und ihre typischen Formen hatten wieder und wieder sein beklommenes Nachdenken erregt. Die Anzeichen einer Epidemie ließen sich nicht verkennen, und zwar als einer klinisch-pathologischen Tatsache, wie wenn der Gesamtorganismus der Gesellschaft in einer lebenswichtigen Funktion beschädigt sei. (Schon in einer der ersten Unterhaltungen mit Andergast sprach er davon als von einer »Massenerkrankung des Wirklichkeitssinns«, infektiös insofern, als eine generelle Widerstandslähmung vorlag.) Ja es war etwas wie Eiterung im Körper des Volks, ein krebsiges Geschwür, kein Chirurg konnte da herankommen, auch wenn er übermenschliches Genie besessen hätte, und bei der »Bestrahlung« hätte ein Berg aus Radium nichts genützt, denn so weit sind wir noch nicht, daß die Seele wie wucherndes Gewebe zu beeinflussen wäre durch die Atomwanderung von Elementen. Keine Krankheit schlägt so tief ins Gewissen des Arztes wie die, die er nur zu erkennen vermag, ohne helfen und heilen zu können; bringt ihn das Versagen aller Wissenschaft und Menschenmacht schon im einzelnen Fall zur Verzweiflung, wie erst, wenn er einer panischen Seuche gegenübersteht, bei der die Symptomgleichheit noch erschreckender wirkt als die Unaufhaltsamkeit des Verlaufs. Er kann die Zeit beschuldigen und die menschlichen Einrichtungen verantwortlich machen, die Entartung zentraler Triebe, Schwächung bestimmter Abwehrfunktionen, doch damit wäre nicht gedient, ihm nicht, der Sache nicht. Es muß eine kosmische Störung sein, sagte sich Kerkhoven manchmal, eine Unordnung in den Gestirnen, gegen die anzukämpfen freilich so vergeblich wäre, wie wenn einige Infusorien in einem Wassertropfen beschließen würden, sich dem Wellengang zu widersetzen, den der Sturm verursacht.

In den Raum der bedrohten Vitalität und des zynischen Sterbens, in dem Kerkhoven bisweilen zumute war, als sei alle Jugend von einem Wundmal gezeichnet und wehre sich immer weniger gegen den Tod und immer mehr gegen das Leben, das heißt gegen das Leben-Sollen, gegen das Sein als solches (vielleicht kennt die Geschichte kein schwereres Verhängnis, sagte er sich), trat nun mit einem Mal dieser Etzel Andergast. Trug eine bemerkenswerte Entschlossenheit zur Schau. Kannte offenbar genau den Sitz des Übels und schien gesonnen, dagegen anzukämpfen, zu diesem Zweck gewissermaßen bis an die Zähne bewaffnet. Ließ in naivem Draufgängertum, mit einer Art unschuldiger Frechheit durchblicken, daß er ihn, Joseph Kerkhoven, nicht ungern zum Verbündeten hätte. Oder mißverstand Kerkhoven die Geste? War es nur die Not, die ihn die Haltung eines Fordernden einzunehmen zwang? Ein Hilfeschrei kann kategorischer klingen als ein Befehl. Oder gab er die gutgespielte Kreuzfahrer-Rolle nur vor, gehörte er in Wirklichkeit selbst zu denen, die leukämisch entkräftet am Ende aller Dinge standen, ehe sie noch recht begannen? Nicht wahrscheinlich, doch konnte sich Kerkhoven dem Verdacht nicht ganz entziehen, in manchen Momenten glaubte er eine durch und durch erschütterte Natur vor sich zu haben, die derartige Wälle um sich aufgetürmt hatte, daß es unmöglich schien, sie zu fassen, in andern wieder dünkte ihn, er sei noch nie einem menschlichen Wesen von solcher Ungebrochenheit und Durchsichtigkeit begegnet. Dies verwirrte ihn, er fragte sich verwundert, was ihn an dem jungen Menschen, kaum daß er ein paar Worte mit ihm gewechselt, so unwiderstehlich angezogen hatte, daß es ihn weder überraschte noch befremdete, als er ihn nach dem Besuch bei Doktor Lüttgens plötzlich an seiner Seite und in einer seltsamen Weise zutraulich fand, einer kindlichen Weise fast, bei aller Härte und kalten Gerafftheit, als wäre für ihn keine Distanz vorhanden, kein Unterschied des Alters und der Stellung. Als wäre es das Selbstverständlichste von der Welt und durch ein nagelneues, wenn schon noch nicht allgemein bekanntes Gesetz dekretiert, daß ein kleiner Student sich einem Mann von

Namen, Rang und Jahren »in den Weg stellt«, zunächst in keiner andern Absicht, wenigstens keiner eingestandenen, als um, wie der Interviewer einer Zeitung, im Lauf von zehn Minuten drei Dutzend Fragen an ihn zu richten und, je nachdem die Antwort ausfiel, entweder anerkennend zu nicken oder zweifelnd, mißbilligend, erstaunt den Kopf zu schütteln. Und was für Fragen: »Kann man einen Charakter jemals ganz erkennen?« – »Gibt es überhaupt Charakter oder was man so nennt?« – »Kann man einen Menschen ändern?« – »Sind Umstände denkbar, unter denen eine lebensnegierende Geistesverfassung ansteckend wirkt und welche?« – »Warum ist alle Wissenschaft steril, sobald der Mensch seine Handlungen danach einrichten will?« – »Ist Seelenkrankheit eine Realität oder eine Hypothese, eine vom Innern der Natur aus gesehen unhaltbare?« – »Ist nicht überall da, wo wir ein Minuszeichen vor eine lebendige Erscheinung setzen, ein gewisser mathematischer Hochmut schuld, der die Verkümmerung der Phantasie durch Begriffe und Konstruktionen verdecken will?« Und so fort. Alles atemlos hervorgestoßen, zugleich herrisch und bittend aufs knappste formuliert, immer mit dem Unterton: Halt mich nicht hin, ich muß das unverzüglich erfahren, keine Ausreden, keine Winkelzüge, ich geh' dir nicht von der Falte, bevor ich nicht weiß, wie du darüber denkst. Es schwindelte Kerkhoven. Das Tempo war eine Zumutung für ihn. Es war wie ein Überfall. Es erinnerte an Verhöre, die man im Krieg mit Spionen vornimmt. Er hatte kaum Zeit, die eine Frage, so gut es eben ging, zu beantworten, da kam schon die nächste, mit derselben kalten Glut, derselben gebieterischen, flehentlichen Dringlichkeit. Es war neu. Es war unerhört neu und interessant. Dieser Mensch stand unverkennbar in einem Spannungsverhältnis zur Umwelt, das sein Nervensystem, seine Empfindung, alle aufnehmenden und ausgleichenden Kräfte beständig in die Nähe der Verbrennung brachte, eine Gefahr, die durch den eisernen Willen zur Bändigung und eine ins Innerste gedrungene, fast zur Selbstaufhebung gewordene Skepsis erhöht wurde. Die Grundeinstellung war die: Bilde dir nicht ein, daß ich dir glaube, ich versuch's bloß mit dir wie mit andern auch; wenn ich die übliche Abfertigung in der Tasche hab', Bedauern und schöne Sprüche, troll' ich mich wieder. Oder, etwas konzilianter: So jemand wie dich könnt' ich vielleicht brauchen, dazu müßten wir uns aber erst kennenlernen, und ich weiß doch, wie es geht, ihr habt ja für das Wirkliche niemals Zeit. Allein Kerkhoven wäre nicht der gewesen, der er war, wenn er das Unausgesprochene, hinter die Not Verdrängte nicht hätte hören können, namentlich wenn es sich mit so aufgespeicherter Gewalt mitteilte. Schon durch seine tiefe Ruhe brachte er die schrillen, herausfordernden, hämischen, rebellischen Stimmen in dem Menschen zum Schweigen, sein ganzes Verhalten gab zu verstehen: Du ereiferst dich ohne Ursache, ich werde Zeit haben, dazu bin ich da. Es kam also Andergast gar nicht unerwartet, obwohl er große Augen machte und ihm die Antwort im Hals steckenblieb, als ihn Kerkhoven am Schluß der sonderbaren Unterredung auf der Straße einlud, andern Tags um drei Uhr in die Anstalt zu kommen; »erstens können Sie bei der Gelegenheit gleich Fräulein Tinius besuchen, und dann . . . na, wir werden sehen.« Andergast hielt die Türklinke des Autos in der Hand und warf halb verlegen, halb schnoddrig hin: »Sie haben was Dolles fertiggebracht gestern, Herr Professor . . . zehn Jahre meines Lebens gäb' ich drum, wenn ich wüßte, wie Sie das mit Jessie gemacht haben.« Kerkhoven lächelte und winkte ihm zu: »Auf morgen also.«

Es war keine bloße Floskel, die schmeichelhaft sein sollte, die Bemerkung über Jessie Tinius. Er hatte gleich an Lorriner gedacht, denn was mit Lorriner geschehen sollte, lag ihm schwer auf der Brust. Es war eine Sache, die ihm den Atem verschlug und den Himmel verfinsterte, zu schweigen von verschiedenem anderm, sehr Bedrückendem, zum Beispiel allem, was mit Nell Marschall zusammenhing. Aber er hätte sich eher die Zunge abgebissen, als daß er gegen Kerkhoven die geringste Andeutung darüber hätte fallen lassen, obschon in der Folge kein Mangel an Gelegenheiten war und Kerkhoven nur darauf zu warten schien. Manchmal sah er ihn an, als wollte er sagen: Na, was

285

geht vor? Heraus mit der Sprache! Dann kehrte sich Andergast
ab und warf in seiner trotzigen Manier, mit einem kurzen Ruck,
den Kopf in den Nacken. Nein, er mußte das alles allein aus-
fressen, was immer draus entstand. Und dabei blieb er, bis er
einfach nicht mehr weiterkonnte. Nur hingehn mußte er zu
dem Mann, nur bei ihm sein. Täglich, zweimal täglich, wieder,
wieder. Er nahm ihn auf, der Mann, er hatte Zeit, er schuf Zeit
für ihn. Da war etwas Unbezwingliches, das jeden Einwand
wegfegte. Da war zum ersten Male, bei Gott, zum allerersten
Male, ein wirklicher Mensch. So wie man sich das immer vorgestellt hatte. Daß man einen Menschen träfe. Neunzehnhundert Millionen soll es von der Sorte geben, schön, weiß ich,
weiß ich, Volkszählung und so, aber wenn man ein Sieb hätte,
um sie durchzusieben, die neunzehnhundert Millionen, um,
wie man zu sagen pflegt, die Spreu vom Weizen zu sondern,
da bekäme man ein Gebirge von Spreu und hoch gerechnet ein
paar Handvoll Weizen. Hat er nicht irgendwo gelesen, der
Mensch müsse zertreten werden, wenn er nicht angebetet
werden kann? Großartiges Wort. Aber der Mensch zum Anbeten, wo ist er, wo findet man ihn, gibt es heilige Haine, wo er
sich versteckt hält? Doch wozu die übertriebenen Ansprüche,
wozu gleich anbeten wollen, der Mensch braucht ja nur Augen
zu haben, Menschenaugen, eine Menschenstimme, eine
Menschenseele. Ja, macht euch lustig darüber, soviel ihr wollt,
eine Seele, eine Menschenseele. Und die hatte der Mann Kerkhoven. Zweifellos. Durch diese Eigenschaft und außerdem noch
einige andere war er zur Menschenwürde qualifiziert. Stand
oben, auf einem erhöhten Punkt, so daß man zu ihm hinaufschauen mußte. Angenehm, zu einem Menschen hinaufschauen.
Ihr feixt? Ihr nennt das primitiv? Mag sein, ich bin eben ein
wenig primitiv. Ihr habt doch von Pythagoras gehört und der
goldnen Hüfte, die seine Jünger an ihm zu sehen glaubten? Der
Mann hat das auch, der Mann hat die »goldene Hüfte«. Nur
die Meister haben die goldne Hüfte, die, deren Worte man
weitergibt und dazu wie die Jünger des Pythagoras spricht:
autos epha, er selbst hat es gesagt.

Zehntes Kapitel

Bis zu dem Tag, wo Etzel Andergast zu Kerkhovens Entsetzen mit der klaffenden Kopfwunde in seine Klinik kam, einem Sonntag Anfang April, blieb die Beziehung in den durch die Umstände, den Altersunterschied und Kerkhovens berufliche Überlastung gezogenen Grenzen. Kerkhoven konnte sich dem jungen Mann nicht in dem Maß widmen, wie dieser es vielleicht erwartete und zweifellos wünschte, desungeachtet sah er ihn fast jeden Tag und hatte trotz einer Zeitbedrängnis, die ihn mit Minuten zu geizen zwang, immer eine halbe Stunde für ihn übrig. Es heißt ja, die Genies der Arbeit könnten neben ihren eignen noch spielend die Geschäfte besorgen, unter denen die Stümper erliegen, und das ist wahr, Überlegenheit schafft Raum, Leichtigkeit ist das Resultat der inneren Ordnung.

Bewogen durch das ungewöhnliche, vermutlich auf einer spezifischen Begabung beruhende Interesse, das Andergast an den Einrichtungen und den Pfleglingen der Anstalt nahm, hatte Kerkhoven veranlaßt, daß er unbehindert ein- und ausgehen konnte und außer bei Jessie Tinius auch in den Pavillons der offenen Abteilung Zutritt hatte. Für den Universitätshörer und angehenden Naturwissenschaftler eine selbstverständliche Vergünstigung. Er kannte Kerkhovens Besuchsstunden und wartete an bestimmten Plätzen auf ihn, wo er vorbeikommen mußte. In dem ausgedehnten Areal gingen sie dann ein Stück Wegs miteinander. Dann wartete er wieder und verließ mit ihm die Anstalt oder begleitete ihn durch Gärten, Höfe und Korridore bis an die Schwelle des Sprechzimmers. Es konnte auch sein, daß er gegen Mittag, um die Zeit, wo die Ordination zu Ende ging, vor dem Haus in der Großen Querallee auf und ab marschierte, leise vor sich hin pfeifend. Wenn das Kerkhovensche Auto anfuhr, unterhielt er sich mit dem Chauffeur fachmännisch über die Leistungsfähigkeit verschiedener Fabriken und Konstruktionen, weitläufiges Thema. Trat Kerkhoven aus dem Tor, von Leuten, die dort immerfort herumstanden, ehrfürchtig gegrüßt und den Gruß in seiner charakteristischen Art er-

287

widernd, halb wie ein großer Herr, der unerkannt zu bleiben wünscht, halb wie ein Flüchtling, der seinen Wächtern entwischen will, dann näherte sich ihm Andergast mit einigem Zögern, lüpfte zu Boden schauend den Hut und harrte mit gesenktem Kopf der über ihn ergehenden Entschließung. Da sah ihn Kerkhoven jedesmal mit dem nämlichen forschenden Blick an, drückte ihm entweder flüchtig die Hand und stieg allein in den Wagen oder schob ihn zuerst hinein und sagte: »Na, los.«

Andergast hatte sich bald klargemacht, daß seine stürmische Manier zu fragen Kerkhoven nicht angenehm war. Wollte man, daß er aus sich herausging, so mußte man sich ruhiger verhalten, mehr sich selbst erschließend als zufahrend und sozusagen räuberisch. Er nahm sich demnach zusammen und handelte nach einer vorbedachten Strategie. Sich selbst erschließen, davon konnte freilich keine Rede sein, wär's darauf angekommen, er hätte vorgezogen, sich in die Büsche zu schlagen, um auf Nimmerwiedersehen zu verschwinden. Aber er wußte so viel von andern Menschen, daß er gar nicht nötig hatte, von sich zu sprechen. Es war eine echt Andergastsche Logik, mit der er dies für einen vollgültigen Ersatz ansah, geeignet, jede Verlegenheit aus dem Weg zu räumen. In der Tat besaß er eine erstaunliche Kenntnis aller möglichen Verhältnisse, Zustände, Schicksale, Lebenskreise und Personen. Wo er sich nur überall herumgetrieben haben mochte. Wenn er Kerkhoven von dem oder jenem Kameraden erzählte, und davon ging er meistens aus, schon weil ihm dann Kerkhoven am aufmerksamsten lauschte, warf er Bild auf Bild hin, mit bemerkenswerter mitleidloser Kraft, eines immer pittoresker als das andere, ein Gesicht, ein Haus, eine Familie. Wie der Schwamm Flüssigkeit, saugte er Geschehnis in sich auf, menschliche Dinge, Dummheit und Unglück. Es war nicht recht verständlich, wie er mit seinen zwanzigeinhalb Jahren zu so profundem Wissen gelangt war, das um so unerschöpflicher schien, als er sich nie wiederholte und, was er mitzuteilen für gut fand, offenbar nur der kleinste Teil des tatsächlichen Erlebens war. Wenn Kerkhoven ihn verblüfft danach fragte, antwortete er achselzuckend, da sei absolut nichts Wunderbares dran, »der Tag ist zwar kurz, das Jahr ist aber lang, das Zeugs läppert sich, man muß nur die Augen offenhalten.« Mit dieser Erklärung, die keine war, schnitt er weiteres Forschen ab, jedoch Kerkhoven glaubte an die vorgetäuschte Zuschauerrolle ganz und gar nicht, er spürte den drängenden Puls des Mitspielers. Allmählich kam er zur Vorstellung eines Menschen mit zwei oder drei Existenzen, der in jeder Umgebung sogleich deren Farbe annimmt, sich wie alle andern äußert und gibt und es in der Kunst der Anähnlichung bis zur Vollendung gebracht hat, ohne den Selbstwillen zu verlieren und auf Entschlußfreiheit zu verzichten. Eine nicht alltägliche Figur immerhin. So viel hatte Kerkhoven bald heraus, daß er die politischen Versammlungen eifrig besuchte, daß man ihn als Bummler bei den meisten Straßenaufläufen sah, auf den Tribünen im Reichstag, in der staatlichen Bibliothek, in der Charité, im biologischen Institut, aber auch in zweideutigen Tanzlokalen und Bars, in gewissen Vorstadtcafés, wo kleine Reporter, beschäftigungslose Schauspieler und revolutionäre Literaten verkehrten; überall hatte er Freunde, Verbindungen, Verabredungen, blieb jedenfalls nie lange fremd und allein, denn seine Geschicklichkeit im Umgang mit jeder Art und Klasse von Menschen war ebenso groß wie die Unbekümmertheit, um kein stärkeres Wort zu gebrauchen, mit der er Bekanntschaften schloß und sich gelegentlich sogar Eintritt in einen schwer zugänglichen Kreis verschaffte. Das alles war aber nur Fassade.

Eines Tages hatte Kerkhoven mit Marie vereinbart, daß sie in einem Stadtrestaurant zu Mittag essen wollten, es ergab sich, daß er kurz vorher Andergast traf und ihn mitnahm. Er wünschte, daß Marie ihn kennenlernte. Er hatte seiner schon öfter im Gespräch mit ihr erwähnt und war neugierig auf den Eindruck, den sie von ihm haben würde. Ihr Urteil war ihm wichtig, nicht selten verlieh es seinem eigenen erst Sicherheit oder bestärkte es doch in der ursprünglichen Richtung. Diesmal war es anders, zu seiner Verwunderung verhielt sie sich völlig ablehnend. Es ist lehrreich zu beobachten, welche Warnungen und Vorzeichen das Schicksal bisweilen den Menschen zukommen läßt, wenn es sich mit der Absicht trägt, sie zu bedrohen, als wolle es ihnen, in einer Anwandlung von Mitleid, in seiner hinterhältigen Weise zu verstehen geben: noch hast du Zeit und kannst Vorkehrungen treffen, dich zu schützen, ich stoß' dich bloß ein wenig, wenn du was merkst, gut, wenn nicht, ist's deine Schuld. Marie, empfindlicheres Gefäß und den Elementen näher als die beiden Männer und als jeder Mann, spürte vielleicht den »Stoß«, und ein vorahnender Schauder überflog den reinen Spiegel ihres Innern. Kerkhoven und Andergast saßen bereits am Tisch, als sie kam und sich bei ihrem Gatten mit liebenswürdiger Erschrockenheit wegen der Verspätung entschuldigte. Andergast war aufgesprungen, und während das Ehepaar miteinander sprach und er Marie noch nicht vorgestellt war, verstrichen zehn oder zwölf peinliche konventionelle Sekunden, die er sonst wahrscheinlich dazu verwendet hätte, ein unverschämt artiges Gesicht zu schneiden; dazu kam's aber nicht, er starrte Marie mit einem Ausdruck an, fast als sehe er zum ersten Male in seinem Leben eine Frau, einer etwas einfältig-erstaunten Miene und einem Blick, den Marie zufällig auffing und der sie ein wenig frösteln machte, sie konnte ihn nicht bezeichnen, sie wünschte ihn nur schnell zu vergessen, diesen bösen, mißtrauischen, dabei tief überraschten Blick. Offenbar hatte er sich die Frau Joseph Kerkhovens ganz anders gedacht, so anders, daß es ihm zunächst die Rede verschlug und er erst allmählich wieder in seine lockere Form fand, die eine Mischung von schnurriger Spiegelfechterei und einer Freimütigkeit war, die Marie gegenüber etwas gewaltsam wirkte.

Am Abend fragte Kerkhoven Marie: »Wie gefällt er dir? Sonderbarer Mensch, nicht?« Marie sah von dem Buch empor, worin sie las. Sie schien sich zu besinnen, wer gemeint war. »Ach so«, sagte sie, »dein junger Freund ... Ich weiß nicht, Joseph. Offen gestanden, sehr erstaunt bin ich nicht. Sieht gut aus, das schon. Wenn er mir auf der Straße begegnen würde, würd' ich denken: hallo, wer ist denn der ... aber ich könnte mir nie ein Herz zu ihm fassen. Ein bißchen unheimlich. Ich glaub', er hat ungefähr soviel Gemüt wie ein Rasiermesser.« – »Wundert mich«, erwiderte Kerkhoven, »wundert mich, was du sagst.« – »Warum?« – »So schnellfertig. Gemüt ... das ist doch keine ausschlaggebende Qualität in deinen Augen.« – »Ach ja, Joseph, doch, doch. Wenn die Abwesenheit davon betont wird.« – »Findest du? Ich habe eher den Eindruck krankhafter Verleugnung. Ein Mensch, der niemals Zärtlichkeit erfahren hat. Das ist meines Erachtens der Schlüssel. Der Schlüssel zu vielen derartigen Naturen. Du wärst erstaunt über die Kraft, die geistige Inbrunst, die Rabies ... dergleichen habe ich noch nicht erlebt.« – »Möglich«, gab Marie kühl zu, »du hast sicher recht. Nur ... diese jungen Leute jetzt ... sie sind alle so ... so unerbittlich. Ich hab' immer das Gefühl: eben hat er ein Todesurteil unterzeichnet, in *effigie* natürlich, und dazu ›Ich küss' Ihnen die Hand, Madame‹ geträllert. Nein?« Sie lachte. »Wo kommt er denn her?« fuhr sie lebhafter fort. »Wo tun wir ihn hin?« – »Wenn ich das wüßte. Sein Vater scheint ein höherer Beamter gewesen zu sein. Die Mutter lebt in Baden-Baden. Süddeutsche Familie. Manchmal ist mir, ich hätte den Namen vor Jahren gehört, im Zusammenhang mit irgendeiner Affäre. Ich kann aber nichts aus ihm herauskriegen. Über seine Vergangenheit und seine persönlichen Umstände schweigt er mit einer Beharrlichkeit, die einem zu denken geben könnte ... Na, lassen wir's. Was liest du da, Liebste?«

Es sollte nicht mehr lange dauern, bis Kerkhoven volle Klarheit über Etzel Andergasts vergangenes Leben erhielt, freilich nicht auf einmal und nicht ohne die nachhaltigste Bemühung.

Es war an dem erwähnten Sonntag um acht Uhr morgens, als Andergast in einem Taxi am Gartentor der Kerkhovenschen Anstalt vorfuhr. Er stieg aus, bezahlte den Chauffeur, der sogleich weiterfuhr, taumelte, sah sich um, lehnte sich an den

Mauerpfeiler und hielt sich, die Arme nach hinten, an den Steinkanten fest. Der Pförtner Gottschmann, der ihn oft in Gesellschaft des Professors gesehen hatte, war auf ihn aufmerksam geworden und eilte hin. Zufällig kam zu gleicher Zeit der Oberarzt, Dr. Marlowski, dazu, der in die Stadt fahren wollte, er erkannte ihn (Andergast war ihm von Kerkhoven vorgestellt worden) und brachte ihn mit Hilfe eines herbeigerufenen Krankenwärters in ein unbesetztes Zimmer im Hauptgebäude. Als Kerkhoven zu Mittag kam, schilderte ihm Doktor Marlowski den Vorgang folgendermaßen: »Wie ich vors Tor trete, steht er da, leichenblaß, das Blut rinnt ihm unter dem Tuch hervor übers ganze Gesicht. Den Verband schien er sich selbst angelegt zu haben, war auch danach. Ich frage Gottschmann: Nanu, was ist denn los? Da wendet sich Herr von Andergast selber an mich, lallend, ich möchte ihn irgendwo unterbringen, er wisse, daß er fehl am Ort sei, Professor Kerkhoven werde es aber bestimmt gutheißen, woandershin könne er unmöglich gehen. Man solle ihn nur verbinden, dann könne er ja wieder abziehn. Na, hatte sich was, bei dem Zustand. Ich begriff zwar das Ganze nicht, aber schließlich, Hilfeleistung war notwendig, und da ich Ihre Billigung voraussetzen durfte ... Es scheint, er will um keinen Preis verraten, wie er zu der Wunde gekommen ist, und unter Ihrer Patronanz fühlt er sich gegen unbequeme Fragen am ehesten gesichert. Ist ja ziemlich doll. Sie wollen ihn natürlich sehen ...?« – »Gewiß. Welcherart ist die Verletzung?« erkundigte sich Kerkhoven. – »Leichte Fraktur des *os parietale*. Hieb mit einem stumpfen Instrument. Leichte *commotio* mit Somnolenz. Spur Fieber. Daß er in der Verfassung noch die Fahrt im Auto machen konnte ... allein ... alle Achtung.«

Kerkhoven ließ sich durch die Energieleistung nicht täuschen. Dahinter steckte noch etwas anderes. Etwas, das ihn bewegte. Er glaubte nicht zu irren in der Annahme, alle Zeichen deuteten darauf hin, daß da eine halb unbewußte Flucht in seine Nähe zugrunde lag. Dieser junge Mann, der seine Handlungen unter die schärfste Aufsicht der Vernunft gestellt hatte und dessen

Existenz durchaus von nüchternen Zwecken regiert schien, hatte unter der Wirkung des äußeren Schocks die Führung verloren und war, lediglich dem Instinkt gehorchend, an den einzigen Ort geeilt, wo er sich mit seiner Wunde verbergen konnte. Sich verbergen hieß für ihn: nicht der Nachforschung ausgesetzt sein, schweigen dürfen und einen Menschen wissen, der über das Schweigen seine schützende Hand streckte. Klar. Das fernere Verhalten Andergasts bestätigte die Vermutung. Seine Miene zeigte unausgesetzte innere Wachsamkeit. Nur wenn Kerkhoven bei ihm war, entspannte er sich. Am dritten Tag, als es ihm schon leidlich ging, die Heilung machte gute Fortschritte, sagte er plötzlich, als ringe er sich zu einem Entschluß durch: »Sie haben mir einen großen Dienst erwiesen, Meister. Einen sehr großen Dienst. Ich müßte Ihnen danken. Aber was fangen Sie mit meinem Dank an. Von dem Artikel haben Sie mehr als genug. Statt dessen bitt' ich um was. Noch schöner, werden Sie sagen. Also die Bitte ist, daß Sie Geduld mit mir haben.« Seltsam; diese Worte, obschon sie anscheinend alles boten, was an Wärme und Herzlichkeit vorrätig war, enthielten immer noch Trotz, Abwehr, trotziges Sichzurücknehmen. Überraschend war für Kerkhoven nur die Anrede. Meister. Es hatte etwas Unbedingtes in diesem Mund. Eine unbedingte Huldigung. Es war wie in alten Legenden, wenn der Ritter vor dem Lehnsherrn das Knie beugt. Es blieb dabei. Andergast war der einzige Mensch, der ihn Meister nannte. Und nennen durfte. Und ihn damit zu seinem Meister machte. Woraus Kerkhoven Pflicht um Pflicht erwuchs, bis zum Opfer seiner selbst beinah.

Hinter das Geheimnis der Verwundung zu kommen, war Kerkhoven gar nicht bestrebt. Vorläufig interessierte es ihn nicht. Er liebte nicht, zu bohren, zu verhören, Bekenntnisse herauszulocken. Er hatte nicht die Gewohnheit, Menschen zu überführen und durch noch so wohlmeinende Dialektik einzuschüchtern. Auch als Arzt hatte er nichts vom Untersuchungsrichter und erst recht nichts vom Detektiv. Seine Methoden waren gründlicher und schwieriger. Sie beruhten auf einem

Erkennungsdienst, der statt des Allgemeinen und Typischen das Besondere und Einmalige eines Falles festzustellen suchte. Die Tendenz war nicht, zu klassifizieren, das heißt sich beim Begriff zu beruhigen, sondern erstarrte Begriffe von Krankheit und Verwirrung zu verlebendigen, in der Weise wie ein Dichter die Idee, aus der sein Werk geboren wurde, vergessen läßt und in sichtbare Gestalt umschmilzt. Vergessen können, darauf kommt es an.

Er sah in dem unbekannten Geschehnis, das an jenem Sonntagmorgen so übel für Andergast geendet hatte, ein an sich vielleicht bedeutungsloses Glied in einer langen Kette, die man bis zum Anfang zurückverfolgen mußte, wenn man den Zusammenhang aufdecken und die Gesamtsituation kennenlernen wollte. Und daran war ihm plötzlich alles gelegen. Bestimmend für sein unmittelbares Eingreifen waren: 1. Sympathie; 2. Gefühl der Verantwortung für die Person, das der Sympathie entstammte und mit ihr wuchs; 3. generatives Verantwortungsgefühl; 4. Ahnung der Tragweite, da es sich um schwer zugängliches Gebiet handelte und ihn dünkte, man bedürfe gerade dort seiner.

Das erste, was er tat, war, daß er sich mit Eleanor Marschall in Verbindung setzte. Sie besuchte ihn, und er hatte eine lange Unterredung mit ihr. Sie wußte von dem Unfall (oder was es war), der Andergast betroffen, schien aber auch ihrerseits Gründe zu haben, sich nicht darüber zu äußern. Als Kerkhoven eine direkte Frage stellte, war sie sichtlich verlegen und änderte das Gesprächsthema. Sie war in der Konversation außerordentlich gewandt und erzählte glänzend. Ihr Ton war der einer Dame von Welt, die keine ist, sondern nur genau weiß, wie sich eine Dame von Welt benimmt. Sie gefiel ihm und gefiel ihm wieder nicht. Sie mochte zwei- oder dreiunddreißig Jahre alt sein. Sie gehörte zu den Frauen, die nicht recht zuhören, wenn der Partner spricht. Indem sie alle Kräfte und Fähigkeiten darauf richten, ihm eine hohe Meinung von sich beizubringen, verfehlen sie den sichersten und zugleich leichtesten Weg dazu,

nämlich aufmerksam zu sein. Aber diese Bemerkungen sind
verfrüht, mit ihr haben wir uns ja noch zu beschäftigen. Bei
den flüchtigen Andeutungen, die sie über das Vorleben ihres
Freundes Etzel machte, wurde Kerkhoven stutzig. Plötzlich
ging ihm ein Licht auf. Am nächsten Tag schrieb er einen
ziemlich ausführlichen Brief an Andergasts Mutter. Das war
das zweite, was er tat, das Entscheidendere. Selbstverständlich
verschwieg er ihr, daß Etzel in seiner Klinik lag. Gelegentlichen
Äußerungen des jungen Mannes hatte er entnommen, daß sie
beständig kränkelte und von ihrer Umgebung in jeder Weise
geschont wurde. Es hatte den Anschein, als sei es vor längerer
Zeit zwischen Mutter und Sohn zum Bruch oder doch zu einer
Entfremdung gekommen, und man mußte in der Form der
Einmischung vorsichtig sein. Er schilderte kurz die Beziehung,
in die ihn ein eigentümliches Zusammentreffen von Umständen
zu Andergast gebracht und welchen Anteil er an seiner Person
und seinem Schicksal nehme. Je stärker dieser Anteil werde,
und er müsse gestehen, daß er selten so zwingende Beweggründe gehabt, einen jungen Menschen in seine Nähe zu ziehen,
je stärker er sich also berührt finde, je mehr beunruhige ihn der
wie böses Gewissen wirkende Starrsinn, den Andergast jedem
Versuch, Einblick in sein Leben zu gewinnen, entgegensetze.
»Eine solche Seelenlage gibt zu denken«, schrieb er, »sie gleicht
einem Verhärtungsprozeß. Der Einwand, daß die Jugendlich-
keit meines jungen Freundes die Gefahr der Stabilisierung
ausschließe, wäre keiner, das spezifische Gewicht der Erlebnisse
ist beim Zwanzig- oder Einundzwanzigjährigen um nichts
geringer als beim Fünfzigjährigen, der Tiefgang jedenfalls
größer. Neben der Last des gegenwärtigen Tages können wir
nur noch die des letztvergangenen tragen, das seelische Klima,
in dem sich die Lebensvorgänge abspielen, wird nach meiner
Erfahrung in jedem Alter innerhalb periodischer Abläufe von
fünf bis sieben Jahren reguliert.« Aus all diesen Gründen fühle
er sich gedrängt, die kompetenteste Stelle um Aufklärung zu
bitten, wenige Anhaltspunkte würden schon genügen und
ihm eine Aufgabe erleichtern, der er sich, wie die Dinge einmal

lägen, nicht mehr entziehen könne. Natürlich dürfe er, den Notfall gegeben, auch den eigenen Kräften zutrauen, das Dunkel aufzuhellen, allein das abgekürzte Verfahren erspare viel Zeit, viel Mühe, er brauche den Schlüssel, das Schlüsselwort. (Die etwas allzu diskreten Anspielungen Eleanor Marschalls hatten ihm ja nur die Richtung gewiesen und eine noch gestaltlose Erinnerung aufblitzen lassen.)

Fünf Tage später bekam er die Antwort der Frau von Andergast, siebzehn engbeschriebene Seiten, die ihn nachhaltiger beschäftigten als manches umfangreiche wissenschaftliche Werk.

Noch während des Lesens wurde jene Erinnerung deutlich, als hätte sie nur auf den letzten Anstoß gewartet, um voll ins Bewußtsein zu treten. Es war eine Geschichte, die sich vor ungefähr vier Jahren zugetragen hatte und die mit der Begnadigung eines gewissen Maurizius zusammenhing, eines zu lebenslänglichem Zuchthaus verurteilten Mörders. Dieser Maurizius hatte einstmals den oberen Gesellschaftsschichten angehört und als junger Gelehrter und Privatdozent ziemlichen Ruf genossen, der gegen ihn geführte Prozeß hatte daher europäisches Aufsehen erregt, dermaßen, daß sogar die nach neunzehn Jahren erfolgte Begnadigung eine Zeitlang wie ein öffentliches Ereignis besprochen wurde. Das Interessante war aber nicht die Person des Sträflings und nicht der juristische Akt der Entlassung, sondern die Rolle, die ein sechzehneinhalbjähriger Knabe dabei gespielt. Der Knabe hieß Etzel Andergast. Irgendeinem Journalisten war es gelungen, sich in das Vertrauen eines Familienmitglieds einzuschleichen, einer alten Dame, sein Bericht ging in eine Reihe von Blättern über, es klang alles so romantisch und sensationell wie ein Abenteuer von Sherlock Holmes, aber Kerkhoven entsann sich eines Gesprächs in einem Freundeskreis, wo er als einziger der Meinung widersprochen hatte, ein sechzehnjähriger Knabe könne unmöglich so kühn, so überlegen, so zielbewußt handeln, wie die Zeitungen glauben machen wollten. Ein paar Wochen später versicherte ihm ein Patient, ein Frankfurter Hochschullehrer, daß an der Wahrheit jenes Berichts nicht zu zweifeln sei, ausnahmsweise einmal, alles sei genauso gewesen, Punkt für Punkt. Dann war die ganze Sache in Vergessenheit geraten, ihm und aller Welt. Und jetzt: die Bestätigung. Sonderbare Wege und Umwege. Frühe Kunde, Vorbewegung, flüchtiges Angerührtwerden, Zurücksinken des Geschehens ins Meer der Gleichgültigkeit, dann der Mensch selbst, noch ohne seine Tat, ohne sein Geschick, doch umwittert davon, und schließlich das authentische Zeugnis.

Laßt uns sehen, wie es beschaffen ist, dieses Zeugnis.

Etzel, Sohn des Oberstaatsanwalts von Andergast, erfährt durch eine Reihe scheinbar zufälliger Umstände, daß der öffentliche Ankläger im Prozeß Maurizius, der Mann, dessen juristischer Ehrgeiz und rednerische Gewalt am meisten zur Verurteilung des Beschuldigten beigetragen haben, sein Vater ist, ja, daß Herr von Andergast durch seine drakonische Haltung bei dem Rechtsfall seinen Aufstieg als Beamter begründet hat. Etzel ist einsam aufgewachsen, die Eltern sind geschieden, er hat die Mutter seit seinem neunten Jahr nicht gesehen, ob er den Vater liebt oder nicht liebt, ist ihm nicht bewußt, er bewundert ihn, er fürchtet ihn, seine Erziehung war exemplarisch, der Knabe weiß, was er ihm, seiner Stellung, was er sich selbst schuldig ist. Bei alledem erfüllt ihn eine heimliche Sehnsucht nach der unbekannten Mutter, ein dunkles, süßes Gefühl in einem nicht erschlossenen Seelenraum. Sophia von Andergast wäre neben dem steinernen Mann der Paragraphen verdorrt, hätte sie nicht schon in den ersten Jahren ihrer Ehe in einer leidenschaftlichen Liebesbeziehung Rettung für ihr Herz gefunden. Herr von Andergast kommt dahinter, nötigt dem Liebhaber, während er die Beweise für den Ehebruch bereits in Händen hält, das Ehrenwort ab, daß er mit Sophia kein Verhältnis hat, und als er auf Grund der Kavaliers-Formel den Meineidsprozeß gegen ihn anhängig macht, erschießt sich der unglückliche Schwächling. Betäubt und eingeschüchtert willigt Sophia in die erniedrigenden Scheidungsbedingungen, nach denen es ihr unter anderm nicht erlaubt ist, sich ihrem Kind zu nähern. Ein gesetzlich unhaltbarer Pakt, aber Scham, Abscheu gegen den früheren Gatten, Krankheit, Lebensekel, Gewöhnung an Einsamkeit verwehren es ihr, sich dawider aufzulehnen, sie wartet in fatalistischer Gewißheit auf ihre Stunde, indes ihr Bild im Gedächtnis des Sohnes nach und nach verblaßt. Nur die dunkle Sehnsucht bleibt in ihm, und sonderbarer Weise vermischt sich die mit der Kunde von dem Mörder Maurizius, als wenn auch von dorther die Unschuld ihre geisterhaften Boten ausgeschickt hätte. Denn im Verlauf seiner unablässigen Fragen, Erkundigungen und der Lektüre der alten Verhandlungsberichte befestigt sich in ihm die Überzeugung, daß da ein Justizmord geschehen ist, daß dieser Maurizius seit neunzehn Jahren als Opfer eines Fehlurteils hinter Kerkermauern schmachtet. Es ist nicht so sehr Erkenntnis als Vision. Er allerdings ist des Glaubens, er habe sich der Wahrheit auf dem Weg logischer Entwicklung und scharfsinniger Schlußfolgerung bemächtigt, aber darin irrt er, es ist die inspirative Kraft seines Gemüts, durch die er ihrer inne wird. Und als ihm der Vater des Maurizius, der seit Jahr und Tag erfolglos um das Wiederaufnahmeverfahren kämpft, die vertrauliche Mitteilung macht, daß der damalige Kronzeuge, Gregor Waremme, dessen belastende Aussage das Fundament von Prozeß und Urteil war, unter verändertem Namen in Berlin lebt, in einer bestimmten Straße, in einem bestimmten Haus, da fängt Etzel zu glühen und zu brennen an, ausgelöscht ist Herkommen, Gehorsamspflicht, Vaterangst, er beschließt, den Mann zu stellen und ihm um jeden Preis das Geständnis des Meineids abzuringen. Er verschafft sich ein paar hundert Mark, entweicht heimlich aus dem Haus, fährt in die fremde Stadt, mietet sich als E. Mohl bei einer etwas zweifelhaften Familie ein, macht den geheimnisvollen Waremme recte Warschauer ausfindig und beginnt ihn mit raffinierter Schlauheit, mit meisterlicher Verstellung einzuspinnen, einzukreisen, aufzurütteln. Alle Gedanken seines erfindungsreichen Hirns, Heuchelei, gespielte Schwäche, gespielte Krankheit, Drohung, Bitte, Wut, Demütigung, sogar der Reiz seiner Knabenjugend und ein skabröser Anschlag auf die greisenhaften

Lüste des Widersachers, alles muß herhalten, den gefährlichen, bösartigen, zerlebten, keinem Ding, keiner Seele, keinem Gott verbundenen Waremme-Warschauer, den Verräter am Trieb und Renegaten von der Wurzel her, aufzureißen und aus seinen Schalen und Schanzen zu treiben. Uralter Mythos im Grunde: der Zwerg im Kampf gegen das Monstrum. David wider Goliath. Und David siegt.

Mittlerweile ist das Unerwartete geschehen, daß Herr von Andergast auf seine Weise gleichfalls zur Überzeugung von der Unschuld des Maurizius gelangt ist. Auf seine Weise, das heißt auf Maulwurfswegen, verkrochen, widerstrebend und still, jedoch mit unbedingter Sachtreue und der Überlegenheit des geschulten Fachmanns im Wiederaufbau der Tatbestände. Ein Brief Etzels hat ihn über die Ursache von dessen Flucht unterrichtet. Er hat es zuerst nicht notiert, hat es innerlich abgelehnt, sich damit zu befassen, hat Anstalten getroffen, den Jungen verfolgen zu lassen, hat die Verfügung widerrufen, und alles Schwanken, Grübeln, olympisches Grollen und hochmütiges Drüberwegleben hat ihn nur noch unwiderstehlicher zum Studium der alten Prozeßakten gedrängt. Das Bild der Verhandlung ersteht, die Zeugen sprechen wieder, der Angeklagte tritt auf, alle Vorgänge gewinnen eine unheimlich nahe Wirklichkeit, und zu gleicher Zeit, simultanes Geschehen, erhebt sich das Bild des Sohnes vor ihm, als Kind, als Knabe, aus verkrampfter Brust herausgeisternd, eine anmutig-liebenswerte, aber in einem rätselhaften Sinn verletzte und mißkannte Erscheinung, quälender Spuk für ihn. Er wird den vorwurfsvollen Schatten nicht los, der Traum-Etzel weist ihn auf die vergilbten Blätter hin, erschüttert sein starres Gefühl von der Unabänderlichkeit der sozialen Ordnung, macht es verdächtig, macht es anrüchig, umwölkt es mit Zweifel und Angst: der Boden unter seinen Füßen weicht. Der wachsenden Bedrängnis zu entgehen, bleibt kein anderes Mittel als dem Sträfling Maurizius persönlich gegenüberzutreten, er besucht ihn im Zuchthaus. Dreimal. Verhängnisvolles Resultat: er lernt den Gerichteten kennen, den Menschen mit der zerstörten Seele, das Schlachtopfer der

vergotteten Ordnung, sein Schlachtopfer, eine zerrissene Kreatur. Da wird er selbst zum Gerichteten. Als er nach der letzten
Unterredung das Strafhaus verläßt, graut ihm vor seiner Welt.
Zu Hause erwartet ihn Sophia, die den Sohn von ihm fordern
wird, dem fühlt er sich nicht mehr gewachsen, die Schwäche,
von der er ergriffen ist, dehnt sich über alle Lebensverhältnisse
aus, und es ist wie Loskauf von Sophia, wie uneingestandene
Abbitte an den Sohn, als er die Begnadigung des Maurizius
befürwortet und erlangt. Damit glaubt er alles getan zu haben,
was getan werden kann, und ahnt nicht, daß er nichts von dem
getan hat, was er tun müßte. Etzel kehrt zurück. Er hat seinen
Zweck erreicht, Waremme-Warschau hat den Falscheid gestanden, Maurizius ist unschuldig, der Spruch kann als nichtig
erklärt, die Ehre des Verurteilten kann wiederhergestellt werden. Und zwar hat das ohne Verzug zu geschehen, keine Stunde
Zeit darf verloren werden; als man ihm mitteilt, seine Mutter
sei in der Stadt, hört er kaum hin, es gibt nichts von Belang
außer dieser einen Sache. So steht er vor dem Vater. Der ganze
Mensch Flamme. Der ganze Mensch Botschaft. Maurizius unschuldig, er bringt den Beweis. Herr von Andergast: Das mag
schon seine Richtigkeit haben, ist jedoch nicht mehr relevant,
Maurizius ist begnadigt und aus dem Zuchthaus entlassen. Etzel
traut seinen Ohren nicht. Begnadigt? Wie das? Was soll das
heißen? Hat er denn Gnade verlangt? Geht es nicht um Gerechtigkeit? Wirft man ihm ein schmutziges Almosen hin, statt
zu bezahlen, was man schuldig ist? Der Staat? Die Würde des
Gesetzes? Was für lumpige Vorwände noch? Herr von Andergast, die Ruhe selbst, ruhig wie der Tod, ignoriert die beleidi-
gende Wildheit des Knaben, er hat ihm nichts entgegenzusetzen
als einen schalen Sarkasmus, der sein Ziel verfehlt und die
morschen Überreste einer Autorität, die unterhöhlt ist vom
Gefühl der Unhaltbarkeit seiner Position als Mensch, als Vater,
als Beamter. Es ist ein Rückzugsgefecht, hinter den Worten
lauert die Verzweiflung. Etzel hört nur die Worte. Ihm ist die
Welt umgestülpt. Aller Sinn des Lebens hat sich in Unsinn
verkehrt. Er führt sich auf wie ein Tobsüchtiger. Verfolgt von

dem entsetzten, der seelischen Verstörung bereits verfallenen Vater rast er durch die Stuben, zertrümmert mit den Fäusten die Fensterscheiben, ein etwas armseliges Symbol seiner Weltvernichtungswut, und mit dem Aufschrei »man soll meine Mutter holen« bricht er zusammen. Sophia kommt. Sie bringt ihn ins Haus der Generalin, seiner Großmutter, deren Gast sie selbst ist. Sie weiß natürlich von dem Geschehen, aber sie weiß es nur von außen, bis sie es ganz erfaßt und in seiner Folge überblickt, vergeht viel Zeit. Sieben Jahre hat sie um den Sohn gebangt, sieben Jahre auf »ihre Stunde« gewartet, jetzt hat sie ihn und hat ihn schon wieder nicht mehr. Ja, ganz zuerst, da ist er an ihrem Hals gehangen und hat geschluchzt wie ein kleines Bübchen, geschluchzt und sich krampfhaft an sie geklammert, sie hat das Zimmer nicht verlassen dürfen, kein anderer Mensch durfte in seine Nähe kommen, aber als das vorüber war, da ist er innen und außen verstummt, da ist ihm Geist und Herz eingefroren, ist ihr, der Welt, sich selber gestorben. Er ist rätselhaften Ohnmachtsanfällen ausgesetzt und liegt dann zwanzig bis dreißig Minuten steif da. Ärzte kommen, man denkt an Epilepsie, an Bewußtseinsstörungen, einer glaubt sogar Symptome von Hebephrenie wahrzunehmen. Auch das geht vorüber, und dann kommt das Schlimmste von allem. Was ist das für einer, dieser Sohn, den sie als Kind verlassen hat und der ihr jetzt als fremder Mensch entgegentritt? Den Weg zu ihm erst suchen zu müssen, darauf ist sie vorbereitet gewesen, aber es scheint keinen Weg zu geben. Dieser hartgeschlagene, eiserne, zähnezusammenbeißende Bursche, wer ist das? »Von dem, was nun folgte, kann ich jetzt nicht schreiben«, schloß der Brief, »vielleicht ein andermal, es ist zu schmerzlich, es geht zu tief, es schwärt noch, ich muß erst die Kraft dazu finden, und ich hoffe, ich werde sie finden, denn Ihr Brief, hochgeehrter Herr, war der erste Lichtblick seit Jahren. Es kann ja auch nicht so einfach erzählt werden wie das andere, von dem ich bloß erfahren habe, ohne es mitzuerleben, dies hab' ich erlebt und weiß noch immer nicht, was geschehen ist. Vielleicht können Sie mir das Verständnis erschließen. Ich war wie eine, die sich unsinnig darauf freute, in einen Garten zu gehen, von dessen wundersamer Blütenpracht sie jede Nacht geträumt hatte, und wie sie endlich hineinkam, waren keine Blumen mehr da, alles welk und kahl . . .«

Kerkhoven trug den Brief zwei Tage mit sich herum, ehe er sich zu antworten entschloß. Es geschah unvermittelt, spätnachts, als er von einem Krankenbesuch bei einem fünfzehnjährigen Mädchen nach Hause kam, das an einer schweren Kokainvergiftung mit Halluzinose litt. Der Fall hatte ihn erschüttert, er war zu erregt, um schlafen zu können, so setzte er sich an den Schreibtisch und schrieb an Frau von Andergast wie folgt:

Verehrte Frau! Ich bin Ihnen für die eingehende Darstellung eines nicht alltäglichen Sachverhalts um so dankbarer, als ich Ihren Brief für einen Vertrauensbeweis anzusehen habe, den Sie dem Unbekannten auch hätten verweigern können. Sie haben mir die Binde von den Augen genommen, so daß ich endlich klar zu sehen vermag, und wieder einmal muß ich mir sagen, wie kläglich man mit der Erfahrung dran ist, wenn es sich um die Erkenntnis des Menschen handelt. Ein unsäglich geheimnisvolles Wesen ist der Mensch, ohne seherische Gaben kann man ihn kaum enträtseln. Ihre Bemerkung von dem Blütengarten, der sich Ihnen erst im Zustand der Welke auftat, hat mich außerordentlich bewegt. Ein einfaches Bild, und wie überzeugend gibt es einen Vorgang wieder, dessen tiefe Gesetzmäßigkeit wir erst zu ahnen beginnen. Die Katastrophe, auf die Sie am Schluß Ihres Schreibens hindeuten und von der Sie mit Recht annehmen, daß sie sich bis auf den heutigen Tag erstrecke, ist ja kein singulärer Prozeß gewesen, sondern ein allgemeiner und ein naturnotwendiger. Betrachten Sie diese etwas doktrinäre Feststellung nicht als Empfindungs- und Phantasiemangel, ich bitte Sie, aber den Aufschluß, den ich Ihnen schuldig zu sein glaube, oder die Auslegung bloß, kann ich nur geben, wenn ich meinen Zirkel so weit wie möglich spanne, über das Persönliche hinaus.

Sie haben an Ihrem Sohn Etzel das erlebt, was alle Mütter, alle Väter an ihren Kindern erleben. Die Mehrzahl von ihnen geht blind daran vorüber, und wenn sie sich auch der *Tat*sache nicht verschließen, nach der *Ur*sache zu forschen fühlen sie sich nicht versucht. Nicht zu diesen rechne ich Sie, gnädige Frau, Ihr Brief hat mir einen hohen Begriff von Ihrem klaren Blick und der Kraft Ihres Herzens gegeben; dennoch haben Sie vielleicht die wahre Natur des Geschehens verkannt, und ich wage zu hoffen, daß ich Ihnen einen neuen Aspekt eröffnen kann und daß Sie dann die Dinge mit andern Augen ansehen, weniger trostlos und mehr im Sinn einer werdenden Anthropomorphie, zu der ich hier mit unzulänglichen Mitteln einen Beitrag liefere, betitelt etwa: der seelische Absturz und Charakterbruch bei den Siebzehn- und Achtzehnjährigen.

Man ginge sehr fehl, wenn man das Unternehmen des siebzehnjährigen Etzel als eine einmalige Eingebung, beruhend auf einer einzigartigen Geistes- und Gemütsverfassung ansähe. Der sogenannte gesunde Menschenverstand sträubt sich natürlich gegen eine andere Betrachtungsart, ihm ist alles ungewöhnlich Scheinende verdächtig, nur der Zauberer tut für ihn Wunder, nicht die ewig wunderbare Natur. Ich für meine Person bin überzeugt, daß Etzel, als er wie ein hochgemuter Sankt Georg auszog, den Drachen zu töten, wie ein richtiger Junge handelte, genau wie hunderttausend andre Jungens, nur ein wenig folgerichtiger in seinen Entschlüssen, ein wenig logischer in seinem Denken, ein wenig entflammbarer in seinem Gefühl. Nun, auf das wenige kommt es eben an. Es ist eine Frage des Bewußtseins. Bewußtsein scheint als Strahlung innerhalb eines scharf begrenzten Kreises zu wirken, der sich nur bei erlesenen Individuen merklich erweitert. Sonst wäre es unerklärlich, daß der Vierzigjährige nichts mehr von seiner Zwanzigjährigkeit weiß, der Zwanzigjährige sogar den Fünfzehnjährigen, der er war, bis zu einem Grad vergessen hat, daß die Regungen, Begierden und Leidenschaften, die ihn damals erfüllten, nur noch um den Rand seiner Träume zittern und sich später derart umkrusten, daß manche Seelenforscher es für nötig halten, die Schale aufzusprengen, wenn sie die Persönlichkeit enträtseln wollen. Man hat sogar eine Therapie darauf gebaut. Ich konnte es immer wieder beobachten, jeder blickt auf sein früheres Ich wie auf eine unvollkommene Form herab, deren er sich zu schämen hat, in die verdammt er das Opfer tadelnswerter Verirrungen war. Warum denn bloß? Warum liebt kein Gewordener den, aus dem er geworden ist? Als ob jedes Heute das Gestern umbringen und auffressen müßte, damit ein Morgen sein kann. Lernten wir doch wieder zurückzuschauen, die Gegenwart wäre uns vielleicht erträglicher und die Zukunft nicht so finster.

Kein Siebzehnjähriger wird sich über Etzel Andergasts Tun gewundert haben. Die gesetzten Leute mußten sich wundern, und ihr Zweifel an der Vollbringung, der Möglichkeit des Vollbringens war ein Akt der Selbstverteidigung. Was sollten auch junge Menschen daran zu staunen haben? Sie sind ja des gleichen Aufschwungs fähig. Fast alle sind bereit, sich ohne Vorbehalt einzusetzen; träfe sie zur rechten Stunde der rechte Ruf, keiner würde sich verweigern. Es ist ein Zustand seelischer Unabhängigkeit und geistiger Entschlossenheit, den das Leben im selben Maß zerstört, wie es die Forderung nach seiner Erhaltung und sozialen Einordnung geltend macht. Der Verlauf wird nur darum nicht in seiner ganzen Aussichtslosigkeit empfunden, weil er so tückisch allmählich ist. Zum Glück. Wäre es anders, so müßten sich die meisten anständigen Menschen mit neunzehn Jahren erschießen. Gewiß, viele waren schon im Mutterleib gezeichnet, viele haben ihre Kindheit in einer Verwahrlosung zugebracht, die sie für immer zu Schuldnern der Gesellschaft macht; auch zu ihren Gläubigern, aber was nützt der Anspruch bei angesagtem Bankrott. Ich habe zahllose gesehen von den frühzeitig Gebrochenen, die das Gift ererbter Lebensschwäche im Blut tragen und zwangsläufig ins Laster, ins Verbrechen, in die Selbstvernichtung geraten. Zahllose, aber ich zähle sie nicht mit. Ich denke nur an die normale Entfaltung. Da tritt mir überall dieselbe unerbittliche Haltung entgegen, das Ins-Auge-Fassen des Ganzen statt eines Teils und die bis zur Askese gehende Verachtung der gegenwärtigen Nützlichkeit zugunsten einer künftigen, kurzum das, was wir Vierzig-Fünfzig-Sechzig-jährigen nicht verstehen, weil wir es vergessen haben, nicht verstehen wollen, weil uns damit das Dach überm Kopf fortgerissen wird. Absurd genug: das eigentlich Menschenwürdige erscheint vernunftwidrig. Oder um bei unserm Fall zu bleiben: das Etzelhafte wird zur Abnormität.

Ich möchte nicht bei Ihnen in den Geruch kommen, verehrte Frau, als wolle ich die Halbwüchslinge auf ein Postament heben, das sie ohne Unterlaß selber für sich errichten, oder als stelle ich mich taub gegen den Lärm, den unsere jungen Leute von ihrer Jugend machen. Minderjährigkeit allein gibt noch keinen Vorrang, nicht einmal in einer Welt, in der die Väter ihren Söhnen unter anderm eingestehen müssen, Gerechtigkeit zu erwarten sei eine törichte Illusion. Aber ist nicht vieles von dem, was uns auf die Nerven fällt und das Herz bedrückt, das Schwinden jeglicher Ehrfurcht, die eisige Kälte der Formulierung, das unergründliche Mißtrauen gegen die geschichtlich gesetzten Institutionen, ist es nicht Ausdruck der Verzweiflung, und haben nicht wir diese Verzweiflung entfacht? Auf Abwehr ist alles in diesem Alter eingestellt. Ich könnte Ihnen von jungen Menschen erzählen, die bis zur Selbstgeißelung, bis zum blutigen Bruderhaß daran leiden, daß die Welt so ist, wie sie ist, und, um sich dafür zu rächen, irgendeine Gemeinheit begehen, einen niederträchtigen Verrat, eine kriminelle Handlung sogar. Ich weiß von einem Knaben, der Gedichte so leidenschaftlich liebte, daß er in der Verborgenheit seiner Kammer Stunden damit verbrachte, sich schöne Verse vorzulesen, aber wenn ein Kamerad in seinem Beisein dasselbe tat, spuckte er aus und höhnte über das Geleier. Ein anderer hatte einem alten Diener, den seine Eltern wegen einer geringfügigen Verfehlung entlassen hatten, den Koffer zur Bahn getragen, und als ihn ein Schulfreund dabei betraf und am nächsten Tag die Rede darauf brachte, wurde er knallrot und schwor Stein und Bein, er sei es nicht gewesen, nannte sogar den Namen einer Familie, die er zur selben Zeit besucht haben wollte. Ein Alibi der Schamhaftigkeit. Sie könnte in vieler Hinsicht erziehlich auf uns wirken,

305

diese Scham des jugendlichen Menschen. In der Seele der Siebzehnjährigen ist ein Richtungsweiser, der unbeirrbar wie die Magnetnadel, obschon zitternd wie sie, auf das Vollkommene weist, und es will mir scheinen, daß sich darin ein elementarer Trieb der Menschennatur zeigt, der ursprünglich sittliche Instinkt, der, mögen die Mechanisten sagen, was sie wollen, uns genauso eingeboren ist wie der des Hungers und der Fortpflanzung. Nur ist er verletzlicher und gefährdeter, und um sich von der Niedrigkeit der Umwelt äußerlich nicht abzuheben, bedarf er eines schützenden Gehäuses. Die Zugeschlossenheit dieses Alters ist in der Tat größer, als die erfahrensten Erzieher wissen. Um Erklärungen bin ich nicht verlegen, wenn man mich danach fragt, viele sind schon zu Gemeinplätzen geworden und jedem psychologischen Quacksalber geläufig, der Einschlag sinnlicher Strömungen etwa und die zu ihrer Bewältigung erforderliche Seelenarbeit, oder der klaffende Zwiespalt zwischen Freiheit und Bindung. Das Nächstliegende wird nicht beachtet, das ungeheure Gewicht der Welt nämlich, das nicht in langsamer Zunahme und so den Geist gewöhnend fühlbar wird, sondern mit zermalmender Plötzlichkeit auf den Unvorbereiteten niederwuchtet. Mit dieser Materie sich befassen heißt einen unbekannten Kontinent betreten, dessen Bewohner nicht allein unsere Sprache nicht sprechen, sondern überdies eine hostile Schweigsamkeit bewahren. Ihre scheinbare Offenheit darf uns nicht zu dem Glauben verführen, daß sie sich mitteilen, ihr vorgebliches Interesse an uns Bejahrteren ist ein verwickeltes System von Heuchelei, und noch ihr Wissendurst ist eine Falle für uns. Sie täuschen uns damit über ein Wissen hinweg, das sie a priori besitzen, eine Intuition der Welt von einer Glut und einem Reichtum, der gegenüber unsere empirische Lebenskenntnis sich ausnimmt wie ein Gemüsegarten gegen eine Tropenwildnis. Ein ungewußtes Wissen freilich, wenn Sie mir das Paradoxon verzeihen wollen, und ein praktisch unverwertbares, das sich nicht funktionell, nur als seelisch-geistige Disposition auswirkt. Nutzanwendung auf das Leben kann nicht aus ihm gezogen werden, ohne daß die Unschuld verlorengeht, mit der es steht und fällt. Wenn ich Wissen sage, bediene ich mich der erstbesten Wortkrücke, es ist ein Zustand konzentrierter Empfänglichkeit und feinsten Spiegelungsvermögens, der auch bei bevorzugten Exemplaren nur eine kurze Spanne Zeit dauert und bei den meisten folgenlos erlischt. Ich sehe in ihm den eigentlichen Geniemoment im Leben des jungen Menschen, das Reservoir für alle späteren Leistungen. Genaugenommen kann er keine Erfahrung mehr machen, keine Entscheidung über sein Schicksal treffen, kein Werk vollenden, die ihm in diesem Augenblick höchster Steigerung und Spannung nicht schon innegewohnt hätten.

Fassen Sie, verehrte Frau, das Gesagte nicht so auf, als wollte ich Sie belehren, ich bitte Sie darum. Das Gegenteil ist der Fall. Mich selbst wollte ich belehren, meine zerstückten Gedanken und da und dort gewonnenen Einsichten zusammenfassen, die Dinge einmal recht greifbar vor mich hinstellen und mir auf diese Art, auf dem Weg der Rekonstruktion, zu dem Bild verhelfen, das Ihnen Etzel nach dem Kollaps darbieten mußte. Denn nur so kann ich den heutigen Etzel begreifen, nur so mir die dazwischenliegenden Jahre anschaulich machen, auch ohne Kenntnis der Ereignisse, nur so in seine Labyrinthe dringen und ihn, vielleicht, ich will es hoffen, herausgeleiten. Ich traue mir das zu. Warum auch nicht? Was wär's denn groß, alles, was ich gewirkt habe, wenn ich mir's *nicht* zutrauen dürfte? Ich taste mich also zurück bis zu dem Tag, wo jene krankhafte Athymie begann, von der Sie berichten. Er war höher hinaufgetragen worden als viele andre, der Sturz mußte um so tiefer sein. Aber er hätte nicht den katastrophalen Zusammenbruch erfahren, wenn es nicht zugleich die katastrophale Lebensepoche gewesen wäre. Die Enttäuschung, die einer erleidet, der zum erstenmal das Fundament der menschlichen Gesellschaft auf seine Tragfähigkeit prüft, ist wohl die schrecklichste von allen. Die Forderung nach Gerechtigkeit macht auf unsereinen keinen Eindruck mehr, wir sind abgestumpft dagegen, und sie kommt uns reichlich unreif vor, wenngleich sie so alt ist wie die Welt, so alt wie ihre Vergeblichkeit, aber sie in der eignen Brust quasi als Idee entdecken, das ganze Sein darauf stellen und vor dem Tribunal der Menschheit damit abgewiesen werden, das muß erlebt werden, muß überstanden werden, und wer's übersteht, der hat eben den Knacks weg, wenn so einer wieder in die Höhe kommen will, muß er schon eine Bärennatur haben. Eben noch sahen wir eine hingerissene Feuerseele, jetzt liegt ein Haufen Hilflosigkeit da. Kein Aufruhr mehr, kein Fieber, nicht einmal eine richtige Finsternis, nur Leere. Nichts annehmen, nirgends hinrühren, nicht gefragt werden, nicht gehegt werden, nur leer sein und leer bleiben. Er hat alles durchschaut, man kann ihm nichts mehr vormachen, er ist fertig, er ist alt. So jung ist er noch. Nicht wahr, so ist es gewesen, verehrte Frau, ein Winterschlaf der Seele, das muß es gewesen sein. (Und ist es noch.) Alles Schwebende, Zarte, Naive, das ihm eigen gewesen sein muß, verschwunden, wie eine blühende Landschaft verschwindet, wenn der Eisenbahnzug in einen Tunnel fährt. Ich habe natürlich keine Vorstellung von der Dauer und den besonderen Symptomen des Zustands, ich skizziere ungefähr die mir bekannten Formen, doch wenn ich mir Etzels Charakter und Wesensart vor Augen halte, weiß ich schon, daß alle meine Schulbilder vor der Wirklichkeit verblassen, die Sie durchlitten haben. Und ebenso weiß ich, ich hätte es nicht in Ihrem Brief erst lesen müssen, daß Ihr Leiden noch weit entfernt von Heilung ist. Aber wir dürfen uns über eines nicht täuschen, auch für ihn ist der Sturm nicht vorüber, der ihn zu Boden geschmettert hat. Dabei ist der fast einundzwanzigjährige ein alter Mann, gemessen am Siebzehnjährigen, jede Dekade unseres Lebens hat ja ihr Kindes-Mannes- und Greisenalter, wodurch freilich das Wunderbare entsteht, daß wir immer Kind und Greis zugleich sein können. Das Zeitvergehen half ihm nichts, die Peripherie seines Daseins umzog sich mit Nüchternheit, die unaufhaltsam gegen die Mitte vordrang, schließlich sollte er etwas »werden«, das erwartete man doch von ihm, und was hätte er werden sollen, fragte ich, da er doch eben aufgehört hatte zu sein? Es gibt keine verhängnisvollere Ratlosigkeit als die des Achtzehn- oder Neunzehnjährigen nach dem Absturz, wenn er etwas »werden« soll.

Was mir noch zu sagen übrigbleibt, verehrte Frau, denn ich muß zum Schluß kommen, erschöpft sich in einem einzigen Satz. Ich will mich dieses jungen Menschen bemächtigen. Ich will ihn führen. Ich will ihn aufschließen und die Seele aus ihrem Kerker befreien, denn sie wartet ja nur darauf, dessen bin ich sicher. Ich habe mir die Aufgabe gesetzt, und ich werde sie nach meinem besten Vermögen vollenden. Fürchten Sie nichts. Sorgen Sie sich nicht. Es ist eine unsinnige Kraft in ihm, Kraft der Selbstbewahrung, eine animalische Kraft, die dem Leben gewachsen ist, und eine geistige, die den Tod nicht anerkennt, in keinerlei Gestalt. Ich habe in meinem eignen Leben erfahren, was der Mensch am Menschen verrichten kann. Als ich um viele Jahre jünger war, hatte ich einen Freund, der tat das nämliche an mir, mit unvergleichlich größeren Mitteln allerdings, was ich jetzt versuche, an Ihrem Etzel zu tun. Und so bezahle ich nur dem Schicksal eine Schuld, da doch alles, was wir haben, geliehen ist.

Es ist vier Uhr morgens, eben schlägt die Uhr, und die Hand gehorcht mir gerade noch so weit, um Ihnen meine Ehrerbietung zu übermitteln.

Kerkhoven, der täglich um sechs Uhr aufstand und um halb sieben frühstückte, schlief am folgenden Morgen um acht Uhr noch, und Marie war ein wenig beunruhigt, als ihr das Mädchen dies mitteilte. Wenn ein Mann, der nie von der Regel abweicht, einmal gegen sie verstößt, kann er das ganze Haus dadurch in Aufruhr versetzen. Marie trat leise an seine Schlafzimmertür, öffnete einen Spalt, und da sie ihn friedlich atmen hörte, entfernte sie sich wieder. Als sie durch das Arbeitszimmer ging, fiel ihr Blick auf den Schreibtisch, und sie sah eine Menge beschriebener Blätter dort liegen. Seine feste, klare, fast kalligraphische Handschrift hatte immer etwas Anziehendes für sie, die Ordnung und Übersichtlichkeit bereiteten ihr einen ästhetischen Genuß, so nahm sie das oberste Blatt und las den Schlußsatz: es ist vier Uhr morgens, eben schlägt die Uhr ... Da wußte sie Bescheid um sein Langschlafen. Sie wunderte sich über die Länge des Briefes, setzte sich hin, las da und dort eine Stelle, wurde immer mehr gefesselt, fing dann von Anfang an und las bis zu Ende. Den Brief der Frau von Andergast hatte Kerkhoven ebenfalls offen liegen lassen, neben seinem. Marie las auch diesen, sehr aufmerksam, und als sie damit fertig war, den Brief ihres Mannes zum zweiten Male. Wohl hatte sie das Gefühl, eine Indiskretion zu begehen, es war sonst nicht ihre Art, in Kerkhovens Korrespondenz zu stöbern, sie war sogar so ängstlich darin, daß sie jedes herumliegende, nicht für sie bestimmte Blatt Papier, wenn es auch nur eine mit Bleistift hingekritzelte Notiz enthielt, ohne es anzusehen in einer Lade des Schreibtisches verwahrte. Hier war die Lockung zu groß. Wenn sein armer Kopf nicht von einem Dutzend solcher Affären voll wäre, hätte er mit mir darüber gesprochen, entschuldigte sie sich vor sich selbst und beschloß, es ihrerseits jedenfalls nachzuholen und ihm den Übergriff zu beichten. Doch sie hatte beinah Furcht. Der Brief an die unbekannte Frau erfüllte sie mit scheuem Respekt. Sie kam sich wie auf einen hohen Berg hinaufgeschoben vor, wo sich ihr Kerkhovens Bild in einer durchsichtigeren Luft zeigte, reiner und wahrer als in der trüben Niederung des alltäglichen Tages. Sie saß in tiefen Gedanken. Die »blassen Blumen« öffneten sich weit und blickten durch das Fenster in einen waschblauen Aprilhimmel. Man verliert einander aus den Augen und aus dem Sinn, dachte sie, wo bist du denn eigentlich, Joseph? Gib mir doch auch einmal wieder von der herrlichen Speise, die du an so viele austeilst; meinst du nicht, daß mich danach hungern könnte? Sie erschrak, schüttelte ganz schnell und kurz den Kopf, stand auf und ging in sein Schlafzimmer hinüber. An seinem Bett stehend, schaute sie eine kleine Weile versonnen in das Gesicht des Schlafenden, dann beugte sie sich herunter und küßte ihn auf die Stirn. Es war nur ein Hauch, trotzdem erwachte er sofort. Sie wußte: nun wird das unsägliche Entsetzen in seinen Zügen sein wie immer, wenn man ihn aufweckt. Und so war es auch. Er fuhr empor und starrte sie an wie ein Gespenst. Nur eine Sekunde lang, dann war er wieder bei sich, bei ihr, aber Maries Herz zog sich doch schmerzlich zusammen. Da lag eine Qual dahinter wie vom Anfang der Welt, die Angst der Kreatur vor den chthonischen Gewalten.

Beim Frühstück gestand sie ihm, daß sie die Briefe gelesen habe. »Das ist gescheit«, sagte er, »hoffentlich bist du nun von deiner Abneigung gegen Andergast geheilt.« Ihre unschlüssige Miene belehrte ihn, daß dem nicht so war. Sie begriff es selbst nicht, denn es stand ja so mit ihr, daß ihr Geist mit krankhaftem Verlangen alles einsaugte und verarbeitete, was von der Außenwelt an Geschehen und Gestalten zu ihr drang. Es war eine Begierde, die immer heftiger wurde, ein nervöses Fieber, besonders draußen auf Lindow war ihr oft zumut, als sei sie von den Menschen vergessen worden und müsse sich schleunigst, von weit her, aufmachen und zu ihnen gehen, um wieder in ihren lebendigen Kreis aufgenommen zu werden. Das Gefühl des Weitentferntseins wurde sie überhaupt nie recht los, wenn es noch ein paar Jahre so fortgeht, sagte sie sich manchmal, bin ich mit vierzig ein schrulliges Original aus einem Roman von Dickens. Nach ihrer ganzen Veranlagung und nach allem, was sie nun von Etzel Andergast wußte, hätte sie sich für ihn interessieren müssen; ein ungewöhnlicher Mensch, der ungewöhnliche Wege ging und von Leben und Erlebnis vibrierte, wie hätte sie keinen Anteil daran nehmen sollen. Doch ihr innerer Widerstand war unbesiegbar, etwas in ihr lehnte sich gegen ihn auf, nahm ihn nicht an, wollte nichts wissen von dieser »Unbedingtheit«, der unnachgiebigen »Forderung«, dem Kriegszustand in Permanenz. Zu viel Finsterkeit, zu viel Krampf. Zu wenig Blüte, zu wenig Liberalität. Sie sagte das nicht geradezu, sie ließ es nur durchblicken; wenn sie sich negativ äußern mußte, tat sie es mit einer liebenswürdigen Schüchternheit und Vorsicht und vermied jede Schärfe. Doch war sie in der Debatte unvergleichlich gewandter als Kerkhoven, oft gar nicht zu fassen und erst recht nicht zu schlagen; er begnügte sich meist mit einer etwas lässigen Parade und flüchtete schließlich in philosophisches Schweigen. »Das merkwürdige ist, daß fast alle Gerechtigkeitsfanatiker so provokant ungerecht sind«, sagte sie, »woher kommt denn das? Wahrscheinlich verausgaben sie in der Idee so viel von ihrer geliebten Gerechtigkeit, daß für ihr Privatleben nichts mehr übrigbleibt. Als Kind, wenn von einem Gerechten die Rede war, dacht' ich mir immer einen Mann, der aussah wie der Prophet Jeremias, schrecklich langer Bart, blutunterlaufene Augen, die knöcherne Faust in der Luft, jedenfalls nicht sehr gepflegt, nicht angenehm zum Haben.« – »Das wird schon so sein«, erwiderte Kerkhoven lächelnd, »die großen Dinge und die großen Leute sind nicht bequem, das geb' ich zu. Aber hör mal«, lenkte er ab, »da ist was passiert mit Andergast . . .« In wenigen Worten erzählte er der gespannt Aufhorchenden, wie Etzel vor einigen Tagen nicht unbedenklich verwundet in die Anstalt gekommen, dort behandelt worden, nun aber auf dem Weg rascher Heilung sei. »Hättest du was dagegen«, schloß er, »wenn ich ihn ein oder das andre Mal zu uns zu Tisch bitten würde? Ich glaube, es wäre ihm sehr gedient damit, es würde ihm was bedeuten.« Marie hatte nichts dagegen. Sie fragte nur etwas erstaunt, weshalb er ihr den Vorfall verschwiegen habe; alles, was diesen Andergast betreffe, scheine ihn seltsam unfrei zu machen. »Oh, nicht verschwiegen«, sagte Kerkhoven aufstehend, mit dem obligaten Blick auf die Uhr, »ich wollte erst mit mir ins reine kommen. Du hast ja gelesen . . . Die Hauptsache steht mir jetzt bevor. Harter Bissen. Dir was verschweigen? Nein, Marie«, er nahm ihre Hand und drückte seine Lippen darauf, »das müßt' ich noch lernen, ich wüßte nicht, wie ich das machen soll . . .«

Jedermann sieht, was nun kommen muß. Etzel Andergast wird zu tun haben, wenn er seine Festung verteidigen will. Der erste Angriff wird nicht mehr lang auf sich warten lassen. Ehe Kerkhoven dazu überging, hatte er noch ein Gespräch mit Nell Marschall. Er hatte die Hoffnung nicht aufgegeben, von ihr etwas über den geheimnisvollen Lorriner zu erfahren. Die Nachforschungen, die er unterderhand angestellt, waren ziemlich ergebnislos geblieben. Auch sein Aufenthalt konnte nicht ausfindig gemacht werden. So widersprechend alle Angaben über ihn lauteten, eines war sicher, harmlos war der Mann nicht. Er schien Böses auf dem Gewissen und allen Grund zu haben, sich zu verbergen, das an Andergast verübte Verbrechen war wohl die geringste seiner Taten. Obwohl Nell Marschall bei dieser Unterredung mehr aus sich herausging als bei der vorigen, hüllte sie sich über die Person Lorriners in Schweigen. Nicht einmal zu einer Andeutung über die Art seines Verhältnisses zu Andergast war sie zu bewegen. Kerkhoven hatte den Eindruck, daß sie sich fürchte oder selbst verstrickt war. Hintergründige Natur, dachte er, während er ihr freundlich und interessiert zuhörte und bemüht war, den Schlüssel zu ihrem prickelnd unruhigen, ehrgeizig werbenden Wesen zu finden. Sie sprach über Etzel Andergast wie eine geschulte Pädagogin, mit dem feinsten psychologischen Verständnis, lachte häufig über ihre wirklich witzigen Vergleiche, nahm einen zu starken Ausdruck zurück, schaltete eine Anekdote ein, machte die treffendsten Bemerkungen über Zustände und Charaktere und entschuldigte sich dabei immer wieder mit ihrer schönen, schmeichlerisch hinfließenden Stimme, daß sie sich erlaube, einen Joseph Kerkhoven mit Dingen zu unterhalten, die für ihn das Abc seien. »Sie sind zu bescheiden, Fräulein Marschall«, sagte er. O nein, entrüstet sie sich, das ist sie keineswegs, »warum wollen Sie mich beleidigen? Ich weiß nur *Bescheid* (mit einem Lächeln über das Wortspiel), weiß, was man Männern von Rang schuldig ist.«

Sie ist vollkommen glücklich, daß sie ihn kennenlernen durfte, sie möchte ihm so vieles sagen, aber ihre Gefühle in Worte zu kleiden ist ihr nicht gegeben. Ei, man sollte meinen, gerade das sei ihre Force, denkt Kerkhoven. Unmöglich könne er sich vorstellen, wie froh sie der Gedanke macht, daß er sich Andergasts angenommen; das ist es, was ihm gefehlt hat, der autoritative Mensch. Ja, ein Phänomen, dieser Andergast, von einer Willenskraft, die Felsen sprengt, wenn sie ihm im Weg stehen, und was der Mensch alles weiß, mit welcher Distinktion er es weiß, erstaunlich. Trotzdem, wohin soll es führen? Man muß Angst um ihn haben. Solche Selbstherrlichkeit, solche Menschenverachtung, wohin, bitte, soll es führen? Kraft, schön, aber wenn die Kraft, und sei sie noch so groß, keinen Widerstand findet, zerschellt sie, zerstäubt sie. Oder übertreibt sie diese Befürchtung? Nein, erwidert Kerkhoven lakonisch, doch worauf gründe sie sich in dem Fall? Liege ein bestimmtes Faktum vor? Nell Marschalls Augen verschleiern sich, ihr ausdrucksvolles Gesicht mit den flaumigen Wangen wird blasser. Das Gesicht einer Amazone, denkt Kerkhoven, wahrscheinlich ist sie eine unversöhnliche Feindin, die nie den Moment verpaßt, nie zu früh losschlägt, sie beherrscht sich glänzend. Nell Marschall dämpft ihre Stimme. Da sie genötigt ist, von ihrem Werk, ihrer Leistung, von sich zu sprechen, ist sie oder tut sie leicht irritiert. Einem Mann wie Professor Kerkhoven wird es ja kein Geheimnis sein, daß sie mit Leib und Seele bei der Jugend steht. Ihre jungen Brüder und Schwestern, das ist eine einzige Familie. Es ist ein Clan sozusagen. Der Marschall-Clan. Ihr Leben hat keinen andern Sinn und Zweck als diesen Dienst. Es ist ihre Form von Politik, ihre Form von Kommunismus, es ist ihr Element. Es klingt, als wolle sie eine Festrede über Nell Marschall halten, schrecklich, aber warum soll man nicht in aller Freiheit einmal über sich selbst sprechen. Ein kleines Reich, das sie beherrscht. Ein kleines Reich und ein großes Volk. Mit eigenen Gesetzen, eigener Verwaltung, unabhängig und zu künftiger Macht bestimmt. »Mein Gott, wie langweilig muß ich Ihnen sein«, unterbricht sie sich und nimmt ihr Gesicht zwischen ihre beiden Kinderhände, »nur noch zwei Minuten schenken Sie mir . . .« Worauf sie kommen will, ist folgendes. Sie hat eine Sorge. Es handelt sich um ein junges Mädchen, das ihr nahesteht. Das liebt sie. Emma Sperling, genannt Spatz. Tänzerin. Blutjung. Süß. Und so phantastisch es sich anhört bei dem allgemeinen Zustand, unschuldig wie der neue Tag. Sie, Nell, hat Bürgschaft übernommen. Sie möchte nicht, daß Andergast . . . er kennt keine Rücksichten . . . leider scheint Emma eine Schwäche für ihn zu haben; wie er es jedesmal anstellt, ist rätselhaft, in der Beziehung hat er überhaupt kein

314

Gewissen, dem armen Roderich Lüttgens ist es ja auch zuviel geworden. Sie seufzt, als Kerkhoven erstaunt die Brauen hebt. »Es war da was mit Hilde ... es hat zweifellos mitgespielt bei seinem unseligen Entschluß. Wissen Sie, wie mir das alles vorkommt, verehrter Freund?« sagte sie aufstehend, mit seltsam glitzernden Augen. »Wie Marionettenspiele, wie Zwergentragödien in einem Marionettentheater, zehn, zwanzig, dreißig durcheinander, man weiß schließlich nicht mehr, in welches Stück die eine Person, in welches die andere gehört. Amüsantes chassez croisez, zum Verrücktwerden amüsant, aber auch zum Verrücktwerden ernst.« Sie lachte hell. Schon zur Tür gehend, streckte sie Kerkhoven die Hand hin, und wie alle guten Diplomaten brachte sie ihr eigentliches Anliegen zuletzt vor: Kerkhoven soll versuchen, Etzel Andergast zu einem ehrenhaften Verzicht auf Emma Sperling zu bewegen; wenn ihm an Nell Marschalls Freundschaft und Achtung noch gelegen ist, soll er die Hand von ihr lassen. Sie hat es ihm auch geschrieben, jedoch sie fürchtet, daraus macht er sich nichts, es bedarf der höheren Instanz.

Der Besuch hinterließ in Kerkhoven gemischte und verworrene Empfindungen. Er kannte sich nicht aus. Eine blendende, durchdringend gescheite Person, und so anzweifelbar, so unsicher und unsicher machend. Leidenschaftliches Temperament, das nicht fähig war zu binden und offensichtlich darunter litt. Ursprünglich prüde Natur, die sich unter inneren Qualen zur Vorurteilslosigkeit vergewaltigt. Maßgebend für Kerkhovens Beziehung zu Menschen war ihr Verhältnis zur Wahrheit, das heißt einer vom Willen des Betreffenden abhängigen, nachprüfbaren Sauberkeit der Aussage. Der leise Argwohn, der ihn bei den Mitteilungen Nell Marschalls über die »unschuldige junge Tänzerin« beschlichen, bestätigte sich, als er am selben Tag bei Andergast die Bekanntschaft des Mädchens machte. Er glaubte ja nicht an eine bewußte Entstellung Nells, sah vielmehr eine Frau in ihr, die gezwungen ist, in seelischen Abblendungen zu leben, bei künstlichem Licht gleichsam. Er hatte nicht gewußt, daß jemand bei Andergast war; nachdem er angeklopft, trat er rasch ein und blieb etwas betroffen an der Tür stehen. Die Situation war die: Etzel lag, im Pyjama, mit verbundenem Kopf auf dem Korbsessel und blickte mit dem Ausdruck gelangweilter Geringschätzung zur Decke. In der Mitte des Zimmers stand eine bildhübsche, sehr damenhaft wirkende, vielleicht zwanzigjährige Person, die Hände kreuzweis in den weiten Ärmeln ihres Blaufuchsmantels, das Gesicht zu Boden gekehrt, mit einem Ausdruck von Trotz, der auf einen vorangegangenen Streit schließen ließ. Das Eintreten Kerkhovens schien sie nicht zu bemerken, sie rührte sich nicht, stand da wie eine Statue. Andergast erhob sich etwas schwerfällig, es war, als ob der Verband ein erhebliches Gewicht für ihn sei, und stellte das Fräulein mit der steifen Förmlichkeit eines Corpsstudenten vor, die Kerkhoven fast zum Lachen reizte. Emma Sperling neigte so nachlässig-gnädig den Kopf, daß Andergast sie zornig anblitzte. Sie lächelte nur. Aber Kerkhoven sah, daß das Lächeln beständig in ihrem Gesicht war, das sonderbarste stereotype Lächeln, das sich denken ließ. Die Augen blieben dabei ernst, fast traurig, sie hatten einen langen, saugenden, sinnlichen Blick, das Lächeln wohnte wie bei der Mona Lisa in den äußersten Winkeln des Mundes, der dadurch etwas außerordentlich Faszinierendes, Sphinxhaftes bekam, und auf den Wangen zeigten sich, wie mit einem Instrument ausgehöhlt, zwei unveränderliche Grübchen. Die hat was, nicht zu leugnen, dachte Kerkhoven, ich würde vor ihr auf der Hut sein, verehrte Nell Marschall, und auf alles eher bauen als gerade auf ihre Unschuld ... »Enteile jetzt, Spatz«, wandte sich Andergast an sie, »der Meister kann dich hier nicht brauchen.« Als sie gegangen war, rutschte ihm das widerwillige Geständnis heraus, daß sie ihm unter anderm auch Nachricht über Lorriner gebracht habe. Sie habe auf einmal blödsinnige Angst, sie und Nell, als sei er, Andergast, nicht Manns genug, sich seiner Haut zu wehren. »Ja, allerdings, das sieht man«, sagte Kerkhoven ironisch, indem er sich anschickte, den Verband abzunehmen. Andergast errötete und schien den Anfall von Offenheit zu bereuen. Er murmelte störrisch: »Ein Wolf ist kein Schoßhund, die Schoßhündchen müssen ihm ja nicht in die Nähe gehen.«

Manches kam in diesen Tagen zusammen, um in Kerkhoven das Gefühl zu erregen, als sei alles wirkungslos, was er tat, viel zu gering, viel zu beschränkt. Er konnte sich nicht mit dem Bewußtsein erfüllter Pflicht begnügen, nicht mit dem vollbrachten Tagewerk, so groß es immer sein mochte, was bedeutete es gegenüber dem Nichtgetanen, dem Wissen von der Vergeblichkeit im Ganzen. Man konnte das Fahrzeug nicht lenken, wurde getrieben und mitgetrieben, und was sie die Welt nannten oder die Zeit, das war ein unheimliches Element, das zur eignen Person in einem dauernd nachweisbaren, aber durchaus unerforschten Bezug stand. Das spürte er immer am schärfsten, wenn er kranke und verwirrte Menschen vor sich hatte, Schuldige, Gerichtete, Opfer des Schicksals. Die Wehrlosigkeit! Die Unabänderlichkeit des Wegs! Und wie alles ehern verkettet war in Ursache und Folge. Er hatte als Sachverständiger vor dem Gerichtshof in Moabit ein Gutachten abzugeben über eine jugendliche Verbrecherin, Arbeitslose, die von ihrem Bruder geschwängert worden war und vom Kassenarzt verlangt hatte, er solle ihr die Frucht nehmen. Der Mann hatte sie natürlich weggeschickt, nach einiger Zeit kam sie wieder, sie hatte es mit Pillen und Tränken versucht, war vom Dach eines Schuppens gesprungen, das Geld, um eine professionelle Helferin zu bezahlen, hatte sie nicht. Der Arzt sagte: Ich kann das nicht tun, ich riskiere das Zuchthaus, was sollte er wirklich tun, die Ärzte können auch nicht, wie sie wollen, und als das achtzehnjährige Ding vor ihm auf die Knie fiel und ihn beschwor, es doch zu machen, sie könne, dürfe, wolle das Kind nicht austragen, wurde er grob und hieß sie zum Teufel gehen. Da zog sie blitzschnell ein Küchenmesser aus dem Mantel, stieß es dem Doktor in die Brust und lief sinnlos schreiend davon. Der Mann war an der Verletzung gestorben.

So was lesen wir jeden Tag in der Zeitung, werdet ihr sagen. Selbstverständlich, abgedroschene Sache. Kolportage. Nehmt

noch das hinzu, daß sie zu sieben im Verschlag eines Trocken-
speichers gewohnt hatten, vier Quadratmeter Raum, so ist alles
beisammen. Ich erwähne es auch nur, um die Verstimmung
Kerkhovens zu motivieren, als er spätabends in die Anstalt
hinausfuhr, wo er noch Anordnungen zu treffen hatte, auch
Andergast einen Augenblick sehen wollte, der am nächsten Tag
das sichere Asyl verlassen mußte, so gut wie geheilt. Aus dem
Augenblick wurden Stunden. Es kam auf einmal über ihn, daß
er sich entschloß zu bleiben, die tiefe Stille außen, der schmerzliche Tumult innen, das junge Gesicht vor ihm, das seiner
Ohnmacht zu spotten schien, in trotziger Wachsamkeit jeden
auch nur anrührenden Blick zurückwies, alles hielt ihn fest.
Er sprach von der Verhandlung, der Atmosphäre papierner
Amtlichkeit, dem leeren Geklapper des gerichtlichen Apparats,
der Angeschuldigten, die ausgesehen wie ein vierzehnjähriges
rachitisches Schulmädchen, dem Vorsitzenden, einem zweifellos
an Leberatrophie leidenden Herrn, der den ganzen Fall behandelte wie ein Zollinspektor die Abfertigung der Reisenden.
Andergast machte eine Miene, als interessiere ihn das alles nur
mäßig, als seien solche Vorgänge samt den Begleiterscheinungen
tägliche Erfahrung für ihn. Er spürte, daß Kerkhoven etwas
anderes im Sinn hatte, und um diesem andern möglichst lang
zu entgehen, erzählte er, daß er neulich bei einer Verhandlung
gewesen sei, wo ein Mensch zu acht Jahren verurteilt wurde
und der Richter ungerührt wie ein Stein in der Motivierung
des Urteils fortfuhr, während der Verurteilte, der ohne Frage
unschuldig war, mit entsetzlichen Schreien zu Boden stürzte,
die Augen verdrehte und mit Händen und Füßen zum sich
schlug. Das Publikum war alarmiert, man rief nach einem
Arzt, sogar die Schutzleute waren bestürzt, aber der Richter
redete, redete und schien von der greulichen Szene nichts zu
sehen und zu hören.

Kerkhoven nickte bloß. Plötzlich sagte er: »Ich bin Ihnen
das Geständnis schuldig, Andergast, daß ich mit Ihrer Mutter
in Briefwechsel stehe.« Etzel lehnte sich schweigend zurück.
Seine Ohren wurden rot. Er sagte: »Ja, Meister . . . und?« Sonst

nichts. »Da es Ihnen, aus welchem Grund weiß ich nicht, an Vertrauen zu mir fehlte und ich andererseits den Wunsch hatte ... nehmen Sie an, aus Sympathie für Sie ... eine freundschaftliche Beziehung läßt sich nur schwer aufrechterhalten, wenn sich der eine Teil in vorsätzliches Schweigen hüllt ...« – »Sie haben mich nie direkt gefragt, Meister.« – »Sie wissen genau, daß ich nur fragen konnte, wenn ich sicher war, daß Sie mir Rede stehen würden.« – »Wie hätte ich wissen sollen ...« Kerkhoven unterbrach ihn durch eine Handbewegung. »Nein, Andergast, spielen Sie jetzt nicht noch den Zartfühlenden, der nicht lästig fallen wollte, das glaub' ich Ihnen nicht. Ihr Verhalten in der Sache hat eine verteufelte Ähnlichkeit mit dem von gewissen Patienten, denen die Krankheit aus den Augen springt und die jedem, der es hören oder auch nicht hören will, versichern, sie seien so gesund wie ein Fisch. Vielleicht eine Form von Eitelkeit. Ich, der Soundso, brauch' eure Ratschläge und euer Mitleid nicht.« – »Nein. Falsch«, stieß Andergast zornig heraus. – »Also was?« – Der junge Mensch sah finster vor sich hin. »Haben Sie von der Valentina Visconti gehört?« fragte er abgekehrten Blicks. »Die sagte vor ihrem Tod: rien ne m'est plus, plus ne m'est rien.« Als Kerkhoven etwas spöttisch den Kopf neigte, warf er seinen trotzig zurück und sagte: »Gewiß; ist ja alles Kohl. Kann nur nicht einsehen, was gerade Sie damit zu schaffen haben sollen, Meister. Schad um Ihre Zeit.« Kerkhoven beugte sich vor und legte die Hand flüchtig auf Andergasts Arm. Die Berührung, so kurz sie war, machte Etzel befangen. Er schaute erst wie hilfesuchend um sich herum, dann sah er Kerkhoven in die Augen. »Meine Mutter«, sagte er achselzuckend, »was die schon für 'ne Ahnung hat. Was hat sie Ihnen denn geschrieben? Wahrscheinlich von der faulen Geschichte damals ...« – »Die Geschichte lassen wir auf sich beruhen, Andergast. Sie wissen, ich bin kein Freund von Aufgraben und Ausholen. Ich möchte nur, daß Sie einige Dinge, zum Beispiel das Zerwürfnis mit Ihrer Mutter, wenn es eins war ... es war keins? Um so besser ... was es eben war .. daß Sie das mal quasi mit sich selber durchsprechen, und ich

319

höre einfach zu. Was meinen Sie zu dem Vorschlag? Ich kann
ja gelegentlich mit einer Frage nachhelfen . . .«

Jetzt kommt er mir doch mit so einem Trick, dachte Andergast wütend und wand sich wie ein Fuchs, wenn die Falle eingeschnappt ist.

Elftes Kapitel

Nein, es war kein Zerwürfnis, kein Zwist. Er fürchtet, es nicht
erklären zu können. Es gibt Fälle, wo Liebe zu viel fordert und
zu viel veranstaltet. Es gibt etwas wie heilende Körperfremdheit. Versteht der Meister, was er meint? Gut. Sie verstand
es auch, aber sie konnte nicht danach handeln. Mutter, das
war für ihn der große Traum gewesen, das Höchste auf der
Welt. Daran muß jede Wirklichkeit zerschellen, die allervoll-
kommenste. Er begriff natürlich, was für eine Frau sie war,
großartig, großartig. Charakter. Haltung. Und eine Frau, die
was wußte, was gelernt hatte, nicht so 'ne Edelbürgerin mit
Ansprüchen. Hätten sie einander ein Jahr früher oder ein
Jahr später gefunden, es hätte was werden können. Aber so.
Auch sie hatte ja ihre Erwartungen gehabt, zumindest die eine,
daß sie ein Kind besaß, mit allem, was in dem Begriff drinliegt:
besaß. Das ging ihr nicht in Erfüllung. Da war kein Kind,
kein Sohn. Eine Jammergestalt. Ein fühlloses Mißgebilde. Was
sollten dem geschlagenen Scheusal Arme, die es umschlangen,
eine Hand, die ihm die Stirn streichelte, Augen, die nicht auf-
hörten, es anzuschauen? Er wird jetzt etwas Furchtbares sagen,
der Meister soll weghören, es ist zu schauderhaft, zu unmenschlich. Die Mutter war ihm zu sehr Fleisch damals. Sie
roch nach Fleisch und Blut. Sie hatte Haare in den Achsel-
höhlen. Es war aus seinem Hirn nicht wegzudenken, daß sie
mit ihm geschlafen hatte, mit ihm, dem Vater, Trismegistos,
vor achtzehn Jahren, vielleicht an einem genau zu bestimmenden Tag. »Konnt' ich nicht aushalten, den Gedanken, konnt'
ich nicht. Verstehen Sie das, Meister?« – »Versteh' ich, Ander-

gast, versteh ich.« – »Der Mensch ist ein Vieh, nicht?« – »Ist
er. Jawohl. Ist aber nicht das Ärgste an ihm.« – »Ich sah das
so; verdammt, ich sah das so vor mir . . .« Er schwieg lange.
»Man darf als Kind nicht eine Mutter haben, die tot für
einen ist, während sie lebt«, sprach er vor sich hin. Dann war
das mit den Ärzten. Das hätte sie sich ersparen sollen. Man
ruft nicht die Feuerwehr, wenn mal der Blitz einschlägt und
weiter nichts passiert als daß die Lampen verlöschen. Er hat
die unverhältnismäßigen Sachen immer gehaßt. Sie hätte es
spüren müssen. Er ist nicht so erzogen worden, bei den bürgerlichen Ängsten. Außerdem hat er schon als Kind die Feuerwehr
nie leiden mögen, brennen war schöner als spritzen. Und wie
gesagt, es brannte nicht mal, es war finster. Die Doktoren aber,
zu lächerlich was sie quatschten. Wie primitiv sie sich alles
vorstellten, trotzdem sie doch auf der »Höhe der Wissenschaft«
standen. Er hat an das Molièresche Wort denken müssen: Die
Medizin ist bloß ein Jargon. Es war eine böse Zeit. Theoretisch
genommen wäre er gern gestorben, praktisch betrachtet sah er
ein, daß damit nichts gedient war; ob er sich umbrachte oder
an einer Krankheit krepierte, in beiden Fällen hätten die
Doktoren recht behalten, und den Triumph wollte er ihnen
nicht lassen. Nein, der Tod hätte nichts bewiesen, weil er nur
selten was beweist. Freitod schon gar. Das ist nichts für ihn.
Dazu ist er zu gebunden. Das eigenmächtige Ausbrechen aus
der Gemeinschaft ist glatter Unfug. Ja, wenn es so wäre wie in
der ionischen Kolonie Massilia, wo einer, der sich das Leben
nehmen wollte, vor einem Rat von sechshundert der besten
Männer seine Gründe darzulegen hatte, und erst wenn die
gebilligt wurden, wenn man anerkannte, dieser Mensch hatte
wirklich keine Möglichkeit weiterzuleben, dann durfte er den
Schierlingsbecher trinken, und es wurde zu dem Zweck extra
ein schönes Totenfest über ihn veranstaltet. »Das hat was,
finden Sie nicht, Meister?«

Er sprang auf, ging einige Male durch das Zimmer, dann blieb
er dicht neben Kerkhoven stehen, sah versonnen auf ihn her-

unter, und halb zutraulich, halb verspielt griff er nach dem schwarzen Uhrband, das aus Kerkhovens Westentasche hing, zog die Uhr heraus, betrachtete mit zerstreutem Lächeln das dünne Goldgehäuse, setzte sich wieder an seinen Platz und legte die Uhr vor sich hin auf den Tisch. Wunderliches Beginnen. Kerkhoven ließ dies alles ruhig geschehen. Er kam sich ein wenig wie ein Papa vor, aus dessen Tasche sich das kleine Söhnchen was zum Spielen holt. Zugleich hatte er das seltsame Gefühl, als sei dadurch, daß ihm die Uhr abgenommen worden, auch die Zeit von ihm abgelöst, die tyrannische, die ihn zwang, den Tag und die Nacht in Teile zu spalten, die Teile wieder in Teile, wodurch so viel Kleinwerk und statt Fülle immer nur Masse entstand.

Ich habe mich in dem Menschen nicht geirrt, ging es ihm durch den Kopf, er ist ein Ausnahmeexemplar; wie das alles beobachtet ist, fehlt bloß, daß er mir erklärt, was es etwa gewesen sein könnte, Fall von Imaginations-Neurose, Herr Kollege... und ich würde dann antworten: Sie haben wahrscheinlich recht, Herr Kollege, der Fall hat aber eine Seite, die Sie übersehen, nämlich die Neuartigkeit seines Trägers, die uns zu einer neuen Begriffsbestimmung nötigen könnte, so ungern wir uns auch dazu aufraffen...

Persiflierende Betrachtungen, die die innere Bewegung des Mannes verdecken sollten, der zu sehr Arzt war, um sich ihr kritiklos zu überlassen. Was ihn eigentlich so bewegte, ließ er unerkundet. Das Wort war es nicht, bei allem Besondern, die mit jedem Laut durchbrechende Wahrhaftigkeit auch nicht, trotzdem sie der ganzen Erscheinung das Gepräge gab. Es war wohl die Tatsache des endlichen Sicherschließens einer Seele, die von Schritt zu Schritt auf ihren Widerstand verzichtete und unter so unnatürlichem Druck gestanden war, daß die allmähliche Befreiung davon zunächst ihr Gefüge erschütterte. Monate später sagte Etzel einmal zu Marie: »Wenn mich der Meister an jenem Abend nicht gehalten hätte wie ein Magnet die Stahlfeder, ich weiß nicht, was geschehen wäre, da war ein Moment, wo ich ihm am liebsten an die Kehle gefahren wäre...«

»Man mußte doch an Ihre weitere Ausbildung denken«, sagte
Kerkhoven. »Sie waren kaum siebzehn und hatten den Lehr-
gang eigenmächtig unterbrochen. Darin wird sich wohl die erste
Schwierigkeit gezeigt haben.« Andergast räumte es ein, obschon
es für seine Person keine Schwierigkeit gewesen sei. Er war schon
damals entschlossen, sich nicht auf die sogenannte Zukunft fest-
zulegen. Immerhin hatte er nicht die Absicht, auf dem Rücken
zu liegen und Maulaffen feilzuhalten. Er tat, was man von
ihm verlangte. Er spielte, und merkwürdig, im Spiel ging's viel
besser als im Ernst. Die Moral davon: Es ist dumm, sich in
eine Sache zu verbeißen, fallenlassen muß man sie, dann gibt
sie sich. So hat er auch anderthalb Jahre später das Abitur gemacht, wie man bei einer Landpartie mittut, man könnte ebensogut daheim bleiben. Doch damit greift er vor. In die Kinder-
bewahranstalt, das Gymnasium, konnte er natürlich nicht
zurück, die Stadt war ihm verleidet, eine andere wäre nicht
lieblicher gewesen. Warum schiert man sich um ihn, statt ihn
seinen Kohl alleine kochen zu lassen? Aber da war Camill
Raff, sein früherer Ordinarius, die Mutter wußte, daß er der
einzige unter seinen Lehrern gewesen, der Einfluß auf ihn
gehabt, sie wußte aber nicht, daß das vorbei war. Er hatte ihn
immer noch gern, oder nein, nicht gern, was heißt denn gern,
fand ihn nur nicht so unerträglich wie die meisten, feiner
Kerl, aber Einfluß? Nachdem seine Frau gestorben, hatte er
das Lehramt niedergelegt, auf ein totes Geleise hatte man ihn
ohnehin längst geschoben, er lebte in ärmlichen Verhältnissen
und griff zu, als ihm die Mutter vorschlug, eine Art Hof-
meisterstelle bei dem, so weit man sehen konnte, mißratenen
Herrn Sohn zu übernehmen. Raff glaubte wahrscheinlich, es
wäre noch der Etzel aus der Streberzeit oder sagen wir der
strebenden, der prähistorische. Aber sie hatten keinerlei Konflikte miteinander, war alles sanft wie Butter. Es wurde beschlossen, in die Schweiz zu übersiedeln. Also auf, in die
Schweiz. Sie wohnten in einem Ort, der zwischen Bergen lag
wie eine Brotkrume zwischen Kopfkissen und Kolter. Wenn
man krank ist, liegen doch immer Brotkrumen im Bett. Ohne

die Berge . . . na, der Meister wird gleich hören. Es war Winter. Er weiß nicht, wie die Tage vergingen, womit, wie viele es waren. Er hat damals eine Zeit der Schlafsucht gehabt, es ist vorgekommen, daß er sechzehn Stunden und mehr hintereinander schlief. Dazwischen erledigte er sein Pensum, redete mit Raff, redete mit der Mutter, sonst war da niemand, er hatte das Gefühl: weißes Gefängnis. Himmel, Erde, Bergmauern, Bäume, Häuser, Träume, alles weiß. Eines Tages, es wird schon März gewesen sein, tritt er in das Zimmer der Mutter. Raff ist bei ihr. Sie sind nah beieinander gesessen, Raff steht hastig auf und geht zum Fenster. Die Mutter hält den Kopf gesenkt, rührt sich nicht, er sieht in der Dämmerung nur ihre Silhouette. Er bleibt stehen und schaut von einem zum andern. Da keins von beiden etwas sagt oder von seiner Gegenwart Notiz nimmt, dreht er sich um und geht wieder hinaus. In seiner Stube setzt er sich hin und überlegt, was da zu tun ist. Er weiß ziemlich genau Bescheid um das vergangene Leben der Mutter. Obwohl sie in ihren Erzählungen stets vermieden hat, Nachdruck auf Erlittenes zu legen, und auch vom Schwersten so gesprochen hat, als unterscheide es sich durchaus nicht vom Schicksal zahlloser anderer Frauen, hat er begriffen, daß sie seit zehn Jahren wie eine Heilige gelebt hat. Er hat es nicht bloß begriffen, sondern es war das, was er erwartet hatte, anders durfte es nicht sein, wenn man die Mutter kennenlernt, mater renata. Darum war sie nicht jung und nicht alt in seinen Augen, hatte kein Geschlecht in seinen Augen, und hätte nicht der Makel an ihr gehaftet, daß sie nachweisbar mit Trismegistos geschlafen hatte, um ihn, den Sohn, zu zeugen, so wäre sie wie der Mond am dunkelblauen Nachthimmel gewesen, göttlich rein. Freilich war nicht zu erdenken, auf welche Weise er sonst in diese Welt hätte gelangen können, das war der Punkt, wo man ein bißchen den Verstand verlor und wo einen die sogenannten Weltanschauungen unheimlich lächerten. Raff am Fenster, die schöne Silhouette in der Dämmerung, da gab es nicht viel zu deuteln, am andern Morgen zog er den Rucksack aus dem Schrank, und als die

Mutter zu ihm in die Stube kam, sagte er: Ich geh' für ein paar Wochen hinauf in die Berge, sorg dich nicht um mich, ich mach' Ferien, da oben auf dem Paß ist ein Wirtshaus, da bleib' ich und schau' mir die Schneeschmelze und die Lawinen an. Sie schwieg. Sie wußte alles. Sie machte keinen Versuch, ihm sein Vorhaben auszureden. Sie stellte weder Fragen, noch zeigte sie sich erstaunt oder verletzt. Sie half ihm schweigend wie eine Kameradin seine Sachen zusammenpacken, achtete darauf, daß er genügend warme Unterwäsche mitnahm, und als er sich marschbereit zur Tür wandte, ohne ihr die Hand zu reichen, mit einem Kopfnicken bloß, lächelte sie mit brüchigen Lippen. Das war alles. Er anerkannte diese Haltung, sie entsprach ihm. Auf der Dorfstraße traf er noch Camill Raff und wechselte ein paar Worte mit ihm, nicht anders, als entfernte er sich nur für einen Vormittag. Dann stieg er gegen den Julier hinauf, wanderte zweieinhalb Tage, die Straße war für die Postfahrten ausgeschaufelt, das Wirtshaus, in dem er sich einquartierte, hieß »Zum Piz Lagrev«, das Dorf hieß Bivio, die Landschaft war von grandioser Weite, Terrasse um Terrasse türmte sich's empor, jede Bewegung wiederholte sich auf der nächsthöheren Stufe in vereinfachter Form bis zu majestätischer Kahlheit, es gemahnte an ein heroisches Versmaß, veranschaulicht im Raum, jede Silbe ein Felsenkoloß, ein vereister Krater, jede Zäsur ein Abgrund, zum Schluß hatte er das Gefühl, als begriffe er die obere Welt, denn die war klar und zerteilte sich im klaren Himmel, die untere blieb verworren und finster wie zuvor, war nur jetzt weit weg. Die Kammer, die er bewohnte, war nicht viel geräumiger als eine Zigarrenschachtel, die Fenster in den dicken Mauern glichen den Schießscharten einer Bastion, durch die bei Tag saphirblaues Licht, bei Nacht schwarze Stille floß. Es hielt ihn nicht zwischen vier Wänden, er schlug kein Buch auf, trotzdem er mehrere mitgenommen, nach dem Frühstück schnallte er die Skier an und zog in die weißblendende Einsamkeit, dunkle Gläser vor den Augen. Er hatte schon unten mit Raff begonnen, Ski zu laufen, hatte es aber zu keiner Fertigkeit gebracht, da oben ging's plötzlich von selber, nach drei Tagen war ihm keine

325

Abfahrt mehr zu steil. Es war ihm zumut, als dehne sich sein Körper, als wüchse er in jeder Stunde einen Viertelzoll, er spürte überhaupt zum erstenmal, daß er einen Körper hatte, in beglückender Weise nämlich, soweit bei ihm von Glück die Rede sein konnte; es war ungefähr so, wie wenn man durch die Umstände belehrt wird, was man mit dem Handwerkszeug anfangen muß, das man aus einem Schiffbruch in Sicherheit gebracht hat. Er lernte die Wetterzeichen kennen, Bedeutung des Nebels und der Wolken, die Färbungen des Gesteins im Auffall des Lichts je nach der Stunde, je nach der Art, den schwarzen Granit, den grauen Basalt, den roten Porphyr, und darüber im Geisterbogen die grünen Dome der Gletscher. Das eigentliche Erlebnis war nicht die Höhe, die Gewalt der Bildungen, die kristallne Transparenz der Luft, sondern das Gebirge als solches, das Urgebirge vielmehr, mit seinen elementaren Influenzen von Metall und Mineral, Wasser und Wurzel her, wie wenn seine magnetischen Ströme unmittelbar in Blut und Nervensystem übergingen und man organisch eingefügt wäre in den Umlauf der Erdsäfte. Man schied sich dabei nicht von der Menschengemeinschaft, man wuchs ihr erst recht zu, nicht in der verwirrenden Mitte, vom Rand aus, wo man wie Johannes in der Wüste stand, der vor dem Feind im Bruder floh und dem die Welt erst Bild wird und Sinn bekommt, wenn er den Bruder im Feind wiederfindet. Das hat natürlich nur die »Wüste« bewirken können . . .

Zweiundzwanzig Tage verbrachte er in der Paßmulde, es war ein Anfang von etwas, das noch unübersehbar war, zugleich eine abgeschlossene Epoche, Lehrzeit, Richtzeit, zum erstenmal ein fester Punkt, ein Ausgangspunkt auf jeden Fall, und es blieb das Gefühl, daß man was im Rücken hatte, worauf man sich stützen konnte. Man hatte die Möglichkeit des Hinunterschauens, über jeder Welt gab es noch eine andere Welt, über jedem Tal ein höheres, über den Firnen noch den Azur, und das Ganze war schließlich ein einziger Leib, so wie er sich als Kind vorgestellt hatte, das Universum samt allen Gestirnen sei vielleicht nur der Blutstropfen eines unbegreiflich ungeheuern Wesens. Die dritte Woche war vergangen, da kam an einem stürmischen Abend ein Bote von Sophia mit einem Schreiben, das nur wenige Worte enthielt: Sein Vater lag im Sterben. Der Föhn hatte die Leitungen zerstört, sonst hätte sie telefonieren können, wie sie hinzufügte, sie fühle sich verpflichtet, ihm die Nachricht auf raschestem Wege zukommen zu lassen, seine Entschließung wolle sie weiter nicht beeinflussen. Eine Stunde darauf saß er im Schlitten, zu Mittag des andern Tags langte er an. Was während der nächtlichen Fahrt in ihm vorging, als der Schneesturm sein Gesicht zerbiß, die Kälte durch Decken und Mäntel drang, die Gäule hundertmal im aufgewehten Schnee den Weg verloren, flockendurchwirbelte Schlünde bald rechts, bald links wie kochende Seen gähnten, spärliche Dörfer sich angstvoll in die Finsternis verkrochen und hoch oben die Lawinen donnerten, darüber sprach er nicht. Er berichtete nur, was er von der Mutter forderte, fast im selben Atem forderte, da er sie begrüßte, und der Zuhörer gewann zunächst den Eindruck, als hätten die entfesselten Elemente in jener Nacht den Verstand des jungen Menschen getrübt. Er verlangte nicht mehr und nicht weniger, als daß Sophia von Andergast mit ihm reisen, mit ihm zusammen an das Sterbebett des Mannes treten, dem Mann am Ende noch die Hand reichen solle, der ihr Herz verwüstet, ihr Leben zertrümmert, ihr das Kind entwendet hatte. Er stellte sie vor die Wahl, der unheimliche Knirps: Entweder du begleitest mich dorthin, 'oder unsere Wege trennen sich überhaupt. Was fiel ihm ein? Was hatte er vor? War's der unerloschene Trotz noch, von der Stunde her, wo er sie mit Raff im Einverständnis gesehen, der böse eifersüchtige Stachel, oder tyrannische Laune nur? Erblickte er einen Sühneakt darin, Verzicht auf die alte Unversöhnlichkeit und die neue Bindung? Sollte die Gegenwart der Mutter den Tod des Gefürchteten, haßvoll Bewunderten minder gewichtig für ihn machen, nachdem er innegeworden, daß dieser Tod, wie immer er ihn betrachtete, ihn erst zur eigentlichen Lebensverantwortung berief? Oder war es ein dunkles, introvertiertes Rachegelüst, das beiden galt, Vater und Mutter, etwas, das jeder Erklärung spottete? Kerkhoven verstand es nach und nach; nicht die Motive im einzelnen, aber die Instinkthandlung selbst, und damit erhielt er einen jähen und ziemlich umfassenden Einblick in die seelische Verfassung des jungen Menschen. Die Mutter, wie nicht anders zu erwarten, weigerte sich. Sie zeigte ihm keinerlei Empfindung. Vielleicht war ihr Erstaunen größer als ihr Schmerz. Sie war gewohnt, sich zu verschließen, keine Miene verriet, daß sie den Verlust in seinem ganzen Umfang begriff. Später einmal gestand sie, daß dieser Tag der schwerste in ihrem Leben gewesen sei, da es ja den Anschein gehabt, als hätte sich die Natur selber gegen sie gekehrt, und das kaum zurückerrungene Kind, halb losgelöst ohnehin, sei nun zum zweitenmal und damit für immer dem Vater zu eigen geworden, Vaterssohn um so unumstößlicher, als es der Tod jetzt war, der das Verhältnis endgültig regelte. Am Tag darauf eröffnete sie Camill Raff, daß zwischen ihnen alles aus sein müsse. Sie hatte in Basel eine Zusammenkunft mit ihrem väterlichen Freund André Levy und reiste dann nach Baden-Baden, wo sie blieb, sich außerhalb der Stadt in Einsamkeit vergrub und wie vor der Vereinigung mit Etzel, nur spannungsloser und um vieles gealtert, als wahre Nonne lebte.

Etzel kniet vor einer Leiche. Er hat den Vater nicht mehr lebend angetroffen. Nun kniet er neben der Bahre. Es ist der erste tote Mensch, den er sieht. Der Vater, der erste Mensch, den man tot sieht, das ist gewaltig und primitiv wie ein Mythos. Lange schon hat die Selbstbezweiflung auf ihn gelauert, die ihn jetzt überfällt und ihm den Schädel aushöhlt. Tat ich recht gegen den Mann? Hatt' ich Ursach und Vollmacht, mich zum Richter über ihn aufzuwerfen? War er mir Verantwortung schuldig? Wer darf Verantwortung fordern? Ist Verantwortung möglich? Zerbricht sie nicht das Gefäß der Persönlichkeit in einem Fall, wie dieser war? Hab' ich ihn nicht aus dem Sinn seines Lebens herausgestürzt und von ihm allein verlangt, was man nur von der gesamten Menschheit als sittlichem Organismus verlangen kann? Aus dem Sinn des Lebens herausgestürzt . . . das wäre die Sünde der Sünden, die Todsünde schlechthin, Vater, in deine Hände befehle ich meinen Geist. Wie findet man, wie finde ich hinein in den Sinn des Lebens? Wahrscheinlich hat schon Kain diese Frage an Adam und an Gott gerichtet. Mund, der soviel Regel und Gesetz in eherne Worte fassen konnte, wie grausig schweigst du auf einmal . . .

Es kam dann eine sonderbare Geschichte, die er wie abseits hin erzählte, mit einem gelegentlichen Achselzucken, wie einer, der verlernt hat, sich über gewisse Effekthaschereien des Schicksals zu wundern. Es konnte ihm doch nicht zum Vorwurf gemacht werden, daß es ausgerechnet die abgedankte Mätresse des Vaters war, die ihn in die Geheimnisse der Liebe einweihte, wie man sich kitschig auszudrücken pflegt. Das Frauenzimmer hatte jedenfalls keine Hemmungen, möglich, daß es sogar ein perverses Gelüst bei ihr war, so kindlich und harmlos sie auch schien. Ohne Umstände nimmt sie ihn von der Leiche des Vaters mit fort, und ehe er weiß, wie ihm geschieht, liegt er schon mit ihr im Bett. Er hatte natürlich keine Ahnung von ihrer Beziehung zu Trismegistos, hatte sich einlullen lassen von ihrem vogelhaften Plappern, erst am andern Tag rutschte es ihr heraus, kann auch sein, sie wollte einen Trumpf gegen ihren toten Liebhaber ausspielen; daß es ein ziemlich makabrer Trumpf war, spürte sie wohl kaum, Gott weiß, was sie von Trismegistos hatte erdulden müssen. Ohne diesen Theatercoup wär's ein Wald- und Wiesenabenteuer gewesen, bißchen pikanter, bißchen schauriger durch die Nähe, die Gegenwart fast des toten Vaters, so aber kam was von Blutschande hinein, was Dunkles, das an Urzeit und Fabel erinnerte. Vielleicht hatte es Trismegistos im Tode so verfügt, daß seine Geliebte sich der Unschuld des Sohnes annehmen sollte, diabolischer Gedanke, aber wer kannte sich aus in dem Mann, vielleicht wollte er auf eine unerforschliche Art Vergeltung üben, vielleicht war es eine erzieherische Maßregel, darin war er ja so unsäglich vertrackt und hintergründig. Doch auch die Mutter war auf ihre Weise im Spiel, dies kann er aber nicht näher erklären, so wie der

Engel mit verhülltem Antlitz war sie im Spiel, wie man es auf frommen alten Bildern sieht.

Soll er noch erzählen, wie es vor sich ging? Es ist wohl kaum von Interesse. Gut, wenn der Meister wünscht. Der Tote lag in einem Zimmer der Anstalt aufgebahrt. Die letzten zwei Jahre seines Lebens hat ja Herr von Andergast im Nervensanatorium zugebracht, unaufhaltsamer geistiger Verfall hat seine Internierung notwendig gemacht. Als Etzel sich von der Leiche abkehrte, gewahrte er an der Tür eine schwarzgekleidete Frau, die ihn neugierig musterte, dabei aber das Taschentuch in der Hand hielt, mit dem sie von Zeit zu Zeit ihre Tränen trocknete. Das war putzig. Sie schien ihm nicht jung zu sein, mindestens dreißig, mit seinen achtzehneinhalb dünkte ihn eine Dreißigjährige ehrwürdig. Als sie ihn anredete, war sie dann doch jung, jünger als er selber, zutraulich wie ein Kätzchen, das sich in ein unbekanntes Haus verirrt hat. Während sie mit gespitztem Mäulchen halblaut dumme Worte zwitscherte, schielte sie ängstlich auf das marmorweiße Gesicht der Leiche, als hätte sie allen Grund, vor dem unbeweglichen Mann zu zittern; erst draußen wich der Bann von ihr, ein süßes seelenloses Stimmchen drang auf ihn mit hundert einfältigen Fragen und in einem zügellosen englisch-deutschen Kauderwelsch ein, zahllose Male wiederholte sie, daß die den Verstorbenen »herzlich gut« gekannt habe und daß er »one of the greatest men af the world« gewesen sei. Etzel, von schweren Gedanken bedrückt, ließ sie schwatzen, es war wie·Schellengeklingel. Er wußte nicht, wohin er gehen sollte, seine Sachen hatte er in einem billigen Hotel am Bahnhof, er kannte keinen Menschen in der Stadt, der Plan war, daß er morgen nach dem Begräbnis wieder abreisen wollte. So ging er mit, als ihn Violet Winston einlud, zu ihr zu kommen, wie ein Handwerksbursch, dem man ein Obdach anbietet, alles übrige ergab sich von selber. Kleines Geschenk, kleiner Rausch, kleines Almosen im Fleisch. Dann hatte die Sache ihren Platz im Leben, stand dort, wo sie hingehörte. (Ei du kleiner großer Narr und Pedant, dachte Kerkhoven mitleidig-belustigt). Im ganzen eine Enttäuschung, was nicht

330

eigens bemerkt zu werden braucht, es liegt in der Natur (warum nicht gar, hochweises Wesen, dachte Kerkhoven), er will nur noch sagen, daß er von Geschlechtsunruhe nie so geplagt worden ist, wie er's von den meisten Kameraden weiß, die mit fünfzehn, mit dreizehn schon wie toll dahinter her waren. Er hat es nie begriffen, es war ihm nicht wohl dabei, die eklige Heimlichkeit der einen widerte ihn genauso wie die verlogene Sachlichkeit der andern, er war in seinem Innern anderweitig beschäftigt, höchstens daß ihn mal ein Traum durcheinanderbrachte oder das Blut prickelte, wenn er müßig war. (Er war aber selten müßig.) Kein Verdienst weiter, bloß Glück. Von einer Kinderkrankheit verschont geblieben. Er weiß, die meisten schwindeln, wenn sie sich in der Hinsicht für weiße Schafe ausgeben, aber wozu soll er schwindeln, da er ja bald genug das schwärzeste aller Schafe geworden ist. Hat keine Wichtigkeit. Lauter überschätzte Dinge . . . Er hat Violet nie wieder gesehen.

Kerkhoven ließ seinen forschenden Blick auf dem jungen Menschen ruhen. Nicht ohne Genugtuung stellte er fest, daß sowohl der Körper wie auch das Gesicht durch den zehntägigen Aufenthalt in der Anstalt merklich verändert waren: die Züge straffer, der Ausdruck reiner, der Glanz der Augen frischer, Bewegung, Gesten leichter, ohne Überreiztheit. Ruhe und lange Abgeschlossenheit mochten Anteil daran haben, in der Hauptsache war es wie bei·den meisten behandelten Fällen unverkennbar das Ergebnis der umgestimmten Ernährung, die, nach individuellen Erfordernissen modifiziert, eine der wesentlichen Stützen von Kerkhovens Nerventherapie war. Der Satz: was du ißt, das bist du, hatte ihn schon früh geleitet, bevor gleichgerichtete Entdeckungen einzelner Abseitsgänger ihn bestätigten und den Hohn der Fachwelt etwas dämpften.

Dies nur nebenbei, Andergast befand sich ja nicht als regulärer Patient im Hause, er wußte nicht einmal, daß er während der ganzen Zeit nach Kerkhovens Vorschrift gelebt hatte, Essen und Trinken waren ihm gleichgültig wie allen geistig

331

exzessiv gespannten Menschen, bedürfnislos wie ein Trappist schmeckte und roch er nichts, was späterhin für Marie geradezu ein Ärgernis bildete. Die tiefe Sympathie Kerkhovens war es, Vereinigung der übersinnlichen Neugier des großen Arztes und einer menschlichen Ergriffenheit, wie er sie ähnlich kaum je verspürt hatte, die ihn etwas wie eine körperliche Umschichtung wahrnehmen ließ, aus der er sehr bestimmte Hoffnungen schöpfte. Im übrigen wandte er Etzel seine ungeteilte Aufmerksamkeit sogleich wieder zu, ohne daß eine Leitungsunterbrechung stattfand, denn das bisher Berichtete war offenbar nur Auftakt und Präludium gewesen.

Er reiste noch einmal zur Mutter, für kurze Zeit. Einzelheiten über den Besuch erfuhr Kerkhoven erst nach Monaten aus einem Brief Sophias: jede Stunde des Beisammenseins war eine Qual für sie. Er kam, gezeichnet von Erlebnissen, die sie nicht kannte. Es war verschiedenes Äußerliche zu ordnen, das Materielle der Existenz lieferte Stoff zu Gesprächen, bei denen er eine unrührbare Trockenheit an den Tag legte. Man mußte zum Anwalt, in dessen Händen die Regelung des väterlichen und großmütterlichen Nachlasses war und dem auch die Vormundschaft übertragen wurde. Etzel erhielt bis zu seiner Großjährigkeit eine monatliche Rente von dreihundertfünfzig Mark; das Peinliche war, daß bei dieser Gelegenheit auch Sophias Bezüge erörtert werden mußten, die bis jetzt kaum hingereicht hatten, ihre Existenz zu fristen. Da sie sich weigerte, über diesen Gegenstand zu verhandeln, ging Etzel eines Tages allein zu dem Anwalt und erreichte es nach kurzer Aussprache, daß ihr zu Lasten seines zu erwartenden Erbes ein anständiges Jahrgeld ausgesetzt wurde. Er sagte, er sei recht froh, so viel zu haben, wie man brauche, um nicht verhungern zu müssen, das übrige würde er ihr gern schenken, wenn es gesetzlich möglich wäre. Seine Beziehung zu Geld und Besitz war sehr souverän, sie änderte sich auch nicht mit den Jahren.

Bald danach legte er die Reifeprüfung ab, und nun erst stand er vor dem Nichts. Da war sie wieder, die Frage: Wie finde ich hinein in den Sinn des Lebens? *Eures* Lebens, das ist es ja eben, nicht meines. Mit der bloßen Forderung, das war ihm bereits klar, findet man nicht hinein. Sie stieß automatisch auf die Gegenforderung, und man sah sich ohnmächtig vor einer geschlossenen Phalanx. Wer da nicht die Waffen streckte und gehorsam in Reih und Glied trat, wurde als Verräter an der Gemeinschaft gebrandmarkt und für vogelfrei erklärt. Gefährlich lockender Doppelsinn: vogelfrei, er hat nicht übel Lust, es darauf ankommen zu lassen. Aber er erblickt kein Ziel dabei, vor nichts graut ihm so wie vor dem Experimentieren, die Schimpflichkeit des Umkehrenmüssens hat er gekostet: einmal und nicht wieder. Wenn er kuscht und einsieht, daß die Welt läuft, wie sie läuft, daß die Fortschritte in den menschlichen Einrichtungen sich in einem verzweifelten Schneckentempo vollziehen, daß die Gesellschaft ein bösartiger Moloch ist, den nur Elementarereignisse manchmal aus dem Schlummer rütteln, daß der einzelne wenig oder nichts dazu beitragen kann, daß es anders wird, und daher trachten muß, dem mörderischen Tumult mit möglichst heiler Haut zu entschlüpfen: hat er das erfaßt und verzichtet er auf Selbsttreue, schön, damit hat er seinem irdischen Wohlergehen unbedingt gedient, aber was hat der ganze Klamauk für einen Sinn gehabt, wenn die Geschichte ausgeht wie das Hornberger Schießen? Darauf kann's doch nicht hinauslaufen, daß er die Wünschbarkeit und Verdienstlichkeit einer braven Abdankung demonstriert: Bitte untertänigst um Verzeihung, ihr Herren und Damen, habe mich ein bißchen überspannt benommen, wollen Sie mir gütigst mitteilen, wie ich nach Kanossa komme? Worauf man ihm gerührt den Rücken tätschelt und ihm Trost zuspricht: Sehr brav, mein Junge, sehr verständig, mit sechzehn und siebzehn darf man gelegentlich über die Schnur hauen, aber von jetzt an heißt's Order parieren und die donquichottischen Alfanzereien abschwören. Der wieder in Gnaden Aufgenommene stammelt einen beglückten Dank, er weiß jetzt, was die Glocke geschlagen hat, er beeilt sich, unterzukriechen und das sogenannte Schäfchen ins trockne zu bringen, kleine Seitensprünge behält er sich für später vor, wenn's nicht mehr so gefährlich ist.

Nein, so billig sollen sie ihn nicht haben. Er kann nicht klein beigeben. Er kann nicht. In seiner Brust ist eine Unruhe, nicht zu stillen, mag er sich äußerlich gebärden, wie er will, so ernüchtert kalt und zynisch, wie er will. Er beschließt, sich durch die enge Spalte zu zwängen, die das mechanisierte Leben zwischen Beruf und Berufung noch offengelassen hat. Er weiß, es ist ein Thermopylä, an dem die edelste Jugend verblutet, immerhin, es muß gewagt werden. Er darf nur nicht leichtgläubig sein und für bare Münze nehmen, was sie von technischen Errungenschaften und den Wundern der Entwicklung faseln. Die richtige Verwirrung beginnt für ihn in dem Augenblick, wo er sich entscheiden soll. Wollte er Schreiner oder Schuster werden, er würde alsbald die sonderbare Entdeckung machen, daß es keine Schreiner und Schuster mehr gibt. Man kann nirgends was schaffen, man kann nur was fabrizieren oder Handlanger und Maschinen bezahlen, die es fabrizieren. Man kommt nicht an den Kern heran, man kommt nicht an die Wurzel, ein Ganzes wird nicht verlangt, ein Ganzes kann nicht geleistet werden. Da und dort auf dem Planeten leben vielleicht noch ein paar Universalgeister wie übriggebliebene Ichthiosaurier, aber denen wächst auch bereits die Materie über den Kopf, und sie ersticken im formlosen Stoff. Was tun? Er sagt sich: Ich muß warten, bis mich eine Sache ergreift oder ein Mensch. Das heißt, sich mit Handschellen dem Zufall überlassen. Wie die Dinge liegen, ist Warten ein Verbrechen. Er rechnet sich aus, daß das Leben, wenn's hoch kommt, aus vierundzwanzigtausend Tagen besteht, an die siebentausend hat er schon hinter sich, vergeudet er einen, so ist's einer weniger, und einer macht dreihundertfünfundsechzig. Aus Ratlosigkeit in die Tretmühle, als Advokat, als Lehrer, als Beamter, als Gott weiß was, nein. Er sieht da nichts, er spürt da nichts, dann lieber auf einen Kohlenbunker oder in die Fremdenlegion oder eine Pasta erfinden, die die Neger weiß färbt, damit kann man Millionär werden. Die Leere drückt ihn zu Boden, das Vakuum wird unerträglich, es will und will keinen Inhalt gewinnen. Zornig gewahrt er es auch in den Gesichtern der Altersgenossen, überall grinst ihm dieselbe Wut entgegen, die hämische Bereitschaft, ein Schock Ideale und sich selbst dazu für ein Linsengericht zu verkaufen. Was ist das für ein Geschlecht? Was ist das für eine Zeit? Dicht neben dem verruchtesten Lärm das tödlich schweigende Nichts. Nun, da sind die Bücher, vielleicht findet man in denen Aufschluß und Weisung. Eines Tages legt er sich ein Verzeichnis von etlichen dreihundert Werken an, die er sämtlich zu lesen entschlossen ist. Er liest und liest, in brennenden Nächten ohne Schlaf. Aber da verdunstet das lebendige Sein in Meinung und Deutung, der Geist der Bejahung schreit hü, der Geist der Verneinung hott, der Wagen, an dem sie ziehen, rührt sich nicht vom Fleck. Er treibt Philosophie, Religionsgeschichte, Sozialwissenschaft, lernt und lernt, häuft Berge von Notizen an, gewinnt keinen Ausblick, verirrt sich im Gestrüpp. Er stürzt sich in die Biologie, ungeheures Feld, wo jedes Wissen gleich ins Rätsel mündet, die Amöbe in der Pfütze sich am Stern im Äther vermißt (eine ihm nicht unvertraute Vorstellung, wie wir gesehen haben, die ihm aber jetzt, wo er um Ordnung und Erkenntnis der Stufungen ringt, frech und gleichmacherisch erscheint). Er will nur eines wissen: Wie entsteht Gerechtigkeit aus dem Gesetz? Das Gesetz läßt sich ja ergründen, sogar ein allbeständiges zuweilen, aber Gerechtigkeit gibt es offenbar in der Natur so wenig wie in der meschlichen Gesellschaft, es sei denn, der unbegreifliche Schöpfer habe sie auf so lange Fristen berechnet, daß man bei der Bemühung um den Nachweis schlechterdings verzweifeln muß. Wo ist aber die Aufgabe? Wie soll er das Gemeinsame fassen, das *ihm* dient und den andern, denen er dienen will? Wie soll er sich mitteilen, kenntlich machen, wie anfangen und fortsetzen, von wem sich führen lassen, wie die Hölle der tausend Kreuzwege vermeiden, die siebenfach versiegelten Schlösser der unbekannten, finstern Zukunft sprengen?

Er schwieg ein paar Minuten. Er schien nachzudenken und seine Erinnerungen zu sammeln. Es lag alles so weit zurück, für ihn nämlich, dem ein Jahr noch ungeheure Zeit war und in dessen randvoller Gegenwart das Vergangene keinen Raum hatte. Kerkhoven saß weit nach vorn gebeugt, die Unterarme zwischen den Schenkeln. Andergast lachte ein wenig. »Warum lachen Sie?« fragte Kerkhoven. – »Ich muß immer lachen, wenn ich über mich nachdenke«, erwiderte er, »gibt's was Komischeres als einen Menschen, der sich ernst nimmt? So richtig blutig ernst? Haben Sie sich immer ernst genommen, Meister? Sie sehn nicht danach aus. Keiner tut's, der ein Kerl ist, und große Leute, glaub' ich, haben eine Art Repräsentationslakaien in sich für das Seriöse, damit die kleinen Leute nicht kopfscheu werden.« Er rieb sich mit den flachen Händen die Knie und nickte mehrmals wie ein Großvater.

Er gibt zu, daß sein Leben von jenem kritischen Punkt an einen etwas abenteuerlichen Zuschnitt bekam. Den Entschluß, die verfluchte Käfigexistenz aufzugeben, hat er ganz plötzlich gefaßt, von einem Tag zum andern, wenn er sich recht entsinnt, war's vor zwei Jahren im Juni. Zuerst hat ihm was vorgeschwebt von Erkundungsfahrten und aufklärenden Pirschgängen, gewissermaßen Sozialforschung auf eigene Faust, mit Notizbuch und eingehaltener Distanz, bißchen Harun al Raschid 1926. Was Unmögliches jedenfalls, von Grund aus Verlogenes und Bequemes, wasch mir den Pelz und mach mich nicht naß, Spitzel aus ethischen Motiven, ohnehin blieb ihm was davon haften; eine seiner Freundinnen, eine lungenkranke russische Jüdin, jetzt ist sie tot, hat ihn mal Spion Gottes genannt. Warum schaut der Meister so? Ja, es ist was dran, es ist nicht so schimpflich, wie es ihm damals geschienen, er erinnert sich, daß er die arme Sonja Hefter deswegen ziemlich brutal angelassen hat.

Er will nicht zu weit abschweifen, es ist schon bald Mitternacht, und er ist noch am Anfang. Jetzt erst sieht er, wie schwer es ist, dem Meister einen Begriff von seinem verrückten Leben zu geben, weil so vieles ineinandergreift, was man nacheinander erzählen müßte, damit es verständlich wird. Es war eben die Gier, alles zu wissen, alles zu erfahren und alles womöglich auf einmal; sich nichts entgehen lassen, mit beiden Füßen hineinspringen und schwimmen, nur nicht untersinken, um jeden Preis oben bleiben. Die Technik, mit Menschen in Beziehung zu treten, hat er sich schon in der Waremme-Zeit angeeignet, er brauchte sie bloß zu vervollkommnen, es ist in keinem Fall ein Kunststück, man ahnt nicht, wie hungrig im allgemeinen die Menschen aufeinander sind, gleichviel wes Alters, Standes und Geschlechts; der Zustand, der dem Nichtkennen ein Ende macht, wird als eine Erlösung empfunden; jetzt hab ich dich, Gott sei Dank. Wozu er den Betreffenden »haben« will, das zeigt sich erst später, selten zu was Gutem, es ist wohl so, daß sich jeder erleichtert fühlt, wenn er sich vergewissert hat, daß der andere genauso ein armer Hund ist wie er selber, da atmet er auf und kann ihn verachten, andernfalls wird er stutzig und verbellt ihn, so daß die gesamte Nachbarschaft zusammenläuft. Darum will keiner für sich stehen, jeder schützt sich, indem er sich einer Gruppe anschließt, dann wird er nicht mehr allein verbellt, sondern die ganze Gruppe, er braucht keinen persönlichen Mut zur Verteidigung, es genügt der Kollektivmut, eine erbärmliche Sorte Mut. Die Erfahrung hat ihm bewiesen, daß man im Umgang mit Menschen, ob es nun Justizräte oder Straßenräuber sind, keine bessere Regel befolgen kann als sich herunterschrauben, sich platt machen, freundlich grinsen und Pfötchen geben. Das kann er. Er hat es geübt. Es war notwendig, damit es niemand einfiel, ihn zu verbellen. Auf die Weise ist es ihm zum Beispiel gelungen, bei den Unterirdischen Eingang zu finden. Keine Teufel, harmlose Leute meistens, sie stehen nur nicht im Wohnungsanzeiger, und man kann sich nicht mit ihnen sehen lassen. Harmlose Leute, aber schattenhaft, schon durch seine frühe Kindheit sind sie gespenstert, die staatsanwaltschaftliche Funktion des Vaters hat ihn ja nie ruhig schlafen lassen, öffentlicher Ankläger, klang großartig, die Zähne klapperten einem, wenn man es hörte. Natürlich mußte einmal der Tag kommen, wo ihn zu wissen

337

verlangte, wie sich das Verhältnis zwischen Recht und Gesellschaft auswirkt, da hieß es audiatur et altera pars, sonst redet man davon wie der Blinde von der Farbe. Aber wie da rankommen, das war die Frage. Diese Kreise haben eine strenge Exklusivität, das ist nicht wie bei Kommerzienrats, die Türen zu ihren Salons öffnen sich nicht, wenn man bloß auf die Klinke drückt, man muß beglaubigt sein. Bei den Aufräumungsarbeiten in der väterlichen Wohnung hat er Stöße von verstaubten Akten aus den Regalen gezogen, da war eine Menge Prozesse dabei, von denen er hoffte, sie würden ihm Einblick und Aufschluß geben, aber es war, wie wenn einer Hunger hat und man hält ihm ein Stück Papier hin, auf dem das Wort Butterbrot steht. Er schrieb sich jedoch eine Reihe von Namen und Adressen auf und ging viele vergebliche Wege, verdächtige Wege. Zufällig findet er einen berüchtigten Hehler, dem er juristische Werke aus der Bibliothek seines Vaters zum Kauf anbietet. Da er gegen den Schleuderpreis niemals protestiert, setzt er sich in Gunst bei dem alten Halunken, der natürlich annimmt, die Bücher seien unrechtmäßig erworbenes Gut, und so viel Vertrauen zu ihm faßt, daß er ihn mit verschiedenen seiner Stammkunden bekannt macht. Er versteht es, sich einzuschmeicheln, er versteht sich auszulöschen, er kennt keine Furcht, und seine Leidenschaft zu wissen ist ohne Maß und Grenze. Freilich weiß er, was er riskiert. Die falsche Flagge, unter der er segelt, wird ihm im Ernstfall wenig helfen, die Etzelvorbehalte werden nicht ausreichen, seinen guten Namen vor einer Befleckung zu schützen, die er momentan vielleicht für nichts achtet, die ihn aber später mehr kosten kann, als er zu bezahlen vermag. Denn immer ist ihm zumut, als hielte er bei allem Tun sein ganzes Schicksal in Händen wie ein Seilgänger die Balancierstange; eine ungeschickte Bewegung, ein schlechter Griff, und man saust kopfüber in die Tiefe.

Wohnungen locken ihn, das kleine Ameisenleben kleiner Leute, die Hinterhöfe und die Vorstadtgassen, alles Zweifelhafte, Anrüchige, Zwielichtige, alle Verstoßenen und Verlorenen. Da ist ein Mann, der eine Art Vertrauensstellung bei den

Prostituierten einnimmt, er ist ihr Anwalt, ihr Beichtiger, ihr Herzensfreund und betrachtet sie alle als Glieder einer Familie, deren Oberhaupt er ist. Etzel besitzt einen ganzen Stoß handschriftlicher Gedichte von ihm, in denen er, Troubadour der Kneipen und gemiedenen Quartiere, ihre Schicksale besingt und ihre Magdalenenseelen preist. Es kommt vor, daß er sich von einem Taschendieb freihalten läßt und einem Zuhälter Ratschläge erteilt, was man gegen eine Augenentzündung zu tun hat. Er kann sich in einen aufgeregten Redestreit mit irgendeinem Déclassé einlassen, der Anarchist zu sein behauptet und dessen Theorie sich ungefähr mit der der Kuh im Porzellanladen deckt; indem er sich auf das geistige Niveau des Partners herabläßt, spielt er die gewohnte Komödie des erleuchteten Zwergs, an der er seinen Spaß hat, weil sie keiner durchschaut. Er sitzt nächtelang in verrufenen Kaschemmen und polizeinotorischen Lasterhöhlen, macht sich an die gefährlichsten Burschen heran, hört ihren wilden Aufschneidereien zu, schneidet selber auf, daß die Schwarten krachen, doch einmal geschieht es, einer muß ihn denunziert haben, daß man ihn aus dem Lokal wirft und er von Glück sagen kann, daß ihm dabei nicht alle Knochen im Leib zerbrochen sind. Ein andermal nimmt ihn einer der schweren Jungens hopp, bestellt ihn auf seine Bude und sagt ihm auf den Kopf zu, daß er alle miteinander zum Narren halte und ihnen nur die Würmer aus der Nase ziehen wolle. Und er, halb in der Not, halb unter einem Kitzel, der ihm heute noch unverständlich ist, entwaffnet den Mann und bringt ihn zu starrem Nachdenken, indem er ihm vollständig wahrheitsgemäß berichtet, wer er ist und was er im Sinn hat. Die Szene vergißt er nicht. Der Mann saß vor ihm wie ein Riesengötze, hatte ihm beide Pranken auf die Knie gelegt und schaute ihm mindestens zehn Minuten lang schweigend ins Gesicht, dann sagte er bloß: Marsch, verdufte, du Aas. Auch das kann er nicht vergessen, wie er mal dazukam, als zwei kleine Nutten, die eben aus dem Kittchen entlassen waren, wegen einer dritten, die sekundierte, mit langen Messern ein regelrechtes Duell miteinander ausfochten, in einem leeren Möbelwagen, still wie die Schatten ...

Er hat sich gewissenhaft bemüht, sie zu ergründen, all diese Existenz außerhalb des Gesetzes und am Rande der bürgerlichen Welt. Er hat keine klare Scheidung gefunden. Wo endet Verhängnis, Mißwirtschaft, Schwäche des Systems, und wo beginnt die Verantwortlichkeit derer, die die Opfer sind? Was hatte er schließlich dort zu suchen? Auf Mitgefühl pfeifen diese Leute, Weltverbesserungsideen sind Schaumschlägerei, der Fehler liegt in der Konstruktion; was immerfort knirscht, ist die falsche Verzahnung. Helfen wollen, das ist nicht viel anders wie Gesundbeten, wenn sich einer das Rückgrat zerschmettert hat. Jedes moralische Gericht scheitert an der Frage der Instanz, jeder Charakter ist letztlich unbeurteilbar: diese Erkenntnis befriedigt ihn, wie es einen Kranken befriedigt, wenn das Fieberthermometer neununddreißig Grad zeigt und das Delirium anfängt. Überall Lüge, uralt eingerosteter Bestand von Lüge; blickt man tiefer, wird die Lüge Wohltat. Überall Schuld; bedenkt man's genau, wird die Schuld Allschuld, ist also nicht mehr zu fassen und zerstiebt. Jede Beweisführung macht einen drehkrank, eh' du's merkst, landest du bei Adam und Eva und in der Steinzeit. Manchmal kommt ihm Jugend wie eine Art Wahnsinn vor, alles Denken führt ins Grauen, Reden ersetzt das Morphium, und wenn die Meduse ihre Lippen auftut, schreit man, um nicht hören zu müssen, was sie spricht, und sich zu verhehlen, daß einem die Knie schlottern. Da hat er sich gesagt: Hier ist nichts zu holen für dich, es ist mauseng, es ist stockfinster, da kannst du nicht hinein, es ist ein abfaulendes Stück der Welt, da vergeudest du nur die Zeit, spielst mit dem Feuer, in dem die armen Seelen verbrennen, und dünkst dich noch groß dabei ...

Es war eine Sackgasse. Gelegentlich hat es ihn wieder hingelockt in die finstere Grenzprovinz der sozialen Welt, er weiß selber nicht warum. Vielleicht gab ihm das Gewissen keine Ruhe. Oder es war ein Laster, das man sich nicht abgewöhnen kann, wie Koksen oder Opiumrauchen. Er hat einen Jungen gekannt, dessen Leidenschaft es war, Schlachthöfe zu besuchen und zuzusehen, wie das Vieh getötet wurde, das regte ihn geschlechtlich auf. Er will nicht behaupten, daß es bei ihm was Ähnliches war, aber die unappetitlichste Figur ist der Kiebitz, der sich mit Gefühlen befriedigt, wenn andere mit ihrem Blut bezahlen. Eines Tages ist es auf einmal wie eine Eingebung über ihn gekommen, wo er hingehört. Er trifft einen Schulfreund, der Mitglied einer Jugendorganisation ist, der führt ihn dort ein. Das war der Anfang. Entscheidend für ihn war die Erkenntnis seines gefährlichen Alleinstehens. Er fragte sich, ob er überhaupt imstande sei, mit andern zu leben. Kameraden: ein neuer Begriff. Er entdeckt den Reiz der Aussprache. Es wird so viel geredet und geschrieben von der Jugend, als wäre sie ein privilegierter Teil der Menschheit mit Sonderrechten und Spezialproblemen, wunderlich, daß es Jungens gibt, die solchen Quatsch mitmachen; was die Alten betrifft, müssen sie ein verdammt schlechtes Gewissen haben, daß sie jedem Rotzbuben nach dem Mund reden, wer nur für drei Pfennig Stolz hat, bedankt sich für die Speichelleckerei. Immerhin ist zu vermuten, daß sich die von seiner Generation an demselben Knochen die Zähne ausbeißen wie er, vielleicht können sie ihm einen Tip geben, wie man sich vor der großen Pleite schützen kann. Es kommt aber anders. Es zeigt sich, daß jene ihn fast noch nötiger haben als er sie. Er ist an Reife seinen Jahren weit voraus, er hat etwas an sich, wodurch er sich nicht bloß bei Jüngeren und Gleichaltrigen, auch bei Älteren in Respekt setzt, vielleicht weil er sich nie ganz gibt, sich immer in der Hand hat, weil er so kühl ist und so schnell denkt. Solche braucht man. Er gehört zu den Menschen, denen sich Schicksale erschließen wie den Rutengängern die verborgenen Wasserläufe. Das ist eine Gabe, kein Verdienst, hält er bloß still, so ist er schon mitten drin in der Bewegung, und halb steckt er in einem Wirrsal von Geschehen, vielfacher, aufschlußreicher, als er je geahnt. Meist beginnt es damit, daß er zum Zeugen aufgerufen wird, es ist unerhört wichtig, Zeuge zu sein, es gibt so wenig reine Zeugen. Sein Waremme-Erlebnis bekommt jetzt erst den eigentlichen Sinn. Man muß Geduld haben mit den Erlebnissen, nach und nach verraten sie einem genau, wer man ist. Aber das ist noch keine Leistung. Das mit dem »Sich-nicht-ganz-Geben« hat ja manches für sich, aber hier wird offnes Visier verlangt und der ganze Mensch. Er muß seine Chamäleonsgewohnheiten ablegen und für alles, was er sagt und wagt, die Verantwortung übernehmen. Er darf keine inneren Ersparnisse machen wollen und nicht wie ein habsüchtiger Kassier die Tageslosung nachzählen, besorgt, ob sich das Geschäft auch rentiert. Schluß mit den Vorbehalten, den Hintergedanken, den persönlichen Zwecken. Das wird verlangt. Das ist die Bedingung. Es ist die Form der Treue. Er muß lernen, treu zu sein. Er lernt es. Die Not lehrt es ihn. Wohin er blickt, Not. Leibesnot, Geistesnot, Lebensnot. Er schämt sich seiner äußerlichen Gesichertheit. Da er aushilft, wo er kann, gerät er mit seinen kargen Mitteln selber in Bedrängnis und versucht, seinen Unterhalt zu verdienen. Er ist bestürzt, weil es so schwer ist. Alles besetzt, um jeden Platz wird bis aufs Messer gekämpft, vorübergehend bringt er sich als Schreiber, als Reporter, als Einpauker durch, man wirft ihm vor, daß er Bedürftigeren das Brot wegnimmt, außerdem raubt einem die hirnlose Arbeit kostbare Zeit. Es wird ihm angst und bang bei dem rasenden Wettrennen, es geht um zu wenig, worum geht es denn, natürlich ums Leben, in ketzerischen Augenblicken will ihn dünken, daß es sich um manches Leben kaum verlohnt. Es sind Reste von dem alten Hochmut. Der vergeht ihm bald. Er kann froh sein, wenn er den *Mut* behält. Er ist beständig unterwegs. Dienst und Beziehungen breiten sich aus. Sie sind längst nicht mehr auf ein und dieselbe Stadt beschränkt. Jede Woche wechselt er sein Domizil wie ein steckbrieflich verfolgter Verschwörer, schläft eine Nacht lang auf einer harten Bank im Eisenbahnzug, setzt sich aufs Motorrad und saust mit verwegener Geschwindigkeit etwa von Hannover nach Magdeburg, oder ein befreundeter Pilot nimmt ihn im Flugzeug mit. Viele Stimmen rufen, vertrösten gilt nicht, es ist oft eine Frage von Leben oder Tod, daß man im rechten Moment zur Stelle ist, dasein ist alles, Nähe ist alles, regelt alles, bringt das Starre zum Schmelzen, verwandelt Urteil in Anteil,

342

macht den Menschen seltsam flüssig und fließend. Eines geht ihm durch und durch: Er spürt einen Sturm der Seelen, als seien die Seelen aufgebrochen, um zu einem neuen Stern zu wandern, es zieht ihn mit, er kann sich nicht wehren. Das ginge noch an, aber er soll ihnen den Weg zeigen, als ob er ein Wegzeiger wäre, er weiß keinen Weg, er sagt: Was wollt ihr von mir, ich habe ja auch keinen Schimmer, bin ja auch nur ein armes Luder; aber sie lassen nicht locker, sie haben Erwartungen auf ihn gesetzt, unerklärlich warum, es ist doch nichts an ihm, was treiben sie denn, so was hat die Welt noch nicht gesehen, wenn ihr absolut jemand zum Bischof machen wollt, so wählt wenigstens einen, der die Messe lesen kann. Er schlägt sich bald zu dieser, bald zu jener Gemeinschaft, sonderbar, daß nach seiner Gesinnung kaum gefragt wird, fast keiner außer ihm entgeht der Gewissensprüfung, bei ihm verabsäumen sie es, weil keiner auf die Idee kommt, er sei nicht einer der Ihren. Also doch Wechselbalg? Doch den Mantel nach dem Wind gehängt? Möglich, da ist er am Ende mit seinem Latein. Es hat ihm genügt, bei allen die gleiche eiserne Entschlossenheit zu finden, Herr zu werden, so oder so, über die Larven und abgelebten Satzungen einer Welt, die festgefahren ist wie ein Automobil im Morast. Sie wollen aufräumen, sie wollen Ordnung machen, neu soll es werden, anders muß es werden. Aber nur mit dem Leinenkittel, der Lederweste und dem Brotbeutel könnt ihr keine neue Menschheit schaffen, noch weniger mit den politischen Phrasen; brecht ihr nicht mit der Politik, so zerbricht sie euch. Hat der Meister von der Freusburger Tagung gehört? Es war so was wie ein Weltkongreß der Jugend, klingt ziemlich lächerlich, Kongreß, war aber doch eine große Sache, sind wunderbare Leute zusammengekommen, um zu beraten und zu berichten. Trotzdem hat er gesehen, so geht's nicht, es ist wieder die Affenkomödie mit links und rechts und ewigem Gezänk und babylonischer Verwirrung, genau wie die Alten sungen, und schon ist der Fanatismus aufgefahren wie ein eiserner Tank, der alles platt walzt, allen Sinn und Verstand. Sie wollten ihn für eine radikale Gruppe gewinnen, aber er hat sich aus dem Staub gemacht, ist wieder seine eigenen Wege gegangen wie vorher und auf diese Weie immer tiefer hineingeraten in zahllose Affären. Er hat viele Briefe geschrieben in jener Zeit, Hunderte und Hunderte, seine Stube war wie ein Büro. Manchmal ist er mitten in der Nacht aufgestanden, weil ihn der Gedanke nicht schlafen ließ: Da ist einer, der auf Nachricht wartet wie auf einen Bissen Brot, und du liegst in den Federn. Und was für Briefe hat er erst bekommen, er muß dem Meister welche zeigen, von Kommilitonen, jungen Arbeitern, Fürsorgezöglingen, Ladenmädchen, Erzieherinnen, toll, was die oft schrieben, keine Mutter, kein Lehrer, kein Geistlicher kriegt solche Geständnisse zu hören, jetzt, wo er den Meister kennt und ein bißchen in den Betrieb hineingeguckt hat, kann er sich vorstellen, was da im Großen los sein muß, wenn's bei ihm schon im Kleinen so zuging. Dabei verzweifeln, das kann jeder, nicht verzweifeln, das ist das Kunststück. Gut, daß er das Andergastsche Herz hat, das kalte Herz, wie in dem Märchen von Hauff. Er lacht. Er ist auffallend blaß, während er lacht.

Kerkhoven nahm von dem Lachen keine Notiz, auch von dem kalten Herzen nicht. Er spürte die Erregung in dem jungen Menschen und ignorierte diese Versuche, Unergriffenheit vorzutäuschen. Er sagte ruhig: »Ich wünschte, ich könnte behaupten, Sie übertreiben. Ich kann's nicht. Ich weiß aber, daß sich die menschliche Natur unter allen Umständen, auch unter absolut hoffnungslosen, ihre Glücksentschädigungen verschafft. Rückblicke sind immer tendenziös, meist in der Linie der Verneinung. Es gibt eine spezifische Eitelkeit des Resümees.« – »Ich kann mir schon denken, worauf Sie hinaus wollen«, sagte Etzel zögernd, »aber wenn Sie das meinen . . . es hat bei mir immer nur den Rand gestreift.« – »Wir meinen bestimmt das gleiche«, antwortete Kerkhoven freundlich, »Sie haben ja selber darauf angespielt, als Sie von den weißen und den schwarzen Schafen sprachen. Klar, daß Sie sich nicht auf Askese verlegt haben. Und daß es nur den Rand gestreift hat, wie Sie sagen, hab' ich nicht anders erwartet.« – »Das klingt wie: Hol dich der Teufel, grüner Junge . . .« – »Durchaus nicht. Ich konstatiere nur den Einfluß des Generationengeistes auf die einzelne Seelenlage. Die Summe der Willensrichtungen und die Zeitverfassung sind eben stärker als die angeborene Art.« – »Eine exakte Formulierung«, bemerkte Etzel anerkennend, »man sollte das Wort Liebe aus dem Wörterbuch streichen. Es ist ein leeres Klischee geworden.« – Kerkhoven lächelte. »Kühnes Diktum. Beneidenswert, wenn man so einen Besen hat, um den Jahrtausendschutt auszukehren. Vielleicht hat sich wirklich manches verändert. Wollen wir sagen: Liebe ist eine Form, die mit den Epochen wechselt. Sie verliert Sinn und gewinnt Sinn im Verhältnis zu andern Lebensinhalten.« – »Man muß genau wissen, mit wem man zu tun hat«, sagte Etzel; »wenn jemand von Leidenschaft redet, muß man ihm mißtrauen. Sich selber auch. Fast alle Leidenschaft ist halb freiwillige Kopflosigkeit. Das Ärgste ist Schwülheit, das Zweitärgste Feigheit mit Gefühl, das Drittärgste, daß man jedesmal Limonade kriegt, wenn man sich auf mousseux gefreut hat. Ja oder nein. Herumfeilschen, gräßlich. Eine bestimmte Geschmacksrichtung vorausgesetzt, macht es keinen großen Unterschied, wer die Partnerin ist. Wodurch entsteht denn die Verlogenheit? Daß wir mit Literatur verseucht sind, mit guter oben, mit schlechter unten, und der Natur romantisch aufhelfen wollen, was sie gar nicht nötig hat, wenigstens bei gesunden und gradgewachsenen Menschen nicht.« – »Ich weiß, ich weiß, das ist eure Anschauung«, antwortete Kerkhoven, immer mit der nämlichen ruhigen Freundlichkeit. »Sehr ökonomisch. Sehr aufrichtig. Es ist ein neuer Gesichtspunkt, ohne Zweifel. Die anders denken, sind übel dran. Sie würgen sich sozusagen in den Schlingen ihrer Träume zu Tode. Es ist ein Gott gestorben, zumindest wird es verkündigt, und sein Himmel wird zur Kaserne umgebaut.« Etzel blickte überrascht empor. Das war wieder so ein Kerkhovensches Wort, bei dem plötzlich alles schrecklich hell um einen wurde. Mit einem Anflug von Trotz sagte er, in diesen Dingen wisse er sich völlig eins mit seinen Freunden und Freundinnen. Es sei ein ungeschriebener Vertrag, der bewirke, daß dem einzelnen allenfalls weniger zukomme als bisher, daß er

345

aber in dieser Beschränkung leichter und selbstverständlicher zu seinen natürlichen Rechten gelange. Rationierung des Unentbehrlichen. Das hat man der Gesellschaft nicht etwa abgerungen, nein, sie hat sich gar nicht bemüht, ihre Privilegien zu verteidigen, es ist ja ein morsches und geistloses System, mit dem man es zu tun hat, ein frisierter Leichnam. ·

Noch fester, noch tiefer dringt Kerkhovens Blick in den jungen Menschen. Zwar scheint es, als billige er alles, was dieser sagt, als stimme er ihm im Innersten zu, doch liegt zugleich eine geheimnisvolle Abwehr, ein schmerzliches Bedauern in seinem Wesen, das Etzel nicht entgeht und ihn sogar beunruhigt. Alles schön und gut, sagt Kerkhoven, aber wenn Etzel sich ehrlich prüft, muß er doch zugeben, daß man bei der Gefühlsrationierung nicht satt wird. Ist ihm nicht bisweilen zumut, als habe er die Dämonen von seiner Schwelle verjagt, mit denen freilich bös zu hausen ist, die aber in ihrem Sturm auf das menschliche Herz es erst zum Blühen bringen? Nein, erwidert Etzel und schaut vor sich nieder, davon weiß er nichts. Kerkhoven wundert sich oder stellt sich so. Der vorgesetzte Zweckwille fegt wie ein Nordwind durchs Leben und macht es einem kahlgeschorenen Feld gleich, sagt er. Etzel erhebt sich und geht mit den Händen in den Hosentaschen ein paarmal durch das Zimmer. Kerkhoven fährt fort: »Der jugendliche Organismus erzeugt ein gewisses Quantum Zärtlichkeit und in der Wechselwirkung ein gebieterisches Bedürfnis danach, man hat darüber keine Gewalt, die Quelle liegt im Übersinnlichen.« Und wie entschuldigend fügt er hinzu, es sei ein Problem, mit dem er sich gezwungenermaßen viel beschäftige, schon weil ein anderes, ebenso wichtiges im engsten Zusammenhang damit stehe. »So, welches?« fragte Etzel neugierig, trat an den Tisch heran und griff zerstreut nach Kerkhovens Uhr, die noch immer dort lag. »Ich habe gefunden«, sagte Kerkhoven, »daß dieses elementare Zärtlichkeitsverlangen, wenn es aus der natürlichen Bahn gedrängt wird, ins Gleichgeschlechtliche hinüberschlägt. Und daß die Verbindungen, die sich daraus ergeben, einen hochgeistig verdünnten oder einen sozial schuldbeladenen Eros über sich setzen. Dagegen wehrt sich etwas in der Menschheit. Es gibt nämlich ein biologisches Gewissen, und das wird davon beunruhigt.« In Etzels Gesicht leuchtete es auf. »Biologisches Gewissen . . . fein«, murmelte er, »feine Sache.« – »Ich habe es in einem Fall erlebt, einem einzigartigen freilich«, sprach Kerkhoven weiter, »der betreffende Mensch . . . fast alles, was ich bin, verdanke ich ihm . . . man müßte selber groß sein, um ihn zu schildern . . . da war eine tragische Unfruchtbarkeit zuletzt, ich möchte sagen eine heilige Unfruchtbarkeit, die zu einem förmlichen Sühnetod, einem Märtyrertod führte. Und wenn ich auch bloß Zeuge war, bloß im sympathischen Kreis stand, befiel mich doch manchmal eine schicksalhafte Angst, wie bei einem Verrat. Das Unheilvollste, was ein Mensch tun kann, Andergast, ist, daß er seine Instinktbasis verläßt. Das Wort ist nicht von mir, ein bedeutender Forscher hat es geprägt. Nicht nur dem Handelnden, auch dem Zeugen wird es zum Verhängnis. Ihr führt, ihr laßt euch führen, wißt ihr denn immer ganz genau, wohin ihr führt und wer euch führt?« – Etzel setzte sich langsam wieder auf seinen Sessel. Er hatte Kerkhovens Uhr in der Hand behalten und drehte mechanisch am Federspanner. Kerkhoven dachte: Er wird mir die Feder überdrehn. Die schlanken Finger bewegten sich unbewußt gequält. Die Lippen waren aufeinandergepreßt. Was der Meister da gesagt hatte von der schicksalhaften Angst und dem Verhängnis der Zeugenschaft, war ihm in die Glieder gefahren. Es war was dran. Die Augen wollen alles gesehen, die Sinne alles gewußt haben, der Kamerad ist wie ein brüderlicher Gott, in seinem Blut schmeckst du dich selbst; aber nur die Seltenen, es können Hohe, es können Niedrige sein, sind durch Bestimmung dem eigenen Geschlecht verhaftet, der Troß hält sich an eine ausgegebene Parole, macht aus der Abart die Regel, aus der Not eine Gelegenheit und ein Gelüst. Auch das mit dem Verrat hat etwas für sich: er entsinnt sich, daß ihm manchmal zumut war, als begehe er eine Felonie an einem unbekannten Wesen, das sich schon in Bewegung gesetzt hat, um aus der Zukunft auf ihn zuzuschreiten. Er schüttelt es freilich ab, es sind Velleitäten.

347

Gespensteraberglauben von Anno Tobak. In einem Punkt irrt der Meister gründlich: Führen, das hat er nie gewollt. Wie sollte er, Etzel Andergast, führen, der selber so dringend der Führung bedarf, der geradezu *der* Mensch ist, der ohne Führer verloren ist? Träumt er sich doch zuzeiten einen imaginären Wächter oder Lenker an seine Seite, einen herrlich überlegenen und unvergleichlich weisen, weil ihm zu Sinn ist, als müsse er sich ohne den glatt hinlegen und seine Adern in den Erdboden verströmen lassen, als Zeichen nur, als Opfer. Wie in so vielen ist auch in ihm die verzehrende Sehnsucht nach Führerschaft, so daß man sich aus lauter Ungeduld an einen vergibt, der selber nicht recht weiß, wo Gott wohnt, nur weil es eine Zeitlang ausgesehen hat, als könne er einen um eine Station weiterbringen. Hätte er sich denn sonst mit Jürgen Lorriner überhaupt eingelassen?

Leiser Knacks. »Hat er mir richtig die Uhr kaputt gemacht!« rief Kerkhoven mit gespielter Entrüstung, nahm Etzel die Uhr aus der Hand und schlug ihm scherzhaft auf die Finger. Das Eigentümliche war, daß er gar keinen Ärger empfand, eher Zufriedenheit, er konnte sich selbst nicht erklären warum.

Er erinnerte sich später nicht mehr, ob er es war oder Etzel, der den Namen Lorriner zuerst genannt hatte. Jedenfalls kam es in dieser Nacht zu keiner weiteren Mitteilung. Nicht nur wegen der vorgerückten Stunde. Kaum war jener Name gefallen, als Etzel in ein grüblerisches Schweigen versank, das zu brechen Kerkhoven die Mühe nicht gescheut hätte, wenn nicht zugleich eine Art körperlichen Verstummens damit verbunden gewesen wäre. Nicht recht zu entscheiden, was es war. Müdigkeit schwerlich. Dieser Mensch wurde nicht müd. Dennoch war das Gesicht erschreckend blaß, der Blick unstet und in sonderbarer Nervosität auf die Tür gerichtet, als könne sie sich jeden Moment für eine gefürchtete Erscheinung öffnen. Schließlich steigerte sich der Zustand bis zu einem fieberähnlichen Anfall mit Zähneklappern und krampfigem Ballen der Fäuste. Er war sichtlich wütend darüber, als benehme er sich unschicklich.

Kerkhoven rückte dicht zu ihm heran und nahm ihn beinah in die Arme. Da verging es.

Er war ziemlich sicher, daß es nur eines geringen Anstoßes bedürfe, um Andergast über sein Verhältnis zu Lorriner und diesen selbst zum Sprechen zu bringen. Überflüssig, es eigens zu betreiben, jetzt, wo es soweit war. Er sah nicht voraus, daß der Anstoß wenige Tage später gewaltsam und von außen erfolgen sollte, nicht ohne daß seine Person in Mitleidenschaft gezogen wurde. Es war aber nicht Etzel, der Kerkhoven herbeirief; sonderbarerweise wurde dieser durch Marie veranlaßt, rechtzeitig einzugreifen.

Am Mittag des betreffenden Tages war Etzel zum erstenmal bei Kerkhovens zu Tisch. Marie war bis zur letzten Stunde unentschlossen gewesen, ob sie an der Mahlzeit teilnehmen solle, erst auf Kerkhovens Bitten willigte sie ein. Sie hatte sich die ganzen Tage her schlecht gefühlt, noch keinmal hatte sie der Beginn einer Schwangerschaft so deprimiert, das bedeutete gewiß nichts Gutes. Sie sehnte sich nach den Kindern und mochte doch nicht auf das Gut hinaus, sie hatte triftigen Grund zu dieser Unlust; die Buben für einen Tag hereinkommen zu lassen, ließ zuviel Trubel befürchten, obwohl Kerkhoven es ihr nahelegte, er hatte seine Söhne seit Wochen nicht gesehen. Nach Aleid bangte ihr auch, sie hätte nur ein Wort sagen, nur telefonieren müssen, und das junge Mädchen wäre, über den Sonntag etwa, von Dresden herübergekommen. Selbst das brachte sie nicht über sich. Alle Energie war von ihr gewichen, aller Schwung, was war denn das für eine Marie? Sie kannte sich nicht mehr. Was sollte sie da mit diesem jungen Herrn von Andergast anfangen, der ihr, wennschon nicht ganz uninteressant, so doch in jeder Weise störend war und ihr Gefühl von Artigkeit, Bescheidenheit und Erziehung beständig beleidigte? Joseph wollte es freilich nicht wahr haben. Er behauptete sogar, man merke ihm die gute Kinderstube deutlich an. Der Treffliche; gerade in dem Punkt war es um seine Autorität schwach bestellt, trotz allem, was er aus sich gemacht hatte. Sie erinnerte

349

sich lächelnd an die geharnischten Philippiken der seligen Senatorin Irlen. Erst gestern hatte er ihr erklärt, daß Andergast, wäre er aus einem schlechteren Stall, unvermeidlich vor die Hunde gegangen wäre; als quasi mutterloses Kind sei er frühzeitig in die Kälteregion des Daseins getreten; schon in einem Alter, wo andere seiner Klasse nur von Zuckerbrot und nicht von der Peitsche wissen, sei er zur Anpassung und Verteidigung genötigt gewesen, so einer müsse fest auf seinen zwei Beinen stehen, wenn er nicht über den eigenen Schatten stolpern wolle. Marie dachte: Alles schön und grün, aber soll ich ihm dafür um den Hals fallen wie die germanischen Jungfrauen dem siegreich heimkehrenden Krieger? Kann ihn einfach nicht leiden.

Sie wußte, daß zwischen Joseph und Etzel Andergast eine entscheidende Aussprache stattgefunden hatte. Kerkhoven hatte einige Andeutungen gemacht, sehr vorsichtig, wie es seine Art war, da er ja das Geheimnis des andern zu wahren hatte. Sie hatte aufmerksam zugehört, ohne ihren Blick von seinem beständig ausweichenden zu lassen (es war ja noch immer so, daß er einem nur ganz selten in die Augen sah), sie spürte natürlich, daß es da um Dinge ging, die seinen allerstärksten Anteil forderten, wenn sie auch die Person ablehnte, um die es sich handelte, aber was sie beunruhigte, und je mehr, je länger sie darüber nachdachte, war die ausschließliche Richtung des Anteils eben auf die Person. Man merkte ihm an, daß er unter einem Eindruck stand, dem er sich auf keine Weise entziehen konnte. Er wirkte absolut wie jemand, der sich von einem Bild, einer Gestalt, einem Erlebnis unter keinen Umständen losmachen kann und unaufhörlich wie behext auf denselben Punkt starrt. Das hatte sich, so weit sie sich erinnern konnte, in einem solchen Grad nur ein einziges Mal ereignet, in der Zeit seiner Freundschaft mit Irlen und von Irlens Todeskrankheit. Aber wie konnte sich dieser Einundzwanzigjährige, mochte sein Schicksal noch so merkwürdig, sein Charakter noch so problematisch, sein Wesen noch so anziehend sein (möglich, daß etwas Anziehendes an ihm ist, gab Marie widerwillig zu), wie konnte er sich mit einem Irlen messen? Damals war auch der

350

Arzt in Kerkhoven geboren worden, Freundschaft und Arzt-
schaft hatten einander wechselseitig getragen, wechselseitig
erhöht, aber hier . . . Ein Joseph Kerkhoven, der Mann, auf den
die Augen der Welt gerichtet waren, konnte nicht der Freund
eines unreifen Jünglings sein, das war nach seiner ganzen
Anlage und seinem Begriff von Freundschaft ˙undenkbar;
Weckung, Leitung, Hilfe, was man will, konnte er ihm ange-
deihen lassen, obwohl nicht erfindlich war, wo er die Zeit dazu
hernehmen sollte, da er doch nicht einmal Zeit für seine Kinder
hatte, von der Frau zu schweigen. Und eine ärztliche Aufgabe
war nicht vorhanden, das hatte er ausdrücklich betont, im
engeren Sinne wenigstens keine. Deshalb fühle er sich auch
dem jungen Menschen gegenüber so angenehm entspannt, sagte
er, brauche seine Sympathie, sein Vertrauen, sein Wohlgefallen
nicht zu dosieren, seine Worte nicht abzuwägen, wie es ihm
im Umgang mit fast allen andern Menschen zur zweiten Natur
geworden sei. Leider. Die Gründe lägen auf der Hand. »Ich
bin der Mann, der durch das ›Sesam-öffne-dich‹ wohl in die
Höhle hineingelangt ist«, schloß er, »aber heraus kann er nicht
mehr. Nicht weil er das Schlüsselwort vergessen hat, sondern
weil ihn die Leute drinnen nicht mehr fortlassen.« Das wußte
Marie längst, und doch war es traurig zu hören. Wo war
sie? Er in Ali Babas Höhle, und sie? Wo blieb ihr Leben?
Eigen genug, aber alle ihre Befürchtungen und heimlichen
Ängste, die zunehmende Erschütterung ihres Lebensgefühls
wie die Vorahnung von Gefahr, alles verkörperte sich in dem
jungen Menschen und flößte ihr einen instinktiven Haß ein
gegen ihn. Sie sagte sich zwar: Es ist unsinnig, es ist ungerecht,
aber mit der Gerechtigkeit stand sie ja nicht auf bestem Fuß,
wie wir wissen, und gelegentlich einen Unsinn zu begehen,
konnte sie sich erlauben, auch da sie im allgemeinen ihre fünf
Sinne musterhaft beisammen hatte.

Etzel erschien, o Wunder, mit drei prachtvollen Rosen, die
er der Hausfrau mit tiefer Verneigung überreichte. Marie nahm
sie errötend entgegen und dankte äußerst beflissen, man ist

ja immer dann am verlegensten, wenn einen ein Mensch beschämt, über den man unfreundlich denkt. Kam hinzu, daß sie für solche kleine Egards sehr empfänglich war, sie ging noch weiter, sie nannte es bestechlich; wer ihr eine Blume schenkte, hatte einen Stein im Brett bei ihr. So war sie von Anfang an gut aufgelegt, besser, als Kerkhoven erwartet hatte, und in seiner Freude darüber lobte er ihr Aussehen und das Kleid, das sie trug. Noch ein Wunder, dachte Marie, was ist denn für ein Tag heute, alle Saulusse bekehren sich. Etzel war wie aus dem Ei gepellt, Jackett, tadellos gebügelte Hose, Lackschuhe, er bewegte sich viel freier als bei der ersten Begegnung mit Marie, obgleich er ihr die nämliche fast scheue Ehrerbietung bezeigte. Diesmal fühlte sie sich nicht so frostig davon angerührt, im Gegenteil, die zarte Rücksicht, die er bei allem, was er tat und sagte, auf sie nahm, als dürfe er ihre achtunggebietende Gegenwart keinen Augenblick vergessen, schmeichelte ihr bis zu einem gewissen Grad, sie erschien sich liebenswürdiger, auch Joseph erschien ihr liebenswürdiger, weil er nun in seiner Vorliebe für ihn nicht mehr so unbegreiflich war. Zudem mußte sie viel über ihn lachen. Sie lachte ja so gern. Ihre Haut wurde ganz rosig, wenn sie lachte, und förmlich durchsichtig, sie sah aus, als sei sie zwanzig. Er hatte eine drollige Art, die Augen zu rollen, wenn er in Eifer geriet, manchmal streckte er auch die gespreizten Finger in die Luft. Wenn sie oder Kerkhoven etwas sagte, was sein Interesse erregte, nahm er eilig das Brillenfutteral aus der Tasche, zog die Brille heraus, setzte sie auf, starrte mit komischer Wißbegier auf den Mund des Redenden, um dann die Brille mit einem befriedigten, verwunderten oder zweifelnden Hm umständlich wieder in das Futteral zu verfrachten. Er erzählte unter anderm von seinem Verkehr in Universitätskreisen, in Geheimratsfamilien, wo man der höheren Bildung huldigte und noch Ideale hatte. Hier in Berlin habe er es so ziemlich aufgegeben, in der Provinz jedoch sei er diesem oder jenem Freund zuliebe oft in solche Gesellschaften gegangen, auch um sein Weltbild zu ergänzen, man muß doch wissen, wie es im Olymp aussieht. Da gab es zum Beispiel eine

Frau von H., Witwe eines Literarhistorikers, die hatte jeden Mittwoch einen Jour, dann eine Frau von E., Witwe eines Philosophen, die hatte auch einen Jour, freitags, beide überwachten einander, zählten nach, wie viele Personen und welche zu der andern kamen, manchmal besuchte auch Frau von H. den Jour der Frau von E. oder umgekehrt, das war dann eine feierliche Angelegenheit, wie wenn die Witwe des Numa Pompilius bei der Witwe Marc Antons zum Tee erschiene. Jede hatte ihren besondern Heiligen, so eine Art Quartalsgenie, in dessen Gegenwart die andern Leute nur zu flüstern wagten, und wenn so einer mal was vorlas, war es eine sakrale Handlung, wobei nur Kerzen brennen durften. Einmal war eine berühmte Tänzerin da, gar nicht ätherisch, eher massiv organisiert, die las einen himmellangen Aufsatz über Rhythmus und Religion vor; peinlich zu denken, daß jetzt die Gänse nicht mehr bloß hüpfen, sondern sich auch die Federn ausreißen, um damit zu schreiben ...

Sie waren bereits beim schwarzen Kaffee, da wurde Kerkhoven dringend am Telefon verlangt. Kaum hatte er das Zimmer verlassen, als Etzels Gesichtsausdruck sich vollkommen veränderte, und zwar innerhalb einer Sekunde. Er wandte den Blick von der Tür, hinter der Kerkhoven verschwunden war, heftete ihn auf Marie und sagte leise und schnell: »Ich habe eine große Bitte, gnädige Frau. Ich habe nicht gehofft, daß ich sie anbringen kann. Wenn ich morgen im Lauf des Vormittags nicht beim Meister erscheine, Sie können ihn ja fragen, ob ich da war, dann sagen Sie ihm, ich werde ihm schreiben, sobald ich kann. Und ihm erklären ... Und daß ich ihm danke. Für alles, was er getan hat. Ich weiß nämlich nicht, was bis morgen ... Aber bitte, gnädige Frau, nicht heute mehr ... ich möchte keinen blinden Alarm machen ...« – »Ich verstehe nicht ... ich fürchte, ich bin nicht die geeignete Person für eine derartige Botschaft«, erwiderte Marie zurückhaltend. – »Nein, gnädige Frau, sagen Sie das nicht. Ich ... es ist so (mit ersticktem Zorn in der Stimme): ich muß endlich mit ihm fertig werden. So oder so.« – »Mit wem? Mit wem fertig werden?« –

»Mit . . . Sie wissen natürlich nicht . . . der Name sagt Ihnen nichts . . . mit Jürgen Lorriner . . .« Hastig hob er die Tasse an die Lippen, denn man hörte Kerkhovens wiederkehrende Schritte.

Unvermindert mißtrauisch, hegte Marie den Verdacht, daß es sich um eine aufgebauschte Geschichte handle. Junge Leute machen sich gern wichtig. Bei genauerem Nachdenken schien ihr aber der Gedanke unzulässig, daß dieser trotzig gefaßte, vermutlich sehr stolze Mensch sie in so dringlicher Weise überfallen hätte, wenn eine bloße Lappalie dahintersteckte. Sie sah sein Gesicht vor sich, die Spannung darin, die Offenheit, die kraftvolle Wahrhaftigkeit, kurz, die Sache ging ihr im Kopf herum. Als Kerkhoven um sieben Uhr telefonierte, um ihr mitzuteilen, daß er spätabends nach Neubabelsberg müsse und es daher ungewiß sei, wann er nach Hause komme, hielt sie ihn trotz seiner spürbaren Pressiertheit am Apparat fest, und mit einem kleinen Unbehagen, weil sie sich nicht an das schweigende Zugeständnis gehalten, den Tag verstreichen zu lassen, berichtete sie, was ihr Andergast aufgetragen. »So? Wann war denn das?« fragte er nach einer Pause. Sie erinnerte ihn, daß sie mit Andergast ein paar Minuten allein gewesen sei. Sie habe zuerst kein Gewicht auf das Ganze gelegt, aber jetzt habe sie doch das Gefühl, daß sie nicht schweigen dürfe.

Kerkhoven hatte von der Charité aus angerufen. Nachdem er abgeläutet hatte, blickte er eine Weile ernst vor sich hin. Die übertriebene Lebhaftigkeit heut mittag hat mir gleich nicht gefallen, dachte er. Er hatte die Adresse Lorriners in seinem Notizbuch aufgeschrieben und sah nach. Glasgower Straße 10. Das war weit im Norden, an der Müllerstraße. Das Vernünftigste war, sofort hinauszufahren. Wo Etzel Andergast gegenwärtig sein Quartier hatte, wußte er nicht. Daß er nicht mehr bei Lüttgens wohnte, hatte er ihm gesagt. Nach den beunruhigenden Andeutungen zu schließen, die er gegen Marie gemacht, war anzunehmen, daß er sich bei Lorriner aufhielt. Die Frage war nur, ob sie sich in dessen Wohnung befanden. Er mußte sich vergewissern. Allenfalls dort warten oder jemand finden, der ihn auf eine Spur brachte. Einige Minuten vor acht hielt das Auto vor dem Haus in der Glasgower Straße. Es war ein riesiger moderner Ziegelbau, ganz neu, auch im Innern noch blank, Treppen und Flure erinnerten an ein Spital. Bei der Unzahl von Kleinwohnungen war es nicht eben leicht, sich zu orientieren. Endlich stand er vor der richtigen Tür, im fünften Stock, am Ende eines Korridors, der so lang wie eine Rennbahn und spärlich beleuchtet war. Während er nach dem Taster suchte, um zu läuten, hörte er eigentümliche, dumpfe Schreie, alle in derselben Tonlage und in regelmäßigen kurzen Pausen. Es war nicht zu unterscheiden, ob sie aus dieser Wohnung oder einer benachbarten kamen. Er hatte gerade den Finger auf den elektrischen Knopf gedrückt, als die Tür von innen heftig aufgerissen wurde und ein weibliches Wesen mit allen Zeichen des Entsetzens an ihm vorbeilaufen wollte. Er rief sie an, sie prallte zurück. Der Raum, aus dem sie gestürzt kam, war ein Mittelding zwischen Küche und Rumpelkammer, ein schmales Gelaß, mit Kisten, Büchern, an Nägeln hängenden Kleidern angestopft, auf einem Herd standen mindestens dreißig leere Flaschen. Hinter diesem Raum lag wohl das Wohnzimmer, und jetzt war es nicht mehr zweifelhaft, daß die Schreie, die Kerkhoven vernommen hatte, aus diesem Zimmer drangen. Natürlich klangen sie nun verstärkt, einzelne waren länger, schriller und wilder, aber im ganzen hatten sie etwas unheimlich Monotones. So so, murmelte Kerkhoven. Er glaubte zu wissen, was das bedeutete. Da in der Küche oder Rumpelkammer Licht brannte, vermochte er das Gesicht der Person zu sehen, mit der er beinah zusammengestoßen war. Er was Emma Sperling, genannt Spatz. Sie erkannte ihn gleichfalls. Sie starrte ihn fassungslos an, mit verdrehten Augen. Seltsam, daß in den Lippenwinkeln noch immer das verschlagene Mona-Lisa-Lächeln haftete. »Kommen Sie«, flüsterte sie erregt, »gut, daß Sie da sind, kommen Sie . . .« – »Ist Andergast drinnen?« fragte er. Sie nickte nur.

Da ging er hinein.

Zwölftes Kapitel

Er fand folgende Situation vor. Ein splitternackter Mensch rannte mit gespenstischer Lautlosigkeit der Bewegung im Zimmer auf und ab. Er war ziemlich groß, außerordentlich hager, eigentlich bloß Haut und Knochen. Das Gesicht war dermaßen verzerrt, daß man seine Bildung nicht ausnehmen konnte, zudem waren die Lippen von dünnem, weißem Schaum bedeckt. Die linke Hand hatte er in die linke Brust gekrampft, im erhobenen rechten Arm schwang er einen Schürhaken. Die Schreie, die er ausstieß, verliefen jedesmal in ein unartikuliertes irres Gemurmel, das ähnlich klang, wie wenn einer unverständliches Zeug aus dem Schlaf redet. Im Zimmer sah es aus wie nach einer Plünderung. Schrank, Tisch und Stühle waren umgeworfen, der zerbrochene Spiegel, einige Bilder, die zerrissenen Vorhänge, Kleider, Schuhe, Zigaretten, Geldmünzen lagen auf dem Boden, das eiserne Feldbett war von der Wand gerückt. Und hinter dem Bett, im Mauerwinkel, stand Andergast, völlig unbeweglich, die Arme über der Brust gekreuzt. Die Ruhe seiner Haltung und seiner Züge kontrastierte merkwürdig mit der Tobsucht des nackten Menschen; man kam zunächst gar nicht auf den Gedanken, er habe sich an diesen Platz geflüchtet und bediene sich der Bettstelle als Deckung, so sehr machte er den Eindruck eines stumm interessierten Beobachters. Was selbstverständlich Täuschung war, es hätte ihm ja nichts genützt, wenn er um Hilfe gerufen oder sich mit dem Rasenden in einen Kampf eingelassen hätte, er zog es vernünftigerweise vor, sich möglichst still zu verhalten und sich dabei auf das Schlimmste gefaßt zu machen. Als er Kerkhovens ansichtig wurde, leuchteten seine Augen auf, sonst war keine Veränderung an ihm zu gewahren. In den Augen war etwa zu lesen: Da kommt er also, es ist zwar wie Hexerei, aber ganz in seinem Stil, ich bin neugierig, wie er sich aus der Affäre ziehen wird. Hinter Kerkhoven war Emma Sperling eingetreten und sah abwechselnd bald auf diesen, bald auf den nackten Lorriner, bald auf Andergast. Als wäre es nur eine Nummer gewesen, um ihre mimische Kunst zu zeigen, war alle Angst aus ihrem Gesicht gewichen, statt dessen malte sich eine lächelnde Sensationslust darin wie bei jemand, den man eingeladen hat, einem Boxmatch zuzuschauen.

Es war keine physische Bändigung. Er brachte auch die Spritze nicht zur Anwendung. So weit kam es gar nicht. Wodurch es Kerkhoven gelang, den Tobsüchtigen gefügig zu machen, ist kaum zu erklären. Keinesfalls durch direkte Hypnose, dazu fehlte die Möglichkeit der Verbindung, sozusagen die Operationsbasis. Der Mann war ja nicht zu stellen. Es muß eine andere Form der Willensbeeinflussung angenommen werden, eine durch Zucht, Erfahrung, Wissen, Instinkt gleichermaßen bewirkte äußerste Konzentration, wobei freilich die Frage offenbleibt, ob er diese erstaunliche Fähigkeit bewußt ausübte oder ob sie sich erst am Objekt entfaltete und sie ihn dann trug. Etzel Andergast, der den Vorgang mit brennender Aufmerksamkeit verfolgte, hatte den Eindruck, als sei letzteres der Fall, als sei Kerkhoven selbst das Werkzeug einer ihn beherrschenden Gewalt. Er konnte sich später keine Rechenschaft über seine Empfindungen geben, sprach auch ungern darüber, als habe sich etwas ereignet, was seine Fassungskraft überschritt, als wäre er zum Beispiel Zeuge gewesen, wie jemand ein glühendes Eisen angreift, ohne Brandwunden zu erleiden.

Einen Augenblick sah die Sache gefährlich aus, als Lorriner, den neuen Ankömmling fixierend, sich mit gesteigerter Wut gegen ihn wandte und ausholte, um den Schürhaken auf seinen Kopf niedersausen zu lassen. Kerkhoven war in der Nähe der Tür geblieben, er hatte sich die Stelle gemerkt, wo der elektrische Schalter angebracht war, nun langte er hin und drehte das Licht ab. Mit dem Moment, wo es finster wurde, hörten die nervenzerreißenden Schreie auf, es war mit einemmal totenstill. Offenbar wagte sich auch der Rasende nicht mehr vom Fleck zu rühren. Alsbald drang aus der Stille und Dunkelheit Kerkhovens sonore Stimme langsam, streng, überdeutlich, fast skandiert: »Lorriner . . . Lorriner . . . Sie hören mich doch . . .

Ich mache jetzt wieder hell ... Sie werden sich anziehen und mit mir gehen ... Verstehen Sie, was ich sage, Lorriner? Tun Sie den Schürhaken weg. Ich befehle Ihnen, den Schürhaken wegzutun ... Ein Mann wie Sie weiß, was ein Befehl ist ...« Es kam wohl auf den Sinn der Worte wenig an, sondern nur auf Tonfall und Rhythmus, auf eine Eindringlichkeit, die allerdings stärker nicht sein konnte. Nach vier Minuten etwa flammte das Licht wieder auf. Lorriner stand zusammengesunken da, stieren Blicks, mit schlaff hängenden Armen. Kerkhoven trat zu ihm und nahm ihm ruhig das Eisen aus der Hand, ohne Widerstand zu finden. Danach stellte er den Tisch und die Stühle auf die Füße, hob Lorriners Kleidungsstücke vom Boden auf, Hemd, Hose, Rock, Strümpfe, Kragen, legte alles zuerst auf das Bett und reichte ihm dann ein Stück nach dem andern. Das Hemd half er ihm über den Kopf ziehen, drückte ihn dann auf einen Stuhl nieder, kniete hin und war ihm mit der Geschicklichkeit eines geübten Krankenwärters beim Anziehen der Strümpfe, der Beinkleider, der Schuhe behilflich. Die Schuhe schnürte er zu, den Hosengürtel schnallte er fest, den Kragen knöpfte er ein. Bei all diesen Verrichtungen sprach er ununterbrochen, und zwar in einer schlichten Art wie ein Mann aus dem Volk, mit scherzhaften Wendungen und kleinen Lebensweisheiten. Dies wiederzugeben wäre zwecklos und uninteressant, da es ja, auch jetzt noch, lediglich auf die Stimme ankam, auf eine akustische Wirkung schließlich, die er bei jähem Ausbruch eines Paranoids oder einer Demenz häufig erprobt hatte. Aber es war nichts weniger als eine lehr- und erlernbare Maßregel, sie richtete sich nach dem Charakter des Patienten und sonstigen Gegebenheiten, außerdem hing das Gelingen von der Disposition Kerkhovens ab, er mußte seiner inneren Kräfte absolut sicher sein. Manchmal hatte er den Gedanken: Wenn ich selbst allem andern noch Sänger wäre oder Geigenspieler, müßte ich durch ein Lied, ein schön gespieltes Adagio den Paroxysmus des Kranken mühelos brechen können, es wäre die logische Steigerung und vielleicht die Vollendung dessen, was ich mit schwachen Mitteln versuche. Ein ketzerischer Gedanke ohne Zweifel oder ein rückständiger, der das mitleidige Kopfschütteln der ernsthaften Wissenschaftler hervorrufen muß, denn da sind wir ja wirklich nicht mehr weit von anrüchiger Beschwörung und der bereits erwähnten Maultrommel des Doktor Justinus Kerner. Mit theoretischen Erwägungen hatte Kerkhovens Verfahren ohnehin wenig zu schaffen, er handelte unter dem Gebot seiner Natur, die alle menschliche Natur in sich einbezog, wobei er sich aber nicht lossagte von dem sichergestellten Forschungsgut der Zeit. Was Etzel Andergast am tiefsten berührte und ihm eine schier schwärmerische Bewunderung für den Mann einflößte, seltenes Gefühl bei ihm, war die Einfachheit und Bescheidenheit seines Gehabens, eines Wesens so frei von Pose, von professoralem Dünkel und allem damit Verwandten, daß es gerade dadurch etwas unmittelbar Zwingendes, ja Zaubergleiches bekam und es gar nicht unerwartet oder verwunderlich wirkte, als Lorriner, der bis zu dem Augenblick, wo ihm Kerkhoven die Schuhe zuschnürte, idiotisch vor sich hin gebrütet hatte, plötzlich in ein Schluchzen ausbrach, das wie quälender Husten klang. Die gewöhnliche Reaktion, aber hier löste sie erschütternd eine Spannung, die lang angehalten hatte. Kerkhoven, auf Knien, hob den Blick und schaute prüfend in das zerfurchte, von Leidenschaften zerstörte Gesicht das kaum achtundzwanzigjährigen Menschen. Die feuchte hellblonde Haarsträhne, die über der Stirn klebte, vervollständigte das Bild der Verwüstung. »Sind wir soweit?« fragte Kerkhoven aufstehend. Lorriner stand ebenfalls auf, zögernd und schwer. Kerkhoven hielt ihm den Rock hin, damit er in die Ärmel schlüpfte. Er zog den Rock an, schluckte ein paarmal, und mit einer Kopfbewegung gegen Andergast sagte er lallend und sich bemühend, das Lallen nicht merken zu lassen: »Der muß aber mit ... der Hund, der gemeine, muß mit, der schofle Komödiant ... mit dem hab' ich noch ein Hühnchen zu rupfen ... der muß mit ...« Kerkhoven nickte. »Er wird bestimmt mitkommen«, erwiderte er und gab Andergast, der bei der Beschimpfung totenbleich geworden war, einen Wink mit den Augen. Als sie sich zu dritt zur Tür wandten, war

359

Emma Sperling verschwunden. Etzel drehte das Licht aus und sperrte die Wohnung ab. Kerkhoven und er nahmen Lorriner in die Mitte.

Hier muß die Geschichte Lorriners ihren Platz finden. Es ist nötig zu wissen, wie und unter welchen Umständen sich Etzel Andergasts Schicksal mit dem seinen verkettet hat. Ich verzichte jedoch auf den stufenweisen Entwicklungsprozeß, sowohl was Lorriners Person als auch was das Verhältnis der beiden betrifft. Ich müßte mich sonst in einem nur seelisch und geistig vorhandenen Raum ohne alle anschaulichen Elemente mit den Bedingtheiten und schwankenden Ergebnisse psychologischer Untersuchung begnügen. Entwicklung, was ist das überhaupt; erschöpfte Form, jeder Aufriß ist wesentlicher, nichts wird Gleichnis in ihr, eine scheinbare Breite der Welt soll das Bild der Welt ersetzen, und an Stelle der lebendigen Figur, die rund ist und etwas bedeutet, tritt das lähmende Nacheinander in der Zeit. Das hört sich an wie eine Ästhetik, ist aber nur die einfache Erfahrung von der geschehenen Veränderung unserer aufnehmenden Sinne.

Zunächst der Vater. Er bestimmte durch sein übermächtiges Temperament die Lebensfärbung des Sohnes. Typus des radikalen Politikers der bürgerlichen Ära. Begann seine Laufbahn als Rufer zum Kampf gegen die Juden im Verein Deutscher Studenten. Wurde Journalist im Dienste der Naumannschen Ideen und erregte in dessen nationalsozialer Vereinigung als Redner Aufsehen. Nach der Auflösung dieser Partei ging er zum extremen Flügel der Sozialisten über und veröffentlichte ein Pamphlet gegen Christentum und Kaisertum, an dessen giftiger Gehässigkeit sogar seine Gesinnungsgenossen Anstoß nahmen. Danach trat der ehemalige Theologe aus der evangelischen Kirche aus, wurde freireligiöser Prediger und orthodoxer Monist. Kurz vor dem Krieg kehrte er reuig nach rechts zurück. Der grimmige Feind der Dynastie verwandelte sich in einen begeisterten Künder vaterländischer Gesinnung und Befürworter militärischer Rüstungen. Er zählte zu den stärksten Stützen des Alldeutschen Verbands. Nach dem Zusammenbruch schlug er sich erst zu den Kommunisten, hierauf zu den Völkischen und versöhnte sich mit der Kirche. Zog als Wanderredner im Land herum, gab ein kleines Hetzblatt heraus, sagte sich von seiner Familie los, wähnte sich von allen Freunden verraten, von der Welt verfolgt, geriet in Armut und Elend und starb in einem Fischerdorf an der Ostsee, wohin er gekommen war, um Haß zu predigen, wie überall. Eine maßlose Natur.

Die Zerrissenheit und Hemmungslosigkeit vererbten sich auf den ältesten Sohn. Der Vater brach in ihm durch, je mehr er sich dessen Geist und Art widersetzte. Die Mutter war ein Schatten. Er hatte als Kind weder Frieden noch Liebe genossen, der Begriff Heimat war ihm fremd. Seine einzige Mitgift war eine ungewöhnliche Schönheit. Lehrer und Kameraden buhlten um seine Gunst. Mit achtzehn Jahren sah er aus wie ein junger Gott aus der nordischen Sage. Es konnte nicht fehlen, daß ihn die Rassentheoretiker unter seinen Freunden als lebendiges Beweisstück dieser neuen Heilslehre betrachteten. Dabei war seine Großmutter väterlicherseits Jüdin gewesen, was er ihnen unterschlug oder was sie für nützlich fanden, der Welt zu unterschlagen. Doch empfand er ebendiese Schönheit sehr bald als Last, wenn nicht als Makel. Er machte die Erfahrung, daß sie seinem Geltungswillen im Wege stand und den Schwerpunkt seiner Existenz verschob. Da er seine Umgebung von höheren Fähigkeiten, die er sich zuschrieb, nicht überzeugen konnte, schloß er sich erbittert gegen sie ab. Eigentlich war der Zauber damit schon zu Ende, nichts verheert ein menschliches Antlitz mehr als vergeblicher Ehrgeiz, doch zum Überfluß brachte er sich eines Tages eine tiefe Schnittwunde in der Wange bei, die eine verunstaltende Narbe zurückließ. Es steckte etwas vom Geißler und Selbstgeißler in ihm. Bis zu seinem einundzwanzigsten Jahr hatte er keine Frau berührt, jedes Entgegenkommen, und daran mangelte es nicht, wirkte als Beleidigung auf ihn, und als später der Umschlag kam, war jede sinnliche Be-

361

ziehung ein Akt geheimnisvoller Rache. Auch die ganze Brüchigkeit seines Verhältnisses zur Welt ging auf den Vater zurück, der als rastloser Dämon über dem Leben des Sohnes schwebte. Mit siebzehn Jahren hatte er ein Erlebnis, das ich berichten will, weil es besser als alles andere die seelische Struktur des finstern und fanatischen Menschen aufzeigt und die spätere Richtung seines Geistes verstehen läßt. Ein apokalyptisches Bild freilich, aber es ist im großen Teppich mitverwoben, und ich bin ja nicht dazu da, die Welt schön zu färben.

Er besuchte die Volksschule in einem mitteldeutschen Marktflecken, wo ihn eine Verwandte seiner Mutter aus Mitleid bei sich aufgenommen hatte, da sich um ihn wie um seine Geschwister niemand kümmerte. Der Lehrer an dieser Schule, ich nenne ihn Buchwald, da ich nicht weiß, ob nicht noch Personen existieren, die ein Anrecht haben, die Nennung seines wahren Namens nicht zu wünschen, der Lehrer Buchwald also machte durch seine Freundlichkeit einen unauslöschlichen Eindruck auf das verwahrloste Gemüt des Kindes. Zum erstenmal in seinem jungen Leben trat ihm ein Mensch ohne Härte entgegen, ohne Ungeduld, ohne Zorn, ohne Vergnügen an der Züchtigung, nur mit Güte. Es war die Rettung seiner Kindheit. Ein Gefühl des Dankes, verschwiegene Vergötterung sogar trug er in seine Jünglingsjahre hinüber. Darum horchte er gewaltig auf, als im Herbst 1917, er war damals in der Sekunda und lebte in einer nahe gelegenen Universitätsstadt, die Nachricht zu ihm drang, die durch alle Zeitungen ging und überall im Land Entsetzen erregte, Buchwald sei zum vielfachen Mörder geworden. Eines Nachts hatte er ohne äußeren Anlaß seine Frau und seine vier Kinder umgebracht, war von zu Hause weggegangen, hatte eine Reihe von Scheunen und Ställen angezündet, auf dem Rückweg aus drei Revolvern, die er vorher in die Tasche gesteckt, in die erleuchteten Fenster der Wohnungen geschossen und, als die durch den Brandalarm und das tückische Bombardement erschreckten Bewohner auf die Dorfstraße stürzten, auf alle ihm Begegnenden gefeuert, wobei er insgesamt zwölf Personen getötet und fünfzehn verwundet hatte. Erst als er keine Munition mehr hatte, konnte er überwältigt und in Gewahrsam gebracht werden. Was war mit dem sanftmütigen Menschen geschehen, von dem jeder wußte, daß er kein Tier leiden sehen, geschweige denn töten konnte? Untersuchung und Verhöre förderten das Motiv nur allmählich zutage, da Buchwald lange Zeit überhaupt nicht zum Reden zu bewegen war, aber als einige Briefe, die er vor der Tat an Fremde und an seine vorgesetzte Stelle geschrieben hatte, zur Kenntnis des Gerichts gelangten, schien der Antrieb offenbart zu sein: aufgehäufte Qual, die zu einem mörderischen Ausbruch geführt hatte. Jahr um Jahr war das Gefühl von der Unerträglichkeit des Lebens in ihm gewachsen. Er war nicht mehr imstande gewesen, so schien es, die Fülle der Not, des Unrechts, der Verschuldung, der Leiden mit anzusehen. Die Welt durfte nicht sein, aber da man ihr den Garaus nicht machen konnte, war es notwendig, die Menschen zu vertilgen. Und das wollte er tun. Das Verbrechen war seit Jahren geplant. Was er zu Protokoll gab, war von grausiger Logik. Obwohl in den Briefen ein Ton von Überheblichkeit und angemaßtem Richtertum vorherrschte, war nach dem Gutachten der Ärzte an der vollen Verantwortlichkeit und geistigen Normalität des Mannes nicht zu zweifeln. »Es ist des Volkes viel zuviel«, schrieb er zum Beispiel, »die Hälfte sollte man von der Erde wegschaffen, weil sie schlechten Leibes sind. Von allen Erzeugnissen des Menschen ist der Mensch das schlechteste. Ich bin gesättigt mit Jammer, niemand hat so oft wie ich Beil und Dolch zu Bettgenossen gehabt. Ich glaube an keinen Gott, ich wünsche als Bundesgenossen den Teufel, wenn ihr mich vor meinem Tode martert, will ich's euch danken, ich bin an Marter gewöhnt, eure Tränen kann ich ablehnen wie der Heiland, denn ich bin erlöst . . .« Die Briefe wurden in Auszügen veröffentlicht, ihre Sprache wirkte verwirrend auf einen jungen Menschen wie Lorriner, der selber ein verstörter Geist in verstörter Zeit war, und seinesgleichen gab es so viele wie wirbelnde Blätter bei einem Sturm. Dazu kam die Kindheitserinnerung an den sanften Lehrer, der einen bei der Hand genommen, wenn man Kummer gehabt, der einen getröstet und gegen die freche Unbill der andern beschützt hatte. So bot dieser Buchwald, verzweifelter Amokläufer, das Bild eines Helden, der die Konsequenzen seines Leidens und alles Leidens gezogen, der zur Tat hatte werden lassen, was in Schwächeren als Trieb schlummerte. Man darf nicht vergessen, daß in den zutiefst Ernüchterten dieser Generation der Heldenbegriff eine verhängnisvolle Umwertung ins Herostratische erfuhr. Bis zu diesem Punkt wäre es trotz aller Ungeheuerlichkeit ein kriminelles Ereignis gewesen wie manches andere, aber der monströse Teil kam erst nach. Er blieb auf die Akten beschränkt, nur die Fachleute gelangten zu seiner Kenntnis. Ein älterer Freund Lorriners, der auf der psychiatrischen Klinik arbeitete, wußte um die einzelnen Umstände der Entdeckung und gewährte Lorriner Einblick in das Material, da er sein Interesse für den Lehrer kannte. Nie hat es einen Fall gegeben, wo sich Schein und Sein so kraß voneinander schieden. Hier lag etwas wie ein Paradigma der unheimlichen Doppelseitigkeit alles Geschehens vor, der zwei Antlitze, die jede Tat hat, der Unsicherheit dessen, was man Geschichte nennt und was die Wissenschaft vom menschlichen Handeln sein soll. Für einen Charakter, der schon in der Wurzel gebrochen ist, war es schlechthin die Aufforderung, sich ins Chaos zu stürzen, denn jeder andere Zustand setzte Grenzen und jede Grenze einen Kompromiß mit der Lüge voraus. Das Geheimnis des Lehrers Buchwald entschleierte sich durch den zufälligen Fund eines Heftes mit tagebuchartigen Aufzeichnungen, das er in einer Dachkammer seines Hauses, in der Fuge zwischen zwei Balken, versteckt hatte. Es waren Geständnisse eines Psychopathen, von jener Grausamkeit der Selbstbeobachtung, wie sie allen kranken Gehirnen eigen ist. Als ganz junger Lehrer schon hatte er sich in den Ställen der Bauern an Kühen vergangen, er hatte des schrecklichen Triebes nicht Herr werden können, auch als Gatte und Vater nicht, Unzucht wider die Natur nennt es das Gesetz, aber die Natur hat oft ihren wilden Hohn mit unsern Gesetzen, vielleicht vergilt sie damit nur

gleiches mit gleichem. Es war wie ein Befehl, daß er sich er-
niedrigen, sich mit dem Leib der Erde vermischen solle, wer
wagt da hinzudenken, es ist der Bodensatz der Welt, das Ärgste
die Scham, die kein Menschenauge mehr ertrug; obwohl niemand etwas ahnte, niemand ihn verdächtigte, glaubte er, alle
wüßten es, alle sprächen hinter seinem Rücken darüber, aus
jedem Wort seiner Mitmenschen hörte er Verachtung heraus,
Gefühl der Unwürdigkeit sammelte sich in ihm, und daß er sein
Weib und seine Kinder mit Schande bedeckt habe, die nie ab-
gewaschen werden konnte, daß er sie mit in den Tod nehmen
müsse, nachdem er sich an denen gerächt, die ihn immer tiefer
in die Schmach getrieben statt sich erbarmend seiner anzunehmen und ihn von der Sünde zu lösen. Als sie das alles schwarz
auf weiß vor sich hatten, wußten die Herren Bescheid, denn da
waren alle Merkmale dieser besondern Form von Irrsinn, die
Angstträume, die Affektausbrüche, die krankhaft gesteigerten
Triebe, wie es im Lehrbuch stand, es war aufklärend und befreiend. Für Jürgen Lorriner lag der Fall anders. Er war, in
seiner Sprache ausgedrückt, der Menschheit aufgesessen. Er
hatte in einen armseligen Verrückten ein menschliches Herz
hineingedichtet. Die Lichtgestalt seiner Kindheit war ein äffi-
scher Popanz. Es gab keine Lichtgestalt, die der Prüfung vor dem
Auge der Wirklichkeit standzuhalten vermochte. Es ist Schwindel. Den Schwindel so frühzeitig entdecken, daß man nicht
darauf hereinfallen kann, ist die einzige Chance, die man hat.
Die Welt besteht nur aus Niedertracht und Gemeinheit. Man
muß sie das Fürchten lehren. Zu dem Zweck muß man trachten,
obenauf zu kommen.

Der äußere Lebensgang ist mit ein paar Strichen skizziert. An
geregeltes Studium und Berufsziel verschwendete er nicht einmal
einen Gedanken. Er wollte seine Person einsetzen, eine Rolle
spielen und Macht erlangen, gleichviel wie und wo, Macht
um jeden Preis. Die aufgewühlte Epoche lockte zu einer Abenteurerexistenz, Gelegenheit bot sich überall. Wer nichts zu riskieren hatte als das Leben und bereit war, es in die Schanze zu

schlagen, konnte bei einiger Geschmeidigkeit sein Glück machen, besonders wenn er die nötige Geringschätzung für das Leben anderer Menschen mitbrachte. An der mangelte es Lorriner nicht. Er kämpfte im Baltikum, beteiligte sich am Kapp-Putsch, war in die rheinischen Separatistenverschwörungen verwickelt, half die Münchner Räteregierung stürzen, war Mitglied einer der geheimen Organisationen, die durch blutige Akte das Land in Schrecken setzten; mit einemmal sagte er sich von den bisherigen Freunden los oder verriet sie sogar, flüchtete außer Landes, kam über Nordamerika, Japan, Sibirien nach Moskau und blieb drei Jahre lang vollständig verschollen. Eines Tages tauchte er als russischer Emissär wieder auf, entfaltete eine leidenschaftliche Tätigkeit, hielt Reden, schrieb Broschüren, zettelte lokale Aufstände an, war im Besitz bedeutender Geldmittel, über die er auf den bloßen Wink verfügen konnte, lebte aber selbst als Proletarier und gab damit ein leuchtendes Beispiel, das für ihn warb. Sein Anhang wuchs enorm, sein Wort hatte eine zündende Gewalt über die Massen, wo er auftrat, stand er in einem magnetischen Wirkungsfeld, und Unschlüssige wurden zumindest betäubt. Er war in eine gute Schule gegangen. Er hatte die wesentlichen Eigenschaften des erfolgreichen Demagogen: den Mut zum äußersten Extrem, die kalte Wildheit, die aus der Phrase eine Offenbarung macht, die Stahlhärte der Behauptung, die jedes Andersmeinen ächtet, die Beweisführung der Inquisition, die die Welt durch Tod und Mord zu neuem Leben wecken will. Und wieder eines Tages verschwindet er abermals von der Bildfläche. Diesmals ist er zwar nicht sich und den Seinen untreu geworden, wenigstens weiß man davon nichts, auch hat er Deutschland nicht verlassen, nur merkwürdig still wird es plötzlich um ihn, sein Name wird kaum mehr genannt. Man munkelt etwas von einer Weibergeschichte und im Zusammenhang damit von einem Dokumentendiebstahl, der an ihm verübt worden und durch den die Regierung Kenntnis von einem großangelegten Putschplan erhalten habe. Seine Freunde leugneten dies und gaben eine Erkrankung als Grund seines Zurücktretens an. In der Tat lag er fast sieben Monate im Spital einer großen Provinzstadt, das Leiden, das eine so langwierige Behandlung nötig machte, war eine allgemeine Nervenschwäche, weiter Begriff, in dem sich vieles unterbringen läßt, was in keiner Anamnese zu stehen braucht, jedes Symptom kann zugleich Ursache und Wirkung sein, die Seele betrügt den Körper oder der Körper die Seele. Im selben Spital lag zur selben Zeit die bereits erwähnte Sonja Hefter, Freundin Etzels, im letzten Stadium der Schwindsucht. Etzel besuchte sie täglich, es war kurz vor seiner endgültigen Übersiedlung nach Berlin, nur Sonjas tödliches Siechtum hielt ihn noch in jener Stadt. Er erfuhr von Lorriners Anwesenheit. Da er viel von ihm gehört hatte und ihn sehen wollte, schrieb er ihm ein paar Zeilen. Ein junger Assistenzarzt vermittelte die Bekanntschaft. Zwei Stunden vorher hatte Sonja Hefter ihren Geist verhaucht. So stand die erste Begegnung unter einem düstern Schatten. Noch ein anderer Eindruck neben dem Tod der Freundin spielte mit, etwas scheinbar Äußerliches, dennoch schwer zu Vergessendes. Das Spital war eine durchaus moderne Anstalt, ganz auf der Höhe der Zeit, wie man zu sagen pflegt, mit den besten Ärzten, den besten Hilfsmitteln, dem geschultesten Pflegepersonal, nur war kein Sterbezimmer vorhanden. Die Betten der Sterbenden wurden auf den Korridor geschoben und dort mit einer spanischen Wand umstellt. Der Korridor wurde zu einem wahren Todesschrecken. Wenn einem bedeutet wurde, er käme »auf den Gang«, wußte er, daß seine letzte Stunde da war. Es war kein abgeschlossener Flur, die ganze Welt des Krankenhauses bewegte sich auf ihm, Ärzte, Wärter, Schwestern, Studenten, Genesende und Hunderte von Besuchern. Es ereignete sich zum Beispiel, daß ein alter Mann, der unvorbereitet auf den Korridor gebracht wurde, das Bett verließ, die spanische Wand umwarf und hilfeschreiend in den Saal zurückwankte. Ein anderer Moribunder, der seit Monaten gelähmt war, konnte sich in der Todesangst auf einmal wieder bewegen, lief über den Korridor davon und verkroch sich in einer entlegenen Mauernische, aus der er tot hervorgezogen wurde, nachdem man stundenlang nach ihm gesucht hatte.

Etzel war Zeuge gewesen, wie eine junge Frau, Sonjas Bett-
nachbarin, den Arzt händeringend bat: nicht auf den Gang,
Herr Doktor, nicht auf den Gang. Sooft er sich in späterer Zeit
daran erinnerte, schüttelte es ihn, und er war doch wahrhaftig
nicht zimperlich. Lorriner, mit dem er gleich in der ersten
Viertelstunde darüber sprach, zuckte die Achseln und sagte:
»Was wollen Sie? Überfüllung. Es ist eben alles überfüllt. Die
Berufe, die Parlamente, die Wirtshäuser, die Eisenbahnen,
sogar die Kirchhöfe. Und trotzdem wehren sich die Leute mit
Händen und Füßen gegen das Krepieren. Unbegreiflich.« Er
stierte eine Weile vor sich hin, zuckte wieder die Achseln, eigentlich nur die rechte, wodurch die Bewegung etwas noch Ver-
ächtlicheres erhielt, und in abgehackten, kurzen Sätzen, mit
entfärbter, hinschleifender Stimme erzählte er, daß er in Rußland in einem Haus gewesen, um einen Mann zu treffen, für den
er eine wichtige Nachricht hatte. Er wußte aber nicht, in welchem Stock und in welchem Raum der Mann wohnte. Es war
Abend, als er hinkam. In dem Haus waren mehr als neunhundert Personen einquartiert, provisorisch, wie es hieß, aber sie
lebten drin. Auf allen Stiegen, in allen Fluren, in jedem Winkel
hatten sie sich festgesetzt, auf den Fenstersimsen kauerten welche,
auf Öfen und Truhen, in Fässern und Kohlenkisten, Leib an
Leib, nebeneinander, übereinander, Weiber mit Säuglingen an
der Brust, umschlungene Paare, Kinder zwischen den Beinen
der Mütter, hie und da mal eine brennende Unschlittkerze, da
und dort ein Herdfeuer und ein Topf darüber, die Luft vom
Keller bis zum Dach ein einziger stickiger Brodem. Durch den
schlug er sich durch, von Stube zu Stube, über Rümpfe, Köpfe,
Schenkel, rief den Namen des Mannes, den er suchte, und konnte
ihn nicht finden. Nein, das hatte er nicht geträumt, er hatte es
erlebt. Dazu ein Gegenstück. Sehr instruktiv. Um in einem der
pazifischen Häfen das Schiff zu erreichen, das ihn aufnehmen
sollte, hatte er mit mehreren Freunden durch einen Teil von
Kalifornien reiten müssen. Da kamen sie zu einer Stadt, namens Baddie, die vor siebzig Jahren an hunderttausend Ein-
wohner gehabt hatte, jetzt aber, da die Goldfelder seit langem

keinen Ertrag mehr gaben, vollständig verlassen und verödet war. Der Leichnam einer Stadt, beileibe keine Ruine, ein wohl-konservierter Leichnam, den die außerordentliche Trockenheit der Luft in einem täuschenden Scheinleben erhalten hatte. Breite asphaltierte Straßen, schöne große Plätze, zahlreiche Hotels, Theater, Banken, Kirchen, Paläste, Villen nebst den gewöhnlichen Wohnhäusern: alles leer. Keine Menschenseele. Die meisten Haustore, Läden, Geschäftslokale offen, Zuflucht von Schlangen, Pumas, Eidechsen, Katzen, Ratten und Mäu-sen. Phantastisch. Die Delirien der Tollhäusler sind ein schwacher Abklatsch von dem, was vor unsern Augen Tag für Tag ge-schieht . . . Etzel schaute die Narbe auf der Wange an, sah in die harten, blauen Augen, die den Ausdruck eines Menschen hatten, der mit geducktem Kopf auf dich zugeht, weil er nicht sicher sein kann, ob du ihm nicht an die Gurgel fährst, und als ihn Lorriner unvermittelt duzte, da er wieder das Wort an ihn richtete, war er keineswegs erstaunt.

Daß Lorriner nach einer Woche das Spital verließ, war haupt-sächlich Etzels Werk. Wie es Bluttransfusion gibt, Überleitung gesunden Überschusses in einen anämischen Körper, so auch Einflößung von Auftrieb, Aufschwung, frischem Impuls in den entnervten. Es genügte, daß Etzel kam, daß er da war, daß er sprach, daß er sich gab, wie er war, und der andere erwachte zu sich selbst. Aha, sagte er sich, da ist einer, der mich braucht, folglich bin ich noch wer; einer, und nicht der schlechteste, wie es scheint, der was von mir erwartet und mir dienen will, hinter ihm stehn seine Leute, neue Leute, neue Jahrgänge, unver-brauchtes Material, folglich habe ich noch nicht ausgespielt und kann von vorn anfangen. Etzel war um diese Zeit an einem Punkt angelangt, wo er keinen Weg mehr sah. Er hatte die Richtung verloren. Sein Selbstvertrauen war im vollständigen Schwinden begriffen. Es ging und ging nicht vorwärts, er drehte sich im Kreis herum. Über das, was ihm fehlte, war er nicht einen Augenblick im Zweifel. Es fehlte ihm ein Mensch, an den er glauben, dem er sich beugen, zu dem er aufblicken konnte, der ihm die Last abnahm, die zu tragen er sich offenbar zu früh angemaßt. Man muß ein bestimmtes Quantum Erfahrung haben, mit dem Instinkt allein schafft man's nicht, und mit dem So-als-ob schlittert man in die Hochstapelei. In einem Fall wie diesem aber findet man den unbedingt, den man sucht, weil man nicht mehr wählt, sondern blindlings zugreift. Das Merkwürdige ist nur, daß sich der Gefundene dann als der Gesuchte fühlt und mit all seinen Kräften bestrebt ist, das ideale Bild zu sein und den Rahmen auszufüllen, der gewöhnlich zu groß für ihn ist; er reckt und streckt sich, und manchmal wächst er in der Tat über sich hinaus, bis er unter der seelischen Anstrengung zusammenbricht. In der Gläubigkeit der Jünger liegt eine gewaltige Tyrannei. Die Eigenschaften, die Lorriner von je zum Führer prädestiniert hatten, wirkten jetzt wieder in ihrer ursprünglichen Stärke: der eisern unbeugsame Wille, Schnelligkeit und Festigkeit des Entschlusses und ein untrüglicher Blick für die Brauchbarkeit von Menschen. Etzel brachte ihn im Triumph zu den Freunden, in deren Kreis er von innerer Panik gehetzt neuerdings getreten war. Es waren junge Leute, die weder rechts noch links gerichtet waren, ebensowenig konnte man sie gemäßigt heißen, sie gehörten einer internationalen Organisation an, einem sogenannten Weltbund, der in allen Ländern großen Anhang hatte, aber in politischer Beziehung wenig Einfluß besaß. In der Gruppe Etzel Andergasts hatten bisher konservative Tendenzen vorgeherrscht, man hatte sich sogar an ziemlich weit rechts stehende Bünde angeschlossen, die, vaterländisch gesinnt, kulturelle und zivilisatorische Arbeit leisteten und sich sehr ernsthaft mit den Problemen des Bodens, des Bauerntums und der sozialen Wirtschaft befaßten. Lorriner wünschte reinliche Scheidung und einen klaren Kurs. Unter leidenschaftlichem Hinweis auf die historische Größe der Stunde forderte er die Einbeziehung der kommunistischen Vereinigungen. Seine Beredsamkeit hatte die alte Wucht, was ihm als durchführbar vorschwebte, hatte er Etzel Andergast schon während ihrer gemeinsamen Fahrt nach Berlin entwickelt. Sie saßen in einem Abteil dritter Klasse allein, es war Nacht. Seltsam lässig, als wäre er beglückt, ins Schlepptau einer Idee genommen, von einem Stärkeren gehalten und geführt zu werden, hörte Etzel zu. Ein Experiment, dachte er, ausgezeichnet, wagen wir ein Experiment, wenn's gelingt, bon, wenn du der Kerl dazu bist, ich steh' dir nicht im Weg, aber Gott gnade dir, wenn du nicht der Kerl bist, nicht der, nach dem ich mir die Augen aus dem Kopf geguckt habe ... Und er hing an Lorriners Lippen, glühend, gläubig glühend; trotzdem bewachte er, mit angehaltenem Atem fast, jede Miene, jede Regung des Menschen, dem er sich bedingungslos ergeben hatte, und in der Folge dann jeden Schritt, jedes Gespräch, seinen Umgang, seine gesamte Korrespondenz und womöglich sogar seinen Schlaf. Warum denn nur? Bloß weil ihn seine detektivische Natur dazu zwang? Vielleicht doch nicht ganz. Es hatte eine tiefere Bewandtnis damit. Wir kennen ihn eben noch zu wenig.

Es gibt unter jungen Leuten politische Charaktere (und ein politischer Charakter war Lorriner nach seiner ganzen Anlage), deren Radikalismus auf dem verzehrenden Verlangen nach einer Mitte beruht, nicht einer Mitte der Parteien, einer Lebensmitte. Es ist eine heimliche Sehnsucht, von innen aus zieht es sie nach dem Punkt der Ruhelage, aber das Gesetz des Pendels bewirkt, daß sie nach beiden Seiten gleich weit über ihn hinausschwingen, es sei denn, der Bewegung stelle sich ein Hindernis entgegen, das ihnen Halt gebietet, wobei sie zugleich Gefahr laufen, sich den Schädel zu zerschmettern. Moralische Wertung ist da nicht statthaft, ihnen Verrat vorwerfen wäre dasselbe, als wolltest du den Stein verantwortlich machen, den ein Unbekannter in deine Fensterscheibe schleudert. Von »Abfall« zu reden, das hätte tieferen Sinn. Kerkhoven sagte einmal zu Etzel, die meisten Konflikte, die man als geistige und seelische betrachte, seien rein statisch oder dynamisch. Donnerwetter, dachte Etzel, wenn das wahr ist, und es scheint wahr zu sein, muß man seine Urteile gründlich revidieren.

Eines hatte er bald heraus: ein inspirierter Mensch war Lorriner nicht. Keiner von den Seltenen, denen eine Sache zum

Werk wird, wenn sie sich ihr weihen. Er hatte nicht einmal die Unerbittlichkeit der Zielsetzung, weil er im Innern nicht Raum genug hatte für ein hoch- und weitgestecktes Ziel. Er schuf nicht, er bediente sich der von den Schöpfern geprägten Münze. Es war der Gedanke Größerer, den er dachte. Es waren fertige und abgestempelte Worte, die er dem Gefühl der Massen verlieh. Kein wirklicher Heiland, wo denkt ihr hin, die allgemeine Verzweiflung machte ihn zu einer Spezies davon wie so viele andere kleine Kreuzträger, die es doch nicht zum Erlöser bringen. Die Zeit hat sie mit Schmerzen geboren, das ist alles, was man zu ihrer Verteidigung sagen kann. Erlöser sind dünn gesät. Von Lorriners Vergangenheit wußte er zunächst nur, was als Hörensagen umlief und was Lorriner selbst für gut fand, ihm widerwillig andeutend mitzuteilen. Daß infolge seiner Schwenkung von der äußersten Rechten zur äußersten Linken ein Odium an seinem Namen haftete, ließ sich nicht verbergen. Etzel sah darin nichts Ehrenrühriges, in der Tatsache an sich nämlich. Aber die maßgebenden unter seinen Freunden widersetzten sich aus diesem Grund der Führung Lorriners aufs heftigste. Sie konnten sich nicht entschließen, ihm zu vertrauen, und es kam zu einer erregten Diskussion. »Man ist noch kein Schuft, wenn man seine Überzeugung wechselt«, sagte Etzel, »einem Menschen muß verstattet sein, umzukehren.« – »Er hat seine Fahne verlassen«, antworteten jene, »er wird jede verlassen.« – »Eine Fahne ist ein Fetzen Tuch«, gab Etzel zurück, »jemand an den Eid binden, den er einem Fetzen Tuch geleistet hat, ist Stumpfsinn. Außerdem ist in jedem Eid der Meineid implicite enthalten.« – »Oho. Sei auf der Hut, Andergast. Wenigstens über den Dolus darf kein Zweifel herrschen.« Das mußte er einräumen. Ob man einen Irrtum erkennt und abtut oder ob man die eine Sache aufgibt, weil die andere mehr verspricht, ist nicht dasselbe. Ob man einem Herrn den Dienst aufsagt oder ob einen der Herr vor die Tür setzt, ist nicht dasselbe. Es ist ein Unterschied zwischen dem, der nach innerem Kampf über sich selbst entscheidet, was sein unveräußerliches Recht ist, und dem, der sich als Konjunkturschmarotzer bald auf die eine, bald auf die andere Seite schlägt. Mußte eingeräumt werden, gewiß, aber er glaubte sich für Lorriner verbürgen zu können. Jene wollten sich damit nicht zufriedengeben. Sie fragten: »Warum kommt er überhaupt zu uns? Was können wir ihm bedeuten? Er war schon eine große Nummer in seiner Partei, dann hat man ihn fallenlassen, und jetzt sollen wir ihm die Leiter halten, auf der er wieder hochkommen will. Was kann er da *uns* bedeuten?« – Etzel, in die Enge getrieben, antwortete mit einem Rabulismus: »Wenn ich eine wunderbare Maschine, die mir geschenkt wird, bloß deshalb nicht arbeiten lasse, weil der frühere Besitzer nichts mit ihr anzufangen gewußt hat, bin ich ein verdammter Idiot.« Das Argument wurde aus Achtung für ihn überhört. »Also wäre zu fragen«, fuhr der Sprecher fort, »kommt er unsertwegen zu uns, oder kommt er seinetwegen zu uns? Das wäre festzustellen.« Schwierige Feststellung, fand Etzel. Einen Menschen auf sein Ja und Nein erforschen, ist schwer; das schwerste, was es gibt. Als ob einer nicht zu gleicher Zeit Künder *und* Verleugner sein könnte, Kreuzträger *und* Judas. Ja, wenn man ihm die Seele herausnehmen könnte, dann! Trotzdem sagte er: »Ich bin seiner so sicher wie meiner selbst.« – »Das kannst du gut sagen«, wurde erwidert, »wir aber können durchaus nicht sicher sein. Wo hat er denn seine Haut zu Markt getragen und unzweideutig dargetan, um was es ihm eigentlich geht?« – Darauf Etzel, voll Zorn: »Aber was verlangt ihr denn? *Soll er vielleicht in den feurigen Ofen kriechen*, damit ihr an ihn glaubt?«

Ein in der Hitze des Kampfes hingeworfenes Wort. So schien es. In Wirklichkeit war es das heimliche Motto, das über seiner ganzen Beziehung zu Lorriner stand, und nicht etwa als Frage wie hier, sondern als Imperativ. Aber hören wir weiter. Es konnte nicht ausbleiben, daß das Gerücht von dem Dokumentendiebstahl, dessen Opfer Lorriner geworden, von der Opposition aufgegriffen wurde. Wenn man dem Gerede glauben durfte, hatte sich die Sache so zugetragen: Lorriner war in die Netze einer raffinierten Frauensperson geraten, einer Tänzerin oder Schauspielerin, die es verstanden hatte, ihn dermaßen ein-

373

zuwickeln, daß er sich ihr wie ein Gymnasiast ohne Arg anvertraute und ihr schließlich Einblick in jene wichtigen Papiere verschaffte, die sie ihm dann, während er sinnlos betrunken war, entwendete. Etzel bezeichnete die Geschichte als glatte Verleumdung. So konnte es nicht gewesen sein, so war es nicht. Jedoch die Gegner forderten Aufklärung. Es wurde eine Abordnung von fünf jungen Leuten ernannt, die Lorriner um einen wahrheitsgetreuen Bericht ersuchen sollten. Unter diesen fünf war außer Etzel auch Roderich Lüttgens, mit dem er damals schon eng befreundet war. Die Zusammenkunft fand in Lorriners Wohnung statt, noch nicht in der Glasgower Straße, dorthin zog er erst später, in der Landsberger Allee. Alle fünf saßen auf Stühlen in der Runde. Lorriner lehnte mit verschränkten Armen im Winkel eines mit gelbgeblümtem Kattun überzogenen Kanapees. Nachdem sich der Wortführer, ein gewisser Peter Christians, seines Auftrags mit kühler Geläufigkeit entledigt hatte, erhob sich Lorriner, verbeugte sich ironisch, sah einem nach dem andern lächelnd ins Gesicht und sagte: »Ihr bläht euch ja nicht übel auf, ihr Herren Abgesandten. So 'ne Würde. Wer hat euch denn den Klimbim beigebracht? Das erinnert ja ... na, ick weeß nich ... studentische Fatzkereien sind das. Ick lache Tränen. Rechenschaft ablegen. Am Ende auch noch Ehrenwort, wie? Nee, Kinder, mit so 'm Stuß kommt mir nich. Wird nicht verzapft. Macht er nicht.« Während seine Sprache im allgemeinen ohne ausgeprägte Dialektfärbung war, verfiel er, wenn er böse wurde, ins Berlinische. Keiner der fünf rührte sich. Mit einer Kopfbewegung, die die strohgelben Haare zurückfliegen ließ, und einem eindrucksvollen Straffen des hageren Körpers fuhr er fort: »Ob ich Dreck am Stecken habe oder Lorbeer, darum habt ihr euch den Teufel zu kümmern. Das Berühren der Fijüren mit die Foten is verboten. Ich habe mich euch nicht aufgedrängt. Oder habe ich? Rede du, Baron . . .« Er nannte Andergast immer nur Baron, ganz ernsthaft, als sei es ein bürgerlicher Name; anfangs hatte Etzel geärgert abgewehrt, jetzt achtete er kaum mehr darauf. »Nein«, sagte er ruhig, »im Gegenteil.« – »Also. Ich war der Meinung,

es läge euch was an der frischen Brise. An der geistigen Ent-
lausung. Es läge euch was, habe ich gemeint, verzeiht mir den
Irrtum, am Farbebekennen. Es müssen doch welche mal den
Anfang machen. Das ist ja das deutsche Unglück, daß schließlich alles in einer mulmigen Romantik versandet. Ihr kommt
mir vor wie die Kellner in den Restaurants, wenn sie zwischen
den Tischen herumrennen und »Achtung, Sauce« brüllen, aber
schaut mal auf eure Schüsseln herunter, die sind ja leer, da ist
ja nichts drin. Meine Antwort wollt ihr wissen? Da habt ihr sie:
Ich leugne, daß meine Person mit alledem was zu schaffen hat.
Meine sogenannte Vergangenheit kann euch vollständig
schnuppe sein. Genauso schnuppe, wie sie mir ist. Wer in der
Pulverfabrik zu tun hat, kriegt schwarze Hände. In Betracht
kommt einzig und allein, ob ihr an mich glaubt. Das natürlich
stell' ich jedem frei.« Er ging mit raschen Schritten zur Tür,
öffnete sie weit und sagte mit parodistisch-schwungvoller Geste:
»Bitte ergebenst: die schlechten ins Kröpfchen, die guten ins
Töpfchen.« Bedrücktes Schweigen. Das hat er nicht übel gegeben, dachte Etzel und blickte Lorriner, der in kraftvoller Ge-
spanntheit, grimmig lächelnd dastand, mit heiterer Anerkennung ins Gesicht. Dies Elementare der Willensausströmung bewirkte auch, daß es so lange dauerte, bis sich Peter Christians
erhob. Zwei andere, die auf seine Entscheidung gewartet hatten,
folgten seinem Beispiel. Sie nahmen ihre Hüte und verließen in
komischem Gänsemarsch das Zimmer. Etzel und Roderich
Lüttgens blieben sitzen. Lorriner schlug mit einem Knall die
Tür zu und lachte. Auch das Lachen war ein Knall. »Na, und
ihr zwei beide«, wandte er sich an Etzel und Roderich, »kleinen
Schluck auf den Schrecken?« Er stellte die Kognakflasche und
drei Wassergläser auf den Tisch, schenkte für sich ein und goß
ein halbes Glas hinunter. Sodann zündete er seine kurze Pfeife
an und ging mit Stechschritten hastig auf und ab. Roderich
Lüttgens folgte ihm unablässig mit den Augen und sah erregt
aus. Aha, dachte Etzel, der hat angebissen. Er kannte den Vorgang. Er kannte ihn nur allzu gut. So hatte es bei ihm auch
angefangen. Wiederholung im andern bedeutet fast immer Ver-

375

zerrung. Aber Roderich, noch umhegt von der Zärtlichkeit der Familie, war Neuling und in seiner brennenden Lebenserwartung viel gefährdeter. Man müßte es verhüten, dachte Etzel bekümmert, aber das hieße eine Gemeinheit an Lorriner begehen. und wahrscheinlich eine nutzlose, der Effekt wäre der gegenteilige. Eine Überlegung, die Etzel nicht ungewohnt war. Freund seiner Freunde, mußte er häufig trachten, einen schwächeren vor Einflüssen zu schützen, die für den stärkeren unschädlich waren. Alles mußte sein richtiges Maß haben. Lorriner, sonst ohne Differenziertheit, spürte, daß ihm Andergast hier entgegenwirkte. Er hatte Absichten mit Roderich, Seine Situation war prekär; er hatte keinen festen Boden mehr unter den Füßen, wenn er in einer bestimmten Angelegenheit Roderichs Vater für sich gewinnen konnte, war er gerettet. Die Erbitterung, die er über den stattgehabten Auftritt empfand und die sich in seinem nervösen Hin- und Herschreiten äußerte, kehrte sich gegen Andergast. Schon deswegen, weil er Zeuge seiner Niederlage gewesen war. Die praktischen Folgen, die sich aus dieser Niederlage ergeben mußten, erwog er dabei gar nicht. Es hätte ihm außerordentlich geholfen, wenn er die zersplitterten Jugendbünde hätte vereinigen und als ihr Führer wieder in die Arena hätte treten können. Es wäre der Weg zu neuem Aufstieg gewesen. (Das hatten ja die jungen Leute geargwohnt und seine Berechnung zunichte gemacht.) Doch für den Augenblick verdroß es ihn hauptsächlich, vor Etzel Andergast schlecht abgeschnitten zu haben. Das hatte nichts mit Eitelkeit zu tun. Er war nicht eitel, sogar in einem auffallenden Grad nicht. Aber in Etzels Miene Mißfallen, Enttäuschung, Unzufriedenheit zu lesen war ihm einfach unerträglich. Zu erklären vermochte er es nicht. Der Bursche brauchte bloß seine kurzsichtig zwinkernden Augen auf ihn zu richten, da war ihm schon zumut wie als Pennäler, wenn er im Griechischen aufgerufen wurde und Angst hatte, nicht zu »entsprechen«. Immer unter Kontrolle, immer vor der stummen Forderung wie vor der Mündung eines geladenen Revolvers, verdammt lästig. Er, der alle in den Sack steckte, Männer und Weiber, sie erschauern machte, wenn er

376

den Kopf zurückwarf, daß die strohgelben Haare flogen, der jeden Widerstand mit einer Bewegung seiner Braue zum Schweigen bringen und eine tausendköpfige Versammlung in hellen Brand versetzen konnte, der einem Stalin imponiert und den Polizeichef von New York genötigt hatte, sich wegen fälschlich angeordneter Verhaftung bei ihm zu entschuldigen: er in innerer Habtachtstellung vor einem Studenten, immer in der dämlichen Sorge, nicht zu »entsprechen«, wo doch nicht einmal ein Zweifel bestand, daß der Mensch zu ihm aufblickte als zu einem Vorbild und mit ihm durch dick und dünn gehen würde ...

»Setz dich mal auf deine vier Buchstaben, Lorriner, damit man ein vernünftiges Wort reden kann«, sagte Etzel in die Stille hinein. Lorriner knurrte, klopfte die Pfeife aus und setzte sich auf das Fenstersims. Vielleicht lag ihm daran, daß sein Gesicht im Schatten blieb. »Du solltest uns in dieser Sache doch reinen Wein einschenken«, begann Etzel vorsichtig, »wenigstens Lüttgens und mir. Es sind da einige Unklarheiten ...« – »Dahier ist keine Weinschenke«, brauste Lorriner auf, »ich habe nichts richtigzustellen und erteile kein Privatissimum.« Etzel senkte den Kopf. »Schon«, sagte er, »schon (und spielte mit seinen Fingern), ich hab' mir nur gedacht ... ich meine nämlich, die persönliche Integrität ist unentbehrlich, wenn ... ja, ja, ich weiß, das sind bourgeoise Vorurteile ... in der Beziehung bin ich rückständig ... kurz und gut, Lorriner (er hob den Kopf wieder), ich finde, man muß tadellos saubere Hände haben, wenn man ... wenn man so ohne weiteres die Schlechten ins Kröpfchen schickt.« – »Begreife das Geschmuse nicht«, erwiderte Lorriner barsch, »für mich ist der Zwischenfall erledigt. Warum bist du sitzen geblieben? Ich habe euch doch gezeigt, wo der Zimmermann das Loch für die Schlappschwänze gemacht hat.« – »Richtig, Lorriner, aber das war für die Galerie bestimmt. Zwischen dir und mir liegt es ein wenig anders. Ich halte dich für einen außergewöhnlichen Menschen. Ich war vom ersten Augenblick an begeistert von dir. Du machst nicht viel Federlesens mit einem. Reißt einen einfach mit. Ohne dich wäre ich wahrscheinlich auf der Strecke geblieben. Du hast was in dir,

377

was einen in die Knie zwingt. Aber ich kann an einen Menschen nur glauben, wenn sein Bild ohne den geringsten Flecken ist. Du mußt mir jeden Tag beweisen können, daß du der bist, den ich in dir sehe. Natürlich kannst du es verweigern, aber dann muß ich mich auch verweigern.« – »Das halte nach Belieben. Ich seh' nicht ein ... wozu die Sprüche ... was hat es mit meinem ... mit meiner Integrität zu tun, daß ich einem perfiden Frauenzimmer auf den Leim gegangen bin?« – »Das bist du. Ganz gehörig. Man könnte allerdings einwenden: das ist kein Pech, es ist ein Defekt. In dem Fall. Das ist eine, die! Verflucht. Da versteht man manches. Nun, sie behauptet –« Er konnte nicht weitersprechen, mit einem wahren Jaguarsprung war Lorriner an seiner Seite und umklammerte mit eisernem Griff seinen Nacken. »Du kennst sie?« fragte er tonlos, mit einem unheimlichen Grinsen im Gesicht, das davon herrührte, daß er die unteren Zähne über die Oberlippe schob. Roderich Lüttgens erhob sich erschrocken, setzte sich aber gleich wieder. Etzel befreite sich unwillig aus der schmerzhaften Klammer. »Natürlich kenn' ich sie«, sagte er, »vor einiger Zeit schon hatte ich die Ehre. Hab' mich nicht drum gerissen, hat auch keine Mühe gekostet, das Fräulein Sperling ist recht zugänglich. Na, und es war ganz interessant. Sie behauptet ... aber keine Handgreiflichkeiten mehr, sei so gut. Es verdirbt mir die Laune. Es überzeugt mich auch nicht. Muskelübungen mach' ich nur freiwillig. Sie behauptet, du seist ihr gar nicht auf den Leim gegangen, seist nicht mal betrunken gewesen.« – »Sondern?« – »Es sei ein Geschäft gewesen wie jedes andere.« – Lorriner wich zurück. Sein Gesicht war gelb. – »Das braucht dich nicht zu alterieren«, fuhr Etzel fort, »ich werde schon dafür sorgen, daß sie in Zukunft ... Aber es muß da noch Verschiedenes zur Sprache kommen ... Am besten wär's, wenn ihr euch mal in meiner Gegenwart ... Nein? Na, wie du willst, reg' dich nicht auf. Ich habe nur meine Pflicht getan. Ich hatte dies und jenes gehört, habe aber kein Wort von der ganzen Geschichte geglaubt, nur war ich dir schuldig, der Sache nachzugehen. Wir werden ja sehen ...« Trotz der Unverfänglichkeit und der Be-

378

schwichtigung in den Worten lag im Ton der Stimme eine gewisse harte Entschiedenheit. Lorriner starrte vor sich hin. »Aus dir wird man nicht klug«, sagte er finster, »du hast was eigentümlich Tückisches an dir. Hätt' ich zu befehlen, ich weiß nicht, ob ich dich nicht an die Wand stellen ließe. Na, laß man«, wehrte er mit einer verächtlichen Handbewegung ab, als Etzel antworten wollte, »laß das man für jetzt. Werde mir das Luder nächstens kaufen.« – »Ja, aber nimm dich in acht, die Dame hat Giftzähne.« – »Laß man, laß man«, wiederholte Lorriner halb drohend, halb gequält. Etzel schwieg, schien aber betroffen. Es verflossen drei oder vier peinliche Minuten, dann sagte Etzel mit veränderter, tieferer Stimme und ohne die Spur jener Harmlosigkeit, mit der er sich sonst gleichsam eine Rückendeckung verschaffte: »Ich möchte noch etwas Abschließendes bemerken, wenn du erlaubst. Ich habe in der letzten Zeit viel über dich nachgedacht und bin zu folgendem Resultat gekommen. Es gibt drei Möglichkeiten, drei mögliche Schlüssel zu deinem Wesen. Fragt sich, welcher der richtige ist. Erstens kannst du ein Neurastheniker sein. Nichts weiter, aber mit allem, was drum und dran hängt. Schwäche in Form von Kraft, viel Wille, viel Ehrgeiz, aber krank, krank, krank. Ich denke jetzt nicht einmal an das Individuum Lorriner, sondern mehr an die Kategorie. Zweitens: du kannst ein Dschingis-Khan sein. Kommentar überflüssig. Es wimmelt von Dschingis-Khans bei uns. Ex oriente mors. Parole: nicht das Kind im Mutterleib wird geschont. Vielleicht überschätzt man den alten Dschingis-Khan, die neuen verstehen das Handwerk bestimmt besser. Dann wäre das dritte. Du könntest der Mann sein, der in den feurigen Ofen kriecht. Das ist meine große Hoffnung. Du kennst doch die Legende. Es waren drei. Drei Männer im feurigen Ofen. Sie sangen Loblieder, während man einen Braten aus ihnen zubereitete. Genau das Umgekehrte von dem, was der Dschingis-Khan tut, und genau das, was der Neurastheniker auf keinen Fall über sich bringt.« Lorriner stand stocksteif, die Fäuste in die Hüften gestemmt, und schaute mit einem zerrinnenden bösen und ratlosen Lächeln auf Andergast herunter. Etzel ließ auch seinerseits den Blick nicht von ihm. Auch er lächelte, eigentümlich höflich, mit den kurzsichtig zwinkernden Augen. Während der ganzen Unterredung hatte Roderich Lüttgens nicht einen Laut von sich gegeben. Nur sein Blick war erregt und begierig von einem zum andern gegangen. Auf der Straße fragte er Etzel: »Was hast du eigentlich gemeint mit dem feurigen Ofen?« Etzel blieb stehen, legte ihm die Hand auf die Schulter, und statt auf die Frage zu antworten, raunte er ihm geheimnisvoll tuend zu: »Ich fürchte, er wird nicht hineinkriechen, du; paß auf, er wird nicht . . .«

Aus dem ganzen Zwiegespräch geht ziemlich evident hervor, daß Etzels Vertrauen bereits erschüttert war, daß er dies aber um keinen Preis wahrhaben wollte. Er hatte eine unsinnige Angst vor der Enttäuschung und kämpfte verzweifelt darum, sein Idol rein zu erhalten, viel mehr, als er sich merken ließ. Es scheint, daß er nur intellektuell nicht zugänglich ist, sagte er sich bisweilen, oder daß ihm die Bildungselemente fehlen, als Natur und Phänomen ist er ohnegleichen. Hier beginnt er, nicht zu verwundern, den typischen Irrtum der jungen Menschen, daß sie ihr Wunschbild so leidenschaftlich in sich verwirklichen, daß sie die äußere Wirklichkeit fast nicht mehr sehen. Wozu kommt, daß Lorriner in der Tat einige in hohem Grad verführerische Eigenschaften besaß, vor allem eine beispiellose Bedürfnislosigkeit und Uneigennützigkeit (aus diesem Grund erschien es ja Etzel so undenkbar, daß er sich verkauft haben sollte, wie Emma Sperling behauptete), dann die selbstlose und hingebende Art, mit der er sich hilfsbedürftiger Freunde und Genossen annahm; das Elend des Volkes ging ihm nahe, es raubte ihm den Schlaf, es machte ihn krank und wild. Etzel war oft dabeigewesen, wenn er mit Hungernden und Arbeitslosen gesprochen und sie beraten hatte, da war er ein ganz anderer Mensch, etwas Messianisches war dann um ihn, von neuer Zeit und Zukunft. Eines Tages hatten sie ein abstraktes Gespräch über Gerechtigkeit, Lorriner war aber nicht imstande, sich im Gedanklichen zu halten, er erzählte einen haarsträubenden Fall von Klassenjustiz, Akt der Willkür beinah, durch den einer seiner Parteifreunde für zwei Jahre ins Zuchthaus gekommen war. Mitten im Wort unterbrach er sich und verfiel in einen fürchterlichen Weinkrampf, der länger als eine Viertelstunde dauerte und in einen katatonischen Zustand überging. Damals fand Etzel an dem Anfall noch nichts Bedenkliches, nicht das jedenfalls, was ihn später veranlaßte, vom Neurastheniker als einem beherrschenden Typ des öffentlichen Lebens zu sprechen. Im Gegenteil, das Schauspiel bewegte ihn so tief, als wäre es ein Beweis von Auserwähltheit, denn wie wir geboren sind und wie wir leben müssen, pflegt sich Auserwähltheit ja nur im Leiden und im Schmerz zu dokumentieren. Der Eindruck verwischte sich lange nicht, bewirkte lang, daß Etzel im Umgang mit Lorriner zarter und rücksichtsvoller war als gegen die meisten andern Menschen. Er setzte eben alles daran, wider sein rebellisch werdendes Gefühl, wider sein zunehmendes Wissen, zuletzt wider den Augenschein, sich das Bild rein zu erhalten. Die Folge war eine wachsende innere Unruhe, beständiges Schwanken, quälende Uneinigkeit mit sich selbst. Was zieht ihn denn immer herunter, wenn er im Begriff ist zu fliegen? fragte er sich und biß vor Wut in seine Fingerknöchel, Rückfälle in eine Bubengewohnheit; es ist, als ob er sich selber feind wäre, es ist, als ob der Wind in ein Feuer schlüge. Suchend und spähend, kam er auf eine Fährte. Ein großer Teil von Lorriners Leben schien mit seinen erotischen Beziehungen ausgefüllt. Es war ziemlich schwierig, dahinterzukommen, nichts lag am Tage, nichts war frei und offen, es war auch keine Leichtigkeit darin, kein Leichtsinn, alles dunkel, schwül und versteckt. Mit der ihm eigenen Beharrlichkeit verfolgte Etzel systematisch die verschiedenen Spuren. Den Anstoß hatte ihm ein Notizbuch gegeben, das er eines Tages in Lorriners Bude, als er auf ihn wartete, in einer offenen Schublade liegen sah. Er blätterte kaltblütig drin herum und stieß auf eine seitenlange Reihe weiblicher Vornamen, vom Familiennamen nur der Anfangsbuchstabe, dann die Wohnungsadresse und bei den meisten ein Kreuz am Rande, wodurch offenbar dargetan war, daß die Betreffenden ausgespielt hatten, das Kreuz war ein Grabkreuz. Es erinnerte ein wenig an das Memorial eines Provinz-Don-Juans oder gewerbsmäßigen Heiratsschwindlers. In seinem schmerzlichen Drang nach Aufhellung dieses komplizierten Charakters ging er mühselige Wege, auf denen wir ihm nicht folgen wollen. Schwer, diese Geschöpfe mitteilsam zu machen, die trotz der erlittenen Enttäuschungen noch an dem Manne hingen, der sie um alles betrogen hatte. Etzel kam sich selber wie ein Verführer vor, wenn er sie mit vieler List zum Reden brachte, und wie ein Geheimagent, wenn er bei Nachbarn, Mietsfrauen und Brotgebern Erkundigungen über sie einzog. Er war sehr bestürzt über das Gesamtergebnis, sehr deprimiert. Peinlich der Vorgang, klein und banal die Mittel. Wie wenn einer in sturem Vernichtungstrieb sich darauf verlegte, Existenzen zu knicken. Immer nach demselben Schema, immer dieselben Schwüre, dieselben glühenden Briefe, die gleiche Dauer sogenannten Glücks, das gleiche Ende im Stil eines Rührstücks mit veralteten Effekten, die nur darum glaubwürdig wirken, weil sie sich wirklich ereignen: eine Schwangere, die ins Wasser geht, eine von den Angehörigen Verstoßene, die zur Dirne wird, eine verzweifelte Siebzehnjährige, die mit blutiger Rache droht, eine Eifersüchtige, die der Nebenbuhlerin Vitriol ins Gesicht schüttet. Die Opfer gehörten sonderbarerweise nicht dem Proletariat an, es waren fast ausschließlich junge Mädchen aus kleinbürgerlichen Familien, Töchter von kleinen Beamten und Kaufleuten, Zöglinge von Schauspiel- und Musikschulen in der Vorstadt, junge Fürsorgerinnen, zumeist unschuldige, unverdorbene Dinger, auf deren Verschwiegenheit und Ergebenheit er bauen durfte und die ihm wehrlos zufielen, eine nach der andern, wie durch Ansteckung. Sie waren um dreißig Jahre hinter ihrer Zeit zurück; daß sie kniefreie Röcke und Seidenstrümpfe trugen, ins Kino gingen und Tanzdielen besuchten, war ein Anachronismus. Sie waren von keiner ausgeprägten Art, hatten keine höheren Gaben, liebe, sympathische Dutzendpersonen, die schlicht und fleißig dahinlebten, ein wenig wie Pflanzen, die an Orten wachsen, wo keine Sonne scheint. Solche zeitlosen Seelen gibt es viele,

Lorriner besaß die Witterung für sie. Es hatte etwas seltsam Gespenstisches.

Da war keine Ähnlichkeit, nicht die entfernteste, mit dem, was Etzel und alle seine Kameraden, alle jungen Männer, die er kannte, mit allen Mädchen und Frauen, die er kannte, verband. Der Fall regte ihn zum Nachdenken an. Wie ist es denn mit dir? fragte er sich und schaute sich prüfend in seinem Leben um, wie würde zum Beispiel ein anderer Etzel, ein Überetzel nehmen wir an, in der Sache über dich urteilen? Er suchte einen Punkt zur objektiven Betrachtung seines eigenen Ichs, erschreckt von dem Gedanken, er beurteile sich vielleicht viel zu nachsichtig. Er hat kein Talent zu einem heiligen Antonius, stellt er fest. In richtiger Erkenntnis der inneren Gleichgewichtsgesetze sorgt er dafür, daß die Versuchungen nicht zur Phantasiebelastung werden. Es läuft nicht allemal glatt ab. Es gibt Aufregungen, Wirrnisse, Mißverständnisse. Man muß unmotivierte Ansprüche zurückweisen und sich übertriebenen Erwartungen entziehen. Man darf sie nicht wecken, die Erwartungen, man darf sie auch nicht hegen. Sich jemand in den Kopf setzen ist schädlich. Er hat es bisher mit Erfolg vermieden. Er hat sich vor jeder Gefühlsbindung schwer gehütet. Ohne sich übermäßige Skrupel zu machen, hat er doch stets das fair play beobachtet. Er entsinnt sich nicht, daß es je zu einem sogenannten Bruch mit Lärm und Szenen gekommen ist. Das Wesentliche ist, daß man ohne Ausrufungszeichen lebt. Ausrufungszeichen sind aus der Mode. Man trennt sich in gegenseitiger Achtung, bei Wiederbegegnung lächelt man einander aus den Augenwinkeln freundlich wissend zu, über die Kluft hinweg, die die veränderten Umstände geschaffen haben. Er ist für Abwechslung. Eine einzige Nacht kann mehr bedeuten als zwanzig, die nachher kommen und sich abschwächen. Und das alles beruht auf Übereinkunft, auf freier Entschließung. (Später, in seinen Geständnissen gegen Kerkhoven, sprach er sich ja ähnlich aus. Da war es schon ein Programm, und dieses Programm befliß sich im Hinblick auf das Wort und den Begriff Liebe einer puritanischen Enthaltsamkeit, als käme »Liebe« für ihn so wenig in Betracht wie eine Reise mit der Postkutsche. In der Selbstverständlichkeit, mit der er von einem Gefühl keine Notiz nahm, es sozusagen totschwieg, das immerhin einige Jahrtausende hindurch die menschlichen Angelegenheiten beherrscht hatte, lag eine gewisse herzerfrischende, obschon unfreiwillige Komik.)

Ungeheuer fremd also, was sich ihm vom Leben Lorriners enthüllte. Abwegig und bedauernswert. Das Barbarische erweckt Mitleid. Er fand es wenigstens. Die verhehlte Brunst, das Aufspüren der Beute, die finstere Gier nach Seelenmord, die fixierte soziale Sphäre (so wie ein Raubtier sein bestimmtes Revier hat), die Roheit und Unfreiheit, es berührte ihn wie Rückfall in einen Urzustand, Verrat an der helleren Welt, die doch konstituiert werden sollte. Er sah keine Möglichkeit der Aussprache, zu fragen stand ihm nicht zu, zu richten stand ihm erst recht nicht zu, es war, wie es war, leider Gottes. Der Achtundzwanzigjährige ist ein fertiger Mensch, die sieben Jahre, die er voraushat, verleihen ihm eine materielle Autorität, in die Substanz kann man nicht eingreifen, moralische Verwirrung heißt schließlich nichts anderes als Fehlschlag der Natur, nur er selber kann sich dann korrigieren, kann sich dem gewandelten Verhältnis anpassen, allein das ist schon das Ende von Bewunderung und Enthusiasmus, ein trübes Wesen mit Vorbehalt und Kompromiß. Aber noch gab er Lorriner nicht auf, konnte es gar nicht, selbst wenn er es gewollt hätte, da waren zu viele Fesselungen, zu viel Gemeinsames, zu viel Verpflichtendes, zu viel Vertrautheit. Und zu viel Glaube. Es sei nicht Feigheit gewesen, rechtfertigte er später seine Haltung gegen Kerkhoven, er sei sich vorgekommen wie bei einer Gletscherbesteigung, da könne man auch nicht den Führer mir nichts dir nichts zurückschicken, weil einem vielleicht seine Nase nicht mehr gefällt, man muß weiter mit ihm, oder man kommt um. »Schlechter Vergleich«, antwortete Kerkhoven darauf, »umgekommen wären Sie auf ein Haar auch so, und der andere war's ja, der Sie im Stich gelassen hat.« Aber der große Arzt wußte natürlich Bescheid über die geheimnisvollen Hintergründe solcher Bindungen.

Er hatte es nicht für gut befunden, Lorriner die ganze Wahrheit über die Beweggründe mitzuteilen, die ihn zu Emma Sperling geführt hatten. Auch daß er sie schon drei Wochen kannte, hatte er verschwiegen. Ferner war er ihr keineswegs zufällig begegnet, wie er Lorriner glauben gemacht, sondern hatte ihr geschrieben, er müsse sie in einer wichtigen Angelegenheit sprechen. Er hatte ja seine Ohren überall, zwei- oder dreimal hatte er ihren Namen zusammen mit dem Lorriners und der Dokumentengeschichte nennen hören, und zwar immer mit ausdrücklicher Ausschaltung einer intimen Beziehung. Niemand fiel es ein, etwas anderes darin zu sehen als eine politische Fädelung, sei es, daß die Person Lorriners diesen andern Gedanken nicht aufkommen ließ – Menschen, die öffentlich wirken, haben ja ihre bestimmte Marke, sie stehen gleichsam unter einem allgemein angenommenen Vorurteil –, sei es, daß Emma Sperling es mit ihrer fabelhaften Geschicklichkeit verstanden hatte, einen solchen Verdacht von vornherein zu zerstreuen. Zudem hatten nur sehr wenige Menschen Kenntnis von dem Geschehnis, auch das Gerede war nur auf einen engen Kreis beschränkt. Etzel hatte triftigere Gründe als alle übrigen, nicht an eine Liaison zwischen Lorriner und der Tänzerin zu glauben, das schloß sich sozusagen chemisch aus, meinte er und hielt deshalb das ganze Gerücht für eine böswillige Erfindung; was sollte Lorriner (bei kaltem Blut also) zu einer solchen Kopflosigkeit bewogen haben, dazu war er viel zu gewitzt, viel zu mißtrauisch. Etzel wäre auch fürs erste gar nicht darauf verfallen, sich an Emma Sperling zu wenden, wenn er nicht Zeuge eines sonderbaren Auftritts geworden wäre, der sich in einer kleinen Bar im Westen abspielte. Er saß mit Lorriner, Lüttgens, dessen Schwester Hilde und einem gewissen Max Mewer an einem Tisch, als eine Gesellschaft von zwei Damen und zwei Herren eintrat, die sich ziemlich laut gebärdete, namentlich eine der Damen machte sich durch eine Lebhaftigkeit bemerkbar, die an Exaltation grenzte. Es war Eleanor Marschall, er lernte sie wenige Tage nachher kennen. Die andere war Emma Sperling, die von allen Gästen im Lokal neugierig angestarrt wurde. Da sie vor kurzem einen großen Erfolg gehabt hatte, war ihr Name in aller Mund, die illustrierten Blätter hatten ihr Bild gebracht, so war es kein Wunder, daß die Leute wußten, wer sie war. Als Lorriner ihrer ansichtig wurde, blieb ihm das Wort in der Kehle stecken, sein scheu auflodernder Blick glitt an ihr vorüber zu Eleanor Marschall, und während ihn Emma Sperling mit ihrem stereotypen Rätsellächeln musterte, ohne dabei mit einer Miene merken zu lassen, daß sie ihn kenne, malte sich im Gesicht ihrer Begleiterin ein intensiver Schrecken, freilich nicht länger als eine Sekunde, dann kehrte sie sich jäh einem der Herren zu und fuhr augenscheinlich verwirrt in einem begonnenen Gespräch fort. Weder eine Geste noch ein Blick der drei entging Etzel. Bis jetzt hatte außer ihm keiner der am Tisch Sitzenden etwas wahrgenommen. Das Eigentümlichste an ihm war, daß er seine Beobachtungen, denen es doch an Schärfe nicht fehlte, oft ganz unabhängig von den Augen machte, es mußte eine außerordentliche Reaktionsfähigkeit der Nerven sein, die ihn von geschehenen Veränderungen in seiner Umgebung unterrichtete, denn Gesichter, die durch die Weite eines Zimmers von ihm entfernt waren, konnte er schon nicht mehr unterscheiden. Er war jedoch gespannt, wie sich die Dinge entwickeln würden, und im Verlangen nach deutlichem Sehen nahm er unauffällig die Brille aus dem Futteral und setzte sie auf. Aus irgendeinem Grund mußte Hilde Lüttgens darüber lachen. Dieses Lachen war für Lorriner das Signal, von seinem Sitz aufzuspringen, so jäh, daß der Stuhl hinter ihm umfiel und, sie sowohl wie Andergast drohend anzustieren. Etzel begriff sofort, daß es sich um ein Scheinmanöver handelte, einen krampfhaften Ablenkungsversuch, und legte beschwichtigend seine Hand auf Lorriners Arm. Er spürte, wie der ganze Mensch von oben bis unten bebte. Lorriner schüttelte mit einer rabiaten Bewegung die Hand ab. Da sah Etzel, daß Nell Marschall, die ihnen Gesicht zu Gesicht gegenübersaß, den Blick mit einem beschwörenden Ernst auf Lorriner heftete, zugleich winkte sie ihm kaum merklich zu, wie wenn man jemand zu verstehen geben will, er führe sich auf wie ein Narr. Ei, die kennen sich also auch, ging es Etzel durch den Kopf. Lorriner griff nach seinem Hut und stürmte in größter Hast, wort- und grußlos, davon. Und noch etwas nahm Etzel wahr. Emma Sperling hatte sich zuerst neben Eleanor Marschall gesetzt. Dann schien es, als fühle sie sich unbehaglich. Es war offenbar das Benehmen Roderichs, das sie störte. Der junge Mensch schaute ihr unablässig wie entgeistert ins Gesicht. Sie erhob sich brüsk und wechselte den Platz. Sie saß nun mit dem Rücken gegen Etzels Tisch. Sie hatte den Pelzmantel anbehalten. Über dessen Kragen erhob sich ein schmaler Knabenkopf mit einer Knabenfrisur und kleinen rosigen, frechen Ohrmuscheln.

Emma Sperling zu einer stichhaltigen Aussage zu bewegen, war ein Kunststück. Was sie mit ihrer tiefen, heiseren Stimme sagte, wirkte ungemein treuherzig und zutraulich, dann wandte sie ganz langsam den Kopf zur Seite und machte ein Gesicht, als freue sie sich diebisch, daß man ihre Worte für bare Münze nahm. Wenn sie eine Zeitlang ernst geredet und Etzel ihr ernst zugehört hatte, brach sie plötzlich in ihr Baßgelächter aus und rief begeistert: »Das haben Sie geglaubt? Wirklich? Aber Sie sind ja ein Eselchen, Sie sind ja ein ganz entzückender kleiner Idiot!« Etzel stellte sich, als sei ihm ein so widerspruchsvolles Wesen noch nie vorgekommen, ging eifrig auf alles ein, schien in naiver Weise düpiert und hingenommen, auf einmal tat er maßlos erstaunt, wie wenn ihm ein Licht über ihren interessanten Charakter aufgegangen wäre, und verlautbarte den Umschwung seiner Meinung durch eine beiläufig klingende Bemerkung, die der Überraschten vor Ärger das Blut in die Wangen trieb, weil sie sich durchschaut und selber gefoppt fühlte. Dann schmollte sie und versuchte es mit einer neuen Harlekinade. Sie war ihm gewachsen, vielleicht sogar über. Er spürte es gleich. Aber mit ihrem urwüchsigen Weiberinstinkt, dem Instinkt einer Paria, die sich mit zusammengebissenen Zähnen hat durchsetzen müssen, erkannte sie den ebenbürtigen Gegner.

Der Beginn war komödienhaft. Sie hielt ihn für einen Reporter, der sie interviewen wollte. Er ließ sie eine Weile dabei.

Als er fand, daß sie sich mit dem hochtrabenden Getue eines frischgebackenen Stars genügend lächerlich gemacht hatte, sagte er trocken, er sei ein Analphabet, könne kaum einen Brief schreiben, geschweige einen Zeitungsartikel und hoffe, sie werde sich mit seiner Bewunderung unter vier Augen begnügen. Sie platzte beinahe vor Zorn, mußte aber trotzdem lachen. Die Mischung von Hanswurst und Wildkatze trat in all ihren Lebensäußerungen zutage. Sie erfaßte jede Situation blitzschnell wie ein Tier, das gewohnt ist, sich gegen erfahrene Verfolger zu wehren, und seinen Ehrgeiz darein setzt, es auf möglichst geschmeidige und erfinderische Manier zu tun. Ihre lärmende Vitalität fiel ihm auf die Nerven. Wenn sie mit ihrer Jungfer herumschrie oder die Friseurin wegen einer Unpünktlichkeit abkanzelte, erinnerte sie an ein leicht angetrunkenes Marktweib. Sie hatte auch nicht mehr Erziehung als ein Marktweib. Obenauf lag ein bißchen gesellschaftliche Tünche. Wenn sie mit Menschen beisammen war, die sich gegen ihre Hemmungslosigkeit empfindlich zeigten, übertrieb sie sich noch. Mit Frauen vertrug sie sich leidlich, ihre Grundeinstellung gegen Männer war eine bacchantische Verachtung. Sie hielt jeden Mann für eine Art Mißgebilde, töricht, leichtgläubig, überheblich und weitaus lasterhafter, als irgendeine Frau sein konnte. Ein Geschlecht, das die Stirn hat, die Welt regieren zu wollen, und sie so auf den Hund bringt, daß man am liebsten drauf spucken möchte, verdient doch nicht, daß man es ernst nimmt, pflegte sie zu sagen. Über Etzel machte sie sich zunächst bloß lustig, war wütend, daß er immer wieder kam, und bedeutete ihm, er möge sie ungeschoren lassen, er sei ihr »höchst assommant«. Dann gewöhnte sie sich an seine Besuche, war sogar ungehalten, wenn er einmal ausblieb, dann erfuhr sie von Nell Marschall, die wieder von ihren jungen Freunden unterrichtet war, Dinge über ihn, die sie veranlaßten, ihn mit andern Augen zu betrachten. Aber sie traute der Sache nicht recht. »Sie sollen ja ein so rares Exemplar sein«, sagte sie eines Tages, »alle Leute behaupten es.« Er schien verwundert. »Rar? Wieso? Ich bin gar nicht rar. Ich bin sehr häufig.« – »Ich verstehe nur eins nicht . . .

wenn wirklich was los ist mit Ihnen, warum hängen Sie sich denn an ein Subjekt wie den Lorriner?« – »Vielleicht hilft er mir zu meinem Fortkommen.« – »Unsinn, damit verplempern Sie doch nur Ihre Zeit.« – »Ich hab' unmenschlich viel Zeit. In der Beziehung bin ich ein Rockefeller.« – »Was jeden andern zugrund richtet, kann doch nicht zu Ihrem Fortkommen dienen. Ausgerechnet der.« – »Ich bin eine Ausnahme, Spatz. Es ist alles umgekehrt bei mir. Mein Leben ist in Spiegelschrift geschrieben ...« Sie schaute ihn verdutzt an. In ihren Augen flimmerte eine träge Begehrlichkeit, als wolle sie sagen: Man könnte es mal mit dir probieren. In seinem Blick hingegen lag die Antwort: Ich sag' nicht nein, aber zuerst will ich Bescheid haben, vor allem will ich die Wahrheit über die Geschichte mit Lorriner wissen. Die Person ließ ihn nicht kalt. Er dachte es sich nicht ohne Reiz, eine Woche lang ihr Geliebter zu sein. Vorläufig studierte er sie noch, dann würde man sehen. Alles nach der Reihe. Ihre Herkunft, Lebensführung, Gewohnheiten und Neigungen beschäftigten ihn zum Zweck der Artbestimmung wie einen Käfersammler, der einen noch nicht klassifizierten Deckflügler gefunden hat.

Sie war polnischen Ursprungs, war aber schon als Kind, Kriegskind, nach Deutschland verschlagen worden. Der Vater war Uhrmacher gewesen. Sie war im Elend aufgewachsen. Sie erzählte es stolz. Sie erzählte unter anderm, daß sie als Achtjährige drei Stunden durch den Schnee marschiert sei, weil ihr die Gutsfrau ein Korallenhalsband zu Weihnachten versprochen hatte. Ihre Eltern waren seitdem in die Stadt gezogen, niemand hatte ihr die Korallen gebracht. Als sie hinkam, war die Gutsherrschaft tot, vom Schloß waren nur rauchende Trümmer übrig. Einer der kampierenden Soldaten labte sie mit Branntwein, der Leutnant schenkte ihr eine Pelzjacke, die er von einem Berg von Kleidungsstücken nahm und die ihr viel zu groß und zu weit war, so daß sie eine Schleppe hinter ihr machte. Aber sie fühlte sich märchenhaft glücklich. Daher rührte ihre Leidenschaft für Pelzwerk.

Alles ist erobert in ihrer Existenz, alles auch gesetzlos, das

Gestern zählt nicht. Ihre Unordentlichkeit ist einer Zigeunerin würdig. Den ganzen Tag sucht sie ihre Sachen. Beim Aufstehn sucht sie ihr Hemd, im Bad die Seife, bei der Toilette den Schminktiegel, beim Ausgehen die Ringe. Die Zimmer sehen aus wie Jahrmarktsbuden vor dem Abbruch. Ihre Rechnungen bezahlt sie gar nicht oder zweimal. Mit dem Geld ist es überhaupt ein Jammer. Sie weiß nie, wieviel sie besitzt und was sie ausgegeben hat. Wenn nicht ehrliche Leute um sie sind, ist sie verloren. Am Tag, wo sie ihre Gage erhält, versteckt sie eine Handvoll Noten in die Matratze, eine andre in einem Blumentopf oder in einer alten Zigarettenschachtel, braucht sie dann das Geld, so wirft sie alles in der Wohnung verzweifelt durcheinander, und wer zu ihr kommt, muß suchen helfen. Jedem, der sie darum angeht, leiht sie oder schenkt sie, aber weniger aus Gutherzigkeit als aus Großmannssucht und Gedankenlosigkeit. Ebenso gedankenlos nützt sie andere aus, und was man ihr nicht freiwillig gibt, fordert sie ohne die Spur von Scham. Zehn Jahre hat sie von Wurst und Käse gelebt, jetzt will sie Austern und Kaviar haben, natürlich auf fremde Kosten. Sie hat die seltsamsten Gepflogenheiten. Zum Beispiel wandert sie, wenn sie allein ist und sich langweilt, im Zimmer auf und ab, macht einer imaginären Person eine lange Nase und schneidet die scheußlichsten Grimassen. Fast jede Woche hat sie ihren melancholischen Tag, da läßt sie niemand zu sich, verhängt die Fenster, schminkt sich eine Dumme-August-Fratze zurecht und sitzt stundenlang am Klavier, mit dem Zeigefinger Melodien zusammenstoppelnd. Außer einer etwas negerhaften Putzsucht hat sie keine besonderen Passionen, ihr Erfolg als Tänzerin beruht mehr auf Clownerie als auf Kunst, trotz ihrer Robustheit ist sie hypochondrisch, medizinische Bücher sind ihre Lieblingslektüre, wenn sie sich in den Finger schneidet, wird sie ohnmächtig. Sie hält sich nicht für schön, aber sie weiß um den Zauber ihres Lächelns und der zwei Wangengrübchen, den Perlmutterglanz ihrer Haut und die sinnliche Ausstrahlung ihres Körpers. Von der Liebe hält sie nichts, hie und da ist sie der Anlaß zu einer Vergnüglichkeit, sonst lediglich ein Mittel,

Karriere zu machen. So widerwärtig ihr der Gedanke an eine
Ehe ist, einen Grafen zu heiraten wäre sie nicht abgeneigt.
Primitiv. Aber solche Geschöpfe sind primitiv.

Anfangs leugnete sie, mit Lorriner überhaupt zu tun gehabt
zu haben. Sie habe ihn ein paarmal bei Nell Marschall gesehen,
wo sie ihn auch kennengelernt, das sei alles. Das Gerücht über
die Dokumente gehe auf ihren freundschaftlichen Verkehr mit
einem Generalstabsoffizier der Reichswehr zurück, dessen
Name in einem Spionageprozeß viel genannt worden sei. Etzel
konnte ihr jedoch beweisen, daß sie innerhalb einer gewissen
Zeit fast täglich mit Lorriner beisammen gewesen war. Und daß
sie außer mit jenem Offizier auch mit einem berüchtigten
Spitzel, der im Sold einer Rechtsfraktion stehe, lebhaft verkehrt
habe. Zum Beispiel sei sie mit ihm in Leipzig gesehen worden.
Sie preßte trotzig die Lippen aufeinander. Sie sagte, es könne
bald der Moment kommen, wo sie seiner Impertinenz satt sei,
dann werde sie ihn im Bogen hinauswerfen. Er schaute sie groß
an. »So«, sagte er. Mit kurzem gestoßenem o. Weiter nichts.
Sie kannte den Grund seiner Hartnäckigkeit. Eines Tages riß
ihr die Geduld. »Dein Lorriner ist ein Schwein«, fuhr sie ihn
an, »ich lass' ihn grüßen und ihm sagen, er ist ein Schwein.
Wenn du dann noch weiter vor ihm auf den Knien rutschen
und ihn als gottähnlich verehren willst, weißt du wenigstens,
wie ich darüber denke.« Und in der unverkennbaren Absicht,
Etzel alle Illusionen auf einmal zu rauben, setzte sie ihm mit
grausamem Hohn auseinander, daß Lorriner die Papiere für
zehntausend Mark ausgeliefert habe, einen genauen Umsturz-
plan mit topographischen Karten und einer Proskriptionsliste,
die vierhundert Namen enthielt. Etzel blieb ruhig. »Aufgelegter
Schwindel, Spatz. Erstens, was soll Lorriner mit dem Geld
gemacht haben, wo soll es hingekommen sein? Für sich hat er
jedenfalls keine Verwendung dafür. Zweitens ist er einer solchen
Gemeinheit nicht fähig, das weiß jedes Kind, auch nicht, wenn
man ihn vorher in Alkohol legt. Was steckt dahinter? Rede,
Spatz, oder du wirst es bedauern. Wirklich, du wirst es bedau-

ern.« Sie sagte: »Schluß mit Jubel. Drohen kannst du deiner Waschfrau.« Er redete ihr ins Gewissen. Er schmeichelte, er verlangte Angaben im einzelnen und hielt ihr deren Unwahrscheinlichkeit vor, bis sie schließlich, in die Enge getrieben, zugab, es habe sich nicht um eine so große Summe gehandelt, es sei ein Gedächtnisfehler. Kurzum, die zehntausend Mark schrumpften auf fünfhundert zusammen. Etzel lachte ihr ins Gesicht. »Und du meinst, ich soll glauben, ein Lorriner verkauft seine Seele für fünfhundert Mark?« rief er. »Was steckt dahinter, Spatz, was steckt dahinter?« Sie beharrte. Sie könne nichts anderes sagen. Er habe sich damals in einer scheußlichen Klemme befunden. Gelder, auf die er seit Monaten gewartet, seien ausgeblieben, eine Familie, der er Unterstützung versprochen, sei am Hungertod gewesen, er selber krank, kaum imstande, sich aufrecht zu erhalten. Es klang zumindest plausibel. Ob er ihr die Originaldokumente übergeben habe oder nur Abschriften, oder sie nur Einblick habe nehmen lassen, forschte Etzel wie ein Untersuchungsrichter. Sie wand sich und wollte sich nicht mehr erinnern können.

Was steckte also dahinter? Der Plan, den er schon bei dieser Gelegenheit erwog und den dann Lorriner, mit einer Geste bloß, aber wild genug zurückwies, nämlich ihn Emma gegenüberzustellen, ließ sich nicht durchführen. Da hätte er ihn und sie gefesselt zueinander bringen müssen. So viel war ihm alsbald klar: auf Seiten Lorriners war eine unsinnige, geradezu verrückte Leidenschaft im Spiel. Müde der billigen Eroberungen und einer Gleichförmigkeit der Abenteuer, die seiner trüb und unruhig flackernden Sinnlichkeit keine neue Nahrung mehr gab, war ihm Emma (Tänzerin! Künstlerin!) wie die Erscheinung aus einer andern Welt in den Weg getreten. Daß der finstere, in seinen Trieben so eindeutige Mensch bei der kapriziösen, herzenskühlen und gesellschaftlich streberhaften Emma kein Gehör gefunden, daß sie seine Huldigung verlacht, sein Werben verspottet und ihn zuletzt, da ihr jede Art von Besessenheit schreckhaft und zuwider war, hart hatte ablaufen lassen, daran war nicht zu zweifeln, es ließ sich aus den Charakteren rekonstruieren. Nicht ganz erklärlich war ihr unversöhnlicher Haß gegen ihn. Ihr war ja nichts zuleide geschehen, *ihm* hatte sie Leid zugefügt, und im Übermaß, nicht nur indem sie sich ihm in einer Weise verweigert hatte, als wäre sie ein unnahbarer Engel (daher rührte wohl auch die schwärmerische und reichlich komische Überzeugung Nell Marschalls von ihrer »Unschuld«), sondern auch dadurch, daß sie sich zum Lockvogel bei einer politischen Zettelung gemacht und allen Widerwillen vergessen hatte, um sich zur Delila herzugeben, die einen unbequemen Simson entmannt. Es sah beinahe aus, als habe sie nebst diesem niedrigen Auftrag noch den andern erhalten, ihre beleidigten und geschändeten Schwestern an ihm zu rächen. So was gibt es. Es gibt Solidarität des Geschlechts. Da hätte er ja dann seinen Lohn dahin, sagt sich Etzel, Don Quichotte der Gerechtigkeit, der er ist. Wenn er es auch um keinen Preis wahrhaben will, daß Lorriner, wie Emma behauptet, ein Unheil für die Welt und insbesondere sein, Etzel Andergasts, Verhängnis sei, in der einen Sache, wo sie selber nicht weiß, daß sie ein Werkzeug der Vergeltung ist, muß er still sein und die Augen niederschlagen. Er kann sich nicht recht rühren. Er kommt unter die Räder und wird überfahren.

Nun die Ereignisse, die zu Roderich Lüttgens' Selbstmord führten. Zwei oder drei Tage nach der Auseinandersetzung mit Lorriner, in deren Verlauf er hatte zugeben müssen, daß er in Verbindung mit Emma Sperling stehe, fiel Etzel das gedrückte Wesen Roderichs auf. Direkte Fragen und freundschaftliches Zur-Rede-Stellen hatten zunächst keinen Erfolg, der andere verschloß sich ängstlich. Er mußte seine gewohnten Umwege gehen und sich aufs Beobachten verlegen. Da ergab sich denn, daß der Mensch heillos in Emma Sperling verschossen war. Auch der. Wie die alle hineinsausten. Betrübliche Duplizität. Man kann doch nicht die Kinderfrau machen. Der Teufel hol dich, Spatz. An jenem Abend in der Bar war das Malheur geschehen. Von da an war er jeden Abend, an dem sie auftrat, im Theater. Nach der Vorstellung wartete er zwischen Ladenmädchen,

393

Handlungsdienern und ähnlichen Enthusiasten am Bühnen-
ausgang, um sie im Vorüberhuschen zu sehen. Täglich schickte
er ihr, ohne sich zu nennen, Blumen in die Garderobe, eine
Ausgabe, die über seine Verhältnisse ging. Durch Jessie Tinius,
die sich nun mit seiner brüderlichen Freundschaft begnügen
mußte, wurde er in die Siedlung eingeführt und machte die
Bekanntschaft Eleanor Marschalls. Eines Tages traf er Emma
bei ihr. Sie beachtete ihn kaum. Sie kam ziemlich regelmäßig
zu Nell, das heißt dorthin, wo Nell war, mit dieser konnte man
nicht allein sein, stets war eine Korona von Anhängern, Helfern
und Hilfesuchenden um sie versammelt. Lüttgens fehlte nie.
Er saß in einem Winkel und sprach kein Wort. Für ihn war nur
Emma vorhanden. Je mehr seine Verliebtheit wuchs, je aus-
sichtsloser erschien sie ihm. Er beging die üblichen Dummhei-
ten, schrieb Briefe von zwanzig Seiten Länge, die er nicht abzu-
schicken wagte, stand halbe Nächte vor ihrem Haus in der
Matthäikirchstraße und schaute zu den Fenstern empor, machte
Gedichte und kaufte alle Bilder von ihr, deren er habhaft werden konnte. Doch es war ein tiefes Gefühl, eins, das den
Menschen trägt und wandelt, nicht sinnliche Behexung wie
bei Lorriner, noch weniger eine verspätete Jugendtorheit. Das
eben übersah Etzel, als er wußte, wie es um den Freund stand;
denn schließlich eröffnete sich ihm Roderich doch. Merkwürdiges Geständnis, er lag auf dem Bett, die Hände im Nacken
gefaltet, und sagte, wie ihm zu Sinn sei, die Zukunft verdunkelt,
das Herz wund, ganz, ganz hoffnungslos, aber bei alledem war
er gefaßt, beinah heiter und nahm es als Schicksal. So hatte
Etzel eine kleine Entschuldigung dafür, daß er die Art dieser
Ergriffenheit so leichtfertig verkannte. Ihm war dergleichen
nie passiert und würde ihm wahrscheinlich nie passieren, folglich sah er keine Realität darin. Jedoch dauerte ihn Roderich,
er tröstete ihn nach Kräften und machte ihn aufhorchen, als er
ihm sagte, er solle nicht den Kopf hängenlassen, er, Etzel, halte
es durchaus nicht für ausgeschlossen, daß ihm geholfen werden
könne. Andern Tags sagte er zu Emma Sperling: »Du, Spatz,
da ist einer, ein sehr guter Freund von mir, der verliert aus

Liebe zu dir den Verstand, nimm dich doch ein bißchen seiner an.« Am folgenden Sonntag, nach dem Theater, brachte er Roderich zu ihr. Emma hatte unterdessen erfahren, daß Lüttgens der Unbekannte war, der ihr so oft Blumen geschickt, das rührte sie. Es stimmte sie gnädig. Sie sah einen jungen Menschen vor sich, dem sie alles bedeutete, was es Hohes und Schönes auf der Welt gibt, dessen Gesicht ein einziges Leuchten war, wenn sie ihn bloß anschaute, der zudem nach was aussah und einen populären Namen trug; schmeichelhaft. Sie fand es über die Maßen spaßig, daß Andergast sich so eifrig für den Freund einsetzte, in frivoler Gefallsucht schürte sie die Glut, statt sie niederzuhalten, gewährte kleine Freiheiten, entzog sich wieder, und einmal, als mehrere Freunde, die den Abend bei ihr verbracht hatten, gegangen waren, gab sie ihm ein Zeichen und behielt ihn bei sich. Damit war auch schon alles zu Ende. Sie empfing ihn nicht mehr. Sie wollte ihn nicht mehr sehen, wollte nichts mehr von ihm hören. Etzel fragte sie verwundert, was denn vorgefallen sei, weshalb sie ihm ohne ersichtlichen Grund den Laufpaß gegeben. Sie erwiderte brutal: »Soll ich ihn vielleicht zu meinem Favoriten auf Lebenszeit ernennen, deinen verliebten Kapaun? Leute mit Nervenkrisen gehören ins Sanatorium und nicht zu mir ins Bett.« – »Versteh' ich nicht, Spatz. Er hat doch ein Mädel. Du hättest Geduld mit ihm haben sollen . . .« Da lachte sie wie toll, warf sich in den Handstand und baumelte mit den Beinen vor seiner Nase herum, daß er zurückfuhr. »Laßt wohlbeleibte Männer um mich sein, die nachts gut lieben, und keine hysterischen Schulbuben«, quäkste sie ihm vom Boden herauf zu.

Lüttgens war zwei Tage lang verschwunden. Er hatte einen Zettel in Etzels Stube gelegt, worin er ihn bat, den Eltern gegenüber sein Wegbleiben mit einer Ausrede zu erklären. Als Etzel ihn wiedersah, war er fast nicht zu erkennen. Schlottrig, hohlwangig, wie einer, der ein Verbrechen auf dem Gewissen hat, kam ins Zimmer, reichte Etzel nicht die Hand, stand da, schaute stumm vor sich hin. »Wo kommst du her?« fragte Etzel. – »Von Lorriner.« – »Von Lorriner? Ich war gestern bei ihm,

395

er hat nicht dergleichen getan . . .« – »Ich bin erst abends zu ihm gekommen. Hab' auf seinem Sofa geschlafen.« – »Und was geschieht jetzt? Du siehst aus, als seist du schon wieder auf dem Sprung.« – »Nein, ich muß auf Vater warten. Hab' mit ihm zu sprechen.« – »Wegen Lorriner am Ende?« – »Ja.« – »Was denn?« – »Kann's nicht sagen.« – An der Tür drehte sich Roderich wieder um, schien unschlüssig und bedrückt, fragte dann: »Sag mal, Andergast, hast du eigentlich was mit Hilde?« – »Warum?« – »Antworte zuerst.« – »Gott . . . wir haben uns ganz gern. Ist nichts Ernstes. Mach dir keine Sorgen.« – »Nichts Ernstes«, murmelte Roderich bitter, »das ist es ja . . . nichts Ernstes . . .« – »Was meinst du? Sprich dich doch aus.« – Und jener gequält, mit irrendem Blick: »Ich meine . . . weil es so ist . . . weil wir so leben . . . Nichts Ernstes . . . so gemein leben wir . . .« und mit einer Wendung ins Saloppe: »Na, behüt dich der Himmel, Alter. Können wir uns abends noch sehen?« – »Ja. Können wir.«

Zwischen fünf und sechs Uhr an diesem elften März fand das Gespräch zwischen Vater und Sohn Lüttgens statt, das auf den Entschluß Roderichs, zu sterben, nicht weniger Einfluß hatte als seine unglückliche Leidenschaft und in deren Verlauf die schrecklichen Eifersuchtsszenen, die ihm Jessie Tinius machte. Von diesem Gespräch erfuhr Etzel erst eine Woche nach der Katastrophe, eine Andeutung Hildes veranlaßte ihn, Doktor Lüttgens aufzusuchen, der um diese Zeit wieder leidlich hergestellt war und nicht zögerte, ihm den Inhalt des Gesprächs mitzuteilen. »Mein Sohn hat damals von mir verlangt, ich solle Jürgen Lorriner in meiner Zeitung rehabilitieren«, berichtete er mit seiner kränklichen verbrauchten Stimme; »Roderich war durchdrungen davon, daß es gefälschte Papiere waren, die man Lorriner herausgelockt. Lorriner scheint ihm diese Überzeugung beigebracht zu haben, so als ob es sich um eine bewußte Irreführung der Regierung gehandelt hätte. Derartige unsaubere Köder, durch die eine Partei die andere zu Unbesonnenheiten verlocken will, sind ja in unserm politischen Leben an der Tagesordnung. Auf meinen Einwand, daß in diesem Fall

Lorriners eigene Leute für ihn eintreten müßten, antwortete
Roderich, das habe Lorriner verschmäht, er habe selber das
Tischtuch zerschnitten. Die Gründe wußte Roderich nicht, auch
ich kenne sie bis heute nicht, aber um der bloßen Sensation
willen und ohne schlagende Beweise konnte ich Lorriner das
Blatt nicht zur Verfügung stellen. Ich bin ja verantwortlich.
Sein Artikel hat mir vorgelegen. Roderich hatte ihn mir gebracht. Eine fulminante Schrift, außerordentlich geschickt in
der Verteidigung wie im Angriff. Wir hätten damit möglicherweise eine bedeutende Kraft zu uns herüberziehen können. Ich
hatte das Vertrauen nicht. Ich mußte ablehnen. Mein armer
Junge schien sich Lorriner gegenüber verpflichtet zu haben, er
geriet in schreckliche Erregung, zum erstenmal gab es zwischen
uns böse Worte . . . Aber ich konnte ihm nicht zu Willen sein.
Ich konnte nicht.« Er schwieg und zupfte nervös an seinem
grauen Bart. Etzel erinnerte sich plötzlich an die überschäumende Lustigkeit Roderichs am letzten Abend seines Lebens.
Solche Lustigkeit (oder Lust?), Aufhebung der Schwere, kommt
wohl erst über den Menschen, wenn er ganz mit sich im reinen
ist, dachte er. Keine Emma Sperling mehr, kein Lorriner, keine
Hilde, keine Jessie, kein unerbittlicher Vater, kein blöder, blinder Etzel Andergast mehr: Frieden. Unflat, Dummheit, Stunk
und Krach im Rücken, vor sich: Frieden. Das macht offenbar
lustig. Aber Roderichs Tod zeigte sich nun in einem neuen
Licht, vielmehr, es kam ein Licht hinzu. Es sind eben viele
Stöße nötig, um einen Menschen so weit zu bringen.

Vorerst konnte er weder klar denken noch planmäßig handeln.
Die Katastrophe mit Roderich lag ihm in den Knochen wie
eine schlecht überstandene Krankheit. Daß er so ahnungslos
gewesen und dann vor der vollzogenen Tatsache mit offenem
Maul gestanden war, bäh, das wurmte ihn, beschämte ihn und
schraubte sein Selbstgefühl auf den Nullpunkt herunter. Wozu
bin ich denn gut, klagte er in sich hinein, wenn sie sich vor
meinen sehenden, allerdings miserabel sehenden Augen die
Hirnschale zertrümmern, weil sie Dinge für unwiderruflich

halten, die man mit einem Minimum von Grütze einrenken kann, wozu bin ich denn gut, wenn sie mir nichts dir nichts die Flinte ins Korn werfen und es nicht mal der Mühe wert finden, einem richtig adieu zu sagen, bevor sie sich trollen. Kurzum, seine Verzweiflung war groß, viel größer, als er merken ließ und als sogar Kerkhoven ermaß. Lorriner war für ein paar Tage nach Hamburg gefahren, er kam von dort mit den fertigen Plänen zu dem Putsch in Neukölln zurück, von dem gleich die Rede sein wird und der mittelbare Anlaß zu der schweren Kopfwunde war, mit der Etzel in die Anstalt Kerkhovens flüchtete. Es dauerte ziemlich lang, bis er Lorriners habhaft wurde, es schien, als ginge ihm der geflissentlich aus dem Weg. In der Tat wechselte Lorriner während dieser Zeit dreimal seine Wohnung, wahrscheinlich, um sich den polizeilichen Recherchen zu entziehen. Als er sich in der Glasgower Straße eingemietet hatte, kamen viele Leute zu ihm, die nicht aussahen, als sei es ihnen um ein Plauderstündchen zu tun. Er hatte einen scheuen Blick und war unstet wie eine Ratte. Eines Abends, nachdem sie eine halbe Stunde in einem gewittrigen Schweigen voreinander gesessen waren, fing Etzel an, von Lüttgens zu sprechen. Da sprang Lorriner auf, packte ihn an den Schultern, schüttelte ihn, daß ihm Hören und Sehen verging, und sagte mit hohl rasselnder Stimme: »Wußte gar nicht, daß du auch Kuppelgeschäfte betreibst, du Scheißkerl. Besser, du hältst die Fresse, noch einen Ton, und die Nase sitzt hinten.« (Er hatte also Wind bekommen von der Geschichte mit Roderich und Emma Sperling, hatte es die ganze Zeit in sich hineingewürgt. Wer mochte es ihm zugetragen haben? Vielleicht war ihm auch Roderichs Zustand aufgefallen, er hatte ja solche Macht über ihn besessen, daß es ihn keine Anstrengung hatte kosten können, ihn zum Beichten zu bringen.) Etzel erhob sich. »Hände weg!« befahl er leise. »Hände weg, sag' ich! Du kannst mir den Schädel einschlagen, wenn dich das freut und du mich dazu kriegst. In dem Fall hab' ich mich nur vorzusehen. Aber anrühren? Anrühren wirst du mich nicht mehr. Verstanden?« Lorriner wich in geduckter Haltung zurück. »Den Schädel einschlagen?«

murmelte er mit dem zerrinnenden Lächeln. »Du, das ist eine
glänzende Idee. Daran hab' ich noch gar nicht gedacht. Sieh
mal an, was das Männeken für Erleuchtungen hat.« – »Diese
Alternative interessiert mich aber nicht«, fuhr Etzel trocken
fort, »la guerre comme à la guerre. Was mich ausschließlich
interessiert, weißt du. Solltest du's vergessen haben, so wende
dich an den andern Lorriner, mit dem du zusammen schläfst.
Vielleicht sagt er dir's im Schlaf.« Lorriner zog die Schultern
bis an die Ohren, wollte antworten, bekam aber einen heftigen
Hustenanfall. Mitten im Keuchen stieß er die Worte hervor
(es klang als erbräche er sie): »Ich wollt', ich hätt' dich nie
erblickt. Ich wollt', du bliebst mir überhaupt vom Leibe.« –
Etzel warf sich auf einen Stuhl und bohrte die Hände in die
Hosentaschen. »War ja wieder ein Meisterstück von dir, den
armen Lüttgens ins Trommelfeuer zu schicken«, sagte er.
Lorriner fuhr herum, wagte aber nicht, etwas zu entgegnen.
»Jaja«, sprach Etzel weiter, »die guten ins Töpfchen. Nützliche
Sache. Man muß nur Dumme finden. Selber spielt man dann
den großen Mann.« (Wir werden diese Stimme noch einmal
hören, diese Tonart noch einmal, dann wird der Gehetzte, zur
Raserei gebracht, versuchen, dem Bedränger den Mund zu ver-
schließen, den Ausgang kennen wir ja.) Eine Weile herrschte
Schweigen. Lorriner ging auf und ab und wischte sich mit dem
Taschentuch die Stirn, die von dem Hustenanfall mit Schweiß
bedeckt war. Endlich sagte er: »Von deiner Welt zu meiner
Welt ist kein Weg. Das hätt' ich früher begreifen müssen. Ihr
tut alle nur so. Da ist und ist kein Weg.« – »Mag schon sein«,
erwiderte Etzel, »dafür sorgt ihr schon selber, daß keiner ist.
Der Haß kann nichts bauen.« – Lorriner blieb stehen. Er
streckte die Hand aus und sagte mit abgekehrtem Gesicht:
»Laß mich nicht im Stich. Mensch. Und wenn, dann nicht
grad jetzt. Vielleicht wirst du mit mir zufrieden sein. Nur kneif
nicht.« Zögernd ergriff Etzel die dargereichte Hand. Aber mit
dem Glauben war es vorbei.

Es gibt Erlebnisse, die in der Erinnerung wie Visionen sind, denn die echte Vision ist der Wirklichkeit an Kraft und Dauer überlegen. Sie drücken nicht bloß eine abgeteilte Zeit und ein spezifisches Geschehen aus, sondern einen Weltzustand. Das Irreführende der Nähe vergeht, ein umfassendes Gefühl von Schicksal bleibt. Wenn Etzel später an die Stunden zurückdachte, die er, mehr hingezogen als hingehörend, mehr schauend als tätig, im schrecklichen Getümmel des Aufruhrs verbracht hatte, erschien ihm das Bild eines Menschen, und dieser Mensch war er selber, der am ungeheuren Klöppel einer ungeheuern Glocke angebunden ist und mit dem nach rechts und links an die gewaltig tönende Metallwand schwingt.

Es war eine großangelegte Aktion. Daß Lorriner auf eigne Faust gehandelt hatte, stellte sich erst heraus, als der Anschlag mißglückt war und ihm diejenigen, die sonst mit ihrer Anerkennung nicht gekargt hätten, die Verantwortung in die Schuhe schoben. Auf einen Gewaltstreich kam es ihm an. Wenn er gelang, war seine Stellung gesichert, waren seine Sünden vergessen. Aber er begann schon mit dem Fehler, daß er sich zuerst an eine auswärtige Gruppe wandte und sich von dort Unterstützungsgelder verschaffte. Die Zentralleitung fühlte sich überrumpelt. Wichtige Befehle gingen über Nebenstellen, deshalb konnten zum Beispiel die Sturmabteilungen erst viel zu spät eingesetzt werden.

Von dem, was sich vorbereitete, hatte Etzel keine Ahnung. Er gehörte nicht zu den Eingeweihten, man hielt ihn nicht einmal für einen Parteigänger, man ließ ihn mitlaufen. Niemand nahm Anstoß an seiner unklaren Haltung, nicht bloß, weil ihn Lorriner deckte oder irgendein anderer, der gerade was zu sagen hatte, sondern weil das eben die Form war, die alle für ihn gelten ließen, stillschweigend, jetzt wie früher. Außerdem hatte er auch hier seine Freunde, die ohne Rücksicht auf politische Anschauungen zu ihm hielten, in Familien, auf den Arbeitsstätten, unter den Stemplern. Um halb sechs kam er zu Lorriner, als dieser mit mehreren seiner Leute, äußerst entschlossen aussehenden Burschen, seine Wohnung verließ. Lorriner gab ihm

400

einen Wink, ihnen zu folgen, unten stand ein Taxi, sie fuhren los. Von da an war alles Traum. In einer Seitengasse sind sie aus dem Wagen gestiegen, Lorriner und seine Leute sind verschwunden. Was ihm Lorriner zugerufen, hat er nicht mehr gehört. Eine tausendköpfige Menge hat ihn verschluckt, schiebt ihn weiter und weiter. Es riecht nach Kohlenrauch und Schweiß. Zuerst sind sie unheimlich ruhig, die Tausende, plötzlich steigt ein vereinigter Schrei aus der Masse empor, die Bewegung wird zum Krampf, alles stiebt nach allen Richtungen auseinander, die Straßenbeleuchtung erlischt, Etzel ist wie blind, tastet sich vorwärts, die Straße ist leer, in seinem Hirn spukt ein Reim herum, mit dem ihn seine Großmutter geneckt, als er ein kleiner Bub war: armer Etzel, ganz allein, muß in die weite Welt hinein. Panzerautos rattern in die verdunkelte Straße, die Mannschaft hochaufgerichtet, die Karabiner schußbereit im Arm. Es ist Weisung ergangen, daß in den Häusern kein Licht brennen darf, auf jeden, der sich am Fenster zeigt, wird geschossen. An den Mauern huschen Schatten entlang, in den Lichtkegeln der Scheinwerfer tauchen in fahlen Bündeln wutverzerrte Gesichter auf, Scharen von Halbwüchslingen drängen sich schrill johlend und pfeifend unter den Haustoren, auf den Dächern kauern Leiber, die sich gegen den düsterlohenden Himmel wie Aufsatzfiguren abheben, Schüsse kreuz und quer, explodierende Handgranaten, da und dort das dumpfe Kommando: Hände hoch, ein Platz, angestopft mit Ballonmützen, die tief über die Augen ihrer Besitzer gezogen sind und aussehen, als trieben phantastische Pflanzen auf einem finstern Wasser. Etzel geht ziemlich ruhig, ziemlich ungerührt durch die verrückte Hölle, mehrmals hat er das Gefühl, daß ihn die Kugeln durchlöchern, ohne daß er was merkt, er hat nicht acht auf Zeit und Weg, auf einmal wird er am Arm gefaßt, es ist eine junge Person, die bei der Roten Hilfe arbeitet, er kennt sie durch Hilde Lüttgens, sie zieht ihn schweigend vorwärts, in der Bergstraße schiebt sie ihn durch eine Tür in ein Lokal. Sie nimmt wohl an, daß er sich verlaufen hat und seinen Freund Lorriner sucht; wo der sich aufhält, weiß sie. Im Winkel

401

eines dielenartigen Raums brennen ein paar Kerzen auf einem langen Tisch, vor diesem sitzt Lorriner und schreibt. Er fertigt Befehle aus, junge Leute kommen und gehen, einige stehen um den Tisch herum, dies ist offenbar das Parteibüro, eine Art Hauptquartier, Etzel tritt an den Tisch und schaut und schaut, Hände auf dem Rücken, ein einziges Mal begegnet sein Blick dem Lorriners, und nachdem er eine ganze Weile geschaut hat, entfernt er sich wieder. Er trifft auf eine Kette von Schupoleuten, die ihn nach einigen Fragen passieren lassen, dann wandert er in tiefen Gedanken der Stadt zu. Bis Mitternacht treibt er sich planlos umher, dann fängt er an, Lorriner in verschiedenen Bars, Weinstuben und Caféhäusern zu suchen, wo sie einander zu treffen gewohnt sind. Er findet ihn nirgends. Gegen drei Uhr nachts stößt er zufällig auf einen gewissen Kahlbaum, es ist einer von denen, die Lorriner am Nachmittag abgeholt haben, der teilt ihm mit, daß Lorriner in einer Kneipe in der Windhuker Straße sitzt. Er geht hin. Es ist eine räucherige Stube, eine Kellerwirtschaft, keine Seele mehr da außer Lorriner. Er hat die Ellbogen auf die schmierige Tischplatte gestützt, den Kopf zwischen den Händen, grüßt nicht einmal, als Etzel sich zu ihm setzt, stiert bloß, seine Augen sind blutunterlaufen. Eine halbe Stunde vergeht, keiner redet eine Silbe, da erscheint der Wirt und setzt sie an die Luft. Nachdem sie etwa dreihundert Meter auf der völlig veröideten Straße gegangen sind, bleibt Etzel stehen und spricht in die Stille der Nacht hinein: »Also der feurige Ofen, das ist ein unbrauchbares Möbel, den wollen wir mal in die Rumpelkammer stellen, Lorriner. Hab mir's jetzt überlegt. Sehe ein, daß es schlauer ist, in der Direktionskanzlei zu hocken und mit dem Federhalter zu kämpfen als selber auf die Barrikaden zu steigen. Eklige Sache. Kann dir das nachfühlen. Bluten sollen die andern. Dazu sind sie da.« Herausforderung sondergleichen. Ihr offener Hohn entspringt der endgültigen, unheilbaren Enttäuschung. Neuer Bruch. Neuer Absturz. Es ist einer der Momente, wo sich innere Umwälzungen vollziehen, die sich erst nach langer Zeit auswirken.

Er hat Lorriner den Weg vertreten, schaut ihn von oben bis unten an, wobei seine Lippen beben, dann macht er kehrt, um allein weiter zu gehen. Lorriner stöhnt auf. Er langt in die Tasche, zieht den Schlagring hervor, holt aus und läßt ihn dreimal mit voller Wucht auf Etzels Hinterkopf niedersausen. Als der Hingestreckte sich nicht mehr bewegt, nickt der Meuchler befriedigt. Das Nicken bedeutet: Jetzt hab' ich Ruhe vor dir. Dann geht er gleichmütig weiter.

Etzel lag anderthalb Stunden bewußtlos auf dem Pflaster. Der Kopf hing über den Randstein. Kein Mensch ging während dieser Zeit vorbei. Als er aus der Ohnmacht erwachte, dämmerte es. Er kroch quer über den Bürgersteig, lehnte sich an die Hausmauer, verband sich notdürftig mit seinem Taschentuch und schleppte sich langsam bis zur Afrikanischen Straße, wo ihn eine vorüberfahrende Autodroschke aufnahm.

In den ersten Tagen, wo er ganz stilliegen mußte, war er bemüht, ein wenig Ordnung in sein Inneres zu bringen. Es war sehr notwendig. Es sah aus da drin wie in einem Magazin vor einer Versteigerung. Er dachte viel über Lorriner nach. Er empfand nicht den geringsten Groll gegen ihn. Er sagte sich: Urteilt man unvoreingenommen, so hat der Mensch in berechtigter Notwehr gehandelt. Wenn einer das mir tut und mir nicht von der Pelle geht und absolut einen Arnold von Winkelried aus mir machen will, was doch schließlich ein fauler Zauber ist, reißt mir wahrscheinlich auch der Geduldsfaden; bei Licht besehen, hab' ich mich aufgeführt wie ein Kamel; nichts zugelernt, die Realität der Dinge nicht begriffen. Als er so weit mit sich im reinen war, schrieb er einen Brief an Lorriner, sehr freundlich, sehr trocken, worin er ihm mitteilte, daß er den häßlichen Zwischenfall als ungeschehen betrachte, es aber im beiderseitigen Interesse für wünschenswert halte, daß sie einander nicht mehr begegneten. Dieser Entschluß wurde ihm natürlich durch den zunehmenden Einfluß, den der Umgang mit Kerkhoven und seine beruhigende Nähe auf ihn hatten, wesentlich erleichtert. Eine seltsame Verzagtheit hatte sich seiner bemäch-

403

tigt, ja, es kam vor, besonders in der Nacht, daß er sich einer herzeinschnürenden Angst zu erwehren hatte, als sei er dem nicht mehr gewachsen, was ihm bevorstand. Aus der Finsternis riefen Stimmen nach ihm, erst leise, dann immer lauter, erst mahnend, dann ungeduldig, dann befehlend. Er antwortete: Was wollt ihr, ich bin ja da, ich kneif' doch nicht, zuletzt bohrte er die Finger in die Ohren, um nicht mehr hören zu müssen. Zitternd, schweißnaß wartete er auf den Anbruch des Tages, und wenn es Tag war, wartete er sehnsüchtig auf Kerkhoven. Da er ein unglaublich feines Gehör hatte, erkannte und unterschied er seinen Schritt, sobald er den Korridor betrat, dann starrte er auf die Tür, sein Puls ging schneller und schneller, endlich öffnete sich die Tür, und die hohe Gestalt mit der wundervollen Stirn und den unsagbaren Augen erschien, ja sie *erschien* und verjagte den Nacht- und Dämmerspuk.

Nur der Auflockerung seines Wesens, die einen Instinktverlust bedingte, war es zuzuschreiben, daß er seinem Vorsatz, Lorriner nicht mehr zu sehen, untreu wurde und sich neuerdings in Gefahr begab, in größere als vorher. Durch Emma Sperling, die von Nell Marschall wußte, daß er in der Kerkhovenschen Anstalt war, erfuhr er, daß Lorriner sein Quartier verlassen und in der Siedlung Unterschlupf gefunden hatte. Lorriner hatte Ursache, sich eine Weile zu verstecken, der Überfall auf Etzel machte ihm noch die wenigsten Sorgen; von ihm hatte er keine Anzeige zu befürchten, daß er ihn anderswie verfolgte, schloß sich aus, auch wenn er ihn nicht fürs erste knockout geschlagen hätte. Nell Marschall nahm ihn mit offenen Armen auf. Sie traf die umsichtigsten Vorkehrungen für seine Sicherheit, brachte ihn sogar, um unliebsame Begegnungen zu verhindern, in einem entlegenen Raum ihrer eigenen Wohnung unter, wo sie ihn betreute und ihm in ihren freien Stunden Gesellschaft leistete. Sie bewunderte ihn mit dem ganzen Schwung, dessen sie wie wenig andere Frauen fähig war, außerdem lebte sie in bezug auf ihn und seine Existenz in einem Gespinst phantasievoller Fiktionen, die mit der Wirklichkeit kaum noch etwas zu schaffen hatten. Freilich war ihr

Verhältnis zu fast allen Dingen und Menschen so, durchaus illusionistisch, von einem vorsätzlichen Optimismus getragen; das hing mit ihrer amerikanischen Herkunft und Erziehung zusammen. Hätte ihr jemand den Beweis geliefert, daß sie ihre Begeisterung an einen Unwürdigen verschwende, sie hätte nur ein verächtlich-entrüstetes Lächeln dafür gehabt. Da sie ungewöhnlich klug und ebenso scharfblickend war, wußte sie vermutlich an einer heimlichen Stelle ihres Intellekts recht gut Bescheid, aber sie begehrte dieses Wissen nicht, sie ließ es nicht in sich aufkommen. Fiktion Nr. 1: Lorriner, das große politische Genie, das am Neid und an der Undankbarkeit der Zeitgenossen scheitert. Fiktion Nr. 2: Dieser große Mensch nicht nur verkannt, sondern auch umdüstert von einer tragischen Liebe, die ihn zur Entsagung zwingt. Dem Gegenstand dieser Liebe galt dann logischerweise die Fiktion Nr. 3: Emma Sperling, stolzes jungfräuliches Geschöpf, dessen einziges Lebensziel die Kunst ist, rührende Nachtwandlerin, die man nicht aus ihrem holden Trancezustand reißen darf. Wer darin ein zu bestimmtem Zweck errichtetes Lügengebäude sehen wollte, ginge in der Beurteilung einer solchen Natur sehr fehl, diese Dichtungen wurden mit unheimlicher Kraft festgehalten, sie waren ein Lebensbedürfnis, und nicht allein jede Kritik, auch jede Tatsache prallte machtlos an ihnen ab. Was Emma Sperling betrifft, so ließ sie sich die Idealisierung seelenruhig und vergnügt gefallen. Es wäre unpraktisch gewesen, die Märchengestalt zu zerstören, die sie für Nell darzustellen hatte; sie war Nell verpflichtet für vielfache Förderung, sie hielt sie für unermeßlich reich und war ihr auch in ihrer tierchenhaften Weise zugetan. Ihr widersprechen war ein Ding der Unmöglichkeit, auch konnte man ihr nicht gram sein, sie war die aufopferndste Freundin und fühlte sich nur glücklich, wenn sie helfen und sich für die Ihren einsetzen konnte. Aber man mußte offen erklären, daß man zu den Ihren gehörte. Man mußte es immerfort und bei jeder Gelegenheit erklären.

Sie war vielleicht der einzige Mensch, dem Lorriner Vertrauen schenkte. Ihre Anbetung duldete er mit einem paschahaften, etwas mürrischen Ernst. Ihre Vorhaltungen über sein unvernünftiges Leben, die zerstörerische Wildheit seines Temperaments hörte er schweigend an und schien bisweilen zerknirscht. Manchmal machte er ihr schwerwiegende Geständnisse, die bis zu einem gewissen Grad aufrichtig waren und durch die er sein Verlangen nach Selbstgeißelung befriedigte. Während der zehn Tage, wo sie ihn beherbergte, war er schlimmen Depressionen ausgesetzt, die unvermittelt in heftige Erregungszustände übergingen. Sie ahnte den wahren Charakter des Leidens nicht, sprach auch mit niemand darüber. Daß zwischen ihm und Andergast eine entscheidende Auseinandersetzung stattgefunden, erwähnte er gleich am ersten Abend; es ließ ihm offenbar keine Ruhe, er kam immer wieder darauf zurück und bekannte schließlich, daß die Sache nicht eben glimpflich für den jungen Menschen geendet habe. »Wie denn«, erkundigte sie sich atemlos, »erzähle.« Da erzählte er es. Nell erschrak gewaltig. Da er sich mit dem Tatsachenbericht begnügte, ohne sich auf die Beweggründe einzulassen, und sie ihn bei aller Verhimmelung von einem verbrecherischen Anschlag nicht ganz freisprechen konnte, blieb ihr nichts übrig, als die Reihe der Fiktionen um eine zu vermehren. Sie wußte von tiefgehenden Meinungsverschiedenheiten zwischen Lorriner und Andergast; ferner wußte sie, daß zwischen diesem und Emma Sperling eine Beziehung bestand, die, so unschuldig sie in Nells Augen war, dennoch für Lorriner (wie sie Lorriner sah) eine Quelle unerträglicher Seelenpein geworden sein mußte, so daß er schließlich die Besinnung verloren und sich von dem Rivalen, in zwiefachem Sinn Rivalen, zu befreien gesucht hatte. Aus diesen beiden Motiven erwuchs die Fiktion Nr. 4: Etzel Andergast, ein satanischer Geist, mephistoähnlich, der den Freund verriet und das ätherische Märchenwesen bedrohte. Diese Redaktion der Wirklichkeit bestimmte dann ihr Verhalten in den Unterredungen mit Kerkhoven.

Der Absagebrief Etzels versetzte Lorriner in eine unbeschreibliche Wut. Mit Schaum vor dem Mund schwor er, er werde dem Dreckbuben das Genick umdrehn, der Lump müsse erledigt werden, die erste Lektion sei vorbeigelungen, die zweite werde besser glücken. Aber gerade dieser Ausbruch legte die geheimnisvollen Fäden bloß, die ihn mit Andergast verbanden. In seinem Unbewußten hatte er auf Versöhnung gehofft; der, an dem er sich menschlich messen konnte, in dessen Aug und Sinn er gleichsam auferstanden war, entzog sich, paschte ab, überließ ihn seinem lichtlosen, seinem *maßlosen* Geschick: übel, sehr übel, in keiner Weise auszuhalten, daneben fiel der Denkzettel nicht ins Gewicht, den er ihm gegeben, so was kommt doch mal vor unter Kameraden ... Nell Marschall wurde äußerst besorgt. Sie sah voraus, daß Lorriner über kurz oder lang seine Freiheit wiederzuerlangen wünschte und seine Drohungen zur Tat machen würde; so wandte sie sich an Emma Sperling und trug ihr auf, Andergast zu warnen; sie fand es am ratsamsten, wenn er für einige Zeit verreiste. Emma stimmte ihr zu und besuchte Etzel in der Anstalt.

Auch von anderer Seite wurde Etzel bedeutet, er möge sich vor Lorriner hüten. Es stehe bedenklich mit ihm, alle seine Bekannten gingen ihm aus dem Weg. Er war in die Glasgower Straße zurückgekehrt, den Tag über sperrte er sich ein, bei Nacht strich er in den Straßen umher. Ja, das war die richtige Bezeichnung, er strich umher wie ein Wolf und suchte Etzel Andergast. Der Gedanke an Andergast beherrschte ihn ausschließlich. Allen möglichen Leuten gab er zu verstehen, daß er bald ein Ende machen werde. Es war sein Wahn. Etzel hatte keine Angst. Er lachte anfangs über die Warnungen. Es kam aber doch so, daß er sich beengt und allerorten umstellt fühlte. Etwas in ihm erschlaffte und wurde schwach. Er sagte zu sich selbst: Du wirst feig, E. A. (so redete er sich oft an: E. A.), und läßt dich von einem Gespenst ins Bockshorn jagen, in dieser Tonart geht's nicht weiter. Er geriet in Verwirrung. Er hatte Halluzinationen. Es war wie ein seelischer Schwindel. Am Tag, wo er bei Kerkhovens zu Mittag war, hatte er Lorriner wissen lassen, er werde zu ihm kommen. Er mußte mit ihm »fertig werden, so oder so«, wie er zu Marie sagte. Der Einfall, Emma

Sperling mitzunehmen, kam ihm ganz zuletzt. Er zweifelte freilich an der Ausführbarkeit und war auf Emmas Weigerung gefaßt. Von dem Zweck, der damit erreicht werden sollte, hatte er nur unklare Vorstellungen. Es war wieder die alte Zwangsidee von Konfrontation. Der Gerechtigkeitsfimmel. Noch immer war die Schuld Lorriners in der Dokumentengeschichte nicht erwiesen. Wenn schon Abrechnung, dann Generalabrechnung, dachte er. Daß es sich um »Abrechnung« längst nicht mehr handelte, entging ihm in seiner Verstörtheit.

Er mußte in der Matthäikirchstraße fast eine Stunde auf Emma warten. Als sie eintrat, saß er vor einem Haufen Chrysanthemumblättern. In seiner Nervosität hatte er sieben oder acht von den großen Blüten nacheinander aus der Vase genommen und zerrupft. Jetzt war ihm leid um die Blumen. Er hatte *ihr* etwas antun wollen, nicht den Blumen. Seit Roderichs Tod war sie ihm in der Seele zuwider. Er ließ ihr nicht Zeit zu ärgerlichen Bemerkungen, sprang auf und sagte ihr, weshalb er da sei. Sie war sprachlos. Seine Miene, die Stimme, der Blick schüchterten sie dermaßen ein, daß ihr Herzschlag stockte. Er packte sie am Handgelenk, um sie mit sich zu ziehen. Sie rief: »Um Himmels willen, Mensch, warte wenigstens, bis ich mich bemalt habe.« Sie eilte zum Spiegel und »bemalte« sich. Sie überlegte dabei. Sie preßte die Hände an die Wangen und schaute furchtsam zu ihm zurück. Er stampfte vor Ungeduld auf den Boden. Sie sagte: »Wenn du bei Trost wärst, tät' ich's nicht. Aber du bist nicht bei Trost, so mag's also sein.« Neugier und Sensationslust hatten ihren Widerstand besiegt. Hätte sie den Ausgang geahnt, nichts hätte sie bewegen können, ihm zu Willen zu sein, auch nicht die Angst, die sie vor ihm empfand. Lorriner wurde erdfahl, als er ihrer ansichtig wurde. Etzel schien er zunächst gar nicht zu gewahren. Er wich langsam zum Fenster zurück, umklammerte die Klinke mit der rechten Hand, die linke streckte er gegen Etzel aus, und mit pfeifender Stimme richtete er drei Fragen an Emma, die sie alle drei mit einem kurzen Kopfnicken beantwortete. Halb machte es den Eindruck, als finde sie es nicht mehr der Mühe

408

wert, zu leugnen, halb als erliege sie der dämonischen Gewalt des Moments. In ihrer Haltung war sogar etwas Wollüstiges, eine grausame lüsterne Freude. Ja: sie hat ihn ins Netz gelockt. Ja: sie hat ihn betrunken gemacht. Ja: sie hat ihm die Papiere aus der Tasche gezogen. Schön, und? Was ist dabei? Lorriner verbeugte sich unzählige Male vor ihr und begleitete jede der Verbeugungen mit einem gräßlichen Gelächter. Dann wandte er sich zu Etzel und schrie, indem er die Arme im Kreis in den Gelenken schwang: »Na, was sagst du, Baron? Was sagst du zu der Hure? Sieh dir's nur recht genau an, das Saumensch... von wegen... du weißt schon... von wegen der Integrität.« Um gleich darauf vor Emma auf die Knie zu stürzen und vor ihren Füßen die Stirn auf den Boden zu schlagen.

Und dann kam der Anfall, der damit begann, daß er sich die Kleider vom Leib riß.

Dreizehntes Kapitel

Kerkhoven brachte Lorriner in die geschlossene Abteilung seiner Anstalt. Das sollte kein Definitivum sein; die Übergabe an eine staatliche Anstalt behielt er sich vor. Er hatte seine Gründe, die Gedanken vorläufig nicht zu äußern, die er sich über den Fall machte, als sich ihm die einzelnen Umstände und der Hergang entschleiert hatten. Schwerer wog die Sorge um Etzel. Er wirkte wie ein Mensch, der mit aller Gewalt zu verhehlen sucht, daß er mit seinen Kräften am Rand der Erschöpfung ist. Als Kerkhoven ihn eines Tages fragte, ob er sich krank fühle, dachte er einen Augenblick nach und sagte: »Leider nein.« – »Wieso leider?« – »Ich war eigentlich nie richtig krank. Das fehlt mir vielleicht. Es schleicht was in mir herum, als wär's zu feig, sich zu entschließen, was es tun soll.« – »Daran ist etwas prinzipiell Wahres«, erwiderte Kerkhoven; »wenn die Menschen einmal ihren Organfunktionen den Gefahrenmoment abhorchen lernen, werden sie ihre Physis quasi zur Offenheit zwingen und die tückische Aufhäufung von Störungsgiften verhindern können. Virulenz der Keime ist oft nur eine Folge der Trägheit unserer Sinne. Das hat auch mit der Instinktbasis zu tun, von der wir neulich gesprochen haben. Die Wissenschaft steht da ganz am Anfang.« – »Soll ich Ihnen sagen, wie mir zumut ist, Meister? Aber lachen Sie mich nicht aus: so violett. Von den Menschen, von mir, von allem hab' ich ein violettes Gefühl.« – »Hm«, machte Kerkhoven verwundert und zog die Stirn kraus.

Das Mißliche war nach Kerkhovens Ansicht, daß der junge Mensch in seinen verschiedenen Zufallsquartieren alle häusliche Pflege entbehrte, jene Schonungen und Erleichterungen, die seiner jetzigen Verfassung sehr zugute gekommen wären. Am ehesten hatte man noch bei Lüttgens auf ihn acht gehabt, aber von dort war er längst ausgerückt, da er die Beziehung zu Hilde gelöst hatte. Gegenwärtig wohnte er in einem Hofgebäude in der Motzstraße bei einer Frau Blaustein, die die Schwester des bereits erwähnten Max Mewer war. Mewer, ein unansehnlicher, häßlicher Mensch von prononciert jüdischem Typus, war bei einem Montagsblatt angestellt, in seiner freien Zeit besorgte er Nell Marschalls Korrespondenz. Diesen Posten hatte ihm Etzel verschafft, denn er war bettelarm und wußte sich nicht durchzusetzen. Nun stand auf seiner Visitenkarte stolz zu lesen: Max Mewer Schriftsteller und Sekretär der Britzer Freien Siedlung. Aus Dankbarkeit hatte er für Etzel die Wohngelegenheit bei seiner Schwester vermittelt; bis vor kurzem hatte ein schwedischer Ingenieur dort logiert. Die Zimmer seien geradezu herrschaftlich, beide mit Ausblick auf einen Park, versicherte Mewer. Park in der Motzstraße, das lohnte einen Gang. Als Etzel mit Mewer hinkam und zum Fenster hinausschaute, waren da fünf krüppelhafte Bäume, ihre bleichsüchtige Belaubung verbarg schamhaft eine mechanische Werkstätte auf der gegenüberliegenden Hofseite, vermochte aber die stählernen Hammerschläge nicht zu dämpfen, die scharf rhythmisiert die Luft durchschnitten. »Und wo ist der Park?« erkundigte sich Etzel, wie jemand, der auf seinem Schein besteht. – »Park . . .

na ja, Garten . . .«, schränkte Mewer etwas betreten ein. – »Ich sehe auch keinen Garten.« – »Aber Bäume doch . . . nennst du das keinen Garten?« – »Kaum . . . Ich würde es Schmiede mit Gebüsch nennen«, erwiderte Etzel trocken. Jedoch mietete er die Zimmer.

Kerkhoven besuchte ihn eines Morgens vor der Sprechstunde. Er wollte sehen, wie er hauste und ob es nicht wie die meisten Studentenbuden eine kleine Nervenhölle war. Er war noch nie bei ihm gewesen, und wenn es auch nur ein fliegendes Quartier war, eine von vielen Stationen, etwas vom Etzelwesen und vom Etzelgesicht mußte sich doch darin spiegeln. Und so war es auch. Mischung von achtlosem Durcheinander und peinlichster Ordnung. Ein liliputanischer Schlafraum mit abgeschrägten Wänden und einem lächerlich pompösen Messingbett; kein Schrank, die Anzüge an einer Stange hängend wie beim Schneider, die Röcke auf Bügeln, die Hosen in Streckern; vier Paar Schuhe auf Leisten; die Gegenstände auf dem Toilettetisch blitzsauber und pedantisch aufgereiht; das Arbeitszimmer dann voll altmodisch verschnörkelter Möbel, Stühle und Sofa mit verschossener rosa Seide überzogen, alles bedeckt mit Büchern, Broschüren, Schreibheften. Bücher auf dem halbzerfetzten Teppich, in Regalen, in den Ecken gestapelt, viele aufgeschlagen, mit Lesezeichen, mit Bleistiftnotizen am Rand, wissenschaftliche Lexika, ein Lehrbuch der Anatomie, Reuters »Lebensgewohnheiten der Insekten«, ein Roman von Joseph Conrad, politische Flugblätter, Stöße von verschnürten Briefpaketen, neben dem Ofen eine Matratze mit verdrückten Kissen, als wenn jemand, der im Zimmer geschlafen hatte, eben fortgegangen wäre. Ein Tohuwabohu. Etzel, noch im Pyjama, war gerade beim Frühstück, er saß am Fenster; da auf den beiden Tischen, dem Schreibtisch und dem andern, kein Quadratzoll Platz war, hatte er die Tasse auf das Sims gestellt, leeren Tee übrigens, das Brötchen lag unangebrochen daneben. Vor Überraschung bekam er runde Augen bei Kerkhovens Eintreten. Er beförderte einen Haufen Bücher von einem Sessel aufs Sofa, damit der unverhoffte Gast sitzen konnte, redete lauter zusammenhangloses Zeug, lief ohne ersichtlichen Grund ins Schlafzimmer und kam wieder zurück; er wußte vor Reizbarkeit nicht, was er tun sollte. Kerkhoven packte ihn beim Arm und ließ ihn barsch an. »Ruhe«, sagte er, »was ist los, Mensch, was sind Sie denn so aus dem Häuschen.« Die Grobheit tat ihre Wirkung, er setzte sich still hin. Mit einem forschenden Blick in das übernächtige Gesicht fragte Kerkhoven, wann er zu Bett gegangen sei; um halb fünf, war der mit gesenkten Augen gegebene Bescheid, und als Kerkhoven schwieg, fügte er achselzuckend hinzu, sein Schlafbedürfnis sei in letzter Zeit gering, er habe immer das Gefühl, er dürfe den Schlaf nicht Herr über sich werden lassen, drei, vier Stunden ginge es, dann treibe es ihn wieder auf, ob er vielleicht ein Mittel nehmen solle. Auf keinen Fall, erwiderte Kerkhoven und fragte, was es denn für unaufschiebbare Geschäfte seien, die ihn zwängen, die Nächte um die Ohren zu hauen, wo sei er denn letzte Nacht so lang gewesen? In der Siedlung, war die Antwort. Warum denn nur, gehe dort was Besonderes vor, erkundigte sich Kerkhoven. »Ich will nicht in Sie dringen, aber vielleicht können Sie mich einweihen«, fügte er hinzu. Etzel sah ihn mit seltsam brennenden Augen an. »Wir müssen nächstens einmal darüber sprechen, Meister«, sagte er ziemlich bedrückt, »im Moment wäre es verfrüht. Ich komm' schon. Renne ja immer zu Ihnen, wenn Feuer am Dach ist.« Nach einer Pause dann: »Wie steht's mit Lorriner? Was ist Ihre Prognose? Was haben Sie für Absichten mit ihm?« Kerkhoven erhob sich und schaute auf die Uhr. »Das läßt sich zwischen Tür und Angel nicht besprechen«, erwiderte er mit dem weit wegsehenden Blick, »da wäre viel zu sagen.« Er reichte Etzel die Hand, und mit einer Bewegung des Kinns gegen die Teetasse bemerkte er tadelnd: »Ein wenig gar zu frugal. Warum frühstücken Sie nicht ordentlich? Wollen Sie Ihrem Körper beweisen, daß Sie ihm über sind?« Etzel zupfte an seiner Nase. Er habe keinen Appetit, redete er sich aus, und das sei ihm nicht unlieb, er müsse sparen.

Es hatte zwar scherzhaft geklungen, das mit dem Sparen, aber es bestätigte Kerkhoven den lang gehegten Verdacht, daß in Andergasts Geldwirtschaft eine greuliche Verwirrung herrschen müsse. In einer Schale auf dem Tisch hatte er auch, unter andern Papieren, einen Pfandschein liegen sehen. Sicher war er vollständig blank, obschon es erst Monatsmitte war, und steckte wohl zudem noch in Schulden. Er hatte eine allzu offene Hand. Er gab, ohne zu rechnen, ohne hinzuschauen, wie wenn es unanständig sei, mehr in der Tasche zu haben, als man für die nächsten Stunden unbedingt braucht. »Es ist mir langweilig, daß das ein Problem sein soll«, hatte er einmal zu Kerkhoven geäußert, »ja, es ist langweilig, daß man erst darüber nachdenken soll, ob man jemand einen schmierigen Fetzen zusteckt, mit dem er seinen Hunger stillen oder sich einen Wintermantel kaufen kann. Aufreizend ist es, man versteht gar nicht, daß sich Menschen das gefallen lassen, vielmehr man versteht alles, was sie tun, um sich's nicht gefallen zu lassen.« Zum Erstaunen simpel, Etzel Andergast, du erinnerst ein wenig an den Bauer Akim in Tolstois Macht der Finsternis, der gibt auch solche nationalökonomische Aufsässigkeiten im Kannitverstan-Stil von sich.

In seinen pekuniären Schwierigkeiten kann ich ihm nicht helfen, überlegte Kerkhoven, das bloße Anerbieten würde ihn an der empfindlichsten Stelle treffen, diese Art der Verpflichtung würde er gegen mich nicht eingehen. Es ist nicht einmal zu sehen, wie ihm sonst zu helfen wäre, er ist der geometrische Ort aller erdenklichen Schicksalsnöte, und daß er selber halbwegs unversehrt dabei bleibt, ist ein wahres Wunder. Die seelische Verfassung, in der er den jungen Menschen gefunden, beunruhigte Kerkhoven mehr, als er sich zugestand, fortwährend mußte er an ihn denken, das Bild hatte Einfluß auf seine Handlungen und seine Worte, er spürte das aufgerissene Wesen, die Ratlosigkeit und Ungeduld, die innere Beschädigung auch, deren Sitz nicht nachweisbar war. Was tun? Wohin mit ihm? Wie ihn vor sich selbst schützen und verhindern, daß er sich mehr und mehr verstrickte? Dem Anschein nach war draußen in der Siedlung etwas im Werk, was ihn leidenschaftlich aufrührte, vermutlich hing es mit Lorriner zusammen, diese Sache

413

war für ihn sicher noch nicht zu Ende, er mußte alles bis zum äußersten Ende führen, das war ein Charakterzwang. Kerkhoven dachte an das übernächtige Gesicht mit den vibrierenden Lidern und der ungesund leuchtenden Haut, er warf sich vor, zu lau gewesen zu sein, den Zustand nicht ernst genommen zu haben. Er fand sich verantwortlich für den jungen Menschen, und im Augenblick, wo er die Verantwortlichkeit in ihrem vollem Umfang feststellte, wurde sie die gebieterischste seiner Pflichten. Das hatte etwas außerordentlich Verwirrendes für ihn, als habe er ein Gelöbnis getan, dessen Erfüllung möglicherweise über seine Kräfte ging. Er erwog allerlei Pläne. Ihn in der Anstalt unterzubringen, in einem ruhigen Gartentrakt etwa, wo er sich erholen konnte und unmerklich beaufsichtigt war, vor allem im Hinblick auf Schlaf und geregelte Ernährung, kam nicht in Frage, er würde sich nie freiwillig in eine Patientenrolle finden und bei der ersten Gelegenheit davonlaufen. Zudem war die Atmosphäre der Psychosen zu gefährlich, auch wenn man davon absah, daß die räumliche Nähe Lorriners ungünstig erregend wirken mußte. Blieb der andere Weg, daß ihn Kerkhoven bei sich aufnahm. Die Wohnung war groß genug, einige Zimmer wurden überhaupt nicht benutzt, wenn Marie in Lindow war, wurden alle Räume außer Kerkhovens Wohn- und Arbeitszimmer zugesperrt, überdies waren auf der Hofseite zwei Kammern, die seit Jahren unbewohnt waren, die alten Möbel darin stammten zum größten Teil aus Kerkhovens erstem Haushalt. Vielleicht lockt es ihn, ganz richtig mit mir zu leben, sagte sich Kerkhoven, vielleicht entspricht es seinem Wunsch, allerdings müßte ich ihn dann stärker binden, um ihm die Flucht zu seinen Leuten zu erschweren. Aber was würde Marie dazu sagen? Er fand nicht den Mut, mit ihr darüber zu sprechen. Ihre oft kundgegebene Antipathie gegen Etzel hätte ihn nicht abgehalten, sie für sein Vorhaben zu stimmen, es hätte nur eines Wortes bedurft, und sie hätte auch gegen ihre Neigung eingewilligt, war sie doch gewohnt, sich in allen wichtigen Lebensdingen nach ihm zu richten und ihre eigenen Bedürfnisse zu unterdrücken. (Am Rande: dies erschien ihm schon so selbstverständlich, daß er damit wie mit einer gegebenen Tatsache rechnete; was nicht etwa auf gemeiner Ehemannshybris beruhte, sondern auf einer Art von versteinertem Zutrauen als etwas Unverrückbarem, das zu den notwendigen Bestandteilen der Existenz gehört; man hat nur vergessen, daß es einmal lebendig, nämlich wechselseitig war, und hat versäumt, gelegentlich nachzusehen, ob man es nicht nähren und erneuern müßte.) Wenn es sich um Gastfreundschaft handelte, war sie zu jedem Opfer bereit, Gastfreundschaft zu gewähren, war ihr eine patriarchalisch-heilige Idee, das hatte sie von ihrem Vater, und in der tätigen Ausübung war sie eher zu enthusiastisch und zu generös als zu karg. Trotzdem er das alles wußte, verschob er es von Tag zu Tag, ihr sein Anliegen vorzutragen. Sie war so ungegenwärtig. Sie lebte wie in einem geschlossenen Gehäuse. Sie war immer müde, lag viel zu Bett. Wenn sie eine halbe Stunde gelesen hatte, entglitt das Buch ihrer Hand, und sie schaute mit ernstem, unbewegtem Gesicht endlos lange in die Luft. Wenn er sie fragte, wie sie sich fühle, ob er etwas für sie tun könne, lächelte sie ganz flüchtig ihr zärtliches Lächeln, dann trat wieder der regungslose, fast feierliche Ernst auf ihre Züge. Einmal war Aleid für zwei Tage von Dresden herübergekommen, aber sie ertrug die Lebhaftigkeit des jungen Mädchens nur schwer. Besuche von Bekannten waren ihr nicht minder quälend; wo sie nur konnte, sagte sie ihnen ab. Sie empfand keine Neugier mehr für Menschen; auch die ihr lieb und interessant gewesen, waren ihr langweilig, sogar wenn man ihr Blumen brachte, blieb sie stumpf. Kerkhoven war voller Sorge, der Umstand, daß sie sich niemals darüber äußerte, was in ihr vorging, auch kein Verlangen, keinen Wunsch, keine Unzufriedenheit laut werden ließ, vergrößerte die Sorge noch. Gerade die Ruhe, die Gelassenheit, das Sichauslöschenwollen war beängstigend. Da geschah es eines Tages, als Kerkhoven an ihrem Bett saß und ihre kühlen Finger in seiner Hand hielt, daß sie sich nach Andergast erkundigte. Und als er ihr erwidert hatte: so und so, es stehe nicht zum besten mit ihm, verschiedene Anzeichen deuteten auf eine schwere Krise, man könne nicht wissen, was da werden würde, sah sie ihn einen Moment fest an, als wolle sie die Gedanken in ihm lesen, und sie las sie auch, denn plötzlich sagte sie: »Willst du ihm nicht vorschlagen, daß er einige Zeit bei uns wohnen soll? Das wäre doch eine Lösung. An Platz fehlt's uns wahrhaftig nicht, an Dienstpersonal auch nicht. Im Notfall kann ich ja nach Lindow telefonieren, die Mutter soll eines der Mädchen schicken. Was er braucht, ist ein Daheim, Menschen, die ihm das Gefühl von einem Daheim geben. Meinst du nicht auch?« Kerkhoven war so überrascht, daß er erst nach einer Weile antwortete. »Du bist eine wunderbar gescheite Frau«, sagte er und zog ihre Fingerspitzen an seine Lippen, »ich habe es natürlich erwogen, habe aber befürchtet . . . ein fremder Mensch ist eine Last . . . zumal du doch jetzt . . .« – »Das macht mir nichts aus, Joseph«, versicherte Marie, »gerade weil es ein fremder Mensch ist. Tu es nur. Sag's ihm.« Ihre Stimme klang merkwürdig mädchenhaft, namentlich wenn sie leise sprach, sehr freundlich, sehr artig. »Schön, ich will's ihm sagen«, erwiderte Kerkhoven mit sichtlichem Aufatmen; »aber wolltest du nicht dieser Tage die Kinder bei dir haben? Soll ich nicht warten, bis sie wieder fort sind? Es wird sonst zu viel für dich.« Marie schüttelte den Kopf. »Schieb es nicht hinaus«, sagte sie, »das ist nicht gut. Wer weiß, ob man nicht den Moment verpaßt. Die Kinder . . . nein. Ich möchte sie doch nicht kommen lassen. Ich hoffe, ich bin nächste Woche wieder ganz beieinander, dann fahr' ich nach Lindow und bleib' einstweilen draußen. Ich mag auch die Mutter nicht so lang allein lassen. Dir kann ich nichts sein, so wie ich jetzt bin, und das schrecklich große Haus rund um mich herum . . .« Mit einer Bewegung, als bitte sie ihn, kein Gewicht auf ihre Worte zu legen, wandte sie den Kopf zur Seite und schloß die Augen.

Etzel kam in den folgenden Tagen nicht zu Kerkhoven, er war wie verschollen. Kerkhoven wiederum, obgleich er dabei das Gefühl eines sträflichen Versäumnisses hatte, war zu beansprucht, sich um ihn zu kümmern. Es gab überhaupt keine

Ruhepause mehr. Die Anstalt war überbesetzt, die Ordination dauerte vier, fünf, ja sechs Stunden oft, ein paarmal wurde er als Konsiliarius nach auswärts berufen, nach Prag, Basel, Rotterdam. Um möglichst wenig Zeit zu verlieren, benutzte er das Flugzeug. Nur dringende und besonders empfohlene Fälle konnten ihn zu solchen Reisen bewegen. Es warteten zu viele auf ihn, in wahren Heerscharen kamen sie an, Pilgerzüge, Tag für Tag. Wenn er sich zum Schlafen niederlegte, um ein Uhr, zwei Uhr nachts, dünkte ihn, als drängten sie sich vor der Schwelle und pochten fordernd an die Tür, eine Sinnestäuschung, die den Schlaf in kurze Dämmerzustände zerhackte. Es wurde immer ärger. Der Gedanke an ein astrales Verhängnis, das auf der Menschheit lasten mußte, kehrte wieder, an die »kosmische Störung«, von der anzunehmen war, daß sie auf das Sonnengeflecht des Sympathikus wirkte, dieses sternenhafteste unserer Organe, das zugleich der Sitz der Angst ist. Wie in früheren Jahrhunderten die Pest, wie das gelbe Fieber in den Tropen, wütet Krankheit des Gemüts, Seelenseuche, Willenszerspaltung und etwas wie Dekubitus des Herzens. Ein neues Element der Verheerung. Europäische Vesper. Deutsches Inferno. Die nicht mehr fest in ihren Wurzeln stehen, fallen ins Bodenlose. Ein Symptom war es vor allem, das Kerkhoven zu denken gab, nämlich die Häufung ausschweifender Bekenntnisse und die eigentümliche Wollust, mit der sie geschahen. Nie hatte er solche Dinge zu hören bekommen wie jetzt fast in jeder Sprechstunde. Nie hatten sich Menschen so entblößt, nie hatten sie so gierig in ihrem Innern gewühlt, ihre Triebe zerfasert und sich losgelöst aus der Umwelt und der Ahnenwelt, bis sie sich endlich »frei« fühlten, »frei« und nackt vor einem standen, mit erkälteter und erfrorener Seele, und verzweifelt um ein Mittel gegen den tödlichen Frost bettelten. Sie selber hatten keines mehr außer dem Rauschgift, die Herabminderung der Lebenstemperatur war nur zu ertragen bei herabgemindertem Bewußtsein. Früher waren es hauptsächlich Intellektuelle gewesen, Gescheiterte aus den geistigen Berufen, verunglückte Einzelgänger, die in der Zerrüttung einen Trost darin gefunden hatten, aus ihrem Selbst einen Spiegel für ihr Ich zu machen, jetzt waren es ganz einfache Leute, die von der dämonischen Sucht ergriffen wurden. Da kam zum Beispiel eine fünfundvierzigjährige Frau zu ihm, Zeitungsträgerin; sie war zehn Jahre mit einem Mann verheiratet, der nicht nur ein Päderast und Kinderverführer war, sondern auch ein Frömmler, bei jedem Anlaß mit Bibelsprüchen bei der Hand. Das war das Ärgste, die Bibelsprüche. Die Frau wurde trübsinnig, ließ sich von ihm scheiden, wegen ihrer psychischen Verstörung wurden ihr die Kinder weggenommen, Kerkhoven setzte es durch, daß sie wenigstens die älteste Tochter bekam, die das Blumenbinden lernte. Dadurch gewann sie Vertrauen zu ihm und beichtete ihm die ungeheuerlichsten Dinge, aus ihrer Jugend und ihrer Ehe, über ihr Verhältnis zu Eltern und Geschwistern, ganz ruhig, ganz treuherzig, aber mit jenem verzehrenden Lohen in den Augen, das nur die Selbsthasser haben, die sich an sich selber dafür rächen, daß sie sind, wie sie sind, und leiden was sie leiden. Solche gab es zu Tausenden, Männer und Weiber. Unheimlich, wieviel sie von sich wußten und was für Worte sie hatten, es zu sagen; man traute seinen Ohren kaum, es war eine Sprache für sich, und die Träume, die sie erzählten, waren wie von großen Dichtern gedichtet, geboren jedoch aus der beklommenen Enge der Armut und der hoffnungslosen Nüchternheit von Existenzen, die keinen Aufblick mehr kannten.

Trotz der Erschütterung, die er als Mitmensch davon erfuhr, beobachtete Kerkhoven, der Arzt, die augenscheinlichen Veränderungen wie Vorgänge in der Natur, die für das Allgemeine etwas Bestimmtes zu bedeuten haben, was erst erforscht werden muß. Aber auf die Dauer ließ es sich doch nicht verhindern, daß der erregende Ansturm das Gesamte der Persönlichkeit in Mitleidenschaft zog und er dann das bange Gefühl hatte, er sei dem allem nicht gewachsen, sei nicht mehr jung und schmiegsam genug, um physisch durchzuhalten, zu eingeschworen auf seine Methoden, erstarrte Methoden, zu »erfahren« mit einem Wort, um sich zu erneuern und jedes Phänomen mit frischer Unschuld anzuschauen. Und anders war man kein Arzt. Hypochondrische Verstimmung, könnte man sagen. Wir werden sehen, daß es das nicht war, nicht allein war, daß alles in ihm nach jener »Erneuerung« schrie, deren er nicht mehr fähig zu sein fürchtete, und daß sie sich eben dadurch in seinem Innern vorbereitete. In ihm war keine Faulheit, des Blutes nicht, der Sinne nicht, er war ganz der Mann, alles über den Haufen zu werfen, ein unbewohnbar gewordenes Haus zu demolieren und es von Grund auf wieder zu errichten. Bei der ziemlich genauen Kenntnis seiner Natur wußte er, daß er sich am meisten davor zu hüten hatte, latente Konflikte innerlich weiterglimmen zu lassen und zu tun, als wären sie nicht vorhanden. Das konnte nur durch Aussprache vermieden werden, aber er hatte keine Freunde, ärger noch, er hatte keinen Freund, seine Einsamkeit war in der Tat beispiellos, wenn er bloß hindachte, schauderte ihn, von Kollegen war ihm keiner auch nur wohlgesinnt, junge Leute konnten ihm nicht dienen, Anhänger, Schüler, Bewunderer nicht, auch Marie nicht (es war übrigens Gott weiß wie lange her, daß er mit Marie von sich und seinem Leben gesprochen hatte, in dem Punkt war sie wie ein von ihm vergessener Mensch, und ob die Schuld an ihm oder an ihr lag, darüber dachte er nicht einmal nach). Nein, hier war ein Mann von gleichen, wenn nicht überlegenen Einsichten vonnöten, bei dem ein Stichwort zur Verständigung genügte, und so verfiel er auf Heberle, den er länger als zwei Jahre nicht mehr gesehen hatte, wiewohl ihm bekannt war, daß der alte Herr seit einigen Monaten in Berlin lebte; er hatte seine wissenschaftliche Tätigkeit aufgegeben und sich zurückgezogen; wie es hieß, laborierte er an einem Kehlkopfleiden. Er wohnte in Halensee, eines späten Nachmittags fuhr Kerkhoven zu ihm hinaus. Heberle begrüßte ihn mit rührender Freude. Er hauste mit seiner einzigen Schwester zusammen, man konnte sich nichts Altmodischeres denken als die beiden Menschen, die spießbürgerliche Einrichtung der Zimmer, das braune Samtjackett und die flatternde Lavallierekrawatte Heberles, die hohe Haartracht, die Spitzenärmel und die provinzlerische Betulich-

419

keit seiner Betreuerin, die durch jeden Blick und jedes Wort erkennen ließ, daß der Bruder ihr Abgott war.

Heberle verbreitete sich nicht ohne Umständlichkeit über sein Leiden und schilderte humorvoll die Fehde, in der er wegen Berufung eines Spezialisten mit seiner Schwester lag; Fräulein Charlotte nannte er sie betont und mit lächelndem Augenzwinkern, als habe er sich aus Freundlichkeit entschlossen, aus ihren siebzig Jahren vierzig zu machen. Er seinerseits wehre sich dagegen, wolle überhaupt von Ärzten nichts wissen, Kerkhoven möge ihm die Abneigung nicht verübeln; ihr habe man eingeredet, man müsse unbedingt den Professor Rahl beiziehen, das sei der Wundermann, Stern erster Größe, neueste Weltberühmtheit, einer, der alles könne, alles kuriere, den Kopf aufmeißle wie eine Nuß und, was in Hals, Ohr und Nase überflüssig sei, begeistert wegschneide. Kerkhoven horchte bei der Nennung des Namens auf; er wußte natürlich von dem Mann, war ihm auch da und dort schon begegnet, alle Fachgenossen rühmten ihn, die Arbeiten, die er veröffentlichte, erregten Aufsehen, die Operationen, die er ausführte, galten als epochemachend. Doch wie ging es zu, vom erstenmal an, da Rahl in seinem Gesichtskreis aufgetaucht war, hatte Kerkhoven an jenen v. Möckern denken müssen, der ihm vor fünfzehn Jahren feindselig in den Weg getreten war, der Widersacher, der nie besiegbare, weil nie widerlegbare, das gegnerische Prinzip, der Mensch vom andern Pol. Wo mochte er sein, der ehedem bestaunte Heros der Wissenschaft, man hatte nicht mehr viel von ihm gehört, der Glanz um ihn war rasch erloschen, früher Ruhm ist oft eine Kinderkrankheit. Aber es kam ja nicht darauf an, daß der Widersacher so oder anders hieß, sich in dem oder jenem Spezialfach auszeichnete, von Zeit zu Zeit hatte er sich immer wieder erhoben, bald schattenhaft und heimlich Contremine legend, bald in offener Verfolgung fanatisch ergrimmt. Sie waren wie Abkömmlinge aus ein und derselben Familie, ein draufgängerischer Stamm, hart, brutal, selbstbesessen und phantasielos. Rahl machte entschieden den Eindruck, als sei er einer der mächtigsten Häuptlinge des Stammes. Kerkhoven sagte: »Ich nehme die Partei Ihrer Schwester. Sie sollten sich nicht sperren. Gegen die Chirurgen mißtrauisch zu sein haben wir noch am wenigsten Ursache. Chirurgie ist unter anderm eine Form der Courage. Und Rahl ist ohne Zweifel ein genialer Mensch.« Heberle lachte. »Gott sei Dank bin ich nicht Ihr Patient, lieber Freund, also dürfen Sie mich nicht ans Messer liefern«, antwortete er und kämmte mit allen zehn Fingern seinen moosgrünen Backenbart. Kerkhoven blickte ihn lächelnd an und dachte: die kleinen Frauenhände ... Plötzlich faszinierten ihn die Hände, er hatte durchaus nicht zu sehen erwartet, was sie ihm verrieten, es war eine beunruhigende Vision, oft schon hatten ihm Hände mitgeteilt, was weder den Augen anzumerken noch dem Herzschlag anzufühlen war, er machte eine unwillkürliche Abwehrbewegung und tat, was er in solchen Fällen zu tun pflegte (so haben wir ihn schon vor Irlen sitzen sehen), er beugte den Rumpf vor und streckte die Arme zwischen die Schenkel, bis die Fingerspitzen beinahe denBoden berührten. (Erinnern wir uns an die visionäre Kraft in ihm, sie wird einmal, bei ganz anderer Gelegenheit, entscheidend für sein Leben sein.)

Danach begann er, zögernd und schwerfällig, von dem zu reden, was ihn hergetrieben. Er fällt mit der Tür ins Haus, er fragt, ob es auch in vergangenen Zeiten solche Massenentartung der Psyche gegeben und vielleicht bloß der Name gefehlt hat. Schafft aber nicht der Name erst das Ding? Solang eine Erscheinung namenlos bleibt, ist sie nicht erkannt, und vielleicht verschwinden viele, ohne Schaden anzurichten, weil sie noch keinen Namen haben, so wie sich manchmal ein Symptom verspurlost, wenn man es nicht in Evidenz hält. Klingt paradox, nicht wahr, aber am Ende ist ein Quentchen Wahrheit drin enthalten, es soll ihm heute auf ein Pfund Unsinn nicht ankommen, falls sich ein Gramm Sinn herausdestillieren läßt. Wir haben ja eingesehen, daß keine Zelle, kein Gefäß, keine Drüse erkranken kann, wenn nicht zugleich der gesamte Organismus seine Normalverfassung verloren hat, daher könnte man sagen, jede Krankheit ist ein Kollektivum, sowohl was das

Einzelwesen angeht wie auch das Gesamte des Menschheitskörpers. Es liegt nahe zu denken, daß die großen geschichtlichen Katastrophen, Kriege, Revolutionen, Untergang von Völkern in viel innigerem Zusammenhang mit Einbrüchen von Neurosen stehen, als wir bis jetzt begriffen haben, die Erforschung dieser Zusammenhänge würde freilich eine doppelte Pathogenese bedingen, einmal die Krankheit als Ursache angesehen und einmal als Folge, jede ein Bild für sich, total verschieden in der Wirkung, mit total verschiedener Therapie. Wäre es nicht wichtig, zu wissen, vor allem wichtig, brennend wichtig, ob wir das Ursachenphänomen oder das Folgephänomen vor uns haben? Die Ereignisse liefern den Anhalt nicht. Geschichte ist das, was geschehen ist, nicht, was geschieht. Nur wenn man das Kommende wüßte, könnte man Antwort auf die Frage geben. Das macht ihm viel zu schaffen, damit steht und fällt seine ganze Arbeit, sein ganzes Streben. – Heberle hat aufmerksam zugehört. »Ich glaube, es ist eine müßige Frage«, sagt er, »da alle Entwicklung in Kurven und Spiralen vor sich geht und alles Leben Wiederholung mit unwesentlichen Varianten ist.« – Kerkhoven schweigt eine Weile. Er schnürt sein Schuhband zu, das aufgegangen ist. »Mag sein«, erwidert er fügsam, »aber hier wird sich eines Tages eine Grenzscheide bilden. Man wird sie nicht am unbrauchbaren Material vergeuden. Da liegt der Hund begraben. Da ist der Kern des Problems.« – »Also spartanisch«, höhnt Heberle, »die Krüppel in den Taygetos. Und wo bleibt die Barmherzigkeit? Ich, ein herzloser alter Apotheker, muß einen Joseph Kerkhoven an die ärztliche Barmherzigkeit erinnern?« – Kerkhoven blickt betroffen vor sich hin. Hat er dies nicht schon einmal erlebt? »Wiederholung in der Variante?« »Nein«, sagte er mit sonderbarem Lächeln, »das müssen Sie nicht. Ich weiß, daß es meines Amtes nicht ist, für die Zukunft der Menschheit zu sorgen, wer wollte sich des anmaßen, aber es müßte möglich sein, das Fruchtbare vom Vergeblichen zu sondern.« – »Das setzt voraus, daß man sich die Entscheidung darüber zutraut, was fruchtbar und was vergeblich ist. Denken Sie mal, wenn Sie Beethovens Vater geschlechtlich sterilisiert hätten, weil er ein Lump und Säufer war.« – »Davon ist nicht die Rede.« – »Ach, Sie meinen, es hätte genügt, wenn er Ihr Patient geworden wäre, da hätten wir schon gar keinen Beethoven gekriegt?« – »Vielleicht.« – Beide lachen. – »Aber wo hapert's denn? Wie kann man Ihnen helfen?« fragte Heberle. – »Ich sehe keine Hilfe. Es ist da ein Punkt ... Bisweilen will mir scheinen, daß wir durch zuviel Behandlung sündigen. Durch all das Zugeben und Nachgeben, Zuhören und Verstehen. Das Harte wird aufgeweicht, das Verschlossene gesprengt, die Tiefe entgeheimnist. Die Terminologie, die wir erfunden haben, vergewaltigt unser Urteil und unser Auge. Indem ich einen Fall indiziere, mache ich ihn zu dem, was er mir scheint. Wer sagt mir, daß ich auf diese Weise die kontagiösen Stoffe nicht erst entbinde, die ich unschädlich machen will? Im Seelischen gibt es eine Übertragbarkeit wirklich, in einem Grad, den wir kaum ahnen, was wir im Physischen dafür halten, ist oft bloß Gleichzeitigkeit des konstitutionellen Geschehens. Wer weiß das alles. Die Natur ist ungeheuer tückisch, sie läßt uns hie und da einen Blick in ihre Werkstätte tun, merkt sie aber, daß wir ihr zu neugierig auf die Finger gucken, so schlägt sie uns den Fensterladen vor der Nase zu. Man ist immer der Belemmerte, und wenn man sich noch so groß vorkommt.« – »Allerdings, allerdings«, bestätigte Heberle mit einer Heiterkeit, die auf jahrzehntealter Resignation beruhte, »das haben Sie gut gesagt. Es geht verflucht langsam, das Zeug. Aber hören Sie mal, Verehrter ... wenn ich mir Sie so anschaue, Sie sind doch ein Kerl. Sie haben doch was vor sich gebracht. Sie stehen doch auf einer Höhe. Sie brauchen sich doch Ihrer Sache nicht zu schämen. Ich bin ja ein blutiger Laie in Ihrem Fach, aber ich habe mir erzählen lassen ... na, ich finde, wir können ganz zufrieden sein, daß wir Sie haben.« – Kerkhoven hebt etwas verwundert die Brauen. Er gehört zu den Männern, die nie wissen, was sie gelten, so tief sie unter Verkennung leiden, so wenig machen sie sich daraus, wenn man sie rühmt. Das Getane kommt nicht in Betracht, weil das zu Tuende alle Kräfte und Gedanken fordert. Das ist nicht Bescheidenheit, es ist eine panische Bedrängnis, ausgehend von der Irrealität der Zeit und der Realität des Todes. Der Tod ist allgegenwärtig und erfüllt sie, ohne daß sie ihn fürchten. Sie ringen mit dem Tod um die Zeit. »Was hab' ich nach Ihrer Ansicht denn erreicht«, fragt er achselzuckend, »was ist's denn, wenn man's ehrlich prüft? Ich kämpfe gegen eine Hydra, der hundert Köpfe nachwachsen, wo ich einen abgeschlagen habe. Ich bin quasi damit beschäftigt, Sprungtücher auszubreiten, während die Leute aus den Fenstern eines brennenden Hauses stürzen. Ist ja ganz verdienstlich, aber den Brand müßte man löschen können, und das kann man nicht. Ich fühle mich auch nicht getragen. Nicht aufgenommen, nicht angenommen. Ich stehe so ziemlich allein. Es bereitet mir keinen Kummer, aber es ist auch nicht gerade ein Ansporn. Es war immer so. Es ist wohl in den Sternen geschrieben. Die reinen Wissenschaftler sehen mitleidig auf mich herab, die Psychiater speien Gift und Galle, wenn sie von mir reden, für die Psychoanalytiker bin ich erst recht der böse Feind, die Internisten nennen mich einen Quacksalber und Fakiristen, die Nervenärzte sind erbittert, weil ich ihnen die Kundschaft wegschnappe. Ich schnappe aber gar nicht, Gott behüte. Ich habe nur einen Wunsch: Ich möchte nicht mehr flicken. Nicht mehr Reparaturen machen. Mir graut vor der sogenannten Praxis. Kann man da wirklich wirken? Von den Elementen aus? Es ist, wie wenn man mich in eine Bibliothek von zehntausend Bänden setzt, mit deren Inhalt ich mich ernstlich vertraut machen soll. Stellen Sie sich vor, man hätte zwei, drei Dutzend Seelen, die man heraushebt aus der Luft von Ansteckung und Gefahr, die man erforscht und kennt wie anatomische Präparate, mit allen ihren Eigenschaften, allen Beeinflussungen, allen Möglichkeiten der Entwicklung, allen Brechungen und Reflexen, jeweils die, und wenn man die gesichert hat, wieder andere, stellen Sie sich vor, was das dann wäre, Arzt zu sein . . . Da wäre Sinn drin, da wäre Folge drin . . .«

Heberle schwieg lange. Dann sagte er mit bedenklichem Kopfschütteln: »Phantasmen, guter Freund, Phantasmen . . . Darüber wollen wir in ein paar hundert Jahren sprechen.«

Weiß Nell Marschall Bescheid über Emma Sperling, oder ist sie ahnungslos? Ist ihre leidenschaftliche Freundschaft für sie, der Enthusiasmus, mit dem sie von ihr spricht, ehrlich oder nicht? Ist es nur blümerantes Weibergetue oder wirkliche Verblendung, die man ihr nicht anrechnen darf und der einmal, so oder so, die Erkenntnis folgen wird? Steckt eine Politik dahinter und welche, oder ist es ein leeres Feuerwerk? Glaubt sie an das Frauenzimmer, oder ist es Seifenbläserei mit eingebildeten Gefühlen? Das waren die Fragen, die Etzel nach der Szene in Lorriners Wohnung nicht zur Ruhe kommen ließen. Der Grund ist zunächst nicht einzusehen. Was konnte ihm daran liegen, was Nell an Emma Sperling zu lieben und zu bewundern fand? Was war für ihn gewonnen, wenn Nell in Emma das verächtliche Geschöpf sah, das sie in seinen Augen war? Was ging es ihn überhaupt an? Nichts erklärlicher am Ende, als daß eine so schwärmerisch veranlagte Person wie Nell, Altruistin durch und durch, von diesem lebendigen Spielzeug, diesem hübschen kleinen Insekt berückt war und sich nicht viel darum kümmerte, was für Unfug es in der Welt stiftete. Und mehr war es bestimmt nicht als äußere Berückung, vielleicht nicht einmal mehr als das exzentrische Vergnügen an der Gegenspielerin, Sehnsucht des beschwerten Menschen nach dem, der keine Schwere hat. Eine erotische Beziehung kam gar nicht in Betracht, wenn man Nell Marschall kannte.

Aber um Nell selber handelte es sich für Etzel erst in zweiter Linie. Die Sache war für ihn ziemlich ernst. Um zu verstehen, warum, müssen wir sein Verhältnis zur Siedlung kennen. Anfangs, als er davon hörte, auch nach einigen flüchtigen Besuchen, war er nicht sonderlich begeistert gewesen, er sagte sich, es ist eines der zahllosen Experimente, in denen das schlechte Gewissen der oberen Klassen zum Vorschein kommt. Die amerikanische Abstammung der Gründerin verringerte sein Mißtrauen auch nicht. Aber dann änderte sich seine Meinung. Als er sich von der Großzügigkeit der Anlage, der zielbewußten Führung, der Opferfreudigkeit Nells überzeugt hatte; als viele seiner Freunde und Freundinnen, die ohne Angehörige und zu arm waren, um sich ein möbliertes Zimmer zu leisten, Hunderte von mittellosen Universitätshörern, Kunst- und Musikschülern, Söhne und Töchter zugrunde gegangener Familien, nicht eingeschriebene Arbeitslose, Literaten ohne Erwerb, Journalisten ohne Anstellung, durchwegs junge Leute, denn für solche war die Siedlung ausschließlich bestimmt, als alle diese dort Aufnahme fanden, wobei weder nach der Konfession noch der politischen Richtung gefragt wurde, sondern nur Bedürftigkeit und Würdigkeit den Ausschlag gaben, da war er Feuer und Flamme für das Unternehmen, auf das wir zunächst einen Blick werfen müssen.

Es gibt in jener Gegend Berlins zahlreiche solcher Massenniederlassungen, die den verschiedensten Zwecken dienen, humanitären und pädagogischen, aus privater Initiative oder staatlicher Werktätigkeit entstandene. Sie haben unverkennbare Typenähnlichkeit miteinander; obschon die Not ihr Baumeister war, drückt sich in allen das leiche Verlangen nach Befreiung von erstarrten Lebensformen aus. Hier war es nicht anders, höchstens daß das äußere Bild sich ungewöhnlich vorteilhaft gab. Ein ausgedehntes Areal, fünfzig bis sechzig recht ansehnliche Blockhäuser. Jedes bot Raum für zwölf Insassen, diese zwölf machten einen sogenannten Ring aus, der dem Ringführer oder der -führerin unterstand. Im Zentrum die Wirtschafts- und Gesellschaftshäuser, Sportplätze und Nutzpflanzungen sowie das Haus, in welchem Eleanor Marschall mit dem Stab ihrer Mitarbeiter und Mitarbeiterinnen wohnte. Es hieß, die Erbauung dieser kleinen Stadt habe sie viereinhalb Millionen Mark gekostet, die Ausgaben für die Erhaltung beliefen sich auf sechs- bis siebenhunderttausend Mark (eine auffallend niedrige Ziffer übrigens). All dies zeugte von fürstlicher Generosität, die auf fast unbegrenzten Reichtum schließen ließ, die Gerüchte konnten nicht aus der Luft gegriffen sein, die Nell Marschall als einzige Tochter eines Pittsburger Stahlmagnaten und Erbin eines jener phantastischen Dollarvermögen bezeichneten, von denen man bei uns nur scheu zu flüstern wagt. Wunderlicherweise erlaubte sie keinem ihrer Freunde eine Anspielung darauf, auch die scherzhafteste empfand sie als grobe Taktlosigkeit und verzieh sie nicht leicht. Sie wollte an ihre Vergangenheit nicht erinnert werden, als sei der maßlose Luxus, in dem sie aufgewachsen, ein Fehltritt, den sie sich hatte zuschulden kommen lassen. In der Hinsicht wie in mancher sonst noch trat die Puritanerin und Enkelin von Puritanern hervor. Wahrscheinlich hätten ihre Mittel es ihr ohne weiteres verstattet, die Stiftung für viele Jahre hinaus sicherzustellen, jedoch das lag nicht in ihrer Absicht, sie wollte etwas Vorbildliches schaffen und die Entschlußkraft zu gleichem Tun in andern wecken. Daß sie an Befristung und spätere Ablösung dachte, jedenfalls keine Verbindlichkeit für ewige Zeiten eingehen wollte, bewies der Vertrag, den sie mit der Stadtgemeinde geschlossen, wonach ihr eine erhebliche Subvention gegen Abtretung von Grund und Boden und sämtlicher Immobilien nach Ablauf von zwanzig Jahren gewährt wurde. Der Charakter der Siedlung war der einer kommunistischen Genossenschaft. Jeder Aufgenommene war gehalten, von jedem Verdienst, jedem Einkommen, auch dem kleinsten, einen bestimmten Prozentsatz abzugeben, ferner seinen Platz sofort einem andern zu überlassen, wenn sich seine Lebensumstände derart verbesserten, daß er auf Hilfe nicht mehr angewiesen war; er hatte dann ein Jahr lang nachträglich einen angemessenen Monatsbeitrag zu entrichten, und es muß gesagt werden, daß nicht ein einziger Fall eintrat, wo sich jemand dieser Pflicht entzogen hätte. Es gab keine Handwerker, keine Bedienung, keine Köche und Köchinnen, keine Aufsichtspersonen, alles war Gemeinschaftsarbeit, in wechselndem Turnus mit genauer Stundeneinteilung den Ringen auferlegt, weshalb auch die Regiekosten verhältnismäßig gering waren. Wenn einer häufiger Gast war, wie Etzel zum Beispiel, wurde ihm das Patronat über zwei oder drei Jüngere übertragen, die zum Fortkommen wenig geschickt waren und für die er nach besten Kräften zu sorgen hatte. Jede einzelne Einrichtung bekundete den durchdringenden Verstand der Urheberin, ihre organisatorische Begabung, ihre Lebenskenntnis und ihre weibliche Phantasie für das Soziale. Da war nichts Doktrinäres, nichts

427

von der Verbissenheit der theoretischen Weltbeglücker, die sich und andern immerzu ihre sittliche Mission beweisen müssen, ein Geist der Heiterkeit und natürlichen Freiheit strahlte von ihr aus, der auf das ganze Gemeinwesen überging und ihm sein eigentliches Gepräge verlieh. Alle diese jungen Menschen, die sie vor Elend und Untergang gerettet hatte, waren ihre Brüder und Schwestern, von vielen kannte sie genau den Lebensgang, die einzelnen Lebensereignisse, Gesinnung und Neigungen, viele zog sie in ihre persönliche Nähe, duzte sie und ließ sich von ihnen duzen, ihre Lieblinge überhäufte sie mit Schmeicheleien und Kosenamen, keine Verlegenheit und Not, wo sie nicht augenblicks eingegriffen hätte, auch wenn einer davon betroffen war, der ihr nicht besonders nahestand, auch wenn sie mit andern und wichtigeren Angelegenheiten beschäftigt war. Jeder wußte es. Man hat für eine dringliche Anschaffung kein Geld, man geht zu Nell; man braucht einen Paß, eine Empfehlung, Fürsprache bei einer Behörde, man wendet sich an Nell; es ist ein Meinungsstreit ausgebrochen, Nell soll ihn schlichten; man steht vor einer schweren Entscheidung, Nell soll raten. Nell kann alles, ordnet alles, findet immer einen Weg. Nell ist eine Art Schwester-Königin, das Reich, das sie beherrscht, ist ein richtiges Matriarchat.

So etwas war ganz nach Etzels Sinn. Er hatte eine heimliche Vorliebe für das human Gelockerte einer Gemeinschaft, deren Seele eine Frau war. Es hing wohl mit Regungen zusammen, die tief in seinem Innern verlagert waren, gewaltsam von ihm erstickte Erinnerungen an die Mutter, und mit jener Zärtlichkeitsentbehrung, von der Kerkhoven einmal gesprochen hatte. Wo immer sich der Anlaß bot, pries er Nell Marschall, nannte sie eine zweite Jane Addams, eine Person großen Stils, vor der man sich zu neigen habe. Es war seltsam, daß er in der Anerkennung so weit ging; Menschen wie er, die frühzeitig üble Erfahrungen gemacht haben, behalten für immer etwas Einschränkendes in ihrem Urteil, sie sind nicht mehr beherzt genug zu einem unbedingten Ja. Um so glücklicher macht es sie, wenn sie sich der Hemmung einmal entledigen können, da wird die

428

gefesselte Empfindung zum freien Strom. Er hatte niemals Kritik an Nell geübt; selbst wenn sie ihm Grund dazu gab, ließ er seine Gedanken nicht bis an die gefährliche Zone, sie war ihm einfach tabu. Und nun war das gekommen. Dieser Zweifel. Dieser häßliche Verdacht. Dieser Schatten oder nur geargwohnte Schatten über einem Bild, dem er Verehrung hatte zollen dürfen. Keine Kleinigkeit. Es gab nicht soviel verehrenswerte Leute. Kerkhoven, ja der. Aber Kerkhoven war der Meister, die große Ausnahme, an ihm konnte überhaupt nichts und niemand gemessen werden. Er konnte aber nicht der einzige sein, konnte nicht alle andern ersetzen, es mußten doch ein paar übrigbleiben, an die man sich außerdem halten konnte, die nicht versagten, sich nicht untreu wurden, deren Sein und Tun sich nicht als Humbug herausstellte, wenn man es unter die Lupe nahm. Wundern wir uns nicht über die unerbittliche Strenge eines jungen Menschen, der sich zu allen Dingen der Welt, allem Geschehen, allen Worten, allen Gesichtern in einem Verhältnis qualvoller Spannung befand und an einem Punkte seines Lebens war, wo er Enttäuschungen schlechtweg nicht mehr ertrug, so wie ein überreizter Nerv keine Berührung mehr aushält, ohne unsinnige Schmerzen zu verursachen. Wäre der Fall um einen Grad weniger ernsthaft, so brauchten wir uns um diese fortwährenden Windmühlenkämpfe nicht länger zu kümmern und könnten den gerechten Kammacher, als der er vielleicht manchen erscheint, sich selbst überlassen. Man fragt sich in der Tat, was ihn daran stört und erregt, daß Nell und die Tänzerin Emma Sperling ein Herz und eine Seele sind, was es groß für ihn bedeuten kann, selbst wenn sich Nell in ihrem Innern keiner Illusion über Emmas Charakter hingibt. Nun, er überlegte so: Ist Emmas abgründige Verlogenheit kein Geheimnis für Nell und vergöttert Nell sie trotzdem, so ist sie nicht das, was sie scheint; man kann nicht mit der verkörperten Lüge in innigem Kontakt leben, ohne was davon abzubekommen und selber ein Stück Lüge zu werden; unter diesen Umständen kann man nicht bloß an sie nicht mehr glauben, sondern auch an ihr Werk nicht; was einen daran überzeugt und zur Bewunderung hingerissen hat, muß noch einmal untersucht werden, und man hat sich zu vergewissern, ob man nicht das Opfer eines Betruges geworden ist und wo der Wurm im Holz sitzt; etwas ist faul im Staate Dänemark, mag Nell bona fide sein oder nicht, und ob sie's ist, muß zuallererst ins klare gebracht werden ... Weitgehende Folgerungen, überheblich und abstrus wären sie zu nennen, wenn sie nicht aus der äußersten Lebensunsicherheit, der verzweifelten Suche nach festem Boden entstanden wären. Auf dem Weg, den er einschlug, machte er unerwartete Entdeckungen, die nicht geeignet waren, sein Gleichmaß wiederherzustellen. Krankhaft gesteigerte Hellsichtigkeit gewährte ihm Einblicke, auf die seine Sinne sonst wohl kaum geantwortet hätten.

Er kam täglich in die Siedlung. Sprach mit Freunden, suchte den und jenen auf, trieb sich in den Gassen herum, in der Bibliothek, in den Werkstätten, half bei einer Arbeit, schrieb Briefe, und zum Schluß, am Abend meistens, fand er sich bei Nell Marschall ein, in dem geräumigen, mit fast japanischer Kargheit ausgestatteten Zimmer, wo sich nach dem Nachtessen ihre Bevorzugten zu versammeln pflegten. Da saß er stundenlang in einer Ecke, fast unbeachtet, und hörte mit merkwürdig stillem Gesicht den Gesprächen zu. Obwohl die schwachsichtigen Augen immer halb gesenkt waren, schien ihnen nichts zu entgehen, keine Gebärde, kein Lächeln, kein Spiel der Mienen. Manchmal trat Nell an ihn heran, legte die Hand auf seinen Kopf, beugte sich ein wenig zu ihm herunter und fragte mit ihrer hellen Glockenstimme: »And you, darling? What's the matter with you? Wach auf mein Herz und singe!« Dann lachte sie übermütig, schüttelte ihn heftig bei den Haaren und rückte ihn so in den Mittelpunkt der Aufmerksamkeit. Für die Dauer von zwei Minuten. Er kannte das. Es ließ ihn kalt. Er sang nicht. Er heuchelte leichtes Geschmeicheltsein wie ein Kater. Wenn sie im Kreise ihrer Gäste saß und erzählte, war atemloses Lauschen in seinem Gesicht. Die Augen öffneten sich plötzlich und hatten einen begierigen Glanz. Ihr Mutterwitz, die treffenden Bemerkungen, ihre Gabe, Menschen und Begebenheiten plastisch hinzustellen, ihre funkelnde Beredsamkeit, das alles trank er gleichsam in sich hinein, und in Momenten, wo er sich vergaß, erstarrte ein fragender Ausdruck in seinen Mienen, und er glich jemand, der noch immer bei Tisch sitzt, wenn schon längst alle aufgestanden sind. Es geschah zuweilen, daß ihn Nell von der Seite ansah, scharf und rasch, als sei ihr sein Benehmen nicht ganz geheuer. Da sie sehr feinfühlig und wie alle ihrer selbst nicht sicheren Menschen im Erraten dessen, was im andern vorging, oft geradezu clairvoyant war, wurde sie in seiner Nähe immer unruhiger und unruhiger.

Eines Abends, Ende Mai, kam er früher als gewöhnlich, der große Saal war noch leer. Er stellte sich an eines der Fenster und schaute in die Purpurröte des westlichen Himmels. Da vernahm er Gelächter und Stimmen aus einem anstoßenden Raum, Nells Stimme und eine zweite, die er ebenfalls kannte. Er ging hin und pochte leise an die Tür. Er war sich der Ungehörigkeit seines Beginnens bewußt, setzte sich aber darüber hinweg. Man rief drinnen, er trat ein. An der Schwelle stutzt er. Das Bild, das sich ihm bietet, ist ein wenig sonderbar. Vor einem dreiteiligen großen Toilettespiegel stehen Nell und Emma Sperling. Emma, mit ihrem frechen Gassenjungengesicht, den Grübchen in den Wangen und dem saugenden Märchenlächeln, ist voll Eifer dabei, der andern einige Tanzbewegungen zu zeigen, die sie offenbar für ihre Produktionen erfunden hat und die nicht eben dezent sind. Bisweilen stößt sie einen kleinen bellenden Schrei aus und schneidet ihrem Spiegelbild eine Fratze. Sie scheint Nell aufgefordert zu haben, den Partner zu markieren, denn Nell steht in ziemlich alberner Pose daneben, die Arme in der Luft, das linke Bein vorgestreckt. Sie sieht furchtbar komisch aus, und als Emma herausplatzt, kann sich Nell gleichfalls nicht mehr halten, ein Doppelgelächter bricht aus, Baß und Diskant. Als sie Etzels ansichtig werden, machen sie etwas erstaunte Gesichter, lassen sich aber im Lachen nicht weiter stören. Endlich haben sie genug, Nell, ganz erhitzt und

431

matt, sinkt in einen Stuhl, Emma, die Etzel flüchtig zugenickt
hat und dann von seiner Anwesenheit keine Notiz mehr nimmt,
findet plötzlich, daß es höchste Zeit sei, zu gehen, um neun Uhr
beginnt die Vorstellung, es ist halb. Aber das Auto steht ja
draußen. Sie rafft ihre Sachen zusammen, schwatzt dabei unablässig und verabschiedet sich von Nell. Sie umarmen und
küssen einander. Nell ist tief gerührt. Ihre Augen leuchten noch,
als Emma längst verschwunden ist. Sie schaut Etzel mit naivem
Entzücken an und erwartet, dasselbe Entzücken in seinem Gesicht zu sehen. Da dies nicht der Fall ist, verändert sich ihre
Miene, sie scheint sich seines eigenmächtigen Eindringens zu
erinnern und es nachträglich zu mißbilligen. Dennoch versucht
sie, seine verletzende Gleichgültigkeit zu übersehen, er ist vielleicht nur zerstreut, denkt sie, und um ihn an das zu mahnen,
was er ihrer gehobenen Stimmung und der Situation schuldig
ist, fragt sie halb ungeduldig, halb aufmunternd: »Ist sie nicht
ein Engel? Ist es nicht ein Glück, daß ein so süßes Geschöpf
existiert?« Etzel hat sich ihr gegenüber in einen Sessel niedergelassen. Er steht noch einmal auf, schließt die Tür nach dem
Saal, die nur angelehnt war, setzt sich wieder. »Sag mir aufrichtig, Nell, was hältst du eigentlich von ihr?« fängt er an. Nell
versteht nicht. Was sie von Spatz hält? Hat sie recht gehört?
Einfältige Frage. Was sie von einem Wesen hält, das . . . doch
wozu Worte? Er scheint nicht bei Trost zu sein. – »Verzeih,
Nell«, sagt er gelassen, wobei aber die Nasenflügel leicht vibrie-
ren, »ich frage ja nicht zum Spaß oder um dich zu ärgern. Auch
nicht, um deine auswendige Meinung zu hören, sondern deine
inwendige.« – Was auswendig, was inwendig? Nell versteht
noch immer nicht. Keine Silbe begreift sie. Sie schaut ihn
fassungslos an. Da scheint ihr ein Licht aufzugehen. Ein fraulich-
mitleidiger Blick trifft ihn, ihre Augen schimmern sogar feucht.
»Armer Kerl«, flüsterte sie, »ich kann mir gut vorstellen, daß
sie dich leiden macht. Damit mußt du dich abfinden. Undinen
und Elfen kann man nicht erobern. Die kann man nicht besitzen. Du bist zu verwöhnt darin, darling. Du bist ein blinder
kleiner Fresser. Du meinst, alle Frauen sind über einen Kamm

zu scheren. Ich fühle ja mit dir, aber andererseits . . . glaub mir, es ist dir ganz gesund, daß du mal auf die Ausnahme stößt und deinen Willen nicht bekommst.« Sie lächelt ihm gütig zu, beugt sich ein wenig vor und will seine Hand ergreifen. Als er sie ihr schroff entzieht, schüttelt sie erschrocken den Kopf. Er ist über und über errötet. Er empfindet keine Lachlust, kein Erstaunen, er schämt sich, daß jemand, den zu respektieren er alle Ursache hat, so maßlos törichtes Zeug redet. Deshalb ist er rot geworden. Er sinnt darüber nach, wie er sich verhalten soll. Es ist möglich, daß ihm Nell um jeden Preis entschlüpfen will, daß ihr seine Fragen äußerst unbequem sind und daß sie durchtriebenerweise diese Parade gewählt hat, die ihm nach ihrer Meinung den Mund verschließen muß. Es ist aber auch möglich, daß sie völlig überzeugt ist von dem, was sie sagt, und keinen Begriff hat von dem, worauf er bis jetzt nur vorsichtig angespielt hat. Das wären dann allerdings zwei ganz verschiedene Nells: eine, der er die Maske vom Gesicht reißen, und eine, der er einen Fetisch zerschlagen muß. Es wird sich zeigen, mit welcher er zu tun hat. (Er stellt sich die Welt noch immer zu einfach vor, als ob sich jeder Charakter auf eine Formel bringen ließe.) Indessen merkt er, daß ihre Geduld zu Ende geht, obwohl sie ihn noch liebreich lächelnd betrachtet. Mit der Bewegung eines Menschen, der das Versteckspiel satt hat, sagt er rauh: »Weißt du denn nicht, Nell, daß Emma eine verworfene kleine Bestie ist? Eine Person, mit der man über das, was anständig und was gemein ist, gar nicht rechten kann, weil ihr das Unterscheidungsvermögen fehlt, die aber ein anständiger Mensch nicht über seine Schwelle läßt, wenn er sich nicht beschmutzen will –? Weißt du nicht, daß sie dem armen Roderich, als er nur noch mit einer Hand am Abgrund hing, den letzten Fußtritt versetzt hat? Weißt du auch nicht, daß sie Lorriner als das unwiderstehliche Hürchen, das sie ist, zuerst geködert und dann kaltblütig verkauft hat? Lorriner hat es nie zugestanden, mit Hebeln und Schrauben hätte man es nicht aus ihm herausbringen können, für den war sie ja . . . weiß Gott was . . . die große Astarte . . . da kuschte er . . . nahm alles hin, wie ihr

Knecht, ihr Söldling . . . nur zum Schluß würgte sich's aus ihm heraus . . . da konnte er nicht mehr . . . das muß man erlebt haben . . . aber ich sag' dir's jetzt, Nell, damit du's weißt. Auch ich hab' einige Zeit gebraucht, bis ich dahintergekommen bin, was für ein Früchtchen sie ist, obgleich ich sie nie für was anderes als einen Blender und Irrwisch gehalten habe.«

Die Wirkung dieser Worte ist schwer zu beschreiben. Nell sitzt regungslos, beide Hände auf den Knien. Ihr Gesicht wechselt mehrmals schnell nacheinander die Farbe, von tiefer Blässe zu hektischer Glut. Ihr hübsches, eigensinniges Kinn ist leicht vorgestreckt, wodurch die Kopfhaltung etwas Puppenhaftes bekommt und die Lider sich automatisch halb schließen. Die Züge haben den Ausdruck gespanntester Aufmerksamkeit und angestrengten Nachdenkens, als müsse sie ihre ganze Geisteskraft aufbieten, um sich zurechtzufinden. Das dauert eine ziemliche Weile. Vom Saal herein dringen lebhaft redende Stimmen, die Korona hat sich offenbar schon versammelt. Nell dreht den Kopf und lauscht. Dadurch gewinnt sie Zeit. Dann steht sie mit jäher Bewegung auf, Etzel erhebt sich gleichfalls. Sie packt ihn am Ärmel und zieht ihn zu der dem Saal gegenüberliegenden Tür, von da in das nächste Zimmer, das finster ist, und nachdem sie dieses durchquert hat, in das dritte, wo sie Licht aufdreht. Es ist ihr Schlafgemach, ein bescheiden ausgestatteter kleiner Raum. Sorgfältig schließt sie die Tür, lauscht noch einmal zurück, streicht die schönen hellblonden Haare aus der Stirn. Nun wendet sie sich zu Etzel, der noch immer nicht wenig verblüfft ist von der wilden Energie, mit der sie ihn hierher befördert hat, und ergreift seine beiden Handgelenke. Ihre Brust atmet heftig. Ihre Augen blitzen ihn an wie zwei polierte Steine. Ihr Mund ist seinem Gesicht so nah, daß er ihren warmen Atem spürt. Mit heiserer Stimme sagt sie: »Ich habe nichts gehört und will nichts gehört haben. Verstehst du mich? Bilde dir nicht ein, daß ich etwas weiß. Du hast mir nichts gesagt. Nichts. Merk dir das.« Sie läßt seine Arme fallen, vielmehr sie wirft sie gleichsam weg und geht zweimal durch das Zimmer mit Schritten wie ein Mann. Das gibt sie gut, denkt

434

Etzel, weiß von nichts, hat nichts gehört, das Rezept muß man sich wirklich merken. Aber es ist ihm keineswegs humoristisch zu Sinn, eher schwarz, ja richtig schwarz ist ihm zu Sinn, das »Violette« ist schwarz geworden. Was meint sie denn? Spricht sie noch wie ein Mensch? Nell bleibt stehen, sie lacht bitter auf, aber es klingt gezwungen und ein wenig theatralisch. Etwas Hartes kommt in ihre Züge, um die Mundwinkel liegt eine schneidende Schärfe. Sie beginnt von Lorriner zu sprechen, und zwar so, als ob es ein neuer Gesprächsstoff wäre, als ob der Name zwischen ihnen noch nicht genannt worden wäre und ihr das Alleinsein mit Etzel den langgewünschten Anlaß böte. Ob Andergast Nachricht von ihm habe? Ihn vielleicht gesehen habe? Jaja, sie wisse schon, sie habe es auch vergeblich versucht, Kerkhoven halte ihn ja unter Verschluß wie einen gemeingefährlichen Irren. Nun, dafür trage er als Arzt die Verantwortung, er werde ihn gewiß nicht einen Tag länger der Freiheit berauben, als unbedingt nötig sei, selbst wenn sich entgegenwirkende Einflüsse geltend machen sollten. Hinter den Worten liegt eine Warnung, ja eine leise Drohung. Etzel blickt verwundert drein, in der Magengegend hat er ein unangenehmes Gefühl wie von einem Krampf. Das mit den »Einflüssen« hat er überhört, er begreift nicht, was sie meint, nur die sonderbare Anspielung auf Kerkhoven bleibt in ihm haften. War nicht eine heimliche Verdächtigung drin? Es dünkt ihn so, er kann es aber nicht glauben. Er drückt die geschlossene Faust unters Kinn, eine Geste, die ihm seltsamerweise etwas Geharnischtes gibt. Nell beobachtet ihn verstohlen. »Es kann nicht unheilbarer Wahnsinn sein«, sagt sie schmerzbewegt, »es ist nicht möglich, daß ein so herrlicher Geist erlischt wie ein Zündholz. Wir werden ihn wieder haben, ganz gewiß. Du zweifelst doch auch nicht daran?« Als Etzel schweigt, tritt sie wieder dicht vor ihn hin, legt kameradschaftlich die Hand auf seinen Arm und sagt vertraulich-leise: »Hör zu, darling. Du bist doch so ein geschickter Spürhund, du kannst mir helfen. Ich habe die bestimmteste Nachricht, auch bei uns in der Siedlung spricht man überall davon, daß Jürgen Lorriner von einem seiner allernächsten

Freunde ganz planvoll in die geistige Umnachtung getrieben worden ist. Ich ahne nicht, wer es ist, ich kannte ja seinen Umgang wenig, seine politischen Freunde gar nicht, jedenfalls handelt es sich um einen Menschen ohne Gewissen, einen eifersüchtigen Dämonen, der nur das eine Ziel verfolgt hat, den Besseren, Edleren, Größeren aus dem Weg zu räumen. Du kannst mir ruhig glauben, wenn ich es sage, ist es so. Es ist ihm ja auch gelungen, für einige Zeit wenigstens. Aber lang wird er sich seines Triumphs nicht freuen, dafür will ich schon sorgen.

Denk mal nach, darling, ob dir niemand einfällt, auf den mein Signalement paßt.« Etzel schaut, schaut, schaut. Komisch, wie ihn seine eigenen Haare kitzeln. Komisch, wie die Frau vor ihm hin und her schwankt. Komisch, was er für eine Lust hat zu piepsen, wie ein kleiner Vogel möchte er gern piepsen. Nell tätschelt mit zwei Fingern seine Wange. »Unsere Gäste werden sich wundern über das ausgiebige tête-à-tête«, ruft sie und lacht schrill, beinahe hysterisch. Sie faßt ihn unter und nötigt ihn so, eingehängt mit ihr den Weg zurückzugehen, den sie gekommen sind. In dem Zimmer, worin sie sich zuerst aufgehalten haben, sieht Nell etwas auf dem Boden funkeln. Sie bückt sich und hebt es auf, ohne Etzels Arm loszulassen. Es ist ein dünnes goldenes Armkettchen. »Es gehört Spatz«, sagt sie und betrachtet es wie eine teure Reliquie; »das arme süße Kind . . . weißt du, darling, daß man ihr einen frühen und gewaltsamen Tod prophezeit hat? Heute erzählt sie mir das, so nebenbei, ganz munter, wie wenn man ihr was zum Geburtstag versprochen hätte. Du kannst dir vorstellen, wie mir dabei zumute war.« Etzel bleibt stumm, er hat kaum ein Wort von dem Gerede begriffen. (Sechs Monate später, als die Prophezeiung wirklich eintraf, erinnerte er sich daran wie an einen Traum, in welchem Nell selber zur weissagenden Sibylle wurde.) Arm in Arm betreten sie den Gesellschaftsraum. »Endlich! Wo warst du, Nell? Wir wollten schon das Haus nach dir durchsuchen!« schallt es ihnen entgegen. Nell lacht, beschwichtigt, teilt Händedrücke, Küsse, Umarmungen aus, Etzel verliert sich still in der aufgeregten kleinen Menge, die ihm fast ebenso gespenstisch erscheint wie das, was er soeben erlebt hat.

Eins kommt zum andern. Wie es eine Gesetzmäßigkeit im Verlauf der Ereignisse gibt, so auch in der Entfaltung der Charaktere. Man könnte beinah sagen, sie durchleuchten sich selbst, wenn man im richtigen Augenblick zu sehen versteht. Dies wußte Etzel aus langer Erfahrung und bezog mit trainierter Ausdauer seinen Posten.

Nell war von einer ihr befreundeten Schriftstellerin, einer Frau von M., die unter dem Pseudonym Narzissa Horn schrieb, gebeten worden, eine eben vollendete Novelle bei ihr vorlesen zu dürfen. In aller Bescheidenheit, da sie eine Dame von Welt ohne blaustrümpfige Allüren war. Gattin eines bekannten Aristokraten und einflußreichen Mannes, hatte sie Nell schon manchen Dienst erwiesen; ihr den Wunsch abzuschlagen, war unmöglich. Nell, die ein außerordentlich scharfes literarisches Urteil besaß, schätzte die Frau persönlich hoch, von ihrer Begabung hatte sie jedoch keine große Meinung, hatte sich auch zu verschiedenen Malen recht mißfällig über ihre Bücher geäußert. Die Vorlesung fand also statt, Nell lud ihren ganzen Kreis dazu ein, auch Etzel; es war zwei Abende, nachdem er das seltsame Gespräch mit ihr gehabt. Natürlich folgte er dem Ruf. Die Aufmachung war wie üblich: stimmungsvoll verdunkelter Raum, Unterhaltungen im Flüsterton, willfährige Mienen, hinter denen die Furcht vor der Langeweile lauerte und sie verdrossen machte, wenn sie sich unbeobachtet wähnten. Das kannte er. Es war die höfliche Übereinkunft, sich einer Prüfung zu unterziehen, bei der der einzige Lichtblick war, daß sie nach menschlichem Ermessen bald überstanden sein würde. Narzissa Horn war eine Frau Mitte der Vierzig, sah gut aus, gab sich etwas lockerer, als sie sich vermutlich sonst zu geben pflegte, und versicherte immer wieder, daß sie nie im Leben solches Lampenfieber gehabt habe wie vor diesem Parterre von Kennern und Kennerinnen. Was mit gebührendem Protest aufgenommen wurde. Alle nahmen Platz, und nach endlosem

Stühlerücken, Räuspern und Husten ging's los. Es war ein mittelmäßiges Elaborat, das sei gleich gesagt, ohne Salz und Schmalz, obwohl modern aufgeputzt und mit einigen mehr als gewagten Schilderungen erotischer Natur, die aus dem Mund einer so noblen Dame geradezu unanständig wirkten. Etzel genierte sich ordentlich, und seine Zehen in den Schuhen machten kleine Turnübungen. So war es mit allen, auch die Abgebrühtesten sahen merklich bestürzt aus. Anderthalb Stunden dauerte die Vorlesung. Nell täuschte sich selbstverständlich nicht eine Sekunde über den Wert des Produkts. Es wäre gesellschaftlich zu begreifen gewesen, wenn sie sich mit einem konventionellen Lob begnügt hätte, bei ihrem diplomatischen Geschick konnte sie um die Verlegenheit leicht herumkommen, die andern wären ihr dankbar dafür gewesen. Statt dessen geschah das Unerwartete, daß sie vor der Autorin niederkniete und ihr die Hände küßte. Peinlicher Moment. Sie schien bewegt. »Ein bedeutendes Werk«, sagte sie mit Augenaufschlag. Betretenes Schweigen der Zuhörerschaft. Sie, erbittert durch dieses Schweigen, trumpfte auf und rühmte psychologische Feinheiten und erlesene Wendungen, die man in der Novelle vergebens gesucht hätte und die sie in ihrem Trotz und der Entschlossenheit, hingerissen zu sein, frei erfand. Als sie spürte, daß selbst ihre Getreuesten sie im Stich ließen, sich sogar erkältet und aufsässig zeigten, obschon sie ihr sonst jede Extravaganz zugute hielten, weil sie sie ja aufrichtig liebten, steigerte sie sich in einen verworrenen Hymnus hinein, sprach von adeliger Kunst, von spezifisch weiblicher Genialität, schüttelte die Haare wie eine Bacchantin und warb leidenschaftlich um Beifall, jetzt mehr für ihre eigenen Worte als für die Sache, die sie vertrat. Frau von M., die das Unziemliche des Ausbruchs lebhaft empfand und wahrscheinlich eine verständige Portion Anerkennung lieber gehabt hätte als den maßlosen Erguß, stand eine Weile ziemlich verschüchtert da, und es gelang ihr schließlich, Nell in ein Zwiegespräch zu ziehen. Aber es war, als könne sie nicht mehr in ihre normale Gemütsverfassung zurückfinden. Den ganzen Abend hindurch war sie lärmend, lachte schrill und

unmotiviert, ging von einem zum andern, drückte da ein junges
Mädchen an ihre Brust, stellte dort irgend jemand wegen eines
Wortes oder Blickes schroff zur Rede, zitierte Verse von Long-
fellow, legte eine Carusoplatte ins Grammophon und sang mit,
obgleich sie weder musikalisch war noch eine wohltönende
Stimme hatte, kurz, es war ein unheimlicher Rausch, der ihr
ganzes Wesen ergriffen hatte und sie zu hemmungsloser Selbst-
preisgabe zwang. Dies brachte Etzel auch von der Meinung ab,
sie habe Frau von M. nur aus Snobismus mit jenen Schmeicheleien überhäuft, die so lächerlich unwahr geklungen hatten, daß
kein Schriftsteller der Welt naiv genug sein konnte, sie für bare
Münze zu nehmen; er hatte gedacht: wenn so eine Amerikanerin mit einer waschechten Aristokratin zu tun hat, verliert sie
den Kopf; es war nicht zum erstenmal, daß sich Nell durch
diese Schwäche in den Augen ihrer Freunde herabsetzte. Aber
das konnte an ihrer seltsamen Aufführung nicht ausschließlich
schuld sein. Je mehr er darüber nachsann, je geheimnisvoller
dünkte ihn der Vorgang.

An der Ostseite der Siedlung waren fünf neue Blockhäuser
errichtet worden. Selbstverständlich fehlte es an Bewerbern
nicht, viele waren vorgemerkt, es war ein Wettrennen, die
Sekretariatskanzlei war den ganzen Tag von Bittstellern belagert, wo sich Nell Marschall blicken ließ, stürzten Wartende
auf sie zu. Sie sprach mit jedem wie mit ihresgleichen, ohne die
Spur von Hochmut oder Herrengefühl; wenn sie ihr Unvermögen, allen zu helfen, eingestehen mußte, konnte sich niemand
dem Eindruck der schmerzlichen Trauer entziehen, die ihr
schönes Gesicht überschattete. Sie stand blaß und ratlos vor den
Bittenden, ihr zuckender Mund schien sagen zu wollen: Ich
weiß, daß ich euch enttäusche, ich weiß, es ist alles zuwenig,
viel zuwenig, was soll ich tun? Etzel hatte die Zusage von ihr
erhalten, daß er fünf junge Leute seines Bekanntenkreises in die
engste Wahl bringen dürfe. Sie hätte ihm das Versprechen kaum
gegeben, hätte sie nicht gewünscht, ihn zu verpflichten und
Frieden mit ihm zu schließen. Vielleicht vergaß er dann gewisse

Dinge, die sich zwischen ihnen ereignet hatten. Sie hatte eine dunkle Furcht vor ihm und wollte ihn nicht zum Feind haben. Etzel wußte es und hatte darauf gerechnet.

Er hatte eine Liste mit zwei Dutzend Adressen angelegt. Aus diesen vierundzwanzig Namen mußte er sich für fünf entscheiden. Daß diese fünf dann auch aufgenommen würden, dafür wollte er schon sorgen. Zunächst hatte er durch ein weitläufiges Ermittlungsverfahren festzustellen, wer den Vorrang verdiente. Schwierige Aufgabe, da er sich nicht von Sympathien leiten lassen, sondern sich nur nach dem Notstand richten durfte. Wie Überblick gewinnen, wie verhüten, daß er den jeweils aktuellen Fall für den dringendsten nahm und über dem gegenwärtigen Augenschein den gestrigen vergaß? Er kannte hundert, wo man sofort hätte eingreifen müssen, die vierundzwanzig waren ja schon eine Elendsauslese, die sollte nun abermals destilliert werden, Extrakt vom Extrakt. Es bangte ihm vor einer Verantwortung, die ihn in Konflikt mit der Gerechtigkeit bringen konnte, jetzt hatte sich's wieder einmal zu erweisen, ob sie nicht bloß ein Begriff war, die berühmte Gerechtigkeit, eine Tugend, die man immer nur von den andern erwartete, indes man selber ihrer nicht fähig war und einem Eindruck, einer Verführung, einem Machtkitzel erlag. Sich allein auf das Gedächtnis zu stützen ging nicht an, er mußte Ausweise und Zeugnisse haben; um vergleichen und urteilen zu können, brauchte er die Unterlage von gesammeltem Stoff, so erweiterte er mit Hilfe Max Mewers, den er um Rat fragte, seine Liste zu einer Art Stammrolle mit einer Anzahl Rubriken, in denen Alter, Beruf, Familienverhältnisse, Lebensumstände, Erwerbsaussichten und Eigenschaften der Kandidaten verzeichnet werden sollten. Mit diesem Instrument in der Tasche machte er sich auf den Weg. Denn obwohl er weitaus die meisten seiner Schützlinge gut kannte, merkte er zu seiner Verwunderung, daß er von keinem einzigen genug wußte, um die Spalten der Fragebogen von selber ausfüllen zu können, Beweis für die Oberflächlichkeit aller Beziehungen.

Ich muß mich hier auf das Notwendigste beschränken. Wollte ich bei jeder Station dieses Rekognoszierungsganges verweilen, so würde dieses Buch formlos wie ein Sandhaufen werden und aufhören, der Spiegel zu sein, als den ich es geträumt habe. Was würden wir auch groß sehen; unerfreuliche Stuben; Hofkammern, Mansarden, verwahrloste Löcher mit jämmerlichen Resten von Mobiliar, fragwürdigen Betten und verstreuten Überbleibseln einer besseren Vergangenheit, einem Fetzen Samt, einer leeren Vitrine, einer Mappe mit Fotografien. Wenn sie nicht mehr ihre anfängliche Bestimmung erfüllen, verwesen die Dinge, Schmuck muß überschüssig sein. In den Massenquartieren ist nichts dergleichen zu finden; es sind Kasernen für den ausrangierten Teil der Menschheit, wer dorthin verschlagen ist, hat alles, was er besitzt, in seinen Taschen. Bürgerliche Wohnungen sind eigentlich noch trister, wenn sie sich krampfhaft bemühen, das Gesicht zu wahren. Die abgebauten Beamten, zugrunde gegangenen Kaufleute, kleinen Adligen, die sie innehaben, sind wie die Nachzügler einer geschlagenen Armee, die mit schlotternden Knien noch ein bißchen Parademarsch markieren. Jeder Raum ist von einem oder mehreren Untermietern besetzt, Buchhaltern, Agenten, Reisenden, denen ebenfalls ein Schatten früheren Glanzes anhaftet und die ihre Taschenuhr und sonstige Wertobjekte ganz heimlich zum Pfandleiher tragen. Helle Flecke in den Tapeten zeigen die Stellen an, wo einmal Bilder gewesen sind, am Piano hängt ein gerichtliches Siegel wie ein höhnisches rotes Auge, kahle Fenster, Küchen, in denen nicht gekocht wird, Bücherschränke ohne Bücher, Stühle, die kummervoll-erstaunt um einen Platz herumstehen, an dem der Tisch fehlt, als wäre er gestorben und soeben beerdigt worden. Überall noch der Rahmen und nichts mehr drin, das Skelett ohne das Fleisch, Kirchhöfe und Mausoleen. Dort hat Etzel seine Leute aufzusuchen, wo man im Begriff ist, den letzten Halt zu verlieren, wo man das traurige Spiel Als-Ob spielt, wo aber noch was zu retten ist, ein wenig Stolz, ein wenig Hoffnung. In verschämter und in offener Armut hausen sie, denen er in die Zukunft hinüberhelfen will, Studenten, Studentinnen, junge Techniker, Kunstgewerbler, Novizen des Elends, durch seelischen Druck fast gefährdeter als durch materiellen, obgleich auch der auf keinen erheblichen Widerstand mehr stößt. Man muß sich sputen, über kurz oder lang haben sie ihr inneres Kapital verwirtschaftet, eines Tages werden sie stempeln gehn, vorläufig sind sie nicht »arbeitslos«, denn ihr Arbeitgeber sind sie selber, sie glauben, daß ihre Person noch einen Einsatz darstellt und daß nicht alle Ideale der Geisteswelt so räudig aussehen wie die, mit denen ihre Väter auf den Hund gekommen sind. Politisch haben sie sich noch nicht festgelegt, wenigstens nicht alle, das Termitenparadies lacht ihnen nicht, eher neigen sie dazu, die der Nation zugefügte Unbill zu rächen oder doch zu tilgen. Bürger: verachtetes Wort, hat es seinen edelbescheidenen Sinn gänzlich verloren? Dennoch sind sie Söhne und Töchter von Bürgern und werden sich erst am Tag der endgültigen Verzweiflung zur Masse schlagen. Mancher hat eine kleine Rente; einen Monatswechsel von hundert Mark, davon soll er Kost, Logis, Wäsche, Kleider, Stadtbahn, Studium zahlen. Das Zimmer kostet mindestens dreißig Mark, bleiben zwei Mark per Tag für alles andere, aber viele haben nur vierzig Pfennig und leben von Brötchen, Tee, Kaffee und einmal Suppe am Tag, an ein Bad ist nicht zu denken, dafür rechnet die Wirtin fünfzig Pfennige, eine »sturmfreie« Bude, in die man mal ein Mädel mitnehmen kann, ist auch selten. Aber wenn man nur einen Raum für sich hat, viele müssen sich mit einer Schlafstelle begnügen. Man meint immer der, bei dem man gerade ist, befinde sich auf der untersten Staffel der Not; holder Irrtum, nach unten gibt's keine Grenze. Wer kein Hemd mehr auf dem Leib und seinen letzten Rock versetzt hat, kann immerhin noch ausgehen, wenn er zufällig noch einen alten Mantel besitzt, für den kein Leihamt mehr was gäbe; wenn aber das Schuhwerk hin ist und die Sohlen vom Leder fallen, was dann? Und wenn er krank ist, wenn's mit der Lunge hapert, wenn das Geld nicht mehr zu einem Mittagstisch in der Mensa oder zu dem scheußlichen Fraß in einem der Eßhäuser reicht, wenn die Mutter und kleine Geschwister um einen herum hungern, was dann? Etzel, der Prüfungskommissär, hat dann nur die Frage zu beantworten: Wer ist es, der dieses leidet? Fällt in die Rubrik: Eigenschaften und besondere Art des Bewerbers. Er kommt sich wieder einmal wie ein Spitzel vor, der unter der Maske der Freundschaft und Teilnahme Indizien sammelt. Wirf die Katze, wie du willst, sie fällt auf die Füße. Nach drei Tagen hat er seine Auswahl getroffen. Der erste ist ein gewisser Seyschab. Neunzehn Jahre alt. Beide Eltern sind den Leuchtgastod gestorben. Studiert Philosophie, bringt sich als Lektor in einem Verlag für pornographische Literatur durch und hält damit auch einen jüngeren Bruder über Wasser. Aber nur knapp. Hungerkünstler. Sieht aus wie ein Leichnam. Wohnt in einem Bretterverschlag, zu dem man durch die einzimmerige Behausung einer achtköpfigen Proletarierfamilie gelangt. Der Bruder schläft hinter einem Vorhang aus zusammengenähten Säcken in der großen Schublade einer nicht mehr vorhandenen Kommode. Diesem Menschen ist ein ruhiger lächelnder, man könnte sagen hoheitsvoller Mut und eine leuchtende geistige Reinheit eigen. Etzel kennt ihn von der Universität her und hat sich oft mit ihm unterhalten. Von den schrecklichen Umständen, in denen er lebt, weiß außer Etzel fast niemand. – Der zweite ist ein junger Graf Grünne, zweiundzwanzigjährig. Etzel hat ihn einmal bei einer blutigen Keilerei in einer nationalsozialistischen Versammlung aus den Händen eines Kommunisten befreit, der ihn beinah erdrosselt hätte. Danach sind sie die ganze Nacht miteinander spazierengegangen. Man sieht Grünne nie anders als in einer alten ledernen Automobiljacke. Das dazugehörige Auto garagiert auf dem Mond. Er hat überhaupt keine Subsistenzmittel. Wovon er lebt, ist rätselhaft. Bisweilen schickt ihm ein Onkel, der auf einer Klitsche bei Arnswalde haust, zehn Mark. Er sieht aus wie der Prinz Louis Ferdinand, ist homosexuell, glänzender Mathematiker, glühender Patriot und leidet unter wiederkehrenden Migränen epileptoiden Charakters. Er hat die bezauberndsten Manieren und die schönsten Hände, die Etzel je bei einem Mann gesehen hat. Er macht sich nichts aus seiner jammervollen Lage, er sagt, und man glaubt es ihm ohne weiteres, er wolle noch bis Neujahr 1929 zuwarten, und wenn sich bis dahin nichts geändert habe, mit ihm nicht und in der Welt nicht, werde er die Budike schließen. – An dritter Stelle kommt eine Studentin der Kunstgeschichte, Helene Grätz. Ihren Unterhalt erwirbt sie als Turnlehrerin für Kinder in Privathäusern, so viel nämlich, daß sie ihre Dachkammer bezahlen kann und nicht verhungern muß. Sie steht völlig allein in der Welt. Sie hat keinerlei Anhang, es ist, als sei sie von keiner Mutter geboren worden, so allein ist sie. Sie hat eine zierliche Gestalt, ist dünn wie ein Faden, man denkt, die Natur habe ihr aus Mildherzigkeit dieses Nichts von einem Körper gegeben, um es ihr zu ermöglichen, mit dem Mindesten von Nahrung so zäh, so energisch, so arbeitsam zu sein, wie sie ist. Sie liebt fanatisch die »Schönheit«. Mit diesem Wort begreift sie alle großen Werke der bildenden Kunst. Seit ihren Kindertagen träumt sie von einer Reise nach Italien. Um einmal die Sixtinische Kapelle zu sehen, würde sie sich eine Hand abhacken lassen. Sie weiß, daß es nicht sein kann und wahrscheinlich nie sein wird. Seit drei Wochen hat sie alle Stunden verloren, sie ist von einem Omnibus gestürzt und hat sich eine schmerzhafte Verstauchung des Knöchels zugezogen, die noch Monate zur Ausheilung brauchen wird. Die Dachstube ist ihr gekündigt worden, am ersten Juni wird sie obdachlos sein. Sie ist nicht verzweifelt, sie ist nur betroffen. Sie hat keine Ahnung, was da werden soll. – Vier und fünf endlich sind ein Zwillingspaar, Bruder und Schwester, Herbert und Anna Dedeken heißen sie, noch nicht achtzehn alt. Etzel hat ihre Bekanntschaft in einem Nachtkabarett gemacht, wo er mit Jessie Tinius und Roderich war; die Zwillinge produzierten sich dort als Wunderkinder mit indianischen Liedern und Tänzen (kläglich übrigens). Damit verhielt es sich so. Als Sechsjährige waren sie mit den Eltern nach Südamerika ausgewandert. Herbert mußte täglich mit dem Vater in den Urwald hinaus und ihm bei der Arbeit helfen. Weiße Menschen sahen sie niemals, nur bisweilen Indianer, aber diese Wilden waren freundlich mit ihnen, so mißtrauisch sie sonst den Ansiedlern aus dem Weg gingen, luden sie zu ihren

Festen ein und lehrten sie ihre Gesänge. Die Einsamkeit machte den Vater zum Trinker, und er fing an, die Mutter grausam zu mißhandeln. Die Zwillinge fürchteten und haßten den Vater mehr als alles auf der Welt und hingen mit angstvoller Leidenschaft an der Mutter. Sie starb schon im dritten Jahr. Vierzehn Monate hausten sie mit dem Vater allein, diese Zeit war die düsterste ihres Lebens. Er ging am Säuferwahnsinn zugrunde. Wie sie durch Wald und Prärie zur nächsten Stadt wanderten, das mußte man von ihnen selbst hören. Ein dänischer Farmer nahm sie mit nach Europa, kümmerte sich aber dann nicht weiter um sie. Wo sie in den nächsten Jahren überall herumgestoßen wurden, konnte Etzel nicht erfahren, nur daß sie eine Zeitlang in einem Erziehungshaus waren, natürlich nicht in demselben, er in der Knaben-, sie in der Mädchenfürsorge. Sie konnten aber eins ohne das andere nicht leben, verabredeten sich zur Flucht, in einer Herbstnacht brachen sie zur gleichen Stunde aus und schlugen sich nach Berlin durch. Sie erinnerten sich der armseligen Künste, die sie den Urwaldindianern abgelernt hatten, und nach schrecklichen Entbehrungen gelang es ihnen mit Hilfe eines stromernden Schauspielers, der sich ihrer angenommen hatte, bei jenem Kabarett unterzukommen. Aber das dauerte nur ein paar Monate, dann waren sie wieder brotlos. Sie mußten sich hüten, aufgegriffen zu werden, sonst hätte man sie wieder auseinandergerissen und wahrscheinlich wieder in die Korrektion gesteckt. Im Februar hat ihnen Etzel eine notdürftige Unterkunft bei einer Portiersfrau verschafft, aber die will sie jetzt nicht mehr beherbergen. Herbert hat sehr viel Sinn für Mechanik und bastelt den ganzen Tag an selbsterfundenen Apparaten herum, sicher wird er einmal eine große Erfindung machen, wenn ihn das Leben nicht vorher zertritt, unablässig lernt und studiert er, jedes Buch ist ihm ein Heiligtum. Das Mädchen ist immer in seiner Nähe oder er in ihrer, denn das Seltsamste ist, daß sie beide wie ein einziges Wesen wirken, wie ein Hermaphrodit mit getrennten Hälften, es ist, als dächten sie zu gleicher Zeit dieselben Gedanken, hätten zu gleicher Zeit dieselben heiteren oder traurigen Empfindungen.

Herbert hatte Etzel erzählt, daß er in der Fürsorge einmal an einer Halsentzündung erkrankt war; am selben Tag und in derselben Stunde war auch Anna an einer Halsentzündung erkrankt.

Als er diese Wahl getroffen hatte, bestellte Etzel die fünf für den folgenden Nachmittag in die Siedlung. Gegen sechs Uhr war Nell gewöhnlich zu sprechen. Sie kamen pünktlich. Im Sekretärsbüro teilte ihm Mewer jedoch mit, Miß Marschall sei in die Stadt gefahren. Dann wolle er auf sie warten, entgegnete Etzel, er müsse ihr die Leute vorstellen; heute noch. – »Wer weiß, wann sie zurückkommt«, sagte Mewer, »es kann spät werden.« – »So wird's eben spät. Kann unmöglich die jetzt wieder nach Hause schicken. Wo sollen wir denn hin einstweilen? Es regnet wie aus Scheffeln.« – Mewer schielte ihn über die Hornbrille hinweg an. Ein kleines, scheues Unbehagen wurde er gegen Etzel nie los. Er war ihm nicht heimlich, obwohl er ihn bewunderte, ja sogar ihm nachlief. Wo er nur konnte, suchte er in seiner Nähe zu sein. »Du siehst stark mitgenommen aus, Andergast«, sagte er, »das Wasser rinnt dir ja bei den Schuhen heraus. Solltest acht auf dich geben. Wenn du mir folgst, legst du dich in die Klappe.« – Etzel klopfte verdrießlich die triefende Windjacke ab und schaute an sich herunter. Tatsächlich stand er in einer Wasserpfütze. – »Führ sie doch in eins der neuen Häuser hinüber«, schlug Mewer vor, »sind zwar noch nicht fertig eingerichtet, aber das stört wohl nicht. Wenn Miß Marschall kommt, lass' ich dir's sagen oder hol' dich selber.« – »Dank' dir«, sagte Etzel und machte kehrt. Draußen setzte er sich an die Spitze seiner Schützlinge und marschierte mit ihnen quer durch die Siedlung zu dem ersten der noch unbewohnten Blockhäuser. Alle waren bis auf die Haut naß und schüttelten sich wie die Hunde, als sie in dem Gemeinschaftsraum, in den man unmittelbar von der Straße aus gelangte, vor der Sintflut in Schutz waren. »Macht's euch bequem, so gut ihr könnt«, sagte Etzel, »jetzt heißt's Geduld haben.« Was mochte mit ihm los sein? Er war zum Umsinken

446

müde. Vielleicht hatte er sich in den letzten drei Tagen übernommen. Nicht ausgeschlossen. Er kauerte sich in einen Winkel auf den Fußboden und ließ den Kopf vornüber fallen, hob ihn aber gleich wieder hoch und murmelte: »Was soll denn das? Wirst du wohl parieren, verdammtes Gerippe!« Er befand sich ungefähr in der Verfassung eines hochgradig Fiebernden, dem das Bewußtsein des Fiebers fehlt; nichtsahnend geht er seinen Geschäften nach und begreift nicht, warum seine Glieder so bleiern sind und bald Hitze, bald Kälteschauer über seine Haut jagen.

Sonderbare Situation. Sechs junge Leute, von denen fünf einander vollkommen fremd sind, in einem ihnen fremden Raum gewissermaßen interniert und zu einem Warten verurteilt, dessen Ursache und voraussichtliche Dauer sie nicht kennen, denn der sie hergebracht hat und den sie als ihren Führer betrachten müssen, ist ganz gegen seine sonstige Art in stumme Teilnahmslosigkeit versunken, ja er scheint sogar zeitweise zu schlafen. Er hat bestimmte Hoffnungen in ihnen erregt, als solle sich an diesem Abend ihr Schicksal zum Bessern wenden, dies beschäftigt sie innerlich stark, sie können nicht recht daran glauben, es geschehen keine Wunder, es geschehen nicht einmal Überraschungen, jedenfalls sind sie gegen die übliche Enttäuschung gewappnet. Jeder ist aus einer andern Welt, es scheint gar keine Brücke zwischen ihnen zu geben, und doch, Viertelstunde um Viertelstunde vergeht, endlich muß einer von ihnen reden, wenn der dort im Winkel sich noch länger in Schweigen hüllt. Ringsum herrscht tiefe Stille, die durch das eintönige Rauschen des Regens nur noch drückender ist, sie können sich nicht entsinnen, je eine solche Stille erlebt zu haben, vielleicht nur die Zwillinge, in ihnen taucht die Kindheitserinnerung an den Urwald auf. Sie sehen einander in die Augen und lächeln ihr seltsames Hermaphroditenlächeln. Schiffbrüchige, die sich ans Land gerettet haben und in einer Höhle beisammenhocken, bis der Morgen graut und der Sturm aufhört, erzählen einander gern Geschichten, wenigstens steht es in den Büchern so, jeder berichtet irgend etwas aus seinem

Leben. So jovial geht es hier nicht zu, diese Achtzehn-, Zwanzig-, Zweiundzwanzigjährigen sind harte, karge, unbeschauliche Leute, kein Schiffbruch der Welt kann sie zur Schwatzhaftigkeit über sich selbst verführen. Gleichwohl kommt ein Gespräch in Gang. Da fällt ein Wort, dort eins. Stockend, widerwillig, nach Beziehung tastend, das Terrain sondierend. Frage nach der Tageszeit. Mürrische Hindeutung auf das Wetter, spottende Bemerkung von Helene Grätz über ein etwas kitschiges Bild, das neben der Tür hängt. Grünne zieht eine Stulle aus der Tasche, und als er den begehrlichen Blick Herbert Dedekens gewahrt, verbeugt er sich höflich und teilt sie mit ihm. Seyschab hat Zigaretten, bietet sie an, alle beginnen zu rauchen, die Mienen entspannen sich, man ist wohlwollender gestimmt. Seyschab, der nie ausgeht, ohne ein Buch zu sich zu stecken (er ist mit einem Buchhändler befreundet, der ihm wissenschaftliche Werke borgt), hat anfangs zu lesen versucht, jetzt klappt er das Buch zu. Der Graf beugt sich zu ihm herüber und liest den Titel: Psychologie des Traums. Er blickt Seyschab nicht ohne Respekt an, kann sich aber nicht enthalten, sein Mißtrauen gegen »all solches Zeug« zu äußern. Seyschab setzt ihm in ein paar Worten die Gesichtspunkte des Autors auseinander. Grünne hört aufmerksam zu. Die Zwillinge rücken näher. Seyschab entwickelt eine tiefsinnige Theorie des Traumlebens, die in scharfem Gegensatz zu den Freudschen Lehren steht. Es ist eine förmliche Metaphysik, und obwohl der junge Graf sich Mühe gibt, ihn zu verstehen, kann er ihm doch nicht ganz folgen. Das Thema interessiert ihn, aber er braucht das lebendige Beispiel. Da entspinnt sich eine allgemeine Unterhaltung über Träume. Mit Rücksicht auf den Schläfer oder Halbschläfer im Winkel erhebt sich der Ton selten über das mezza voce. (Jedoch Etzel schläft nicht, er ist allerdings nicht völlig wach, es ist ein Zwischenzustand, der sonderbarerweise seine Empfänglichkeit steigert; indem jene von Träumen sprechen und ihre Träume erzählen, sieht er jeden einzelnen mit erstaunlicher Deutlichkeit vor sich. Sie geben sich ihm in ihren Träumen zu erkennen, und dieser Vorgang wird für ihn wiederum traumhaft.) Grünne hat nur Sinn für leichtfaßliche Deutungen. Da er wenig Phantasie besitzt, sind seine Traumwege unverschleiert und der Wirklichkeit sehr nah. Am Tag bevor seine Migräne beginnt, träumt er jedesmal, er habe die entsetzlichen Kopfschmerzen bereits und schneide sich mit einer Schere die Pulsadern auf; mit dem Augenblick, wo das Blut fließt, lindern sich die Schmerzen, und wenn er dann in einem warmen Blutsee liegt, hören sie ganz auf, da fühlt er sich wie neugeboren. Helene Grätz fragt verwundert, wie es kommt, daß in so vielen Träumen das Blut eine Rolle spielt; sie hat von Zeit zu Zeit folgenden Traum: eine große flache Schüssel wird vor sie hingestellt, darauf liegen achtzehn bis zwanzig abgeschnittene Taubenköpfchen, die sich noch bewegen und mit den Augen neugierig umherschauen; das Blut in der Schüssel versickert langsam, erst wenn es verschwunden ist, rühren sich die Köpfchen nicht mehr. Herbert Dedeken sagt, auch er habe einen Traum, den er jeden Monat mindestens einmal träume: er befindet sich auf einem Schiff, das er nach vielen Mühseligkeiten und Fährnissen erreicht hat, die Verfolger stehen an Land und drohen ihm mit erhobenen Fäusten, das Schiff hat die Anker gelichtet, kann aber nicht aus dem Hafen, niemand weiß warum. Jede Minute ist wichtig, die Mutter erwartet ihn; trifft er zur rechten Zeit nicht ein, so wird er sie nie mehr sehen, muß aber das Schiff wieder vor Anker, so wird er den Verfolgern ausgeliefert. »Erzähl doch mal deinen Traum vom Reh«, wendet er sich an die Schwester, »das ist ja so ein Bluttraum.« Anna errötet, sie scheint nicht gern daran erinnert zu werden. Es ist so: sie wandert über eine schneebedeckte Waldschneise, ein Wolf bricht vor ihr ins Gebüsch. Erschrocken will sie umkehren, da gewahrt sie ein Reh, das sich mit den Vorderläufen in einer eisernen Falle gefangen hat, während der ganze Hinterleib eine einzige Wunde ist, der Wolf hat ihn zerrissen und angefressen. Der Anblick des Rehs ist von unausdenklicher Gräßlichkeit, die flehenden Augen, vorn das Zerren am Eisen, hinten der zuckende, rauchende Rumpf ... alle drei bis vier Wochen kommt dieser Traum. Die andern nicken verstehend, sie erkennen die Tiefe der Lebensangst, die aus dem Traum spricht; um den lähmenden Eindruck zu mildern, erzählt Seyschab »seinen« Traum: Er sieht sich selbst, das heißt, ein zweiter Seyschab geht vor ihm her, er weigert sich, an die Spaltung seiner Persönlichkeit zu glauben, er empfindet sie als unlogisch und zuchtlos; das andre Ich kümmert sich aber um seine Entrüstung nicht, es trabt gleichmäßig weiter, und um es für die Aufsässigkeit zu bestrafen und der Sache ein Ende zu machen, hebt der Ur-Seyschab einen Stein auf und schleudert ihn dem Abtrünnigen an den Kopf; der Stein trifft ihn selbst, und von dem Schmerz erwacht er. Alle lachen, am ausgelassensten der junge Graf. Das ist einmal ein richtiger Philosophentraum.

Etzel blickt empor. Die Träume, die sie einander erzählt haben, spiegeln sich in seinen Augen. Es sind magische Bilder, jedes die knappste Zusammenfassung eines Schicksals. Sie brauchen nicht gedeutet zu werden, da sie doch mehr von der Seele künden, solange sie in ihrer geheimnisvollen Sprache reden. Es wäre so, als wollte man den Sinn eines Gedichtes dadurch ergründen, daß man es grammatikalisch zergliedert. Plötzlich weiß er so viel von diesen Menschen, als hätte er das Leben jedes einzelnen gelebt . . .

Es war schon finster, als Mewer kam. Sie hatten die letzte halbe Stunde im Dunkeln sitzen müssen; die neuen Gebäude waren noch nicht an die elektrische Leitung angeschlossen. »Bist du da, Andergast?« rief Mewer, den Kopf in der Türspalte. Auf Etzels Zuruf schob er sich herein und meldete, Miß Marschall sei zurück. »Sie erwartet dich«, sagte er, »aber allein, ohne deine Leute.« – Hockend, die Arme um die Knie geschlungen, schaute Etzel zu ihm empor. Ihm ahnte nichts Gutes. »Warum allein?« fragte er mißtrauisch. – »Weiß nicht. Sie will dich sprechen.« – »Was ist denn noch zu sprechen«, maulte Etzel und erhob sich schwerfällig. – »Weiß wirklich nicht. Sie scheint mir nicht bei Laune.« – »Na, schön. Indessen könntest du denen hier Gesellschaft leisten, Mewer. Das blöd-

sinnige Herumsitzen. Bis man da zur Audienz kommt...
Hungrig werden sie auch schon sein. Seid ihr hungrig?«
wandte er sich an die fünf. – »Ach wo, nicht so schlimm«, hieß
es zögernd. – »Sieh doch zu, daß du eine Kerze bekommst,
Mewer. Unterhalte sie. Sing ihnen das Judenlied vor.«

Das Judenlied war ein berühmte Leistung Mewers. Er hatte
es selbst gedichtet. Auch die Musik, halb Gassenhauer, halb
Tempelklage, stammte von ihm. Er blies sie auf einem in
Fließpapier gewickelten Taschenkamm. Es waren sechs oder
sieben Strophen, die in drastischer Verkürzung das Schicksal
seines Volkes schilderten. Jahrtausendleid zu einer Jahrmarkts-
ballade verarbeitet und im Moritatenstil vorgetragen. Ahasver
als Bänkelsänger. Freilich entsprach Max Mewer nicht dem
gewaltigen Bild, das man sich vom ewigen Juden macht. Er
sah aus wie ein Wiesel und war dürr und armselig von Statur.
Sein Gesicht denunzierte ihn bei allen Spöttern und Hassern,
das empfand er als sein Spezialpech und bezeichnete es als
ethnologische Schlamperei. Vielleicht hatte er einmal gehofft,
der nicht sein zu müssen, der er war, schließlich hatte er begriffen, daß er sich nicht entschlüpfen konnte, die ätzende
Bitterkeit seiner Seele bewirkte nicht nur, daß er sich bekannte,
sondern auch, daß er sich, halb schmerzlich, halb zynisch, übertrieb. Darin lag ein gewisser schamloser Trotz, dessen Quelle
die Aussichtslosigkeit einer demütigenden Situation von welt-
geschichtlichem Ausmaß war. Im Jahre 1920, er war damals
noch ein Knabe gewesen, hatte sich sein um zwölf Jahre älterer
Bruder aus diesem Grund erschossen. Nachdem er als Freiwilliger den ganzen Krieg mitgemacht und viele Auszeichnun-
gen erhalten hatte, wurde er von einer studentischen Verbindung, der er seit vielen Jahren angehörte, wegen seines Juden-
tums ausgeschlossen. Die besondere Roheit dieses Aktes und die
Folgerung, die der Betroffene daraus zog, hatten dem Fall seiner-
zeit die allgemeine Aufmerksamkeit zugewendet. Es war an
einem Festabend geschehen. Erst sollte eine Programmdebatte
stattfinden, daran anschließend Konzert und Tanz. Einer der
ersten Anträge lautete, es solle darüber abgestimmt werden, ob

Juden in der Verbindung fernerhin verbleiben dürften. Hermann Mewer, der einer der Gründer war und im Vorstand saß, meldet sich zum Wort. Der Vorsitzende verweigert es ihm zunächst und fragt die Versammlung, ob sie Mewer hören wolle. Die meisten sind dagegen, erst nach langer Beratung versteht man sich dazu. Kaum hat er seine Rede begonnen, als einer der »alten Herren« dem Kapellmeister ein Zeichen gibt. Mewer redet, die Kapelle spielt. Mitten im Satz verstummt er, verläßt seinen Platz, geht ins Nebenzimmer und jagt sich eine Kugel in den Kopf. Er ist mit geladenem Revolver zu dem Abend gegangen. Er hat um die Verschwörung gewußt. Er war entschlossen zu sterben, wenn ihn die Freunde von einst aus ihrer Gemeinschaft ausstoßen würden. In einem hinterlassenen Brief war es zu lesen: »Die Erwägung, daß es einem gerecht empfindenden Menschen unmöglich ist, in einer so aller Ehre, allen Anstandes baren Welt zu leben, zwingt mich, dieser Welt den Rücken zu kehren. Gewissenlosigkeit, Verblendung und Haß haben sich der Männer bemächtigt, denen ich ehemals mit Stolz und Freude Kamerad war, und da man mir auch den ritterlichen Waffenschutz nicht zubilligt, ich andrerseits zum Verbrecher nicht werden, niedriger Rachsucht nicht nachgeben will, bleibt mir nichts als der Tod.« Ein unbefangener Chronist richtete kurz nach dem Selbstmord an die Kommilitonen Mewers die sarkastische Frage: Darf man erwarten, daß die abgebrochene Debatte jetzt noch einmal und ohne Musikkapelle aufgenommen wird? Dieses Erlebnis bestimmte die Lebens- und Geisteshaltung Max Mewers. Als er eines Tages Etzel den Vorgang erzählte, konnte sich dieser vor Verwunderung nicht fassen. »Warum hat er sich denn da erschossen?« fragte er. »Das versteh' ich nicht. Nimm mal an, beispielsweise, eine jüdische Gesellschaft setzt mich vor die Tür, und aus Kummer darüber schieß' ich mich tot. Wäre doch geradezu blödsinnig, was? Weil sie sich besser oder vornehmer oder was weiß ich dünken, soll ich mich umbringen? Damit liefere ich doch keinen Ebenbürtigkeitsbeweis. Siehst du nicht ein, daß das ein kompletter Stiefel ist?« Nein, Mewer sah es keineswegs ein. Mit verbissener Miene antwortete er: »Du stellst die Dinge auf den Kopf, Andergast, weil du sie so, wie sie sind, nicht wahrhaben willst. Und damit gehörst du noch zu den halbwegs Anständigen.« Etzel wußte von seinen Waremme-Tagen her viel von Juden, viel von jener tiefreichenden Erschütterung des Selbstbewußtseins, an der sie litten wie an einem Erbübel. Er war sich natürlich darüber klar, daß das Argument, mit dem er sich gegen Mewer für den Augenblick salviert hatte, eine dreiste Spitzfindigkeit war, eher eines schlauen Winkeladvokaten als Etzel Andergasts würdig, aber die ganze Frage ging ihm nicht nah, sie betraf ihn zu wenig, er verstand sie nicht recht; wenn er sich mit ihr zu beschäftigen hatte, geschah es wohl in seiner mutigen und ehrlichen Weise, aber er ermaß weder die Schuld auf der einen Seite, noch fühlte er das Leiden auf der andern. In dieser Stunde, wo sein Körper so empfindlich war, als sei er ohne Haut, die Sinne aufgewühlt, die Nerven so gespannt, daß er zu gleicher Zeit hätte weinen, beißen und um sich schlagen mögen, sah er auch Mewer in einem neuen Licht, steckte auch in ihm auf einmal drinnen wie vorher in den Traumerzählern. Er ahnte den vergeblichen, unaufhörlichen, erniedrigenden Kampf, spürte den leidenschaftlichen Appell, das ungesühnte Unrecht. Er erinnerte sich einer Auseinandersetzung, die er vor ein paar Tagen mit Grünne gehabt, gleich nachdem er ihn endlich ausfindig gemacht; er war ja lang auf der Suche nach ihm gewesen. Grünne war durch seine politische Richtung gewissermaßen zum Judenhaß verpflichtet, willig übernommenes Vorurteil hatte den Boden bereitet. Bei irgendeinem zufälligen Anlaß kam die Rede darauf, Grünne ging scharf ins Zeug und sagte, die Juden seien das tödliche Gift im nationalen Körper, ohne sie wäre solches Unheil nie über Deutschland gekommen, sie unschädlich zu machen sei der erste Schritt zur Wiedergeburt. Etzel schien eine Weile sehr nachdenklich, er spürte die echte Verzweiflung und die echte Überzeugung in den Worten des Kameraden, er konnte nicht widersprechen und wollte es auch nicht, da er einsah, daß da mit Gründen nichts auszurichten sei, es war ein zugefrorenes Terrain, und es aufzutauen war eine Frage der Temperatur, nicht der Worte, nicht des Geistes. »Kennst du denn eigentlich Juden«, erkundigte er sich schließlich, »hast du schon mit welchen verkehrt?« Davor möge ihn Gott bewahren, erwiderte der Graf, er hoffe auch künftig von ihnen verschont zu bleiben. »Du bist ein Kamel«, sagte Etzel, »ich wette mit dir, daß du mindestens einem halben Tausend schon die Hand gedrückt hast. Was stellst du dir denn vor? Glaubst du, sie tragen Hörner und sitzen nachts auf den Bäumen? Ich werde dich nächstens mit einigen zusammenbringen, es sind manchmal famose Kerls, sag' ich dir, du wirst deine blauen Wunder erleben.« – »Danke bestens«, hatte Grünne erwidert, »dann kannst du gleich deine Karte mit p. p. c. bei mir abgeben.« Was für ein Satan ist in die Menschen gefahren? war Etzels verwunderter Gedanke gewesen; sie hassen, und warum? Weil sie hassen. Ohne Kenntnis des Objekts; sozusagen aus unschuldigem Herzen; der gute Grünne wenigstens und viele von seiner Gilde. Ein soziologisches Rätsel. Da ist offenbar kein Kraut dagegen gewachsen, man müßte die Köche in den Giftküchen zu fassen kriegen, die ihnen den Haß schmackhaft und appetitlich auf den Tisch liefern . . .

»Fang nur an mit deinem Lied«, forderte er Mewer auf, »ich möcht' es gern wiederhören. Und du, Grünne, hör auch zu. Ein Riesenspaß. Moment! . . . Es werde Licht.« Er zog die elektrische Taschenlampe, die er stets bei sich trug, aus seiner Rocktasche und drehte sie auf. Die grellweiße Flamme beleuchtete sein Gesicht zuerst. Es hatte einen Zug von Wildheit, der es förmlich zerspaltete, die Augen lagen tief und glühend in den Höhlen. Mewer setzte sich auf den Tischrand und schlug die Beine übereinander. Er durchsuchte seine Taschen nach dem Kamm, der bei der Produktion unentbehrlich war. Endlich fand er ihn. Statt des Fließpapiers benützte er das abgerissene Stück eines Briefs. Etzel ließ den Schein der Lampe im Kreis herumgehen. »Komm her, Grünne«, rief er mit einer fremden, gellenden Stimme, »drück dich nicht. Ich hab' dir einen Juden versprochen, jetzt kriegst du ein Konzert obendrein und ohne

Eintrittsgeld.« Grünne trat neugierig, doch mit zögernder Verachtung näher. Alle Gesichter, auf die das Blendlicht fiel, sahen wie Gipsbüsten aus. Mewer raunte Etzel zu: »Es ist Zeit, du darfst die Miß nicht länger warten lassen.« – »Ja, fang nur an«, entgegnete Etzel, »ich geh' dann schon. Also das Judenlied steigt, Kinder!« Er reichte Seyschab die Laterne und tauchte in die Finsternis. An der Tür blieb er stehen und lauschte. Erst kam die scheußliche Melodie auf dem Kamm, sie erinnerte an das Gequäkse eines Saxophons. Hierauf begann Mewer mit öliger Tenorstimme:

Ich komm' vom Anbeginn der Welt und geh' ans End der Zeiten,
im Anfang, heißt es, war das Wort, und was hat's zu bedeuten?
Blut, Tränen, Leid und Narben,
Angst, Zittern, Schnorren, Darben
Flucht, Zähneklappern, Wandern
Vom Euphrat bis nach Flandern.

Vom wem ist denn das schöne Liedlein?
                    Vom braven Jüdlein, vom frechen Jüdlein!
Abraham Isak Jakob & Co.
Rote Rose von Jericho.

Zu Worms und Wien, Madrid und Rom ward ich zu Tod
                                                    geschunden.
Krieg, Hungersnot und Pestilenz hätt' ich für sie erfunden:
So sprachen Kaiser, Papst und Zar, so legten's die Konzilien dar.
Und Hund, Mensch, Pfaff, Soldat und Ritter
                    bespuckten mich durchs Käfiggitter.
Zehnfach zahlen, hundertfach sterben, tausendfach büßen
Und dann noch dem Henker die Füße küssen.

Von wem ist denn das schöne Liedlein?
                    Vom braven Jüdlein, vom frechen Jüdlein!
Abraham Isak Jakob & Co.
Blutige Rose von Jericho . . .

Nach dieser Strophe ging Etzel. Undeutlich hörte er von draußen, durch die Fenster, noch die dritte:

Ich bin von König Davids Stamm, das hab' ich ganz vergessen,
hundertprozentiges Königsblut, und so viel Unflat fressen!
Ich tu', als wär' ich's nicht,
das ist mein Strafgericht.
Getrost, getrost, zweitausend Jahr: ein Sandkorn in der
                                                    Ewigkeit,
ich hab' ja noch so viel Geduld, Geduld für einen Berg von Zeit.
Steh auf, Sohn Zions, und sei stolz,
Die Quäler sind aus schlechterm Holz.

   Der Refrain verklang dann:

Von wem ist denn das schöne Liedlein?
                    Vom lieben Jüdlein, vom frechen Jüdlein!
Abraham Isak Jakob & Co.
Heilige Rose von Jericho . . .

Nell empfing ihn sofort. Sie hatte Gesellschaft bei sich, hatte aber Auftrag gegeben, sie zu rufen, wenn er kam. Als sie seiner ansichtig wurde, zog sie die Brauen hoch, und ihr Blick wurde eigentümlich starr. Ohne stürmische Begrüßung wie sonst fing sie zu sprechen an und schien vor allem bestrebt, ihn nicht zu Wort kommen zu lassen. Sie befanden sich im gleichen Zimmer wie neulich, wo der dreiteilige Spiegel stand. »Ich muß dir eine traurige Eröffnung machen, darling«, begann sie in kaltem und eiligem Ton, »ich bin genötigt, meine Zusage wegen deiner Freunde zurückzunehmen. Es tut mir fürchterlich leid, das kannst du dir denken. Aber es sind mittlerweile dringende Verpflichtungen in den Vordergrund getreten. Du mußt mir verzeihen . . . ich war bereits gebunden, als ich dir das übereilte Versprechen gab . . . kurzum, es geht diesmal nicht.« Sie machte mit dem Kopf eine Schrägbewegung wie eine Amsel, bevor sie nach einem Korn pickt, die Finger zupften nervös an dem breiten Spitzenkragen, den sie um den Hals trug. Sie vermied es, ihm ins Gesicht zu sehen. Sie fürchtete sich davor. Sie hatte sich schon den ganzen Tag davor gefürchtet. Es war ihr nicht wohl bei der Sache. Sie kannte ihn gut genug, um zu wissen, welchen Schlag sie mit ihrer plötzlichen Weigerung gegen ihn führte. Sie kannte den Ernst, die unbeugsame Energie, mit der er sich solchen Aufgaben unterzog, sie spürte ihm an, sie witterte es geradezu, was ihn die Erfüllung gekostet hatte und daß das Nein so unerwartet auf ihn niederdonnerte wie das Beil auf ein Schlachttier. Aber das war ja eben die Absicht. Nicht aus Bosheit, es war keine boshafte Faser an ihr; nicht aus verhehlter Abneigung, sie hatte ihn gern, er interessierte sie, sie hatte eine große Meinung von ihm und war nicht im geringsten darauf erpicht, ihn zu strafen, weil er es gewagt hatte, Emma Sperling herabzusetzen und schlechtzumachen, oder weil er Jürgen Lorriner »verraten« hatte; auch die kritische Wachsamkeit, mit der sie sich seit langem von ihm beobachtet wußte, verübelte sie ihm nicht, obschon sie sie reizte und beunruhigte. Jedes dieser Motive wäre niedrig gewesen, und Niedrigkeit war ihrem Wesen fremd, der Antrieb kam aus tieferen Schächten, er hatte mit einer uneingestandenen Eifersucht zu tun, mit der Stellung, die Etzel unter den jungen Menschen einnahm, dem unbedingten Vertrauen, das sie ihm schenkten. Es war eine Eifersucht wie die eines Künstlers auf den Rivalen, womit nicht gesagt sein soll, daß sie in ihrer Wirkung weniger verheerend war als irgendeine häßliche und geistlose Intrige. Sie bewies es ja durch die Tat. Eifersucht war vielleicht das einzige Laster Nells, und wenn ihre Lebensarbeit dabei ins Spiel kam, die ideale Berufung, ihr enthusiastisches Verhältnis zur Jugend, gab sie sich dem Gefühl ohne Maß und Schranke hin und schreckte vor keinem Mittel zurück, den vermeintlichen Nebenbuhler ihre überlegene Macht spüren zu lassen, selbst um den Preis der Verleugnung ihres Helfertums wie hier. Zu retten, Dank und Liebe zu ernten, als gütige Schicksalsgöttin einzugreifen, wenn die Not am höchsten war, dazu war *sie* da, sie allein und niemand sonst.

457

Etzels erster Gedanke war: Um Gottes willen, wie soll ich es denen beibringen ... die haben sich doch schon darauf eingerichtet ... die glauben doch, sie sind aus dem Wasser ... ich kann ihnen ja nicht mehr unter die Augen treten ... die müssen mich für einen gemeinen Schwindler und Aufschneider halten... was tu' ich denn da ... ich weiß gar nicht, was ich da tun soll ... Er wankte ein wenig. Seine Beine hatten sich in zwei empfindungslose Pflöcke verwandelt. Der Schädel war entsetzlich leer, dabei innen heiß, er hatte das Bedürfnis, ihn in eiskaltes Wasser zu tauchen. Die Finger bewegte er mechanisch, wie man tut, wenn die Hände blutlos und abgestorben sind. Er näßte die Lippen mit der Zunge und stotterte etwas von fester Abmachung und daß er sich darauf verlassen habe und daß drei von den Leuten jetzt einfach auf der Straße lägen. Er sagte dies ebenso automatisch hin, wie er automatisch die Finger spreizte und einzog, sein Blick hatte etwas blöde Glotzendes, und während er unter der quälenden Sinnestäuschung stand, Nell schwebe unaufhörlich im Kreis um ihn herum, mußte er immer wieder dasselbe denken: Wie sag' ich's ihnen nur ... was fängt man mit ihnen an ... die gehn ja drauf ... die können sich nicht mehr erfangen ... es ist der letzte Monat gewesen ...

Nell sprach zu ihm. Ihre Stimme war wie ein Schraubenzieher. Er antwortete: Ja, nein; ja, nein; ohne zu verstehen. Oder er schüttelte den Kopf, das heißt, er wußte, daß er den Kopf schüttelte, und sah es wie von außen, aber es hatte keinen Sinn. Auf einmal war Nell weg. Oder war er selber weggegangen? Jedenfalls war er allein. Eine Weile später befand er sich auf der Straße. Er ging vorwärts, machte eine Unmenge Schritte. Wieder eine Weile später hielt er einen Laternenpfahl umfaßt und preßte die Stirn daran. Ein Schupomann stieß ihn in den Rücken und empfahl ihm barsch, seinen Rausch zu Hause auszuschlafen. Wohin soll ich denn? dachte er verzweifelt, zu denen kann ich doch nicht zurück ... ich kann ihnen doch nicht sagen, daß ... kann ich doch nicht ... wohin also? Da rührte sich etwas in seiner Brust wie eine kleine windscheue

Flamme. Gab es nicht einen Menschen, zu dem er fliehen konnte? Wie war es möglich gewesen, ihn zu vergessen? Vor dem brauchte er sich nicht zu schämen, dem mußte er nichts explizieren, der begriff ohnehin alles, wußte alles, sah alles. Doch wie zu ihm gelangen? Es war zu weit. Er durchwühlte angstvoll seine Taschen: nichts . . . Er hatte nicht zehn Pfennig im Vermögen. Das letzte Geld hatte er Helene Grätz gegeben, damit sie ihre Schulden beim Bäcker und Lebensmittelhändler bezahlen konnte, dreizehn Mark. Bis in die Große Querallee zu Fuß zu gehen, fühlte er sich nicht fähig, es war ein Weg von Stunden. Unmöglich heute. Ich weiß, was ich tu', überlegte er dumpf, ich nehme ein Taxi und borg mir das Fahrgeld dort vom Pförtner aus.

Gegen zehn Uhr abends läutete er an Kerkhovens Privatwohnung. Das Mädchen, das ihm öffnete, sagte, der Herr Professor sei zwar zu Hause, er arbeite jedoch und habe befohlen, ihn nicht zu stören. Kaum hatte sie ihren Spruch beendet, so stieß sie einen Schrei aus; der junge Mann vor ihr fiel längelang zu Boden wie ein Stock.

Vierzehntes Kapitel

Es war ein Zustand schwerster Erschöpfung. Nervenzusammenbruch. Das ist natürlich eine medizinische Vokabel wie jede andere; daß sie über den eigentlichen Vorgang im Organismus nichts Entscheidendes aussagte, war niemand besser bewußt als Kerkhoven, der sich dieser wie jeder Hilfsannahme nur bediente wie ein Bildhauer der geometrischen Punkte am unbehauenen Marmor. »Bei dem ist's wie im Krieg«, sagte er zu Marie, »alle paar Wochen schafft man ihn verwundet hinter die Front. Und die Widerstandskraft . . . was er aushält . . . man kann nur staunen.« – »Ist es gefährlich?« erkundigte sich Marie. – »In einem solchen Fall besteht die Gefahr im Vorstadium, der Ausbruch gehört schon zum Heilungsprozeß«, antwortete Kerkhoven; »es ist, wie wenn das explosive Gas in einer Flasche noch rechtzeitig den Stöpsel hinaustreibt und dadurch verhindert, daß das Gefäß zerspringt.«

Selbstverständlich hatte er Etzel gleich im Hause behalten und in der Hofkammer, die er schon vor Wochen zu seiner Aufnahme bestimmt, zu Bett bringen lassen. Er hatte telefonisch eine seiner bewährtesten Krankenschwestern berufen und genaue Anweisungen wegen der Pflege erteilt. Den Morgen darauf veranlaßte er, daß Etzels sämtliche Habseligkeiten aus der Motzstraße geholt wurden, die Schwester und das Hausmädchen brachten alles möglichst geräuschlos in den beiden Räumen unter, die er nun bis auf weiteres bewohnen sollte. Er merkte nichts davon, am ersten Tag schlief er nämlich fünfzehn Stunden, am zweiten sogar sechzehn, es war ein steinerner, dickwandiger Schlaf, in einem tiefen Brunnen, Urschlaf, in dem die Sinne starben, das Gehirn erlosch und das pulsende Herz in seinem Zauberdunkel zum Alleinherrscher des Leibes wurde. Als er dann im Zimmer, wo er lag, die gewohnten Dinge um sich sah und im andern Zimmer durch die offene Tür die wohlbekannten Rücken seiner Bücher, ordentlich in Regale gestellt, war er maßlos verblüfft und schien eine Zeitlang ernstlich an seinem Verstand zu zweifeln. Er nahm seine Nasenspitze zwischen Daumen und Zeigefinger und grübelte zunächst einmal darüber nach, wo er sich befand und was mit ihm geschehen war. Die Schwester Agathe erklärte ihm lächelnd, was es mit der Herbeischaffung seiner Wäsche, Kleider und sonstigen Besitztümer für eine Bewandtnis hatte. Der Professor habe es verfügt. Der Professor wünsche und habe angeordnet, daß er sein bisheriges Logis verlassen und hier, in der Wohnung des Professors, bleiben müsse. Der Professor werde seine Gründe dafür haben. Sich seinem Beschluß zu widersetzen, sei nicht ratsam. Sie erinnere sich jedenfalls nicht, daß jemand es versucht hätte. Suprema lex regis voluntas. Sie konnte Lateinisch.

Etzel erwiderte nichts. Er war noch genauso verblüfft wie vorher und wußte nicht, wie er sich das alles zusammenreimen sollte. Er hatte das Gefühl, als hätte ihn im Schlaf wer aufgehoben und nach einem andern Weltteil getragen. Das war einerseits angenehm und bedeutete Entlastung, andrerseits lehnte er sich als gegen einen Akt der Willkür innerlich dagegen auf. Der tägliche Lebensrhythmus geht ins Blut über, auch des ungern gelebten Lebens; setzt er plötzlich aus, so entsteht eine Art Tod. Das gestern Gewesene, von dem auf einmal keine Brücke mehr zum Heute führt, bekommt ein anklägerisches Gesicht. Der Mensch ist ehern an sein Tun und dessen stetige Folge geschmiedet, auch um sich loszulösen, braucht er die Illusion des allmählichen Zeitverlaufs. Als Kerkhoven kam, wagte ihm Etzel zunächst nicht in die Augen zu sehen. In seiner Haltung war Trotz. Kerkhoven begriff sofort, was in ihm vorging. Auf Auseinandersetzung ließ er sich erst gar nicht ein. Mit Worten war hier nichts zu gewinnen. Wo Wille gegen Wille steht, handelt es sich um Kampf und Unterwerfung; das lag nicht in Kerkhovens Plan, auch war es auf die Dauer fraglich, wer Sieger bleiben würde, denn in dieser Hinsicht war der junge Mensch allen überlegen, die er kannte, vielleicht zählte er sogar zu den seltenen Genies des Willens, denen es bestimmt ist, einer Zeit ihren Stempel aufzudrücken; vielleicht; es hing vom Gang der Dinge ab, vom Nichtversagen eines bislang noch unbekannten Sinnesorgans, von einem wahrscheinlich genau bemessenen Vorrat an Zellenenergien. Solche Charaktere haben ihre von Generationen her aufgespeicherten Reiz- und Kraftquellen, in dieser Beziehung sind sie gleichsam Selbstversorger, und man kann sie weder aushungern noch mürbe machen. Um seiner habhaft zu werden, mußte man andere Mittel anwenden als die in der Praxis und Erfahrung scheinbar bewährten, man mußte in die schaffende Natur eindringen, ganz tief, bis in jene zweite Existenz hinab, die unter der Oberflächenexistenz ruht wie die Wurzelwelt unter dem Erdboden. Also nichts von Behandlung, nicht die billige ärztliche List, die eine Schwäche ausnützt, um Einfluß zu erlangen, nicht das Inquisitorium, das durch Aufgraben des Verborgenen die Persönlichkeit zersetzt und Triebe lähmt, die

461

vielleicht in der Einheit der Kreatur viel weniger verderblich wirken, als wenn dem Bewußtsein die Mittel geboten werden, sie argwöhnisch zu überwachen. Seiner »habhaft« werden! Was für ein Wort überhaupt! Bedurfte es denn noch der besonderen Bemühung? Hier war ein grundeinfaches Verhältnis, fast elementar; was war anderes nötig, als es nach seinem Gesetz sich entfalten zu lassen? Sein, das war alles. Dasein. Umfassen und sich mit keiner Regung wehren gegen das Umfaßtwerden. Das andere Leben aufnehmen, ohne es anzutasten. Es bis in seine entlegensten Abgründe, mit allen seinen Bedingnissen und Verheißungen erkennen, ohne es zu vergewaltigen. Das andere Leben ist der rocher de bronze. Je höher man es wertet, ein je reinerer Spiegel wird es für das eigene Ich, ein je kostbarerer Besitz für die Welt. Was ließ sich da nicht gestalten, aus einem Menschen wie diesem hervorbringen! Das war es ja, was er im Gespräch mit dem alten Heberle angedeutet und was dieser resigniert als Phantasma bezeichnet hatte: »Zwei, drei Dutzend Seelen, die man herausheben kann aus der Luft von Ansteckung und Gefahr.« Wenn er dieses außergewöhnliche Individuum quasi sicherstellte; es, soweit es menschenmöglich war, dem blinden Zugriff des Schicksals entzog, eines Schicksals, das immer weniger Ausleselust an den Tag legte und immer mehr ein Molochvergnügen an der Massenvernichtung zu finden schien; wenn es ihm gelang, diesen Menschen (vorläufig den, nachher würde man sehen) herauszuführen aus Wirrnis und Irrtum, aus körperlicher Erschütterung (die ernst genug war), aus einem geistigen Leiden (von dem sich, wie die Welt nun einmal aussah, Besserung auf dem Weg der Selbstheilung kaum erhoffen ließ), hatte er dann nicht Ersprießlicheres geleistet, als wenn er Hunderten und Hunderten von bereits Gebrochenen und zu Boden Getretenen half, sich für kurze Zeit wieder aufzurichten und ihre unfruchtbare Existenz mühselig und freudlos noch ein Stück weiter zu schleppen?

Ich gebe diesen Gedankengang wieder, ohne ihn gutzuheißen oder abzulehnen. Eine krisenhafte Lebensstimmung ist unschwer aus ihm zu erkennen. Von ihr wissen wir ja längst. Ihre ersten Anzeichen liegen weit zurück. Kommt freilich noch jener geheimnisvolle Umschichtungsprozeß hinzu, den jeder Mann um sein fünfzigstes Jahr erfährt und von dem behauptet wird, daß er eine Folge innersekretorischer Veränderungen sei. Damit ist aber wenig gesagt und nichts erklärt, Kerkhoven war der letzte, der sich mit der bloßen Pathologie eines solchen Vorgangs zu begnügen vermochte, seine Beobachtungen waren auch nicht auf die eigene Person beschränkt, die interessierte ihn nur insofern, als sie ein Glied in der Beweiskette darstellte. Er ahnte ein verborgenes Gesetz, das zu finden den kommenden Geschlechtern vorbehalten war und das wahrscheinlich erst formuliert werden konnte, wenn sich einmal das Wesen des höheren Menschen als morphologischer Begriff von der Gattung sondern ließ, denn nach seiner Überzeugung handelte es sich um nicht mehr und nicht weniger als um einen Gestaltwandel, dessen somatische Andeutungen nur an Vorläufern und nur in bestimmten Perioden erkennbar waren, auf den Stationen, die er die Rangierbahnhöfe der menschlichen Existenz nannte.

Er fragte Etzel, ob er Lust habe, sein Privatsekretär zu werden. Das war der Plan, den er lange zuvor gefaßt hatte. Etzel war überrascht. Er wurde rot und blickte Kerkhoven mißtrauisch an. War das nicht ein freundschaftliches Manöver, um seinen miserabeln Umständen aufzuhelfen? Kerkhoven durchschaute den Gedanken und lächelte. Es falle ihm nicht im Traum ein, ihm eine Sinekure zu verschaffen, sagte er, dergleichen könne er sich nicht leisten. Sei es denn erwiesen, ob er ihn brauchen könne? Zunächst müsse der Versuch gemacht werden. »Ich habe keine Ahnung, wie Sie sich das vorstellen, Meister, und was ich für Aufgaben hätte«, erwiderte Etzel. – »Das ist rasch erklärt. In der Ordination hätten Sie nur in gewissen Fällen zu tun, zur Aufnahme stenographischer Protokolle. Das müßte ich mit Doktor Römer unten besprechen, schon damit keine Kompetenzkonflikte entstehen. Im allgemeinen sollen Sie möglichst viel in meiner Nähe sein. Arbeit gibt es im Überfluß.

463

Es sind Stöße von Aufschreibungen zu ordnen, die Brief-
beantwortung ist rückständig, die Registratur verwahrlost, die
Krankengeschichten müssen durchgesehen und nach bestimmten Gesichtspunkten zusammengestellt werden, ebenso meine
Publikationen in verschiedenen Fachzeitschriften; Material
und Notizen für ein Buch, das mir am Herzen liegt, will ich
seit Jahren redigieren und finde nicht die Zeit ... Sie sehen,
mehr als genug. Bisher hat mir jemand gefehlt, dem ich Vertrauen schenken kann und der kapiert, worauf es ankommt.
Ich entschließe mich doch so schwer zu Menschen. Wenn
alles andre klappt, scheitert es zuletzt am Atmosphärischen.« –
Etzel sah stumm vor sich nieder. Noch immer konnte er den
Verdacht nicht loswerden, als sei das ganze Anerbieten eine
Falle für ihn, eine Kerkhovensche Falle zwar, aber trotzdem
eine Falle. Plötzlich sah er Kerkhoven an. Und Kerkhoven sah
ihn an. Und sie verstanden einander. Mit seiner bedeckten
Stimme fuhr Kerkhoven fort: »Natürlich beabsichtige ich nicht,
Sie in eine subalterne Stellung zu locken. Subaltern wird sie
schon durch ihren Famuluscharakter. Ich weiß, wen ich vor
mir habe. Sie sind nicht zum Gehilfen geboren. Nebenbei:
wozu Sie geboren sind, das ist vorläufig ein dunkles Rätsel
für mich. Ich nehme an, auch für Sie. Das hat sein Gutes, und
es hat sein Schlimmes. Aber darüber brauchen wir uns ja jetzt
keine grauen Haare wachsen zu lassen. Um offen zu sein: ich
biete Ihnen eine Zuflucht. Sie sind stark mitgenommen von
allerlei Unwetter, und ich sage: Da ist mein Haus, Andergast,
betrachten Sie es als das Ihre. Bringen Sie sich einstweilen
in Sicherheit darin, Sie haben es dringend nötig, es könnte
sonst übel mit Ihnen enden. Der unheilvollen Freizügigkeit
muß ein Riegel vorgeschoben werden. Das Bedenkliche ist
nämlich, daß sie dem Gesetz des beschleunigten Falls unterliegt.
Jeder Pflichtendienst ist ein solcher Riegel. Sie müssen sich
disziplinieren. Vielleicht befriedigt es Sie. Vielleicht vertragen
wir uns bei der gemeinsamen Arbeit. Vielleicht öffnet sich unversehens ein Weg in die Zukunft dabei. Das kann man nicht
wissen. Ich werde nie etwas von Ihnen fordern, aber ich werde

464

alles von Ihnen erwarten. Das ist eine Erschwernis, gewiß, aber warum soll es denn bequem sein. Ihre Zeit gehört nach wie vor Ihnen, es gibt kein Vertrauen im Zwang, aber was Sie mir freiwillig von ihr überlassen, fällt dann doppelt ins Gewicht. Was meinen Sie also zu dem Vorschlag?«

Etzel erhob sich, blickte Kerkhoven lächelnd an, und in soldatischer Haltung sagte er nur das eine Wort: »Meister.« Es klang wie ein Gelöbnis.

Etwas ängstlich gespannt wartete Kerkhoven auf den Moment, wo Etzel zum erstenmal ausrücken würde. Er war darauf gefaßt. Eines Tages wird er für längere oder kürzere Zeit verschwinden, sagte er sich, da nicht anzunehmen ist, daß er die Schiffe hinter sich verbrennt. Aber es geschah nicht. Daraus schöpfte er Hoffnung, obwohl ihm die innere Verstörtheit des jungen Menschen keineswegs verborgen blieb. Er beobachtete ihn, wenn er stumm vor sich hin brütete: das Gesicht schwermütig verdunkelt, der Blick erloschen, die Lider entzündlich gerötet. Zusammengekauert dasitzend glich er einem Gnom, der aus der Erde gekrochen ist, verstoßen von den Seinen. Er ist sehr zu schonen, ging es Kerkhoven durch den Kopf. Er hütete sich, Fragen zu stellen. Alles kam auf mittelbare Einwirkung an. Alles hing davon ab, ihn zu *halten*. Wenn er es nicht vermochte, war der Prozeß verloren. Aber das war ja gerade seine eigentümlichste Kraft, und er war ihrer immer sicherer geworden wie ein geübter Turner, der die Überlegenheit seines Körpers spürt. Doch mit der Kraft allein war es nicht getan. Man muß listig sein wie ein Gott, wenn man einen Menschen »halten« will. Jeder schlägt verzweifelt um sich, bevor er sich fügt. Jedes Gemütsleiden ist eine Form der Anarchie. Die herrenlose Seele sehnt sich nach dem Herrn, aber wenn er sich in seiner Macht zeigt, rebelliert sie. Kerkhoven glaubte erkannt zu haben, daß das, was die Psychologen und Zeitkritiker Krankheit der Jugend nannten, verschlagene Sehnsucht nach Gehorsam und Befehl war, die sich in manchen bis zur Ekstase steigerte. In ihrem Innern haßten und fürchteten sie eine Freiheit, die sie zu einer erbarmungslosen Einsamkeit verurteilte. Ebenso wußten sie in ihrem Innern, daß das Ideal des Kollektivs, das sie in ihrer Angst vor dem Überfluß an Freiheit aufgerichtet hatten, nichts anderes bedeutete als die Summe dieser erbarmungslosen Einsamkeiten, deren religiöses Sinnbild die Maschine war.

Etzels ganzes Wesen schien ihm zuzurufen: befiehl, damit ich gehorchen kann! Aber genügte der Entschluß? Mußte man dazu nicht begnadet sein? Es handelt sich ja nicht um den erstbesten. Es war, wie wenn einem die Führung und Leitung eines wunderbar begabten Kronprinzen anvertraut wird. Wie tief und weit läßt sich da von einem Punkt aus wirken. Sichtbar, spürbar. Das war es ja: das Verlangen, das Selbstgeschaffene mit seinen Augen zu sehen, nagte oft an Kerkhoven wie physischer Hunger. Dem Arzt seines Ranges entzieht sich das Bild der eigenen Leistung, weil ihm die menschliche Natur immer weiträumiger, die Grenze zwischen Gesundheit und Krankheit immer unfaßbarer, der Begriff der Heilung immer problematischer wird. Ein komplizierter Knochenbruch, der glücklich verheilt, eine Magenexstirpation, eine Sympathektomie, das ist etwas, darauf kann man hinweisen, da schenkt man einem Menschen das Leben, wenn es gelingt. Er kann keinem das Leben schenken, er kann nur das fehlerhaft gerichtete Bewußtsein korrigieren. Dabei wird nichts zur Erscheinung; was er tut, gleicht dem Gehen, Tasten, Lesen eines Blinden, je tiefer die Erkenntnis dringt, je mehr. Mit jedem einzelnen ein Ringen Brust an Brust, bis man ihm neuen Odem eingeblasen hat, und wenn er hernach wieder aufrecht schreitet, wenn das Uhrwerk der Seele wieder funktioniert, verliert er sich freudlos in ein erneutes Dasein, und die Erinnerung an seine »Abwesenheit« bleibt eine Wunde, die sich nie ganz schließt. Das sind noch die Seltenen. Die vielen, die ihm bleiben, die Immerwiederkehrenden, die nicht mehr ohne ihn sein können, geben sich dem Leiden mit entherzter Inbrunst hin, sie leben nicht, sie sterben nicht, sie vegetieren in den Stufungen dazwischen, Monate, Jahre, Jahrzehnte, und sind im Grunde seine Ankläger und die Zeugen seiner Ohnmacht . . .

An einem dieser Tage wurde er aufgefordert, im Rahmen eines öffentlichen Vortrags, der im September stattfinden sollte, über jugendliche Psychoneurosen zu sprechen. Er hatte wenig Lust dazu. Etzel sollte den Absagebrief schreiben, er zögerte damit und fragte, warum Kerkhoven die Gelegenheit zu einer Aufklärung in seinem Sinn von der Hand weisen wolle. Kerkhoven erwiderte, er halte es für verfehlt, in einer Zeit der allgemeinen Selbstaufzehrung der Persönlichkeit das psychogene Gespenst eigens an die Wand zu malen und unter dem Vorgeben, Wissen zu verbreiten, den Menschen das Gruseln beizubringen. Etzel schüttelte den Kopf. Er sagte, man könne eine höhere Absicht damit verbinden. Den Teufel an die Wand malen, gut; aber die Wissenschaft sei ja nicht die Kirche, die den Teufel braucht, es sei doch ein herrlicher Anlaß, den Menschen die Teufelsfurcht auszureden, da es ja ein ganz minderwertiger Teufel sei, an den sie glaubten. Vom echten wahren Teufel wüßten sie sowenig wie vom echten wahren Gott, von beiden ahnten nur die Auserwählten was, für die sei es dann auch kein Aberglaube mehr. Kerkhoven sah nachdenklich drein. »Hm«, sagte er »ich kann mir schon denken, worauf Sie hinaus wollen. Ist *auch* ein Standpunkt. Müßte man überlegen.« Etzel lächelte.

Er hatte unter den Papieren Kerkhovens ein Blatt mit folgendem Inhalt gefunden: »Menschen sind wie Sterne, bewegen sich in vorgeschriebenen Bahnen wie Sterne. Die Astronomie lehrt, Sternenbahnen zu berechnen. Ähnlich könnte ich mir eine Mathematik der Schicksale und der menschlichen Handlungen denken. Immer kreisen um einen Zentralkörper Planeten, um den Planeten die Trabanten. Asteroiden geistern wild durch die Systeme, Meteore durchbrechen zigeunerisch die Ordnung. Die Frage ist: Wo bist du gebunden? Wo bindest du? Gibst du Licht, oder borgst du Licht? Davon hängt der Rang ab, den du einnimmst. Es ist das Bestimmende.«

Diese Worte machten tiefen Eindruck auf Etzel. Er zeigte Kerkhoven das Blatt und sagte: »Die Astrologen müßten Sie

zu ihrem Hohepriester ernennen, wenn sie das lesen, Meister.« –
»Möglich«, antwortete Kerkhoven, »obwohl es nicht mehr
damit zu schaffen hat als eine algebraische Gleichung mit
einer Zauberformel.« – »Untersucht man seine Erlebnisse«,
sagte Etzel finster, »so kommt man darauf, daß man nur ein
einziges hat. Und das Gesetz, unter dem es steht, läßt sich auf
keine Weise ergründen. Ich kann ja auch nie, nie, nie mein
eigenes Gesicht sehen. Nie kann ein Mensch erfahren, wie er
wirklich aussieht. Das Bild im Spiegel ist wie ein Buchstabe
aus einem Satz. Zehntausend Spiegelbilder von mir sind
immer noch nicht Ich. Warum ist man sich übrigens in jedem
Spiegel so zuwider?« – »Weil man sonderbar übertriebene
Vorstellungen von sich hat«, entgegnete Kerkhoven, »in jedem
Fall; auch wer sich verachtet, hat sie.« – »Drum«, sagte Etzel.
Über dieses gelehrige »Drum« mußte Kerkhoven laut lachen.
Und in seinem Lachen klang ein so warmer Ton von Freude
mit, daß Etzel betroffen aufschaute. Es war, gleichnisweise
gesprochen, die Freude des Gärtners, der trotz der Ungunst von
Boden und Witterung seine Mühe belohnt sieht. Er fühlt es
aus jeder Frage, die der junge Mensch an ihn richtete, an jedem
seiner Blicke; es war eine neue Art von Zutraulichkeit, scheu,
vorsichtig-abwartend, eigentlich ein beständiges unmerkliches
Entgegenkommen.

An einem Abend Ende der Woche, in ziemlich später Stunde,
hatte er Etzel einige Briefe diktiert, dann ging er lange Zeit in
Gedanken versunken auf und ab. Das Mädchen brachte schwarzen Kaffee, und als sie einander gegenübersaßen, sagte Kerkhoven zwischen zwei Schlücken: »Ich vermute, da draußen in
der Siedlung haben sich recht unerquickliche Dinge abgespielt.«
Etzel war auf die Frage, denn eine Frage war es, längst gefaßt.
Daß der Meister bis jetzt damit zurückgehalten hatte, stellte ihn
in seinen Augen außerordentlich hoch. Er hatte auf diese Weise
jeden Widerstand in ihm besiegt. Er war selbst erstaunt, wie
natürlich und in der Ordnung es ihm schien, daß Kerkhoven
das Schweigen endlich brach. Er, Etzel, hätte das Stichwort

nicht geben können, es war noch zu frisch alles, es führte zu weit, und er war seiner noch nicht unbedingt sicher. Den kleinen silbernen Kaffeelöffel zwischen beiden Zeigefingern balancierend, die Augen hinter der Brille gesenkt (er hatte vergessen, sie nach dem Schreiben abzunehmen), erzählte er von Anfang bis zu Ende, was ihm mit den fünf jungen Menschen passiert war. Kerkhoven hörte sehr aufmerksam zu. »Merkwürdig, äußerst merkwürdig«, murmelte er, als Etzel fertig war. – »Hatte was riesig Abgefeimtes, das Ganze, finden Sie nicht, Meister?« – »Ich weiß nicht, ob man es moralisch beurteilen soll. So was kann nur ein Mensch machen, der . . . wie soll ich sagen . . . der keine Wirklichkeit in sich hat.« – »Eben. Das ist es eben. Und derselbe Mensch steht mitten drin in einer Wirklichkeit, in einer großen Wirklichkeit. Einer grundlegenden Wirklichkeit. Jede echte Gemeinschaft hat etwas Grundlegendes.« – »Das ist richtig.« – »Mit allem kann man spielen, nur nicht mit dem, womit man einen Grund legen will«, fuhr Etzel mit funkelnden Augen fort, »sonst wankt die ganze Welt.« – »Nehmen Sie denn an, daß Nell spielt?« fragte Kerkhoven verwundert. (Er sah sie einen Augenblick körperlich vor sich, eine vibrierende, flimmernde, enthusiastische Persönlichkeit, die blitzenden Augen, den beweglichen Mund mit den kleinen Zähnen, den etwas zu starken Hals, die geistreichen Gebärden.) – »Schlimmer noch«, würgte Etzel hervor, »schlimmer. Sie zahlt mit falschem Geld. Liebe, Begeisterung, Hoffnung, Vertrauen, alles mit falschem Geld. Nicht weil sie es will, sondern einfach weil sie nicht anders kann. Nicht weil sie es weiß, nein, sie hat keine Ahnung, sie betrügt sich mit sich selbst, und die an sie glauben, sind in ihrer Seele, absolut genommen, um alles betrogen, was es noch Heiliges auf der Welt gibt. Man soll mir nicht sagen, daß sie nicht dahinterkommen. Das ist wahr und nicht wahr. Ins Geheimste dringt es ja doch hinein. Der Tropfen Gift enthält den Tod. Es ist wahr, sie liegen vor der gütigen Fee auf den Knien und beten sie an. Aber dann, eines Tages, ergeht es einem so wie mir. Dann ist alles aus. Dann bleibt einem nur Ihr mathematischer Trost, Meister. Nell, der Himmelskörper. Wenn man einen Stein in den luftleeren Raum wirft, beschreibt er eine parabolische Bahn, nicht wahr? Das ist dann der Trost.« So aufgewühlt hatte ihn Kerkhoven noch nie gesehen. Mit seltsam verschlossener Miene blickte er in sein verstörtes Gesicht. »Das und das zweite dazu, beides zusammen kann man nicht aushalten«, flüsterte Etzel. – »Welches zweite?« – »Sie sieht doch den bösen Geist Lorriners in mir. Sie ist überzeugt, ich bin schuld an Lorriners Zusammenbruch.« Er warf den silbernen Löffel, den er noch immer hielt, in der geballten Faust jetzt, mit einer schaudernden Gebärde auf den Tisch. »Das war lange vorher. Als ich ihr die Backfischillusionen über Emma Sperling rauben mußte.« Er berichtete, wie dies zugegangen war. Kerkhoven wußte nur ungenau Bescheid über die dunklen Beziehungen zwischen Lorriner und der Tänzerin. Er setzte sie ihm auseinander. Hastig, wie man auf der Flucht redet. Und was ihm dann Nell durch die Blume zu verstehen gegeben. Als gälte die Beschuldigung nicht im entferntesten ihm. Als wolle sie, um den unbekannten Verbrecher ausfindig zu machen, bloß seinen Beistand anrufen. Verflucht schlau, was? Und trotzdem nicht schlau genug. Klar, daß sie nur ihn im Auge hatte. Die Anklage lautete geradezu auf Mord. Oder so gut wie auf Mord. Nell argumentierte offenbar so: ob man jemand mit dem Beil erschlägt oder ihn mit einer raffinierteren Waffe zur Strecke bringt, läuft auf eins hinaus; hat man den Feind auf die gewünschte Manier unschädlich gemacht, dann sorgt man dafür, daß er in einem Irrenhaus verschwindet. Warum nicht. Ist alles schon dagewesen. Kommt auch in Detektivromanen häufig vor. Zuerst, als sie ihm das alles mit ihrem United-States-Lächeln unter die Nase gerieben, habe er das Gefühl gehabt, wie wenn sich das Telefonfräulein in der Nummer geirrt hat. Falsch verbunden. Schluß. Alsbald aber ... Er stockte und strich mit nervösen Bewegungen die feuchten Haare aus der Stirn. – »Alsbald? Sprechen Sie nur«, drängte Kerkhoven sanft. – »Die Geschichte hat nämlich ihre Richtigkeit.« – »Wie denn? Wie meinen Sie das?« – Genau so meine er's. Wortwörtlich, wie Nell sich's gedacht habe. Er sei ja zu dem Zweck systematisch vorgegangen. Von Anfang an. Steter Tropfen höhlt den Stein. Genau das habe er durch unablässiges Bohren bei Lorriner bewirkt. Er habe ihn tatsächlich über seine Schranken gehetzt, den Beschränkten. Sozusagen seinen Aggregatzustand verändern wollen und ihn damit in den Wahnsinn getrieben. In der wahren Bedeutung des Wortes: Wahn-Sinn. Es könne schon stimmen, was der arme Lüttgens eines Tages behauptet habe, vor dem Andergast müsse man sich in acht nehmen, er sei das personifizierte Ekrasit und sprenge Seelen in die Luft. – »Damit hängt wohl auch das rätselhafte Gerede Lorriners vom feurigen Ofen zusammen«, sagte Kerkhoven leise, »ich konnte mir nicht erklären . . .« – »Selbstverständlich! Das war es ja«, brach Etzel aus, wobei sich seine Stimme gleichfalls nicht über ein Flüstern erhob, »weil er nicht in den feurigen Ofen kriechen konnte, das habe ich nämlich von ihm verlangt, hat er es vorgezogen, sich . . . wie soll man sagen . . . sich geistig aus dem Staube zu machen.« – »Der feurige Ofen, versteh' ich recht, war also ein Pressionsmittel?« – Etzel nickte. – »Und die blutige Attacke von seiner Seite so etwas wie ein Befreiungsversuch?« – Etzel nickte. – »So ist das. Ich fange an, zu begreifen.«

Kerkhoven stand auf, verlöschte die Schreibtischlampe, zog die schweren roten Stoffvorhänge über die Fenster und kehrte wieder auf seinen Platz zurück. »Eine laienhafte Vorstellung natürlich, daß derartige Zerwürfnisse den Ausbruch einer Demenz veranlassen können«, sagte er, indem er den Kopf in den Nacken legte und die Augen halb schloß. »Nicht einmal eine Beschleunigung ist wahrscheinlich. Das wäre so, als wenn jemand in einem lecken Boot aufs Wasser rudert und sich einredet, er sei gesunken, weil er einen zu dicken Anzug angehabt hat. Das glauben Sie auch nicht im Ernst, Andergast. Dazu wissen Sie zuviel auf dem Gebiet. Sollten Sie wirklich keine Ahnung davon haben, was Sie zu einem so unerbittlichen Verfolger Ihres Freundfeindes gemacht hat?« – Etzel schien angestrengt nachzudenken. Offenbar ahnte er es nicht. – »Ist Ihnen bewußt«, fuhr Kerkhoven fort, »daß Sie mich seit dem

Tag, wo ich bei Ihnen in der Motzstraße war, nicht ein einziges
Mal mehr nach ihm gefragt haben?« – Ja, das sei ihm bewußt,
aber ehrlich gestanden habe er erwartet, der Meister werde von
selber reden. – Kerkhoven konnte sich eines Lächelns nicht enthalten. (Immer mit halbgeschlossenen Augen und zurück-
gelehntem Haupt, wodurch die Stirn erschreckend groß erschien.) »Jetzt lügen Sie, liebes Kind«, sagte er freundlich,
»es ist die erste Lüge, die ich von Etzel Andergast höre. Warum
wollen Sie nicht zugeben, daß Sie Angst hatten? Angst vor
dem Namen, vor der Erinnerung, vor der Frage, vor meiner
Antwort?« – Etzel schwieg. Wieder dachte er angestrengt nach.
»Warum denn Angst?« fragte er gedrückt. – Kerkhoven richtete
sich langsam auf. Sein Gesicht war blasser als gewöhnlich.
Das scharfe Deckenlicht ließ die Backenknochen stärker hervortreten und machte den kurzen tatarischen Kinnbart zu einem
schwarzen Farbenfleck. »Es gibt einen Fall in meinem Leben«,
begann er, »wo ich als Arzt dem Tod zuvorgekommen bin.
Es war ein moralisch-geistiger Zwang allerstärkster Art. Es
galt eine Agonie abzukürzen und außerdem ihn, den Freund,
vor etwas zu bewahren, das weit ärger als der Tod war. Das
ist nun bald fünfzehn Jahre her, Andergast, und es lebt außer
mir kein Mensch auf dieser Erde, der davon weiß oder wußte.
Nicht einmal meine Frau. Sie sind jetzt der einzige. Über die
Folgen, die sich daran knüpften, kann ich nicht sprechen, es
handelt sich um Dinge, die von den uns bekannten Natur-
vorgängen in gewisser Weise abweichen. Vielleicht kommt einmal ein Tag ... nicht ausgeschlossen, daß ich es Ihnen ...
nun, ich will sagen, daß ich in eine ähnliche Lage nie wieder gekommen bin, nie wieder habe ich es gewagt, dem Schicksal
vorzugreifen, selbst im Felde nicht, wenn einer in der tollsten
Schmerzenswut drum gefleht hat, niemals ist aus irgendwelchen andern Gründen die Versuchung an mich heran-
getreten. Bis vor fünf Wochen. Bis zu dem Abend, an dem ich
Jürgen Lorriner in die Anstalt gebracht habe.«

Etzel saß kerzengerade. Sein Gesicht hatte einen Ausdruck so
gespannten Lauschens, daß es beinahe idiotisch aussah. Er

murmelte ein paar unverständliche Worte. Kerkhoven beachtete sie nicht. Er fuhr fort: »Ich blieb damals die ganze Nacht in der Anstalt. Nicht um zu schlafen. Geschlafen habe ich nicht in dieser Nacht. Um neun Uhr hatte ich Sie fortgeschickt, wie Sie sich erinnern werden. Unterm Gehen fragten Sie mich, weshalb ich so still wäre, ob ich was gegen Sie hätte. Nein, ich hatte nichts gegen Sie. Trotzdem stand es an dem Abend für mich fest, daß Sie sich entscheiden müßten. Zwischen mir und ... jenem wählen. Und zwar binnen vierundzwanzig Stunden. Hatte das Gefühl: es geht ums Ganze. Um zehn ging ich mit dem Assistenten Merk zu Lorriner. Er war ruhig. Er hockte in der Zimmerecke wie ein hölzerner Götze. Merk nahm eine traumatische Demenz an. In den Tagen nachher glaubten wir ja auch das Bild des Korsakowschen Syndroms vor uns zu haben. Meine jüngeren Herren retten sich noch oft in die Typik der üblichen Benennungen. Jedenfalls war Aussicht auf erfolgreiche Behandlung. Nachdem Merk sich entfernt hatte, forderte ich den Patienten auf, zu Bett zu gehen. Es dauerte fünfunddreißig Minuten, bis er sich dazu entschloß. Nun forderte ich ihn auf, zu schlafen. Es dauerte weitere fünfzig Minuten, bis er schlief. Da hatte ich ihn also vor mir liegen. Da war der Mann Lorriner und die res publica Lorriner. Ich hatte vor mir die Sache Lorriner kontra Andergast sowie die Sache Lorriner-Andergast kontra Kerkhoven. Verwickelter Fall. Ich war Ankläger und Richter zugleich. Die Situation hatte etwas sehr Einfaches, ich möchte sagen Mythologisches. Es war eine schöne Nacht, das Fenster war offen, durch die Gitter sah ich den Mond, er hing wie ein gelber Lampenschirm am Himmel. Ich erwähnte das, weil mir zumute war, als hätte ich den Nachthimmel und den Mond seit Jahrzehnten nicht gesehen. Es war ein Gefühl von Alleinsein im Universum. Der Mann Kerkhoven und der Mann Lorriner allein im Universum. Die Verhandlung konnte beginnen. Die Anklage stützte sich auf gewissenhafte Erhebungen. Die Voruntersuchung hatte erdrückendes Beweismaterial ergeben. Gegenstand der Anklage: bewußte Verbreitung einer Krankheit, die verheerender ist als die asiatische Pest, weil sie den gesamten geistigen und sittlichen Bestand unserer Welt bedroht. Sie tritt unter den verschiedenartigsten Formen auf, sowohl als offene Raserei wie auch als unterirdischer Brand. Als Blutrausch und als Schizophrenie. Als Generationspsychose wie als Affektepilepsie. Sie ist ansteckender als jede andere bekannte Seuche und verwandelt die von ihr Betroffenen in unzurechnungsfähige Maniaken. Ihr äußeres Kennzeichen ist der Haß. Ein Haß, der allen Kitt zerbricht, alle Bindungen löst, die menschlichen und die göttlichen, und an finsterer Wut ohne Beispiel in der Geschichte ist. Ihre größte Gefahr, daß ihr am widerstandslosesten die Jugend erliegt. Mittels der Bezauberung durch gewisse Worttoxine bewirkt sie eine völlige Anästhesie des Herzens und eine Erschütterung der lebenswichtigsten Grundgefühle.« Er schwieg ein paar Sekunden und preßte die Hand vor die Augen. »Es war auch ein Verteidiger zugegen«, fuhr er fort; »er wendete ein: Wir haben es mit einem einzelnen zu tun. Einem zufälligen Repräsentanten, der selber Opfer ist, bewußte Übertragung ist zu leugnen, die Ansteckung geht vom Charakter aus, an dem er unschuldig ist. Das Argument war leicht zu entkräften. Wenn es mir gelingt, einen virulenten Bazillus zu isolieren, der etwa die Ausstrahlungskraft eines Radiumatoms hat, werde ich mich doch nicht besinnen, ihn unschädlich zu machen. Gewöhnliche Bakterien sind schon imstande, durch die harte Schale der Vogeleier zu dringen, die geistig-seelischen Infektionen sind viel unaufhaltsamer, ihre Keimträger spotten jeder Vorkehrung. Den Tod, den sie in sich tragen, kann man nur durch den Tod abwehren, den man ihnen gibt. Sie verstehen, Andergast. Sie verstehen mich. Ich riskierte nichts. Der Entschluß genügte. Wir haben alkalische Gifte von augenblicklicher Wirkung. Chemisch kaum nachweisbar. Minimale Dosis, Morphiumspritze dazu, die Prophylaxe ist vollzogen . . .« Er erhob sich schwerfällig, Etzel zu gleicher Zeit mit ihm. Sie sahen einander an. Kerkhoven breitete die Arme zur Seite und ließ sie mit dumpfem Geräusch wieder an die Hüften fallen. Er ging auf und ab, auf und ab, die rechte Hand im Nacken. Er sagte: »Es kam nicht dazu. Der Mann Joseph Kerkhoven konnte nicht. Der Mann Joseph Kerkhoven kann das überhaupt nicht. Ob es für ihn spricht oder gegen ihn, lasse ich dahingestellt. Was unterscheidet mich von dem Menschen, der den Entschluß in die Tat umgesetzt hätte? Dieses Ich, das festgefrorene, unentrinnbare prästabilierte Ich. Vielleicht wäre es geschehen, wenn meine Nase um zwei Millimeter länger oder kürzer wäre oder wenn ich im Gangliensystem meines Gehirns einen Zentralfaden weniger oder mehr hätte. Wer kann das wissen ...« – Etzel machte ein paar Schritte und trat ihm in den Weg. Er legte beide Hände sacht auf Kerkhovens Arm. Seine Lippen zuckten. Er sagte: »Die Sache Lorriner-Andergast legen wir zu den Akten, Meister. Ja?«

Kerkhoven sah auf die Uhr. Halb drei. »Teufel, Teufel«, rief er, »höchste Zeit, sich in die Koje zu begeben.« Im selben Moment klopft es leise. Durch die Tür zum Speisezimmer trat Marie ein. »Verzeih, Joseph«, sagte sie schüchtern, »ich will nicht stören, aber es ist doch schrecklich spät. Ich konnte nicht schlafen, hatte ein bißchen Herzklopfen, und wie ich ins andere Zimmer ging, hörte ich dich sprechen. Du mußt doch auch mal ruhen, Joseph. Seien Sie mir nicht böse, Herr von Andergast«, wandte sie sich an Etzel, »ich bin sonst keine besorgte Henne, aber der Mann treibt Raubbau mit seiner Gesundheit. Wirklich, er sündigt geradezu.« Sie trug einen langen Schlafrock aus blaugrünem Samt, der ihrer Gestalt etwas Blumenhaftes verlieh. Wie sie so auf der Schwelle stand, in zaghafter Haltung, von der Ungehörigkeit ihres Eindringens überzeugt, die sprechenden blassen Augen in dem blassen Gesicht vorwurfsvoll auf ihren Mann gerichtet, erinnerte sie entfernt an die Figur des Engels in der Verkündigung von Lorenzo di Credi. (Blume, Engel; der Leser wird denken, es sei des Guten zuviel, und den Verfasser einer gerührten Vorliebe beschuldigen; das mag sein, schon weil es wohltuend ist, nach all den harten und trostlosen Erörterungen eine freundliche Stimme zu vernehmen. Außerdem hatte ihr unerwartetes Erscheinen zu dieser Stunde etwas

475

Befreiendes und Unwirkliches.) Kerkhoven ging auf sie zu und sagte: »Du hast recht, Marie. Es ist ein Unfug. Wir waren aber gerade im Begriff, die Sitzung aufzuheben. Geh nur, Liebste. Ich komme noch einen Moment zu dir hinüber.«

Etzel glaubte die Spur eines schmerzlichen Spottes auf Maries Lippen wahrzunehmen. Mit diesem Eindruck verließ er das Ehepaar. Er sagte sich: ich fürchte, der Meister vernachlässigt die Frau ein wenig, es sieht mir ganz danach aus.

Am andern Mittag war Marie bei Tisch. Bisher hatte Etzel mit Kerkhoven allein gegessen, wenn er sich nach der Hausfrau erkundigte, hieß es, sie sei zu Bett. Aber erst seit Etzel im Hause war, hielt sie sich von den gemeinschaftlichen Mahlzeiten fern, sonst hatten sie ihr die einzige Gelegenheit geboten, eine halbe Stunde mit ihrem Mann zu verbringen, es mußte ihr schon recht elend gehen, wenn sie darauf verzichtete. Sie nahm es auch geduldig hin, daß alle zehn Minuten eine telefonische Nachricht kam, von Doktor Römer unten oder von der Anstalt oder von einem Patienten, zu einer gemütlichen Unterhaltung war Kerkhoven zu benommen, oft hörte er kaum hin, wenn sie sprach, dann machte sie aus ihren Händen ein Schallrohr und rief ihn laut beim Namen, wie wenn man jemand über die Straße hinweg anruft. Er schreckte empor, lächelte beschämt und beugte sich über den Tisch, um abbittend ihre Hand zu küssen, die sie ihm resigniert überließ. Das war die Regel. Trotzdem freute sie sich seiner Gegenwart. Seit Etzel wiederhergestellt und gewissermaßen Mitglied der Familie geworden war, legte sie auf dieses Beisammensein zu dreien keinen Wert mehr. Der fremde junge Mann als täglicher Tischgast hätte sie täglich in eine fremde Gesellschaft versetzt. Sie wäre längst nach Lindow gefahren, wenn ihr nicht jede Ortsveränderung eine Mühe gewesen wäre und sie sich nicht vor dem Aufenthalt auf dem Gute gefürchtet hätte.

Heute hatte sie sich schon beim Erwachen wohler gefühlt als an den Tagen vorher, es war herrliches Hochsommerwetter, die trockene Wärme machte sie ganz glücklich. Um elf Uhr war

sie in die Stadt gegangen, um Besorgungen zu machen, und
hatte zu ihrer freudigen Überraschung Unter den Linden Tina
Audenrieth getroffen (geborene L'Allemand, wir wissen von
ihr), die sie seit sechs Jahren nicht gesehen; im letzten Jahr war
sogar der Briefwechsel zwischen ihnen eingeschlafen. Sie hatten
einander viel zu erzählen gehabt, zwei Stunden waren nur so
verflogen; »beinah hätt' ich sie zum Essen mitgebracht«, schloß
sie ihren lebhaften Bericht. – »Schade, daß du's nicht getan
hast«, sagte Kerkhoven, »ich hätte sie gern wiedergesehen, sie
war mir ja immer besonders angenehm.« – »Ich glaube, ihr
habt sogar mal einen kleinen Flirt gehabt«, erwiderte Marie. –
»Ja, einen winzig kleinen, äußerst puritanischen. Ist sie immer
noch so sehr gehalten, so sehr Dame?« – »Ich fürchte. Ich
hoffe. Du kannst dich ja bald davon überzeugen. Sie will in
Berlin bleiben und bei ihrer jungverheirateten Tochter in
Dahlem draußen wohnen. Wir haben verabredet, daß sie im
August für eine Woche zu mir nach Lindow kommt. Wär' schön,
wenn's wahr wäre. Wird ja nicht wahr sein.« – »Warum nicht?
Warum so skeptisch?« – »Dinge, auf die man sich freut, treffen
selten ein. Außerdem, Tina ... du weißt ja ... sie ist ein
Pflichtenathlet.« Ein Schatten flog über ihr Gesicht, dann erhellte es sich wieder. »Richtig, noch etwas wollt' ich dir erzählen. Kennst du eine Miß Eleanor Marschall?« Kerkhoven
und Etzel sahen beide wie auf Kommando verwundert empor.
»Sie war gestern bei mir. Sie berief sich auf die Bekanntschaft
mit dir. Ich soll einem internationalen Komitee von Frauen
und Müttern beitreten. Irgendwo in Afrika soll ein Jugend-
neuland gegründet werden. Ich sagte ihr, daß mir so was gar
nicht liegt, wer bin ich denn, die Frau von Joseph Kerkhoven.
Nun, ist das nicht genug? fragte sie. Nicht genug, um den Namen öffentlich für mich auszunützen, mußt' ich ihr antworten.
Schließlich, um sie loszuwerden, hab' ich ihr versprochen, mit
dir darüber zu reden.« – »Du kannst ihr ruhig den Gefallen
tun«, sagte Kerkhoven, »es hat keine Bedeutung.« – Etzel
schüttelte stumm den Kopf. Kerkhoven lächelte. Marie sah
fragend von einem zum andern. »Natürlich hielt sie mich für

477

eine hoffnungslose Kleinbürgerin«, fuhr sie fort; »erst den Mann um Erlaubnis bitten; ein so rückständiges Wesen ist ja nicht ernst zu nehmen. Ich konnte ordentlich riechen, wie sie mich verachtete. Aber eine interessante Frau. Alles knistert an ihr, und sie sagt einem kaltblütig haushohe Schmeicheleien. Ich hab' das ganz gern. Hierzulande wird man in der Beziehung nicht verwöhnt, alle Menschen glauben, sie verstoßen gegen die sittliche Weltordnung, wenn sie einem nicht Wahrheiten sagen, die man um keinen Preis zu hören wünscht. Übrigens erkundigte sie sich auch nach Ihnen, Herr von Andergast. Sie schien zu wissen, daß Sie bei uns wohnen.« Etzel verbeugte sich, ohne eine Bemerkung zu machen.

Am Nachmittag gegen sechs Uhr ließ er durch das Mädchen bei Marie anfragen, ob er einige Minuten mit ihr sprechen dürfe. Die gnädige Frau erwarte ihn, wurde ausgerichtet. Sie saß in ihrer kleinen Bibliothek am offenen Fenster, das einen schönen Ausblick auf den Platz der Republik und eine unermeßliche Fläche grüner Baumwipfel gewährte. Die Atmosphäre war wie mit Goldstaub gesättigt, ein Flugzeug schwebte mit dünnem Geklapper über dem Brandenburger Tor. Dieses Bild blieb seinem Gedächtnis für immer eingegraben: die dunkle Silhouette der Frau gegen die rosiggoldne Luft, das endlos hingebreitete grüne Blättermeer im Rahmen des hohen Fensters, das Gesicht mit dem eigentümlichen Bernsteinschimmer der Augen, das sich ihm freundlich-fragend zukehrte. Und noch etwas, wovon er mehr wußte, als daß er es wahrnahm, Kerkhoven hatte ihm eine Andeutung gemacht, an der Gestalt merkte man freilich kaum eine Veränderung: aber das bloße Wissen erfüllte ihn mit einer scheuen Ehrfurcht, wie er sie einer Frau gegenüber noch nie verspürt hatte. Deshalb sprach er auch mit leiser Stimme, als ihn Marie zum Sitzen aufgefordert und sich erkundigt hatte, was ihn zu ihr führe. Sie hatte gedacht, er habe irgendeinen Wunsch wegen des Quartiers, sie erinnerte sich, daß der Dusche-Hebel im Gästebad nicht funktionierte und schon lange hätte gerichtet werden müssen; sie hatte es anzuordnen vergessen, überhaupt machte sie sich Vorwürfe, daß sie den jungen Mann noch nicht einmal gefragt, ob er mit seiner Unterkunft zufrieden sei, das wenigste, wozu sie als Hausfrau verpflichtet war. Nun, es ging eben in allem und jedem bergab mit ihr, nicht der einfachsten Aufgabe war sie mehr gewachsen, geschah ihr schon recht, wenn sie sich durch den Gast mahnen und beschämen lassen mußte. So war sie nicht wenig verwundert, als ihr Etzel den Grund seines Besuches auseinandersetzte. Sie hatte sich an das Gefühl ihrer Unzulänglichkeit in allen häuslichen Dingen schon so gewöhnt, daß sie fast enttäuscht war, als die erwartete Bestätigung ausblieb. Natürlich war das eine fixe Idee von ihr; wenn sie auch seit dem Beginn ihrer Schwangerschaft den nüchternen und langweiligen Trott des Haushalts noch nüchterner und langweiliger empfand als sonst und körperliche Schwäche wie auch eine gewisse Stumpfheit des Gemüts (an der sie mehr litt als an allem andern) ihre Willenskraft und Arbeitslust lähmten, besaß sie doch so viel Erfahrung, so viel Überlegenheit, daß ihr die Aufrechterhaltung der Ordnung keinerlei Schwierigkeiten bereitete. Sie hatte nie zu den Frauen gehört, die ihre häuslichen Lasten zur Schau tragen und durch laute Klagen und stumme Dulderblicke den Eindruck erwecken wollen, als seien sie zu Größerem geboren, als Speisezettel zu machen und Rechnungsbücher zu führen. Dergleichen haßte sie, solchen Geschöpfen ging sie in weitem Bogen aus dem Weg; wenn sie das Materielle und Äußerliche der Existenz nicht spielend meistern konnte, was war sie dann denen wert, die davon den Nutzen haben sollten, und was war eine Leistung wert, die erst durch Schweiß beglaubigt und durch das schlechte Gewissen der andern bezahlt werden muß? So erlernte sie das »Spiel«, obschon es manchmal ermüdend genug war und die dabei nötige gute Miene einige Selbstüberwindung kostete. Es war auch nicht bloß Glück oder Zufall, daß sie ihre Leute seit Jahren hatte; sie liebten sie und sahen ihr alle Wünsche von den Augen ab.

Wunderlich, was der junge Mensch da redete. Warnung vor Eleanor Marschall. Marie dürfe sich auf keine Weise mit ihr einlassen. Bestechende Eigenschaften könnten nicht geleugnet werden, allein ohne die gäbe es ja keinen zureichenden Anlaß für einen Schritt, der, er sei sich darüber klar, sehr mißdeutet werden könne. Er habe ernstlich überlegt, ob er zu einer so ungewöhnlichen Demarche berechtigt sei; so heiße es ja in der Diplomatensprache, er finde kein besseres Wort dafür; doch habe er sich gesagt, er sei es dem Meister schuldig und er sei es der gnädigen Frau schuldig. Der Meister nehme solche Dinge zu leicht; er denke zu groß; er stehe zu hoch, als daß er sich um das Gekrabbel unter ihm viel kümmern könne, es dringe einfach nicht zu ihm hinauf. Auch spürten so lautere Naturen gar nicht das Zweideutige und Zweifelhafte einer Person wie Nell Marschall, die durchaus kein schlechter Mensch sei, durchaus nicht, die aber zwischen echt und unecht, heilig und unheilig, wahr und unwahr nicht zu unterscheiden wisse, und das sei gefährlicher und verhängnisvoller, als wenn einer ausgesprochen schlecht sei. Er habe das am eigenen Leib erfahren, er kenne sie, er kenne sie gut. Wahrscheinlich brauche sie den Meister zu einem bestimmten Zweck, sie handle nie ohne bestimmten, fast immer sehr edlen Zweck, und deshalb trachte sie zunächst, die gnädige Frau für sich zu gewinnen; sei man aber einmal von ihr eingefangen, dann käme man schwer wieder los, sie habe eine tolle Kraft im Beherrschen und Festhalten.

Marie hörte sich das alles stillverwundert an. »Aber lieber Herr von Andergast«, sagte sie, als er geendet hatte, »Sie machen sich überflüssige Sorgen. Beruhigen Sie sich. Bis mich jemand einfängt, wie Sie's nennen, hat es gute Wege. Es gibt da nicht viele Lockungen.« – Etzel betrachtete sie neugierig. »Interessieren Sie sich denn nicht für Menschen?« fragte er. – »Doch. Aber mehr auf Distanz. Mehr als Zuschauer.« – »Ist das nicht ein Luxusstandpunkt?« – Marie lachte leise vor sich hin, als hätte sie den Einwand erwartet. »Ganz gewiß«, antwortete sie, »warum soll ich mir den Luxus nicht erlauben? Oder finden Sie, daß ich nicht das Recht dazu habe?« – Er hatte die dunkle Empfindung, ihr zu nahe getreten zu sein, und murmelte etwas Entschuldigendes. – »Macht nichts«, spottete

Marie, »ein kleiner Nasenstüber. Das tut nicht weh.« – Komisch, dachte er, das nennt sie schon Nasenstüber. In ihrem Ton war eine Ablehnung, die ihn verdroß, eine Müdigkeit, die ihm Mitleid einflößte. Ich bin ihr entschieden unsympathisch, sagte er sich und überlegte, welche seiner Eigenschaften ihr mißfielen. Vermutlich waren es nicht einzelne Eigenschaften, sondern seine ganze Person. Dem ließ sich schwer abhelfen. Soviel er wußte, waren Frauen in solchem Zustand reizbar und launenhaft, das hatte er zu bedenken, darauf war Rücksicht zu nehmen, auch um des Meisters willen, vielleicht gelang es ihm zu anderer Zeit, Gnade vor ihren Augen zu finden. Wenn es sich aber herausstellte, daß er ihr als Hausgenosse unerwünscht, als Mensch zuwider war, dann konnte seines Bleibens hier nicht länger sein, dann mußte er seine Siebensachen zusammenpacken und sich trollen, und zwar schleunig, sonst hielt sie ihn am Ende für einen Kleber und Schmarotzer. Doch wie sich darüber vergewissern? Er konnte ihr nicht in seiner gewohnten Manier zu Leibe rücken. Er hatte Angst vor ihrem Spott, vor ihrem hintergründigen Lächeln, sogar vor ihren Gedanken. Sie schüchterte ihn ein, alles, was er sagte, erschien ihm als Verstoß, er war wütend über seine Unbeholfenheit, und während er sich mit etwas finsterer Eile verabschiedete, kam er zu dem Schluß, daß diese »Demarche« kein besonders geistreicher Einfall gewesen sei.

Bei der ersten Gelegenheit, die sich bot, sprach er mit Kerkhoven über den in ihm aufgetauchten Zweifel. Kerkhoven sagte: »Grillen, mein Lieber, die müssen Sie sich aus dem Kopf schlagen. Es war die Idee meiner Frau, Ihnen das Logis anzubieten, daraus können Sie ersehen, wie falsch Ihre Vermutung ist.« Etzel war keineswegs überzeugt, aber er tat, als wäre er es. Und so war auch Kerkhoven nicht sicher, ob Marie, die wenig Verstellungskunst und noch weniger Verstellungslust besaß, sich ihre Abneigung nicht zu deutlich habe anmerken lassen. Als sie ihm berichtete, daß Andergast bei ihr gewesen, nickte er und erwiderte, leider habe Etzel den Eindruck ge-

wonnen, daß er ihr als Gast nicht angenehm sei; er trage sich
mit der Absicht, das Haus wieder zu verlassen, was sehr zu
bedauern sei, da er doch eben erst begonnen habe, sich mit der
Neuordnung seines Lebens zu befreunden. Marie sagte verstimmt, sie könne sich nicht erinnern, ihm Grund zur Beschwerde gegeben zu haben, sie sei im Gegenteil ganz besonders
nett mit ihm gewesen, einen wie wunderlichen Anlaß er sich
auch für seinen Besuch ausgedacht habe. Sie betonte das Wort
»ausgedacht«, weil sie der Meinung war, daß er sich lediglich
von verstandesmäßigen Erwägungen leiten ließ und niemals
von einem Gefühl. Kerkhoven wußte von dem Anlaß nichts, er
hatte an eine bloße Höflichkeitsvisite geglaubt; als ihm Marie
erzählte, was der junge Mann von ihr gewollt, lachte er hellauf.
»Wenn ein Mensch nie aus seinem Charakter herausspringt,
wirkt er auf die Dauer wie ein Witz«, sagte er. Es gab kein
besseres Mittel, Marie aufzuheitern, als wenn er lachte. Da
vergaß sie alles, was sie bedrückte, es wurde ihr leicht ums Herz,
am liebsten hätte sie seine Hand gepackt, um ihm zu danken.
Die freudige Aufmerksamkeit, mit der sie ihm zuhörte, als er ihr
die ernste, durchaus nicht aus der Luft gegriffene Ursache von
Etzels Warnung erklärte, war der stumme Teil dieses Dankes.
Sein Auge allein bewirkte plötzlich, daß sie innerlich schwankend wurde und sich fragte, ob sie mit ihrer Empfindung gegen
Etzel Andergast im Recht sei.

Ja, es ist wahr, sie hat sich steif und hochmütig benommen,
nicht bloß dies eine Mal, schon immer. Was mag der Grund
sein? Der wirkliche, nicht der, den sie sich vormacht? Sehr einfach: sie gehört nicht mehr zur Jugend, sie lebt nicht mehr
richtig mit. Schmerzliche Betrachtung, aufrüttelnde, da sie bis
vor kurzem noch den Glauben in sich genährt hat, sie sei nur
durch Ungunst der Umstände von der lebendigen Welt abgeschnürt und es bedürfe eines geringen Anstoßes, vielleicht eines
Anrufs nur, damit die unverbrauchten inneren Kräfte wieder in
Fluß kämen. Hat sie sich darin getäuscht? Ist sie auf einer der
vielen kleinen Haltestellen des Lebens liegengeblieben, ohne es

zu merken? Kann einem das überhaupt geschehen? Natürlich kann es, weiß man denn von sich selber, wo man steht? So ist sie also fertig mit ihren kaum sechsunddreißig Jahren? Unversehens, sozusagen über Nacht? Von Jahr zu Jahr hat sie sich damit vertröstet, daß das Entscheidende erst noch kommen werde, der große Aufschwung, die große Wende, und wenn der Todeszug der Tage den unveränderlich ermattenden Rhythmus einhielt, hat sie insgeheim ihre letzte Hoffnung auf eine physiologische Kulmination gesetzt, als ob die Natur etwas schenkte, wenn der Mensch es ihr nicht abringt und seinen Preis dafür zahlt. Auch diese Frist ist wohl schon vorüber, obgleich sie in jeder Hinsicht eine Verspätete ist wie alle, die frühreif waren und ihre Existenz zu früh gesichert, ihre Kämpfe zu rasch ausgekämpft haben. Ja, sie ist lässig geworden, hat keine Kühnheit mehr, kein Brio, keine Spannung, ist nur stundenweise gehoben und tätig erglüht, läßt sich gern fallen, ist leicht ermüdet, schnell überdrüssig, von einem nicht sehr widerstandsfähigen Körper schlecht bedient. Schmerzlichste Betrachtung. Alles ist ja erwiesen durch den einen Fall: Ein Mann wie Joseph nimmt einen jungen Menschen in sein Leben auf, schenkt ihm grenzenloses Vertrauen, wird von ihm nicht nur als Meister angesprochen, sondern geht auch mit ihm um wie der Meister mit seinem erwählten Jünger; dafür muß er ausreichende Gewähr haben, triftige Gründe, es kann kein sanguinischer Traum sein, es muß einer dahinterstehen, der solche Erwartungen auch zu erfüllen vermag, oder Kerkhoven ist nicht Kerkhoven. Und sie? Sie tut, als ginge es sie nichts an, spielt die zweifelnde Beobachterin, stellt sich abseits, um sich überheblich zu verschließen. Das ist nicht mariehaft, ganz und gar nicht, Gott weiß, woher es kommt, es ist wie ein Unkraut in ihr, man muß es ausjäten.

Als sie am andern Nachmittag von der Stadt nach Hause kam, begegnete ihr Etzel im Flur. Er grüßte ehrerbietig und wollte vorbeigehen, sie hielt ihn auf. Er verneigte sich, um ihre Hand an die Lippen zu ziehen, aber statt ihm die Hand zu überlassen, nahm sie seine und drückte sie. Die Geste, mit der sie auf eine Förmlichkeit verzichtete, die nicht selbstverständlich genug war, um bloße Förmlichkeit zu sein, erfreute ihn sichtlich, seine Augen leuchteten auf. Sie erkundigte sich, ob er sich in seinem Quartier wohl fühle, ob er Wünsche habe, er solle sich mit allem an sie wenden, jetzt könne sie sich wieder um das Hauswesen kümmern, in der letzten Zeit sei es ihr gar zu schlecht gegangen, zu nichts habe sie sich aufraffen können, hoffentlich trage er ihr das Versäumte nicht nach. Er schüttelte eifrig den Kopf, bestürzt über die Annahme, er könne neben allem, was man ihm gewährt, noch Forderungen stellen; zuerst dachte er, es seien liebenswürdige Redensarten, aber von dieser Meinung kam er gleich wieder ab, jedenfalls klangen sie bei ihr anders als bei andern, nichts war leer und äußerlich, was sie sagte, es hatte alles einen bestimmten Schliff und eine eigentümliche Wahrheit. Als sie ihn fragte, ob er eine Tasse Tee mit ihr trinken wolle, verneigte er sich abermals in seiner überförmlichen Art, und wieder leuchteten die Augen. Marie wunderte sich über sich selbst, die Einladung war ihr bloß so herausgerutscht, sie hatte ein wenig Angst vor einem neuerlichen Beisammensein, wozu sollte es führen, es war schwer, sich mit ihm zu verständigen, er fing jedes Wort auf wie einen Ball, den man zurückwerfen muß, unter allen Umständen, auch wenn er dem Partner an den Kopf fliegt. Ein Sport, der eher anstrengend als vergnüglich war, sie liebte es nicht, auf dem Qui vive zu stehen. Es begann auch gleich so. Offenbar glaubte er, ihr ungewohntes Entgegenkommen sei weniger auf ihren eigenen Impuls aus auf den Wunsch Kerkhovens zurückzuführen, der ihn auf diese Weise überzeugen wollte, daß er sich ohne Grund über Maries Kälte beklagt hatte. Dies ließ er durchblicken, und obwohl es nur eine zaghafte Andeutung war (als sei es ihm ein peinlicher Gedanke, daß man sich ihm gegenüber Zwang auferlege), errötete Marie vor Unwillen. »Müssen Sie denn um jeden Preis gerade das Unmögliche sagen? Muß das sein?« fragte sie. Und dann ruhiger, spottend: »Halten Sie mich für eine kleine Hausgans, die von ihrem Eheherrn Vorschriften über ihr Tun und Lassen bekommt wie ein Angestellter von

seinem Chef?« Als er erstaunt und beschämt den Kopf senkte,
tat er ihr leid. Lächelnd suchte sie ihm begreiflich zu machen,
daß es nicht ganz taktvoll sei, ihr einen Beweggrund zu unterschieben, den sie nicht widerlegen könne, auch nicht widerlegen
wolle, weil sie ihm durch Verteidigung das Recht zur Anklage
einräume. Stehe es denn schon so mit ihm, daß er überall Verschwörung und heimliche Abrede wittere, nichts von der Freiheit
und Einsicht der andern erwarte, alles nur vom Zweck? Sei das
seine Erfahrung? Er warf den Kopf zurück und sagte kurz und
schroff: »Ja.« Da sah sie ihn erschrocken an. Er hatte, während
sie redete, immerfort auf ihren Mund geschaut. Im Fall und
Fluß der Stimme war etwas außerordentlich Beruhigendes,
man hätte stundenlag lauschen mögen. Ihr war es ja nichts
Neues, daß ihr die Menschen auf den Mund starrten, wenn sie
sprach; es irritierte sie stets, diesmal besonders, und um seinem
naiv zudringlichen Blick zu entkommen, betrachtete sie angelegentlich ihre auf den Knien gefalteten Hände. Nun hatte er
Zeit, die schöne, klare Stirn und die jugendliche Linie des Hal-
ses zu bewundern, überhaupt die jugendliche Grazie der ganzen
Erscheinung, das reizvoll Schmiegsame und Gelassene des mädchenhaft wirkenden Körpers. Sie sah nicht wie eine Mutter von
drei Kindern aus, von denen eines nahezu erwachsen war. Daß
sie die Frau des Meisters war, Gefährtin, Vertraute, aller-
nächster Mensch, fast eines Fleischs und Bluts mit ihm, erfüllte
ihn immer mit der nämlichen ehrfürchtigen Scheu, es ließ sie
ihm unnahbarer erscheinen als eine Königin, in solcher Weise
konnte eine Königin gar nicht unnahbar sein, es erweckte den
halb knabenhaften, halb mystischen Wunsch in ihm, sie zu
schützen, als sei er der Oberst einer imaginären Leibwache. Von
ihr mußte viel über das vergangene Leben des Meisters zu erfahren sein, schon oft hatte ihn verlangt, mehr davon zu kennen,
als er durch Kerkhovens spärliche Mitteilungen wußte; wenn
er den Weg des Mannes überschaute, von der Kindheit an,
würde sich manches Unerklärliche enträtseln lassen, seine große
Macht über Seelen, seine seltsam unschuldige und dämonische
Weisheit, das herrliche Gleichmaß seines Charakters, die zau-

berische Mischung von Dumpfem und Hellem, von Nüchternheit und Besessenheit, von Erdverhaftung und Flug. (Die Vorstellung des gläubigen Jüngers, übersehen wir das nicht.) Ein solches Wesen läßt sich erst begreifen, wenn man sein Wachstum kennt, ohne Hintergrund und Wurzel ist kein Mensch faßbar, wird jeder ein bißchen zum Gespenst. Marie direkt zu fragen, wagte er nicht, er fürchtete, sie würde sein wahrhaftiges Bedürfnis für unschickliche Neugier halten, das hätte er ihr nicht verzeihen können, spürte er doch in allen Nerven, bis zur Qual fast, ihren Argwohn, ihre vorsichtige Zurückhaltung. Um sie mitteilsam zu machen, mußte er ihr Zutrauen gewinnen, das war schwer, es standen ihm keine Mittel dafür zu Gebote. So schien es ihm wenigstens. Vielleicht wenn er wider seine sonstige Gepflogenheit auf alle Absicht verzichtete, auf Künste und Listen, wenn er zwecklos wurde, wie sie gesagt hatte, unwollend, vielleicht dann? Aber das war auch nicht leicht, die Art, in der man mit Menschen umgeht, ist wie ein um den Leib gegossener Panzer, entledigt man sich seiner, so ist man hilflos wie ein Kind bei der Geburt, einzig dem Meister gegenüber war es möglich gewesen, ein einziges Mal, und was hatte das gekostet. Es war ein erlösendes Gefühl, als Marie, wie wenn sie seine verworrenen und trotzigen Gedanken erraten hätte, plötzlich selbst von Kerkhoven zu sprechen anfing; sie hatte freilich nichts weniger im Sinn, als ihm Aufschlüsse zu geben und sich über Josephs vergangenes Leben auszulassen, sie wollte im Gegenteil von ihm Aufschluß haben, über manches, was sie an dem ungewöhnlichen Verhältnis beunruhigte und beschäftigte; alles, was Joseph ihr darüber gesagt hatte und was sie aus dem Brief an Sophia von Andergast wußte, hatte immer nur die eine Seite der Beziehung beleuchtet, und ein wirkliches Gespräch, bekennend, das Verborgene großmütig eröffnend, war aus seinem und ihrem Leben verschwunden. Wenn der junge Mensch da in seiner Frische und seinem Enthusiasmus das Vermutete, Geahnte, Stückwerk ihres Denkens, zum Bilde fügen konnte, brauchte sie nicht mehr in furchtloser Grübelei und, geben wir es endlich zu, in geisterhafter Eifersucht viele Stunden ihrer

Nächte hinzubringen. (Sie hatte dafür einen ungemein malenden Ausdruck, sie nannte es: sich das Herz abessen.) Ihr Instinkt hatte sie nicht betrogen. Vom ersten Wort an wurde alles wundervoll klar.

Dies war nun ein Band. Selbstverständlich konnte das Thema nicht an einem Nachmittag erschöpft werden. Zum Schluß hieß es: »Sie kommen doch wieder?« – »Wie Sie befehlen, gnädige Frau. Wann?« – »Sagen wir übermorgen.« – »Um dieselbe Zeit?« – »Ja. Es ist mir die liebste Stunde. Gewöhnlich fühl' ich mich erst gegen Abend halbwegs menschlich. Sind Sie denn frei?« – »Ich kann's in jedem Fall einrichten.« – »Gut. Wir haben ja noch viel zu reden. Sind grade am Anfang, nein?« – »Es kommt mir auch so vor, gnädige Frau.« – Und er richtete es ein. Er gehörte zu denen, die, bei beliebig langen Pausen, jedes Arbeitspensum bewältigen können, weil sie durch Intensität den regelmäßigen kleinen Fleiß ersetzen. Zudem kann man den Tag ausdehnen so lang man will, so früh beginnen wie man will, vier Stunden Schlaf genügen. Der verabredete Tag war ein Mittwoch, dann vergingen drei Tage, ohne daß sie einander sahen, am Sonntag brachte er ihr ein Buch, von dem er das vorige Mal gesprochen hatte, am Montag sagte ihm Kerkhoven, seine Frau wolle nach Lindow hinaus, sie leide unter der Hitze in der Stadt, wahrscheinlich werde sie bis zum Spätherbst draußen bleiben. Als Etzel zu Marie kam, lag sie abgespannt auf dem Langsofa im kleinen Eckzimmer; ihrer Absicht, aufs Gut zu fahren, erwähnte sie nicht. Sie hatte die Lust verloren. In dieser Unentschlossenheit spürte er einen geheimen Widerwillen, über dessen Natur sie sich wahrscheinlich keine Rechenschaft gab; es mußte etwas sein, wovor sie sich fürchtete und was ihr schmerzliche oder widerwärtige Gefühle einflößte, so daß sie lieber den Aufenthalt in dem ihr unbehaglichen Stadthaus ertrug, dessen ganze Atmosphäre sie unglücklich machte. Sie konnte keinen Augenblick vergessen, wieviel Leid und Not und Jammer täglich in ihm zusammenströmte, das im einzelnen Ungewußte blieb darum nicht unempfunden, es sickerte durch die

Wände, zwischen denen sie immer und immer allein war. Und doch konnte sie sich nicht aufraffen, trotzdem ihre Augen vor Ergriffenheit feucht wurden, wenn sie von ihrem Lindower Garten sprach, den sie Jahr um Jahr betreut und um dessentwillen sie mit wissenschaftlicher Akribie botanische Studien getrieben hatte; trotzdem ihre Buben draußen waren, denen sie fehlte, wie sie ihr fehlten. Das alles wußte Etzel bereits. Teils hatte sie es ihm gesagt, teils hatte er es aus Andeutungen erraten. Was war da los? Er wagte eine schüchterne Frage, sie schloß abweisend die Lider, ohne daß es ihr völlig gelang, eine winzige Genugtuung darüber zu verbergen, daß er fragte. (Es gab also einen Menschen, der es überhaupt bemerkte! Aber Geständnisse fordern, Vertraulichkeiten austauschen, wo denken Sie hin, so weit sind wir noch lange nicht.) Er begnügte sich mit ihrem Schweigen, weil es so beredt war und weil er erkannt hatte, daß Verschwiegenheit ein Grundzug ihres Wesens war. Ein verschwiegener Mensch hat etwas ästhetisch Tröstliches, fand er, es geht eine Wirkung von ihm aus wie von einem schönen, stolzen Tier. Zum gemeinsamen Abendessen sagte er ab, dafür schickte er ihr einen Korb mit frischen Reseden, zwischen denen drei große Schwertlilien standen. Kerkhoven sagte: »Nett, riesig nett, das gefällt mir von ihm, auch darf man dein Verdienst dabei nicht übersehen, Marie, du hast ihn ja zum Ritter erzogen.« – »Meinst du?« erwiderte Marie zweifelnd und sah nachdenklich auf die Blumen herunter. Gegen zehn Uhr, Kerkhoven mußte die Nacht in der Anstalt verbringen, klopfte es zaghaft an der Tür, Etzel trat ein und fragte ebenso zaghaft, wie sein Pochen gewesen, ob er ihr eine Viertelstunde Gesellschaft leisten dürfe. Marie schüttelte verwundert den Kopf. »So spät? Ich sollte längst im Bett liegen. Ich bin müd. Aber weil Sie ein so schlechtes Gewissen haben, was sich ja auch gehört, mag's ausnahmsweise sein.« Da begann er schon wieder mit ihr zu streiten und sagte, von schlechtem Gewissen sei keine Rede; erstens; und zweitens sei schlechtes Gewissen etwas Häßliches und in diesem Fall etwas Undiskutables, damit behaftet würde er sich gar

488

nicht in ihre Nähe trauen. »Ach Gott«, spottete Marie, »was für ein aufgeregter Querulant. Ich bitte tausendmal um Verzeihung, junger Herr. Ich hoffe nicht, daß Sie bloß deswegen zu nachtschlafender Zeit hereingekommen sind, um noch mit mir zu kabbeln und unangenehm zu sein.« Er schaute sie verblüfft an. Nein, das sei nicht der Grund gewesen, sagte er mit jenem spitzbübischen Lächeln, das sie gern an ihm hatte, ganz was anderes. Also was? Er solle gestehen. Nun, er möchte, daß sie morgen nachmittag mit ihm nach Wannsee zu einer Wasserpartie fahre, er habe sich alles genau zurechtgelegt, es würde sie bestimmt nicht ermüden, sei es auch nicht die große Natur, jene, die einem die Illusion verschaffe, daß man sie für sich allein besitze, Landschaft sei es doch; er habe den Meister gefragt, ob er ihr den Vorschlag machen solle, der Meister sei entzückt gewesen und habe die Idee glänzend gefunden. Marie überlegte. Es war verlockend. Flucht aus dem Gefängnis. Ein bißchen verdroß es sie, daß er sich zuvor mit Joseph beraten hatte. Glaubte er, dessen Gutachten oder gar Erlaubnis einholen zu müssen? Das sah ja wirklich nach Gefangenschaft aus und als habe man sich an den Wärter zu wenden, der den Torschlüssel verwahrte. (Unsinn, rief sie sich zu, ärgerlicher Unsinn! »Wir wollen sehen«, sagte sie zu dem gespannt Wartenden, »ich kann's noch nicht versprechen. Ich gebe ihnen bis Mittag Bescheid.« Dann schickte sie ihn fort. Am andern Nachmittag, bei strahlendem Wetter, fuhr sie mit ihm über die Avusbahn hinaus.

Hier klafft eine Lücke, die noch auszufüllen ist, denn jeder wird fragen, was es mit jenen Anfangsgesprächen auf sich hatte, die Marie so viel Wissen und Beruhigung gaben, daß sie alles in einem andern Licht sah. Diese Gespräche, die sich ausschließlich um die Person Joseph Kerkhovens drehten, waren aber nicht bloß der Auftakt ihrer Verständigung mit Andergast, sie bildeten für lange Zeit auch deren Grundton, ja in den ersten Wochen die einzige Brücke, die sie zueinander führte. Es war in der Tat ein unerschöpflicher Stoff. Wenn Etzel einmal begonnen hatte, konnte er nicht fertig werden. Er erstaunte Marie durch den Reichtum seiner Beobachtungen, die Tiefe seiner Anschauung, das Feuer seiner Bewunderung. Wenn man lange neben einem Menschen lebt, wird der Blick für ihn stumpf, es scheint fast, daß die allzu genaue Kenntnis seines Charakters sein Bild in ein tötendes Einzelwissen zerstäubt, erst vom Fremdwerden aus kann man es wieder erneuern, erst durch die Augen der Welt es wieder sehen lernen. Etzel war für sie die Welt, und sie wußte auf einmal, wie weltlos sie gewesen und geworden war, er war der Fremde, der eine Ferne schuf, aus der sich Joseph erhob wie ein Berg, dessen Höhe und Masse man nur von weitem beurteilen kann. Sie lauschte beglückt. Sie ließ sich hinreißen. Er schenkte ihr den Mann wieder, so kam es ihr vor, den sie aus ihrem Sinn nahezu verloren hatte. Mit Schrecken erkannte sie, wie wenig sie von seiner wirkenden Gegenwart wußte, wie flüchtig sie von der Strahlung berührt war, durch die er Menschen verwandelte und Menschen auferstehen ließ. Selbst eine Vergangene, das war nun einmal ihre resignierte Vorstellung von sich, hatte sie auch ihn zum Vergangenen getan und die Glocken nicht gehört oder nicht hören gewollt, die zu seiner Wiedergeburt läuteten. War es so? Man mußte prüfen, man mußte abwarten. Vielleicht stand das richtende Ja oder Nein diesem erglühten Jünger zu, dem Fremden, dem man sich aber trotzdem nicht verraten und ausliefern durfte. Was für ein Mensch das war; wie starker Wein, wie aufwühlender Wind. Das Zeugnis, daß er mit allen Fibern und jedem Blutstropfen lebte, ja lebte, lebte, lebte, konnte man ihm nicht verweigern.

Dabei hatte er eine sachlich-nüchterne Art, von Kerkhoven zu sprechen, namentlich wenn er ihn bei der Arbeit schilderte. Er schien alles nur von handwerklichen Gesichtspunkten aus zu betrachten und stellte es so klar und präzis dar, daß man das Gefühl hatte, er selber sei in dem Handwerk vollständig zu Hause. Durch den Mangel an Überschwang wirkte das unbedeutendste Detail glaubhaft, und jene eisige Unerbittlichkeit der Folgerung und Kritik, die Marie immer so fatal gewesen war, weil sie so schlecht zu ihrem Begriff von Jugend, von junger Männlichkeit paßte (sie sah allmählich ein, daß sie in dieser Beziehung wie in mancher sonst gründlich umzulernen hatte), zeigte ihr jetzt ein anderes Gesicht, nicht eben ein liebenswertes, aber eines, das respektiert werden mußte, gerade von ihr, der alle Flunkerei, alles wesenlose Sichbegeistern so unleidlich war. Dieser Andergast verstand sich auf die bezeichnenden und unterscheidenden Züge, das Einmalige, das eine Figur heraushebt aus der Umgebung, sie in ihrer kleinsten Lebensäußerung unverwechselbar macht. Sonderbar, daß das Charakteristische zum Lachen reizt; vielleicht nennt man es deswegen treffend. Ja, es »trifft«; als Junge habe ich immer lachen müssen, wenn ein Schütze ins Schwarze der Scheibe traf. Aus ähnlichem Grund brach Marie in ihr ansteckendes Jungmädchengelächter aus, wenn Etzel eine Redewendung, eine Geste Kerkhovens, sein verträumt-zerstreutes Über-Leute-Wegschauen, das skurrile Nebeneinander von wuchtiger Schwere und eiliger Beweglichkeit bezwingend richtig wiedergab und der mächtige Mann deutlich wie im Blitzlicht dastand. Immer bei gewahrtem Abstand und mit einer fast heiligen Scheu, alles mit der großen Liebe gesehen, der Spaß verstand sich am Rande. Die Wahrnehmung kleiner Schwächen an großen Menschen entlastet vom Druck der Verpflichtungen, die sie einem durch ihr Dasein auferlegen. Etzel hatte jetzt häufig Gelegenheit, den Meister in der Ordination und im Verkehr mit den Anstaltspfleglingen zu beobachten; er hatte sogar Aufzeichnungen darüber gemacht, die er Marie vorlas, wobei er versicherte, das Wesentliche sei in Worte nicht zu fassen, sei überhaupt nicht wiederzugeben, so elementar sei bisweilen Wirkung und Eindruck. In den allerletzten Tagen hat sich folgendes ereignet. Der Meister wird aus der chirurgischen Klinik angerufen, er soll zu einem jungen Menschen kommen, der seit Wochen dort liegt und über heftige Knie- und Hüftschmerzen klagt, für die eine organische Ursache nicht zu finden ist. Er geht hin, sieht sich den Menschen an, es ist ein siebzehnjähriger Junge, spricht eine Weile mit ihm, dann sagt er zu ihm: Kommen Sie morgen um elf in meine Sprechstunde, und zwar zu Fuß. Der Kranke schaut ihn entsetzt an und antwortet: Das kann ich nicht, ich kann ja nicht einmal vom Bett aufstehen und mich anziehen. Der Meister lächelt und sagt im ruhigsten Ton: Sie werden sicher aufstehen, Sie werden sich auch ankleiden, Punkt elf Uhr melden Sie sich bei mir. Assistenzarzt und Pfleger schütteln die Köpfe, lassen durchblicken, der Meister bemühe sich umsonst, ausgeschlossen, daß der Mensch dazu zu bringen sei. Am andern Tag um elf ist der junge Mann im Wartezimmer. Er ist zu Fuß gekommen. Auf Krücken. Er hat zweieinhalb Stunden zu dem Weg gebraucht, aber er ist gekommen. Der Meister unterhält sich lange mit ihm, vermeidet es aber, von seinem Leiden zu sprechen, beim Abschied sagt er: Morgen kommen Sie wieder, aber ohne Krücken. Dasselbe Entsetzen, dieselben Beteuerungen des Unvermögens, der Meister bleibt ungerührt, streicht ihm nur freundlich über die Wangen. Am nächsten Morgen erscheint der Mensch tatsächlich ohne Krücken. Diesmal hat er drei Stunden gebraucht, aber er ist da. Am dritten Tag legt er den Weg in anderthalb Stunden, am vierten in vierzig Minuten zurück, was fast die normale Zeit ist. Erinnert das nicht an die Wunder, von denen in der Bibel erzählt wird? Steh auf und wandle! – »Ja, aber was ist mit ihm? Was lag denn vor?« fragte Marie gespannt und interessiert. – Das habe sich erst nach und nach ergeben, fuhr Etzel fort, die Hauptgeständnisse habe man ihm nur in der Tiefenhypnose entreißen können. Sechzehnjährig ist er zu Verwandten nach Berlin gekommen, in das Haus eines von ihm sehr geliebten Onkels. Bürgerliche Familie in der Auflösung. Das Übliche, viel Verkehr, viel Betrieb, alles lebt von der Hand in den Mund und mit der Devise: nach uns die Sintflut. Der junge Mensch, halbes Kind, merkwürdig unverdorben, blickt fassungslos in einen Abgrund wohlanständiger Verkommenheit. Was andern seines Alters kein Achselzucken mehr wert ist, wirft ihn über den Haufen. So was gibt es. Im Jahr neunzehnhundertachtundzwanzig gibt es das noch. Die Zerrüttung, die Verwilderung, der Betrug jedes an jedem, er wird nicht fertig damit. Was ihm besonders zu schaffen macht, ihn überhaupt nicht zur

Ruhe kommen läßt, sind die zerstörten unglücklichen Ehen, die er kennenlernt, all diese zahme Raserei, die Frechheit des Scheins, die unsinnige Gier. In ähnlichen Worten hat er seine Empfindungen später zu Papier gebracht. Gott mag wissen, warum ihn gerade das so verstörte, vielleicht durch eine religiöse Veranlagung, vielleicht ist er in einem Gefühlskreis aufgewachsen, wo solche Erfahrungen nicht hindringen konnten, das meint auch der Meister, die Eltern, beide tot, sollen in einer vorbildlichen Ehe gelebt haben. Da geschieht es eines Tages, daß ihn die junge Frau seines Onkels verführt. Der Mann ist verreist, sie kommt heimlich in sein Zimmer, das alles hat er genau geschildert, mit einer selbstquälerischen Lust am einzelnen sogar, unter Tränen und Schluchzen. Natürlich will er die Frau nicht verraten, der Onkel hängt an ihr, liebt sie über alles, er kommt und kommt nicht darüber weg, die Sünde frißt an ihm, das seelische Leiden, das ist ja der gewöhnliche Weg, setzt sich in körperliches um, das heißt, der Körper erklärt sich bereit, Schmerzen zu haben und die Innenlast dadurch zu erleichtern. Er hat einen Posten, wo er den ganzen Tag stehen muß, das ist der gegebene Vorwand, in den Beinen und Hüften melden sich die unerträglichen Schmerzen, die in Wirklichkeit gar keine sind. Der Meister sagte ein Wort, das Etzel zu denken gab, nämlich man ersehe aus dem Vorgang, daß das Gewissensorgan in jungen Menschen viel entwickelter und geschärfter sei, als man zugeben wolle, und daß zu keiner Zeit so zahlreiche und schwere Gewissenskonflikte bei der Jugend aufgetreten seien wie in dieser, die man doch einer besonderen Roheit und Gefühlskälte beschuldige. – Ja, das sei wahr, meinte Marie, wenn es sich wirklich so verhalte, sei es fast ein Trost; wie stehe es aber mit der Heilung, damit sei doch wenig getan, daß man die Ursache aufdecke, was geschehe mit einem solchen Menschen, was erwarte diesen Siebzehnjährigen, der an der Schwelle des Lebens dauernd geschädigt worden sei, was habe er gewonnen, wenn er Ursprung und Sitz der Verletzung kenne und man überlasse ihn dann seinem Schicksal? Das eben sei der springende Punkt, stimmte Etzel kopfnickend zu, an der Stelle

493

sei man bisher vor dem Unüberwindlichen gestanden, aber Kerkhoven gehe jetzt einen neuen Weg, er, Etzel, könne natürlich nicht sagen, ob nicht schon andere denselben Weg gingen oder gegangen seien, für Kerkhoven sei es immerhin terra incognita, er müsse sich langsam vortasten, ganz von vorn beginnen. Habe der Meister nie mit ihr davon gesprochen? – Nein, nie. – Komisch; er äußere sich wohl selten über seine Pläne gegen sie? – Ja, selten. Um was handle es sich denn, wenn er darüber reden dürfe. – Es handle sich um Erweckung der Vorstellungskraft. Bei der Mehrzahl der Menschen sei die Vorstellungskraft entartet und krankhaft geschwächt, bei vielen gänzlich erstorben. Der Meister habe erkannt, daß seelische Zerrüttungen und Gemütsdepressionen oft auf einem kaum nachweisbaren, aber gleichwohl flagranten Defekt beruhten, einer Verkümmerung oder Verkrüppelung der Phantasie. – »Und wie will er dem Übel beikommen?« fragte Marie mit großen Augen. – »Die Versuche sind noch im Anfangsstadium«, erklärte Etzel; »es werden da sehr merkwürdige Messungen vorgenommen; Gedächtnisprüfung; es gibt Grade der Sinnesempfänglichkeit; die Familiengeschichte spielt eine Rolle; vieles, vieles. Der Meister glaubt an eine Heilbarkeit nur vor der Erstarrung im Berufsleben. Er greift auf die Disziplinen des Ignaz von Loyola zurück. Den hält er für einen der tiefsten Seelenkenner, die je gelebt haben. Selbstverständlich übernimmt er nur, was ihm brauchbar erscheint. Alles ist so einfach, zum Lachen manchmal, als ob man Wilde vor sich habe. Der Betreffende muß sich eine Form einprägen, einen Gegenstand, ein Gesicht, ein Tier, ein Bild so lange anschauen, bis er es vollständig besitzt. Er muß es in seine Sinne nehmen und jederzeit genau beschreiben können, auch wenn man ihn aus dem Schlaf weckt. Ein bestimmter Vorgang wird inszeniert, er muß ihn mit allen Einzelheiten in der Erinnerung aufbewahren; je länger er es kann, je mehr Umstände ihm gegenwärtig sind, je höher steht er auf der Stufe der Konzentration. Er muß weg von sich selber, weg von seinen persönlichen Interessen, den überflüssigen Ballast ausräumen, mit dem sein Geist und seine Seele angestopft sind. Es ist ein psychisches Fasten, Entfernung von Wucherungen. Der Meister sagt, er sei sich vollkommen bewußt, daß das uralte Mittel und Erkenntnisse seien, kultische, bei uns vergessen und verachtet, auch Loyola habe dort angeknüpft, wo er und ein paar andere Heutige die Überlieferung wieder aufnähmen. Er hofft bald so weit zu sein, durch die Resultate beweisen zu können, daß die Methode richtig ist. Er drückt sich ja immer so bescheiden aus. Wenn man einen Menschen zur reinen Anschauung erziehen könnte, was ja nur eine Idee und realiter unmöglich ist, sagt er, könnte man neun Zehntel der gesamten Schulmedizin über Bord werfen; auch die Ursache fast jedes Verbrechens, behauptet er, liegt darin, daß der, der es begeht, es sich nicht *einbilden* kann . . .«

Marie sah Etzel schweigend und mit einer gleichsam selbstvergessenen Neugier an. »Ich verstehe eins nicht recht«, sagte sie, die verschränkten Arme auf die Knie stützend und sich zu ihm vorbeugend, »diesen Beruf zu ergreifen, ist doch nicht Ihre Absicht, soviel ich weiß, wenigstens hat es mir Joseph gesagt...« – »Nein, es ist nicht meine Absicht.« – »Warum aber dann . . .« – »Sie meinen, warum ich dann in dem Fach herumdilettiere?« – »Nicht gerade das. Es könnte ja eine Liebhaberei sein . . .« – »Ich hab' keine Liebhabereien, gnädige Frau.« – »Wirklich nicht? Armer Mensch. Aber ich wollte fragen, warum Sie sich dann mit solcher Verve an Joseph angeschlossen haben. Lenkt Sie das nicht von Ihrem Ziel ab?« – »Ich habe auch kein Ziel, gnädige Frau.« – Marie richtete sich auf und steckte den kleinen Finger ihrer Rechten zwischen die Lippen, was bei ihr ein Zeichen höchster Verwunderung war. »Wie, kein Ziel? Sie müssen doch einen Beruf im Auge haben? Sie studieren doch. Sie sind doch eine aktive Natur. Mehr als das, Sie sind doch . . .« – »Ich weiß, was Sie sagen wollen, Frau Marie. Aber ich kann Ihnen darauf nicht antworten. Das ist ja meine schwache Stelle. Die partie honteuse. Ich sehe tatsächlich nicht zehn Schritt nach vorwärts. Es gibt Staatenlose, geächtete Leute, Freiwild, die gehören nirgends hin und dürfen nirgends bleiben, so gibt's auch Beruflose, die sind vielleicht noch übler dran, denen ist noch schwerer zu helfen. Ich habe keine Ahnung, nicht die aller-leiseste, was mit mir los ist, wozu ich Talent habe, wo ich nützen kann, wo ich in Reih und Glied treten und was damit gewonnen sein soll. Ein unhaltbarer Zustand. Seh' ich ein. Die Sache wird mir auch allmählich unheimlich. Was soll ich aber tun?« – »Wie kommt es dann, ich muß immer wieder dasselbe fragen, daß Sie sich Joseph Kerkhoven zum ... zum Vorbild, oder soll ich sagen zum Führer gewählt haben? Warum nennen Sie ihn Meister? Das ist doch sehr ungebräuchlich ... einem Arzt gegenüber. Wie ist Ihnen das eingefallen? Worin ist er denn Ihr Meister?« – Etzel zog die Brauen zusammen, die glatte Stirn wurde runzlig. »Das ist so zu verstehen: Baumeister; Wegmeister. Als ich zum erstenmal seine Hände sah, wußte ich, in die kann man ruhig sein Schicksal hineinlegen. Sie sind wie ein Safe. Ich träume nicht viel. Mit meinen Träumen ist's nicht weit her. Aber einmal träumte mir, es war kurz nachdem ich ihn kennengelernt, ich hätte um mein Leben zu rennen, und plötz-lich, noch außer Atem, steh' ich im Hohlraum zwischen seinen Händen, das war ein fabelhaftes Gefühl von Sicherheit. Wenn man die beiden Hände nebeneinander betrachtet, sehen sie aus wie die Zwillingssöhne seiner Stirn. Und dann: in seinem Kopf ist eine Ordnung wie in einem Planetarium. Fehlerlos. Alles auf dem richtigen Platz. Alles in seiner Folge und seinem Rang. Wo gibt es das noch? Es kommt nicht mehr vor. Einzigartig. Man muß ihn beneiden, man muß ihn hassen.« – »Wieso denn hassen?« rief Marie, und ihre Augen wurden vor Erstaunen rund. – »Wenn die magische Strahlung nur eine Sekunde aus-setzt, muß man ihn hassen.« – »Das kann ich nicht begreifen.« – »Seien Sie froh. Es ist ... es hat nämlich was Unmenschliches.« – »Sie sind absurd, Etzel.« – Er schüttelte heftig und mit fin-sterer Miene den Kopf. Dunkel ahnte Marie, was in ihm gärte. In seiner eisigen Selbstsicherheit konnte er völlig unberechenbar werden und das verleugnen, was ihm am heiligsten war. So empfand sie es. Es machte sie ängstlich. Das Unberechenbare an einem Menschen erfüllte sie mit Angst. Als er bei einer späteren Gelegenheit in das andere Extrem fiel und mit einer Leidenschaftlichkeit, die etwas Fanatisches hatte, von der rettenden Tat sprach, die Kerkhoven an ihm vollbracht (»hat mich einfach gepackt und aus dem Dreck gezogen wie ein Riese, ja, wie ein gewaltiger Zauberer, her mit dem Zwerg, untern Sauerstoffapparat mit ihm, ins Reinigungsbad, nie werd' ich das vergessen, nie, nie«), da war ihr auch dabei nicht ganz geheuer, sie war nah daran zu sagen: Still, still, nicht so wild, nicht so krampfig, gelassener, gelassener ... Das war an dem Tag, wo sie seiner Bitte Gehör schenkte und auch ihrerseits von Kerkhoven erzählte, den früheren Jahren, als er noch um sich und seine Bestimmung rang; von seiner ersten Ehe mit Nina und was Nina für eine Frau gewesen; von ihrer ersten Ehe; von Irlen und Irlens Freundschaft und Irlens Krankheit und Irlens Tod und wie dieser Abgeschiedene gleich einem Schicksalsgott noch immer über ihrem und Josephs Leben stehe; die schweren Jahre bis zu Ninas Tod; die schweren nachher; und wie jeder Sturm ihr Zueinandergehören befestigt, wie keine Mühsal und Finsternis, kein Glück und Gelingen nur eines betroffen, immer zugleich beide im geschlossenen Ring, als wär's von Anfang der Zeiten so gefügt. Etzel hörte zu wie ein Kind. Er verwandte kein Auge von ihr. Sie sprach ganz gebärdenlos. Ihre Haltung war von der größten Einfachheit. An den »blassen Blumen« schienen die Bilder aus der Vergangenheit sanft und klar vorüberzugleiten. Die Stimme bewahrte ihre gleichmäßig hinfließende Melodie; auch darin war Haltung. Der Hauch von Schwermut über den Worten wurde gemildert durch das oft wiederkehrende helle Lächeln und die phantasievolle Lebhaftigkeit der Rede. »Wunderbar haben Sie das erzählt«, murmelte er nach einem langen Schweigen und nickte in seiner Weise vor sich hin, der Weise eines uralten Mannes, der viel erlebt hat. Dann kam der erwähnte Ausbruch.

Nicht immer geht es so friedlich zwischen ihnen zu. Weit gefehlt. Seine Manieren sind es, durch die er Maries Geduld auf harte Proben stellt. Nicht als ob er unhöflich wäre. Er befleißigt sich sogar einer gewissen dressierten Artigkeit, die sie als Tanz-

stundenreminiszenz bezeichnet, obgleich er nie eine Tanz-
stunde besucht hat. (Gott bewahre.) Er verbeugt sich tadellos;
er weiß, was sich schickt; er beobachtet die gesellschaftlichen
Formen, aber er tut es mit einer Art von aufgeblasener Überlegenheit, als ob er sich das bißchen Theater auch noch leisten
könne. Das ist es eben, was Marie ärgert. An den *inneren* Manieren gebricht es ihm. Sie sagt es ihm ohne Scheu. Sie nimmt
sich kein Blatt vor den Mund. Schon gar nicht, wenn sie erzürnt
ist. Da blitzen ihre Augen, und ein Temperament kommt zum
Vorschein, das niemand in ihr vermutet hätte. Sie versucht,
ihm zu erklären, was ihr an seinem Benehmen auf die Nerven
fällt. Er will es nicht einsehen. Er bockt. Er ist rechthaberisch.
Er ist präpotent. Er verträgt auch sonst keinen Widerspruch.
Wenn er sich herbeiläßt, ihn anzuhören, macht er von vornherein ein besserwissendes Gesicht, zieht die Stirn kraus und
schockelt traurig mit dem Kopf. Marie unterbricht sich dann
mitten im Satz und starrt ihn wortlos an. Groß. Verblüfft. Das
bringt ihn zur Besinnung, er erschrickt, kriegt rote Ohren und
wetzt betreten auf seinem Stuhl. »Sie sind furchtbar streng mit
mir, Frau Marie, viel strenger als der Meister«, sagt er kleinlaut.
Worauf sie schlagfertig entgegnet: »Ein Mann sieht halt nicht
die Bäume, eine Frau sieht wieder nicht den Wald.« Sie hat
bald heraus, daß er bei all seiner Freiheit und frühen Erfahrung
voller kleiner Vorurteile und Verbohrtheiten steckt; es ist das,
was sie die Orthodoxie der Ketzerei nennt. Natürlich weiß sie,
er ist kein Ketzer, eher alles andre, sie weiß schon, wer und
was er ist, sie spürt sein spezifisches Gewicht und eine nicht zu
formulierende Besonderheit, aber hat nicht jede Geistesrichtung
ihren Aberglauben, und sind nicht alle Eiferer im Grunde Pe-
danten? Er ist bei alledem naiv, ja, das ist er, treuherzig in
seiner schonungslosen Offenheit, das versöhnt mit ihm. Sonst
könnte sie ihn kaum aushalten. Sie verhehlt es ihm nicht. Sie
hat nicht viel übrig für eine Aufrichtigkeit, um die sie nicht
gebeten hat. Sie gibt ihm zu verstehen, es stünde ihm zuweilen
besser an, bescheiden abzuwarten, bis man ihn um seine Meinung fragt. Muß er immer mit der Tür ins Haus fallen, gleich-

viel, was für Verlegenheiten daraus entstehen? Hat der Konvent, dessen Mitglied er ist, durch einen Ukas Zartsinn, Rücksicht, Takt, Finesse ein für allemal abgeschafft? Sie wägt und erwägt. Sie will gerecht sein. Sie will nicht verallgemeinern, sie will in ihm den einzigen Etzel Andergast sehen, nicht was ihm die Generation aufgebürdet hat und was er der an Art und Unart schuldig zu sein glaubt. Er interessiert sie über die Maßen. Auch das verbirgt sie nicht. Es ist Botschaft von draußen, die sie durch ihn empfängt. Der Bote soll sie nicht enttäuschen, es soll ein angenehmer und umgänglicher Bote sein. Er ist es nicht, wenigstens nicht immer. Entschlossener Mensch, mutig und unerschrocken, gewiß, das sind Eigenschaften, für die sie viel übrig hat, sie entsprechen ihr, sie flößen ihr Achtung und Zutrauen ein, doch fehlt es an Zucht, es ist alles noch so roh. Geistig vollkommen unbestechlich, ist er nicht fähig, eine Schwäche zu entschuldigen, ein Zugeständnis auch nur zu begreifen. Immer hart auf hart. Immer in Fechterpositur, auch wenn weit und breit kein Feind zu erblicken ist. Er erinnert an die Ritter der alten Zeit, Gipfel des Ungemütlichen, die in der Rüstung zu schlafen pflegten. Er atmet in verdünnter Luft und liebt zu fliegen, auf dem Boden bewegt er sich täppisch wie der Raubvogel, der nicht gehen kann. Sie will ihm helfen, er entzieht sich der Hilfe. Er kapiert nicht, was sie an ihm anders haben möchte. Es ist so wenig, dennoch weigert er sich, es anzunehmen. Vielleicht versteht er ihre Sprache noch nicht. Er ist mißtrauisch gegen ihr Idiom. Etwas Unprivates ist an ihm, etwas abstoßend Unverbindliches wie an einem, der nie ein Heim gehabt, nicht Vater noch Mutter, nicht Bruder noch Schwester. Sie muß an Josephs Wort von der entbehrten Zärtlichkeit denken, viel öfter, als sie wünscht, muß sie daran denken. Etwas reizt, etwas quält sie an dem Wort. Vermutlich dasselbe, was sie an dem Menschen reizt und quält. Er ist von einer Kälte, die brennt. Manchmal, wenn er aus dem Zimmer gegangen ist, empfindet sie diese Kälte als physischen Schmerz, und er dauert sie, wie einen ein Krüppel dauert. Wenn er seine Ideen auskramt, wie es hie und da geschieht, hat sie ein zusammenziehendes Gefühl in der Magengegend; alles gefrorener Wille. Man müßte ihn auftauen, sagt sie sich, auf den Ofen legen. Sie läßt sein Verhältnis zur Welt nicht gelten. Lebensverachtung, Todesverachtung sind ihr ein Greuel. Barbarisch schilt sie es, neudeutsches Heidentum heißt sie es. – »Ich weiß, Sie sind eine Humanistin«, höhnt er, »wir lehnen den Humanismus ab.« Fertig. Der Humanismus ist erledigt. – »Unglückliches Volk«, sagt sie, erschüttert von dieser Mitteilung und faltet die Hände. – »Der Beweis liegt auf der Straße«, fügt er großartig hinzu. – Und sie: »Wirklich? Tut er das? Natürlich nur, wenn Blut fließt. Rotes Blut? Ist es noch rot bei euch? Oder ist es schwarz wie Tinte?« – Möglich, daß er sich aufspielt. Man streitet oft aus Pietät für eine Überzeugung, die man schon aufgegeben hat, oder weil man dem Gegner nicht das Recht zugesteht, sie anzugreifen. Eine Frau; eine solche Frau; zu fein; zu zart; zu gepflegt; zu kultiviert; was weiß sie denn, was kennt sie denn? Es ist ihm nie ganz behaglich, wenn er mit ihr über dergleichen Dinge disputieren soll. Er hat dabei ein Gefühl wie der Matrose auf einem Schiff, wenn ihn ein Passagier aus der ersten Kajüte in die Unterhaltung zieht; man muß ihm ja die gewöhnlichsten Seemannsausdrücke erklären. Er hält ihre Teilnahme, ihre Wißbegier für ein Amateurvergnügen, bestenfalls für die soziale Nervosität, von der nach und nach die Gesicherten ergriffen werden. Solang sie auf den Rücksichten besteht und auf den Formen herumreitet, kann er ihr nicht sein Herz auf den Tisch legen. Am Ende würde sie dann das Lorgnon nehmen und es mit einem luxuriösen Gruseln betrachten. Nein, er muß sich umstellen. Er muß immer ein bißchen simulieren. Sie ist ein außergewöhnliches Wesen, täglich überrascht sie ihn durch eine neue Seite ihres Charakters und Geistes, aber vielleicht will sie ihn doch nur einfädeln und ihren Zeitvertreib mit ihm haben, ihr Leben scheint ja nicht ausgefüllt zu sein, und ehrgeizig ist sie auch, allerdings in einer sublimen, unpersönlichen Weise, wie er es an Frauen nicht kennt. Marie errät seine Gedanken, durchschaut seine Vorbehalte. Sie kann ihm nicht beweisen, daß er unrecht hat. Welcher Beweis wäre zulässig?

500

Welcher ginge nicht wider den Stolz? Es sind Verdächtigungen, gegen die sie sich nur wehren kann, wenn sie sich schweigend treu bleibt. Soll sie vielleicht um ihn werben? Er ist imstande, sich das einzubilden. Sie muß Zurückhaltung üben, sonst könnte er sie mißverstehen. Sie hat ähnliches schon erfahren. Sie gibt sich zu unbefangen, das wird mißverstanden, Männer sind maßlos eitel. Es ist vorgekommen, daß aus ihrer natürlichen Freundlichkeit Folgerungen gezogen wurden, vor denen sie entsetzt war. Da sie niemals mit falschen Karten spielt, vergißt sie, daß die wenigsten Menschen an ehrliches Spiel glauben. Darum Vorsicht. Kaum nimmt Etzel ihre ungewohnte Kühle wahr, da erkundigt er sich schon besorgt, ob er ihr Anlaß zur Unzufriedenheit gegeben habe. Aha, das Hündchen beginnt schon reuig zu wedeln. Sie weicht aus, sie will sich nicht auf Erörterungen einlassen, er gibt aber nicht nach und ist so bemüht um sie, so aufgeschlossen, so gelehrig, daß sie ihm alles verzeiht; er hat wirklich eine ursprüngliche Liebenswürdigkeit. Man darf ihn nur nicht übermütig werden lassen, man muß ihn kurzhalten. Für ihn ist es etwas Neues: daß man sich bemühen muß, ernstlich bemühen, um die gute Meinung einer Frau nicht zu verscherzen. Daß man sich nicht ohne weiteres in die Wolle setzen kann, weil man sich einer halbwegs angenehmen Visage erfreut und gelegentlich zu schwadronieren versteht. Langsam dämmert ihm die Erkenntnis, mit wem er es zu tun hat. Es ist ihm zumute, als habe er einen weltentlegenen verzauberten Garten betreten, in dem die unerwartetsten Entdeckungen zu machen sind. Dies darf er sich nicht als Verdienst anrechnen, er ist auf gut Glück hineingestolpert, nun muß er erst sehen, wie er sich zurechtfindet. Es ist eine unbekannte Welt, von dornigen Hecken umgeben. Großes Erstaunen: das also ist Joseph Kerkhovens Frau! Sitzt in klösterlicher Unzugänglichkeit und hütet den heimlichen Teil seiner Existenz. Nicht als dienstbarer Geist, nicht als Haushälterin mit dem Schlüsselbund, wie er sich das vielleicht vorgestellt hat: als Herrin. Der Herr und die Herrin. Seltene Sache. Verdammt noch mal, der Mann hat auch das verstanden. Auch das hat ihm das Schicksal gewährt . . .

Eines Tages ereignet es sich in Kerkhovens Wartezimmer, daß zwischen zwei politischen Gegnern, jungen Leuten, die einander zufällig dort treffen, ein bösartiger Wortwechsel entsteht, in dessen Verlauf der eine den Revolver aus der Tasche zieht und den andern niederknallt. Wildwestszene unter haßgeladenen Hysterikern. Bei dem Gespräch, das sie darüber führen, hat Marie wie in einem Traum den Eindruck, als ob Etzel immer weiter von ihr fortgleite und sich schließlich in Dunst auflöse. Vergeblich jedes Wort. Er ist so weit weg, daß sie schreien müßte, um von ihm gehört zu werden, da schweigt sie und sitzt mit bestürztem Gesicht da. Sie hat das gewisse Frieren, das sie überfällt, wenn ein Tag ohne Lichtblick ist und ohne Ende scheint. Etzel denkt, er habe wieder irgend was verbrochen, und fragt mit schuldbewußter Miene nach der Ursache ihres Schweigens. Sie schüttelt den Kopf. Sie bittet ihn zu gehen, sie sei müde. Er gehorcht zögernd, am andern Tag fängt er wieder davon an. Sie müsse ihm unbedingt sagen, weshalb sie gestern so verstimmt gewesen sei. Sie lächelt. Verstimmt? Das sei nicht der richtige Ausdruck. Seine Ahnungslosigkeit rührt sie beinah. Prüfend irrt ihr Blick über sein Gesicht, legt einen langen Weg über Fenster und Wände zurück und bleibt endlich auf dem Smaragd an ihrem Finger haften. Leise sagt sie und stockt nach jedem Satz, sie habe nicht viel Hoffnung, sich ihm verständlich machen zu können. Sie hat einmal in einer Welt gelebt, die noch nicht bis zum Kern durchfault war von der Lüge, noch nicht in die Adern hinein vergiftet von der Raserei aller gegen alle. Es ist einmal ein Gott gewesen, der mit milder Hand Früchte austeilte, auch für die Verzweifelten, die Gnadenlosen, für die Letzten der Letzten noch. Es hat Bilder und Gebilde gegeben, mit denen der Mensch reich war, weil sie ihn erfüllten, und Zeichen, die über aller Wut und Verwirrung unverlöschbar am innern Himmel leuchteten. Sie klagt nicht um dieses Vergangene. Es mußte wohl vergehen. Die Uhr war abgelaufen. Was sie nicht ertragen kann, ist der Gedanke, daß ihre Existenz keine Berechtigung mehr hat. Es ist etwas Gesetzloses daran, etwas Gespensterhaftes. Sie schämt sich dieses

Zustandes. Sie schämt sich brennend. Sie fühlt sich gedemütigt. Sie schämt sich, wenn sie unter Menschen geht, sie schämt sich vor ihren Kindern und vor sich selbst. Und nicht bloß deshalb, weil sie dieses finster gewordene, gänzlich entwertete Leben nicht mitleben kann und als Weib, als Frau und Mutter mit doppelt gebundenen Händen dasteht, viel mehr noch, weil sie sich den Mächten verschuldet fühlt, von denen sie alles empfangen hat und die nun auch in ihrer Seele zu sterben beginnen. Sind es nur noch abgelebte Schatten, jene, die Führer, die Götter, die Sterne ihrer Jugend, oder ist das, was sie umgibt, ein Schattenreich? Sie verstummt erschrocken. Was redet sie denn, sie schließt sich auf, sie stellt sich zur Schau, wie unbesonnen! In dem leidenschaftlichen Verlangen nach Schönem zieht sie eine Mappe mit Reproduktionen venezianischer Bilder auf ihre Knie und schlägt sie auf. Etzel rückt näher zu ihr hin, als wolle er ebenfalls die Bilder betrachten, aber es ist die unwillkürliche Bewegung des Schwachsichtigen, er möchte ihre Züge näher haben, ihre Mienen genauer sehen, denn zu erstaunlich war es ihm, dies alles aus ihrem Mund zu vernehmen. Ungeduldig breitet er die Hand über das aufgeschlagene Blatt, sie soll sich jetzt nicht mit solchen Dingen beschäftigen, sie soll nun auch ihn anhören. Sie tut ihm den Gefallen, es hat wenig Zweck, aber sie stellt sich erwartungsvoll. Er sagt, sie sei das Opfer eines Trugschlusses. Es gibt keinen Bruch zwischen den Zeiten. Es gibt den Einschnitt nicht, den nur die Phantasie vorspiegelt, wenn sie uns um Gegenwart und Augenblick betrügt, was ihr heimtückisches Bestreben stets ist. Das Epochengefühl ist ein Bastard des Kalendergefühls, biologische Unhaltbarkeit, historischer Irrglaube. Alles Schaffende und Geschaffene ist in sich bezüglich. Alles Lebendige ist unendlich und unsterblich. Der Tod ist ein Denkfehler. – Das sei nur ein rebellisches Wort, wirft sie ein, was sollen ihr so verwegene Aphorismen, »eure Welt nimmt mich doch gar nicht auf.« – »Grund genug, sie zum Teufel zu schicken, wenn es wahr wäre. Es ist aber nicht wahr. Sie selber werfen ihr ja den Handschuh hin.« – »Ja, weil mir vor ihr graut.« – »So

was zu sagen ist ihrer gar nicht würdig, Frau Marie.« –
»Warum nicht? Eigentlich seid ihr lauter Mörder. Wer nicht
selber mordet, läßt es zu, daß gemordet wird. Und das ist
vielleicht noch ärger. Blutig oder unblutig, Mord muß sein.
Soll einem da nicht grauen? Haben Sie vergessen, wie Sie
gestern über den Rowdy gesprochen haben, der einem andern
Menschen einfach den Schädel durchlöchert hat, weil ihm seine
Gesinnung nicht genehm war? Ich hab' meinen Ohren nicht
getraut. Als ob man an so einer Scheußlichkeit herumdeuteln
könnte. Als ob es da ein Für und Wider gäbe. Als ob dieser
Schrecken aller Schrecken auch noch kommentiert zu werden
verdiente. Soziales Phänomen ... Um hochtrabende Tiraden
seid ihr nie verlegen, wenn ihr uns einreden wollt, daß Anstand
und Ehre überholte Begriffe sind. Wie ich diese Bereitwilligkeit
hasse, jeden Sadismus, jede Bestialität mit dem schäbigen
Mantel der Psychologie zuzudecken, diesen unausrottbaren
Landsknechtsrespekt vor dem, was ihr Männer die Tat heißt,
und von dem keiner ganz frei ist, der edelste nicht, wie ich das
hasse, wie ich es hasse!« – Etzel will sie beschwichtigen, denn
sie ist völlig außer sich, ihr Gesicht flammt. »War die Politik
nicht von jeher ein unmenschliches Geschäft, Frau Marie? Wir
haben sie nicht erfunden. Wir haben ihr nur die Tartüffmaske
abgerissen.« – »So, habt ihr das? Ich gratuliere. Ich kann
den Vorteil nicht sehen. Ob verderbte Greise hinter Polster-
stühlen um Seelen schachern und Blutverträge schließen oder
ob gerissene Desperados und grüne Jungens die Straße mobi-
lisieren und den Terror predigen, wo ist da die Errungen-
schaft? Wo ist die Idee? Es sei denn, das ôte-toi que je m'y
mette soll eine Idee vorstellen. Politik ... Das ist es ja, was
einem das Herz erstarren läßt. Woraus besteht sie denn, eure
Politik? Aus Geschwätz. Und wie gesagt aus Mord. Ein herrliches Paar, um damit in die Zukunft zu schreiten. Finden Sie
nicht?« – »Jeder von uns steht in der Kette, Frau Marie. Der
Eimer wird in der Kette weitergegeben.« – Das Wort bewegt
sie durch seine Demut. Sie sieht ihn lange schweigend an. Endlich sagt sie, was sie schmerze, sei die vergeudete Kraft, all das

504

vertane Seelengut, das später einmal, beim großen Überschlag fehlen würde; der politisch gerichtete Mensch sei zu innerer Verdorrung verurteilt, der ausschließlich sozial gestimmte nicht weniger, den Grund könne sie nicht angeben, es sei ein Gefühl, aber ein unerschütterliches, er solle einmal darüber nachdenken, auch sein eigenes Leben werde es ihm beweisen, zumindest an einem Beispiel, von dem sie zufällig Kenntnis habe. – Er hebt mit einem Ruck den Kopf. Was bedeutet das? Was meint sie? Wovon hat sie Kenntnis? – »Ich denke an Ihre Mutter, Etzel«, sagt sie mutig. – Er macht einen Katzenbuckel und blitzt sie böse an. Gib acht, Marie, du greifst in Heißes, verbrenn dir nicht die Finger. Aber Marie fürchtet sich nicht. Diese Sache hat sie schon lang gegen ihn auf dem Herzen. Oft hat sie sich schon vorgenommen, ihm ins Gewissen zu reden. Sie gesteht ihre Indiskretion, als sie vor Monaten den Brief Josephs und den Brief von Sophia von Andergast heimlich gelesen hat. Er preßt die Lippen aufeinander, sein Gesicht verfinstert sich. Marie beugt sich zu ihm vor, die Unterarme auf den Schenkeln, die Hände wie Schalen geöffnet, eine Haltung, die Freundschaft und Vertrauen ausdrückt und um Freundschaft und Vertrauen wirbt. Ihr Wesen ist verändert, keine Härte mehr, keine Bitterkeit, keine Kampflust mehr in den Augen, die Züge sind weich, ein anziehendes, fast verführerisches Lächeln verschönt sie. »Ich will gar nicht wissen, was vorgefallen ist, ich bin gar nicht neugierig danach, aber so darf es nicht bleiben, Etzel. Ist denn die Mutter eine Frau, die man stehenläßt wie eine abgedankte Geliebte? Was können Sie ihr vorzuwerfen haben, das sie nicht schon allein dadurch abgebüßt hat, *daß* Sie es ihr vorwerfen? Haben Sie mir nicht neulich von der Verkümmerung der Phantasie gesprochen? Nun, wie wär's, wenn wir uns ein wenig bei der eigenen Nase zupfen würden? Ich weiß von Ihrer Mutter wenig. Ich weiß nur, daß es mir weh tut, an sie zu denken. Der Brief an Joseph damals . . . ich konnte ihn nicht vergessen. Wann haben Sie ihr zuletzt geschrieben? Sie wissen es nicht mehr? Vielleicht überhaupt nicht? Versprechen Sie mir, daß Sie es tun werden. Morgen noch. Nein, heut noch.

Wollen Sie mir das versprechen?« – Er wendet sich ab, er murmelt vor sich hin, er zerrt an seiner Krawatte, er windet und dreht sich, dann nickt er. – »Gut«, sagt Marie befriedigt, »geben Sie mir die Hand darauf.« Er schaute sie halb störrisch, halb scheu bewundernd an, atmet tief auf und gibt ihr die Hand.

Fünfzehntes Kapitel

Was er seiner Mutter schrieb, erfuhr Marie nicht. Er sprach nicht darüber, und sie fragte ihn nicht. Daß er nach einer Woche Antwort erhielt, erwähnte er beiläufig. Marie fühlte, daß er den Faden nicht wieder abreißen würde. Er war umgestimmt. Und so schien es, daß er auch Marie mit andern Augen betrachtete als bisher. Jener halb störrische, halb scheu bewundernde Blick, mit dem er sie angesehen, als sie ihn zu dem Versprechen gezwungen hatte, traf sie in den folgenden Tagen noch oft. Er benutzte nun jeden freien Augenblick, um mit ihr beisammen zu sein. Er kannte ihre Stundeneinteilung und wußte, was sie für den Tag vorhatte. Bei ihren Gängen in die Stadt begleitete er sie. Wenn sie nicht ausgehen konnte, schlechten Wetters wegen oder weil sie sich nicht wohl fühlte, erkundigte er sich, ob sie Aufträge für ihn habe. Er sorgte fast täglich für frische Blumen, aber da sie nicht wollte, daß er sich leichtsinnig in Unkosten stürze, verbot sie ihm den Luxus, worüber er sich nicht wenig erboste. Manchmal las er ihr vor, manchmal erzählte er ihr seine Erlebnisse mit einem Kameraden, aber nur wenn es sich um Vergangenes handelte, oder eine Liebesgeschichte, in die er verstrickt gewesen, aber nur, wenn sie leichter Art war und Stoff zur Erheiterung bot. Mußte er Kerkhoven in die Anstalt begleiten, war er den Nachmittag, den Abend über nicht frei, so rief er sie an, um eine Viertelstunde am Telefon mit ihr zu plaudern. Gelegentlich schickte er ihr einen Zettel mit einer Bemerkung über ein Buch, einer hastig hingekritzelten Glosse zu einem vorhergegangenen Gespräch.

Sie anzuregen und bei guter Laune zu erhalten schien sein einziges Trachten zu sein. Da er dabei, wie schon gesagt, keine Pflicht verabsäumte, keine Arbeit aufschob, hätte man glauben können, er habe einen Geheimvertrag mit einer Gesellschaft von Wichtelmännchen geschlossen, damit sie in der Stille für ihn schafften. Unmerklich gewöhnte sich Marie an den beständigen Dienst, den er ihr widmete. Unmerklich wurde es Bedürfnis, wurde es unentbehrlich, dies Kommen und Wiederkommen, die Erwartung und daß sie sich erfüllte, Abrede und lebendige Verbundenheit, Wort und Gegenwort, Ruf und Echo. Ohne Gewißheit der Wiederholung ist kein Fließen und Werden, kein Sammeln und Entfalten. Endlich wieder hat ein Mensch Zeit für sie. Laßt uns sehen, wie lange es her ist, daß ihr das geschah. Ein Weltenalter ist es her. Damals ist sie jung gewesen, hat verwundert die Augen aufgeschlafen zu dem Mann, der bei ihr stehenblieb, ein Gehetzter und Gequälter, um ihr ungemessen viel Zeit zu schenken. Wie dankbar sie war für das Geschenk, dessen Wert sie kannte und durch das sie sich auserwählt fühlte. Dann hat ihn allmählich die Zeit verschluckt, denselben Mann, aufgefressen Glied für Glied hat ihn die Zeit, deren Herr und Gebieter er war, fort ist er, zum Schatten ist er geworden, auch er. Mit einem Schatten kann man nicht leben, einen Schatten kann man nicht fragen, der Schatten erwidert dein Lächeln nicht, sieht nicht, wenn du ihn anschaust, bemerkt deine hingestreckte Hand nicht, vergißt dich, während er an deinem Tische sitzt, sogar während er seine Arme um dich schlingt. Wie kann man ihm begreiflich machen, daß man noch da ist, ihm, dem Retter, Helfer und Erwecker von Tausenden?

Tina Audenrieth, die häufig zu Marie kam und Etzel bei einem ihrer ersten Besuche kennengelernt hatte, begegnete ihm in der Folge noch oft bei ihr. Sie mochte ihn gut leiden und war keineswegs unempfindlich für die Umsicht, mit der er es darauf anlegte, ihr zu gefallen. Sie wunderte sich über seine Stellung im Hause, über sein Verhältnis zu Kerkhoven. Marie erklärte ihr es. Noch mehr wunderte sie sich jedoch über den frenetischen Eifer, mit dem er schier unausgesetzt um Marie bemüht war und, als wäre es das Natürlichste von der Welt, sich als ihr Ritter, ihr Page, ihr Heger und Beschützer aufspielte. Es hatte etwas wie Besitznahme, eine Art häuslicher Tyrannis, und wenn man tiefer sah, konnte man auch eine verdächtige Berauschtheit darin erkennen. So tief wollte Tina gar nicht sehen, ihre Bedenken gingen in eine andere Richtung. Als sie mit Marie offen darüber sprach, denn durch ihre langjährige Freundschaft war ihnen gegenseitige Offenheit selbstverständlich geworden, sagte sie:»Ich finde, daß er mit all der Aufmerksamkeit, die er dir erweist, und Aufmerksamkeit ist nur ein schwaches Wort dafür, deinem Mann ein Unrecht zufügt.« – »Wieso denn, Tina?« fragte Marie betroffen. – Tina lächelte.»Aber liebste Marie«, rief sie in einem Ton, als glaube sie nicht an das Erstaunen in der Frage und als wolle Marie nur nicht zugeben, daß sie dieselbe Empfindung hatte. Marie dachte über Tinas Worte nach. Möglicherweise war es unvorsichtig von ihr, doch geschah es ganz impulsiv und bewies immerhin, bis zu welchem Grad der Vertraulichkeit sie bereits im Umgang mit Etzel gelangt war, daß sie ihm wiedererzählte, wie Tina Audenrieth sein Verhalten beurteilte. Kann sein, sie hoffte, er werde den Vorwurf widerlegen. Er schaute sie aber nur verständnislos an. Es klang wirklich zu verrückt. Er leistete sich doch selbst Erkleckliches an Überspitztheiten und queren Hypothesen, aber auf eine solche Idee wäre er nie verfallen. Er war ja im Gegenteil überzeugt, auch Kerkhoven zu dienen, indem er Marie diente, ja geradezu in dessen Sinn zu handeln. Sein Gedankengang war so: Der Meister ist überlastet, die Bürde auf seinen Schultern wird täglich schwerer, jeder andere bräche unter ihr zusammen, er, mit übermenschlichen Kräften begabt, hält sich aufrecht und geht seinen wunderbaren Weg; ein solcher Mensch dürfte eigentlich keinen Anhang haben, keine Familie, es hemmt ihn, ja es verdüstert ihn, da er sich den Kindern und der Frau gegenüber immerfort eines Versäumnisses anklagen und sich bei der leider vorhandenen Weichheit seines

Gemüts Gewalt antun muß, besonders der Frau gegenüber,
denn er wäre nicht der, der er ist, wenn er nicht spürte, wie sie
unter einer Entfremdung leidet, die er beim besten Willen nicht
aufheben kann, bei aller Liebe nicht, mit der er sicherlich an ihr
hängt; sonach kann ihm nichts erwünschter sein, als daß man
sich um Marie kümmert, sie in ihrer ständigen Niedergeschlagenheit ein wenig tröstet und ihr über das Gefühl der Einsamkeit hinweghilft. Eine echt Andergastsche Konstruktion, von
deren Richtigkeit er allerdings durchdrungen war. Und vielleicht war es nicht einmal eine Konstruktion, oder es war so,
daß ihm die Wirklichkeit den Gefallen erwies, mit der ebenso
scharfsinnigen wie verführerischen Theorie übereinzustimmen
und sich ihr im Verlauf der Begebenheiten mehr und mehr anzupassen. In der Tat war Kerkhoven unendlich froh, daß sich
zwischen den beiden eine so gute Beziehung entwickelt hatte.
Er unterließ nichts, um Marie in der günstigen Meinung zu
bestärken, die sie von Etzel gefaßt hatte. Wenn sie hie und da
noch immer kritisch war, sich über seine geistige Anmaßung
beklagte, Zweifel an seiner Verläßlichkeit äußerte, sich mo-
kierte über seine Neunmalweisheit, entging es ihm, wie schwach
die Einwände gegen früher geworden waren und daß sie wahrscheinlich nur erhoben wurden, weil sie sie entkräftet zu hören
wünschte. Und er beeiferte sich, sie zu entkräften. Er erachtete
es als eine Fügung, die nicht glücklicher hätte sein können, daß
Etzel unter Maries Einfluß geriet. Er wollte Anzeichen der
veredelnden Wirkung seines Umgangs mit ihr schon bemerkt
haben, was Marie natürlich nicht ungern vernahm. Wenn er
ins Zimmer trat und die beiden beieinander sah, ging ein
freudiger Schein über sein Gesicht, oft blieb er länger, als er
beabsichtigt hatte und als es seine Zeit erlaubte, nur um ihnen
ein wenig zuzuhören (wobei ihm nicht bewußt wurde, daß er
durch so flüchtige Zufallsbesuche das lebendige Gespräch eher
zerriß als förderte) und des wenn auch kurzen Vergnügens einer
Geselligkeit teilhaftig zu werden, die ihm seit Jahren versagt
war. Immer hatte er ein schlechtes Gewissen gehabt, wenn er
irgendeinmal am Tage bei Marie erschienen war, um fünf,

wenn's hoch kam, zehn Minuten mit ihr zu plaudern oder sich nur (ich erinnere an das Bild vom augenaufschlagenden Golem) zu vergewissern, ob sie da war, ob sie lebte, was sie trieb, wie sie gestimmt war. Zwar lächelte sie ihm dann dankbar zu, fragte in ihrer neckenden, manchmal melancholisch-neckenden Art: »Geht's dir gut? Bist du mir grün? Sprich es aus, Joseph, sag etwas Freundliches«, und schmiegte sich, als suche sie Schutz und Wärme, an seine Brust. Er strich mit der Hand über ihr trockenes, seidiges Haar, das unter der Berührung leise knisterte, nickte ihr liebreich und zerstreut zu, murmelte etwas vor sich hin, was er offenbar für das verlangte »Freundliche« hielt, und verschwand alsbald wieder. Aber noch lange nachher blieb in seinen Augen der fahle Schimmer jenes schlechten Gewissens, das ihr forschender und erwartungsvoller Blick, ein Abwenden des Kopfes, ein Zucken des Mundes in ihm erzeugte. Das war jetzt Gott sei Dank vorüber. Er wußte sie betreut. Er wußte sie sozusagen versorgt. Sie war »da«, sie war in seiner Nähe, was ihm auch seinerseits das Gefühl gab, »versorgt« zu sein, zugleich wich der unbequeme Druck von ihm, die Empfindung von Schuld, die sich einstellt, wenn man einem Menschen nicht sein kann, was man ihm sein müßte und sein möchte, und die zuweilen so heftig wurde, daß sie die Klarheit seiner ärztlichen Entscheidung beeinträchtigte. »Haben Sie ihn angesehen? Haben Sie sein Gesicht gesehen, als er mir die Hand gab und Sie auf die Stirn küßte?« fragte Etzel eines Tages ganz erregt als Kerkhoven das Zimmer verlassen hatte. »Können Sie noch einen Augenblick glauben, daß Tina Audenrieth den leisesten Grund hatte zu ihrer ungereimten Vermutung? Geben Sie zu, Frau Marie, der Meister ist restlos einverstanden mit unserer Freundschaft . . . oder darf ich das nicht sagen: Freundschaft? . . . Dann verzeihen Sie . . . ich meine, er hat auf keinen Fall etwas dagegen, daß Sie mir erlauben, so viel bei Ihnen zu sein, vorsichtiger kann man es doch nicht ausdrücken, wie? Es ist ihm recht, er billigt es, er wünscht nichts anderes, ich behaupte sogar, es entlastet ihn.« Marie wollte es weder zugeben noch leugnen, sie blieb still. Und das Wort von der »Entlastung des Meisters« wurde zur hilfreichen Legende, mit der sich insofern leichter leben ließ, als sich unter ihrem kupplerischen Schutz die Frage nach der Verantwortung kaum stellte.

An einem Tag, dessen Häßlichkeit und Ungunst Marie schon spürte, als sie am Morgen das Bett verließ, glitt sie beim Verlassen der Wohnung auf der Stiege aus und fiel über drei Treppenstufen hinunter. Sie konnte sich nicht erheben, ein schneidender Schmerz im Leibe machte sie fast ohnmächtig, glücklicherweise hörte das Mädchen, das sie zur Tür begleitet hatte, den Lärm des Sturzes und den schwachen Aufschrei ihrer Herrin, eilte ins Stiegenhaus, beugte sich über die Liegende und rief Hilfe herbei. Man trug sie ins Schlafzimmer. Die Schmerzen wurden ärger, kurze Zeit hernach hatte sie eine Fehlgeburt. Weder Kerkhoven noch Etzel waren im Hause, nur Doktor Römer, der von dem Mädchen gerufen wurde und die sofortige Überführung in eine Privatklinik veranlaßte. Er brachte sie selbst im Krankenauto hin, die Anstalt lag in der Burggrafenstraße, der notwendige operative Eingriff wurde ohne Zögern vorgenommen, und als Kerkhoven das Geschehene erfuhr und gegen zwei Uhr mittags in die Klinik kam, war alles vorüber. Marie aus der Narkose erwacht. Er blieb bis drei Uhr an ihrem Bett sitzen, hielt ihre Hand in seiner und wandte den Blick nicht von ihrem bleichen Gesicht mit den festgeschlossenen Lidern. Neben dem physischen Leiden glaubte er in den äußerst gespannten Zügen ein seelisches wahrzunehmen, das ihn mehr beunruhigte als jenes. Am Abend kam er wieder, ihr Zustand war befriedigend, nur war das Gesicht wie im Fieber gerötet, die Augen hatten einen ungewöhnlichen Glanz. Aber die Temperatur war normal. Das Zimmer war von betäubendem Rosenduft erfüllt. Der Strauß, dem er entströmte, stand auf einem Tisch in der Ecke, ein wahrer Berg von Rosen, eine einzige rotleuchtende Flamme. Marie wies lächelnd hin und sagte: »Etzel.« Kerkhoven sagte: »Er war ganz verstört. Schon nachmittags fragte er, wann er dich besuchen darf. Ich hab' ihm geantwortet, nicht zu früh, mein

Lieber, nicht vor übermorgen, auch dann müssen Sie sich zusammennehmen und sich möglichst still verhalten.« – »Ja, er ist ein bißchen anstrengend«, gab Marie zu, »aber morgen gegen Abend kann er schon kommen, lass' ich ihm ausrichten.« – Am andern Tag sagte sie: »Ich muß dir was gestehen, Joseph. Das Malheur, das mir da passiert ist, ist eins von denen, die der Mensch unbewußt herbeiruft. Es ist eine heimliche Verschwörung. Die Seele besticht den Leib und läßt ihm keine Ruhe. Nicht als sollte der Leib was unternehmen. Nur was unterlassen soll er. Und so unterläßt er die Wachsamkeit. Verstehst du? Ich hab' mich gewehrt gegen das Kind, du weißt es ja, ich wollte es nicht haben, und jetzt . . . jetzt ist mir doch zumut, als hätt' ich ein Verbrechen begangen.« Sie schlug die Hände vors Gesicht, die Schultern zuckten krampfhaft. Es war kein richtiges Weinen, auch kein Schluchzen, es war Erschütterung. Darin lag eine Eigentümlichkeit ihrer Natur, sie konnte sich nur selten durch Tränen von einer Gemütslast befreien, es bedurfte einer solchen Erschütterung, die viel qualvoller war als ein Tränenerguß, in dem man das Leid doch immer ein wenig genießt. Kerkhoven redete ihr zärtlich zu, fühlte aber dabei seine innere Unmacht wie einen eisernen Ring um die Brust. Sie war der einzige Mensch in seinem Lebens- und Wirkungsbezirk, bei dem er dies Gefühl der Unmacht hatte. War es Mangel an Hingabe und Vertrauen, bei ihr gerade, deren Wesen sich erst entfaltete in Hingabe und Vertrauen? War es ihr klarer und heftiger Intellekt, dem seinen weit überlegen, der sich wider ihn stellte und seinen Einfluß brach? Oder war er in ihren Augen zu sehr mit seinem Ich behaftet, so daß er für sie die magische Anonymität nicht besaß, ohne die der Arzt eine bürgerliche Figur ist wie ein Lehrer oder Beamter? Sicherlich war es das, zu nah war er ihr, zu nah sie ihm, ein Wort von Etzel Andergast kam ihm in den Sinn, das Wort von der heilenden Körperfremdheit; erleuchtetes Wort. Für Marie war er vielleicht nur eine Art Gaukler, eine allzu umschreibbare Person; wie hätte es anders sein sollen, da er ihr nicht zu geben vermochte, was alle andern von ihm empfingen, und er stets diese lähmende »Unmacht« verspürte, auch wenn es sich bloß um den Versuch zu trösten handelte? Als Marie ihn so grüblerisch dasitzen sah, betrachtete sie ihn mit seltsam bohrender Neugier. Als er sich erhob, um zu gehen, flammte in ihrem Gesicht und in den Augen etwas auf wie Flugfeuer, mit einem nur ihr eigenen Elan streckte sie ihm beide Arme aus den Kissen entgegen und sagte in dringlich flehendem Ton, in dem eine angstvolle Warnung mitschwang: »Gib acht auf mich, Joseph! Hörst du? Gib acht auf mich!«

Er stutzte zwar, aber dann nickte er mehrere Male, eifrig und ahnungslos.

Während der sechs Tage, die sie in der Klinik lag (ihr heilkräftiger Organismus überwand den schweren Eingriff schnell), hatte Marie reichlich Zeit, über die nächste Zukunft nachzudenken. Nach Lindow zu gehen, mußte sie sich nun wohl oder übel entschließen. Die Umstände verboten einen längeren Aufschub, ihre Mutter schrieb bereits ungeduldige Briefe. Man hatte sich gehütet, sie von dem Unfall zu benachrichtigen, sie wäre sonst gekommen und hätte mit übertriebener Sorge und geräuschvoller Wehleidigkeit Maries Genesung nur verzögert. Lindow war ihr eine zweite Heimat geworden, die Landschaft, besonders im Herbst, der jetzt nahte, bedeutete ihr viel; obwohl ihr das rauhe Klima nicht zuträglich war, liebte sie die strengen Linien, die ernste Einfachheit, die himmelspiegelnden Seen und einsamen Wälder. Jedesmal, wenn sie Etzel davon erzählte, ging sie mehr aus sich heraus als sonst, es klang wie Gedichtetes, in ihrer Phantasie verwandelte sich ja alles, unverwandelt verlor es Leben und Bewegung. Er hörte ihr zu, als müsse er sich jedes Wort und Bild einzeln einprägen, unterbrach sie mit wißbegierigen Fragen und behauptete lachend, Weg und Steg und Land und Leute kenne er nun hinlänglich, von Maries Existenz dort könne er sich aber keine Vorstellung machen. Mit seinem Spürsinn war er längst dahintergekommen, daß es da etwas Verhehltes gab; nicht schwer, es zu erraten; seit er im Haus war, hatte sie jede Woche ein- oder

513

zweimal Anstalten zur Übersiedlung getroffen und den Vorsatz alsbald wieder aufgegeben. Endlich faßte er sich ein Herz und fragte unumwunden; er habe es nicht verdient, daß sie Geheimnisse vor ihm habe, erklärte er mit unernstem Schmollen, worauf sie nicht ohne Koketterie entgegnete, wenn er ihr die Geheimnisse raube, habe sie nicht mehr viel zu geben. Doch empfand sie selbst das Bedürfnis, sich mitzuteilen, es ging in diesen Tagen Absonderliches in ihr vor, wie wenn alles von innen nach außen triebe, Verborgenes ans Licht wolle, das Starre sich biege. Da er mit seinen Vermutungen auf die richtige Fährte unmöglich kommen konnte, war es klüger, ihn auf der falschen nicht zu weit gehen zu lassen, er dachte sich sonst Gott weiß was, die Gedanken der Menschen machen vor nichts halt. Erst wollte sie nur das eine berichten, das zarte Erlebnis mit Robert Suermondt, ihrem Gutsnachbar, das neben der Traurigkeit, mit der es beladen war, ihr Leben reicher gemacht hatte. Aber sie sah, daß es für sich allein nicht bestehen konnte; losgelöst von dem, was sich zwischen ihr und ihrer Mutter seit Jahr und Tag zugetragen hatte und was allmählich zur Seelenfolter für sie geworden war, nahm es sich aus wie ein stoffloses Gespinst neben einer Wirklichkeit, die unheimlich war durch das Ausmaß ihrer Banalität. Etzel war schon am Nachmittag gekommen; er hatte ihr einen ergreifenden Abschiedsbrief des Grafen Grünne vorgelesen, der sich am Tage vorher, lange vor dem Termin, den er sich gesetzt, erschossen hatte. Darüber sprachen sie, bis es dunkel wurde, dann erst begann sie zu erzählen.

Robert Suermondt war vor dem Krieg ein gefeierter Schauspieler gewesen. Er hatte auf der Bühne zumeist urwüchsige, sehr knorrige, sehr männliche Charaktere darzustellen, darauf gründete sich auch sein Ruhm, denn diese Gestalten verdankten ihre unvergleichliche Wahrheit seiner eigenen Natur; er brauchte sich nur zu geben, wie er war, um der stärksten Wirkungen sicher zu sein, im andern Fall versagte er. Sein Beruf hatte ihn aber nicht nur niemals ausgefüllt, sondern im Lauf der

Jahre war auch ein unüberwindlicher Widerwille gegen das Theater und Theaterwesen in ihm entstanden; eines Tages, er war damals kaum vierzig, machte er kurzerhand Schluß, kaufte sich das Gut in der Mark, legte den berühmten Namen ab, wie er sich vordem die Schminke vom Gesicht gerieben hatte, und nahm den bürgerlichen wieder an, mit dem er geboren war. Nichts konnte ihn dazu bewegen, kein materieller Gewinn, kein Ruf der früheren Bewunderer, nur für die Dauer einer Stunde zu dem verhaßten Gewerbe des Komödianten zurückzukehren, er war gewillt, seine Tage, so viele oder wenige es waren, als Landwirt, Gärtner und Jäger zu beschließen. Er verkehrte mit niemand. Er hatte die Brücken hinter sich abgebrochen. Ein paarmal im Jahr erschien er beim Stammtisch im Dorfkrug. Marie hatte vor etwa anderthalb Jahren zufällig seine Bekanntschaft auf dem Bürgermeisteramt gemacht, wo sie zu tun gehabt hatte. Er war mit seinen drei Rüden schneebedeckt hereingestürmt, ganz Waldmensch, um wegen einer Wasserregulierung einen furchtbaren Krach zu schlagen. Nachher entschuldigte er sich sehr gesittet bei ihr. Seine herrliche Stimme war ihr in die Glieder gefahren. In der Erregung klang sie wie eine Posaune. Er begleitete sie ein Stück Wegs. Sie lud ihn ein, sie zu besuchen, und er kam. Er holte sie zu Spaziergängen oder zu gemeinschaftlichen Ritten ab. Mit ihm auf die Jagd zu gehen weigerte sie sich. Sie verabscheute jede Art von Jagd. Als sie ihn näher kennenlernte, erstaunte er sie durch eine Beziehung zur Natur, die an Leidenschaftlichkeit und Tiefe alles übertraf, was sie in dieser Hinsicht für möglich gehalten. Eigentlich redete er nur von Steinen, Pflanzen und Tieren, immer nur in Randbemerkungen allerdings, in kurzen Aperçus, von Wasser und Wolken, von den Schichtungen der Erde, den Kräften der Metalle, den Vorgängen in der Atmosphäre, und wie diese Erscheinungen und Zustände mit dem menschlichen Leben, Charakter und Schicksal zusammenhingen, ja, wie der Mensch gar nicht davon abgelöst werden könne. Da war kein dürres Buchwissen, keine äußerliche Beobachtung, das Wesen der Elemente erschloß sich, alles kam von der Anschauung her, und wenn er ein Scheit vom Wegrand auflas, um ihr die Faserung des Holzes zu erklären, oder das Ohr auf einen Ameisenhaufen legte, um, wie er sagte, in die Arbeit des Universums hineinzuhorchen, oder in seiner stockenden, mono-logischen Weise über die Gliederung der Landschaft sprach, ihre Physiognomik, ihre unterirdische Struktur als Grundlage der Linienbildung, ihre geheime Bewegung, über das, was er ihr Ideogramm und das was er ihr Gehirn und Herz nannte, war es, wie wenn man das Wesen eines Menschen analysiert, nein, schöpferisch war es und tröstlich. Er hatte einen harten, wilden Humor und eine souveräne Manier, Zeit und Welt über die Achsel anzusehen, er konnte roh und rücksichtslos sein und behandelte seine Leute mit äußerster Strenge, aber streng ver-fuhr er auch mit sich selbst; er pflegte zu sagen: Niemand bedarf so sehr der Peitsche wie der, der andere damit züchtigt. Doch war oft eine kindliche Weichheit in seinen Augen, ein Ausdruck von Verlorenheit in seinem massigen Rubensgesicht, wie man sie an Menschen beobachtet, die gewissermaßen ihr eigener Doppelgänger sind und des heimlichen Grauens über das Rätsel ihrer Zweifachheit nicht Herr werden können. Was Marie zu ihm getrieben, ihr den Umgang mit ihm unvergeßlich gemacht hatte, darüber war sie sich lange Zeit nicht recht klar. Es war vieles zusammengetroffen, wofür sie in dieser Epoche ihres Lebens, in der sie sich wie kaum zuvor in einer gefährlichen Schwebe befunden, besonders empfänglich war, nicht allein die überschäumende Naturhaftigkeit, die ihn wie einen Erdgeist oder Erdmann erscheinen ließ, eine Figur aus Vorwelt und Sage. Für sie das Fremdeste des Fremden, sie gestand es offen ein, sie hatte nicht viel übrig für nordische Götter und Dämonen, in keiner Gestalt und Erneuerung. Aber an dem Mann bewegte sie etwas bis ins Innerste, das war seine ungeheure Stummheit. Nie war sie einem so vollkommen stummen Menschen begegnet. Denn mit seinem Sprechen war es so: Die tiefsinnigen Deutungen der Geheimnisse von Baum und Blume, Frucht und Quelle, Vogelflug und Feuer waren bloß die undurchdringliche Schutzhülle einer Stummheit, die selber ein mysteriöses Element war und jedem Versuch trotzte, sie zu brechen. Niemals redete er über sich und sein Leben, niemals über vergangene Dinge, niemals fragte er sie nach ihren persönlichen Verhältnissen und Erlebnissen, es interessierte ihn nicht, wer sie war, woher sie kam, was in ihr vorging, immer war es, als wandere man eine Strecke Wegs mit einem Unbekannten, der einen nach hundert Schritten völlig zu bestricken wußte, dessen Hand, wenn er Abschied nahm, einem geisterhaft entschlüpfte. Das hatte ihr viel zu denken gegeben, die beim Gruß wie ein feiges Tier weghuschende Hand, das stumpfe Auge, das den Partner schon vergessen hatte, bevor er sich umdrehte, die Bestürzung, in der er einen zurückließ, wenn er gegangen war; als ob man für ihn gestorben sei und bis zur nächsten Begegnung keinen Anspruch zu leben habe. Das war die unschuldige Treulosigkeit des »Erdmanns«; es stieß sie ab und zog sie an, stieß wieder ab, zog wieder an, im quälendsten Wechsel, es war eine geistige Lockung und eine physische Angst, die Einsamkeit, mit der ihn ihre Phantasie umgab, erlitt sie selbst in ihren Träumen, die Unnahbarkeit einer Seele, die sich ausgeschlossen hatte aus dem Raum der Liebe und keinen Zugang mehr zu ihm fand, rief ein stürmisches, ein vermessenes Mitleid in ihr wach, ein lastvolles zugleich, das zur Untätigkeit verurteilt war, denn vor ihm stand sie genauso stumm, innerlich stumm, wie er vor ihr. Mitleid ist oft so nahe der Liebe, daß man den Unterschied nicht mehr spürt, sagte sie, außer wenn man liebt, da spürt man ihn; es war jedenfalls ein fremdartiges banges Gefühl, dem sie in ratloser Halbfreiwilligkeit Macht über sich einräumte. Bei alledem wußte sie wohl, es war ein selbstgesponnenes Gewebe, ein richtiges Traumgespinst, das sie über den klaffenden Riß in ihrem Leben hingebreitet hatte, nicht weil sie wähnte, ihn damit zu schließen, sondern um ihn nicht stets vor Augen zu haben. Gerade deswegen traf sie vielleicht sein plötzlicher Tod so schwer. Eines Morgens im letztvergangenen Dezember hatte er in der Nähe seines Hauses einen Baum gefällt, dann hob er den Stamm, der anderthalb Zentner wiegen mochte, auf die Schulter, um ihn wegzuschleppen; nach wenigen Schritten brach er vom Schlag gerührt zusammen, als hätte sich der Baum an ihm gerächt und ihn ermordet. Sein Tod hatte etwas Unglaubhaftes, der Gedanke, er könne sterben, wie andere Menschen sterben, war Marie fast immer widernatürlich erschienen, schon weil er mit seinen sieben- oder achtundfünfzig Jahren wie ein Mann von achtunddreißig aussah und strotzend von Leben und Kraft dem Schicksal des Alters nicht unterworfen schien. Ohne ihn wurde die Landschaft zum Kirchhof, der Gott hatte sie verlassen, der ihr die Seele eingehaucht hatte, so verarmt war Marie seit Irlens Tod nicht gewesen, es war überhaupt, als wäre es dasselbe Erlebnis in einer andern Zeit und Welt, durch ein psychologisches Gesetz ihr in der Wiederkehr des gleichen beschieden . . .

Da erst wurde das tägliche unausweichliche Beisammensein mit der Mutter zur kaum erträglichen Pein.

Der Vorgang ist nur zu verstehen, wenn man sich Art und Person der Professorin Martersteig vergegenwärtigt hat. Sie ist eine Frau von vierundsechzig Jahren, hochgewachsen, schlank, von edler Haltung, mit einer herrlichen Krone grauen Haares auf dem stolz aufgerichteten Haupt und den Spuren ehemaliger großer Schönheit in dem edel geschnittenen Gesicht. Sie sieht aus wie eine Herzogin, und so ist sie auch von ihren Freunden und Freundinnen genannt worden, die Herzogin. In ihrer Jugend ist sie von Lenbach und Lavery gemalt worden, sie erwähnt es bei passendem Anlaß gern. Sie trägt sich, wie sie sich fühlt, es gibt wohl keinen Menschen, der sie je in vernachlässigter Toilette gesehen hat. Wenn sie am Morgen ihr Schlafzimmer verläßt, könnte sie ohne weiteres eine Staatsvisite machen, und so bleibt sie den ganzen Tag über, besuchsbereit, empfangsbereit, ihrer Würde bewußt, wie wenn sie wirklich die große Dame mit großen Traditionen und großer Vergangenheit wäre, als die sie sich gibt. Daran hat auch das einfache Leben und die ländliche Umgebung auf Lindow nichts zu ändern vermocht. Sie befindet sich immer und überall in einem imaginären herzoglichen Schloß. Den Gruß des Verwalters, die Respektserweisungen der Dienstleute erwidert sie mit freundlichem, aber gnädigem Kopfnicken, der Tochter streckt sie noch immer die Hand zum Kusse hin. Sie leitet den Haushalt, beaufsichtigt den Unterricht des kleinen Johann, hat sich in die Gutsbewirtschaftung eingearbeitet und Marie den größten Teil der Last abgenommen, führt also durchaus kein Drohnendasein, aber das rechnet sie sich hoch an, so hoch, daß Marie außerstande ist, die Rechnung zu begleichen, und ihr nichts übrigbleibt als bei jeder Gelegenheit ausdrücklich oder durch Blick und Miene zu versichern: Ja, Mutter, du bist eine Perle, du bist die umsichtigste, tüchtigste, fleißigste, kenntnisreichste aller Frauen, ohne dich wüßt' ich mir nicht zu helfen und müßte die Bude zusperren. Schön. Das wäre auszuhalten. Auch der unablässige laute oder stille Anspruch auf das gesamte große und kleine Zeremoniell, das in obligatorischen Fragen nach Befinden, Schlaf, Verdauung besteht, in endlosen Beratungen, ob ein Fenster offenbleiben oder geschlossen werden muß, ob es sich zwecks Verhütung von Erkältung empfiehlt oder nicht empfiehlt, einen Thermophor ins Bett zu legen, ob man den Besuch des Landrats und seiner Gemahlin morgen oder übermorgen oder erst nächste Woche erwidern soll, ob sich das bisher benutzte Badesalz bewährt hat oder ob man es einmal mit einer neuen Sorte versuchen müßte, und so weiter. Das macht man mit. Es geht zum einen Ohr hinein, zum andern hinaus. Sie ist im Grunde gutherzig, man muß ihre Schwächen schonen. Ein Dutzend stereotype Wendungen sind ausreichend, um Rede und Antwort zu stehen und die der Mutter gebührende Achtung nicht zu verletzen. Aber damit hat es keineswegs sein Bewenden. *Nicht* auszuhalten, von Jahr zu Jahr, von Woche zu Woche, von Tag zu Tag weniger, ist der hemmungslose ichbezogene Redeschwall. Geschichten, Geschichten, Geschichten. Von früh bis spät, im Haus und im Freien, bei Tisch und im Lehnstuhl: Geschichten, eine nach der andern, ohne Punkt, ohne Komma, ohne Pause, eine langweiliger, pointeloser, inhaltloser als die andere, ein Leerlauf von

Assoziationen. Jede mit den Worten beginnend: Erinnerst du dich noch, Marie? Oder: Kanntest du den Soundso (oder die Soundso), nein? Von dem (oder der) muß ich dir was außerordentlich Merkwürdiges erzählen. Oder: Da wir gerade davon sprechen (wir haben aber gar nicht davon gesprochen), hab' ich dir nie erzählt, wie die Verlobung der kleinen Baronesse Mayern, übrigens eine Kusine der böhmischen Mayern, enorm reiche Leute, mit dem Hofjuwelier Stark zustande kam? Furchtbar komisch, das mußt du hören. (Es ist nichts weniger als komisch, sie will es gar nicht hören, außerdem kennt sie die Geschichte bereits in drei Fassungen.) Immerhin ist das Repertoire von erstaunlicher Reichhaltigkeit, es sind nicht nur Geschichten von Herren und Damen der Vorzeit, Familienereignisse, Schilderungen von Bällen, Reisen, bengalischen Nächten, Mordtaten, Bränden, fürstlichen Personen, sondern auch Lebensläufe von Hunden, Katzen, Kanarienvögeln, Papageien, mit einer Fülle von Episoden und charakteristischen Zügen, das heißt solchen, die sie für charakteristisch hält, da ja alles darauf hinzielt, sie im Mittelpunkt jeder Szenerie und jedes Vorgangs zu zeigen und den Beweis zu liefern, welche Wertschätzung sie bei allen Kreaturen Gottes genossen hat, bei Menschen wie bei Tieren. Die Ringe an ihrer Hand, der Schmuck an ihrem Hals, ein seidener Schal, eine emaillierte Dose, jedes hat seine Geschichte, ist auf irgendeine, meist sehr weitläufige Weise mit der Vergangenheit verquickt. Man nennt eine Jahreszahl, einen Namen, den Titel eines Buchs, es dauert keine zehn Atemzüge, und eine Geschichte kommt, ob sie paßt oder nicht, mit dem Thema zusammenhängt oder nicht, kommt unweigerlich und hat ebenso unweigerlich auf die hervorragende Rolle Bezug, die Adrienne Martersteig im Leben gespielt, wie sie sich in dieser oder jener Situation benommen, welches Maß von Bewunderung man ihr gezollt hat. Bisweilen verliert sie den Faden, gerät vom Hundertsten ins Tausendste, verwechselt die Menschen und die Ereignisse, verhaspelt sich gänzlich, will zum Ausgangspunkt zurückkehren und hat ihn vergessen und redet schließlich nur, weil sich die Worte in ihrem Mund wuchernd wie Pilze vermehren. Dabei ist sie äußerst animiert, ahmt Stimmen und Gesichter nach, zitiert, was sie gesagt hat, was die Leute gesagt haben, bricht an Stellen, die sie für ergötzlich hält, in herzliches Gelächter aus, und bei besonders gefühlvollen Erinnerungen schließt sie die Augen, während sich ein fast krankhaft-beseligter Ausdruck über ihre verfallenen, aber noch immer schönen Züge breitet. Marie kann sich nicht retten. Es ist ein Wolkenbruch von Geschwätz, Tag für Tag, Abend für Abend. Wenn sie zu ihren Kinder flieht, sich mit einem Buch in ihrem Zimmer einsperrt, Briefpflichten vorschützt, ist es nur eine Unterbrechung. Sie kann die Mutter nicht abendelang allein lassen. Sie kann nicht unartig gegen die Mutter sein und sie bitten, zu schweigen. Sie muß täglich eine oder zwei Stunden mit ihr spazierengehen, im letzten Jahr, wo sie die Wanderungen mit Robert Suermondt unternommen hat, sind Vorwürfe und beleidigte Mienen ohnehin nicht ausgeblieben. Die Prätention ist immer die gleiche, ja sie wächst mit den Jahren, der phantasielose Egoismus des Alters überschreitet alle Grenzen. Ihr ist zumut, als werde sie von Geschwätz plattgedrückt. Die Stunden, die sie mit der Mutter zubringen muß, wie Gott den Tag gibt und den Abend schickt, sind Höllenstrafen. Unaufhörlich surrt ein glühendes Rad in ihrem Gehirn. Sie sitzt da, kann nichts denken, nichts lesen, hört nicht, sieht nicht und geht um Mitternacht zerschlagen zu Bett. Und es ist die Mutter . . .

Ein Sonderfall, sie weiß es. Dergleichen gibt es nur selten, und daß es ihr zugestoßen ist, hat wohl auch seinen besonderen Sinn. Es braucht nicht bemerkt zu werden, daß sie die beschämenden Einzelheiten dieses Zustandes und Leidens vor Etzel nicht eigens ausbreitet. Was sie verschweigen kann, verschweigt sie. Sie will ihm ja nur erklären, weshalb sie nicht eben mit sehnsüchtiger Ungeduld zu ihrem Heim strebt. Sie hat in der letzten Zeit viel darüber nachgedacht. Findet Etzel nicht auch, daß eine eigentümliche Polarität zwischen den beiden Lebensvorgängen besteht? Der stumme, für Menschendinge indifferente Mensch und der redende, Menschendinge zerrende: jeder ein geschlossenes Schicksal und sie in der Mitte, ohn-

mächtig gegen beide? Was mag es zu bedeuten haben? Es sagt
doch wahrscheinlich für sie, ihren Charakter, ihre ganze
Existenz, etwas Bestimmtes aus, sie kann nur nicht ergründen,
was. Verschärfung in dem einen Fall ist, daß der Tod alles
zerschnitten hat, im andern, daß es sich um die Mutter handelt.
Darauf kommt sie immer wieder zurück. Auf die naturgegebene
Gegnerschaft zwischen Mutter und Tochter. Das mystische
Unbehagen, aus einem Leib hervorgegangen zu sein, dessen
Geist und Seele einen wie Moder anhauchen, mit dem man
durch nichts verbunden ist als durch Pietät, ein subalternes
Gefühl, wenn es nicht aus einem wahrhaft frommen Herzen
kommt, vielleicht überhaupt kein Gefühl, eine Willensbemü-
hung bloß. In ihr ist der Vater, dem ist sie zu eigen, dem ver-
dankt sie sich, und wenn sie sein Bild aufruft, wird ihr die
Mutter doppelt fremd, obschon gerade dadurch wieder die
Pflichtliebe zum sittlichen Gebot wird, dem sich zu entziehen
ihr unmöglich ist. Doch kann sie sich Vater und Mutter nicht
als eines denken, es sind zwei feindliche Parteien, sie gehört zu
der des Vaters; was der Mutter gefehlt hat, um sich zu erfüllen,
ist ein Sohn. Das wäre der Ausgleich gewesen ...

Etzel schaut und schaut. Die ist ja schön, denkt er, verdammt
noch mal, das hab' ich gar nicht gewußt ... Es ist ihm zu
Sinn, als müsse er sie mitsamt dem Bett, in dem sie so still und
geheimnisvoll liegt, aufheben und tausend Meilen weit weg-
tragen, an einen Ort, wohin die Bedrängnisse und Ängste nicht
dringen können, deren Beute sie ist.

Es war ein Montag, als Marie die Klinik verließ. Kerkhoven
konnte in den Vormittagsstunden nicht abkommen und bat
Etzel, sie auf der Fahrt nach Hause zu begleiten (was er unter
allen Umständen getan hätte). Aber es war eine überflüssige
Vorsicht, die Begleitung der Pflegeschwester hätte genügt,
Marie versicherte ihrem Mann am Telefon, daß sie schon ganz
gesund sei und überhaupt keine Garde brauche, was solle
ihr denn Etzel, er störe nur. Trotzdem war sie froh, als er kam.
Beim Aufstehen und Ankleiden hatte sie sich kaum auf den

Beinen halten können vor Schwäche und Schwindelgefühl, jeden Augenblick fiel sie der Schwester in die Arme. Etzel fand sie so blaß, daß er den behandelnden Arzt fragte, ob ihr die Fahrt im Auto nicht schaden werde. Der Arzt beruhigte ihn, allerdings müßte sich die gnädige Frau zu Hause noch sehr schonen. Dafür werde gesorgt werden, erklärte Etzel peremptorisch, worüber Marie laut auflachen mußte. Er wollte überall Hand anlegen und war nur schwer zu überzeugen, daß man seiner Hilfe nicht bedürfe. Es machte Marie nervös, daß er sie fortwährend anstarrte, und als die Schwester auf ein paar Minuten das Zimmer verlassen hatte, fragte sie ihn, was ihm denn an ihr nicht recht sei. »Nicht recht?« gab er erstaunt zurück. »Davon ist nicht die Rede. Sie kommen mir nur so schlank vor, Frau Marie. Unerhört schlank.« Und um nicht allzu dumm zu erscheinen, lächelte er aufgeklärt. Marie errötete. Als sie mit dem Lift in den Hausflur gefahren waren, nahm sie seinen Arm. Schritt für Schritt gingen sie zum Auto, die Schwester stützte sie an der andern Seite, ging aber dann voraus, um das Tor zu öffnen. Auf einmal blieb Etzel stehen und sagte erschrocken: »Was ist Ihnen, Frau Marie? Warum zittern Sie? Fühlen Sie sich schlecht? Sie zittern am ganzen Leibe...« – Marie flüsterte hastig: »Nichts... lassen Sie... nicht sprechen...« Mit gesenktem Kopf ging sie weiter.

Am Dienstag und am Mittwoch erwähnte sie nichts von Lindow. Mittwochabend sagte sie zu ihrem Mann, Freitag wolle sie fahren, natürlich nicht mit ihrem kleinen Opel; wenn Joseph ihr nicht seinen Wagen für den Tag geben könne, ziehe sie die Bahnfahrt vor. Sie fühle sich munter wie ein Fisch im Wasser, und für alle Fälle habe sie der Mutter telefoniert, sie solle ihr Frau Jänisch schicken. Frau Jänisch war eine alte Dienerin, die sie schon zwölf Jahre hatte. Kerkhoven sagte, sein Wagen stehe ihr selbstverständlich zur Verfügung, den Opel könne sie später holen lassen. Marie sah ihn an, als erwarte sie noch etwas anderes von ihm zu hören. Dieses andere kam nicht. Etzel war an diesen beiden Tagen immer nur kurze Zeit bei ihr, nach einer Viertelstunde bat sie ihn, zu gehen, sie möchte lieber allein sein. Er gehorchte ohne Widerspruch. Weshalb sie ihn fortschickte, begriff er nicht, schwerlich geschah es, weil sie Ruhe haben wollte, denn Tina Audenrieth war sowohl Dienstag wie Mittwoch den ganzen Vormittag und einen Teil des Nachmittags bei ihr gewesen; folglich war es ihr ums Alleinsein nicht zu tun. Auch andere Bekannte kamen. Sie nahm jetzt wieder Besuche an, unterhielt sich auch sehr vergnügt mit ihnen. Nur ihm wies sie die Tür. Er ging herum wie vor den Kopf geschlagen. Er stand vor seinem Arbeitstisch und stierte geistesabwesend auf die Briefe und Blätter. Manchmal klopfte er mit den Knöcheln der geballten Faust an seine Stirn und murmelte: »Hallo, E. A. da drinnen! Appell! Sie sind schwachsinnig, Herr!« Bei den Mahlzeiten erschien er nicht. Er hatte sich ein Motorrad verschafft, und wenn er eine freie Stunde hatte, raste er wie vom Teufel besessen durch die Stadt, bis er auf eine Chaussee gelangte. Am Donnerstagmittag fand er einen Zettel Maries in seinem Zimmer: Kommen Sie um fünf. Als er hinüberkam, saß sie mit ihrem Mann beim Tee, ungewöhnliches Ereignis, noch nie hatte er den Meister um diese Stunde bei ihr gesehen. Es war Marie nicht angenehm, daß er so erstaunt die Augen aufriß. Während sie ihm mit strahlender Miene die Hand hinstreckte, runzelte sie ganz schnell die Stirn. Wie sie das fertigbrachte, war nur für den schwer zu begreifen, der ihre mimische Ausdrucksfähigkeit nicht kannte. Sie erhob sich, um ihm Tee einzuschenken und die Platte mit den Brötchen zu reichen. Dabei plauderte sie in ihrer verbindlich-anmutigen Art und schien es ihren beiden Gästen nicht zu verübeln, daß sie sich zur Konversation wenig aufgelegt zeigten. Etzel hatte das Gefühl, als sei da eine andere Frau. Sie bewegte sich anders, ging anders, sprach anders, etwas Prickelndes und Beschwingtes war an ihr. Die Augen hatten einen zärtlichen Glanz wie bei einem Menschen, der etwas Freudiges vorhat, ohne daß er genau weiß, was es ist, und das Leben aus keinem andern Grund liebt, als weil er lebt. Die Wangen waren leicht gerötet, um den graziös gebogenen Mund zuckte bisweilen ein ver-

524

schwiegenes Lächeln, der Körper vibrierte wie unter elektrischen Wellen, und diese Oszillationen teilten sich unmittelbar mit. Ein paarmal warf Etzel einen verstohlenen Blick auf Kerkhoven: ein ziemlich komischer Versuch, seine Ratlosigkeit zu vermelden und dem, der dafür verantwortlich war, zu verstehen zu geben, daß an der gewohnten Ordnung etwas nicht stimmt. Siehst du nichts, merkst du nichts, fragte der Blick, fällt dir nichts auf? Nein, Kerkhoven sah und merkte in der Tat nichts, nicht einmal Etzels angeberische Mienen. Vor dessen Kommen hatte er ein Gespräch mit Marie gehabt, das ihn innerlich noch beschäftigte. Wegen des bevorstehenden Abschieds und weil die Trennung vermutlich wochenlang dauern würde, hatte er sich zwischen zwei Konsilien entschlossen, mit ihr Tee zu trinken, und war unerwartet erschienen. Marie war ihm mit einem Freudenschrei in die Arme geflogen, nicht anders, als habe sie sich gerade das und nur das innig gewünscht. »Ich habe Etzel zu mir gebeten«, sagte sie voll Eifer, »wir wollen ihm sagen lassen, daß er nicht kommen soll.« – »Ach nein, Liebste«, entgegnete er, »tu das nicht, ich kann ohnehin nicht lang bei dir sein.« – Damit dämpfte er ihre Freude schon beträchtlich. – »Weißt du, daß ich ein Attentat auf dich plane«, sagte sie unsicher und suchte seinen Blick, den er ihr nur zögernd und allmählich gab. – »Gott bewahre, was mag das sein?« forschte er und nahm ihren Kopf zwischen seine Hände. – »Na, rate mal.« – »Kann nicht raten, Marie, bin ein schlechter Rater, das weißt du doch.« – »Ich hab' mir ausgedacht, wie es wäre, wenn du mich morgen selber nach Lindow brächtest. Was meinst du dazu? Du könntest ja gleich wieder zurückfahren. Ich wünsche es mir so sehr. Ist es unmöglich? Sprich, Joseph (mit Angst in den Augen, denn sie spürte die Weigerung schon, der ganze Mann war Weigerung), ist es wirklich unmöglich?« – »Ja, Liebste. Wirklich unmöglich.« Und als sie schwieg und von ihm fortging und sich an den gedeckten Tisch setzte und mechanisch die bunte Wärmehaube von der Teekanne hob: »Wozu die Gründe aufzählen? Sie würden dich doch nicht überzeugen. Ich fürchte, mein Unmöglich hat keine Beweiskraft mehr für dich. Ich verlange vielleicht zuviel Geduld von dir, zuviel Nachsicht. Aber bei wem unter allen Menschen soll ich sie finden, wenn nicht bei dir? Du mußt fühlen, was das bedeutet, Marie, und daß ich sonst nichts habe, worauf ich bauen kann.« – »Nimm Platz, Joseph«, sagte Marie freundlich; »darf ich dir einschenken?« Sie begann von Tina Audenrieth zu sprechen und erzählte eine putzige kleine Kindergeschichte, die ihr Tina heute von ihrem Enkelchen berichtet hatte. Sie hatte kaum geendet, als das Mädchen Herrn von Andergast meldete.

Kerkhoven war mit seinen Gedanken immer noch bei dem Gespräch, und Marie wußte es. Das waren die »langsamen Reaktionen«. Unzufriedene, zweifelvolle, anklägerische Gedanken bestürmten ihn, eingegeben vom »schlechten Gewissen«, das also doch nicht ganz zur Ruhe kam; vergebliches Zerren an der selbstgeschmiedeten Kette, vergebliches Bemühen, die Selbstopferung hintanzuhalten und aufzuschieben, die Kerze nicht von beiden Enden her sich verzehren zu lassen. Marie sah an seinem Gesicht, was in ihm vorging, er konnte es nie verbergen, es schmerzte sie, aber sie wollte den Schmerz nicht dulden, nein, jetzt wollte sie keinen Schmerz, wollte sich nicht in die Ecke stellen und traurig sein. Mit einer herben Bewegung wandte sie sich ab und setzte die Unterhaltung mit Etzel fort. Kerkhoven stand auf, küßte mit bittender Verneigung ihre Hand, legte dann beide Hände auf Etzels Schultern (Etzel hatte das Gefühl, als lägen zwei Granitblöcke auf seinen Schultern, obwohl es ein liebevoller Druck war, beteuernd und dankbar) und ging stumm hinaus.

Nach einem langen Schweigen sagte Marie: »Morgen wird's Ernst.« – »Ja«, sagte Etzel, »ich weiß. Sie fahren.« – »Wir werden uns lange nicht sehen, denk' ich«, sagte Marie. – Darauf Etzel: »Es wird wohl so sein.« – Und sie: »Schade.« – »Ja, vielleicht ist es schade.« – »Warum vielleicht?« – »Weil kein Notwendigkeit besteht.« – »Doch. Sie besteht. In vieler Hinsicht.« – »Das behaupten Sie. Sie wollen es so. Ich sehe die Notwendigkeit nicht. Einem Muß beugt man sich. Ich habe mich oft gebeugt. Hier ist ein eingebildetes Muß, kein

526

wirkliches.« – »Unsinn, Etzel. Natürlich wäre es keine Katastrophe, wenn ich bliebe, aber da es keinen vernünftigen und plausiblen Grund für mein Bleiben gibt, ist es so gut wie ein Muß.« – »Gewiß, da haben Sie recht, Frau Marie. Einen vernünftigen und plausiblen Grund gibt es nicht.« – »Also . . . weshalb so finster?« – Er drehte die Teetasse, die vor ihm stand, auf dem Untersatz herum wie einen Kreisel. Plötzlich wölbte er die Hand über die Tasse und drückte sie mit solcher Kraft zusammen, daß sie in Scherben zerbarst. »Was tun Sie denn?« schrie Marie entsetzt. Daumen und Mittelfinger bluteten. Marie sah sich hilflos um. Er riß das Taschentuch heraus und wickelte es um die Hand. Dann erhob er sich und ging schweigend im Zimmer auf und ab. »Es ist besser, Sie setzen sich wieder«, sagte Marie leise, »das Herumgehen macht mich schwindlig.« Er stellte sich ans Fenster, mit dem Rücken gegen das Zimmer, die unverletzte Hand in der Hosentasche. »Warum wollten Sie mich gestern und vorgestern nicht bei sich haben?« fragte er ins Fenster hinein. – Marie gab keine Antwort. – »Warum? Warum?« beharrte er rabiat. – »Benehmen Sie sich, Etzel«, warnte Marie, »bitte; bitte.« – »Ich will nicht, daß Sie mir schreiben, Frau Marie. Hören Sie? Ich will es nicht.« – Marie lächelte. »Ich denke auch gar nicht daran, Sie ungezogener Bub.« – Er drehte sich mit einem Ruck um und rieb seine Stirn. »Soll ich jetzt gehen?« fragte er. – Sie nickte. »Ja. Gehn Sie jetzt. Und sagen wir uns gleich adieu, nicht morgen, wenn ich schon mit einem Fuß über der Schwelle bin.« – Er machte ein paar Schritte zu ihr hin. Ihre Überlegenheit und Freiheit schüchterte ihn unbeschreiblich ein. Er schaute sie an wie verzaubert und voller Zorn über die Verzauberung. Sie reichte ihm die Hand. Er hob mechanisch die rechte, verbundene, ließ sie wieder fallen und gab ihr dann die linke, ohne daß sein Blick weicher wurde. Sie stand auf, während er ihre Hand hielt, und mit ihrem schwebenden Lächeln sagte sie: »Auf Wiedersehen, Etzel.« – Er ging zur Tür, faßte die Klinke, drehte sich noch einmal um, starrte zu Boden und verschwand wortlos.

Kerkhoven schreibt an Marie: »Seit sechs Tagen bist du fort, und keine Zeile. Hat es etwas zu bedeuten? Hoffentlich nichts Schlimmes. Ich konnte dich nur zweimal anrufen, du warst so lakonisch am Apparat, wie ich leider stets gezwungen bin zu sein. Es ist zwei Uhr morgens, Andergast hat mich soeben verlassen, bis ein Uhr haben wir gearbeitet, dann geredet. Das ist schon Regel geworden. Er ist wieder mal in keiner guten Verfassung. Verschlossen und finster wie in der ersten Zeit oft. Wie sehr er innerlich gewachsen ist, kann ich gerade daran konstatieren. Es ist mehr Selbstbeherrschung und mehr Selbstkenntnis zu spüren. Worauf es wohl hinaus will mit ihm? Ich fürchte, ihn bald zu verlieren, ich weiß nicht warum. Nicht, als hätte er Entscheidungen getroffen oder sie stünden unmittelbar bevor, aber etwas zerrt an ihm, die Haut ist ihm zu eng. Ich werde mich schwer darein finden. Daß er mir nützlich ist, mehr, als ich voraussah, spielt natürlich keine Rolle dabei. Aber ich habe mich an die motorische und rhythmische Korrektur gewöhnt, die ich ständig durch ihn erfahre. Was keine Verleugnung meiner Gefühle sein soll. Ich bin aus der Vorwelt und bekenne mich zu den Schwächen des Herzens. Möglicherweise fehlt dein Einfluß auf ihn, der größer zu sein schien, als ich ermaß. Du fehlst überhaupt. Ohne dich hat das Haus keine Seele. Manchmal trotte ich automatisch auf die Tür deines Zimmers zu wie ein abgemüdeter Gaul auf den Stall, im letzten Augenblick erinnere ich mich: Sie ist ja nicht da. Antworte nicht: nur in der Entfernung bin ich ihm teuer. Es ist nicht wahr, auch wenn du mich mit Indizien stumm und schamrot machst. Liebe mit umgekehrtem Vorzeichen hast du es einmal genannt. Bestehst du darauf? Auch wenn ich dir sage, daß mein ganzes Wesen auf Einverständnis mit dir gestellt ist, in einem Grad, daß ich sofort in eine Art Schuldhaft gerate, wenn mir das Gefühl davon abhanden kommt? Es ist freilich eine Belastung von der Geburt her; daß ich gegen das Gift nicht immun werden konnte, hat mein Verhältnis zum Leben bestimmt. Wir unschuldig Schuldigen! Aber könnt' ich Schuld nicht auf mich nehmen, könnt' ich sie auch nicht in andern tilgen. Seit du

528

weg bist, ist mir oft, als sei ein Schatten zwischen uns getreten,
als hätte ich etwas gegen dich versäumt. Befreie mich von
dieser Unruhe, gib mir ein Zeichen, Marie. Ich weiß, was du
durchlitten hast in den letzten Wochen; wie kläglich hilflos ich
dabeistehen mußte, ist mir ebenfalls bewußt, aber zieh in Betracht, daß die Natur in diesen Dingen die Frauen heldenmütig
und die Männer erbärmlich geschaffen hat. Schreib mir!«

Maries Antwort traf drei Tage später ein, und dieser Brief hatte
die allerseltsamsten Folgen, die sich denken lassen. Wir kennen
Kerkhoven als einen Mann der Wirklichkeit, der bisher nicht
die geringste Neigung gezeigt hat, einen klar zutage liegenden
Sachverhalt innerlich zu verschleiern und nach der Art der
Neurotiker und Hysteriker deshalb von sich abzuhalten, weil
er sonst unbedingt Anstalten hätte treffen müssen, die seine
ganze Lebenseinteilung über den Haufen geworfen hätten. So
unglaublich es klingt, es ist doch so: Um nicht die Konsequenzen aus Maries Brief ziehen zu müssen, das heißt, alles stehn- und
liegenzulassen, wer weiß für wie lange, beschloß er oder
beschloß es in ihm, einfach nicht gelesen zu haben, was er las,
und den Worten gewaltsam und fast, ohne zu wissen, daß er es
tat, einen ganz andern Sinn zu unterschieben. Als ihm viele
Monate später, in der finstersten Zeit seines Lebens, der Brief
wieder in die Hände geriet und er sich von seinem wirklichen
Inhalt überzeugen konnte, fiel es ihm wie Schuppen von den
Augen, und er wußte nichts anderes zu sagen als: Mann, Mann,
wo hast du deine Sinne und deinen Verstand gehabt! Nebst
alledem darf man nicht vergessen, daß diesen Riesen der Arbeit
etwas eigen ist, was ich den pathologischen Zwang der geraden
Linie nennen möchte, eine krankhafte Pedanterie, die sie zeitweilig blind und unter Umständen sogar grausam und rücksichtslos macht.

An dem Morgen, wo er den Brief erhielt, war er eben auf
dem Weg zur Ordination. Es war zu spät, ihn zu lesen, er
steckte ihn ungeöffnet in die Tasche. Die Sprechstunde dauerte
bis zwölf; eine Reihe ungewöhnlich schwerer Fälle. Dann fuhr

er mit Doktor Römer und einem fremden Arzt nach Tegel; hoff-
nungsloser Fall von Morphinismus bei einem russischen Emi-
granten-Ehepaar klangvollen Namens, das einst zur zaristi-
schen Hofgesellschaft gehört hatte. Auf der Rückfahrt erinnerte
er sich des Briefes und riß ihn auf. Er war benommen und
ermüdet. Hastig überflog er die ersten Zeilen: »Gestern ist
Mutter nach Dresden gefahren und wird vor Weihnachten
kaum zurückkommen. Wir haben eine etwas erregte Auseinandersetzung gehabt, bei der ich ihr klarmachen mußte, daß es
für uns beide besser wäre, wenn wir uns für einige Monate
trennen. Und das ist geschehen. Der Abschied war dann ziemlich rührend, zum Schluß hat sie mir ein goldenes Bracelet geschenkt, ein Familienstück, schöne alte Arbeit. Werde es aber
schwerlich tragen können. Und so bin ich nun allein . . .« Also
nichts Beunruhigendes. Sie ist allein, damit will sie sagen, daß
sie gewünscht hat, allein zu sein . . . Aufatmend las er weiter,
von einem Dutzend abseitiger Gedanken beirrt, von den Gesichtern umlagert, die er gesehen, den Worten, die er gehört . . .
Daß einem der Schädel nicht springt . . . dieses Leben, dieses
gehäufte Grauen, diese Welt in Agonie . . . aber was schreibt sie
denn da . . . nanu, Marie! Marie! Plötzlich war es ihm peinlich, den schweigenden Doktor Römer neben sich zu wissen, er
schob den Brief wieder in die Tasche, um ihn zu Hause zu lesen.
Etzel hatte sich mit einer Verabredung entschuldigt, er saß
allein bei Tisch und schlang das Essen eilig und genußlos hinunter. Dann ging er ins Arbeitszimmer. Ein Stoß Telegramme.
Telefon. Wieder Telefon. Alarm da, Alarm dort. Richtig,
der Brief . . . Es war ein nebliger Oktobertag, er setzte sich
dicht ans Fenster, um zu lesen. Er schaltete von vornherein das
halbe Bewußtsein aus, planmäßig und in panischer Angst vor
der Forderung, etwa wie ein Kapitän in Voraussicht von Un-
tiefen mit halber Dampfkraft fährt. Er ahnte schon alles, er
drückte die Augen zu und verstopfte die Ohren, bildlich natürlich, alles bildlich und dumpf gedacht; laß es nicht geschehen
sein, ruf mich aus dem Bergwerk nicht herauf! Lesen wir mit.
»Dein langer Brief war eine liebe Überraschung. Also mäus-

chenstill muß man sich verhalten, wenn man wieder einmal seine Stimme hören will, seine sehr geliebte Stimme. Wo warst du denn die ganze Zeit, Joseph, wo hast du gesteckt, Gefesselter? Ist es denkbar, daß du den schrecklichen seelischen Verfall nicht bemerkt hast, der mich in den letzten zwei Jahren zu einem Gespenst meiner selbst gemacht hat? Kann das Liebe sein, die nur das Leuchtende sieht und es sich auch dann noch vormalt, wenn es längst schon verblaßt ist und das Herz in seinem Dunkel verseufzt? Wir unschuldig Schuldigen, schreibst du. Wir? Mensch, Joseph! Hast du meinen angstvollen Widerstand wirklich nicht gespürt, damals, und daß er nur eine Folge der andern, größeren Angst war, der, an deiner Seite zu erfrieren? Ist es ein Gesetz, daß jeder Mann das Leben seines Weibes, Leben im niedersten wie im höchsten Sinn, hinter die Begierde eines Augenblicks stellt? Und da verlangst du noch Einverständnis, da soll ich dich noch von deiner Unruhe befreien, als ob auch das noch eine zu große Ausgabe für dich wäre. Ich denke mit heißer Sehnsucht an dich, aber auch mit bitteren Tränen. Vor mir ist ein Tor, da will ich hinein, und davor steht ein finstrer Geselle, nennt sich Unmöglich und läßt mich nicht durch. Es ist aber etwas in mir, das verzehrt mich, ich strecke die Arme aus, zu fassen, zu halten und an mich zu drücken, ich verdurste, ich verbrenne fast. Schwer für eine Frau, das zu sagen, wir sollen ja immer scheinen, was wir nicht sind, aber ich will nicht mehr begreifen, ich will nicht mehr einsehen, ich will nicht mehr berücksichtigen, ich will nicht mehr mütterlich belächeln und töchterlich respektieren, ich will nicht mehr allein sein, ich will den Mann haben, der mir verschrieben ist vom Schicksal, nicht den Arzt, nicht sein Werk, nicht seinen Ruhm, nicht seine abgegeizten Viertelstunden, nicht seine umwölkte Stirn und seine anderswo weilenden Augen, ihn, ihn ganz will ich, mit Haut und Haar und Herz und Atem. Sitz nicht und grüble, Mann, dem jede Falte meines Leibes und meiner Seele gehört, sehn dich so nach mir wie ich nach dir, dann ist nichts mehr zu grübeln. Verstehst du mich endlich . . .?«

Nein. Er verstand nicht. Mit einer furchtsamen Gebärde,

wobei ihm die Hände leicht zitterten, legte er den Brief sorgfältig zusammen und verschloß ihn in der Schreibtischlade.
Bedeutungsvolle Handlung. Und nun geschah dies. Zuerst bedeckte er den wahren Inhalt des Briefes mit Vergessen und
schmuggelte dafür einen zwar ähnlichen, jedoch weit weniger
kategorischen und leidenschaftlichen in sein Gedächtnis ein.
Dieser Ersatzbrief veranlaßte ihn im Verlauf seiner verzweifelten
Fluchtmaßnahmen zu folgenden Überlegungen: Unverkennbare Gleichgewichtsstörung und nervöser Erregungszustand,
zurückzuführen auf den operativen Eingriff, der einen so emp-
findlichen Organismus wie den ihren, einen so zarten seelischen
Apparat für geraume Zeit schädigen mußte; die Einsamkeit
draußen ist verhängnisvoll; zu allem Unglück und als hätte ihr
aufrührerisches Gemüt die Dinge auf die Spitze treiben wollen,
hat sie sich noch mit ihrer Mutter zerzankt; man muß etwas
tun; am besten, sie kommt zurück; sie wird sich dagegen sträu-
ben, um sich selbst die Logik ihres Verhaltens zu beweisen; ich
habe nicht eine Stunde Zeit, sonst würde ich hinausfahren und
sie holen; anrufen? Aber was soll ich ihr sagen, es hat unter
diesen Umständen nicht viel Sinn; schreiben? Ja, ich werde ihr
schreiben; ich werde ihr Andergast schicken, er soll ihr den
Brief bringen; er wird sie beruhigen, sie wird sich vor ihm zusammennehmen, er versteht es, sie aufzuheitern ... das ist die
vernünftigste Lösung ...
Als er diesen Ausweg gefunden hatte, fühlte er sich erleichtert. In seiner abgründigen Verblendung dünkte ihn, als sei
damit die Hauptschwierigkeit beseitigt, zumal er, je mehr sich
der unmittelbare Eindruck verwischte, den aufgewühlten und
aufwühlenden Brief für ein vorübergehendes Symptom hielt
(oder sich vielmehr dazu überredete), eine mit dem liebenswürdigen bon sens, den er an Marie gewohnt war, unvereinbare
Augenblicksexaltation. So sehen wir einen Mann, der aus tiefer
Erfahrung wußte, daß es in solchen Fällen kein verlogeneres
und dümmeres Wort gibt als »Zeit gewinnen«, auf die Stufe des
törichten Sanguinikers herabsinken, nur weil er den Ernst der
Situation um keinen Preis ins Auge fassen will; während er allen

Menschen maßlos zur Verfügung steht, erwartet er gerade von Marie, der Gefährtin, seinem andern Ich, daß sie ihn schonen soll. Darin liegt ein Geheimnis, aber ich kann es nicht ergründen. Es braucht nicht eigens vermerkt zu werden, daß der Brief, den er an Marie schrieb, eine Verlegenheitsepistel war. Er bestand aus einer Reihe ziemlich nichtssagender Beteuerungen und Beschwörungen und war seiner nicht recht würdig, ein Beweis, daß wir gleich meilentief fallen, wenn wir uns nur im geringsten nicht auf der Höhe halten. Um zehn Uhr erschien Etzel. Anderthalb Stunden vergingen mit der Besprechung der Tagesgeschäfte, dann brachte Kerkhoven sein Anliegen vor. In ruhigem Ton und von der Verwirrung, in der er noch vor wenigen Stunden gewesen, weit entfernt. Er sprach von einer krisenartigen Verstimmung Maries und daß ihn ein Brief, den er am Vormittag erhalten, mit Besorgnis erfüllt habe. Er hoffe, der Zustand werde sich rasch bessern. Die Lindower Einsamkeit sei unter den gegenwärtigen Umständen Gift für sie, habe sie doch nicht einmal mehr die Mutter bei sich; Etzel möge sie bewegen, nach Berlin zurückzukehren, allenfalls mit den Kindern. Ja, mit den Kindern, das wäre ihm am liebsten, er habe die Buben seit Monaten nicht gesehen, »lassen Sie mich nachrechnen ... ja, seit Februar, es ist eine Schande.« Das alles habe er ihr auch geschrieben, hier sei der Brief, Etzel solle ihn gleich einstecken. »Sie kennen ja meine Frau jetzt«, fuhr er fort; »bei aller geistigen Unabhängigkeit und einem sehr ausgeglichenen Naturell kommt es doch zu bedenklichen Schwankungen, da verliert sie dann ihr heiteres Selbstvertrauen und wird verzagt wie ein Kind im Finstern; es hat nie lange Bestand, ihre wunderbare Schwungkraft hilft ihr bald wieder auf, man muß sie nur ablenken und darf vor allem nicht den Fehler begehen, sie als Kranke zu behandeln.« – Etzel hatte bis zu diesem Moment weder eine Silbe gesprochen noch durch einen Blick, eine Geste irgendwelche Zustimmung oder Verwunderung bekundet. Keine Miene verriet, was in ihm vorging. Nur seine Ohren und seine Stirn waren rot geworden. Er fühlte es, und sogar darüber war er unzufrieden. Er tat, als sei ihm etwas ein-

533

gefallen, was er zu notieren vergessen hatte, nahm ein Blatt
Papier und kritzelte mit dem Bleistift ein paar Worte hin. Gut,
daß Kerkhoven nicht nachsah; es waren sinnlose Schnörkel.
Als ihn Kerkhoven fragte, ein wenig betroffen von seinem beharrlichen Schweigen, ob er den Auftrag übernehmen und
morgen früh nach Lindow fahren wolle, hob er den Kopf und
antwortete mit emporgezogenen Brauen, als sei eine solche Frage
nicht zulässig, da er in jedem Fall zu gehorchen habe: »Selbstverständlich, Meister.« Und als Kerkhoven hinzufügte: »Sie
brauchen sich mit dem Zurückkommen nicht zu beeilen, wenn
es Ihnen nützlich erscheint, zwei oder gar drei Tage zu bleiben,
so bleiben Sie«, sagte er in demselben knappen, harten Ton:
»Ja, Meister.« – »Schön, dann wollen wir uns für heute gute
Nacht sagen.« – »Gute Nacht, Meister.«

Als Etzel sein Zimmer betrat, schlug es auf einer Turmuhr
Mitternacht. Er machte Licht und warf eine raschen Blick in
den Spiegel. Sein Gesicht hatte noch den Ausdruck kalter Bereitschaft, durch den er geglaubt hatte, Kerkhoven täuschen zu
müssen. Die Sache war zu plötzlich gekommen. Er mußte es
erst mal überdenken. Während er, die Hand über der Stirn, zu
»denken« versuchte, nahm er wahr, daß es nichts mehr zu
denken gab. Bis morgen zu warten hatte keinen Sinn. Wozu sich
schlaflos im Bett herumwälzen. Er öffnete den Schrank, nahm
Mütze, Halstuch, Windjacke und Handschuhe heraus, stopfte,
was er zum Übernachten brauchte, in einen Wachstuchsack
und verließ Zimmer und Wohnung. Das Motorrad stand in
einem Schuppen im Hof; den Schlüssel hatte er bei sich; den
Torschlüssel auch. Er sperrte auf, füllte beim Licht des Scheinwerfers aus einer Kanne den Bezinbehälter, schob die Maschine
in den Hausgang und auf die Straße, schwang sich in den Sitz
und ratterte los. Über die Linden, die nördliche Friedrichstraße,
Chausseestraße, am Bahnhof Wedding vorbei, Müllerstraße,
Scharnweberstraße gegen Kremmen zu. Den Weg kannte er
ungefähr. Siebenundsechzig Kilometer. Bei freier Bahn anderthalb Stunden. Die Straßen wurden immer öder und öder. Der

Nebel immer dicker. Zuerst war er mit achtzig gefahren, hinter Hermsdorf mußte er das Tempo auf vierzig, dann auf dreißig verringern. Der Nebel erstarrte zu einer wolligen Wand, in die der Scheinwerfer einen qualmenden Trichter zu bohren bemüht war und der Dörfer, Äcker, Wälder, den Himmel und selbst die natürliche Finsternis der Nacht verschluckte, denn was einen da umfing, war eine schleimige Masse, aus Rauch und Wasser gemischt, bewegt und zäh, fett und übelriechend. In der Gegend von Schwante war kein Weiterkommen mehr. Fluchend stoppte er und sprang ab. Das Licht seiner Lampe prallte von den brodelnden Nebelschwaden wie von einem Hohlspiegel zurück und warf seinen Schatten in enormer Verzerrung an ein bewegliches Gewölbe. Der Boden war so glitschig, daß die von den Stößen des Motors zitternde Maschine fortwährend rutschte. Er hielt die Armbanduhr an die Laterne: halb drei. Auf einmal wurde er sich der Torheit seines Beginnens bewußt. Wenn er nun wirklich mitten in der Nacht dorthin kam, was dann? Sollte er die Leute alarmieren? Und warum? Er habe eine Botschaft für die gnädige Frau? Ein Unglück also? Man muß unsere Frau aus dem Schlaf wecken? Nein? Also was? Was soll's? Wozu der Klamauk? Sie haben wohl 'n kleinen Webefehler, lieber Herr? Was hätte er darauf zu erwidern? War ja vollkommen verrückt, das Ganze. Einfach loszurasen, ohne jede Überlegung ... Er mochte eine halbe Stunde ratlos gestanden sein, da sah es aus, als lichte sich der Nebel ein wenig. Dicht an der Straße gewahrte er die Umrisse eines Hauses, das riesengroß zu sein schien, doch als er hinging, war es eine verfallene Holzhütte ohne Türe, ohne Dach, immerhin ein Unterstand, sogar ein Strohhaufen, wenn auch feucht und klebrig, war vorhanden. Mit einiger Mühe brachte er die Maschine hinüber, befestigte sie mit der Kette an einem Balken, warf sich auf das Stroh und verfiel in einen steinernen Schlaf, aus dem er erst nach fünf Stunden erwachte.

Bevor er auf den Gutshof ging, säuberte er sich im Gasthaus. Als er sich melden ließ, war es zehn Uhr. Frau Jänisch, die ihn gemeldet hatte, zeigte ihm den Weg durch den langen Flur. Er trat in ein geräumiges, schön ausgestattetes Zimmer. Möbel aus dunkler Eiche, zartfarbige Stoffe, eine Wand mit Büchern, an der andern Wand ein Blumenstück von Corinth und ein Familienporträt, nach der Ähnlichkeit zu schließen der Vater. Astern und Spätrosen in Gläsern und Vasen, Kakteen in Töpfen. Auf dem Ständer des aufgeschlagenen Flügels die As-Dur-Sonate von Weber. Er hatte nicht gewußt, daß Marie Klavier spielte. Sie hatte nie davon gesprochen. Das Instrument in der Stadtwohnung hatte er nie offen gesehen. Warum hatte sie es verschwiegen? Er mußte sie fragen. Danach mußte er unbedingt fragen. Der Brief . . . richtig der Brief . . . den hatte er bei sich. In der inneren Rocktasche. Den brauchte er als Legitimation. Er hörte ein Geräusch und fuhr zusammen. Nichts; ein Scheit hatte im Ofen geprasselt. Er strich mit der Hand über seine Wange. Gott sei Dank hat er sich gestern nachmittag rasiert. Sie hat es nicht gern, wenn er unrasiert ist, sie sieht einen Respektmangel darin. Komisch, aber so ist sie nun einmal. Was ist denn los, warum klopft ihm denn das Herz so? Er spürt es bis in die Fingerspitzen. Er drückt die Faust unters Kinn, und um Gleichgewicht zu markieren, räuspert er sich. Plötzlich würgt ihn eine glühende Angst in der Kehle: Schritte. Ihre Schritte. So geht niemand auf der Welt als sie. Niemand geht so leicht, als ob zwischen ihren Sohlen und der Erde eine federnde Luftschicht sei. Er darf nicht auf die Türe sehen, hinter der die Schritte kommen. Wegsehen, sonst verrät er sich. Wegsehen, zum Fenster hinaussehen. Da ist sie schon. Sehr blaß, mit großen Augen steht sie regungslos da. Er steht ebenso regungslos da. Sein Blick flattert, kehrt sich vom Fenster ab und ganz langsam zu ihr hin. Er verbeugt sich und sagt: »Frau Marie«. Dann nichts mehr. Da lächelt sie, erregt, schüchtern, bestürzt. Ihre Wangen färben sich. Ein leiser Aufschrei. Es ist, als fiele sie nach vorwärts. Er fängt sie in seinen Armen auf. Sie liegt in seinen Armen. Er zieht sie an sich. Sie läßt sich fassen und läßt sich halten. Sie umschlingt seinen Nacken. Sie zittert wie im Schüttelfrost. Es ist ein schmerzlicher Krampf, der durch ihren ganzen

Körper geht. Sie flüstert etwas, es ist nur ein Hauch. Es ist außerhalb des Wissens. Und er: Ohne Laut, ohne Wort. Sein Gesicht ist erschreckend finster. Nur halten, festhalten. Mit ungeheurer, wilder Kraft preßt er sie an seine Brust. Auch dies ist außerhalb des Wissens. Nur eins weiß er dumpf, tief drinnen: Das ist niemals gewesen, es ist wie Geburt. Es geht über alles Denken, es ist wie Tod. Vor den Fenstern braut schwach-durchsonnter Nebel.

Marie macht sich los. Sie versucht zu sprechen, es bleibt bei einer hilflosen Mundbewegung. Sie geht zur Chaiselongue an der Seite des Flügels, legt sich hin und verdeckt mit dem Unterarm die Augen. Der Schüttelfrost ist nicht vorüber, er wirft ihren Körper förmlich. Etzel nähert sich und schaut auf sie herunter. Sie macht eine übermenschliche Anstrengung, sich zur Ruhe zu zwingen, es gelingt nicht, das Lächeln, das um ihren Mund zuckt, erstirbt wieder. Er nennt ihren Namen. Er kniet neben dem Sofa nieder und flüstert zwanzigmal ihren Namen. Marie, Marie, Marie; immerfort. Eine Beschwörungsformel. Die zwei Silben haben einen Wohllaut, der ihn betrunken macht. Sie streichelt mit der freien Hand, mit den Fingerspitzen, ganz sacht seine Stirn. »Wie bist du denn hergekommen?« fragt sie fast unhörbar, um eben etwas zu fragen. Hastig, mit einer Stimme, in der eine ganz andere, für sie sehr verständliche Mitteilung enthalten ist, berichtet er seine nächtliche Fahrt und wie er bei Mutter Grün übernachtet hat. Sie tut den Arm vom Gesicht und starrt ihn groß an. Und plötzlich reißt sie seinen Kopf zu sich her und küßt ihn, daß es aussieht, als wolle sie die Zähne in seine Lippen beißen. Sie hängt an ihm wie verloren und zittert vom Scheitel bis zur Sohle. Vielleicht währt er ein Jahrhundert, dieser Kuß, vielleicht nicht zehn Sekunden. Es gibt keine Zeit mehr. Sie sieht das Bild: wie er durch Nacht und Nebel (keine bloße Buchphrase, dies »Nacht und Nebel«, wahrhaftig nicht) zu ihr fliegt. Endlich löst sie sich von seinem Mund. Sie hält seinen Kopf zwischen ihren Händen, schiebt ihn sanft zurück und betrachtet sein Gesicht, als sähe sie es zum ersten Male. Da kommt etwas wie Lähmung in ihren Blick. Es ist, als habe sie in seinen Zügen die Wirklichkeit gelesen, die ihr abhanden gekommen ist. Jäh richtet sie sich zum Sitzen auf, so daß auch er sich erheben muß. »Nein, nein, nein!« ruft sie verstört. Er setzt sich dicht neben sie und will den Arm um ihre Hüften legen. Sie schüttelt den Arm ab und wiederholt verzweifelt: »Nein, nein!« und dann: »Ich will, ich darf nicht schuld sein, daß du ihn verlierst. Ich nehme dir den Meister weg, und was bekommst du dafür, was bin ich dagegen!« Es ist ein Aufschrei. Sie bricht in schreckliches, unstillbares Weinen aus. Etzel weiß sich keinen Rat, er streicht immer nur mit der Hand über ihr Haar. – »Davon kann doch nicht die Rede sein, Marie«, spricht er zu ihr, »keine Rede davon, daß du ihn mir wegnimmst, warum denn auch? Ist ja barer Unsinn.« – Die Antwort ist ein trostloses Kopfschütteln. »Es ist Raub, es ist Verrat«, schluchzt sie, »mach dir doch nichts vor, Etzel, denk daran, was er dir ist, vergiß es nicht, laß dich nicht hinreißen, wie lange, und du wirst es bereuen, was tauschst du denn dagegen ein?« – »Das muß ich selber am besten wissen, was ich eintausche.« – »O Gott nein, ich bin doch nichts gegen ihn, ich bin ja auch keine Frau für dich.« – »Warum nicht? Warum bist du keine Frau für mich?« – »Etzel! Etzel! Sei nicht blind, sieh doch die Dinge, wie sie sind . . . vierzehn Jahre Unterschied . . . vierzehn Jahre bin ich älter als du.« – »Was willst du damit sagen, Marie? Unsinn ist es, das sag' ich noch einmal. Du bist gar wohl die Frau für mich. Du wirst auch meine Frau werden. Warum schaust du so erstaunt? Ja, das wirst du. Meine Frau.« Sie wendet ihm das Gesicht zu und lächelt zu dieser überraschenden Mitteilung, während ihr das Wasser aus den Augen und über die Wangen rinnt. »Dummer Bub«, sagt sie und küßt gerührt seine Handgelenke. »Ach, dummer Bub, was denn, was denn . . .«

Zornig entzieht er sich ihr. Dummer Bub, damit kann man diese Sache nicht erledigen, es ist ihm heiliger Ernst, sie wird sich bald davon überzeugen. Sie hört ihm zu wie einem Kind, das steigert seinen Zorn zur Erbitterung. Will sie sich über ihn lustig machen? Was das Gerede über den Meister betrifft, so hat es nicht Hand und Fuß. – »Wieso nicht, sprich.« –

Weil in der großen Seele des Meisters diese Möglichkeit schon lange ihren Platz hat. Es muß genügen, wenn er als gewährende Gottheit über ihr und ihm schwebt, was will sie mehr? – Maries Blick erwidert: Bist du wirklich so unschuldig oder stellst du dich nur so? – Dies empfindet er als Herausforderung, die Röte steigt ihm bis in die Schläfen, und wie ein unumstößliches Diktum verkündet er: »Wir stehen unter seinem Schutz und Schirm mit allem, was wir tun. Zweifelst du vielleicht daran?« – Marie, mit spöttischem Mitleid: »Ach, Etzel. Nicht einmal von Männern weißt du was.« – Da braust er auf. »Das dürftest du sagen, wenn ich nicht den Beweis dafür hätte.« Und klopft mit der Faust an seine Brust. – Marie zieht die Brauen hoch. »Was für einen Beweis?« – Er greift mit übertriebener Langsamkeit in die Rocktasche, zieht Kerkhovens Brief heraus und legt ihn ihr mit einer Miene finstern und bösen Triumphs auf den Schoß. Sie öffnet den Brief und entfaltet ihn. Er wartet schweigend. Sie überfliegt die ersten Zeilen und schaut zu Etzel empor. Er zuckt die Achseln und macht eine Bewegung mit dem Kinn gegen den Brief. Das soll heißen: Du siehst, er hat dich in meine Hand gegeben, wozu streiten wir. Marie senkt die Augen wieder auf den Brief. Da steht, nun wir wissen ja ungefähr, was da steht. Gütige, aber farblose Worte. Worte der Bedrängnis und der Mahnung. Da steht ferner: »Behalte Etzel so lange draußen, wie du willst, ich habe dann wenigstens das beruhigende Gefühl, daß du nicht allein bist . . .« Marie erhebt sich, reißt den Brief mitten durch, die Teile noch einmal, die dann ihrer Hand entfallen. Man kann die Geste kaum mißverstehen: Wenn du es denn willst, das kannst du haben. Sie atmet tief auf, geht an Etzel vorbei und zum Fenster. Der Nebel ist jetzt ganz zart, das feuchte Buchenlaub sieht aus wie Filigranarbeit. Etzel steht am Flügel. Er beobachtet sie mit regloser Aufmerksamkeit. Nun dreht sie sich halb um und sagt entschlossen: »So muß ich eben klüger sein als er. Dazu bin ich bestellt. Er ist mir anvertraut.« Wie Etzel das hört, reckt er sich, macht eine kalte Verbeugung und geht. Fünf Minuten später rattert seine Maschine auf die Chaussee hinaus.

Es muß ein Traum sein, daß er fort ist. Sie hüllt sich in ihren Schal und verläßt das Haus. Eine schwache Hoffnung läßt sie glauben, daß es nur ein Anfall von jungenhaftem Trotz war; er wird zurückkehren. Sie geht eine Weile auf und ab. Trotzdem ihr die Glieder bleischwer sind, geht sie zu den Pflanzungen und Warmhäusern hinüber. Beim Anblick eines vor dem Stall angebundenen Grauschimmels denkt sie: Warum sehen alle Pferde so komisch aus, wenn sie beim Stehen das eine Vorderbein vorstellen? Es ist ihr kalt. Überall friert sie, auch in den geheizten Zimmern. Sie versucht zu lesen, ihre Augen gleiten über die Seiten des Buchs, ohne ein Wort zu erfassen. Sie legt sich hin, es treibt sie wieder auf. Sie setzt sich ans Klavier, aber während sie auf das Notenblatt starrt, sinkt ihr Kopf auf die Brust, und sie hat ein schlafähnliches Gefühl von Lebensunlust. Sie wird zu Tisch gerufen, sie soll essen, sie kann keinen Bissen hinunterbringen. Gegen Abend zieht es sie zum Telefon, sie will sich mit Berlin verbinden lassen, unterläßt es aber. Drei- oder viermal glaubt sie das Signal zu hören, doch wenn sie ins andere Zimmer eilt, wo der Apparat steht, ist es nichts. So vergeht der Abend, vergeht die schlaflose Nacht. Im Geist schreibt sie einen langen, schmerzlich bewegten Brief und weiß doch, daß sie keinen Satz davon zu Papier bringen wird. Sehnsucht ist kein friedliches Feuer, an dem man sich behaglich wärmt, sie ist ein schlimmer Brand, der einen ausdörrt. Sie mag ihre Kinder nicht um sich haben, sie will nicht sprechen, ihr graut vor der Sonne, sie haßt den Schlag ihres Herzens, stundenlang sitzt sie am Fenster, den Ellbogen auf das Sims, die Wange auf die Hand gestützt und schaut in eine entseelte Welt. Wieder wird es Abend. Wie lang soll es noch dauern, dies sinnlose Tag- und Abendwerden? Die Pendüle auf dem Schreibtischbord meldet mit silbernem Stimmchen acht. Noch eine Ewigkeit bis neun. Eine weitere Ewigkeit bis zehn, bis elf, bis zwölf. Und doch wird es neun, und doch wird es zehn, wenn's nur schon morgen wäre. Wenn nur kein Morgen käme. Aber was ist das? Das silberne Stimmchen hat eben zehn verkündet, da fährt sie zusammen. Das zuckende Gehämmer eines Motors. Sie rennt in

den Flur, lehnt sich an die Wand, drückt die Hände auf die
Brust, läuft wieder ins Zimmer zurück. Lauscht, lauscht ...
Frau Jänisch wird doch hören, wenn es läutet ... Da geht die
Türe auf, und er steht auf der Schwelle. Ich bin da, sagt der
ganze Mensch. Nicht zu leugnen, er besitzt das Genie, im
rechten Augenblick dazusein ...

Um fünf Uhr morgens verläßt er sie und geht leise in den oberen
Stock, wo Frau Jänisch gestern abend noch das Gastzimmer
instand gesetzt hat. Im Flur brennt Licht. Er findet die richtige
Türe nicht gleich, zwei, an denen er die Klinke niederdrückt,
sind versperrt, die letzte ist es, er tritt hinein und bleibt im
Finstern stehen. Es ist ihm zumut, als befinde er sich im Innern
eines Berges. Das Rauschen, das in allen finstern Räumen vernehmlich wird, klingt wie das Rauschen von fernen Wässern,
die einen Ausweg aus dem Berg suchen. Urlange Zeit ist es her,
daß ihn solche Stille umfangen hat, im Grund ist es ja die Stille,
die rauscht. Auch das Blut in den Adern kann es sein. In dunk-
lem Jubel strömt es zum Herzen und entströmt ihm wieder, um
unermüdet zurückzukehren, nachdem es den ganzen Leib mit
seinem dunklen Jubel erfüllt hat. Viele Stimmen sind im Blut,
alle Liebesworte sind hineingeschmolzen. Alle Bilder und Erinnerungen der Sinne sind im Blut, so wie Salz, das sich im Wasser
gelöst hat, sind sie aufgelöst im Blut. Das Mund- an Mundsein,
die maßlosen Umarmungen, das brechende Auge. Die Flamme
und die Erschöpfung, die Erneuerung und der holde Tod. Der
Atem, der aus Liebe besteht, die Zunge, die wie eine feurige
Lazerte ist, die unersättlichen Hände, der unerschöpfliche Dank
im wiedererwachten Blick, das ungläubig-vertraute Flüstern,
die Entdeckung des Du, wie wenn man nach vielen Irrfahrten auf
einem andern Stern gelandet wäre. Er tastet sich zu seinem Bett,
er will kein Licht, Licht wäre Mord, er schlüpft unter die Decke
und stürzt in den Schlaf, wie ein Stein in einen Brunnen fällt.
Es ist spät, als sie sich beim Frühstück treffen. Sie sprechen nicht
viel. Manchmal tauchen die Blicke ineinander wie aus Versehen und flüchten dann erschrocken. »Es regnet«, sagt Marie. –

»Ja, es hat die ganze Nacht geregnet«, antwortet er. – »Willst du nicht die Kinder sehen?« fragt sie. Selbstverständlich will er, auf die hat er sich schon lange gefreut. Sie gehen hinauf; bevor sie ins Zimmer treten, sucht sie seine Hand und preßt sie mit aller Kraft. Es sind frische, lebhafte Jungens, in den siebenjährigen Johann, der ein unbändiges Temperament hat und Augen wie zwei riesige Saphire, verliebt er sich gleich. Er legt sich mit ihm auf den Boden und spielt Eisenbahn und Tunnel mit ihm, seine aufgestellten Beine sind der Tunnel. Der dreijährige hat einen Schnupfen, er fürchtet sich vor dem mächtigen Unbekannten, versteckt sich hinter Aja, bohrt die Fäuste in die Augen und verschließt sich vor der Welt. Marie fährt ihm mit den Fingern durch den braunen Schopf und spricht mit ihm in betrübtem Ton wie mit einer aufgeklärten, aber zu Pflichtversäumnissen neigenden Person. Auf Johann deutend sagt Etzel: »Der sieht Ihnen ähnlich, Frau Marie, der kleine ist das Ebenbild des Meisters.« – Marie bestreitet es; Johanns Stirn, der Blick, die Figur, das ist doch so sehr Kerkhoven, daß es einem in die Augen springt, findet sie. – Etzel ist durchaus anderer Meinung, er nimmt Johann auf seine Arme und fragt mit gespielter Strenge: »Sag selbst, Junge: wer hat recht, die Mutter oder ich?« – »Du«, antwortet Johann prompt und lacht die Mutter mit schalkhafter Schadenfreude an. – »Also. Die Sache ist entschieden, Frau Marie«, sagt Etzel befriedigt und küßt den Knaben auf den Scheitel. Marie neigt lächelnd den Kopf, ist aber nicht überzeugt.

Sechzehntes Kapitel

Ich könnte dieses Kapitel überschreiben: der Sturz der Engel, und damit hätte ich zugleich eine Warnungstafel für jene Leser aufgestellt, die von solchen luziferischen Katastrophen nichts hören wollen. Sie mögen das Buch getrost zuklappen und etwas Vergnüglicheres unternehmen, denn hier werden sie durch ein finsteres Reich der Seele geführt, wo die Verzweiflung und die Zerstörung herrschen. Es ist ein anderer Etzel, der uns entgegentritt, nicht mehr der Freundesfreund, nicht mehr der erglühte Jünger, nicht mehr der Gerechtigkeitssucher, nicht mehr der schnurrige Vagabund mit der entwaffnenden Dreistigkeit und dem opfermutigen Sinn, ein anderes Bild ist es, ein anderer Mensch, und der Weg, den er geht, ist so finster, wie ein Menschenweg nur sein kann.

Zunächst die äußere Situation.

Die Fahrten von der Großen Querallee nach Lindow und zurück wurden zu einer regulären Einrichtung wie ein Kurierdienst, einer Lebenseinrichtung. An Sonntagen in jedem Fall, in der Woche zwei- bis dreimal. Da kam er am späten Nachmittag und fuhr am andern Morgen wieder fort. Manchmal blieb er über den Mittag draußen. Er konnte sich auch ganz plötzlich entschließen; wenn er ein paar unbesetzte Stunden vor sich hatte, erschienen sie ihm unerträglich leer, alsbald saß er auf der Maschine (nur bei sehr schlechtem Wetter benutzte er Maries kleinen Wagen) und raste die sechsthalb Dutzend Kilometer mit tollwütiger Geschwindigkeit hintereinander weg. Bald kannte er jeden Stein am Weg, jeden Strauch, jede Laterne, jedes Loch in der Straße. Er hätte die Strecke im Schlaf fahren können. Wenn er zu einer bestimmten Stunde zurücksein mußte, beschleunigte er das Tempo noch. Daß er sich bei diesen Parforcetouren nicht eines Tages das Genick brach, war ein wahres Wunder. Marie schwebte beständig in Todesängsten. Eine feste Verabredung konnte selten getroffen werden, so war sie fast jeden andern Tag zu aufregendem Warten verurteilt. Wenn er zu der Zeit nicht da war, wo er zu kommen halb und halb versprochen hatte, sah sie ihn in seinem Blut auf der Landstraße liegen. Eine Nervenfolter ohnegleichen. Sie sagte einmal, jetzt verstehe sie erst die Gemütsverfassung der Hero, wenn sie dem schwimmenden Leander das Signal mit der Fackel gibt; der Hellespont zwischen Berlin und Lindow sei ihr aber weit unheimlicher als der wirkliche. Da lachte er bloß. Seine lachende

Unbekümmertheit war noch das einzige, was sie beruhigte. Körperliche Anstrengung achtete er nicht, physische Furcht kannte er nicht. Sie unterschied das Rattern seines Motors schon von weitem, wenigstens bildete sie sich ein, daß es anders klang als das aller andern Maschinen der Welt. Sie hörte es schon in ihrem Zimmer, bereit zu hören, wie sie war, zehn Stunden des Tages bereit. Sie ging zum Gartentor und schaute mit klopfendem Herzen die Chaussee entlang. Und dann stand er vor ihr wie aus der Erde heraufgeschossen; das schmal- und hohlwangig gewordene, wettergegerbte Gesicht, dazu der offene lachende Blick: es war schön. Sie liebte ihn. Sie liebte ihn nicht nur, sie war auch unsinnig verliebt. Nie in ihrem Leben war sie so verliebt gewesen. Sie hätte in einem fort lachen und weinen können.

Zur »äußeren« Situation gehört die Stellung, die er sich auf dem Gut zu machen wußte. Bald hatte er sich alle Herzen erobert. Er verkehrte mit allen Leuten auf kameradschaftlichem Fuß, mit dem Verwalter, dem Gärtner, dem Stallknecht, der Köchin, der Milchmagd, der Aja und Frau Jänisch. Er kannte ihre Privatangelegenheiten, ihre politischen Ansichten, ihre Lebensweise, ihre Tugenden und ihre Fehler. Er schlichtete ihre Streitigkeiten, munterte sie auf, wenn sie verdrossen waren, hatte für jeden das richtige Wort und die richtige Art. »Du bist schrecklich populär«, sagte Marie in scherzhafter Eifersucht, »es ist unlauterer Wettbewerb.« – Er erwiderte: »Selbstverständlich, anders komm' ich gegen dich nicht auf.« Wenn er ein paar Tage fortgewesen war und sich wieder zeigte, hieß es: Der junge Herr ist wieder da (denn er galt als Familienmitglied), worauf ein eifriges Händeschütteln, Fragen und Schwatzen anhub. Er kümmerte sich um die Holz- und Kohlenvorräte, die Wintersaat, die Viehwirtschaft, die Löhne, die Wetterschäden an den verschiedenen Baulichkeiten, wollte alles wissen, überall Hand anlegen, bloßes Zuschauen und unnützes Dabeistehen ging ihm gegen die Natur. Den Kindern erzählte er Geschichten oder jagte mit ihnen im Garten herum, wobei er selber der Unbän-

544

digste war. Wenn er zu ihnen in die Stube kam, entstand ein Höllenspektakel, und es ging zu wie auf dem Jahrmarkt. Es ist klar, daß er alsbald ihr Held und Vorbild wurde. Der Etzel sagten sie, wie man sagt: Seine Majestät.

Da Marie sich standhaft weigerte, auch nur für kurze Zeit in der Stadtwohnung Aufenthalt zu nehmen, und Kerkhoven unter ihrer dauernden Abwesenheit sichtlich litt, brachte ihn Etzel dazu, einmal in der Woche hinauszufahren und draußen zu übernachten. Er war stolz darauf, daß es ihm gelungen war, den Meister hiezu zu überreden. Er fühlte sich so vollkommen zu Hause in Lindow, daß er sich Kerkhoven gegenüber als Gastgeber gebärdete. »Ich wußte nicht, daß du so wenig Städter bist«, sagte Marie; »du gehörst nicht in die Stadt. Du gehörst in die Landschaft.« – »Weiß ich nicht«, antwortete er, »im allgemeinen stimmt es nicht. Es stimmt, weil *du* hier bist. Ich denke, daß ich eben zu dir gehöre.« – Marie wünschte nicht, für den Augenblick daran zu zweifeln, aber jede Andeutung einer Zukunft ohne sie wies er schroff zurück. »Aus mir kann die Gelegenheit und die Not alles machen«, erklärte er, »einen Mechaniker, einen Chauffeur, einen Warenagenten, einen Buchbinder, einen horribile dictu Abgeordneten, natürlich auch einen Landwirt, was du willst. Aber nur mit dir. Ohne dich nichts.« Das sagte er mit der gebieterischen Unbedingtheit, die jeden Widerspruch zu einer Zeit- und Kraftverschwendung machte. Falls Marie Lust gehabt hätte zu widersprechen.

Die Liebe zu ihm bezog sich auf ihr ganzes Verhältnis zur Existenz, ihr brennendes Interesse an allem, wovon sie ausgeschlossen war oder sich ausgeschlossen erschien, teils aus sozialen Gründen, teils durch einen angeborenen Aristokratismus der Führung und Gesinnung, mit dem sie sich von Jahr zu Jahr empfindlicher isoliert gesehen hatte. Da half kein Wissen und inneres Schauen, kein Mitschwingen und Mitzittern, da halfen auch die Bücher nicht, man war nicht dabei, man zählte nicht mit in der gewandelten Welt, die ihr vielleicht deshalb ein so feindseliges Gesicht zeigte, weil sie sich freiwillig von ihr abgekehrt hatte. Gar oft wunderte sie sich, daß die Gemeinschaft mit einem Mann wie Kerkhoven sie nicht in die Mitte des Lebens, sondern ganz im Gegenteil an seinen äußersten Rand gestellt hatte. Es ließ sich erklären, alles läßt sich erklären; der kämpfende Partner suchte den Ruhepunkt, nur zu ihr konnte er zeitweilig flüchten, bei ihr war er geborgen, von ihr verlangte er, daß sie ihn vor der nachdrängenden und an allen Türen rüttelnden Welt für eine kleine Weile schütze. So hatte sie sich begnügen müssen, die Türen zu bewachen, wenn er da war, um niemand einzulassen, und der verworrene Lärm draußen, die vielen Stimmen, deren Klage und Begehr er doch nicht überhören konnte, hatten ihre Phantasie je mehr beunruhigt, je mehr sie sich zur Untätigkeit verdammt sah. Endlich, da es auf die Dauer zum fruchtlosen Opfer wurde, hatte sie auf das ständige Zusammenleben verzichtet und sich auf dem Land lebendig begraben. Da besaß man wenigstens sich selbst. Der Sturm vor den Türen war nicht mehr zu ertragen gewesen. Und da, als sie schon völlig resigniert hatte, kam durch eine der verschlossenen Türen, unbegreiflich wie, dieser Etzel Andergast. Kam mit der gewandelten Welt, der jung gewordenen, stürmisch bewegten. Seine Jugend hatte in ihren Augen einen repräsentativen Charakter. Er war der Mittler des Neuen, der gegenwärtige Mensch, durch den sie teilhatte an der gegenwärtigen Stunde, der Freitag, der Robinsons tödliche Einsamkeit aufhebt und darum noch mehr ist als der brüderliche Gefährte, so wunderbar Gefährtenschaft auch ist. Es gab keine erotische Bindung für sie, die nicht zugleich eine geistige war. Was er ihr aus der Welt zutrug, war lang entbehrte Nahrung. Er hatte viel erlebt, jeder Tag bereicherte ihn, und während er erzählte, hing sie an seinen Lippen. Wie Menschen sich führen und geben, Gesicht, Gebärde, Rede und Antwort, alles war dramatischer Vorgang. Dazu sein Presto, die Überfülle kleiner Beobachtung, die Mischung von Drolerie und Trockenheit, der leuchtende Eifer, der aus dem Bewußtsein brach, daß er ihr diente, daß ihr Blick auf ihm ruhte, daß es was für sie bedeutete, wenn er ihr sein kleines Erleben zum Geschenk machte und sie es annahm, als wäre es ein großes und kostbares Geschenk. Er findet kein Ende, er ist voll bis an den Rand, er hat ihr noch so viel zu sagen, bis morgen früh sind hundert Jahre, wozu ruhen, wozu schlafen, laß mich noch bei dir sein, liebe, liebe, liebe Marie. Da wurde es drei Uhr, vier Uhr, fünf Uhr morgens, bis sie auseinanderfanden. Eines Abends kam er in bedrückter Stimmung und erzählte, Emma Sperling sei tot. Er hatte ihren Namen schon öfter genannt, immer mit einem Ton sarkastischer Verachtung und so, als wolle er nicht verhehlen, daß er etwas mit ihr gehabt habe, als sei aber diese Beziehung der Tiefpunkt, auf den er in seiner Prä-Existenz, als es noch keine Marie gegeben, heruntergesunken war. Er berichtete also, Emma sei verbrannt. Während sie sich die Haare mit einer ätherischen Essenz gewaschen, habe sie sich eine Zigarette angezündet, Haare und Frisiermantel hätten Feuer gefangen, schreiend, eine lebende Fackel, sei sie aus dem Zimmer gerannt und im Stiegenhaus zusammengebrochen. Heute vormittag um zehn sei es passiert, zwei Stunden später sei sie unter gräßlichen Qualen gestorben. »Nell hat mich anrufen lassen, um es mir mitzuteilen«, fuhr er fort und schnitt eine Grimasse; »ich vermute, sie wollte feurige Kohlen auf meinem Haupt sammeln, damit ich auch was abbekäme von den Flammen, die den armen Spatz verzehrt haben. Du weißt ja, warum. Hab's dir ja erzählt. Aber wie ich das Unglück erfuhr, gab's mir doch einen Stich. Ich ging hin in die Klinik, da lag sie, eingewickelt von oben bis unten, ein Stück Gesicht war frei, lauter verkohltes Fleisch. Grauenhaft.« Er blickte Marie unsicher an, als sei das Bild zu kraß für sie. Sie sah es aber mit seinen Augen und wollte nicht geschont werden wie eine, die für die Wirklichkeit zu schwache Nerven hat. »War eine tolle Person«, begann er wieder, »ein schlechtes, verlogenes Frauenzimmer, aber eins muß man ihr lassen, lachen konnte die... das kannst du dir nicht vorstellen, wie die lachen konnte.

Mal waren wir zusammen im Kino bei einem Chaplinfilm, und bei einer Szene, es war gar nicht sonderlich komisch, eher wehmütig-komisch, du kennst ja die Art, begann sie auf einmal dermaßen zu lachen, daß der ganze Saal angesteckt wurde, alles kreischte und brüllte, sogar die Musiker und das Personal. Das ist doch immerhin, wie soll man sagen, ein Stück Natur, nicht?« – »Sicher. Da hast du sicher recht.« – »Und wenn so ein Geschöpf, das bloß zum Spielen geschaffen ist, zum Überhaupt-nicht-Ernstnehmen, nichts hat sie ernst genommen, die Menschen nicht, die Welt nicht, sich selber nicht, wenn einem solchen Irrwisch auf eine so verdammt ernste Manier der Garaus gemacht wird, mitten im schönsten Spiel, das gibt zu denken, da könnte man beinah an eine Vergeltung glauben, und eine mit sehr finsterer Logik.« – »Du brauchst dich nicht zu genieren, wenn du es glaubst«, sagte Marie; »allerdings bezweifle ich, daß die Vergeltungen von dorther so prompt funktionieren. Die Mächte lassen sich gewöhnlich Zeit.« – »Die Mächte«, gab er skeptisch zurück, »was ist das, die Mächte? Wer ist es? Wo sind sie?« – »Da drin«, sagte Marie und heftete den Zeigefinger auf seine Brust. – Er packte sie an beiden Armen. Mit unbeschreiblicher Wildheit im Blick beugte er sich über sie und murmelte, halb lachend, halb böse: »Da drin? Da drin bist du. Nur du. Nur du.« – »Du tust mir weh«, stammelte Marie bang. – Er umklammerte sie, daß ihr der Atem verging, drückte sie zu Boden, näherte sein Gesicht dem ihren, so daß Stirn an Stirn lag und wiederholte außer sich: »Nur du . . . nur du . . . glaubst du mir? Glaubst du mir?« – »Ja«, hauchte Marie. – »Und bei dir drinnen«, er riß ihr das Kleid auf, daß der Stoff förmlich klirrte, »da drin soll nur ich sein, nur ich . . .« – »Ja«, hauchte Marie. – »Noch einmal, sag's noch einmal: nur ich!« – »Nur du«, flüsterte Marie, von der wütenden Gewalt entseelt. Inbrünstig preßte er den Mund auf ihre entblößte Brust. Und stieß einen Jubelschrei aus, der wie helles Knabenlachen klang. Marie hing bebend an seinem Hals.

Ihre Zärtlichkeit war oftmals die der Mutter gegen den Sohn, das ertrug er nicht und warf es ihr als Liebesmangel vor. Dem ließ sich schwer abhelfen, da Zärtlichkeit das ursprüngliche Bedürfnis ihrer Natur war und ihre Sinne sich jeder Entflammung weigerten, wenn sie nicht durch Zärtlichkeit, empfangene und gegebene, geweckt wurden. Als sei es ein verschwiegenes Entgelt für ihn und die innere Rechtfertigung für sie, weil sie seine Jugend an sich fesselte, übernahm sie mit der Rolle der Geliebten wissend und in einem mystischen Trieb die der Mutter und trat damit in eine telepathische Beziehung zu der fernen, fremden Frau, die seine wirkliche Mutter war und als solche fremd und fern auch ihm. Nur mit äußerster Vorsicht durfte sie wagen, mit ihm darüber zu sprechen, jede Hindeutung auf den mütterlichen Teil ihrer Liebe erfüllte ihn geradezu mit Entsetzen. »Wie kannst du nur«, rief er aus, die Fäuste an den Ohren, »das ist ja unmenschlich. Es scheint, Frauen sind imstande, ein Gefühl so zu sublimieren, daß es unmenschlich wird.« Da verstummte Marie. Mit schaurigem Entzücken erkannte sie den Grund seiner leidenschaftlichen Abwehr; er wollte die Ausschließlichkeit dessen, was ihn mit ihr verband, nicht einmal durch ein Gleichnis angetastet wissen, schon dieses erschien ihm als Blasphemie. Aber tiefer lag vielleicht der Schrecken vor dem blutschänderischen Bild, das eine derartige Grenzverschiebung in ihm beschwor, mochte es auch in der allertiefsten Schicht der Seele als eine (freilich nur ahnbare) Wahrheit ruhen.

Es war eben alles zuwenig, was ihm Marie war und gab. Der schrankenlos erfüllte Traum, den er lebte, war eine Armseligkeit gegen den, den er noch erfüllt haben wollte. Unnachgiebig fordernd stand er vor ihr, vor seinem Schicksal, vor seinem Leben und streckte die offenen Hände hin nach mehr, nach dem Übermaß, nach dem Unmöglichen.

Es war zwischen ihnen eine stillschweigende Übereinkunft von vornherein gewesen, daß Marie sich ihrem Gatten nicht entziehen werde. Warum auch, was hatte das mit ihrer Liebe zu schaffen? Nicht als hätte sie nur ihre Pflicht erfüllen wollen. Sie hätte sich geschämt, von Pflicht zu reden, wo allein das Herz ihr ein Verhalten vorschrieb, das von der innigsten Freundschaft eingegeben war. Jetzt verspürte sie am eigenen Leib und in den eigenen Sinnen die Abgestorbenheit jener moralischen

Begriffe, die dem lebendigen Menschen seine Entscheidungen vorwegnehmen und mißverstandene Treue zu einem Schild der Feigheit machen. Oder belog sie sich damit? Wollte sie sich in die »gewandelte Welt« einschmeicheln und deren Beifall durch das Opfer von Grundsätzen erkaufen, die ein Erbe waren wie das Blut in ihren Adern? Man gerät in Verwirrung. Befreist du dich von der Fessel des Herkommens, so taumelst du in den Sumpf der Selbstgerechtigkeit. Doch war es ihre Art nicht, hingehen und mit dem Wahrheitsmut als Vorwand das heilig Gefesselte brutal zerschlagen. Sie glaubte zu wissen, daß *ihr* Mut der höhere war und mehr Takt, mehr Verschwiegenheit, mehr Rücksicht, mehr Geistesgegenwart und mehr Selbstverleugnung von ihr verlangte als der triebhaft bekennende, der Mut der Schwäche. Dies schien Etzel vollkommen zu begreifen und zu würdigen. Und darin, daß sie an der Beziehung zu ihrem Mann nicht rütteln wollte, versuchte er sie niemals zu beeinflussen. Eher hätte er sich die Zunge abgebissen. Es war ja kein beliebiger Mann, um den es sich da handelte. Es war ja der Meister. Und doch . . . Sonderbares ging in ihm vor.

Als Kerkhoven am Samstag vor Weihnachten in Etzels Begleitung (er bestand jedesmal darauf, daß er ihn begleite) nach Lindow fuhr, kamen sie in der Gegend von Karwe an einer frischen Brandruine vorbei, einer kleinen Fabrik. Kerkhoven deutete auf die noch rauchenden Trümmer und sagte: »Das kann noch keinen Tag her sein.« – »Vorgestern war's«, berichtigte Etzel, »wie ich vorgestern vorbeikam, hat's grade angefangen zu brennen.« – Kerkhoven wunderte sich. »Vorgestern? Waren Sie denn vorgestern in Lindow? Sie sagten mir doch, Sie seien abends in der Universität gewesen?« Etzels Gesicht bedeckte sich mit flammender Röte. »Vielleicht war's Mittwoch«, stotterte er und tat, als denke er angestrengt nach; »ja . . . Mittwoch, es muß Mittwoch gewesen sein.« – »Ich nehme es an«, erwiderte Kerkhoven arglos, doch noch immer ein wenig verwundert, und da sich Etzel dann in Schweigen hüllte, warf es ihm bisweilen einen forschenden Blick zu. Bei der Ankunft

wurde Etzel plötzlich überbeweglich, überlebhaft; er half Kerkhoven aus dem Mantel, ging mit ihm in sein Schlafzimmer, das
neben dem Maries lag, äußerte sich ungehalten über die dort
herrschende Kälte, rief Frau Jänisch, damit sie im Ofen nach-
lege, fragte, ob er die Kinder holen solle, auch bei Tisch zeigte
er denselben Übereifer, der leicht unangenehm hätte wirken
können, wenn nicht seine Liebenswürdigkeit das Krampfhafte
ausgeglichen hätte. Gegen Ende der Mahlzeit fiel Kerkhoven
ein Glastellerchen aus der Hand und zerbrach auf dem Teppich.
Etzel sprang hinzu, kauerte neben Kerkhovens Stuhl nieder
und scharrte die Scherben mit bloßen Händen zusammen.
»Macht nichts, Meister«, rief er von unten herauf, »die alten
Weiber behaupten, es ist ein gutes Omen. Ein reiner Trost,
wenn der Meister mal was zerbricht.« Kerkhoven lachte gutmütig. Marie sagte: »Er ist heute verdreht.« – Nach dem Essen
waren sie ein paar Minuten allein, Marie und Etzel. Sie fragte
hastig, mehr mit den Augen als mit den Lippen: »Was ist mit
dir?« – Er nahm ihre Hand, preßte sie wie im Schraubstock in
seinen beiden und entgegnete, scheu zur Tür spähend: »Ich
hab' ihn angelogen, Marie.« – Marie strich mit der Hand über
seine heiße Stirn. Ungeduldig wandte er sich weg, ging um den
Tisch herum, die Finger im Nacken verschränkt und stöhnte
vor sich hin: »Ich hab' ihn angelogen, ich hab' ihn angelogen...«
– »Nicht, Etzel«, beschwor ihn Marie, »bitte nicht, Lieber . . .«
– Er machte eine häßliche Bewegung mit den Schultern, und
mit einem zwischen den Zähnen gemurmelten »gute Nacht«
verließ er das Zimmer. Marie liegt in der Nacht wach und überlegt. Ihr Herz ist voll Unruhe. Die kleinen Nachtgeräusche
dünken ihr wie Hammerschläge und Wagengerumpel. Das
Ticken der Armbanduhr ist ein metallenes Dröhnen. Sie glaubt
das Fallen des Schnees zu hören. Sie steht auf, schiebt den Vorhang vom Fenster zurück und sieht die Umrisse der Bäume im
dunkelverfließenden Weiß. Sie dünkt sich auf den Meeresboden
versetzt. Indes sie angestrengt lauscht, vernimmt sie Schritte im
Haus. Sie ist fast sicher, daß es Etzels Schritte sind. Er kommt
von draußen und geht die Treppen hinauf. Sie steht noch eine

Weile regungslos, das Gesicht in den Händen. Am Morgen tritt er ins Zimmer, während Kerkhoven mit Doktor Römer telefoniert. Er nickt ihr zu und setzt sich in die Ecke. Sie braucht ihn nur anzuschauen, um zu wissen, daß er so wenig geschlafen hat wie sie. Sie weiß auch, daß er in der Tat nachts im Garten war, Frau Jänisch hat ihn gesehen. Aus umschatteten Höhlen lodern sie seine Augen grün an. Ihr wird angst und bang. Es ist die eifersüchtige Rache für die vergangene Nacht, denkt sie, und während aus dem Nebenzimmer Kerkhovens Stimme dringt, heftet sie einen beredten Blick auf Etzel und macht eine verneinende Bewegung mit dem Kopf. Er versteht. Wie rasend springt er vom Sessel auf, stampft mit dem Fuß und faucht tonlos: »Das will ich nicht. Das soll nicht sein.« Und stürzt aus dem Zimmer. Wenn die Kalten glühend werden, dann weh denen, die sie lieben.

Abends. Kerkhoven ist um sechs weggefahren. Er hat morgen sehr früh zu tun. Marie macht sich Sorgen um ihn. Er sieht schlecht aus. Er sieht aus wie ein Mann, der einen abseitigen Weg geht und um jeden Preis verhindern will, daß ihm jemand folgt. Wenn ihn Marie fragend anschaut, mit stummer Frage bis in die Nähe der Mitteilung dringt, schüttelt er in einer Weise den Kopf, die bedeutet: Es ist besser, du bleibst verschont. Dazu eine Gebärde, die bedeutet: Ich komm schon zu dir, wenn's Zeit ist. So schleppt er die Last weiter. Es schmerzt sie. Männer sind keine richtigen Menschen, denkt sie, irgend etwas hat die Natur vergessen ihnen zu geben. Beim Abschied ist er besonders lieb mit ihr gewesen. Während der Wagen schon im Fahren war, hat er sich aus dem Fenster gebeugt und ihr zugerufen, er sei froh, daß Etzel bis morgen bleibe, sie solle ihn grüßen. Denn Etzel war nicht da. Er treibt sich Gott weiß wo herum. Erst um neun Uhr kommt er. Marie fragt ihn, ob er gegessen hat. Ja, er hat gegessen. Drüben in Treskow im Wirtshaus Zum Kurfürst. Dann ist er am Ruppiner See entlang nach Hause gegangen. Marie bessert eine Spitze aus. Feine Näharbeit, die viel Aufmerksamkeit erfordert. Etzel sieht ihr mit zerstreuter

Neugier zu und beginnt vom Meister zu sprechen. Was er sagt, ist eine Fortsetzung von Maries Gedanken. Aber wenn er von gewissen Dingen mehr weiß als Marie, so hält er doch damit zurück. Es ist die Männersolidarität. In ihrer Interessenverbundenheit betrachten sie die Frauen als feindliche Partei, die nicht verhandlungsfähig ist. Im Grunde sind sie lauter kleine Buben, ob zweiundzwanzigjährig oder in Ämtern und Würden. Langsam steigert sich Etzel in einen Hymnus hinein, der etwas Gereiztes, ja Fanatisches hat, ein Eindruck, den das böse Glitzern seiner Augen verstärkt. Kleine giftige Stacheln kehren sich unmerklich gegen Marie. Sie horcht auf. Um ihren Schrecken zu verbergen, hält sie das zarte Spitzenband gegen das Licht und prüft ihre Arbeit. Und plötzlich rückt er heraus. Schluß mit den Umschweifen. Er hat sich's überlegt, es hat all die Zeit her in ihm gewühlt, er muß es ihr sagen: Sie darf den Meister nicht länger hintergehen. Marie wird so furchtbar bleich, daß ihn die Reue packt. Er möchte das niederträchtige Wort nicht gesagt haben, er stammelt und will sie an sich ziehen, sie stößt seine Hände zurück und flüstert: »Du bist wahnsinnig, Etzel.« Er nickt eifrig, er gibt es zu, er sagt: »Ja, ich bin wahnsinnig. Schick mich fort«, sagt er. »Jag mich auf und davon.« Und bemächtigt sich ihrer Hand und schlägt seine Zähne in den Daumenballen, daß sie vor Schmerz aufschreit. Weh denen, die den Kalten zum Glühen gebracht haben, sie müssen in seinen Armen verbrennen.

Sie soll seine Frau werden, das steckt dahinter. Er hat es lange unterdrückt, seit jenem ersten Mal, wo er davon gesprochen, jenem ersten Tag in Lindow, wir erinnern uns. Jetzt rückt er mit nicht mißzuverstehender Deutlichkeit heraus, herrisch fordernd, bittend und bohrend. Er will sie mürbe machen. Die aufreibenden Debatten dehnen sich über Abende und Abende, Nächte und Nächte aus. Er beugt sich keinem ihrer Argumente, nicht dem Hinweis auf ihre Jahre, der ihn um die Besinnung bringt, nicht dem auf ihre Bindung, der ihn demütigt. Es ist ein bauernhafter Trieb zur Ordnung in ihm, der so tief in seiner

Natur wurzelt wie der polare der Rebellion. Er hat fürs erste genug von der Rebellion und will mit dem Aufräumen beginnen. Einer Frau wie Marie muß man etwas anderes bieten können als den Schutt der Vergangenheit. Wenn sie ihn heiratet, kommt man aus der Schiefheit, Verworrenheit und Winkelzügigkeit heraus, und es wird Ordnung. Dazu würde das bloße Zusammenleben, Flucht, Lossage und dergleichen nicht genügen, er verlangt die Verbriefung, die Sicherheit, das »Wirkliche«. Er schert sich den Teufel drum, daß man heutzutage so was nicht mehr macht und nicht mehr braucht, er will es und er braucht es, alles übrige läßt ihn kalt. Sie muß seine Frau werden. Angetraut. Marie Andergast. Einen andern Namen zu tragen hat sie kein Recht mehr. Marie weiß bald nicht mehr, was sie ihm antworten soll. Er ist über die Maßen töricht. Sie versucht, ihn mit Güte und Spott, mit Bitte und Beschwörung zur Einsicht zu bringen, alles scheitert an seinem steinernen Starrsinn. Sie soll ihm so gehören, wie sie dem Meister gehört hat. Sie soll ihm genau dasselbe sein, was sie einmal dem Meister gewesen ist. Das heißt, falls er sich in der Annahme nicht irrt, daß sie dem Meister wirklich gewesen ist, was eine Frau dem Mann sein kann. Er ist sich weder der Anstößigkeit noch der Unheimlichkeit dieser Gleichstellung bewußt. Kaum dies ist ihm bewußt, daß er sich als der Erbe fühlt, der sich beeilen muß, seine Rechte geltend zu machen. Und nicht bloß als der Erbe, auch als der Sieger. Er hat den Meister aus dem Feld geschlagen. Es gibt einen Punkt, wo er, Etzel Andergast, der Stärkere und wo der bewunderte Führer, der »Meister der Transmutation«, wie er ihn bei sich manchmal nennt, ihm auf Gnade und Ungnade ausgeliefert ist. Doch liegt noch ein anderes Geheimnis darin, ein schmerzliches, minder männchenhaftes: Im Augenblick, wo er aufhört, sich auf solche Art mit dem Meister zu identifizieren, hat er ihn auf der Stelle verraten. Das durchschaut Marie, es ist Selbstschutz, sie fühlt es tief, aber es kann sie nicht wankend machen. Da er sie immer hartnäckiger in die Enge treibt, muß sie wahrheitsgemäß sagen, daß sie die Grundlagen ihrer Existenz nicht zerstören kann. – »So. Was für

Grundlagen sind denn das?« fragt er erbittert. Und da sie nicht antwortet: »Die Kinder vielleicht? Ein Mann wie der Meister wird dich nicht deiner Kinder berauben.« – Es sind nicht die Kinder, versetzt sie, wenn es ums Entweder-Oder ginge, würde sie auch dieses Opfer auf sich nehmen, doch ums Entweder-Oder geht's nicht. – »Für dich nicht, das ist es eben. Für mich ja.« – »Soll ich mich in ein Abenteuer stürzen?« – »Hast du allerdings nicht nötig«, höhnt er, »da ich dir das Abenteuer ins Haus liefere.« – »O!« ruft sie und steht auf. – Er ist bestürzt. »Nein. Nein. Vergiß es wieder, liebe, liebe Marie.« Sie will nichts mehr hören. Sie flüchtet von ihm weg. »Wohin soll das führen«, spricht sie erregt, die Hände an den Schläfen, »man kann doch nicht die Säule umstürzen, die einen trägt; man kann doch nicht einen gewachsenen Baum ausreißen wie ein Büschel Unkraut.« – Er geht finster auf und ab. »Du tust, als wär's das Ende der Welt«, grollt er, »du bist doch schon einmal von einem Mann weggegangen.« – »Es ist kaum zu ertragen«, murmelt Marie, von Kummer erstickt, »darauf kann ich nicht antworten. Es geht gegen Ehre und Vernunft.« – Obgleich er verstockt bleibt, sieht er ein, auf dem Weg ist kein Weiterkommen. Sie begreift das Wesentliche nicht: daß er ohne sie nicht leben kann und, so wie es jetzt ist, auch mit ihr nicht. Er kann nicht ihr heimlicher Gespons sein. Er will nicht der Liebhaber im Schrank sein. Er will sie mit keinem Menschen auf Erden teilen, nicht einmal mit dem Meister, auch nicht, wenn er neunundneunzig Teile kriegt und der Meister nur einen. Er will sie ganz und ohne Abzug, mit Haut und Haar. Alles. Wenn er nicht alles haben kann, will er gar nichts. Sie muß sich zu ihm bekennen. Tut sie es nicht, so beweist sie damit, daß er ihr nichts gilt. Und was für eine Situation dem Meister gegenüber, er der Besitzende, der Meister der Verzichtenmüssende, es ist würdelos, es macht ihn schamrot, wenn er daran denkt; er kann ihm nicht mehr unter die Augen treten. – »Du siehst, du siehst«, ruft ihm Marie zu, »ich hab' dir's vorausgesagt, ich nehm' ihn dir weg, ich hab's gewußt, du wirst es bereuen.« – Er verschließt ihre Lippen mit der Hand. Das soll sie nie mehr sagen. Bereuen?

555

Ebensogut könnte er bereuen, daß ihn seine Mutter geboren hat. Er kann es ihr nur vorwerfen. Wie er es Marie vorwerfen muß, wenn sie aus seinem Leben einen Trümmerhaufen macht. – »Ach, Etzel«, stöhnt Marie gequält, »ach, Etzel.« – Er kennt keine Schonung. Die Worte werden zu Peitschenhieben. Er sieht nicht, wie sie leidet. Ihr urbaner Geist ist seiner schneidenden Logik nicht gewachsen. Erst als sie vor Erschöpfung zusammenbricht, macht er ein Ende. Zwei Tage später kommt er mit vierundzwanzig ausgesucht herrlichen Rivierarosen und einem neuen Plan. Er will zu Kerkhoven gehen und ihm alles offen darlegen. Es ist ja Brauch und Regel zwischen ihnen, daß sie jede Sache miteinander besprechen, jedes Lebensproblem; so wird er auch dieses mit ihm friedlich bereden und seine Entscheidung aufrufen. Marie erstarrt. Wenn ihr das nicht zusagt, fährt er unbeirrt fort, oder ihr als taktischer Fehler erscheint, so soll sie ihrerseits es tun, sie ist auf alle Fälle befugter als er zu einem solchen Schritt. Kann sie sich auch dazu nicht entschließen, die Hemmung wäre begreiflich, so gibt es eine dritte Möglichkeit, nämlich, daß sie beide vor ihn hintreten, was den Vorteil hätte, daß er sich gewissermaßen vor der vollzogenen Tatsache sähe und man sich nur über das Mittel zur Lösung des Konflikts einigen müßte. – »Ach so, beide«, sagt Marie ironisch, »Arm in Arm vielleicht?« – Er schaut sie düster an, und sie kann sich nicht enthalten zu bemerken: »Deine These ist doch, daß er es weiß. Wenn er es also ohnehin weiß und billigt, wozu die Bemühung?« – »Natürlich weiß er«, belehrt Etzel sie mit einer Art Nachsicht, »daran ist kein Zweifel. Es gibt aber zwei Wissen, ein oberes, das zum Handeln zwingt, und ein unteres, das man in sich verschließt, teils aus Großmut, teils aus Schuldgefühl. Dieser gewaltige Mensch ... überleg dir's doch einen Augenblick, Marie. Er ist doch ein Seher. Der Herr der Schicksale. Wir, wir sind nur Statisten in seinen Augen ... wohlgelittene Statisten, für die er sorgt und die er liebt, aber Statisten. Wenn das eigentliche Stück anfängt, schickt er uns in die Kulissen. Ist's nicht wahr? Du kennst ihn nicht, Marie. Nicht wie ich ihn kenne. Er würde alles verstehen.« – »Ja, und daran zerbrechen!« schreit Marie auf. – Er starrt sie sprachlos an, mit offenem Mund. – »So gut kennst du ihn, daß du das nicht einmal weißt. Es würde ihn zerbrechen.« Sie kehrt sich ab, legt beide Arme über die Augen und fügt aufschluchzend hinzu: »Und mich auch.« – Da sagt er nichts mehr. Er stiert eine Weile zu Boden, dann geht er ans Klavier, öffnet den Deckel und schlägt auf eine Taste. Es ist das dreigestrichene hohe D. Unablässig, zwanzigmal derselbe blecherne schrille Ton. Es klingt wie das Gekläff eines kleinen Köters. Es füllt das ganze Zimmer. Es füllt das Haus. Es füllt den Weltraum. Es nimmt kein Ende. Um Marie drehn sich die Mauern. Ein Satan, denkt sie vernichtet, ein Satan, der mitunter Rosen bringt. Fast ohne Bewußtsein wankt sie zur Tür und wirft ihm beim Vorübergehen über die Schulter zu: »Die Kinder schlafen.« Als er allein ist, schaut er auf die Uhr. Dreiviertel zwölf. Zehn Minuten später sitzt er auf dem Motorrad. Wie er das nächste Dorf erreicht hat, kehrt er um. Er sucht Marie in allen Zimmern des Erdgeschosses. Schließlich findet er sie im Eßzimmer, wo sie im Finstern, in der Kälte, auf dem Sofa liegt, das Gesicht in Kissen vergraben. Er trägt sie auf seinen Armen hinaus, als wär' sie ein Kind. Ineinander verklammert und verkrampft stürzen sie ins Bodenlose. Eros ist kein gemütlicher, kein geheurer Gott. Er ist ein ungeheurer, erbarmungsloser Gott.

So vergeht der Januar, der Februar, das alles ist erst der Anfang.

Am zweiten März hielt Kerkhoven den Vortrag über die Jugendneurosen, der schon im September hätte stattfinden sollen und dann verschoben wurde. Marie saß mit Etzel in einer der vordersten Reihen. Sie hatte ihren Mann noch nie öffentlich sprechen hören und hatte lächerliches Lampenfieber. Der Saal war zum Bersten voll, die Wirkung auf die lautlose Zuhörerschaft höchst eigentümlich, nicht, als wohne sie einer wissenschaftlichen Ausführung bei, sondern einer unerwarteten Offenbarung. In der Tat hatten die Erläuterungen und Schlüsse Kerkhovens mit Wissenschaft nicht mehr viel zu tun. Es war ein Zeitbild. Aufriß einer Generationsverfassung. Keine populäre Verdünnung, keine Verschleierung durch fachliche Terminologie. Wohlgeordnetes Material und klare Schlußfolgerung: so stehen die Dinge, so stehen wir, seht selbst, was an diesem kritischen Wendepunkt zu geschehen hat, ob die Verantwortungen, die auf euch, auf uns allen lasten, kategorisch genug sind, um uns zu einer Reform des brüchigen Systems, einer Neuordnung unseres Lebenszustands zu bewegen. Keine bloß nationale, politische, soziale Forderung. Sie betrifft die Gesamtsituation der gegenwärtigen Menschheit. Alles örtliche, indizierte Leiden der Gruppen und Schichten, der Wirtschaft, der Justiz, des Staates ist Folge. Der Ursache gegenüber verhält sich die Gesellschaft, verhalten sich die Völker und Regierungen wie der Hehler, der den Dieb nicht zu kennen vorgibt, während er mit ihm unter einer Decke spielt. Der Einzelkörper kann als erkrankt gelten, wenn ein Organ seine Bestimmung nicht mehr erfüllt. Der Menschheitskörper lebt oder siecht unter denselben Bedingungen. Es gibt ein kollektives Fieber. Es gibt eine kollektive Störung der Sinnesfunktionen. Es gibt eine Pandemie des Irreseins und eine noch weit bedrohlichere des Irrefühlens. Das Individuum gleicht dann einer Zelle, die ihren Erneuerungswillen einbüßt. Und wie das Leben der Zelle gründet sich das des Individuums auf ein Gesetz der gegenseitigen Anleihe, der Teilhaberschaft, der Mitwirksamkeit. Wenn eine ganze Generation oder doch ihr menschheitswichtigster Teil dem Ruf der Krankheit folgt (er hat es einmal den Gehorsam gegen die Krankheit genannt), so nimmt sie quasi ihre Zuflucht zu einem Moratorium, und man muß einräumen, daß sie damit das kleinere Übel wählt, das größere würde zur Selbstzerfleischung führen und hat auch da und dort dazu geführt. Die Generation, die er im Auge hat, ist historisch und soziologisch angesehen, verwaist, das heißt, es fehlt ihr die Stützung und Führung der Vorgeneration, Hunderttausende, Blüte der Völker, weggemäht in einem zu kurzen Zeitraum, als daß die Natur hätte Ersatz schaffen können. Es ist wie ein missing link. Wenn man ein Glied amputiert, muß sich notwendigerweise der Blutkreislauf verändern. Damit der

Aufruhr der Säfte sich wieder beruhigt, braucht es Geduld, bedarf es der »Mitwirksamkeit« des Gesamtwesens. Für alle Lebensvorgänge im weitesten Sinn ist der menschliche Körper das Symbol schlechthin. Der Zellenstaat unterliegt denselben Gesetzen wie der soziale. Das Geheimnis des Körpers ist das Schlüsselgeheimnis der Welt; es ist von geistiger, von göttlicher Beschaffenheit, und obwohl wir noch nicht den tausendsten Teil eines Tons von dem ungeheuren Konzert der Natur zu hören gelernt haben, ist uns doch die Ahnung von den großen Zusammenhängen aufgegangen, erstes Zeichen des dämmernden Tages. Dies Begreifen des Zusammenhangs, vom Biologischen ins Seelische übertragen, enthält zugleich das Heilmittel gegen seelische Selbstvergiftung und Selbstverbrennung, ja sogar, von einem höheren Blickpunkt aus betrachtet, ein Mittel gegen den Tod.

Nach Schluß des Vortrags gingen Etzel und Marie in das hinter dem Podium gelegene Zimmer, wo Kerkhoven von einer Unmenge von Leuten umlagert war, die ihn mit Fragen und Anliegen bestürmten oder nur ihrer Begeisterung Ausdruck geben wollten. Sie hatten ihn in eine Ecke gedrängt, wo er mit Doktor Römer, Doktor Marlowski, einigen Professoren der Universität und Nell Marschall sprach. Etzel zog Marie nach der andern Seite, er wollte Nell hier nicht begegnen. Als sie zu dreien nach Hause fuhren, Marie hatte natürlich beschlossen, in der Stadt zu übernachten, erzählte Kerkhoven, Miß Marschall habe ihn stürmisch umarmt, sie sei ganz außer sich gewesen, und er habe ihr versprechen müssen, morgen in die Siedlung zu kommen, sie wolle ihm alles zeigen und wegen verschiedener Einrichtungen seinen Rat erbitten. Er habe es ihr nicht abschlagen können. »Sie kommen doch mit, Etzel«, wandte er sich an diesen, »in dem Fach sind Sie ja Spezialist.« – »Wenn Sie befehlen, Meister, komm' ich mit, sonst ... Sie wissen, Nell und ich haben wenig füreinander übrig.« – »Na, schön, so befehl' ich's.« Beim Gutenachtsagen beugte sich Etzel rasch über Kerkhovens Hand und küßte sie. Das hatte er noch nie getan. »Aber Lieber, aber Mensch«, sagte Kerkhoven bestürzt und tätschelte ihm den Kopf. Marie war dabeigestanden. Als sie mit Kerkhoven allein war, ging sie auf ihn zu, legte ihm beide Hände auf die Schultern, sah ihm ernst in die Augen und sagte: »Ich dank' dir für den heutigen Abend. Er nennt dich einen Seher, unser Adoptivsohn, und ich finde, er hat recht.« – »Ach wo«, wehrte Kerkhoven ab, »Kinder, Kinder. Ein armer Teufel bin ich. Gar nicht auszumessen wie arm.« Er sah Marie aufmerksam an. »Sag mal Marie«, begann er stockend, »du kommst mir seit einiger Zeit verändert vor . . . ich . . . nicht wahr, du nimmst mir eine offene Frage nicht übel . . .« – Ihr wurde bang. »Nein, Joseph, warum denn? Was . . .« – »Nämlich«, er stockte noch mehr, »ich wollte dich fragen, ob du dich innerlich von mir abgewandt hast. Du verstehst, was ich meine . . .« – »Abgewandt? Von dir? Aber Joseph!« – Hätte er tiefer geschaut oder schauen wollen (denn es gibt etwas im Menschen, das sich gegen die Erkenntnis der Wahrheit mit allen Kräften wehrt), so hätte er, gerade er, alles gesehen, alles gewußt. »Es ist etwas in deinem Wesen«, entschuldigte er sich, »ich weiß nicht recht, was es ist. Als wenn ein Schatten zwischen uns stünde.« – Marie schüttelte verwundert den Kopf. »Aber Joseph«, wiederholte sie mit einem kleinen Lachen, das ihr nicht ganz gelang. – Er nahm ihre Hand und betrachtete sie, und das war ihr nicht behaglich, sie entzog sie ihm. Er wollte noch etwas sagen, schien aber die rechten Worte nicht zu finden. »Wäre das überhaupt möglich, Marie?« Er heftete einen gespannten Blick auf sie. – »Wie kommst du denn darauf?« stammelte Marie mit blassen Lippen. – »Ich weiß nicht. In den letzten Tagen hatt' ich manchmal eine Apprehension. Ich will so fragen: Habe ich etwas zu befürchten?« – Eine Sekunde lang schloß sie die Augen und antwortete in festem Ton: »Nein, Joseph.« – »Unvermindertes Vertrauen?« – »Ja, unvermindertes Vertrauen.« – »Ich dank' dir, Marie. Jetzt dank' ich dir.« Er sah nicht, sah nicht . . .

Am zweitfolgenden Tag, einem regnerischen Vorfrühlingstag, kam Etzel zu ungewöhnlich früher Stunde, schon um drei,

ziemlich verstört nach Lindow. Er sagte, er habe noch nichts gegessen, und bat um eine Kleinigkeit; Marie ging selbst in die
Küche und brachte Brot, Schinken, Eier, Tee. Gierig schlang
er alles hinunter, dann berichtete er, was geschehen war. Kein
Unglück; sie braucht sich nicht zu ängstigen, es hat Bedeutung
nur für ihn. Gestern also war er mit dem Meister in der Siedlung. Großer Empfang. Nell mit ihrem ganzen Hofstaat begrüßte den Meister. Sie führte ihn herum und erklärte ihm die
ganze Organisation. Sie sagte, als sie von dem Vortrag nach
Hause gekommen, habe sie ihre Freunde und Freundinnen
zusammengerufen, sie habe geradezu Reveille blasen lassen,
mehr denn hundert seien trotz der späten Stunde erschienen,
und da ihre, Nells, Erinnerung noch frisch gewesen, habe sie
ihnen die Rede Kerkhovens rekapitulieren können. Woran
nicht zu zweifeln war, sie hatte schon mannigfache Proben
ihres staunenswerten Gedächtnisses abgelegt, war sie doch
zum Beispiel imstande, den Inhalt eines Buches, das sie vor
Wochen gelesen, mit einer Genauigkeit wiederzugeben, die sich
bis auf unscheinbare Einzelheiten erstreckte. Begreiflicherweise
habe sie in diesem Fall auf wörtliche Treue verzichten müssen,
fügte sie mit der gewinnenden Bescheidenheit hinzu, die, dem
Meister gegenüber, durchaus ehrlich war, immerhin habe der
schwache Abklatsch noch einen so tiefen Eindruck auf die
Zuhörer gemacht, daß sie keinen innigeren Wunsch hätten,
als ihn zu sehen; sie seien im großen Saal des Hauptgebäudes
versammelt, und wenn er ihnen ein paar freundliche Worte
sagen wolle, wären sie überglücklich. Der Meister willigte ein.
Es interessierte ihn. Es war eine echt amerikanische Veranstaltung, ein richtiges shake-hand-meeting, und hier nicht fehl
am Ort, nicht das schlechteste, was sie von drüben importiert
hatte. Der Meister umgeben von hundertzwanzig jungen
Menschen, die voll Vertrauen zu ihm aufblickten, während er
ungezwungen mit ihnen plauderte, es war eine geistig bewegte
Szene, die nur gestört wurde durch Nells hektische Ruhlosigkeit, ihr Gelächter, ihre entzückten Aufschreie, ihre Sucht,
lebende Bilder zu stellen, etwa Arm in Arm mit zweien ihrer

Schützlinge, besonders gut aussehenden, in die Mitte der Gruppen zu treten und so eine allgemeine Akklamation hervorzurufen. Man konnte es dem Meister vom Gesicht ablesen, daß er sich seine stillen Gedanken darüber machte. (In der Tat war Kerkhoven nicht angenehm berührt von einem Schauspiel, das wie eine einstudierte Parade auf ihn wirkte, darauf berechnet, die Segnungen des Gemeinschaftsgeistes zu veranschaulichen. Die fröhlich aufgeschlossenen Mienen täuschten ihn nicht, sie waren zumeist das Ergebnis einer raffinierten Dressur, die auf listigstem Protektionismus beruhte. Unter einem dünnen Firnis von jugendlicher Sorglosigkeit lag Kritik, Argwohn, Neid auf Bevorzugte und vor allem, Stigma dieser Jugend, Zukunftsangst. Nell wußte es nicht, das heißt, sie nahm es nicht wahr und nicht an; sie war in jenem verhängnisvollen Sinn unschuldig, wie es viele aktive Naturen sind, deren äußere Leistungsfähigkeit die seelische weit übertrifft, so daß das Getriebe leer geht und sich abnützt. Daher der Krampf, die Verstiegenheit, daher die Selbstvergewaltigung, die in Nells Fall freilich noch eine andere Ursache hatte: ein unbefruchtetes Herz. Sie war wohl nur physiologisch ein Weib. Das waren Kerkhovens Gedanken, die er einige Zeit später auch Etzel anvertraute.)

Aber nicht dieses hatte Etzel zu berichten. Es war nur die Umrahmung. Man hatte ihn dort boykottiert, man hatte getan, als kenne man ihn nicht, das war es. Daß Nell ihn einfach übersehen, ihn nicht einmal gegrüßt hatte, darauf war er einigermaßen vorbereitet gewesen. Sie hatte es fabelhaft geschickt gemacht. Obwohl er sich immer dicht beim Meister gehalten hatte und sich dadurch ihrer Beachtung beinahe aufdrängte, hatte sie nicht die geringste Notiz von ihm genommen, als sei er Luft für sie. Dem Meister fiel es nicht auf, er hatte genug zu tun, ihre Fragen zu beantworten und ihre Erzählungen anzuhören. Etzel hätte sich's nicht nahegehn lassen, wenn nur das andere nicht gewesen wäre. Er hatte unter den jungen Leuten eine Menge Freunde und Bekannte von früher her, es waren noch viele da, die schon in der Siedlung gewohnt hatten, als er täglich dort ein- und ausgegangen war. Und die zeigten ihm die kalte Schulter. Sie erwiderten kaum seinen Gruß. Sie reichten ihm nicht die Hand. Wenn er einen anreden wollte, verschwand er alsbald unter den übrigen. Ihre Mienen und Blicke gaben ihm zu verstehen, daß sie nichts mit ihm zu tun haben wollten. Als ihm die Geschichte zu bunt wurde, hielt er nach Max Mewer Umschau. Er machte ihn ausfindig und stellte ihn. Mewer wand sich und wollte nicht mit der Sprache heraus. Etzel sagte: »Entweder bekennst du Farbe, oder ich erkläre dich öffentlich für einen Schuft.« Mewer erwiderte hämisch: »Tu das nicht, Andergast, es könnte deiner Stellung schaden.« Doch dann erinnerte er sich seiner Verpflichtung gegen Etzel, die alte Anhänglichkeit brach durch, er nahm ihn vertraulich unter den Arm, zog ihn beiseite und sagte, es sei natürlich alles Mumpitz, was die sich in den Kopf gesetzt hätten, er seinerseits betrachte es keineswegs als Verrat, wenn man eines Tages Schluß mache mit dem . . . na, wie solle er's nennen, mit dem Altruismus. »Du bist mir sicher nicht böse, Andergast, wenn ich dir das sage, aber für uns alle warst du mal so was wie ein geistiger Verwaltungsrat, du verstehst, wir hatten immer das Gefühl, bei dem sind unsere Sachen gut aufgehoben, wenn auf keinen sonst Verlaß ist und alles schiefgeht, der Andergast hält durch, der bleibt uns. So ein richtiger Pfadfinder warst du für uns, in der wahrhaftigen Bedeutung des Wortes. Na, und da bist du dann untergeschloffen. Hast dich in Sicherheit gebracht. So fassen die es wenigstens auf. War eine große Enttäuschung. Sie können's nicht verwinden.«

»Und was hast du ihm geantwortet?« fragte Marie, als er schwieg. – »Geantwortet? Nichts. Darauf gibt's keine Antwort. Aber ich will dir gestehen, was ich am Abend getan hab'. Ich hab' mir ein Taxi genommen und bin dreieinhalb Stunden herumgefahren, um die Dedekens-Zwillinge zu suchen. Ich hab' dir ja von ihnen erzählt.« – »Und warum das?« – »Ja . . . es ist ein bißchen komisch . . . Um sie zu fragen, ob es stimmt mit dem Verrat. Die hab' ich ja wirklich verraten. Zum mindesten mußten sie's glauben. Und weil sie die reinsten Menschenkinder

sind, die mir je begegnet sind, so hätte ihr Urteil den Ausschlag
gegeben. Nur die Reinsten dürfen richten. Ich dachte es mir
wie ein Gottesurteil. Aber ich hab' sie nicht gefunden, das ist es
eben. Niemand konnte mich auf ihre Spur bringen. Vielleicht
sind sie gar nicht mehr am Leben. Der Orkus wird sie verschlungen haben.« – »Sehr schön, Etzel: nur die Reinsten
dürfen richten. Aber in dieser Sache braucht es kein Gericht.« –
Etzel nickte. »Ja, das hat mir auf einmal auch so geschienen,
während ich wie verrückt ganz Berlin NO nach ihnen
abgesucht habe.« Marie schob den Zeigefinger unter sein Kinn,
so daß er den Blick zu ihr erheben mußte. Seine Augen wurden
hell. Sie sah ihn an wie eine Fremde, mit vorsätzlicher Fremdheit, und was sie sehen wollte, sah sie, ja es dünkte ihr für
gewiß, daß er in wenigen Monaten um ebenso viele Jahre
reifer und gesammelter geworden war, ein Eindruck, zu dem
außer dem männlichen Ernst in seinen Zügen auch das Gefühl
des Intervalls beitrug, des Atemholens zwischen dem letzten
tödlichen Ringen und dem nächsten. »Du hast sie nicht verraten«, sagte Marie, und ihre Arme legten sich um seinen Hals,
»du bist weggegangen von ihnen. Die Menschen, die du hinter
dir läßt, werden dich stets Verräter heißen, das ist ein Gesetz.«
– Etzels Gesicht verfinsterte sich wieder. »Klingt soweit ganz
plausibel«, erwiderte er, »aber du sagst es wahrscheinlich nur,
um mich einzuschläfern.« Damit war das Losungswort für
einen Krieg bis aufs Messer gefallen.

Zunächst muß er ihr beipflichten, wenn sie ihm vorstellt, daß
die Ziele, die ihm noch vor kurzem, vor einem Jahr noch, gemäß
waren, heute seiner Mühe nicht mehr wert sind. Daß der Zu-
sammenschluß in Bünden und Gruppen, unter welchen Gesichtspunkten immer er erfolgt, die Gefahr der Zersetzung enthält. Ist es nicht immer von neuem die Flucht in eine Sekte von
Freizüglern, die schließlich dazu verurteilt ist, Partei zu werden,
weil sie nur Teil von einem Teil ist? Den Weg zum Ganzen zu
finden, darauf kommt es an. Zumal für ihn, der alle übrigen
Wege schon gegangen ist, das Erlebnis der Kameradschaft

kennt, der Hingabe an die Ringenden und Unterdrückten; der in Gemeinschaft um Gemeinschaft geschlüpft ist, um sich auszulöschen und tragen zu lassen von einem unpersönlichen Willen; der früher als die meisten seiner Altersgenossen erfahren hat, wie die Welt antwortet, wenn man sie mit unzureichenden Mitteln in ihrem Fafnerschlummer stört. Er muß sich lösen davon und seiner selbst innewerden. Er muß an seine Einmaligkeit glauben lernen, an seine Wesenheit, seine Unterschiedenheit, darf sich nicht fürchten vor denen, die es nicht »verwinden« können, daß er über sie hinausgewachsen ist. Die sind Gefangene ihrer Zeit. Der Tag beherrscht sie, der Tag räumt mit ihnen auf. Sie klagt (ihre alte Klage): es ist soviel Geschwätz in der Welt, der Himmel ist verhängt von verantwortungslosem Geschwätz, alles ist verseucht davon, man möchte gar nicht mehr leben. Ihr ist immer noch höchstes Glück der Erdenkinder die Persönlichkeit, für diese Überzeugung läßt sie sich verbrennen. Ja, aber denen aus der alten Welt ist Persönlichkeit die Ausrede, der geliebte Hemmschuh, wendet er ein. Die gehören von Haus aus dem Teufel, versichert sie eifrig. Wie will er denn dem Allgemeinen dienen, wenn er nicht den Mut zu sich selbst hat? Der Wahn tobt sich aus, es kommt wieder mal eine andere Zeit, auf einmal ist einer da, auf den die Herzen und die Geister gewartet haben, ganz in der Stille ist er angetreten, ein einziger Mensch, und das Wunder geschieht, das Wunder des Kristalls, der Mensch kommt. Immer ist es der Mensch, der einzelne, einzige Mensch, der ein Ganzes schafft. Etzel hört verwundert zu. Hoffnungslose Individualistin, denkt er, aber es macht Eindruck auf ihn, er hat noch keine Frau so sprechen hören, auch der Meister hat dergleichen nie zu ihm gesagt. Es ist freilich das erstemal, daß Marie sich in solcher Weise hinreißen läßt, die einsamen Jahre haben sie scheu gemacht, sie hat stets das Gefühl, die Scham zu verletzen, wenn sie einen Menschen überreden soll; ihre geistige Schamhaftigkeit ist noch größer als die körperliche. Doch der Strom der Empfindung verdrängt die Scham, sie wünscht, Etzel soll werden, was sie in ihm sieht, was sie in ihm ahnt, es wäre der herrlichste Lohn, den sie sich denken kann. Selten erreicht ein Mensch seine höchste Möglichkeit, in der Regel bleibt er im Anlauf stecken und hält seinem Genius nicht, was er ihm versprochen hat. Das sagt sie ihm in einer Anwandlung von Kühnheit. Er weiß es. Er hat Angst genug. Vor dem Sturm ihrer Beschwörung zieht er sich mißtrauisch zurück. Er zweifelt an ihrer Aufrichtigkeit, wenn sie seine Abkehr von den früheren Freunden gutheißt. Er darf es, Marie darf es nicht. Sie darf es deshalb nicht, weil ihre Rechtfertigungen seines Tuns zu sehr danach klingen, als wollte sie ihn ausschließlich für sich haben. Pro-domo-Politik. Auf der einen Seite das Liebesnest, auf der andern die unbequem fordernde Welt. Das Nest ist tabu. Häßlicher Gedanke. Niedriger Verdacht. Doch kann er sich ihm nicht entziehen. Es ist wahr, er liebt sie bis zur Verrücktheit. Das Gefühl hat nicht die allergeringste Ähnlichkeit mit irgendeinem, das er je in sich verspürt hat, es ist wahr. Er liebt dermaßen, daß es nicht mehr gut ist, darüber nachzudenken. Aber ihr ist es nicht erlaubt, ihm aus dieser unheimlichen Tatsache ein Lebensgesetz zu zimmern und mit ihrer Weibergeschicklichkeit den Spieß umzudrehen. Die Verteidigung muß sie ihm überlassen. Ob seine eigene Verteidigung ausreicht, die anklägerischen Stimmen zum Schweigen zu bringen, wird sich erweisen. Gut, es ist ihm geschehen. Was er nie in Betracht gezogen, ist ihm widerfahren: die sogenannte Liebe hat ihn ergriffen, ist vielmehr über ihn hergefallen wie eine blutgierige Bestie, die einem die Zähne in die Gurgel schlägt. Man muß sich wehren. Vielleicht ist das Ganze nur eine Selbstverführung, eine Selbstvergiftung. Vielleicht ist das Bild, zu dem man verzückt emporschaut, bloß eine Fiktion. Vor allem hat man sich zu vergewissern, ob es der Kritik standhält. Ob es die Eigenschaften auch wirklich besitzt, die man ihm angedichtet hat. Sonst ist man der Gefoppte. Sonst ist man eben »eingeschläfert«, und das Erwachen wird grausig sein. Er hat sich dargebracht, ohne Abzug, ohne Klauseln. Hat sie das gleiche getan? Nein. Sie hat ihre Bedingnisse und ihre Vorbehalte gehabt und hat sie noch. Er ist in den feurigen Ofen gekrochen, ja, das ist er, das

566

ist er, und sie nicht. An diesem Punkt setzt, echt Etzelisch, sein Argwohn an. Da sie nicht in den feurigen Ofen kriecht und ihn allein drin schmoren läßt, kann ihre Liebe nicht von der nämlichen Beschaffenheit sein wie seine. Also ist zu befürchten, daß sie die Frau nicht ist, die er anbetet, deren Blick und Atem, Gang und Stimme seinen Herzschlag verändert hat. Es ist zu befürchten, daß sie eine Fiktion ist. Der Zweifel muß beseitigt, das allenfallsige Mißverhältnis zwischen der eingebildeten und der wirklichen Marie muß aufgedeckt werden.

Er hat ein doppeltes Gehör, wenn sie mit ihm spricht. Er vernimmt, was sie sagt, und er versucht zu ergründen, was sie denkt. Es kann nicht ausbleiben, daß er vielen ihrer Äußerungen einen doppelten Sinn unterschiebt. Da sie ihrem Temperament häufig die Zügel schießen läßt, ist es nicht schwer, sie auf Widersprüchen zu ertappen. »Neulich hast du mir gesagt, seit wir uns nahestehen, macht dir das Klavierspiel keine Freude mehr, heut hast du aber doch gespielt. Wie kommt das?« »Wenn dir der Verwalter so unsympathisch ist, wie du immer behauptest, warum bist du dann so besonders liebenswürdig mit ihm? Da stimmt doch etwas nicht.« – »Muß es absolut stimmen, Etzel?« fragt sie verwundert. Sie ist nicht die Person, die ihre Worte auf die Waagschale legt. Sie kann nicht mit Menschen verkehren, als stehe sie vor Gericht und solle auf ihre Aussage vereidigt werden. Man gibt sich nach, gibt der Sympathie nach, die Menschen haben viele Gesichter, die Worte vielen Sinn, das Heute ist ein anderes als das Gestern, was ficht ihn an, daß er beständig hinter ihr her ist und aufpaßt? Er findet, sie hat in Gelddingen eine zu leichte Hand; obschon er anerkennt, daß sie sparsam und rationell wirtschaftet, mißfällt es ihm, daß sie beträchtliche Summen für die Befriedigung von Luxuslaunen verausgabt, den Kauf eines schönen alten Schreibtischs zum Beispiel. Das nimmt er ihr direkt übel, es hat kein Verhältnis, es stört seine Idee von ihr, das Notwendige darf schön sein, die Schönheit des Überflüssigen ist Herausforderung. Damit bringt er Marie in Harnisch; darf, darf!

Es fällt ihr nicht im Traum ein, ihr Leben nach dem Kodex des Dürfens und Bedürfens einzurichten, keine Armut wird sie jemals schrecken, aber setzt man sie aus Prinzip aufs Unentbehrliche, dann lieber gleich aufs Schafott oder nach Sibirien. »Damit widerlegst du mich nicht, Marie«, entgegnet er, »niemand weiß, was er sein wird, wenn er nur mit dem Notwendigsten in die Welt tritt. Es sind deine Arabesken, die mich an dir irremachen.« Eines jener Worte, die wie ein kleiner, aber geschickt geschleuderter Stein wirken. Sie lassen eine wunde Stelle zurück. Marie betrachtet die wunde Stelle. Sie weiß, die wunde Stelle wird heilen, und sie heilt auch, dann kommen neue kleine Steine und neue wunde Stellen. Zuletzt ist sie ganz bedeckt von wunden Stellen, die nicht mehr so rasch heilen wie die ersten. Die Frage der Rückkehr der Mutter muß erörtert werden. Die Professorin hätte schon im Januar kommen sollen, Marie hat sie gebeten, bis zum April zu warten, nun ist sie in größter Verlegenheit. Etzel tobt, wenn sie nur von der Möglichkeit spricht, daß die Mutter wieder im Haus sein wird. Nicht so sehr, weil er ihre Gegenwart fürchtet, die allerdings das freie Zusammensein mit Marie bedeutend erschweren wird, das auch; was ihn empört, ist ihre Schwäche, ihre Inkonsequenz, die ewige Berufung auf die Rücksicht, die sie zu nehmen hat. »Ich kann meiner Mutter nicht mein Haus verschließen«, sagt sie, »sie ist eine alte Dame, sie steht allein, in der Stadt fühlt sie sich nicht mehr wohl, die Freunde, bei denen sie wohnt, haben ihr Vermögen verloren, was für Gründe soll ich ihr für eine Maßregel angeben, die sie schwer verletzen muß?« – »Die wahren Gründe. Was denn für welche?« – »Ich bin noch nicht lang genug in deiner Schule, Etzel, um zu glauben, daß man wahr ist, wenn man roh ist. Verzeih, aber zu *dieser* Wahrheit zwingst du mich.« – »Das heißt mit dürren Worten, lieber beugst du dich unter das Joch, lieber spielst du die zärtliche Tochter und vergehst dabei vor Ungeduld und Abneigung. Lieber setzt du dir die Gouvernante vor deine Schlafzimmertür. Lieber als die aufrichtige Geste und der saubere Trennungsstrich. Wenn ich das begreife . . .« – »Ich

568

will mich nicht ins Unrecht setzen. Sag mir, was ich tun soll.« – »Zu einer Zeit, wo du kaum von mir wußtest, hast du das Richtige ohne mich getan. Es schien nicht, als ob du in meiner Schule mutiger und unabhängiger geworden wärst.« – »Es war nie der Plan, daß sie Lindow für immer meiden soll.« – »Wenn du nicht willst, daß ich es für immer meiden soll, bleibt dir keine Wahl.« – Marie, von jeher in ihrem Lebenskreis die Herrin, nicht gewohnt, sich kommandieren zu lassen und nach Vorschrift zu handeln, lehnt sich auf. Daß ein Mensch sie so bündig »vor die Wahl stellt«, ist ihr neu. Sie ist nicht gesonnen, sich ohne weiteres zu fügen. Böse Worte gehen hin und her. Aber sie spürt die Kraft seines Willens wie ein niederziehendes Gewicht. Es ist ihr klar, wenn sie in dieser einen Sache nachgibt, ist das Machtverhältnis zwischen ihnen ein für allemal zu seinen Gunsten entschieden. Trotzdem erliegt sie. Der stete, zähe Druck lähmt ihre Gegenkräfte. Sie setzen sich zusammen und entwerfen einen Brief an die Professorin Martersteig. Sie einigen sich auf die Formel, daß sich Marie noch monatelang schonen muß; die Anwesenheit der Mutter würde ihr wohl dankenswerte äußere Erleichterungen gewähren, ihr aber dennoch Verpflichtungen auferlegen, denen sie sich jetzt nicht gewachsen fühlt. Als sie ihm den Brief in der endgültigen Fassung zeigt, tadelt er die Weichmütigkeit gewisser Wendungen und besteht auf größere Bestimmtheit. Sie fügt sich abermals. Sie macht sich zwar über seinen Eigensinn lustig, zieht sein tyrannisches Gehaben ins Scherzhafte, aber sie fügt sich. Sie reicht ihm den geschlossenen Brief, bevor er in die Stadt fährt; er soll ihn mitnehmen. Ihre Miene hat etwas Schuldbewußtes. Es ist, als frage sie sich: Was wird aus mir? Er preßt sie mit einer Gewalt an sich, daß ihr die Sinne schwinden. Es kann mancherlei zu bedeuten haben, dieses Ansichreißen. Dank. Triumph. Gelöbnis, der zweiflerischen Sucht Einhalt zu tun. Oder gleichfalls das Gefühl von wachsender Verschuldung.

Die nagendsten Zweifel richten sich gegen Maries Beziehung zu ihrem Mann. Je mehr Einblick er gewinnt, je dunkler wird ihm die Sache. Er erinnert sich an das Wort: »Er ist mir anvertraut.« Und an das andere: »Er ist die Säule, die mich trägt.« Da klafft ein Abgrund zwischen Wort und Tat. Entweder sie belügt sich oder sie belügt den Mann oder sie belügt den Liebhaber. Sie hilft sich aus der Klemme, indem sie den Gatten zu einem über den Wolken schwebenden Zeus-Vater macht (wozu Etzel das Seine beigetragen hat, das hat er nur vergessen), übersieht aber, daß sie damit dem Geliebten die klägliche Rolle eines kleinen Nebengottes zuerteilt. In Wirklichkeit können die Dinge auch anders liegen, aber wer kennt sich da aus. Manchmal glaubt er an gar nichts mehr. Alles scheint möglich bei dieser Frau. Sie hat das Janusgesicht. Sie laviert. Sie deckt sich hier und deckt sich dort. Er muß herausbringen, in welchem Ausmaß sie gegen den Meister aufrichtig ist. Ob sie sich bei der Vertuschung der Wahrheit aktiv oder passiv verhält. Ihn, Etzel, läßt sie selbstverständlich glauben, daß das letztere der Fall ist. Mag es immerhin so sein, sie erreicht damit, was sie erreichen will. Sie verstellt dem Meister keinen Weg zur Erkenntnis, führt ihn niemals irre und ist darauf gefaßt, daß er endlich bemerkt, was vor seinen sehendunsehenden Augen geschieht. Vielleicht erwartet sie es sogar. Der Freibrief, den sie sich auf diese Art für ihr Handeln verschafft, ist ein diplomatisches Kunststück ersten Ranges. Unangreifbar. Und eben dadurch so verdächtig. Man lebt in einer mit Spannungen geladenen Atmosphäre. Schwül, verdammt schwül. Weder er noch der Meister noch Marie stehen in sonderlich günstiger Beleuchtung. Marie und ich, wir haben es nicht anders gewollt; urteilt man gerecht, so haben wir nicht anders gekonnt; aber der Meister: das schmerzt; ihn der Gloriole beraubt zu sehen, der Situation nicht gewachsen, das ist schlimm, das möchte man lieber nicht erleben. Auch Marie leidet. Sie erträgt Schwülnis nicht; jede Art von Schwülnis, auch die der Sinne, hat etwas Beleidigendes für sie. Ihre Haltung ist bei alledem bewundernswert. »Was, meinst du, Marie, denkt der Meister über uns? Du läßt ihn doch nicht über die Grenze, wie? Im Notfall gelingt dir's doch immer,

570

ihn zum Umkehren zu bewegen? Was wirst du tun, wenn es mal mißlingt?« Bei diesen Fragen sieht Marie aus wie eine schlafende Parze. Er will wissen, worüber sie mit dem Meister gesprochen hat. Präzis will er es wissen, bohrt und bohrt. Merkt sich jede Nuance. Wenn er dann mit Kerkhoven zusammen ist, bringt er das Gespräch unverfänglich auf Marie; schlau und hartnäckig, wie er ist, gelingt es ihm zuweilen, daß dieser in der Fülle seines Vertrauens und um Etzel für eine Teilnahme zu belohnen, die ihm wohltut, eine Diskussion wiedergibt, die er mit Marie geführt hat, sagen wir über die Erziehung der Kinder, über irgendeinen Menschen, ein Ereignis. Dann vergleicht Etzel die Darstellung Kerkhovens mit der Maries, und bei der kleinsten Abweichung argwöhnt er eine Absicht Maries, zieht die verwegensten Schlüsse daraus und stellt sie inquisitorisch zur Rede. Durchaus nicht kalt und nüchtern; angstvoll, oft mit bebendem Mund, bis er wenigstens halbwegs sicher ist, daß sie keine Hintergedanken gehabt, sich keiner Zweideutigkeit schuldig gemacht, auch nicht liebedienerisch oder feig dem Meister etwas verschwiegen hat, was sie unter den gegebenen Umständen nicht verschweigen durfte. Wenn Kerkhoven anruft und Marie am Apparat mit ihm spricht, geht er im Nebenzimmer auf und ab. Er will nicht hören, was sie sagt, er will nicht indiskret sein, aber im Nebenzimmer bleibt er doch. Er braucht nicht zu hören, was sie sagt, die Stimme genügt ihm. Sie gibt sich zu viel Mühe, der Ton ist zu süß, die Freundlichkeit ist nicht echt, warum die überflüssige Floskel, warum so dringlich, warum lacht sie, Schauspielerei, nein, sie soll meinen Namen nicht nennen, er weiß ohnehin, daß ich da bin, muß sie ihn eigens daran erinnern, wozu das schmeichlerische Getue . . . Er hält sich die Ohren zu. Marie hat abgeläutet und kommt zurück. Sie findet ihn bleich, seine Augen starren sie feindselig an. Bestürzt eilt sie auf ihn zu und nimmt sein Gesicht zwischen ihre Hände. »Noch ein Bestechungsversuch«, höhnte er, »nicht einmal so viel Zeit läßt du dir, daß man den ersten vergessen kann.« – »Etzel!« – Ach ja doch, Etzel und wieder Etzel, was soll ihm das, gib mir

571

lieber ein Mittel, daß ich alles miteinander vergessen kann. –
Sie überwindet ihr Herzweh, sie ist so zärtlich wie eine Schwester, was sie ihm von den Augen absehen kann, spricht sie und
tut sie, warum so verstört, Etzel, warum so wild. Und küßt
seine Handgelenke, seine Augenlider, seine Stirn, sein Haar,
bis er schmilzt. O schwer schmelzbare Seele. Eines Abends
im April fahren sie zu einer Vorstellung ins Deutsche Theater.
Als sie sich zur Rückkehr nach Lindow anschicken, ist es nah
an Mitternacht. Etzel chauffiert den Opelwagen, Marie sitzt
neben ihm. Beim Großen Stern, wo man auf das Zeichen zur
Weiterfahrt warten muß, raunt er ihr zu: »Der Meister.«
Drei Armlängen weit hält Kerkhovens Auto. Das Innere des
Wagens ist beleuchtet. Kerkhoven hat Notizbuch und Bleistift
in der Hand. Er schreibt aber nicht, liest auch nicht. Sein Blick
ist abwesend. Sein Gesicht hat einen tiefversunkenen Ausdruck.
Es ist von einer Traurigkeit, die sie beide noch nicht darauf
wahrgenommen haben, weder Marie noch Etzel. Dann entschwindet er ihnen. Und keins von ihnen spricht. Dieses An-
einandervorüberfahren in der Nacht will ihnen nicht aus dem
Sinn. Draußen auf der Chaussee bricht Etzel das Schweigen
mit einem harten Auflachen. »Warum lachst du, Etzel?«
Keine Antwort. Er gibt dem Motor Gas, das winzige Zeug
schießt in die Finsternis hinein. Während der ganzen Fahrt
kommt nur eine einzige Frage über Etzels Lippen: »Ist das
Geld gekommen?« Marie verneint. Es verhält sich damit
folgendermaßen. Marie hat eine dringende Zahlung, sechshundert und etliche Mark, für die Ausbesserung des Dachstuhls
zu leisten. Der Zimmermeister war schon zweimal da, er
braucht zum Wochenende das Geld. Marie hat so viel nicht
vorrätig gehabt und hat Joseph gebeten, es ihr zu schicken. Es
ist nicht gekommen. Sie hat ihn gemahnt, sehr ungern, es ist
ihr unleidlich, ihn um Geld angehen zu müssen, es ist wieder
nicht gekommen, trotzdem er es versprochen hat. Morgen wird
der Zimmermeister zum dritten Male erscheinen. Und so geschieht es. Etzel wartet noch die Frühpost ab; kein Geldbrief-
träger. Marie spricht nicht darüber, er tut auch nicht der-

gleichen. Mittags, als er in der Großen Querallee mit dem Meister bei Tisch sitzt, fällt Kerkhoven die fleckige Röte seiner Stirn auf. Mit der gewohnten Freundlichkeit erkundigt er sich, ob ihm etwas fehle. Etzel schaut ihn an, eine Sekunde lang schwebt ihm das unbeschreiblich traurige Gesicht des Mannes im Auto vor, mit einer entschlossenen Kopfbewegung entzieht er sich dem Bild, reckt ein wenig den Hals und sagt: »Frau Marie ist in einer sehr unangenehmen Lage, Meister. Und noch unangenehmer ist es, daß ich Sie daran erinnern muß.« Kerkhoven weiß zuerst nicht, was er meint. Plötzlich versteht er. Er entsinnt sich. Er schlägt sich mit der flachen Hand auf den Scheitel. Er wird rot, der Mann. Er wird verlegen wie ein Schüler, der Mann. Jetzt kommt ihm auch der Ton zu Bewußtsein, in dem Etzel zu ihm gesprochen hat. Nicht in der Mitteilung war die Unehrerbietigkeit gelegen, sondern in dem Ton gereizter Belehrung und ungezogener Ungeduld. Kerkhoven blickt ihn hocherstaunt an. Zugleich ist in dem Blick eine rührende Schüchternheit, vor der Etzel innerlich erschrickt. »Die Sache wird sofort geordnet«, sagt Kerkhoven. Er läßt den Diener von unten kommen, übergibt ihm das Geld und beauftragt ihn, es telegraphisch nach Lindow zu überwiesen. Dann nickt er Etzel zu, weder freundlich noch unfreundlich, und verläßt das Zimmer. Etzel sitzt am Tisch und zerkrümelt ein Stück Brot. Er kann den schüchternen Blick nicht vergessen. Der Mann hat ihn geschlagen mit diesem Blick. Der Mann hat Waffen, gegen die unsereins nicht aufkommen kann. Ich bin in der Falle. Ich komm' aus der Falle nicht mehr heraus. Es gibt keine Rettung mehr. Der Kopf in der Schlinge, Arme und Beine in der Schlinge.

Um neun Uhr abends fährt er in einem Tempo nach Lindow, als wünsche er insgeheim, aus dem Sattel zu fliegen und sich den Kopf an einem Baum zu zerschmettern. Der schüchterne Blick hinter ihm her wie ein unsichtbarer Vogel. Marie hat ihn schon erwartet. Sie beeilt sich, ihm zu sagen, daß sie das Geld unterdessen erhalten hat, sie möchte nicht, daß er sich ihretwegen in eine Verstimmung gegen den Meister hineinredet.

573

»Ich weiß«, sagte er kurz. Sie sitzt am offenen Fenster, es ist eine milde Nacht, die Erde riecht feucht, einige Bäume stehen schon in Blüte. Er habe sich die Freiheit genommen, den Meister aufzurütteln, fängt Etzel an, und seine Augen blitzen gehässig. Es sei ziemlich unsanft ausgefallen, doch habe er sich nicht anders helfen können, er habe rot gesehen beim Gedanken an ein solches Maß von Gleichgültigkeit gegen Marie und Maries Alltagsexistenz. Ein Übergriff, gewiß; respektwidrig und anmaßend. Trotzdem könne er den Schritt nicht bedauern. Wenn man in den Schacht nicht hinunterschreie, höre der Mann ja nicht. – Marie verfärbt sich. »Ich erlaube dir nicht, so von ihm zu sprechen«, sagte sie. – Er braust auf. »Ich habe mich gehütet, deine Erlaubnis einzuholen. Ich mußte dir doch die Möglichkeit geben, deine Hände in Unschuld zu waschen. Ein Ehepaar ist eine kompakte Majorität, das hält zusammen wie die Kletten.« – Marie faltet die Hände unterm Kinn. »Um Gottes willen, Etzel, du wirst schlecht.« – Große Neuigkeit, versetzt er, ist ihm längst bekannt, daß er schlecht wird, sie braucht nicht so entsetzt zu sein, aber in dem einen gegenwärtigen Fall (er fuchtelt mit dem ausgestreckten Zeigefinger vor ihrer Brust herum), wo sie auf einmal von ihm abgeschwenkt ist, um mit ihrem Mann gemeinsame Front gegen ihn zu machen, läßt er sich nicht von ihr um sein Gefühl betrügen. Ihn um alles andere zu betrügen, ist sie sowieso auf dem besten Weg. – Marie erhebt sich, schließt das Fenster und setzt sich ans Klavier; ihr Kopf sinkt nieder, die Stirn liegt auf der schwarzen Platte. Etzel geht hinter ihr auf und ab. Jammer genug, daß das geliebte Bild des Meisters seinen Glanz für ihn eingebüßt hat, fährt er verbissen fort, mit der Stimme eines bösen alten Mannes, eine Erfahrung, auf die er nicht vorbereitet war und die aus ihm einen Gläubiger macht statt einen Schuldner wie bisher. Er hat Anspruch auf das ungetrübte Bild. Er hat Anspruch auf des Mannes Größe und Unvergleichlichkeit. Wenn er, Etzel, an Stelle des Meisters wäre, er würde die Augen offenhalten, verflucht noch mal, wie er die Augen offenhalten würde, er würde nicht in die Lage kommen, daß

574

sich eines Tages ein Quidam ins Haus schleicht und ihm sein Glück vor der Nase wegstiehlt. Er würde schon parat stehen, er, Etzel Andergast, kein Quidam sollte Schindluder mit ihm treiben. – Marie steht plötzlich aufrecht wie ein Pfeil. Mit blutleeren Lippen sagt sie: »Erst in diesem Augenblick hast du ihn verraten, Etzel.« – Er schweigt, Hände auf dem Rücken, Kinn auf der Brust. Das Toben hat aufgehört, das verzweifelte Gegensichselbertoben ist verstummt. – »Gehn wir auseinander«, fleht Marie; »komm nicht mehr zu mir, ich bitte dich. Laß mich. Versuch es. Wir wollen uns ein paar Monate lang nicht sehen. Im Juli kommt ohnehin Aleid, da ändert sich manches. Laß uns auseinandergehen.« – »Wenn ich nur könnte«, murmelt er und schaut nach links und nach rechts wie ein gefangenes Wild, »wenn ich das nur könnte!« – Marie bricht in ein Schluchzen aus, als wolle ihr das Herz zerspringen. Er nähert sich ihr bestürzt. Mit flachen Händen streicht er an ihren Armen und Hüften entlang, unzählige Male. »Hör auf zu weinen«, bittet er, »liebe, liebe, liebe Marie.« Und sie: »Was sollen wir tun?« – Der ungeheure Schatten steht neben ihnen, der Mann mit dem schüchternen Blick, sie wissen nicht, was sie tun sollen. Er geht im Haus herum, der ungeheure Schatten, nicht wissend und allwissend, abwesend und gegenwärtig, er begleitet sie auf Schritt und Tritt, es gibt keine Hilfe gegen ihn außer ihn selbst. Die Raserei der Umarmungen bewirkt nur, daß man ihn vergißt, solange sie dauern. Aber das Unwetter dieser Leidenschaft, wieder- und wiederkehrend wie die Gewitter in den Tropen, bedroht sie ständig mit Vernichtung, alle beide. Wenn sie aus dem feurigen Abgrund auftauchen, sind sie selber Schatten geworden. Vor den verhängten Fenstern dämmert der Tag. Marie schläft. Der Kopf ruht auf den gekreuzten Armen. Der halboffene Mund gibt ihren Zügen einen kindlichen Ausdruck, trotzdem sie von einem geheimnisvollen Schmerz durchtränkt sind. Auch ihr Körper hat etwas Kindliches. Etzel steht am Bett. Er ist schon an der Türe gewesen, jetzt steht er da und betrachtet mit gierig-suchenden Blicken das Gesicht der Schlafenden. Von Minute zu Minute wird es heller, er vermag jedes Fältchen zu sehen, den Flaum auf der Haut, das konvulsivische Zucken der Lider, das sich zeigt, wenn ein Schlafender sich beobachtet fühlt. Da gewahrt er unter den Wimpern einen nassen Schimmer wie von Tränen. In einer unerwarteten Erschütterung beugt er sich nieder, und ganz behutsam, mit den Spitzen der Lippen, küßt er das Nasse weg. Dann schleicht er aus dem Zimmer.

Die Schlinge zieht sich fester zusammen. Wären sie beide um eine Spur gewöhnlicher, um einen Grad banaler und durchschnittlicher, was hätte ihnen das alles anhaben sollen, was hätten sie zu fürchten, was sollte ihrer Liebe Abbruch tun? Sie könnten, mit einigen kleinen Schrecknissen, die bloß ein Anreiz mehr wären, ihr Glück genießen, und das Ende wäre schlimmstenfalls eine kleine Dutzendtragödie. Allein dies spielt sich unter Wesen ab, die begriffen haben, daß es nur eine einzige wirkliche Verschuldung gibt, nämlich die des Menschen gegen sich selbst. Sie ist nur tilgbar durch das Finden einer neuen Seelenform, und das ist ein Prozeß, der den Charakter einer tödlichen Krankheit hat. Nur wenige überstehen sie.

Die verzweifelten Versuche Etzels, sich aus der Doppelkette zu lösen, gipfelten in dem frivolen Spiel, das er mit Aleids Pensionatsfreundin trieb und das dann auch zur Katastrophe führte. Man könnte sagen, das Schicksal hatte bereits alle Vorbereitungen getroffen und harrte nur des letzten Signals. Aber vorher ereignete sich noch etwas, das Etzel den verhängnisvollen Weg erst wies, den er dann mit verwildertem Herzen ging, ohne zu bedenken, fast ohne zu wissen, was er tat; es war ein an sich ziemlich bedeutungsloses und folgenloses Erlebnis, äußerlich wenigstens. Innerlich bedeutete es sehr viel und hatte sehr entschiedene Folgen.

Mitte Mai lernte er in der Ordination Kerkhovens eine etwa vierzigjährige Frau kennen, Constanze Dufour, hieß sie, eine Schauspielerin mit politischer Vergangenheit; sie hatte zwei Jahre Festungshaft verbüßt. Sie wollte Kerkhoven wegen eines Nervenleidens konsultieren, einer Schreckneurose, doch hatte dieser seine Privatpraxis schon erheblich eingeschränkt und nahm sich des Falles wenig an. Frau Dufour hatte einige Male Gelegenheit, mit Etzel zu sprechen und verliebte sich Hals über Kopf in ihn. Sie war eine kleine, zarte Person, Typus Jessie Tinius, aber ungleich geistiger, noch immer hübsch, recht elegant und von ziemlich aggressiven Umgangsformen. Zuerst hatte er sich für sie interessiert, jedoch als sie sich ihm unverblümt eröffnete, wurde sie ihm lästig, und er zeigte es ihr. Das ernüchterte sie keineswegs, sie schrieb ihm überspannte Briefe, lauerte ihm zu allen Tageszeiten auf, machte ihm Szenen, drohte ihn zu erschießen, sich zu erschießen, und als sie eines Abends in der Kerkhovenschen Wohnung erschien und ihn zu sprechen begehrte, mußte er sie mit unmißverständlicher Deutlichkeit zur Tür zurückgeleiten. Nun begnügte sie sich damit, ihn mit ihren halbverrückten Episteln zu bombardieren. Er berichtete Marie davon, anfangs lachend, ganz obenhin, wie man über einen halb amüsanten, halb unbequemen Zwischenfall spricht, als sie ihn aber jedesmal neugierig fragte und er zu seiner Verwunderung merkte, daß ihre Wißbegier über ein rein psychologisches Interesse hinausging, schilderte er die Begegnungen und Gespräche mit der Frau ausführlich, beschrieb ihr Gehaben, ahmte ihre Redeweise nach und zitierte drastische Stellen aus ihren Briefen. Marie konnte gar nicht genug hören. Es machte den Eindruck, als unterhalte sie das Ganze, etwa wie ein spannender Roman in Fortsetzungen, aber da sich alles, was in ihr vorging, fast mediumistisch auf ihn übertrug, spürte er ihre geheime Angst nur zu gut, obwohl sie sie mit heroischer Anstrengung unter einer heiteren und sorglosen Miene zu verbergen verstand. Und so erwachte die dämonische Lust in ihm, die Angst zu steigern und sie mit wesentlicherem Stoff zu nähren als mit den Abenteuerlichkeiten der ältlichen Dame Dufour. Dabei bezog sich ein Teil von Maries innerer Unruhe, wie ihm nicht entging, gerade auf das Alter der verliebten Verfolgerin. Voll Bestürzung sagte sie sich: Er stellt mir ein warnendes Exempel der Lächerlichkeit auf, wahrscheinlich ist es ihm gar nicht bewußt, die Grausamkeit ist darum nicht geringer, das Memento für mich nicht weniger ernst. Und sie fing an, um ihn zu zittern.

Soweit war es jetzt. Sie hatte kapituliert. Sie hatte sich an ihn verloren. Die Sinne hatten ihren Machtspruch gesprochen, und der schien unwiderruflich. Der Zauber der sinnlichen Fixierung hatte ihre Seelenlage von Grund aus verändert. Der Aufruhr des Bluts, der Sturm bis in die Träume hinein, die Erschütterung der Lebenswurzeln: es war erstmalig. Darauf war sie nicht gefaßt gewesen. Bei einer Frau wie Marie wehrt sich der Körper gegen eine solche Revolte bis aufs äußerste. Solange es irgend geht, widersetzt er sich dem Einbruch des Chaos und flieht gewissermaßen zu den Grazien, um bei ihnen Schutz zu finden. Später, als sich Kerkhoven bemühte, aus den Trümmern ihrer und seiner Existenz zu retten, was noch zu retten war, als er in vielen Nächten und vielen Tagen pflegend, sorgend, forschend und langsam aufbauend Ursache und Tragweite des Geschehenen zu erkennen und ihr selbst verständlich zu machen suchte, sagte er einmal in einem Augenblick hoher Eingebung: »Du bist im Element getroffen worden, dort, wo die allerdunkelsten Kräfte wohnen, wo die Urnacht der Kreatur beginnt. Das ist selten, die meisten Menschen werden davor bewahrt. Wir müssen die lichten Kräfte versammeln, damit der Riß sich wieder schließt, denn mit ihm weiterzuleben ist unmöglich.« Da blickte sie aus ihrer schauerlichen Zerbrochenheit mit erster Hoffnung zu ihm empor und entdeckte etwas, was sie immer bloß geahnt hatte und was ihr ganzes Verhältnis zu ihm veränderte und erneute: Irlen sprach aus seinem Mund zu ihr; Irlen wohnte in seiner Seele . . .

Aleid kam in den letzten Julitagen. Sie hatte Marie schon aus Dresden geschrieben, sie möchte ihre Freundin Lotte Vanloo mitbringen, deren Eltern eine Nordlandreise machen und sie unterdes zu einer verheirateten Schwester geben wollten, zu der sie aber nur ungern ginge. Ob die Mutter etwas dagegen habe. Marie hatte nichts dagegen und lud das junge Mädchen in aller Form ein. Wenige Tage nach Aleid erschien sie dann,

ein höchst anmutiges Geschöpf, das Mißlaune, Niedergeschlagenheit, ja nur Versonnenheit nicht zu kennen schien, ununterbrochen lachte und schwatzte, das ganze Haus mit Leben füllte
und den kleinen Johann dermaßen behexte, daß er sogar seinem
Abgott Etzel untreu wurde. Aleid, die viel schwerblütiger war,
auch nicht sonderlich hübsch (zu Maries Kummer war aus dem
zierlichen Kind ein recht derbes Mädchen geworden, sommer-
sprossig, mit stets unordentlichen kupferroten Haaren), blieb
neben dem sprühenden Wesen, einem wahren Inbild der Sieb-
zehnjährigkeit, im Schatten. Marie bewunderte die selbstlose
Hingabe ihrer Tochter an die überlegene Gefährtin. Sie sagte
scherzend: »Ich bin nicht sicher, ob ich mich mit so einem Star
zusammengetan hätte, als ich jung war. Man will doch seine
Chancen behalten.« – »Ach was«, erwiderte Aleid in ihrer
schnurrigen Art, »allein bin ich gar nichts, mit ihr werd' ich
wenigstens dazuaddiert. Daran gewöhnt man sich.« – »Ist sie
immer so strahlend?« – »Ja, immer. Nur im Bett heult sie
manchmal. Aber das darf man nicht merken.« – »Warum,
glaubst du, heult sie?« – »Weiß nicht. Als ich sie mal erwischte,
sagte sie, es sei, um den Göttern zu opfern. Närrisch, nicht?« –
Am Samstag sollte Kerkhoven kommen, er sagte aber ab, schon
das dritte Mal. Aleid, die ihn verehrte, war enttäuscht. Sie
hatte Lotte gegenüber mit dem Stiefvater gewaltig renom-
miert, und als Etzel die Absage überbrachte, ließ sie ihn zornig
an, als ob er schuld sei. »Schade«, jammerte sie, »Lotte hat heut
Geburtstag, ich hatte ihn ihr zum Geburtstag versprochen.«
Lotte wurde rot wie eine Mohnblüte. Sie warf die Lippen auf
und schmollte: »Herr von Andergast wird denken, ich sammle
Berühmtheiten. Ich mach' mir aber nur aus hochstehenden
Menschen etwas, und deswegen hatt' ich mich gefreut.« – »Das
gefällt mir, Fräulein«, sagte Etzel, »ich ließe mir den Professor
Kerkhoven auch nicht zum Geburtstag schenken. Wüßte gar
nicht, wo ich ihn unterbringen sollte.« – Lotte starrte ihn
verblüfft an und wurde wieder dunkelrot. – »Ist sie nicht reizend?« fragte Marie, als sie mit Etzel allein war. – »Nett«,
gab er zurück, »aber nicht viel dran.« – Doch schien es ihm

Spaß zu machen, sich mit ihr zu unterhalten. Er fand den Ton, so wie er ihn mit allen Menschen fand. Seine Art der Kameradschaftlichkeit mußte auf jeden jungen Menschen Eindruck machen. Es war etwas ungemein Selbstverständliches darin; eine wohltuende Trockenheit und Leichtigkeit. Der Reichtum seiner Erfahrungen im Verkehr mit Jüngeren bewahrte ihn vor jedem Mißgriff. Indem er sich zwanglos auf gleich und gleich mit ihnen stellte und niemals seine Überlegenheit hervorkehrte, trat die Überlegenheit um so stärker ins Licht und wurde bereitwillig anerkannt. Zudem war er nicht mehr der Etzel, der seine Hände in hundert Affären hatte, überall geschäftig Verbindungen herstellte und sich gewissermaßen ins Innere der Menschen drängte. Das war vorbei. Es war etwas Strenges in seinem Gesicht und etwas Verschlossenes in seiner Haltung. Er wirkte wie ein Mann von siebenundzwanzig. Er war nicht mehr redselig. Er konnte stundenlang schweigen, wenn er mit Leuten beisammen war, und dieses Schweigen machte ihn viel gegenwärtiger und seine Gegenwart viel anziehender als seine frühere Wort- und Zungenfertigkeit. Es konnte nicht ausbleiben, daß sowohl Aleid Bergmann als auch Lotte Vanloo ein Interesse für ihn faßten, das von einer noch sehr kindlichen Neugier genährt wurde. Die Freundschaft, die ihn mit der von beiden schwärmerisch geliebten Marie verband, steigerte die Neugier und verlieh ihm einen Nimbus. Sie suchten bei jeder Gelegenheit seine Nähe, und es fiel ihm nicht ein, den Unnahbaren zu spielen. Er gewöhnte sich an ihre Gesellschaft. Es war neutrales Gebiet. Entgiftete Luft. Auf gemeinsamen Wanderungen und Segelbootfahrten, bei Tennis- und Kricketpartien entstand Vertraulichkeit. Während der ersten Woche war Marie von der Teilnahme ausgeschlossen, eine heftige Erkältung mit darauffolgender Halsentzündung zwang sie, im Bett zu bleiben. Sie schien sich zu freuen, daß die drei jungen Menschen so viel unterwegs und im Freien waren, und lächelte glücklich, als ihr Aleid und Lotte versicherten, es seien die schönsten Ferien, die sie je gehabt. Oft saßen sie bei ihr am Bett, die Mädchen auf der einen Seite, Etzel auf der

andern, erzählten ihre Erlebnisse und besprachen Pläne. Wenn
ihr dann der Lebhaftigkeit zuviel wurde, schickte sie alle drei
hinaus. Als sie wiederhergestellt war, ließ sie sich bereden, bei
einer Bootfahrt im Mondschein mitzuhalten und erkältete sich
von neuem. Doch setzte sie der Krankheit den heftigsten Widerstand entgegen, um nicht abermals durch Bettlägerigkeit
isoliert zu sein. Nur das Haus zu verlassen getraute sie sich
nicht, obwohl das Wetter anhaltend schön war. Der Sommer
hatte eine gefährliche Art von Schönheit, so fand sie wenigstens,
sie war immer ein wenig erschöpft und litt an Bangigkeit. Auch
dieser Stimmung wollte sie nicht nachgeben. Es wäre ein offenes
Eingeständnis gewesen. Die Dissonanz zwischen ihr und der
Jugend, die sich um sie bewegte, dünkte sie ohnehin von
schmerzlicher Grellheit. Eine qualvolle Unruhe nahm von ihr
Besitz. An den Tagen, wo Etzel nicht da war, verging sie vor
Sehnsucht nach ihm; wenn er da war, kam ein anderes Gefühl
über sie, Angst, drückende Angst, und noch eines, das zu be-
nennen sie nicht den Mut hatte. Alles an ihr war stumme Frage,
wenn er ihr gegenüberstand. Die stumme Antwort, die er für
sie hatte, die sein Gesicht für sie war, hätte die Angst von ihr
nehmen müssen, es war die Antwort des Mitverurteilten, der an
die Möglichkeit von Flucht und Befreiung kaum zu denken
wagt, doch dies verminderte die prophetische Angst mitnichten.
Und was er von Kerkhoven berichtete, vermehrte ihre Beklommenheit. Er sehe den Meister oft tagelang nicht, gestand
er. Auch wisse dann niemand von seinen Leuten, wo er sei.
Die Patienten in der Ordination müßten manchmal viele
Stunden warten; wenn er endlich erscheine, ließe er sagen,
er könne niemand vornehmen. Doktor Römer habe ihn verlassen, es müsse ein Zerwürfnis stattgefunden haben, auch
andere Mitarbeiter hätten ihn verlassen. Etzel hatte noch mehr
auf dem Herzen, aber er wollte es nicht sagen, er fürchtete,
Marie aufzuregen. Er deutete nur immer wieder die erschrek-
kende Rastlosigkeit des Meisters an und daß er wie ein Mensch
wirke, der im Begriff sei, unerwartete Dinge zu tun, die sich
aber seit langem in ihm vorbereiteten. »Einmal ist er mitten

581

in der Nacht zu mir ins Zimmer gekommen«, erzählte er, »ich saß noch bei einer Arbeit, er sagte nichts, ging auf und ab, wie vergraben in sich selber, und nachdem er eine Viertelstunde auf und ab gegangen war – ich natürlich konnte nur abwarten, ihn anzureden war nicht möglich –, ging er wieder fort. Ich hatte das Gefühl: ihm nach. Aber so was fühlt man ja nur, man tut es nicht.« – »Niemand kann ihm helfen«, sagte Marie vor sich hin, »er lebt in seiner Welt allein und kann keinen brauchen.« – »Das mag schon sein«, erwiderte Etzel finster und sah sie geduckt an, von unten herauf, »wenn du an dich dabei denkst, dich hat er längst vergessen.« – »Ja, mich hat er vergessen.« – »Und mich hat er –«, er machte eine Bewegung wie wenn man einen Hahn zudreht, »stopp. Verstehst du? Er hat eben den genialen Instinkt. Stopp, sagt der Instinkt, während man meint, es ist alles noch wie vorher. Du, Marie«, rief er mit verstörtem Gesicht, packte sie und riß sie herum, als hätte sie nicht mehr Gewicht als eine Feder, »manchmal glaub' ich fast, ich hab' dich ihm nur weggenommen, um herauszubringen, ob er ein Herz hat wie andere Menschen und was für Belastungen es aushält.« – »Wirklich? Glaubst du das? Glaubst du das?« fragte sie in glasigem Ton. – »Ja. Und ob er wie ein Mensch aus Fleisch und Blut handeln wird, wenn ihm einmal die Augen aufgehn.« – Darauf Marie, erloschen: »Das ist ganz gut möglich bei dir. Ihr könnt eben alle das Morden nicht lassen.« – Sie standen im Finstern. Aus dem Garten schallten die lustigen Stimmen der Mädchen herein. Sie standen eng beieinander. »Wenn du mich nur wirklich umbringen würdest«, murmelte Marie. – Er hatte den rechten Arm um ihre Hüfte gelegt, mit der linken Hand umklammerte er ihr Kinn. »Und dann?« raunte er ihr in unsinniger Wut und Liebe ins Ohr, »was soll aus mir werden ohne dich?« – »Sei still, Etzel, sprich nicht davon . . .« Ihre Hände waren in seine Haare verwühlt, und sie verlor das Bewußtsein. Spät am Abend kam Aleid in ihr Schlafzimmer, setzte sich an ihr Bett, umarmte sie zärtlich und eröffnete ihr mit heiterer Verzweiflung, Lotte sei »leider Gottes« bis über die Ohren in Etzel Andergast verliebt. »Ach«, sagte

Marie bedauernd, »das ist ja ganz schlimm. Was werden wir da machen?« – »Du mokierst dich, Mutter, aber bei ihr ist das ernst. Sie ist eine entschlossene junge Dame.« – »Er wird sehr erstaunt sein.« – »Das möcht' ich nicht so sicher behaupten, Mutter. Du meinst doch nicht, daß er's nicht darauf angelegt hat? Ich hab' ja zugesehn. Es mußte so kommen.« – »Ist denn schon etwas vorgefallen?« – »Na . . . wie man's nimmt.« – »Wieso . . . wie man's nimmt?« – »Na, so. Kannst dir ja denken . . .« – »Nun, ich will drüber nachdenken, Aleid«, schnitt Marie das Gespräch hastig ab, »es wird sich schon eine vernünftige Lösung finden. Außerdem: braucht ihr in diesen Dingen uns ältere Leute überhaupt noch? Ihr habt ja eure eigne Welt.« – Sie lächelte Aleid zu, als diese das Zimmer verließ. Dann schaute sie zur Decke hinauf, und das Lächeln blieb auf ihren Lippen, als wolle sie sich's vortäuschen oder als hätte der Mund vergessen, es abzutun.

Allmählich bekommt alles ein anderes Gesicht für Marie. Die Landschaft hat eine andere Farbe, die Bäume haben eine andere Gestalt, alles ist wesenloser, viel weiter weg, die Geräusche und Stimmen der Außenwelt dringen durch eine Mauer aus Watte. Das vergessene Lächeln schwebt auf ihren Lippen, wenn sie durchs Haus geht, das Haus kommt ihr unbekannt vor, es ist ein fremdes Haus, in allen Räumen fröstelt sie, obgleich richtige Hundstagshitze herrscht, die Luft siedet, die Nächte sind schwül. Sie kümmert sich nicht um ihre Blumen, nicht um das Spalierobst, der Gärtner sieht ihr kopfschüttelnd nach. Der kleine Johann macht vergebliche Versuche, sie in seine Interessenwelt zu ziehen, er sagt kummervoll zu seiner Aja: Mutter ist wie eine gläserne Frau. Es strengt sie an, mit den Kindern zu sein, sie muß ihre ganze Kraft zusammennehmen, um ihren Fragen standzuhalten. Das Sonderbare ist, daß es sie immerfort dorthin zieht, wo Lotte Vanloo ist. Wenn sie die Mädchen allein weiß, geht sie zum Tennisplatz, aber nicht so nah, daß sie gesehen werden kann, und beobachtet Lotte beim Spiel. Wenn sie im Bad sind, erscheint sie bisweilen am

583

Ufer des kleinen Weihers und sieht zu, wie Lotte schwimmt. Auf Aleid wirft sie kaum einen Blick. Hört sie ihre Stimmen im Garten, so tritt sie ans Fenster, und indem sie sich den Anschein gibt, als sei sie in Gedanken, verfolgt sie jeden Schritt und jede Bewegung Lottes. Bei Tisch, während sie sich mit beiden unterhält, hat sie nur Augen für die eine. Es ist quälend, es ist erniedrigend, aber sie kann nicht anders. Unaufhörlich spricht eine Stimme in ihr: So geht man, so hält man sich, so lacht man, eine solche Pfirsichhaut hat man, einen solchen Tauglanz in den Augen, solchen Jubel in der Stimme, wenn man siebzehn Jahre alt ist. Oft hat sie Mühe, der Versuchung zu widerstehen, das Mädchen anzurühren, die Haare, den Nacken, die Hände, die Brust, es ist, als müsse sie sich überzeugen, ob das alles kein Trug, ob es wirklich so zu fürchten ist, wie sie es fürchtet. Bei jeder liebenswürdigen Äußerung des Kindes zuckt sie zusammen, das Bild von Unbefangenheit, Lebensmut, Gesundheit und Kraft, das ihr unablässig vor Augen steht, zwingt sie unablässig zum Vergleich mit sich selbst, und sie kommt zu dem Schluß, daß sie vor dieser Fülle, diesem blühenden Lebenswunder nicht bestehen, daß es keine Eigenschaft des Geistes und des Herzens gibt, mit der man erfolgreich dagegen ankämpfen kann. Ihr Gemüt verfinstert sich. Ihr Inneres ist eine einzige Wunde. Die Gedanken sind manisch auf den einen Punkt gerichtet. Früher hat sie zuweilen geträumt, sie müsse auf einem dünnen Seil über einen Abgrund laufen und könne sich nur dadurch vor dem Sturz bewahren, daß sie keinen Blick in die Tiefe wirft. So lebt sie jetzt. Sie hat nicht das geringste Talent zum Spionieren; einem Menschen heimlich nachzugehen, verwehrt ihr der Stolz, sie hat sich nie in eine Lage denken können, in der sie einer so demütigenden Handlung fähig wäre. Doch nun gewinnt sie es über sich, Aleid auszuhorchen. Sie stellt sich sachlich interessiert. Als müsse man doch wissen, wie sich die Dinge entwickeln. Als habe man das Kind zu schützen. Als sei es vielleicht doch nicht so harmlos, wie man anfangs gedacht hat. Aleid zuckt die Achseln. Sie lächelt vielsagend. Es scheint, man hat sie ins Vertrauen gezogen, und sie fühlt sich zur Verschwiegenheit verpflichtet. Sonach geht etwas vor. Endlich weiß Marie, was eine Verschwörung ist. Endlich weiß sie, wie es ist, wenn man verraten wird. Es gibt keine Empfindung, deren Wesen und Wirken man nur im entferntesten zu ahnen vermag, bevor man sie erlebt. Was man nicht erlebt, hat keine Wirklichkeit. Es erleben heißt aber davon zermalmt werden. So will es ihr scheinen. Sie beschließt, die beiden Mädchen müssen aus dem Haus. Sie kann ihre Gegenwart keine Woche mehr ertragen. Trotzdem sich der »Beschluß« erst im Stadium des Wunsches befindet, wenn auch eines brennenden, eines Wunsches, von dem sie besessen ist, und sich seiner Erfüllung vorläufig praktische Schwierigkeiten entgegenstellen, zögert sie nicht, Etzel davon zu unterrichten. Sie ist so erregt dabei, daß sie die Hände auf ihr Herz preßt, um sprechen zu können. Sie hat ihn erst rufen müssen. Er ist aus der Stadt gekommen, hat Aleid und Lotte am Tor getroffen und sich gleich mit ihnen zum Bad verabredet. Ohne sich um Marie zu kümmern, ohne ihr guten Tag zu sagen, wollte er sofort mit ihnen gehen. Sie hat es vom Fenster aus gehört, das heißt, sie hat sie nur miteinander sprechen gesehen und hat alles erraten. Da hat sie ihn gerufen. Und sagt ihm, was sie beschlossen hat. Er scheint unangenehm berührt, zuckt aber gleichgültig die Achseln. »Wenn du es für richtig hältst...«, erwidert er frostig, »es ist natürlich deine Sache.« – Sie zwingt sich, kühl zu bleiben. »Wär's bloß meine Sache«, gibt sie mit einer Gelassenheit zurück, die, in diesem Moment, einer großen Schauspielerin würdig ist, »so hätte ich nicht nötig, dich aufmerksam zu machen.« – »Ich kann nicht einsehen, was ich dabei soll.« – »Du fängst an, in der Verstellung etwas zu leisten.« – »Du mußt achtgeben, Marie«, sagt er im Ton eines wohlmeinenden Beraters, man »kann leicht einen Menschen in eine Dummheit hineintreiben, wenn man ihm mit Gewalt die Gelegenheit nimmt, sie zu begehen.« – »Du warnst mich?« – »Ja, ich warne dich.« – Aleid steckt den Kopf in die Türspalte. »Kommen Sie nicht, Etzel?« – »Ich komme.« Und zu Marie gewandt, mit meisterlich gespielter Harmlosigkeit, die sie tiefer

585

trifft als der feindselige Trotz vorher: »Ich bitte also bis zum Abendessen um Urlaub, Frau Marie.« – Sie sieht ihn mit den Mädchen durch den Garten gehn. Er hat beide untergefaßt, Aleid rechts, Lotte links. Er neigt sich zu Lotte und flüstert ihr etwas ins Ohr. Das Mädchen lacht ihn kokett an. Marie hat das Gefühl, als rinne ihr das Gehirn aus dem Kopf. Es ist ihr furchtbar schwindlig, sie hält sich am Tisch fest. Weit draußen in der Landschaft schmettert sinnlos eine Trompete. Nicht zusammenbrechen, sagt sie sich vor, nicht zusammenbrechen. Was ist denn geschehen? Eine Liebelei ist zu Ende. Nicht zusammenbrechen. Aber sie muß zu Bett, die Zähne klappern im Mund. Während sie regungslos, mit weitoffenen Augen daliegt und der Gesang der Vögel durch die Mauer aus Watte dringt, erhebt sich sein Gesicht vor ihr, und zwar im Profil, scharf geschnitten wie auf einer Bronzeplakette. Die Härte der Linien, die finstere Drohung im Augenbogen, die erbarmungslose Entschlossenheit in der Schrägfalte zwischen Nase und Lippenwinkel geben ihr die Vorstellung eines Peinigers, dem sie verfallen ist. Es ist eine Phantasie des Grauens. Sie hat keine Herrschaft mehr über ihr Denken. Ihr sonst so klarer Geist verdunkelt sich. Sie weint. Aber sie weiß kaum von den Tränen, die langsam unter den Lidern hervorträufeln wie die Flüssigkeit aus einem zersprungenen Gefäß. Zum Abendessen kommt sie nicht, sie läßt sagen, sie habe Kopfschmerzen, es möge sie niemand besuchen. Von elf Uhr an beginnt sie zu warten. Auf dem Tischchen neben ihr hängt die kleine Uhr in einer Glasvitrine, und nicht eine Sekunde lang wendet sich ihr Blick vom Zifferblatt ab. Anderthalb Stunden starrt sie behext auf das Zifferblatt. Jede Minute ist eine Hölle der Erwartung. Plötzlich springt sie auf, zieht sich in fieberhafter Eile an, wirft ein Tuch um die Schultern, verläßt das Zimmer, verläßt das Haus. Da huscht eine Gestalt an ihr vorbei: raschatmend; aufgelöst; mit wirren Haaren; in erschrockener Scham vergehend: Lotte. Die Nacht ist wie laues, dunkelblaues Wasser. Der Sternenhimmel schwillt atmend auf und ab. Mit mondsüchtiger Unbeirrbarkeit geht sie in einer bestimmten Richtung, als sei sie gerufen worden und müsse sich beeilen, zurechtzukommen. Auf einmal bleibt sie stehen. Jemand pfeift leise vor sich hin. Jemand steht leise pfeifend unter einem Baum. »Etzel!« ruft sie. Das Pfeifen hört auf. Etzel kommt langsam auf sie zu. Er ist im Sporthemd, der Kragen offen, der braune Hals, das braune Gesicht treten deutlich aus dem Dämmerlicht. Eine Weile schaut er sie an, dann spürt sie an ihrem Arm den stählernen Druck seiner Finger. Schweigend gehen sie zusammen weiter. Sie beginnt zu sprechen. Überstürzt, mit der glasigen Stimme, die ohne Herz ist. Sie überliefert sich ihm. Bedingungslos. Auf Gnade und Ungnade. Bruch mit allem Bisherigen, Flucht, Heirat, alles, was er gefordert hat. Sie unterwirft sich. Fristlos. Er braucht nur ja zu sagen, sie ist bereit. Maßlos ist der Sinn ihrer Worte, maßlos sind die Worte selbst. Es ist nicht mehr die nämliche Marie. Es ist ein Mensch, der aus sich herausgestürzt ist. Als Etzel dies erkennt, packt ihn das Entsetzen. Es scheint, daß ich alle Menschen, die ich an mich binde, maßlos mache, durchzuckt es ihn. – »Was ist? Ich seh' dein Gesicht nicht!« schreit Marie auf, klammert sich an seine Schultern und rüttelt ihn mit unheimlicher Kraft. Das Entsetzen macht ihn stumm. Da will sie also doch in den feurigen Ofen hinein, denkt er, sie, die einzige von allen ... Und siehe da, er empfindet keinerlei Triumph darüber, nicht die Spur von Siegergefühl oder Genugtuung ist in ihm, nur ein abgründiges Besinnen. Das Licht einer Blendlaterne blitzt auf und erleuchtet die Tiefen. Der ungeheure Schatten steht da und spricht: Eine Menschenseele so weit treiben heißt sich in die Verdammnis stürzen, Etzel Andergast. Da senkt er den Kopf. Es ist ihm schauerlich zumut. Er möchte Marie nehmen und in das Innere seiner Hände hineinschließen wie in eine Muschel (so wie er einmal geträumt hat, daß der Meister ihn in die Hände geschlossen), aber das ist nun zu spät. Den Anteil an dieser Menschenseele hat er verwirkt. Er muß jetzt allein sein. Er kehrt sich ab und geht, die Hände vor dem Gesicht, allein weiter. Marie sieht ihn in der Finsternis verschwinden. Sie schaut sich um, auch sie gewahrt den ungeheuern Schatten, und sie fürchtet sich vor ihm. Ihr einziger Gedanke ist: sterben.

587

Sie hat das Gefühl, sie braucht sich nur hinzulegen, dann stirbt sie schon von selber. Wie sie ins Haus und in ihr Zimmer gelangt, weiß sie nicht. Als sie im Bett liegt und der Körper mit wollüstiger Einwilligung ins Bodenlose hinuntersinkt, fragt sie sich lächelnd, wer wohl früher kommen wird, Joseph oder der Tod.

Schon seit Monaten beobachtete Kerkhoven die Abwärtsbewegung seiner Existenz. Ihn dünkte, das innere Mißlingen und im Zusammenhang damit das äußere habe an einem ganz bestimmten Tag begonnen, den er freilich nicht bezeichnen konnte. Diese Empfindung wurzelte in dem Sinn für periodische Abläufe, der so stark in ihm ausgeprägt war. Er konnte förmlich zuschauen, wie ihm die Dämonen, nach Goethes Wort, ein Bein ums andere stellten, und war auf das Schlimmste vorbereitet. Er glaubte ein beständiges Nachlassen seiner seelischen Kräfte wahrzunehmen. Die neuen Heilversuche, mit denen er sich seit einem Jahr beschäftigte, gerieten ins Stocken. Sie konnten ja nur gelingen, wenn er selbst seelisch intakt war. Und er war es nicht mehr. Ein Gefühl von Verbrauchtheit hatte sich eingestellt, und nachdem er dies konstatiert hatte, war ihm klar, was geschehen mußte. Wenn am oberen Flußlauf die Dämme brechen, muß man sich unten vorsehen, Eile tut not. Der Abbau der Privatpraxis war nur ein erster Schritt. Die unmittelbare Folge war eine Schmälerung seines Einkommens, die ihm alsbald ernste Schwierigkeiten bereitete. Eine der geringsten war es, als er nicht imstande war, Marie die kleine Geldsumme zu schicken, um die sie gebeten hatte. Er mußte eine Anzahl bewährter Leute entlassen, und da die Ordinationsräume für das künftige Arbeitsprogramm zu weitläufig waren, beschloß er, einen Teil des Traktes zu vergeben. Das führte zu Reibereien mit Doktor Römer, die mit einem Bruch endeten. Der langjährige Mitarbeiter wurde sein erbitterter Gegner. Es zeigte sich, daß er in der Stille gegen seinen Chef und Lehrer Material gesammelt hatte, das er ausgiebig zu verwerten wußte. Dies ermutigte andere, die längst auf der Lauer gelegen waren, und alsbald hagelten von allen Seiten Angriffe, Verdächtigungen,

Verleumdungen und Schmähschriften auf ihn herab. Sie beeinträchtigten den Zulauf der Heilungsuchenden nicht, im Gegenteil, er kam auf die Art erst recht in den Geruch eines Wunderdoktors, und vor den Türen stauten sich die Massen wie vor einem Auswanderungsbüro, so daß ein paarmal die Polizei einschreiten mußte. Ihnen unter dem Hohngeschrei der Kollegen den »Wunderdoktor« wirklich zu machen hatte er kein Verlangen; mit Ausnahme weniger mußten die Wartenden enttäuscht wieder abziehen. Er hatte gehofft, die Zeit und die Kraft, die er durch den Verzicht auf die private Praxis gewann, der Anstalt zuwenden und damit den pekuniären Entgang wettmachen zu können, jedoch das Kesseltreiben, das seine Person in die Öffentlichkeit zerrte und sie unwürdigen Verfolgungen preisgab, wirkte auf seine Lieblingsschöpfung zurück, dort sah er sich von verkappten Feinden umgeben, die medizinische Behörde mischte sich in den Betrieb, die Post brachte anonyme Briefe schmutzigsten Inhalts, unter diesen Umständen litt nicht nur der Ruf der Anstalt, sondern auch ihre ökonomische Basis wurde erschüttert, da sie mit den staatlichen Zuschüssen allein nicht zu halten war. Kurzum, alles hatte sich zu seinem Sturz verschworen, sichtbare und unsichtbare Mächte.

An einem dieser Tage ließ ihn der alte Heberle rufen. Er war todkrank. Geschwür im Kehlkopf. Er konnte nicht sprechen. Er deutete resigniert auf seinen Hals und warf einen liebevollanklagenden Blick auf seine Schwester. Die berichtete Kerkhoven, die Operation sei beschlossen. Am folgenden Tag solle sie stattfinden, Heberle habe gewünscht, ihn vorher noch zu sehen, da er überzeugt sei, nachher sei es zu spät. »Törichterweise«, fügte das alte Fräulein hinzu, das ein felsenfestes Vertrauen zu der Kunst des Geheimrats Rahl hatte. Kerkhoven hütete sich, seine Meinung zu äußern, er blieb eine Weile an Heberles Bett sitzen, von traurigen Erinnerungen bewegt. Der alte Mann schien ein dringliches Anliegen an ihn zu haben, wollte es aber offenbar nicht zu Papier bringen, da er sich nur schreibend mitteilen konnte. Aber Kerkhoven las es in seinen Augen, und als er sich verabschiedete (mit der Gewißheit, es sei für immer), wußte Heberle, daß ihn der Freund verstanden hatte, und drückte ihm mit beredter Dankbarkeit die Hand. Eine Stunde darauf war Kerkhoven in Rahls Privatwohnung. Prunkvolle, palastähnliche Räume; an allen Wänden Fotografien mit überschwenglichen Widmungen, goldgerahmte Porträts, Marmorbüsten, Medaillen, lauter Geschenke geheilter Fürsten, Könige, Militärs, Bühnengrößen, Bischöfe, Kardinäle und Staatsmänner aller Nationen. Kerkhoven hatte nur seinen Namen zu nennen gebraucht, um sogleich vorgelassen zu werden. Rahl schien außer sich vor Freude, den »berühmten Kollegen« bei sich zu sehen. Es war ein zwergenhaft kleiner Mann mit abnorm großen Händen und einer Löwenstimme. Nach dem Austausch üblicher Redensarten kommt man zur Sache. Auch Rahl ist ein Mann, hinter dem die Zeit her ist wie ein bissiger Hund. Seine Anhänger behaupten, er habe sich das Schlafen vollkommen abgewöhnt, es genüge ihm, wie Napoleon, zwischen zwei Operationen zehn Minuten lang die Augen zu schließen. Womit er dem »berühmten Kollegen« dienen könne, fragt er nicht ohne Verwunderung. Der Hinweis Kerkhovens auf seine alte Beziehung zu Heberle erregt kaum sein Interesse; höchstens, daß er eine maliziöse Betrachtung anstellt über die Freundschaft eines echten Forschers mit einem erklärten Phantasten. Kerkhoven spürt etwas dergleichen, ist ihm doch nicht unbekannt, daß Rahl einer der heimlichen Drahtzieher der gegen ihn gerichteten Machenschaften ist. Er grollt ihm deswegen nicht; es ist fast eine Charakterschwäche an ihm, daß er den Feind zu gut versteht, auch steckt sonderbarerweise noch immer etwas von jener Naivität in ihm, die an der Hoffnung festhält, man könne einen Gegner durch Beweise der Redlichkeit und anständigen Gesinnung überzeugen. Als er seinen Zweifel ausdrückt, ob es unumgänglich nötig sei, an einem siebenundsiebzigjährigen Greis einen so schweren Eingriff vorzunehmen, läßt sich Rahl langsam im Sessel zurücksinken, und seine dicken Brauen winden sich wie Würmer gegen die Stirn hinauf. Unermeßliches Staunen. »Zumal der letale Ausgang, so oder so, nicht vermeidbar ist«, fügt Kerkhoven hinzu, ohne sich von der theatralischen Pose einschüchtern zu lassen, »der Tod hat ihn schon im Arm, jeder Laie kann es sehen.« Die froissierte Miene Rahls macht die Antwort im Grunde überflüssig; wer hat Sie zu diesem Dazwischentreten ermächtigt, Herr Kollege? steht deutlich darin geschrieben; exitus letalis oder nicht, was hat das mit der Wissenschaft und ihrer Ausübung zu tun? Habe ich das Recht, mich mit privaten Anschauungen auseinanderzusetzen und über humane Gesichtspunkte zu philosophieren? Ich kenne keine Menschen, ich kenne nur erkrankte Organe. Natürlich sagt er das nicht ausdrücklich, er lehnt nur die Anregung des Kollegen höflich, aber entschieden ab. Kerkhoven hat es vorausgesehen. Er wollte sein Gewissen salvieren, weiter nichts. Er weiß es, für die löwenstimmige Kapazität ist der Mensch nur eine zufällige Verkörperung des Falls; wenn er den Fall vor sich hat, ist er gleichsam zum Richter ernannt, und keine Macht der Erde kann ihn mehr bewegen, diesen Schuldigen, nämlich der Krankheit Angeklagten, aus den Fängen zu lassen. Er verrichtet Wunder, er ist ein Held und Retter, aber zugleich das menschgewordene Skalpell, kühn, scharf, glänzend und mitleidlos. Der Widersacher. Kerkhoven nickt vor sich hin. Er fühlt sich zu müde, um zu kämpfen. Er spürt, er ist neunundvierzig Jahre alt, und sein Leben steht vor umwälzenden Entscheidungen. Er muß innehalten auf dem Weg, er muß eine Weile Schluß machen mit allem, sonst ist er verloren, sonst versteinert er im sogenannten Beruf. Neunundvierzig, Schicksalseinschnitt, Schwelle der dritten Pubertät, das Problem ist, die Hemmung einzuschalten, um den Sturz zu überstehen. Während er in das herausfordernd selbstbewußte, eigentümlich nackte (nackt wie Tatsachen sind), willensgespannte Gesicht seines Gegenüber schaut, ist ihm zumute, als hätte er seit Jahren etwas vergessen, was einmal allerwichtigster Bestandteil seiner Existenz war, er nimmt sich vor, darüber nachzudenken, er muß ergründen, was es mit dieser höchst bedrückenden und schuldhaften Empfindung auf sich hat. Er erhebt sich, da Rahl leise Zeichen der Ungeduld von sich gibt. Der Geheimrat begleitet ihn zur Tür, und im Gefühl seiner

Überlegenheit kann er sich der Bemerkung nicht enthalten, die Herren von der psychologischen Schule dürften sich, die Größe einzelner restlos zugegeben (Verneigung), auf die Dauer doch nicht der Erkenntnis verschließen, daß man ohne greifbare Materie und systematisierte Therapie in der Medizin keinen Hund vom Ofen locken könne. Es klingt anzüglich genug, trotz des zuckersüßen Tons. Kerkhoven bleibt stehen. »Gewiß«, erwidert er mit der Ruhe des Überlegenen, »man erlebt auch wenig Befriedigung dabei. Je reiner der Wille, je übler wird ihm mitgespielt. Der Formalismus wird uns immer wieder knechten, der Geist muß in den Pferch, das Herz steht auf dem Index. Die beamtete Wissenschaft beharrt auf ihrem Schein, wie Shylock fordert sie ihr Pfund Fleisch. Man hat mich niemals gelten lassen. Warum? Ich war den Kollegen stets ein Dorn im Auge. Warum? Ich habe es nie begriffen. Aber das Anathem fällt auf euch selbst zurück, ihr Herren von der alleinseligmachenden Kirche.« Der Geheimrat will beschwichtigen. Er sucht nach Worten, aber Kerkhoven hebt nur ein wenig die eine Hand (die andere ruht auf der Türklinke) und fährt achselzuckend fort: »Meine Person kommt nicht in Betracht. Ich gehöre keiner Clique an, auch keiner Schule. Eben das wird mir nicht verziehen. Ich wollte nie etwas anderes sein als ein simpler Arzt, mein Ehrgeiz ist so gering . . . ich wage gar nicht zu sagen, wie gering. Daß ich für den friedlichen Tod eines alten Mannes plädiert habe, der sich um solche Schonung hoch verdient gemacht hat, müssen Sie, verehrter Kollege, einem Rest von Köhlerglauben an menschliche Einsicht zuschreiben, der noch in mir steckt. Meine ganze Lebensarbeit war auf Vorbeugung gerichtet, Vorbeugung des Schlimmeren. Ich bin des unheilbar Kranken müde. Das Unheilbare steht uns im Weg. Wir heilen nur, um uns mit Flickwerk zu trösten. Vor einigen Tagen hat man mich ins Polizeigefängnis gerufen, zu einem halben Dutzend jugendlicher Apachen, Mitglieder einer festen Organisation, syphilitische, sexuell verkommene Jungens zwischen vierzehn und sechzehn Jahren. Simulierten Wahnsinn. Alle sechs. Grotesk. Und wie sie das trafen. Als hätten sie ein Semester auf der psychiatrischen Klinik gearbeitet. Stellen Sie sich das vor. Deutlicher habe ich nie das Antlitz dieser Zeit gesehen. Der gespielte Wahnsinn war viel wahrer, in einem andern Sinn, als die halben Kinder ahnten. Na ... wozu das. Die Generalrevision, vor der ich stehe, zwingt mich jedenfalls, eine Zeitlang vom Schauplatz zu verschwinden. Damit will ich nur sagen, daß die Kollegen sich nicht weiter gegen mich bemühen müssen ...« Er verneigt sich und überläßt den Geheimrat seinen sehr gemischten Gefühlen.

Es war ein herrlicher Abend, ziemlich spät schon. Er ging zu Fuß nach Hause. Um nicht gesehen und behelligt zu werden, schlich er sich förmlich in die Wohnung hinauf und schloß sich in seinem Arbeitszimmer ein. Stundenlang saß er am Schreibtisch, untätig, den Kopf in die Hand gestützt. Auf einmal blickt er empor, als habe er eine Stimme gehört. Wo ist eigentlich Marie? fragt die Stimme in ihm. Da weiß er, was er vergessen hat. Marie hat er vergessen. Sie hat ihm schon die ganze Zeit gefehlt, er ist nur nicht darauf gekommen. Überall, zu jeder Stunde des Tages und der Nacht hat er sie entbehrt, doch hat er das Gefühl der Entbehrung nicht zu lokalisieren vermocht. Er ist freilich soundsovielmal in Lindow gewesen, hat sie gesehen und mit ihr gesprochen, trotzdem dünkt ihn, daß das nicht Marie gewesen ist, sondern ein Ersatzbild. Er hat auch jeden zweiten oder dritten Tag mit ihr telefoniert, erst gestern wieder, jedoch es war nicht Maries Stimme, die er gehört hat, es war eine Ersatzstimme. Wie über sich selbst verwundert, daß er es nicht schon längst bemerkt hat, schüttelt er den Kopf. Er erinnert sich an einen beschämenden Vorfall: vor einigen Wochen, auch mitten in der Nacht, hat ihn derselbe Gedanke durchzuckt, nur dumpfer: Wo ist Marie – was ist mit ihr? Und weil er das unklare Gefühl hatte, Etzel könne ihm Auskunft geben, vielleicht sogar den Wunsch, sich mit Etzel über Marie zu unterhalten, ungefähr, wie sich ein Vertriebener mit jemandem aus der Heimat über seine Angehörigen unterhält, ging er in dessen Zimmer, ohne die Ungereimtheit seines Tuns in Erwägung zu ziehen. Es ist eine für ihn charakteristische Sorte von Handlungen: Um eine unangenehme Empfindung für den Moment loszuwerden, faßt er in aller Eile einen Entschluß, der diese Empfindung hundertfach verstärkt. Wie er dann bei Andergast war, befiel ihn eine merkwürdige Scheu, er konnte es nicht über sich bringen, ihn nach Marie zu fragen, er brachte das Wort nicht über die Lippen, er brachte überhaupt kein Wort über die Lippen, es war eine peinliche Situation, die er ungeschickt genug beendete, indem er sich stumm zurückzog. Dabei hatte es ihn erleichtert, daß er Etzel in seinem Zimmer angetroffen hatte, er entsinnt sich genau dieser unverständlichen Erleichterung, was mochte sie zu bedeuten gehabt haben? Er schaut auf die Uhr: halb eins. In Lindow anzurufen, ist es zu spät. Und wieder überkommt ihn der kindische Wunsch, sich an Andergast zu wenden. Dem Zweck forscht er nicht nach. Vielleicht will er ihn bloß sehen. Er hat sich schon mehrere Abende nicht gemeldet. Er wird nicht zu Hause sein, sonst wäre er herübergekommen. Man muß nachsehen. Falls er zu Hause ist, wird er wohl noch nicht schlafen. Kerkhoven verläßt das Zimmer, geht den Korridor entlang, pocht an Etzels Tür. Da alles still bleibt, öffnet er und macht Licht. Das Bett ist unberührt. Er verharrt eine Weile nachdenklich, dann kehrt er langsam in sein Zimmer zurück und setzt sich wieder an den Schreibtisch. Sein Blick fällt auf einige Briefe, die Etzel zur Unterschrift hingelegt hat. Es handelt sich um gleichgültige Angelegenheiten, der oberste Brief ist an die Zeitschrift für ärztliche Fortbildung gerichtet. In der Sekunde, wo er nach der Feder greift, um sie ins Tintenfaß zu tauchen, stockt die Hand. Er wirft die Feder weg, die Linke legt sich schwer auf den Brief, den er unterschreiben gewollt, und knüllt ihn zusammen. Die Augen starren ins Leere, das kein Leeres ist . . .

Er sieht etwas Unfaßliches. Nein, nicht so. Ein zweites Ich in ihm sieht etwas, wovon das Außen-Ich nur eine verschwommene, blitzhaft entschwindende Kunde erhält. Es ist, als habe eine unsichtbare Hand einen Vorhang mit einem Messer zerschnitten und jenes Innen-Ich habe einen Blick durch den Spalt geworfen, der sich sofort wieder schließt. Das Außen-Ich ist ohne Verzug damit beschäftigt, den Sachverhalt zu vertuschen, und will nichts gesehen haben; das Innen-Ich *hat* aber gesehen und befindet sich in einem Zustand unsäglicher Verstörung. (In der gleichen Minute war es, da Marie die »bedingungslose Übergabe« vollzog.) Er steht auf, tritt ans offene Fenster, stiert in die Nacht hinaus und streicht unaufhörlich mit der Hand über die Stirn. Es gibt keinen Namen, keine Bezeichnung für das Gesehene. Es hat den Kreis des Bewußtseins nur gestreift. Es war eigentlich nichts Greifbares, es war eine Art lautloser Detonation. Verblieben ist eine Unruhe, die unhemmbar wächst und sich aus sich selbst nährt. Das statische Gefühl ist erschüttert wie bei einem Erdbeben. Er wankt. Er flicht die Finger beider Hände ineinander, daß die Gelenke knacken, und der Oberkörper macht eine wiegende Bewegung. Die grabenden Gedanken sind ohne Licht und Ziel. Kein Verdacht setzt sich in ihm fest (das kann nicht oft genug betont werden), es ist nur die versengende Unruhe, von der er weiß, daß sie vom Zentrum des Lebens ausgeht. Wenn er mutiger wäre, wenn er besser Bescheid über sich selbst wüßte, wenn er nicht so unsinnige Angst davor hätte, das wahre Wesen dieser Unruhe zu entschleiern, so könnte er einen Beschluß fassen, sein Verhalten während der nächsten Stunden danach einrichten und sich zur Besonnenheit zwingen. Das ist unmöglich. Er könnte den Chauffeur telefonisch erreichen, er könnte den Wagen bestellen und unverzüglich nach Lindow fahren. Unmöglich. Er fürchtet sich. Er will Zeit gewinnen. Er klammert sich an die Hoffnung, daß der Tag alles ungeschehen machen und ihn davon überzeugen wird, daß er Gespenster gesehen hat. Andrerseits geht es über seine Kraft, stundenlang hier im Zimmer auf und ab zu marschieren, Beute wahnwitziger Halluzinationen. Er wird zu Bett gehen und ein starkes Schlafmittel nehmen. Gedacht, getan. Er dosiert das Mittel nicht gering, es würde für drei Männer genügen. Der Schlaf packt ihn wie eine Zange, als er erwacht, zunächst schlaff und erinnerungslos, ist es neun Uhr. Er badet, rasiert sich, stürzt eine Tasse Tee hinunter, läßt der Ordinationsschwester sagen, er sei heute nicht zu sprechen, und steigt ins Auto. Um halb elf fährt er in den Hof in Lindow ein. Seit dem Augenblick des Erwachens hat er keine Sekunde überlegt, was er tun wird, alles ist in einer Weise geschehen, als sei es ihm im Schlaf befohlen worden. Aus dem langen Flur des Erdgeschosses kommt ihm Etzel entgegen. Etzel meidet seinen Blick. Mit einer Kopfbewegung fordert ihn Kerkhoven auf, ihm zu folgen. Sie betreten den nächsten Raum. Er wendet sich Etzel zu und fragt mit heiserer Stimme: »Was ist hier los?« – Etzel, fahlen Blicks, beugt den Nacken und erwidert: »Man braucht Sie, Meister.« – »Gut. Ich habe aber mit Ihnen zu sprechen. Warten Sie droben in Ihrem Zimmer auf mich.«

Als Etzel den Wagen Kerkhovens in den Hof einfahren sah, befand er sich in Maries Schlafzimmer. Sie hatte ihn nicht rufen lassen. Sie hatte sich sogar geweigert, ihn zu empfangen. Darauf hatte er ihr einen Zettel mit drei Worten geschickt: Es muß sein. Als er an ihr Bett trat, war ihm die Kehle zugeschnürt. Sie lag da wie ein schwerkranker Knabe. Er stand zu Füßen des Bettes, seine Finger umklammerten die Messingstange. Er sagte über sie hinüber: »Wir wollen nichts überstürzen. Wir dürfen den Kopf nicht verlieren.« – Sie rührte sich nicht. – Er fuhr eindringlich, doch ohne Weichheit fort: »Man muß es besprechen, das alles. Es sind schwierige Dinge. Das mußt du verstehen.« – Marie rührte sich nicht. – Er wurde unsicher. Ging auf und ab. Blieb vor Marie stehen. Ging wieder auf und ab. Griff nach einem Handspiegel und legte ihn wieder weg. Dann, mit dumpfer Stimme, drängender: »Laß mir vier Wochen Zeit, Marie. Gib mir vier Wochen Frist. Überleg dir's. Willst du?« Sie machte mit dem Kopf ein schwaches Zeichen der Verneinung. Plötzlich ein gellender Aufschrei: »Joseph!« Es ist die Erlösung. Diesmal ist er nicht zu spät gekommen.

»Du bist krank, Marie?« fragte Kerkhoven noch auf der Schwelle. »Also hat mich mein Vorgefühl nicht getäuscht.« – Sie richtet sich auf. Sie hascht nach seiner Hand. Sie preßt die Stirn auf seine Hand. Schultern und Nacken werden von

Stößen geschüttelt, seine Hand ist naß von ihren Tränen. Er nimmt sie schweigend in die Arme, will ihren Kopf aufheben und sie küssen. Sie wehrt ihn leidenschaftlich ab. Nein, nein, sie will nur seine Hand, die gute starke Hand. Er denkt: Was ist geschehen, das ist meine Marie nicht mehr. Etwas Arges schleicht in sein Inneres, die gespenstische Vision taucht wieder auf, aber er will nicht glauben, will nicht sehen, will nicht wissen, genau wie in der Nacht. Er streichelt ihre Haare, ihre Schultern und Arme, er sagt gütige Worte, doch sie schüttelt immer mit derselben leidenschaftlichen Heftigkeit den Kopf. »Ach, Mann«, stöhnt sie auf, »Joseph, mein Joseph, weißt du denn nicht?« – »Was soll ich denn wissen, Liebe, du bist sehr krank, soviel weiß ich . . .« Er macht sich los, erhebt sich, schiebt mit erhobenen Armen etwas weg, was nicht zu ihm heran soll, geht zur Tür hinaus und will vor diesem Etwas die Flucht ergreifen. Marie sieht ihn großäugig an, mit einem wilden und hilflosen Blick, dann springt sie aus dem Bett und wirft sich vor ihm auf die Knie. Die Arme bettelnd hinaufgestreckt wimmert sie: »Ich bin eine Betrügerin, Joseph. Ich hab mich verloren. Die Begehrlichkeit hat mich soweit gebracht. Ich bin zu begehrlich. Schau meine Finger an, es sind begehrliche Finger. Schau die Daumen an, es sind Lügnerdaumen. Nimm mich zu dir, Joseph. Laß mich nicht mehr allein, ich beschwör' dich bei allem, was dir heilig ist, geh nicht mehr fort von mir!« Und stürzt flach auf den Boden nieder. Nur eine so stolze Frau wie Marie kann sich so demütigen, daß einem das Herz dabei stillsteht. Kerkhoven, in seiner angstvollen Bemühung, die Ruhe zu bewahren, denkt: Es war die höchste Zeit, daß ich gekommen bin . . . offenbar hat sie sich mit diesem Andergast zu weit eingelassen . . . das meint sie doch natürlich mit der Begehrlichkeit . . . was könnte es sonst heißen: Begehrlichkeit . . . hat gespielt mit ihm, dann, als es ernst wurde, war's zu spät . . . der ist keiner, mit dem man spielen kann . . . Und Joseph Kerkhoven will nicht glauben, will nicht sehen, will nicht wissen, noch immer nicht. Die Sache ist ja die: Sein Vertrauen zu ihr war und ist so groß, daß er eher mit dem Untergang der Welt rechnete als damit, daß sie dieses unbegrenzte Vertrauen täuschen könnte. Das gehört zu den Undenkbarkeiten. Er beugt sich nieder zu ihr, hebt sie mit den zärtlichsten Worten, die sich nur ersinnen lassen, vom Boden auf, trägt den leichten, widerstandslosen Körper ins Bett zurück, zieht einen Stuhl heran und beteuert ihr, er wird sie nicht mehr verlassen, es wird nicht mehr vorkommen, was auch immer sich ereignet. Was auch immer geschehen sein mag. Denn sie und er sind ein einziges unteilbares Wesen. Während er dies sagt, zittert seine Stimme, er ist der Wahrheit schon ganz nah. Sie hat das Gesicht in die Kissen gewühlt. Er steht auf und sagt, es sei gut für sie, wenn er sie nun ein wenig sich selbst überlasse, in einer halben Stunde komme er wieder, dann könnten sie in Ruhe miteinander reden. Sie seufzt trostlos in sich hinein, aber sie nickt. Er geht. Geht ins Kinderzimmer, um die Buben zu sehen, aber die sind schon im Freien. Als er über den Flur zurückkehrt, stehen Aleid und Lotte an der Stiege und tuscheln. Er begrüßt sie herzlich, und indem er sich mit ihnen unterhält, sieht er immerfort Marie vor sich, ihr krankes Gesicht, ihren wunden Blick, und da überfällt ihn der Gedanke: Verzeihung? Nein, Verzeihung ist das Ende; Verzeihung vernichtet und entehrt die Liebe, sie neu zu schaffen, ist dann kein Stoff mehr da. Es gelingt ihm, den Mädchen zuzulächeln, er geht weiter, klopft an Etzels Tür und tritt ein. Etzel sitzt auf der Tischkante und legt ein Buch weg, in dem er dem Anschein nach gelesen hat.

Kerkhoven bleibt vor ihm stehen. »Nun, das ist eine schöne Geschichte; der Zustand, den ich da unten angetroffen habe, ist nicht erfreulich, mein Lieber«, sagt er, ohne ihm ins Gesicht zu sehen. Etzel wippt sich von der Tischkante ab, stellt sich ans Fenster und schaut hinaus. Langes Schweigen. »Sagen Sie mal, Etzel«, beginnt Kerkhoven wieder, und seine Stimme klingt nicht so unbefangen, wie er wünscht, daß sie klingen soll, »warum haben Sie all die Zeit her gegen mich den Ahnungslosen gespielt?« – Schweigen. – Kerkhoven versucht krampfhaft, eine Haltung zu bewahren, die er innerlich nicht mehr besitzt. »Wollen Sie mir eine Frage beantworten, Etzel?« – Etzel nickt. Er wendet das Gesicht nicht vom Fenster. – »Gut«, sagt Kerkhoven; »so frage ich: Haben Sie sich mir gegenüber etwas vorzuwerfen?« Etzel dreht sich um. Mit nervösem Blinzeln der Lider erwidert er brüsk: »Auf diese Frage zu antworten, Meister, bin ich nicht befugt.« Gut gesagt, Etzel Andergast, wie ein Ehrenmann gesprochen; bravo!

Endlich weiß Kerkhoven. Endlich sieht er. Mechanisch greift er nach dem Buch, das Etzel in der Hand gehabt hat, und läßt es fallen. Langsam überzieht sich sein Gesicht von der Stirn bis zum Kinnrand mit milchig grauer Farbe. Er wird es Tag und Nacht sehen, Wochen und Monate, er wird es aus seinem Auge, aus seinem Blut, aus seinen Träumen nicht mehr herausbringen, es wird ihn vergiften, und es wird seine Mannheit lähmen, das eine Bild: wie sie sich umschlungen halten, Mund an Mund, Leib an Leib, nackt und bloß, er wird es nicht ertragen können, daß es eine geile und verräterische Wirklichkeit war, indes er blind vertrauensvoll daneben gelebt hat. Es nimmt ihn und reißt ihn mitten durch, vom Scheitel bis in seine Mannheit. Die Oberarme hat er an den Leib gepreßt, die Unterarme streckt er mit offenen Händen parallel vor sich hin. »Gehen Sie, Mensch ... gehn Sie hinaus, Mensch«, röchelt er aus seiner Kehle, und dies ist kein »apage Satanas«, es soll nur heißen: Seien Sie nicht auch noch Zeuge meiner unwürdigen Schwäche. Aber Etzel kann sich nicht bewegen. Er muß zusehen, wie der Meister hinsinkt. Zusehen, wie er den Kopf auf einen Stuhl legt und heult. Der Meister heult. Der Meister heult wie ein wundes Tier. Der Mann ist gebrochen. Der Mann liegt da wie eine gebrochene Eiche. Der mächtige, wunderbare Mann. Der Lehrer, der Freund, der Helfer, der Führer, der Kenner und Erkenner, der Erbarmer, der Erleuchter. Liegt da wie ein Tier, wie ein Kind, und heult in einen Stuhl hinein. Man sieht seine Stiefelsohlen und unter den heraufgezogenen Beinkleidern seine Strümpfe. Kalt überläuft es den Etzel Andergast. So kalt, wie er gewesen ist, so kalt überläuft es ihn. Kalt ist es ihm in den Knochen, kalt sind seine Eingeweide im Bauch. Geh, Mensch. Laß dich nicht mehr blicken, Mensch. In ein Loch, Mensch. Heb deine Augen nicht mehr zum Himmel, Mensch. Nichts da,

Himmel. Nichts da, Welt. In ein Loch mit dir und deiner ver-
krüppelten Phantasie. Geh, Mensch, geh fort ...

Siebzehntes Kapitel als Finale

Und so geschieht es. Er geht fort. Er weiß nicht, wo er hin soll.
Er ist so unstet, daß wir ihn kaum im Auge behalten können.
Er ist landflüchtig. Genauso, als ob er polizeilich verfolgt
würde. Überall ist sein Steckbrief angeschlagen: so scheint es
ihm. Jeden Augenblick kann er arretiert werden, scheint es ihm.
Man denkt an nichts Böses, auf einmal legt sich einem eine
schwere Hand auf die Schulter: Kommen Sie mit, kein Aufsehen, ich verhafte Sie im Namen des Gesetzes. Welches Gesetzes, bitte? Wer sind Sie? Das Gesetz steht nirgends geschrieben und besteht nirgends in Kraft, aber der einem die
Hand auf die Schulter legt, ist ein Herr ohne Gnade, seine ver-
bindlichen Umgangsformen gemahnen an die makabre Artigkeit des steinernen Gastes.

Ausgestoßen. Sozusagen infam kassiert. Dahin sind wir also
gelangt mit der Gerechtigkeitsfackel im erhobenen Arm. Ge-
fahndet wird nach ihm. Nirgends ist seines Bleibens. Die Menschen zeigen mit Fingern auf ihn: Da ist einer, der ausgezogen
ist, ein Königreich zu erobern, und was ist ihm zuteil geworden?
Ein besudeltes Herz. Ausgezogen mit der Blendlaterne, um den
Geistern der Finsternis zuleibe zu gehn, und zur Strecke gebracht von denselben Dämonen, wider die er sich übermütig
vermessen. Ein Liebesmörder, das ist er. Nicht Mörder aus
Liebe, versteht mich recht: Mörder der Liebe. Und ärger noch:
Seinem Meister hat er das Schamtuch von den Lenden gerissen,
um seiner Blöße zu spotten. Das ist unsühnbar. So also sieht
sie aus, die Forderung nach Gerechtigkeit, wenn es sich nicht
mehr um die fremde, sondern um die eigene Verschuldung
handelt. Da will einer das Gewissen der Menschheit wecken
und bringt manches mit, was ihm dazu dienen kann: einen ent-

600

zündlichen Geist, ein erregbares Herz, Mut zur Wahrheit, Erkenntnismut, Leidensmut; auf einmal verwandelt sich das Unrecht, das vor seinen Augen geschieht und das aus der Welt zu schaffen er sich geboren wähnte, in Unrecht, das er selber begeht, an sich selber begeht, und er spürt die Tiefe wie auch den Sinn der Verstrickung, er begreift die Unabwendbarkeit der Schuld. Blickt er zurück auf seinen Weg, so dünkt ihn, als habe ihn das Schicksal mit wohlüberlegter Absicht in die Schuld hineingetrieben. Diese Absicht scheint ihm zunächst von teuflischer Beschaffenheit, erst mit der Zeit macht er die sonderbare Entdeckung, daß etwas in seinem Innern ihr stetig und willig entgegengekommen ist und den Boden bereitet hat. Er findet keinen Namen dafür, es hängt mit dem zusammen, was er als die »Unabwendbarkeit der Schuld« erkannt hat, aber es ist noch was anderes, es ist mehr, er möchte es beinahe Sehnsucht nach der Schuld nennen, wenn ihn das Wort nicht zuinnerst erschreckte und wie Wahnsinn anrührte. Das kann es ja unmöglich geben: Sehnsucht nach der Schuld. Oder doch?

Nein, er kann an keinem Ort bleiben. Es ist ihm unmöglich, zweimal in demselben Raum zu übernachten. Er erträgt keines Menschen Gegenwart und Blick. Wenn er gezwungen ist, mit jemand ein paar Worte zu sprechen, einem Hausgenossen, einem Kellner, einer Prostituierten, einem Landstreicher, wird er vor Ungeduld halb verrückt. Der Schall der Worte bereitet ihm Übelkeit, Stimmen aus dem Nebenzimmer, Gelächter oder Gesang. Übelkeit ist die herrschende Empfindung, sowohl körperlich wie geistig. Der Bissen widert ihn im Mund. Beim Waschen widert ihn der Geruch seiner Haut, der Anblick seiner Glieder, die Berührung seines Haares. Er möchte sich aus sich selber herausspeien. Bevor er sich ins Bett legt, versteckt er die Kleider und die Wäsche, die er ausgezogen hat, im Schrank; es sind ekelerregende Teile von ihm, die er haßt. Er haßt den Tag, die Nacht, die Dämmerung, die Häuser und die Straßen. Alles Gewesene ist ihm so grauenhaft wie alles Bevorstehende. Seine Handlungen haben untereinander keinen Zusammenhang.

Ein Buch, das er zur Hälfte gelesen hat, fängt er von vorn an, und es ist ihm unbekannt. Er kauft ein Paar Schuhe und vergißt zu zahlen, so daß ihm der Verkäufer auf der Straße nachlaufen muß. Er sitzt geistesabwesend in Kinos und weiß nicht, was er sieht. Er vernachlässigt sein Äußeres gänzlich, der schmierige Dreß, in dem er halbe Tage lang auf dem Motorrad sitzt, ist sein einziger Anzug. Wohin er fährt, ist ihm gleichgültig, die Namen der Städte und Ortschaften, wo er rastet, kennt er meistens nicht. Fast jede Nacht hat er die gräßlichsten Träume, er, der vordem von störenden Träumen nichts gewußt hat. Aus solchen Träumen erwacht er mit einem rasenden Schrei, der die Umgebung alarmiert und die Leute veranlaßt, an seine Zimmertür zu klopfen. Dann liegt er mit knirschenden Zähnen und wildschlagenden Pulsen da, der Körper ist in Schweiß gebadet, Hemd, Kopfkissen und Laken sind naß zum Auswinden. Er magert ab. Die Augen sind glanzlos, das Zahnfleisch ist weiß, stundenlang befindet er sich in somnolentem Zustand, auch wenn er auf der Maschine sitzt. Er ist vermutlich krank und wird es immer mehr. Er verliert das Zeitgefühl. Die Bewußtseinslöschungen nehmen überhand. Die Städte kommen ihm wie Kirchhöfe vor, die Menschen, trotzdem sie sich bewegen, wie Grabsteine. Die Welt gleicht einem Ameisenhaufen, über den ein Faß Kalk geschüttet worden ist. Einmal gerät er in eine aufgewühlte Menge. Wilder Streik. Männer, Weiber, Kinder mit ohrenzerreißendem Brüllen und Kreischen um ihn her, ausgemergelte Gestalten; er steht wie schlafend, mit gesenktem Kopf, mitten in einem Haufen, hört nicht, sieht nicht, eine Gewehrkugel durchlöchert ihm die Schulter, er wird fortgetragen, liegt in einer Baracke, wie lang, kann er nicht beurteilen, vielleicht drei Tage, vielleicht drei Wochen, dann beginnt die Gespensterfahrt wieder, eines Tages wacht er in einem Wald auf, weiß nicht, was gestern gewesen ist, neben ihm das Motorrad wie ein dürres Symbol des scheinhaften Lebens, aus dem er flieht, zu dem er flieht und das aus Öl, Schmutz, Hunger und Mord besteht. Es ist früh am Tage, vorgeschrittener Herbst schon, er liegt auf zusammengescharrtem Laub und blickt durch die Fichtenkronen in den Himmel. Was lockt ihn so unerwartet an der Bläue des Himmels? Was will die azurne Höhe? Hinauf kann man doch nicht. Aber es lockt und lockt, als würde ihm ein Weg gewiesen aus dem Verlies, worin er sich blind von Wand zu Wand tastet, um einen Ausgang zu suchen. Das Gefühl verbleibt, ja es gewinnt Raum. Am Abend findet er Unterkunft in einem Wirtshaus an der Chaussee. Als er seine Sachen auspackt, fällt ihm eine zerschlissene Ledermappe in die Hände, worin er Papiere aufbewahrt; er öffnet sie, zuoberst liegt ein Brief. Ein ungelesener Brief; der Umschlag ist noch so, wie er ihn mit der Post bekommen hat. Verwundert betrachtet er den Stempel. Er ist zwei Monate alt. Er hat den Brief vor langer Zeit erhalten, damals noch, ihr wißt schon. Er hat ihn nie aufgemacht. Er hat ihn vergessen. Die Adresse zeigt die Handschrift seiner Mutter. Zögernd reißt er den Umschlag auf. Es sind nur ein paar Zeilen. Trockene Mitteilung, daß sie ihren bisherigen Wohnsitz verläßt und ins hohe Engadin zieht, ins Fex, wo sie ein kleines Haus gemietet hat, dort will sie bleiben. Was geht's mich an? denkt er, legt den Brief weg, greift wieder danach, legt ihn wieder weg. Hohes Engadin. Das bedeutet »hinauf«. Es ist ganz »oben«. Er erinnert sich an dieses »Oben«. Es war die Schwesterlandschaft, wo er gewesen ist, vor viereinhalb Jahren. Dort hat er gelebt. Mit der Sonne und den Sternen. Zwischen seiner ersten und seiner zweiten Existenz. Der wohlgesinnte Kairos hatte ihn hinaufgeführt, der Gott des günstigen Augenblicks. Er setzt sich an den wackligen Tisch und stützt den Kopf in die Hände. Es erscheint ihm unglaublich merkwürdig, ja beinahe unheimlich, daß er eine Mutter hat. Fremdartiges Wort: Mutter. Er hat es niemals mit Bewußtsein ausgesprochen. Es war ein Begriff. Und da »oben« ist sie, ganz »oben«; wenn man zu ihr will, gesetzt den Fall, man will zu ihr, muß man »hinauf«. Und sie wird da sein. Sie wird »Etzel« zu ihm sagen. Wie die andere. Mit derselben Stimme vielleicht. Sie wird »Sohn« zu ihm sagen. Seltsam, dies zu denken ... Der Weg zu ihr ist wie eine Brücke zum andern Ufer ...

603

Hinauf. Schicht um Schicht. Flußtal um Flußtal, Terrasse um Terrasse. Immer die Möglichkeit des Hinunter- und Zurückschauens, über jeder Teilwelt eine höhere Teilwelt, über jedem Tal ein höheres, das Ganze dennoch ein einziger Leib. Da ist es wieder, das gefärbte Gestein, je nach der Stunde und dem Auffall des Lichts verschieden, der schwarze Granit, der graue Basalt, der rote Porphyr, drüber im Geisterbogen die grünen Dome der Gletscher. Dieselbe Gewalt der Bildungen wieder, schwesterliche Form, die Durchsichtigkeit der Luft, die elementaren Influenzen von Metall und Mineral, Wasser und Wurzel her, die einen organisch einfügen in den Umlauf der Erdsäfte. Kairos führt, er legt den Finger auf die Lippen, wie Marie manchmal zu tun pflegte, er weist mit dem ausgestreckten Arm zurück und hinunter auf das Land der zweiten Existenz.

Es ist ein Haus mit dicken Steinmauern und stark vergitterten, schießschartenähnlichen Fenstern, worin Sophia von Andergast wohnt. Es ist kleiner als die gewöhnlichen Bauernhäuser, die spärlich in dem Hochtal verstreut liegen. Ein Berner Architekt hat es gebaut und ihr überlassen, da seine Frau gestorben ist. Es ist nicht leicht, sich zu verpflegen da oben, jedoch die Bedürfnisse Sophias sind einfach. Alles an ihr ist einfach, ihre Sprache, ihre Gedanken, ihre innere Welt. Besser gesagt: vereinfacht, auf das Einfache zurückgeführt. Sie trägt ein taubengraues, halblanges Stoffkleid mit einem Stoffgürtel und am Hals eine Gemme. Ihr Haar ist an den Schläfen grau. Es ist kurz geschnitten wie das eines Mannes. Die Reinheit der Züge wird nur übertroffen von der Reinheit des Blicks, der eine solche Konzentration hat, daß alles Leben in ihm allein zu ruhen scheint. Er gleicht einem Metall, aus dem jeder Rest von Schlacke ausgeglüht ist. Sie hat eine tiefe, angenehm vibrierende Stimme. Worüber Etzel fortwährend erstaunen muß, von der ersten Stunde an, ist das eigentümlich Lichte und Leuchtende ihres Wesens, das am stärksten hervorbricht, wenn sie schweigt und ihren Beschäftigungen nachgeht. Er überrascht sich bisweilen dabei, daß er sie heimlich und interessiert beobachtet.

604

Sie macht den Eindruck eines Menschen, dem ein Geheimnis anvertraut ist, das ihn unbeschreiblich beglückt. Er sinnt und sinnt, was für ein Geheimnis es wohl sein mag. Er schaut ihr verstohlen zu und kann sich einer Bewunderung nicht erwehren, die nahe an Furcht grenzt. Sie hat ihn nicht gefragt, woher er kommt, warum er kommt, wie lang er bleibt, wohin er gehen wird, es sieht aus, als wisse sie es schon längst, ja, als wisse sie so viel von ihm, daß Schweigen die einzige Wohltat und Rücksicht ist, die sie ihm erweisen kann. Das ist gut. Es läßt ausruhen. Es ist ein Ruhen durch und durch. Die Mutter schweigt, die Landschaft schweigt, das Universum schweigt, und es schweigt das erschöpfte Herz. Das will ja Sophia, nichts anderes. Werde still, scheint ihr konzentrierter Blick zu sagen, darauf kommt alles an. Und er sitzt draußen auf dem steinernen Vorbau, sein Auge hängt an der Gewaltigkeit des Gebirges, an den zackigen Graten, von denen Geröllhalden abfallen wie graue, moosbesetzte, langschleppige Geisterkleider, an der langhingestreckten Talmulde, der sich mit kristallgepanzerter Brust der Gletscher entgegenwirft, als habe er sein Hinaufstürmen in die Ewigkeit zu verteidigen. Die geisterhafte Stille! Das Blut hebt zu singen an, die Pfiffe der Murmeltiere scheinen dazu dazusein, um die Stille nicht tödlich für den Menschen zu machen. Und er denkt nach über das Geheimnis der Mutter, ihm ahnt, daß es mit dem Geheimnis der Stille zusammenhängt und mit jener Ewigkeit, die sich im getürmten Gestein und in den Runen des Eises ausdrückt. Er wandert viel, manchmal mit ihr, manchmal allein. Die Unterhaltungen, die sie führen, bestehen aus kurzen Mitteilungen und Betrachtungen. Es ist wirklich kaum der Rede wert. Ihm ist die Lust zum Reden vergangen, und Sophia hat die Gabe, mit wenigen Worten viel zu sagen. Bisweilen, wenn ihre Blicke sich treffen, hat er ein so starkes Gefühl der Fremdheit, daß es ihn bedrückt, mit einer so fremden Frau allein in einem Haus zu wohnen, wozu kommt, daß ihr Aussehen ihrem Alter keineswegs entspricht. Sie kann zwar nicht älter als zwei- oder dreiundvierzig sein, aber wenn das Schläfenhaar nicht ergraut wäre, könnte sie für sechsunddreißig gelten. (Das ist gerade Maries Alter.) Als er sie zuletzt gesehen, ist sie ihm weit älter erschienen, nicht nur weil er noch ein halber Knabe war und eine Spannung zwischen ihnen herrschte, in der alle Gefahren der Vergangenheit und der Zukunft vereinigt waren, sondern auch weil sie ein ganz anderes Gesicht gehabt; er kann nicht ergründen, worin die Veränderung liegt, jedenfalls ist sie derart, als sei es nicht mehr ein und dieselbe Person. Doch der Körper und die Züge sind es nicht, die sie so verjüngt erscheinen lassen, es geht von innen aus und beruht auf dem gleichen Phänomen, das sie ihm so fremd macht. Er findet, daß er ihr ähnlich sieht, Leute, die ihnen begegnen, halten sie für Geschwister. Einmal hört er eine solche Bemerkung und denkt lang darüber nach. Ganz unverständlich, aber die Vorstellung, daß sie ihn geboren hat, verliert durch den Schein der Schwesterlichkeit das unheimlich Bindende. So kann er sich leichter fassen, sie wird ihm irdischer dadurch, gefährtenhafter, und dies wieder schafft einen tiefen Zusammenhang zwischen ihr und Marie. Es ist wie eine Vision, die ihn aufatmen läßt und eine Zentnerlast von ihm nimmt.

Zuweilen geschieht es, daß er die Augen erhebt, verwundert um sich herumschaut und vor sich hin sagt: Ich bin im Haus der Mutter. Dabei stellt sich ein Gefühl von Geborgenheit ein, wie es ein Genesender hat, wenn er endlich nicht mehr fiebert. Der Tag hat wieder seine klare Kontur, die Zeit geht wieder ihren natürlichen Gang; das Blut in den Adern ist wieder rein, so wie die Gebirgswässer nach einer Überschwemmung abschwellen und sich klären. Während dieses Prozesses der Reinigung und Entlastung steht er unter dem Eindruck, als ob Sophia auf sehr entschiedene, jedoch unmerkliche Weise mitwirke. Vielleicht ist es nur ihre Aura, vielleicht ist es eine ganz bestimmte Macht, die von ihr ausgeht. Eine ähnliche Beeinflussung hat er nur durch den Meister erfahren. Doch diese ist namenloser und schwerer nachweisbar; man kann sich ihr aber ebensowenig entziehen, nicht einmal im Schlaf. Außerdem ist ein Magnetismus im Spiel, wie er ihn in solcher Stärke nur ein einziges Mal im Leben empfunden hat: in den ersten Wochen seiner Leidenschaft, als er jeden andern Tag, dämonisch hingewirbelt, die siebenundsechzig Kilometer nach Lindow raste. Nur daß hier das Element des Dämonischen fehlt. Und wie seltsam, die beiden Kraftströme sind in Sophia vereinigt: des Meisters und Maries. Es ist wie eine mystische Synthese, er kann nicht aufhören, darüber zu grübeln. Was mag dem zugrunde liegen? Was für eine Frau ist es, die er Mutter nennt? Welche Art von Leben, inneres und äußeres, war imstande, sie so hoch zu tragen, wie sie anscheinend getragen worden ist? Was geht in ihr vor? Ist es ein Gedanke, der sie hält und bewegt, oder eine ihm unbekannte Empfindung? Es muß etwas sein, was den Menschen auf sein Wesentliches zusammenschließt, so daß er zur wahrhaftigen Erscheinung seiner selbst wird, sozusagen seine eigene Idee verkörpert. Sophia muß wohl spüren, was in ihrem Sohn vorgeht. Aber sie greift nicht ein. Sie ist nur da. Sie umgibt ihn förmlich. Sie hält ihn im magischen Ring. Daß sie dazu ihrer ganzen Seelenkraft bedarf, daß sie ihn gleichsam neu empfängt und neu gebiert, kann er nicht wissen. Eines Tages, kurz vor dem ersten Schneefall, kommt er von den Bergen, es ist die Stunde, wo sie zu ruhen pflegt, und um sie nicht zu stören, entledigt er sich vor dem Haus der genagelten Schuhe und geht auf Strümpfen durch die Küche und die Treppe hinauf. Die Tür zu ihrem Zimmer steht halb offen, sie hat ihn nicht gehört, er lugt hinein, ein hastiges Spähen, und er prallt zurück. Lautlos geht er die Stiege wieder hinunter und kauert sich auf die unterste Stufe. Den Anblick wird er nie vergessen. Nie wird das Bild dieser Versunkenheit von seinem innern Auge weichen. Das geneigte Haupt, die innige Bewegung der mit den Fingerspitzen gegeneinandergelegten Hände. Die Tiefe der Besinnung. Die unermeßliche Ruhe. Den Ausdruck des Gehorsams. Was ist das? Er hat nicht geahnt, daß es dergleichen gibt. Was ist es? Was ist es? Gebet? Zu wem? Wozu? Gibt es das? Wie kommt es, daß er an den Tag denkt, als er zum ersten Male zu Marie ins Zimmer kam und sie am Fenster saß, die ganze Gestalt, so zart in ihrer frühen Schwangerschaft, in eine mit Goldstaub gesättigte Atmosphäre getaucht. Er fühlt sich auf einmal müde, lehnt den Kopf an das Holzgeländer und spürt gelockert die Schwere seiner Glieder. Alles Gewesene ist der Erdverhaftung entbunden und schwebt langsam in eine reinere Region.

Und wieder fragt er sich: Gibt es das, bei einer Sophia von Andergast, einem geistigen Menschen, einer Frau, die wissenschaftlich gearbeitet hat und der das Leben eine höchst ernsthafte Wirklichkeit war? Er muß sich getäuscht haben, es ist nicht anders möglich. Da oben ist alles anders, man kann sich auf seine Sinne nicht mehr verlassen. Er darf annehmen, sie habe ihn nicht bemerkt, aber Sophia ist sehr sensitiv und scheint ihn besser zu kennen, als er ahnt. An dem Tag, wo das große Schneien beginnt, ereignet sich etwas, was ihn derart hernimmt, daß er sich lange nicht davon erholen kann. Ein Nichts. Eine Lächerlichkeit, und doch, es überläuft ihn, wenn er es denkt. Er sitzt im Erker und schaut in die umrißlos gewordene Landschaft hinaus, da tritt sie zu ihm und legt den Zeigefinger unter sein Kinn, so daß er den Kopf zu ihr erheben muß. Genau wie Marie es oft getan hat. Erschrocken starrt er ihr ins Gesicht: sie lächelt ihm zu. Nichts weiter. »Was willst du, Mutter?« fragt er scheu. Sie schüttelt den Kopf; keineswegs will sie etwas. Da lächelt er endlich auch, zum ersten Mal seit Monaten. Am Nachmittag beginnt es zu schneien, und es schneit ununterbrochen fünf Tage lang. Schneefall in diesen Höhen ist nicht dasselbe wie in der Ebene. Es ist, als sänken dichte, schwere weiße Mullvorhänge herunter, die die Lautlosigkeit der Natur in einem Maße steigern, daß die Luft in eigentümliches Sieden gerät und einem des Nachts zumute ist, als fange die Glocke, die der Schnee über das Haus stülpt, zu tönen an. Ich bin im Grund der Welt, denkt Etzel. Ich bin im Haus der Mutter, denkt er, und das Wort Mutter hat den geheimnisvollen Klang der weißen Glocke. Das Haus ist ein Grab im Schnee. Mit einer abgelebten Wirklichkeit ist er in das Grab hineingestorben, mit einer neuen wird er aus ihm auferstehen.

ANHANG

Henry Miller

Maurizius forever

Übersetzt
von Kurt Wagenseil

Dieser Roman* eines der größten deutschen Schriftsteller beruht auf einem berühmten Justizirrtum, der, wie unser Fall Sacco und Vanzetti, in der ganzen Welt Widerhall fand.

Mit jener umfassenden und tiefen Einsicht, die den schöpferischen Künstler auszeichnet, weitet Wassermann das Thema so aus, daß es die Größe einer griechischen Tragödie bekommt.

Etzel Andergast, ein sechzehnjähriger Gymnasiast, spielt in diesem Drama widerstreitender Leidenschaften eine sonderbare und sehr verwirrende Rolle. Sein fanatischer Glaube an die Gerechtigkeit und sein Bestreben, sie durchzusetzen, führen dazu, daß der verurteilte Maurizius, der bereits achtzehn Jahre im Zuchthaus zugebracht hat, wieder in Freiheit gesetzt wird.

Das Buch bietet keinen billigen Trost und keine Lösungen. Alle an dieser Angelegenheit beteiligten Personen haben ein tragisches Schicksal, mit Ausnahme von Anna Jahn. Und eben sie hatte den Mord begangen, für den Maurizius ungerechterweise bestraft worden war. Etzel, der Held des Buches, wird durch sein Erlebnis ganz und gar aus der Bahn geworfen. Maurizius selbst begeht kurz nach seiner Freilassung Selbstmord. Etzels Vater, der als Staatsanwalt für den an Maurizius begangenen Justizirrtum verantwortlich war, bricht körperlich und geistig völlig zusammen.

Eine grimmige und grausige Geschichte, von unheimlichen Blitzen durchleuchtet, welche die Höhen und Tiefen der deutschen Seele erhellen. Es ist die Zeit vor·dem Erscheinen eines Führers, der die Auflösung Deutschlands in die Wege leiten wird.

Die Handlung spielt hauptsächlich in der Stadt Hanau und in Berlin, wo Etzel Waremme aufstöbert, wie auch in dem Zuchthaus Kressa bei Hanau, wo Maurizius gefangensitzt.

Die Geschichte beginnt achtzehn Jahre nach dem berühmten Verbrechen. Wir verfolgen die Geschehnisse, die zu dem Mord an Maurizius' Frau führen, mit den Augen und an Hand der Aussagen der verschiedenen Personen, des Maurizius selbst,

* Der Fall Maurizius, von Jakob Wassermann.

Waremme-Warschauers, des alten Maurizius und anderer. Wer den Schuß abfeuerte, bleibt fast bis zum Schluß ein Geheimnis.

Der junge Etzel, der von Maurizius' Unschuld fanatisch überzeugt ist, scheint von einem höheren Pflicht- und Gerechtigkeitsgefühl gelenkt zu werden als sein starrsinniger Vater, der in seiner Person das Gesetz verkörpert und dadurch wie ein Ungeheuer wirkt. Aber die ritterliche Tat des Jungen ist in Wirklichkeit, wenn er sich dessen auch nicht bewußt wird, durch Rachsucht bestimmt: Er will das Werk seines Vaters vernichten. Im Hintergrund seines Denkens lauert das dunkle Gefühl, daß sein Vater für alles verantwortlich ist. Mütterlicher Zärtlichkeit beraubt, wird er zum Rächer. In seinem Bestreben, das unglückliche Opfer Maurizius in Freiheit zu setzen, betreibt er unbewußt die Rechtfertigung seiner Mutter, die wie der Gefangene von seinem Vater Unrecht erlitten hat.

Das Thema des Romans ist nicht allein die Unzulänglichkeit menschlicher Rechtsprechung, sondern die Unmöglichkeit, jemals zu einem gerechten Urteil zu gelangen. Alle Personen bezeugen dies auf ihre eigene Weise, sogar die »Säule der Gerechtigkeit«, Herr von Andergast selbst. Das Recht, so scheint es, war nur ein Vorwand, den Schwächeren grausam zu behandeln. *Gerechtigkeit ohne Liebe wird zur Rache.*

Um die Gestalt des Maurizius, dessen Charakterschwäche das Verbrechen beschleunigt, dreht sich wie in einem Strudel eine großartige Schar von Figuren, deren Beweggründe, Leidenschaften und Interessen unauflöslich miteinander verbunden sind. Die Frage der Gerechtigkeit, das eigentliche Thema des Romans, wird praktisch durch den Reichtum an untergeordneten dramatischen Vorgängen, die, wie man wohl sagen könnte, durch schicksalhafte Fügung entstehen, überdeckt.

Einige der bezeichnendsten wie auch der quälendsten Szenen sind die im Zuchthaus mit den Gesprächen zwischen Maurizius und Baron von Andergast und zwischen Maurizius und einem alten Gefängniswärter namens Klakusch.

»Allein«, sagt Maurizius, »hat der Mensch keine Seele . . .

Allein hat er infolgedessen auch keinen Gott . . . Für mich stirbt ja keiner.«

Die Dialoge mit Klakusch, der eine dostojewskijsche Gestalt ist, die Stimme des Gewissens selbst, sind besonders aufschlußreich. Sie gehen bis an die Grenze des menschlichen Verstandes. Zum Beispiel die Frage der Gerechtigkeit.

»Wie meinen Sie das, Klakusch, die Gerechtigkeit?« fragt Maurizius.

»Das Wort sollte man eigentlich gar nicht in den Mund nehmen«, antwortet Klakusch.

»Warum, Klakusch?«

»Es ist ein Wort wie ein Fisch, entschlüpft einem, wenn man's greift.«

Dann: »Wenn man die Stimme hätte . . . wenn man die richtige Stimme hätte, was könnte man da erreichen, es fehlt an der Stimme.«

Als er mit Herrn von Andergast über Klakusch spricht, bemerkt Maurizius: »Es war merkwürdig mit dem Mann. Er gab sich so einfältig und schien so harmlos, und plötzlich, wenn er eine Weile bei einem war, hatte man das Gefühl, als wisse er über alle Dinge in der Welt Bescheid, man brauchte ihn bloß zu fragen. Aber ihn interessierte nur das Zuchthaus, er redete über nichts anderes als über die Sträflinge . . .«

»Ich weiß jetzt, was 'n Verbrecher ist«, sagt Klakusch eines Tages. »Nämlich einer, der sich selbst zugrunde richtet, das ist ein Verbrecher; der Mensch, der sich selbst zugrunde richtet, der ist ein Verbrecher.«

Bei einer anderen Gelegenheit sagt Klakusch zu Maurizius: »Möchte eigentlich wissen, warum Sie immer so schwermütig sind . . . Ich sage immer zu den Jungens: Du hast deine Ordnung, dein gutes Bett, reichliche Nahrung, hast ein Dach überm Kopf – was willste denn mehr? Keine Sorgen, keine Geschäfte, brauchst dich nicht zu schinden, was willste eigentlich?«

Nachdem Maurizius einige Bemerkungen dazu gemacht hat, fährt Klakusch fort: »Aber sehen Sie mal, die Richter, die können eben auch nicht anders. Der Fehler ist der: Wenn ein

Richter urteilt, so urteilt er als Mensch über einen Menschen, und das darf nicht sein.«

»So?« fragt Maurizius erstaunt. »Finden Sie, daß das nicht sein darf?«

»Es darf nicht sein«, wiederholt Klakusch in einem unvergeßlichen Ton, »der Mensch darf nicht über den Menschen urteilen.«

»Und wie ist's dann mit der Strafe?« wandte Maurizius ein. »Strafe ist doch notwendig, war da, seit die Welt steht.«

Klakusch beugte sich zu Maurizius herunter und raunte ihm zu: »*Dann muß man die Welt austilgen und Menschen machen, die anders denken**. Das ist uns so eingebleut von Kindesbeinen, aber es hat mit dem wahrhaftigen Menschen nichts zu schaffen. Es ist Lüge, da haben Sie's. Lüge. Wer straft, der lügt sich seine eigene Sünde weg. Da haben Sie's.«

Maurizius verfolgt diesen Gedankengang weiter und wendet ein (ausgerechnet er, der Verurteilte!), daß die Gesellschaft schon lange von dem eigentlichen Strafprinzip wie auch von dem Prinzip der Vergeltung abgekommen sei, sie sei nur noch auf den Schutz der Gesellschaft und die Besserung des Verbrechers bedacht. »Klakusch«, berichtet er, »sagte, mit dem Schutz sähe es genauso windig aus wie mit der Besserung, über die doch bei den Eingeweihten nur ein Gelächter sei; wie solle man einen Wahnsinnigen davor schützen, daß er sich mit seinen eigenen Händen das Gesicht zerfleischt? Die Menschenwelt sei ein solcher Wahnsinniger, sie nimmt sich heraus zu schützen, was sie in ihrer Vernunftlosigkeit immerfort selber zerstört. Deshalb sagte er: ›*Hör damit auf, Menschenwelt, und pack's von einer anderen Seite an.*‹«

Schließlich kommen wir zu dieser bestürzenden Entwicklung; Maurizius berichtet sie dem Oberstaatsanwalt von Andergast. Das folgende kommt gleich nach dem obigen Zitat:

»Es war ein Dezembernachmittag, als wir dies besprachen, seit dem Morgen verfinsterte der Schneefall die Zelle, und bevor

---

* Hervorhebungen von mir.

er ging, sagte Klakusch: ›Macht mir keinen Spaß mehr, ich habe meine Tage vollgezählt auf dem Buckel, ich weiß zuviel von allem, es geht nichts mehr hinein in den Kopf und in das Herz.‹ Als er gegen Abend noch einmal kam, um für die Nacht den Kübel auszuleeren, das nahm er mir immer ab, nach der Hausordnung hätt' ich's selber besorgen müssen, als er da vor mir stand, rafft' ich meinen Mut zusammen und fragte ihn: ›Sagen Sie mal, Klakusch, glauben Sie, daß unschuldig Verurteilte in dem Haus sind?‹ Er schien auf die Frage nicht vorbereitet und antwortete zögernd: ›Es könnte wohl sein.‹ Ich fragte weiter: ›Mit wieviel unschuldig Verurteilten haben Sie während Ihrer Amtslaufbahn zu tun gehabt, ich spreche von notorisch Unschuldigen?‹ Er dachte eine Zeitlang nach, dann zählte er, indem er leise die Namen murmelte, an den Fingern ab: ›Elf.‹

›Und haben Sie gleich, wie Sie sie kennengelernt haben, an die Unschuld der Betreffenden geglaubt?‹ – ›Das nicht‹, versetzte er, ›das nicht; wenn man daran glaubte und dann zusehen muß, wie sie sich die Eingeweide abkränken, wenn man's für gewiß wüßte, sag' ich, dann . . .‹ – Ich bedrängte ihn: ›Dann? Was – dann, Klakusch?‹

›Na ja‹, sagte er, ›dann könnte man, genaugenommen, nicht weiterleben.‹ Es war schon dunkel in meiner Zelle, seine Gestalt konnte ich gerade noch unterscheiden, ich riskierte nun die Herzfrage, auf die ich im Grunde hinaus wollte. ›Nun, wie ist's mit mir, Klakusch?‹ fragte ich ihn, ›halten Sie mich für schuldig oder für unschuldig?‹ Und er: ›*Muß* ich darauf antworten?‹ – ›Ich möchte gern, daß Sie offen und ehrlich darauf antworten‹, sagte ich. Er besann sich wieder, dann sagte er: ›'s ist gut, morgen früh sollen Sie meine Antwort haben.‹ Und am andern Tag bekam ich die Antwort. Er hatte sich am Fensterkreuz in seiner Stube erhängt.«

Man hat das Gefühl, dies könnte tatsächlich die eigene Antwort des Verfassers auf das Rätsel sein. Denn, wie sich die Geschichte entwickelt, wie die schwarzen Fäden, mit denen das Verbrechen verknotet ist, sich auflösen, werden alle beteiligten Personen, von dem eisengepanzerten Staatsanwalt bis zu dem schwachen Maurizius, ja sogar bis zu dem Befreier Etzel, für gleich schuldig befunden. Die Gesellschaft selbst wird angeklagt, wir alle sind mit Schuld befleckt. Das scheint die Anschauung des Verfassers zu sein. Und deshalb kann es keine Lösung geben, kein Ende der Verbrechen, kein Ende der Ungerechtigkeit des Menschen gegen den Menschen, außer durch zunehmendes Verständnis, durch Mitleid und Verzeihung, was jedoch langwierig und schmerzlich ist. Wenn wir die Verantwortlichkeit für das Verbrechen feststellen wollen, wenn wir nach den Beweggründen und den Ursachen forschen, sinken wir in einen Sumpf, aus dem wir uns anscheinend kaum wieder herausziehen können. Alles ist Einbildung und Täuschung. Es gibt keinen festen Boden, auf dem man stehen kann. Verbrechen und Bestrafung haben ihre Wurzeln in den Fasern des menschlichen Seins. Selbst wer die Gerechtigkeit liebt – vielleicht *besonders* gerade der –, steht als Verurteilter vor dem höheren Gerichtshof der Liebe und des Erbarmens.

Der kleine Etzel Andergast, den Wassermann als einen David schildert, der gegen Goliath kämpft und der geradezu die Verkörperung der Gerechtigkeit zu sein scheint, ist eine Gestalt, die der ernstesten Aufmerksamkeit wert ist. Wie die Fortsetzung von *Der Fall Maurizius* zeigt[*], scheint der Verfasser wie vor einem Rätsel zu stehen. Er starb, bevor er uns den Abschlußband geben konnte, der uns die wahre Natur dieses abgründigen Menschen enthüllen sollte. Etzel Andergast hat etwas von einem Ungeheuer an sich: Er erweckt in faszinierender Weise unser Interesse und stößt uns zugleich ab. Er verkörpert den neuen Typ der Jugend, der das Hochkommen und den Sieg eines Adolf Hitler möglich machte. Man könnte ihn sogar als einen embryonalen Hitler ansehen. Er ist der »Seelenmörder«, um die Sprache seiner Opfer zu gebrauchen.

Im zweiten Band der Trilogie gibt Wassermann eine ziemlich ausführliche Zusammenfassung des *Fall Maurizius*, um den unheilvollen Charakter des jungen Etzel noch weiter zu beleuch-

[*] Etzel Andergast und Joseph Kerkhovens dritte Existenz.

ten. Noch einmal beobachten wir schaudernd, welche Wirkung auf Etzel die Nachricht von der Begnadigung des Maurizius hat. »Wirft man ihm ein schmutziges Almosen hin, anstatt zu bezahlen, was man schuldig ist?« schreit er. Von jetzt an wird die Welt für Etzel ein Chaos. Nichts hat mehr Sinn. Die Gerechtigkeit, so glaubt er, erfordert nicht, daß Maurizius begnadigt wird, sondern daß der Staat oder die Gesellschaft ihn um Verzeihung bittet. Was Etzel erwartete, war nicht die völlige Entlastung des unschuldigen Opfers, sondern die Bloßstellung und Bestrafung aller jener, die zu der nutzlosen Verfolgung und den Leiden des Mannes beigetragen haben. Im Anfang und am Ende durch das Vorgehen seines Vaters in allen seinen Bemühungen gehemmt und enttäuscht, verwandelt der Junge sich in eine rasende Furie. Wie er einst um die Liebe seiner Mutter betrogen wurde, so wird er jetzt um seinen Triumph gebracht. Auf einem solchen Hintergrund kann man alles erwarten, wenn ein Charakter dieser Art zur Reife kommt. Unter geeigneten Umständen kann er die Welt bis in ihre Grundfesten erschüttern. Wer denkt noch daran, wenn dieser unglaubliche Dämon wie ein Wirbelwind einhertobt, daß er als Knabe geradezu das Symbol der Rechtschaffenheit war?

Ob es die Absicht des Verfassers war oder nicht, es ist offensichtlich, daß die erstaunlichsten Parallelen zwischen der Lage Deutschlands, wie Hitler sie sah, und der Lage des Maurizius gezogen werden können, wie sie Etzel Andergast erschien.

Eine der dunkelsten und doch bezeichnendsten Einzelheiten in bezug auf Etzels Vorgehen im Fall Maurizius ist die unwillkürliche Verbindung des Verurteilten mit Etzels Mutter, die im Geist des jungen Mannes vor sich geht. Wassermann drückt das so aus: »Nur die dunkle Sehnsucht bleibt in ihm, und sonderbarerweise vermischt sich die mit der Kunde von dem Mörder Maurizius, als wenn auch von dorther die Unschuld ihre geisterhaften Boten ausgeschickt hätte.« Hinter dem Verlangen nach der Rettung und der Rehabilitierung des unschuldigen Maurizius liegt das geheime Verlangen, seine Mutter zu befreien und mit ihr zusammen zu sein. Das Geheimnis, das

619

seine ferne Mutter umhüllt, ist von derselben Art wie jenes, welches das unglückliche, im Zuchthaus schmachtende Opfer der Justiz umgibt. Das Schicksal hat sich gegen beide verschworen. Aber als Etzel seine Nachforschungen fortsetzt, wird er durch die Logik der Umstände mehr und mehr zu dem Schluß getrieben, daß hinter dieser schrecklichen Ungerechtigkeit sein Vater steht. In einem Brief, den er an seine Mutter schreibt, aber nicht abschickt, weil er ihre Adresse nicht weiß, sagt er: »Ein Mensch in meinem Alter ist wie an Händen und Füßen mit Stricken gebunden. Wer weiß, wenn die Stricke mal zerschnitten werden, ist man am Ende schon lahm und zahm! Das ist wohl der Zweck. Zahm soll man werden. Haben sie Dich auch zahm gemacht . . .?* Gern möchte ich wissen, was da los ist. Du verstehst mich schon. Ich habe das Gefühl, daß man Dir ein Unrecht zugefügt hat. Stimmt das . . .? *Du mußt wissen, daß mir Ungerechtigkeit das Allerentsetzlichste auf der Welt ist.*** Ich kann Dir gar nicht schildern, wie mir zumute ist, wenn ich Ungerechtigkeit erlebe, an mir oder an andern, ganz gleich. Es geht mir durch und durch. Leib und Seele tun mir weh, es ist, als hätte man mir den Mund voll Sand geschüttet und ich müßte auf der Stelle ersticken.«

Wie kommt ein sechzehnjähriger Junge zu einem so eingefleischten, tiefgründigen Haß gegen die Ungerechtigkeit? Dafür gibt es offensichtlich nur einen Grund: den Verlust der Liebe seiner Mutter. Wer hat ihm diese Liebe entzogen? Offenbar dieses tyrannische Ungeheuer, sein Vater. »In seiner Eigenschaft als Zauberer (das heißt, in seiner Rolle als hauptsächlicher Quertreiber und Unterdrücker) hatte ihm Etzel den Namen Trismegistos gegeben. Immer, wenn er sich den Vater in einer strafenden Aktion dachte, hieß er ihn so.« Die Unterdrückung der zarteren Saiten seiner Seele machte ihn sozusagen einseitig, da er dem normalen Liebesverlangen keinen Ausdruck geben konnte, mußte er sich durch Rebellion behaupten. Wenn er

---

* Man denkt an Kierkegaards Gleichnis von der Wildgans.
** Hervorhebung von mir.

Maurizius rettete, war das gleichbedeutend mit der eigenen Rettung. Unmöglich, in dieser Welt als ein seelisch amputierter Krüppel zu leben: Der Einfluß des Vaters, die Ursache dieser Verkrüppelung, mußte beseitigt, die Ungerechtigkeit mußte aus der Welt geschafft werden.

Es ist nicht nötig zu sagen, daß wir hier die wunde Stelle des Dilemmas haben, in dem Etzel steckte. Der Kampf gegen die Ungerechtigkeit, der Wunsch, die bestehende Ordnung umzustürzen, ja, der so tief im menschlichen Herzen verwurzelte Instinkt der Rebellion werden als Ambivalenz enthüllt. Was Etzel fordert, was Millionen von leidenden Menschen fordern, obwohl sie nicht wissen, wie sie sich verständlich machen sollen, ist nicht die Ausschaltung der Ungerechtigkeit, ja nicht einmal die Herstellung der Gerechtigkeit, sondern die Befriedigung eines noch gebieterischeren Hungers, weil es ein positives und dauerndes Bedürfnis des Menschenherzens ist. Es ist nichts anderes als das Verlangen nach Liebe. Wem der ihm zustehende Anteil an Liebe verwehrt ist, der ist ein Krüppel, dem sind die Wurzeln seiner Existenz abgeschnitten. Wie edel auch die Sache sein mag, für die er sich einsetzt, wie fleckenlos das Banner, unter dem er kämpft, und mag es scheinen, als ob Gott selbst auf seiner Seite steht, wer nur bestrebt ist, die Ungerechtigkeit auszurotten, tritt nicht als der auf, der er ist. Das aufgeblasene, machttrunkene Ich kennt keine Grenzen, das Ende ist Selbstvernichtung. Bei einem Tyrannen kann man leicht das Spiel dieser finsteren Logik verfolgen, aber bei dem rechtschaffenen und ehrlich überzeugten Menschen hat das Drama noch schlimmere Folgen. Die Etzels dieser Welt – sie sind auf beiden Seiten des Zauns zu finden – kommen nicht zur Ruhe, kennen keine Freude. Wenn sie sich auch als Retter der Unschuld gebärden, führen sie am Ende doch nur Zerstörung herbei. Sie täuschen sich selbst, und gerade die Leidenschaft, die sie auf ihrem Wege beflügelt, ist für die Welt Gift. Dies scheint der Kern der Botschaft Wassermanns zu sein.

Als Etzel nach Berlin fährt, um den meineidigen Waremme aufzuspüren, hinterläßt er für seinen Vater einen Brief, in dem es heißt: »Was ich Dir schuldig bin, ist mir bewußt. Aber wir haben keinen Weg zueinander, es ist aussichtslos für mich, einen zu suchen. *Ich kann nicht sagen, daß etwas zwischen uns steht, weil alles zwischen uns steht* . . . Die Wahrheit muß an den Tag, ich will die Wahrheit finden.« Und dann beginnt in klassischer Weise die Reise, die nur ein Kreislauf ist. Es ist die uralte Geschichte von einem Helden, der sich aus innerem Drang in ein Abenteuer einläßt, um das angebliche Opfer der Ungerechtigkeit zu befreien und so die herrschenden Gewalten zu stürzen. Im Namen der Wahrheit und Gerechtigkeit wird er selbst zum Verbrecher. In unserem Fall scheint, wie wir bereits bemerkt haben, das Opfer der Ungerechtigkeit, Maurizius, mit einem klareren Gefühl und einer stärkeren Urteilskraft ausgestattet zu sein als der junge Mann, der ihn gern retten möchte. Durch seine Leiden erreicht er eine Stufe der Weisheit, die seinem Befreier versagt ist. Seine Befreiung lag, wie wir entdecken, nicht in der Erlangung seiner rechtmäßigen Freiheit, sondern in der Sühne für seine Sünden. Obschon seine Frau in Wahrheit nicht von ihm, sondern von seiner Schwägerin Anna Jahn erschossen wurde, zwang ihn doch das Gefühl seiner eigenen Schuld in die Rolle des Sündenbocks. Im Herzen, so gesteht er sich ein, trug er die Schuld an der Ermordung seiner Frau. Maurizius erkennt, daß ihm sein böses Gewissen die schwere Strafe auferlegt hat, die er abbüßen muß. Achtzehn Jahre später, aus seiner Zelle befreit, sucht er Anna Jahn auf und entdeckt, daß sie hohl und leer ist. Oberflächlich gesehen scheint dies ein neuer Schicksalsschlag zu sein, aber eine genauere Prüfung seines Charakters zeigt deutlich, wie natürlich und passend diese Enthüllung ist. Als Maurizius sich mit einer fünfzehn Jahre älteren Frau verband, hatte er gehofft, in ihr die ihm fehlende Festigkeit, eine Lenkerin und einen Anker zu finden. Das verwöhnte Kind wird schnell der Liebling der älteren Frau. Er sucht außer sich und nicht in sich eine Stütze. Als er der jüngeren Schwester gegenübersteht, die wegen ihres Alters, ihres Scharms und ihrer Schönheit wahre Liebe einflößen kann, weiß er nicht, was er tun soll. Er würde gern die Krücke wegwerfen, die ihm bis dahin so gute Dienste geleistet hat, aber er ist schon zu sehr an sie als Krücke gewöhnt und hat ein zu schlechtes Gewissen, um sich von ihr zu trennen. In Wahrheit hat er beide Frauen nötig – und das ist unmöglich, wenigstens in unserer Gesellschaft.

Niemand kam auf den Gedanken, Anna Jahn zu verdächtigen, außer dem Vater Maurizius. Im Verlauf des Prozesses bekam Anna Jahn für die Welt immer mehr den Charakter eines fleckenlosen Engels. Die Dunkelheit, die ihre Handlungen, ja sogar ihre Beweggründe umgibt, läßt sich nur verstehen, wenn man ihre Beziehungen zu Gregor Waremme, alias Warschauer, kennt. Aber hiervon später mehr . . .

Waremme ist eine mächtige Gestalt, ja, ein satanischer Mensch, der, wie es Wassermann so richtig ausdrückt, jede echte Gefühlsregung verraten hat. Ein Renegat im tiefsten Sinne des Wortes. Als Jude geboren, wird er glühender Katholik, deutscher Nationalist und Kriegstreiber. Von der Natur mit mannigfaltigen Talenten ausgestattet, durch seine magnetische Anziehungskraft imstande, gewaltigen Einfluß auf andere auszuüben, schafft er doch nur Tragödien um sich her. Als Etzel ihm begegnet, ist er in den letzten Stadien des Verfalls, was jedoch in keiner Weise seine Verführungskunst vermindert. Nur seine Unschuld rettet Etzel, von diesem Ungeheuer verschlungen zu werden. Es ist, als verliebte sich ein Wüstling rettungslos in ein Mädchen von jungfräulicher Reinheit. Gegen Unschuld ist Waremme wehrlos. Die Szenen, die sich zwischen diesen beiden im Berliner Kleinbürgermilieu abspielen, erinnern an die sagenhafte Begegnung zwischen Theseus und dem Minotaurus im Herzen des Labyrinths.

Ich hatte bereits gesagt, der Held des Buches sei Etzel Andergast, wenn wir den Ausdruck »Held« in oberflächlichem Sinne gebrauchen. Dann wäre Gregor Waremme der Bösewicht. Aber da in einem Buch von einem solchen Umfang und einer solchen Tiefe nicht von einem Held-Bösewicht-Gegensatz gesprochen werden kann, da ja alle Hauptgestalten sowohl Helden wie

Bösewichter sind, betrachte ich lieber Waremme als die Hauptfigur.

Ursprünglich hatte ich diesen Roman studiert, um ein Drehbuch für einen Film herzustellen. Diesen Roman hätte ich lieber als jeden anderen verfilmt gesehen. Ich hätte ihn am liebsten in jedem Hause vorgeführt. Ich wollte Ergebnisse sehen – ich meine, für alle Menschen hinter Gittern in der zivilisierten Welt. Ich wollte, was Etzel wollte, nämlich die Befreiung der Unschuldigen. Nur waren für meine Denkweise alle, die hinter Gittern saßen, Unschuldige.

Sonderbar genug, ich ging in dieselbe Falle wie Etzel. Gegen alle Vernunft wollte auch ich wegen dieser Frage eines Justizirrtums die Welt bis in ihre Grundfesten erschüttert sehen. Ein ganzes Leben voll enttäuschender Erlebnisse bewahrte mich nicht vor der Hoffnung und dem Wunsch, gerade diese Geschichte würde ihr Ziel finden – und vielleicht das menschliche Herz ändern.

Hier muß ich gestehen, daß ich das Drehbuch nicht herstellen konnte. Inzwischen hatte sich der Krieg immer mehr ausgeweitet. Um einen Film über erlittenes Unrecht zu drehen, hätte man einen Abklatsch des ganzen Kosmos bringen müssen. Die Welt wimmelte von lauter Maurizius wie ein reifer Käse von Maden. Überall erhob die Ungerechtigkeit ihr Haupt. Sogar der Ausdruck »Gefangener« hatte seinen Sinn verloren. Wo es früher tausend gab, waren jetzt Hunderttausende, ja Millionen von Gefangenen. Kriegsgefangene natürlich, aber trotzdem Gefangene, von denen die meisten noch ein schrecklicheres Los erlitten als die Romanfigur Maurizius. Gefangene in Fleisch und Blut, die nach dem Krieg der Freiheit zurückgegeben werden sollten, wenn sie noch am Leben waren. Ein Unterschied natürlich, aber wer würde sich jetzt bemühen, über diesen Unterschied nachzudenken? Die Aufmerksamkeit auf jenen anderen Gefangenentyp, den Zuchthäusler, abzulenken, hätte man als Verrat betrachten können. Zuerst der Krieg! Den Krieg gewinnen (beide Seiten sagten natürlich dasselbe), dann werden wir uns mit den anderen Ungerechtigkeiten beschäftigen. Aber werden sie es? Die Triumphe und Niederlagen des Krieges sind kaum dazu angetan, die Herzen der Menschen zu erweichen. Wer der Ungerechtigkeit der Menschen zum Opfer fällt, wird nach dem Krieg vergessen werden, ebenso, wie er während des Krieges und vor ihm vergessen wurde. Jedermann weiß das. Was soll man also tun? Darauf scheint es nur *eine* logische Antwort zu geben: »*Dann muß man die Welt austilgen und Menschen machen, die anders denken.*«

Und das scheint Wassermann in dieser Trilogie, die sich um Etzel Andergast und Dr. Kerkhoven aufbaut, zu beabsichtigen: die Austilgung unserer jetzigen Welt und die Schaffung einer neueren und besseren Menschengattung. Maurizius konnte nach seiner Begnadigung kein neues Leben mehr beginnen. Fast allen, die jetzt hinter Gittern sitzen, wird das ebenfalls nicht gelingen. Dasselbe gilt von den Gefangenenwärtern, den Richtern, den Staatsanwälten, die diese Gefangenen anklagten, oder den Rechtsanwälten, die sie verteidigten. Die Gesellschaft selbst, wenigstens die Gesellschaft, wie wir sie verstehen, ist an Händen und Füßen gebunden. Sie weigert sich, zu verzeihen und um Verzeihung zu bitten. Sie übt das Vorrecht der Bestrafung aus und hat sich damit selbst vor den Richterstuhl gebracht. Eine solche Gesellschaft führt unvermeidlich ihr eigenes Ende herbei.

Nein, die Gesellschaft kann keine Lösung liefern, weil sie von oben bis unten von falschen Grundsätzen und falschen Motiven durchzogen ist. Wie viele Philosophen, Künstler, Staatsmänner und Wissenschaftler haben schon unser schandvolles Ende ausgemalt! Wir beachten sie nicht. Selbst wenn jede Tag- und Nachtstunde von jeder Rundfunkstation der zivilisierten Welt unheilvolle Warnrufe ausgestrahlt würden, hätte das nichts zu bedeuten. Wir wären noch immer unfähig, irgend etwas zu unternehmen. Der Drehbuchverfasser, der unbekümmert den Roman änderte, um ihn den Bedürfnissen des Films anzupassen – und sich dadurch die Taschen füllte –, ist ein Symbol für die große Mehrheit der Menschen, aus denen unsere Gesellschaft sich zusammensetzt.

Wahrheit ist nebensächlich, Gerechtigkeit ist nebensächlich.

Die Hauptsache ist, daß wir vorankommen, daß das »Geschäftsleben weitergeht«, gleichgültig, wohin es uns führt. Nur her damit, wenn es auch Schund ist, wichtig ist allein, daß die Kinos was zu spielen haben.

Selbst Waremme, so teuflisch er auch sein mag, steht turmhoch über solcher Denkweise. Waremme kapituliert vor der Welt, aber nur, wie ein Riese sich den Stricken beugt, die ihn niederziehen. Waremme gehört dieser Welt nicht mehr an als Etzel oder Maurizius. Darum wird das Buch immer weit über jeder möglichen Filmfassung stehen. Es gibt keine Darsteller, welche die Gedanken und Gefühle dieser Hauptfiguren wiedergeben könnten. Selbst wenn sie den Text des Verfassers wörtlich zitierten, würden sie uns nicht überzeugen. Um dieses Drama so, wie es Wassermann gestaltet hat, zu verstehen und zu würdigen, müßte die Gesellschaft anders sein, als sie jetzt ist. Wassermann spricht bereits zu einer höherstehenden, einer besseren Gesellschaft. Er nimmt an, daß wir Ohren haben zu hören, daß wir Augen und ein Herz haben. Aber in unserer Gesellschaft fehlen diese Organe. Wir haben eine Gesellschaft von »geules cassées«, eine Gesellschaft von Tauben, Lahmen, Blinden, Kranken und – Gesichtslosen. Der Blinde führt den Blinden. Wir stürzen über die Klippen. Auch die lesen und verstehen können, gehen über die Klippen, darüber soll man sich nicht täuschen. Die Botschaft ist nicht für uns, sie ist in den Wind gesprochen. Es ist schon zu spät. Die Gefängnismauern werden immer vernichtet, aber die Insassen mit. Und wir sitzen alle in demselben Gefängnis, wir werden zusammen in die Luft geblasen. Hurra! Hurra!

Zu spät, Klakusch. Zu spät für die Beachtung deiner wundervollen Worte:

»Hör damit auf, Menschenwelt, und pack's von einer anderen Seite an!«
An wen hast du diese Worte gerichtet? Nicht an uns. Wir sind taub. Wir gehen über die Klippen wie das Schwein von Gadarene. Niemand kann uns aufhalten. Hurra! Hurra!

Ich glaube, ich habe über den *Fall Maurizius* mehr nachgedacht als über jedes andere Buch, das ich gelesen habe, es müßte denn *William Blake's Circle of Destiny* sein.* Ich denke manchmal eine Weile nicht dran, aber dann kommt es mit aller Macht und Tücke wieder in Erinnerung. Ich mache jeden darauf aufmerksam, der mir ein williges Ohr leiht. Ich sehe meinen Zuhörern am Gesicht an, daß es für sie unmöglich dieselbe Bedeutung haben kann wie für mich. Es ist eines von jenen Büchern, die eigens für den geschrieben zu sein scheinen, der es gerade liest, nichts kann seine Verführungskunst erklären. Es ist weder das größte Buch, das ich gelesen habe, noch das bestgeschriebene. Auch sein Thema ist nicht das höchste. Es ist ein Stück Propaganda, für das ein Mann wie ich besonders empfänglich ist. Es läßt mich nicht los, wie ehemals die Sphinx die Menschen des Altertums. Denn es enthält ein Geheimnis in der Form eines Rätsels. Es ist nicht gelöst, trotz aller Erklärungen sowohl des Verfassers wie auch der Ausleger, nichts ist wirklich geklärt. Kommt es daher, weil es von der Gerechtigkeit handelt, von der wir fast nichts wissen? Oder daher, weil die Darstellung menschlicher Gerechtigkeit uns zu Vergleichen mit der göttlichen veranlaßt? Warum verwandelt sich ein solcher fahrender Ritter wie Etzel später in ein wahres Ungeheuer? Bedeutet es, daß der Mensch, der in übertriebenem Maße um Gerechtigkeit besorgt ist, selbst der allerungerechteste ist? Ist es die Aufgabe des Menschen hier auf Erden, Gerechtigkeit zu schaffen? Und wenn er es nicht versucht, entzieht er sich dadurch einer Pflicht gegen seine Mitmenschen, oder bringt er sie damit zu einer höheren Einsicht? Klakusch hat so schrecklich recht mit seiner Ansicht – meinem Gefühl nach wenigstens –, und doch spielt er in dem Buch nur eine untergeordnete Rolle, eine zufällige, eine pathetische, fast lächerliche Rolle. Ohne Klakusch würde das Opfer Maurizius nichts und niemand zum Beistand gehabt haben. Klakusch muß Selbstmord begehen, um Maurizius von den Wahrheiten, die er äußert, zu überzeugen. Die Welt wird das Problem nie »von einer anderen Seite anpacken«. Vom

* Von Milton O. Percival, Columbia University Press.

Standpunkt der Welt aus ist jedes Problem unlöslich. Die Zugänge zu ihm kommen immer von unten, von Menschen aus der Hefe. Klakuschs Tod ist anscheinend sinnlos. (Nur daß er Menschen wie mich berührt.) Jene, welche die Macht haben, die Türen zu öffnen, werden sie geschlossen halten, bis die Posaune des Jüngsten Tages ertönt. Sie werden eher die Welt mit sich hinabziehen, als ihre Haltung ändern.

Ich habe vorher den Umstand erwähnt, daß der Verfasser großes Gewicht auf die Verbindung legt, die in Etzels Geist zwischen dem Zuchthäusler Maurizius und seiner eigenen Mutter besteht, die man ihm geraubt hat. Ich komme darauf zurück. Die Mutter befreien! Das hat nur einen Sinn für mich: Seine eigene Liebesfähigkeit befreien. Die Rettung des Maurizius hat in Wirklichkeit keine Bedeutung. Etzel kennt den Mann gar nicht und lernt ihn nie kennen. Er ist für ihn wie ehemals für seinen Vater nur »ein Fall«. Er ist der Vorwand, den Etzel braucht, um sich an seinem Vater zu rächen. Warum gerät er in solche Wut, als er hört, daß Maurizius in Freiheit gesetzt worden ist? (Die Entlassung war nur eine »Begnadigung«.) Wäre die Freiheit des Mannes sein einziges Anliegen gewesen, wie es ja sein müßte, wenn er aus gewöhnlichen menschlichen Beweggründen so gehandelt hätte, würde er glücklich darüber gewesen sein, selbst wenn er mit der Handlungsweise seines Vaters oder mit dessen Beweggründen nicht ganz zufrieden gewesen wäre. Aber es liegt ihm nichts an Maurizius, sondern nur an diesem abstrakten Ding der Gerechtigkeit. *Wirklich? An der Gerechtigkeit?* Sucht er diese in vollstem Ausmaß oder ihren verlorengegangenen Zwilling – Liebe? Er, Etzel, nicht Maurizius, ist darum betrogen worden.

Im zweiten Band der Trilogie sehen wir mit Schaudern, wie sehr sich Etzels Liebe verzerrt hat. Hier beginnt das Rätsel einer neuen Dreiecksaffäre, bei der sich Etzel sehr ähnlich verhält wie einst Maurizius, dem er beistehen wollte. Ich meine, um Wassermanns Worte in bezug auf Maurizius zu gebrauchen, »er ist nicht Manns genug, auf etwas zu verzichten«. »Verzicht«, sagt Wassermann, »erfordert eine klare Erkenntnis, aber solche halbfertigen Charaktere (wie Maurizius) sind sich selten über ihre Lage oder über ihre geheimen Impulse klar. Sie verharren lieber in Unwissenheit.«

Die zwei Fälle unterscheiden sich jedoch dadurch, daß Maurizius nur ein »schwacher« Mann ist. Etzel ist positiv böse. Er hat nicht nur sich selbst verraten, er verrät seinen Retter, Dr. Kerkhoven. In diesem Zusammenhang ist es interessant, daß die Frau in dem Dreieck, Marie, die Frau Dr. Kerkhovens, älter ist als Etzel. Ist es möglich, daß sie in seinem verdrehten Gehirn die Stelle der Mutter einnimmt, deren Liebe ihm entzogen wurde? Seine Leidenschaft für Marie ist unbeherrschbar. Sie hat etwas Verzweifeltes an sich, fast etwas Wildes. Etzel ist wie Maurizius zu bemitleiden, nicht zu tadeln. Wir wissen, daß er den Mann, den er verehrt, Dr. Kerkhoven, nicht entehren will. Er wird dazu durch Kräfte, über die er nicht Herr ist, gezwungen. Aber er ist schuldig, wie wir fühlen, und Maurizius gegenüber fehlt dieses Gefühl. Alle seine Handlungen sind Verletzungen des Sittengesetzes. Er läßt uns vor sich in Entsetzen und Ekel zurückweichen. Er erweckt sogar in der großen, heiligmäßigen Gestalt des Dr. Kerkhoven Mordgelüste. Und Kerkhoven findet unseren Beifall. Wir wissen, daß er Etzel mit Recht den Tod wünscht.

Die Mutter! Man muß sich vergegenwärtigen, daß ihr Bild gänzlich aus Etzels Erinnerung getilgt ist. »Er hat kein Bild von ihr, weder ein inneres, da es zu lange her ist, daß sie aus seinem Leben verschwunden, und da jede Erinnerung, was er sich nicht erklären kann, erloschen ist, noch ein äußeres, Fotografie oder Porträt.« Wassermann verweilt häufig bei den im Hause bestehenden Gegensätzen, als wolle er den Finger auf die Quelle aller kommenden Wirrnisse legen. Über einen Schulkameraden Etzels, in dessen Haus kein Friede herrscht, bemerkt er: »Vielfach wurzelt der Revolutionarismus eines Knaben in häuslicher Unordnung. In manchen bürgerlichen Wohnstuben ist die Zärtlichkeit seit Generationen ausgestorben. Ein Herz muß schon genial sein, damit es aus ungestilltem Hunger nach Zärtlichkeit nicht rachsüchtig wird.« Und später, als der Lehrer

Camill Raff sich bemüht, Etzels sonderbares Verhalten zu erklären, als er über den Sinn der eigentümlichen Frage nachdenkt, die Etzel ihm gestellt hatte: »Gibt es eine Kollision der Pflichten oder gibt es nur eine einzige Pflicht?« ... kommt er zu dieser Schlußfolgerung: »Ein sechzehnjähriger Geist muß frei rotieren, muß sich in der Illusion von Grenzenlosigkeit bewegen; wird er aus der Freiheit von Traum und Spiel in die Zweckbahn gezwungen, so fängt er an zu leiden, unvermeidlich, weil er ahnt und bald zu spüren bekommt, daß er auf die beglückende Wirrnis, die beglückend-unermeßliche Fülle zu verzichten hat, für die ihn das Leben nie wieder entschädigen kann.« Über den zehnjährigen Etzel heißt es: »Es ist immer, als langweile sich Etzel auf der geraden Straße und ergreife jede Gelegenheit, um auszubiegen, um die Ecke zu gehen und dort was Heimliches zu unternehmen. Kommt er dann wieder zum Vorschein, so sieht er aus, als habe er einen Diebstahl verübt und bringe das Gestohlene eilig und schlau in Sicherheit. Es ist ja auch alles Diebstahl: die Erfahrungen, die er sich holt und die nicht überprüft werden können, die Worte und Begriffe, die er aufsammelt, die Bilder, mit denen er unersättlich die Phantasie füllt. Spießgesellen da und dort, jede Tür öffnet sich zur Welt, und jede neue Erkenntnis der Welt ist Befleckung der unschuldigen Seele.« Einmal sagt der Pfarrer zu Herrn Andergast: »Der Bub hat einen unbequemen Geist, wahrhaftig, er glaubt nur, was man ihm sonnenklar beweisen kann, und die Nadel im Heuhaufen zu suchen ist erst der rechte Spaß für ihn; mit dem hätte sogar unser Herrgott keinen leichten Stand.«

Hier liegen also die Anfänge eines Heiligen oder eines Teufels. Offenbar hat Etzel einen ausgeprägten Charakter. Man ist versucht, von einem so ruhelosen Geist zu sagen, er habe das Zeug zu einem Künstler in sich. Obgleich selbst Gott Schwierigkeiten mit ihm haben könnte, bereitet es Gott nicht Vergnügen, gerade solche Seelen für sich zu gewinnen? Ist es nicht so, daß wir nur von den ruhelosen, gequälten Geistern große Dinge erwarten können? Wenn wir im zweiten Band den heilenden Einfluß Dr. Kerkhovens auf den jungen Mann be-

630

trachten, werden wir dazu geführt, große Hoffnungen auf ihn zu setzen. Aber diese werden leider bald zerstört. Selbst ein so außerordentlicher Heiler wie Kerkhoven ist hier machtlos. Wenn es keine Marie gegeben hätte, würde Kerkhoven vielleicht Erfolg gehabt haben. Aber Marie verkörpert gerade die Versuchung, der Etzel unmöglich widerstehen kann. Marie, die aus Mangel an Zärtlichkeit dahinwelkt, ersetzt ihm den verlorenen Liebesquell, nach dem sich Etzel in der Mutter gesehnt hat. Marie wird für ihn die Liebe in Person. Und er, dem jetzt der Name »Pflicht« nichts mehr besagt, stürzt sich in den Ozean ihrer Liebe.

Das Bild, das wir in diesem Band von Etzels Leben erhalten, nachdem dieser das väterliche Haus verlassen hat, wirkt wie eine genaue Studie eines Durchschnitts der Gesellschaft. *Was für ein Deutschland!* sagt man sich. Was für ein Schlangennest! Nichts als Korruption, Zweifel, Enttäuschung und Verbrechen. Hier sehen wir den Boden, aus dem der künftige schizophrene Typ, die Steppenwölfe von morgen, hervorgehen wird.* *Was für ein Deutschland!* Aber ist es Deutschland allein, mit dem wir es hier zu tun haben? Was ist mit Frankreich? Was mit Italien, Spanien, Ungarn, Polen, Rumänien? Was mit England? Was mit unserem eigenen Land, den Vereinigten Staaten von Amerika? Ist es nötig, diese Leichenhäuser voll Verwesung noch einmal zu beschreiben? Man denke an die Jugend, die Céline in *Mort à Crédit* vorführt! Könnte ein Kannibale ein häßlicheres, hoffnungsloseres Leben führen als der junge Ferdinand im Garten der Kultur, in Frankreich? Wenn man ein Bild der Verderbnis und Heuchelei, der hanebüchenen Stupidität und Gefühllosigkeit betrachten will, so sehe man sich Connollys *Enemies of Promise* an. Welcher Mensch, wenn er nicht aus Eisen gemacht ist, könnte die besondere Art der Zucht überstehen, die in englischen Schulen unter dem Namen Erziehung vor sich geht? Ich denke sofort an einen anderen Engländer, der eine andere Lebensart beschreibt, die ebenso bitter, sinnlos

* Siehe Hermann Hesses Roman »Der Steppenwolf«.

und verächtlich, aber typisch für unsere zivilisierte Gesellschaft ist: George Orwells *Down and Out in Paris and London*. Und von ihm zu Arthur Koestler ist nur ein Schritt. In Koestlers Schriften wird ganz Europa angeklagt und für schuldig befunden. Überall begegnen wir Menschen, deren Hände in Blut getaucht sind. Überall ist die Jagd auf Menschen im Gange. Überall Ankläger und Angeklagte. Nicht Ungerechtigkeit, sondern Intoleranz ist das Thema, das Koestler in allen seinen Büchern behandelt. Damit zusammen hängt ein völliger Mangel an menschlicher Würde und der Verrat aller menschlichen Werte. Die Helden liegen im Dreck, und man trampelt auf ihnen herum: *Abschaum der Erde*. Gegenstände des Mitleids oder der Verachtung. Übersehen, am Wege liegengelassen, wo sie verfaulen können. Und in Rußland, wo jetzt das große soziale Experiment« schon so viele Jahre andauert, was finden wir da? Ist dies die letzte Hoffnungszuflucht für den weißen Mann in Europa? Man lese Koestlers *Darkness at Noon*. Dieser Prozeß, der an andere berühmte Prozesse in der europäischen Geschichte erinnert, macht uns vor Ekel krank. Ist die Darstellung übertrieben? Nichts könnte heute übertrieben werden. Es gibt keine Schurkerei, kein Verbrechen, nichts, wie ungeheuerlich, niedrig und herabziehend es auch sein mag, zu dem man in unserer jetzigen zivilisierten Welt nicht fähig wäre. Die Inquisition ist wieder da, jetzt zündet sie ihre Scheiterhaufen in Deutschland an, dann in Rußland, dann in Italien, dann in Spanien, dann in Frankreich. Kafkas lange Alpträume waren nur ein Vorspiel der wirklichen Greuel, die wir in noch höherem Grade erleben mußten und noch erleben. In Indien ist praktisch jeder intelligente Führer im Gefängnis oder im Exil. In Griechenland, in Belgien, in Polen ist das Volk gerade von jenen verraten worden, die es von seinen Unterdrückern befreien sollten. Kein Wunder, daß in England ein Mann wie Alex Comfort mit aller Lautstärke schreit (und bis jetzt hat ihn noch niemand niedergestampft): »*Die Gesellschaft* ist der Feind«, *diese* Gesellschaft, diese sogenannte *zivilisierte* Gesellschaft. Schon Jahre vor dem jetzigen Krieg erhob der Mann, der jetzt als »Kollaborateur« verurteilt wird, der Mann, der für seine Generation das ist, was Romain Rolland für die letzte war, der Mann der Wahrheit und Verehrer des Guten und Schönen, Jean Giono, seine Stimme in ähnlicher Weise. In *Refus d'Obéissance* haben wir die heftige Auflehnung eines geistigen Menschen, der erkennt, daß das im letzten Krieg gebrachte Opfer vergeblich war. Wo Comfort das Wort »Gesellschaft« verwendet, gebraucht Giono den Ausdruck »der kapitalistische Staat«. Heute sehen wir, daß nicht nur der kapitalistische Staat schuldig ist, sondern jede Regierungsform, die jetzt in der zivilisierten Welt besteht. Daher soll man, wenn man Giono liest, an diesen Stellen das Wort Gesellschaft einsetzen.

So beginnt Giono seinen herzzerreißenden Bericht:

»Ich kann den Krieg nicht vergessen. Ich wollte, ich könnte es. Manchmal gehen einige Tage vorüber, ohne daß ich an ihn denke, aber dann spüre ich ihn plötzlich wieder, ich fühle ihn, ich höre ihn, ich leide von neuem. Und ich habe Angst . . .

Ich schäme mich nicht meiner selbst. 1913 weigerte ich mich, an den militärischen Vorbereitungen teilzunehmen, zu denen alle meine Kameraden aufgerufen wurden. 1915 ging ich an die Front, ohne an *la patrie* zu glauben. Ich hatte unrecht. Nicht, weil ich nicht daran glaubte, sondern, weil ich ging . . .

Ich weiß, ich habe nie jemand getötet. Ich machte alle Angriffe ohne ein Gewehr mit oder vielmehr mit einem Gewehr, das nicht ging. (Alle Überlebenden des Krieges wissen, wie leicht es war, mit ein bißchen Erde und Urin ein Lebelgewehr in einem Stock zu verwandeln.)

Ich schäme mich nicht, aber wenn ich genau betrachte, was ich getan habe, war es eine Feigheit, daß ich am Krieg teilgenommen habe, es sah so aus, als wäre ich mit ihm einverstanden. Ich hatte nicht den Mut, zu sagen: ›Ich will nicht zum Angriff antreten.‹ Ich hatte nicht den Mut, zu desertieren. Ich habe nur die eine Entschuldigung, daß ich jung war. Ich bin kein Feigling. Ich wurde durch meine Unreife irregeführt und ebenso durch jene, die wußten, daß ich unreif war . . .

Der Krieg ist keine Katastrophe, er ist ein Mittel der Regierung.

Der kapitalistische Staat erkennt die Menschen nicht an, die das suchen, was wir Glück nennen, die Menschen, deren Natur es ist, das zu sein, was sie sind, Menschen von Fleisch und Blut – er betrachtet sie nur als Material für die Hervorbringung von Kapital. Um neues Kapital zu schaffen, braucht er zu gewissen Zeiten den Krieg . . .

Die Nutznießer des kapitalistischen Staates ziehen nur Nutzen aus Blut und Gold. Darum verkünden seine Gesetze, seine Professoren, seine beglaubigten Journalisten, es sei *Pflicht, sich zu opfern. Es sei nötig, daß du, ich und die anderen, daß wir alle uns* opfern. Für wen?

Der kapitalistische Staat verbirgt vor unseren Augen höflicherweise die Straße zum Schlachthaus. Man opfert sich nämlich für das Land (das wagt man schon nicht mehr zu sagen), aber schließlich *für seinen Nachbarn, für seine Kinder, für zukünftige Generationen.* Und so weiter, von Generation zu Generation. Wer genießt dann schließlich die Früchte dieses Opfers?

Ich spreche objektiv. Hier haben wir einen gut funktionierenden Organismus. Er heißt kapitalistischer Staat, oder man könnte ihn auch Hund, Katze oder Raupe nennen. Er liegt da auf meinem Tisch mit geöffnetem Bauch. Ich sehe, wie seine Organe funktionieren. Wenn ich aber den Krieg aus ihm entferne, nehme ich ihm ein so wichtiges Organ, daß er nicht mehr lebensfähig ist, genauso, als entfernte ich einem Hund das Herz oder durchschnitte das Bewegungszentrum der Raupe.

Wir wollen weiter objektiv bleiben. Was für einen Zweck hat mein Opfer? Keinen! *(Ich höre schon! Schreit da nicht so laut im Dunkeln. Öffnet eure garstigen Mäuler nicht, ihr Opfer der Fabrik. Schweigt, die ihr da sagt, eure Arbeitsstätte ist geschlossen und es ist kein Brot im Hause. Tobt nicht aufrührerisch gegen das Tor des Schlosses, wo getanzt wird. Ich höre!)* Mein Opfer dient zu nichts außer zur Lebensverlängerung des kapitalistischen Staates.

Verdient dieser kapitalistische Staat mein Opfer? Ist er gütig, geduldig, liebenswürdig, menschlich, anständig? Sucht er Glück für alle? Bewegt er sich in seiner Sternenbahn auf das Gute und das Schöne zu und trägt er den Krieg nur so in sich, wie die

Erde in sich ihr glühendes Herz trägt? Ich stelle diese Fragen nicht, um sie selbst zu beantworten. *Ich stelle sie so, daß jeder sie selbst beantworten kann.*«

Das ist der Ton und Geist Gionos als Polemiker und Propagandist. Das ist der Mann, der heute als Verräter gebrandmarkt wird. Es gibt noch einen anderen Giono, der noch größer ist, nämlich den, der *Le Chant du Monde* und *Que Ma Joie Demeure* geschrieben hat. Dies ist der Giono, der das Leben liebt, der »die Schönheiten der Erde« sucht, der sich an allen Schöpfungen der Natur von den höchsten bis zu den niedrigsten erfreut, der Mann, der Kinder liebt, der Mann des Bodens, der Mann, der alle begeisterte, die mit ihm in Berührung kamen. Und so ein Mann ist jetzt ein Verräter? Das wird man mir nicht einreden. Es muß etwas faul sein an einer Gesellschaft, die, weil sie nicht mit den Ansichten eines Menschen übereinstimmt, ihn als Erzfeind verdammen kann. Giono ist kein Verräter. Die Gesellschaft ist der Verräter. Ein Verräter an ihren schönen Grundsätzen und an ihren inhaltsleeren Grundsätzen. Die Gesellschaft hält ständig nach Opfern Ausschau und findet sie unter den Geistesleuchten.

Aber das ist eben die Gesellschaft. Eine schuldige Gesellschaft in den Klauen der Furcht. Überall riecht und wittert sie Korruption, immer hat sie Angst vor einem Einbruch feindlicher Mächte, immer zeigt sie anklagend mit dem Finger auf diesen und jenen. Jeder ist schuldig – von Geburt an. Wenn es jemals ein schuldiges Zeitalter gegeben hat, so ist es dieses. Schuld und Hysterie. Und auf dem Grund von allem, wie ein böser Drache, liegt die Furcht.

Um auf den *Fall Maurizius* zurückzukommen. . . Man beobachte bitte, wie alle Personen des Romans mit Schuld befleckt sind. Selbst Maurizius, der unschuldige. Ja, besonders Maurizius, könnte man sagen. Ist nicht er es, der sagt: »Der Mensch ist vom Menschen durch Schuld getrennt«? Jeder, Elli, die Frau, Anna Jahn, ihre Schwester, der alte Maurizius, Baron von Andergast, Waremme-Warschauer – alle sind mit Schuld beladen.

Der unschuldige Maurizius! Wir wollen unsere Aufmerksamkeit einen Augenblick auf ihn konzentrieren, auf die Besonderheit seiner Lage, so wie sie vom Gesetz, von der Gesellschaft selbst gesehen wird. Maurizius hat hierüber inhaltsschwere Äußerungen vorzubringen. Laßt uns hören, was er sagt, als das Muster der Gerechtigkeit, Herr von Andergast, ihn in seiner Zelle besucht und wiederholt, was Juristen in der zivilisierten Welt überall so oft, so abgedroschen und so gedankenlos uns vorpredigen.

Herr von Andergast hat gerade die Bemerkung gemacht: »Jeder gilt so lange für unschuldig, als seine Schuld nicht einwandfrei festgestellt ist.«

Darauf hat Maurizius folgendes zu erwidern: »Geschrieben steht es. Nicht zu leugnen. Manches steht geschrieben. Wollen Sie aber behaupten, daß es auch geschieht? Wo? Wann? Von wem? An wem? Hoffentlich glauben Sie nicht, daß ich nur von mir aus, von meinem Schicksal aus schließe. Ich komme da gar nicht in Betracht. Meine Fiktion, na ja . . . Wie gesagt, ich sehe ab von meinen persönlichen Umständen. Für mich ist mein Schicksal selbstverständlich genauso wichtig wie das ganze Sonnensystem, als Erfahrung ist es trotzdem nur vereinzelt. Aber ich habe nicht bloß die eigene Erfahrung gehabt, ich habe tausend gehabt. Von tausend Richtern hab' ich gehört, tausend hab' ich vor mir gesehn, von Tausenden das Werk betrachten können, und es ist immer ein und derselbe. Von vornherein der Feind. Die Tat nimmt er für voll getan, den Menschen in seinem Mindesten. Der Ankläger ist sein Gott, der Angeklagte sein Opfer, die Strafe sein Ziel. Ist es so weit mit einem gekommen, daß er vor dem Richter steht, so ist er erledigt. Warum? Weil der Richter mit Acht und Bann vorgreift. Mit Unglauben, mit Hohn, mit Verachtung, mit Besudelung. Ist sein Opfer nicht willfährig, so setzt er es unter einen moralischen Druck, der mit Brandmarkung endet. Das Urteil ist dann nur das Tüpfelchen aufs i . . . Richter! Das hatte einmal einen hohen Sinn. Den höchsten in der menschlichen Gemeinschaft. Ich habe Leute gekannt, die mir erzählten, daß sie bei jedem Verhör dasselbe schreckliche Gefühl in den Hoden hatten, das man verspürt, wenn man plötzlich vor einem tiefen Abgrund steht. Jedes Inquisitorium beruht auf einer Ausnützung von taktischen Vorteilen, die man sich meistens auf ebenso unredliche Weise verschafft hat, wie die Ausflüchte des in die Enge getriebenen Opfers unredlich sind ... Wo ist der Schutz, den Ihr Gesetz verlangt? Das Gesetz ist ja nur noch ein Vorwand für die grausamen Einrichtungen, die in seinem Namen geschaffen werden, und wie soll man sich einem Richter beugen, der aus dem schuldigen Menschen ein mißhandeltes Tier macht? ... Es läuft eben darauf hinaus, daß die, die im Himmel leben, nichts von der Hölle ahnen, und wenn man ihnen tagelang davon erzählt. Da versagt alle Phantasie. Nur der kann sie begreifen, der drinnen ist.«

Nachdem Herr von Andergast sich noch weiter über die Unvollkommenheit der menschlichen Einrichtungen und über die Untunlichkeit verbreitet hat, das ganze Gebäude niederzureißen, wird Maurizius dazu getrieben, Wort für Wort Stücke aus der Anklagerede wiederzugeben, die Andergast selbst gehalten hat. Es ist das Bild eines Verbrechers, das vom Verbrecher selbst entworfen ist. Nicht des Verbrechers Maurizius, sondern des Verbrechers von Andergast. Hier sind die Übelegungen, die Andergast bei sich über die Worte anstellt, die er vor achtzehn Jahren gesprochen hat:

Die fast wortgetreue Wiedergabe einer vor einem halben Menschenalter gehaltenen Rede flößte ihm Erstaunen ein, doch das Seltsame dabei war, daß nichts an der Rede ihm, dem Autor, vertraut oder nur bekannt vorkam, obwohl er mit ziemlicher Sicherheit beurteilen konnte, daß Maurizius sie nicht verzerrt und entstellt hatte, sondern daß sie ihn wie etwas Fremdes, etwas unsympathisch, ja widerwärtig Fremdes berührte, übertrieben, voll phrasenhafter Rhetorik und spielerisch in den Antithesen. Während er auf den zusammengebückten Sträfling niederschaute, wuchs die Abneigung gegen die eigene, eben aus anderm Mund vernommene Suada bis zu körperlichem Ekel, so daß er schließlich sogar mit einem Brechreiz zu kämpfen hatte und die Zähne konvulsivisch aufeinanderbiß. Es war, als kröchen die Worte wie Würmer an der Mauer entlang, schleimig, farblos, lemurisch häßlich. Wenn alle Leistung so vergänglich und im Vergänglichen so fragwürdig war, wie sollte man da bestehn? Wenn eine Wahrheit, für die man einstmals vor Gott und Menschen eingestanden, nach irgendwelcher Zeit zur Fratze werden konnte, wie sah es dann überhaupt mit der »Wahrheit« aus? Oder war nur in ihm selbst etwas morsch, das Gefüge seines Ich geborsten?

Und nun spricht Maurizius von neuem, spricht von seiner romantischen Jugend. Er hat Andergast gerade von der reinen Liebe erzählt, die er im Alter von sechzehn Jahren für eine Prostituierte empfunden hat, und von dem tragischen Ausgang dieser Episode und dem Einfluß, den sie auf sein Leben gehabt hat. »In Wahrheit erholt man sich von so was vielleicht nie«, sagt er. In jenen Jahren war, wie er es ausdrückt, alles selbstisch vereinzelt, und wer nicht entschlossen mit seiner Umgebung und dem Herkommen brach, der wurde langsam eingesponnen und zugedeckt und mußte sehen, daß er sich dann mit seinen finsteren Stunden abfand. Wie er sagt, konnte man »romantisch« sein und dabei sehr wenig Gewissen haben.

Und dann folgen diese sehr bezeichnenden Worte:

»Ich weiß noch, daß ich mit neunzehn Jahren von einer Tristanaufführung als seliger neuer Mensch nach Hause ging und zu Hause meinem Vater zwanzig Mark aus der Kommode stahl. Beides war möglich. Immer war beides möglich. Daß man einem Mädchen heilig schwor, es zu heiraten, um es kurz darauf niederträchtig seinem Schicksal zu überlassen, und daß man in feierlicher Stimmung Buddhas Leben und Worte in sich aufnahm. Daß man einen armen Schneidermeister um seinen Lohn prellte und vor einer Raffaelschen Madonna in Verzükkung stand. Daß man sich im Theater von Hauptmanns Webern erschüttern ließ und mit Genugtuung in der Zeitung las, daß auf die Streikenden im Ruhrgebiet geschossen wurde. Beides. Immer war beides möglich . . . Da haben Sie noch ein Porträt. Selbstporträt. Finden Sie, daß es schmeichelhafter ist als Ihres?

Es hat nur das Versöhnliche, daß es in jedem Fall, wie gesagt, zwei Möglichkeiten zuläßt. Ihres ist grausam unverrückbar, es läßt nur eine zu.«

In vollem Ausmaß kommt jedoch dieser Dualismus in Waremme-Warschauer zum Ausdruck. »Alles, was über ihn gesagt wurde, war genauso richtig, wie es das genaue Gegenteil gewesen wäre.« Er beherrscht ein Dutzend Sprachen, ist Dichter, Philosoph, Philologe und Politiker, aber auch Spieler, Don Juan, pervers, ein Meineidiger und Renegat. In ihm wuchert das Geschwür, das am Herzen der Gesellschaft frißt, in aller Üppigkeit. In einem der endlosen Monologe, die er in Etzels Gegenwart hält, erwähnt er ein orientalisches Sprichwort, das, wie mir scheint, besonders auf ihn anwendbar ist. »Wenn ein Mensch getrennt ist von seiner Seele und dem Verlangen seiner Seele, bleibt er nicht auf der Straße stehen, um zu spielen, sondern beschleunigt seine Wanderung.« Im Rückblick auf seine Jugend sagt Waremme zu Etzel: »In meinen jungen Jahren konnte ich die Menschen im Gespräch mit fortreißen, ich konnte sie maßlos entflammen, ich konnte, ah, was konnt' ich nicht? Ihnen das eigene Ich neu schenken. Da war kein Unterschied zwischen Männern und Frauen . . . Mir war Mitteilung die andere Natur, die eigentliche Natur, wie der Pulsschlag; wo ich mich mitteilen konnte, identifizierte ich mich schon, es war die sublimste Form der Liebe, Männern wie Frauen gegenüber, unermüdliches Werben, den andern aus sich herauszutreiben, aus allen Grenzen und Reserven, ich selber hatte ja keine, weder Grenzen noch Reserven, das war es eben . . .«

Im Laufe eines dieser Monologe werden Amerika und Europa in einem kontrastierenden Vergleich einander gegenübergestellt. Waremme hatte etwa zwölf Jahre in einigen unserer großen amerikanischen Städte, darunter Chikago, gelebt. Er hatte versucht, mit Europa zu brechen. Aber, wie er es so richtig ausdrückt, »Europa den Rücken kehren heißt noch nicht ohne Europa existieren können«. Erst nachdem er darauf verzichtet hatte, fing er an zu verstehen, was Europa für einen Menschen wie ihn eigentlich war. »Europa war nicht bloß die Summe der

Bindungen in seiner individuellen Existenz, Freundschaft und Liebe, Haß und Unglück, Gelingen und Enttäuschung, es war, ehrwürdig und unfaßbar, die Existenz eines Ganzen seit zweitausend Jahren, Perikles und Nostradamus, Theoderich und Voltaire, Ovid und Erasmus, Archimedes und Gauß, Calderon und Dürer, Phidias und Mozart, Petrarca und Napoleon, Galilei und Nietzsche, ein unabsehbares Heer lichter Genien, ein ebenso unabsehbares von Dämonen, alles Helle ins Dunkle getrieben und aus ihm wieder hervorleuchtend, aus trüber Schlacke goldenes Gefäß zeugend, die Katastrophen, die Erleuchtungen, Revolutionen und Verfinsterungen, Sitte und Mode, all das Gemeinsame, Strömende, Gekettete und Gestufte: der Geist. Das war Europa, *sein* Europa.«

Und so reist Waremme nach Amerika, ein zweiter Kolumbus, um dort den Geist Europas zu verkünden. Und was geschieht? »Nach einigen Wochen«, so berichtet er, »war ich von allen Mitteln entblößt. Das scherte mich nicht groß. Verhungern kann dort niemand. Das ganze Land ist sozusagen eine Versicherungsanstalt gegen den Hungertod. Die öffentliche Wohltätigkeit ist so gigantisch, daß Bettler fast so selten sind wie Könige. Und sie haben ja die Demokratie. *Was allerdings zwischen Leben und Nichtverhungern liegt, ist ein anderes Kapitel.** Stellen Sie sich ein riesiges Hospital vor, ausgestattet mit allem Komfort der Neuzeit, vollgestopft mit lauter unheilbar Kranken, von denen niemals einer stirbt, so haben Sie, was ›dazwischen‹ ist. *Das Sterben könnte dem Renommee des Instituts schaden.*«

Er erzählt dann weiter, wie es ihm nicht möglich war, den Amerikanern, mit denen er in Berührung kam, etwas von dem Geist mitzuteilen. »Nein, sie lieben nicht den Geist, sie lieben das Ding, die Sache, die Verrichtung, die Anpreisung, die Tat, der Geist ist ihnen über alle Maßen unheimlich. Sie haben was anderes an seiner Statt, das Lächeln. Ich mußte lernen zu lächeln.« Und so wandert er von einer Stadt zur anderen. »Jack

* Hervorhebung von mir.

wirft dich dem John zu und John dem Bill, und wenn Bill findet, daß du nichts mehr taugst, läßt er dich auf dem Kehricht verrecken, in aller Freundlichkeit natürlich. Keep smiling.«

Und dann kommt er nach Chikago ... »Dreißigtausend Kanarienvögel, eben ausgeladen, singen aus dreißigtausend winzigen Kehlen, ein Orchester, ein Monsterkonzert, das Krane, Autos, Lokomotiven, Menschengeschrei unsinnig-lieblich übertönt. Ich stehe da und weiß nicht, ob ich lachen oder heulen soll, es ist so verrückt, so heilig, so märchenhaft.« Dann die Schlachthäuser ... »Aus den riesigen Hallen und Speichern schwelt der süßliche Blutdunst auf, ständiges Blutgewölk brütet über der ganzen Stadt, die Kleider der Menschen riechen nach Blut, ihre Betten, ihre Kirchen, ihre Stuben: nach Blut schmecken ihre Speisen, ihre Weine, ihre Küsse. Es ist alles so massenhaft, so unerträglich hunderttausendfach, der einzelne hat fast keinen Namen mehr, das einzelne nichts Unterscheidendes. Numerierte Straßen, warum nicht numerierte Menschen, etwa nach der Zahl der Dollars, die sie verdienen, mit Blut von Vieh, mit der Seele der Welt.« Dann die Hallstedstraße, die längste Straße der Welt – »*der neue Weg nach Golgatha*«. Und dann der Neger Joshua Cooper. Und Joshua, überströmt von Blut, um sein Leben laufend. Waremme spricht nun mit ungehemmter Leidenschaft. »*Bestien?* Jede Bestie hat ein Quäkergemüt dagegen ... acherontische Gestalten, das zweibeinige Aas der Vorstädte, dergleichen gibt es hierzulande nicht, der Verkommenste hier erinnert einen noch, daß ihn eine Mutter geboren hat ...«

Schließlich sehen wir in dieser langen Tirade einen Lichtstrahl. Er kommt von dem »strahlenden Geburtstagsgesicht« Hamilton La Dues. In der Person La Dues erkennt Waremme, welche Möglichkeiten der Amerikaner in sich birgt, sieht er den wahren Demokraten, von dem Walt Whitman sang. »Ich sah einen Menschen, der in all seiner Unscheinbarkeit für ein Ganzes einstand, den Kristall sozusagen, der sich aus dem rohen Material gebildet hatte. Es mochte Ungezählte seinesgleichen

641

geben, und je tiefer ich in die mächtigen Zusammenhänge blickte, je überzeugter war ich, daß er tatsächlich nur einer von Ungezählten war, der eine, den ich zufällig gefunden hatte. Das gerade erschütterte mich in meinem europäischen Hochmut...« Weiter sagt er von La Due, daß er keine Botschaft mitzuteilen, kein Evangelium hatte, er hatte nur ein einfaches, kindliches, freundliches Wesen, das war alles. »Er machte sich wahrscheinlich überhaupt keine Gedanken, er nahm alles hin, wie es war, das Furchtbare und das Erfreuliche...«

Und dann faßt Waremme in einem Ausbruch von Beredsamkeit die Bedeutung dieser Person La Due in die Worte zusammen: »In dem ungeheuern Staat mit seinen ungeheuern Städten, Gebirgen, Strömen und Wüsten, seinem ungeheuern Reichtum, seinem ungeheuern Elend, seinem ungeheuern Betrieb, seinen ungeheuern Verbrechen, seiner ungeheuern Angst vor Anarchie und Revolution, da mittendrin der kleine harmlose La Due ... wie soll ich sagen ... als Menschheitsnovum. Erstaunlich. Man konnte nicht aufhören zu staunen. Durch ihn lernte ich verstehen, daß das Ganze noch ein ungegorener Teig ist...«

Es ist allerdings sonderbar, daß der Mann, der als der eingefleischte Teufel dargestellt wird, so einen beispielhaften Charakter wie Hamilton La Due erkennen und schätzen kann. Vielleicht deshalb, weil dieser La Due eine gänzlich unansehnliche Gestalt ist, ein einfacher Mann ohne jede Ansprüche, ein Mann, der sich des Guten in ihm nicht bewußt ist? Auch für Etzel gibt es einen Mann, den er verehrt und den er schließlich besucht, den Schriftsteller Melchior Ghisels. Dieser Ghisels ist in der Tat in Etzels Geist fast zu einem Gott geworden. Aber dieser Gott stellt sich bei näherer Berührung als nur zu menschlich heraus. Er ist ein Gott, der sich durch Opfer erschöpft hat. Als Etzel zu ihm kommt, liegt er ausgestreckt auf dem Sofa, so schwach, daß er keine richtige Antwort auf die brennende Frage geben kann: »Was ist denn die Gerechtigkeit, wenn ich sie nicht durchsetze, ich, ich selber, Etzel Andergast?« Und Ghisels, der einen Augenblick so gequält aussah wie ein Gekreuzigter, kann nur sagen: »Hierauf kann ich nur antworten: Verzeihen Sie mir, ich bin ein ohnmächtiger Mensch.« Als Etzel sich von Ghisels verabschiedet, erinnert er sich an eine schöne Stelle, die einmal sehr viel für ihn bedeutet hatte, und da begriff Etzel, sagt der Verfasser, in seinem Herzen: »Die zehntausend Engel auf dem Rosenblatt, sie waren eine Metapher, ein Gedicht, ein geheimnisvoll-schönes Symbol, nichts weiter, ach, nichts weiter . . .«

Bei dieser Unterredung, die so verschiedene Seiten hat, möchte ich noch ein wenig weiter verweilen. Zuerst scheint aus Ghisels der Verfasser selbst zu sprechen. Das Leben der zwei weist Ähnlichkeiten auf, die man nicht übersehen kann. Auch Wassermann war durch die unersättlichen Forderungen seiner Leser überlastet. Die Leute hielten ihn für mehr als einen Schriftsteller, seine Bücher enthielten Ausblicke, die man vergeblich bei den politischen und sozialen Theoretikern suchte. In dieser Unterhaltung mit Etzel benutzt Wassermann Ghisels, um sein eigenes prophetisches Bild der europäischen Gesellschaft zu entwerfen und die Krise aufzuzeigen, von der diese bedroht ist. Es ist, als träte der junge Etzel, seine eigene gequälte Schöpfung, aus den Seiten des Buches heraus und suchte ihn in seinem Arbeitszimmer auf. Als stände Etzel vor ihm, schlüge auf seinen Schreibtisch und stieße hervor: »Ich fordere eine Antwort! Sie haben mich in diese unmögliche Situation hineingeführt, nun helfen Sie mir, mich wieder herauszuwinden!« Es ist, als wäre Wassermann mit seiner stilistischen Geschicklichkeit, seiner Erfindungsgabe unzufrieden, als wäre er dieser ewigen menschlichen Probleme müde, die nie ganz durch die Kunst gelöst werden können, als fordere er sich selbst zu einer letzten äußeren Anstrengung auf, der gottgleichen Bemühung eines Menschen, der sich über alle persönlichen Rücksichten erhoben hat, der weiß, daß auf der menschlichen Ebene diese Probleme unlösbar sind. Mit dem *Fall Maurizius* nähert sich Wassermann dem Ende seines Lebens. Er scheint für diese letzte Arbeit alle seine Kräfte aufgeboten zu haben. In dem letzten Band der Trilogie tritt er unmißverständlich selbst auf. Wie Herzog, der zusammengebrochene Romanschriftsteller,

sucht auch er eine Gestalt, die er lange verehrt hat. Dr. Kerkhoven ist eine erhabene Erscheinung, er ist dem Verfasser selbst
überlegen. Es ist, als betrachte der Schöpfer sein eigenes Werk
und müßte sich für besiegt erklären, *mit Recht* besiegt. Kerkhoven ist das Symbol eines Heilers. Wie bezeichnend, daß der
Künstler auf den höchsten Platz den Typ erhoben hat, den die
Welt augenblicklich am dringendsten braucht! Wenn es so
scheint, daß Ghisels Etzel im entscheidenden Augenblick keine
Antwort geben konnte, müssen wir uns vergegenwärtigen, daß
er von einem sechzehnjährigen jungen Mann beurteilt wird,
dessen Lebenserfahrung ihm nicht erlaubte, die dem Künstler
gezogenen Grenzen zu erkennen. Mir scheint es auch, daß
Wassermann hier sich selbst verurteilte und damit alle Künstler
unserer Zeit. Wenn wir Ghisels in diesem Licht betrachten, wie
inhaltsschwer sind dann die Worte des Verfassers: »Diesen Sinn
hat er (Etzel) eben darin entdeckt: *daß man einen Schritt weiter
gehen muß.*« Wenn man sich tiefer in die Trilogie versenkt, drückt
einem dieser Satz immer schwerer auf die Seele. Er bezeichnet
die wesentliche Eigenschaft dieser monumentalen Gestalt Kerkhoven. Kerkhoven fängt immer von neuem an, wagt immer
wieder, die Grenzen zu durchbrechen – *seine eigenen Grenzen.*

Vielleicht können wir jetzt auf Ghisels Worte mit größerer
Klarheit zurücksehen. Dies sind die Worte, die er an Etzel
richtet: »Was Sie zu mir führt, ist nichts Neues für mich. Leider.
Es ist eine Krisis, die nicht mehr bloß harmlose Ringe im Teich
wirft. Noch vor ein paar Jahren konnte man sich trösten und
meinen, da ist dieses einzelne, und dort ist jenes einzelne, man
finde sich ab, mit dem einzelnen kann man sich abfinden, heute
bedroht die Erschütterung das ganze Gebäude, das wir seit
zweitausend Jahren aufgerichtet haben. Es regt sich eine tiefe,
kranke Zerstörungslust in den empfindlichsten Teilen der
Menschheit. Wenn dem nicht gesteuert werden kann, und ich
fürchte, es ist zu spät, muß es in den nächsten fünfzig Jahren zu
einem ganz furchtbaren Zusammenbruch kommen, weit über
die bisherigen Kriege und Revolutionen hinaus. Sonderbar, daß
die Zerstörung so oft von denen ausgeht, die in dem Wahn

leben, sie seien die Bewahrer der sogenannten heiligsten Güter.«

Etzel hört aufmerksam zu, aber wie ein Boxer, der auf eine Angriffsmöglichkeit wartet. Er will etwas über Gerechtigkeit hören. »Gerechtigkeit, scheint mir, ist das schlagende Herz der Welt. Ist's so oder nicht?« Und dann steht Ghisels Antwort.

»Es ist so, lieber Freund. Gerechtigkeit und Liebe waren uranfänglich Schwestern. In unserer Zivilisation sind es nicht einmal weitschichtige Verwandte mehr. Man kann viele Erklärungen geben, ohne irgend etwas zu erklären. Wir haben kein Volk mehr, Volk als Leib der Nation, infolgedessen ist das, was wir Demokratie nennen, auf eine amorphe Masse gestellt, kann sich nicht sinnvoll gliedern und erheben und erstickt alle Idealität. Man brauchte vielleicht einen Cäsar. Aber woher soll er kommen? Man muß vor dem Chaos Angst haben, das ihn erst gebären kann. Was die Besten tun, ist im besten Fall, daß sie Kommentare zu einem Erdbeben liefern.«

Gleich darauf fährt er fort: »Ich möchte Ihnen nur eines sagen, denken Sie ein wenig darüber nach, vielleicht bringt es Sie wieder um einen Schritt weiter, wir können uns ja nicht anders als ganz, ganz langsam, Schritt für Schritt, fortbewegen ... Es ist keine Heilslehre, keine gewaltige Wahrheit, die ich im Sinn habe, aber vielleicht, wie gesagt, ist es ein Wink, eine kleine Handreichung ... Ich meine nämlich, Gut und Böse entscheiden sich nicht im Verkehr der Menschen untereinander, sondern ausschließlich im Umgang des Menschen mit sich selbst. Verstehen Sie?«

Etzel nickt. Er versteht, ja, ganz klar. *Aber* – nun, eigentlich will er gar nicht verstehen. Etwas plagt ihn, etwas, was er nie verstehen wird. Wenn jemand unschuldig im Gefängnis sitzt, was dann? Was soll er in einem solchen Fall tun? Soll er ihn vergessen? Soll er den Mann weiter leiden lassen? Soll er zu sich sagen, was geht das mich an? Wieso hilft mir da der Umgang mit mir selbst? Und dann schleudert er Ghisels die Frage entgegen, die dieser nicht beantworten kann. In ein paar Augenblicken hat er alle Illusionen verloren, er nimmt Abschied von dem Mann, den er einst verehrt hat. Er muß seinen Kampf weiterführen – es ist Krieg. Er muß dafür sorgen, daß die Gerechtigkeit wiederhergestellt wird, was auch geschehen mag.

Ich habe schon vorher gesagt, daß man Etzel als einen embryonalen Hitler ansehen könnte. Immer wieder komme ich auf diese Vorstellung zurück, wenn ich Etzels Verhalten überdenke. Das Europa, das Ghisels so gut beschrieben hat, war dasselbe Europa, dem Hitler gegenüberstand. Ein anscheinend bankrottes Europa, das mit den Problemen, die es selbst geschaffen hatte, nicht mehr fertig werden konnte. Auch Hitler rief nach Gerechtigkeit. Hitler suchte die Befreiung eines im Gefängnis sitzenden Deutschlands. Als er allmählich immer mehr Macht gewinnt, sehen wir ihn zum Symbol der Gerechtigkeit werden – in seinen eigenen Augen natürlich.

Hier muß ich den Fall Maurizius einen Augenblick fallenlassen, um mich einem anderen Buch zuzuwenden. Es handelt sich um ein Buch von Georg Dibbern mit dem Titel *Suche*. Es ist ein Reisebericht. Es ist eine Reise in jeder Bedeutung des Wortes. Das Buch ist von einem Deutschen verfaßt, der 1930 sich in einem kleinen Boot aufs Meer wagte, um nach Neuseeland zu fahren und dort bei den Maoris zu leben. Während der hunderttägigen Reise vom Panamakanal nach San Franzisko macht er sich eine Menge Gedanken und versucht, nicht nur sein eigenes Problem, sondern auch das Weltproblem zu lösen. Auf Seite 295 beginnt er, über Krieg und Frieden nachzusinnen. Unter anderem sagt er: »Nur wenn wir die Welt frei für Abenteuer und Leistungen machen, können wir den Krieg – denn Leben ist Krieg, und Krieg ist Leben – auf eine höhere Ebene heben, wo wir nicht mehr mit Geschützen auf Schlachtfeldern zu kämpfen brauchen. Wenn wir nach unserem Gewissen leben und mutig den ganzen Weg zu Ende gehen, anstatt vorsichtig nur die Hälfte, und die Folgen unserer Handlungen auf uns nehmen, können wir auch heute noch im gewöhnlichen Leben so viele Abenteuer finden, daß selbst die Kühnsten auf ihre Rechnung kommen.«

Eine vortreffliche Überlegung, die eines Philosophen würdig

ist. Und dann kommt dies: »›Und so dich jemand nötiget eine Meile, so gehe mit ihm zwo‹, sagte Christus. Er lehrt uns, die eine Meile ohne Klage und rachsüchtige Gedanken zu gehen, damit wir unterwürfiger werden und leichter zu lenken sind, aber die zweite Meile, wo wir einen positiven Schritt tun und über uns selbst hinausschreiten, die hat man vergessen. Die Kraft und den Glauben aufzubringen, diese zweite Meile zu gehen, erfordert mehr Mut und Opfergeist, als für einen Krieg nötig sind, und wenn wir sie hätten, könnten wir eine neue Welt aufbauen!«

Ganz ausgezeichnet. Wieder nicke ich zustimmend. Wieder spende ich ihm meinen Beifall. (Ich tue dies das ganze Buch hindurch. Dieser Mann *denkt* wirklich. Ich habe das Gefühl, einen Bruder gefunden zu haben.)

Und jetzt, beim nächsten Abschnitt, reißt es mich hoch. Ich mache große Augen. Er sagt genau das, was ich die ganzen Jahre hindurch verkündet habe, nur sagt er es als Deutscher für die Deutschen, während ich es als Angehöriger der siegreichen demokratischen Völker gesagt habe, und das bedeutet nicht so viel, weil meine Forderungen verhältnismäßig leicht durchzuführen wären. (Aber sie wollen offenbar nicht oder können nicht – vielleicht dauert es noch zwanzig- oder fünfzigtausend Jahre.) Zum erstenmal seit der durch den Krieg angerichteten Wirrnis sehe ich jedenfalls, daß noch eine andere Lösung möglich gewesen wäre, eine Lösung, die Deutschland selbst hätte herbeiführen können. Aber Georg Dibbern soll sie uns in seinen eigenen Worten schildern.

»Nehmen wir zum Beispiel Deutschland nach dem Kriege. (Dem ersten Weltkrieg natürlich.) Wenn es, anstatt sich den Bedingungen des Versailler Vertrages nur zu beugen – eine solche Unterwerfung hat immer ihre schlimmen Seiten, weil sie den Menschen ihre Individualität raubt –, Führer gehabt hätte, die es gewagt hätten, selbst die kleine Armee, die man ihm gelassen hatte, nicht aufzustellen und lieber eine völlige Entwaffnung in die Wege zu leiten, hätte es seine Selbstachtung bewahren können, indem es einen positiven Schritt tat und ein

Opfer brachte. Deutschland hätte dadurch eine neue Waffe geschmiedet, indem es durch die völlige Abrüstung einen Appell
an den guten Willen der Welt gerichtet hätte; es wäre diese
zweite Meile auf eine größere Zukunft zugegangen. Aber wie
konnte es das tun, da sich solche Ideen erst heute im Geiste des
einzelnen bilden und erst von der Mehrzahl des Volkes *vorgelebt*
werden müssen, bevor eine Nation an sie glauben kann? Wo die
Kirche, anstatt diese Grundsätze durch ihr Beispiel zu erhärten,
die in den Krieg ziehenden Soldaten segnet?«

Die zweite Meile! Die Menschen haben diesen Gedanken auf
tausendfach verschiedene Weise ausgedrückt. »Wenn wir einen
positiven Schritt tun und über uns selbst hinausschreiten!« Ah
ja, wenn die Menschen das begreifen könnten, dann würden sie
vielleicht erfahren, was Freiheit bedeutet. Und Gerechtigkeit
und Liebe.

Georg Dibbern war ein freiwilliger Gefangener auf seinem
Boot. Neuseeland war nur das äußere Ziel, das eigentliche Ziel
war die Selbstbefreiung. Das kommt ihm zum Bewußtsein, als
er noch nicht sehr lange auf dem offenen Meer ist.

Georg Dibbern, du und ich, wir alle, die wir in unseren
kleinen Gefängnisbooten sitzen, können jederzeit einen Hafen
anlaufen, wenn wir wollen. Ja, wir können sogar die Reise be-
endigen. Wir können sie aufgeben und uns in den Trott der
Herde einordnen. Wir werden deshalb keine Schande erleiden,
im Gegenteil, wir würden mit offenen Armen aufgenommen
werden. Aber ein zu lebenslänglichem Zuchthaus Verurteilter
muß sein ganzes Leben lang weiterreisen, es gibt keinen Hafen
für ihn, in den er einlaufen kann, außer dem Tod. Die Gesellschaft wird ihm nie für den Kampf danken, den er durch-
gemacht hat, sie wird nie etwas von diesem Kampf erfahren.
Die Gesellschaft verliert viel in mancher Hinsicht, aber in diesem
Punkt bestimmt am meisten. Von dem Menschen, der dazu
verurteilt ist, sein ganzes Leben hindurch im Zuchthaus zu ver-
rotten, hätte die Gesellschaft so viel zu lernen. Aber die Wände
sind dick und undurchdringlich, es ist keine Verbindung mit
der Außenwelt möglich.

Ich habe bis jetzt nur wenig über die Leiden des Zuchthäuslers Maurizius gesagt. Ich kann diese schmerzliche Aufzählung nicht noch einmal beginnen. Jede seiner Äußerungen führt uns zu einer Gedankenfolge, deren Ende nicht abzusehen ist. Man wird einfach verrückt in diesem, seinem Schädel. Er hat alles bis zum bitteren Ende durchdacht, und dann noch einmal und immer wieder, bis es scheint, als durchlebe man die Lehre von der ewigen Wiederkehr. Es ist, als hätte ihn der Verfasser mit tausend Flügeln ausgestattet, die Tag und Nacht unaufhörlich gegen unsere Herzen schlagen – obwohl er weiß, daß sich unsere Herzen nie öffnen werden.

Es ist da jedoch eine Stelle, die ich nicht übergehen kann. Sie betrifft das Wort Freiheit. Herr von Andergast hat Maurizius eindringlich nahegelegt, eine Begnadigung anzunehmen, unter der Bedingung natürlich, daß er, Maurizius, nach seiner Entlassung keine weiteren Schritte unternehmen würde. Er spricht von der »Zukunft« des Gefangenen. Ein leeres Wort, das wie Hohn klingt. »Zukunft?« ächzt Maurizius. »Mit dem da drinnen?« (Er deutet mit dem Zeigefinger auf seine Augen.) »Und mit dem da drinnen?« (Er schlägt mit der Hand auf seine Brust.) Von Andergast spricht ihm zu wie einem eigensinnigen Kind. »Sie müssen sich abfinden. Das Leben ist eine gewaltige Macht. Ein Strom, der Unrat und Gift filtriert. Denken Sie an die Freiheit . . .«

Dieses letzte Wort – »*Denken Sie an die Freiheit*« – platzt in Maurizius wie eine Bombe. Als wenn er nicht neunhundert Milliarden Lichtjahre daran gedacht hätte! Minutenlang liegt er schweigend da, ohne sich zu regen. Endlich beginnen seine Lippen zu zittern, und er fängt an, vor sich hin zu sprechen.

»Ihr wißt es nicht. Es kann sich's niemand auf der Welt auch nur im entferntesten vorstellen. Die Einbildungskraft eines jeden Menschen verhält sich da wie eine störrische Kuh. Es reicht nichts hin, was man sagt und was draußen davon bekannt ist. Manche meinen, sie hätten's erfaßt, weil sie sich in gewisse Bilder eingelebt haben, die auf die Phantasie wirken. Sie haben nicht einmal den Zipfel erfaßt. Manche sagen wieder, es ist gar nicht so schlimm, jedes Individuum paßt sich an seine Bedingungen an, Gewöhnung ist alles, die Zustände werden von Jahr zu Jahr besser, die Gesetzgebung beugt sich dem Geist der Zeit und dergleichen mehr. Ahnungslos. *Alles Unrecht und Leiden der Erde hat seinen Grund darin, daß Erfahrungen nicht übermittelt werden können. Höchstens mitgeteilt.* Zwischen dem Zugemessenen und dem Unerträglichen liegt der ganze Weg der Erfahrung, den immer nur einer allein für sich gehen kann. So wie immer nur einer allein seinen Tod stirbt und keiner vom Tod etwas weiß.«

Die zweite Meile! Vielen Dank, Georg Dibbern. Ich fühle mich jetzt etwas freier in meinem Gefängnis. Ich möchte, daß jeder Ihr Buch liest, ebenso den *Fall Maurizius* und die Geschichte von Cabeza de Vaca.

Und nun möchte ich das Urteil eines meiner Freunde anführen, eines jungen Mannes, dem ich den *Fall Maurizius* zur Lektüre empfahl. Er hat ein paar Jahre im Gefängnis zugebracht und ist jetzt auf Bewährung freigelassen. Er hat kein Verbrechen begangen, sondern wollte nur keinen Kriegsdienst leisten.

Ich muß sagen, ich hatte kein ganz reines Gewissen, als er von mir ging, ich fragte mich, ob ich recht getan hatte, einem Menschen, der gerade aus dem Gefängnis entlassen worden war, ein solches Buch zum Lesen zu geben, alle seine bitteren Erfahrungen neu zu beleben. Aber ich will die letzten Seiten seines Briefes zitieren, den er mir nach der Lektüre geschrieben hat.

»Meiner Meinung nach wollte der Verfasser uns dazu bringen, daß wir diesen gefühlvollen, instinktiv das Richtige erfassenden, liebenswerten jungen Mann liebgewännen und mit ihm übereinstimmten. Doch Etzel hatte wie die anderen eine Schwäche an sich, die seinen Triumph zu einer Tragödie machte. Irgendwo in dem Buch sagt der Verfasser in einer seiner Bemerkungen über Etzel und über dessen Vater und auch über andere, die es angeht, daß man, wenn man die wahre Natur mancher menschlichen Beziehungen verstände, sie sofort abbrechen würde. Das ist Etzels Grundfehler. Er hätte den Charakter seines Vaters verstehen und ihm vorher weniger Respekt und nachher mehr Sympathie zeigen sollen. Aus diesem Grunde hielt er es für so ungemein wichtig, Maurizius nicht nur zu befreien, sondern seine Unschuld zu beweisen. Es war Maurizius' Fehler, daß er nicht nur während seines Prozesses und der Verbüßung seiner Strafe, sondern auch nach seiner Freilassung seiner tatsächlichen Unschuld eine so große Bedeutung beimaß. Alle, auch die nur indirekt Betroffenen und die Gesellschaft dazu, hätten weniger gelitten, wenn sie erkannt hätten, wie sinnlos es ist, irgendeinem kläglichen Objekt Schuld anzuheften (ja, die Schuld wird angeheftet, als handle es sich um einen Gegenstand. Ein Beweis dafür ist der Ausdruck die Schuld ›festnageln‹). Angenommen, er hätte seine Frau erschossen. Dann verdient er mein Mitgefühl eher mehr als weniger, und ich glaube, es wäre sogar unter diesen Umständen möglich, Verzeihung vor sich selbst zu finden. Keinem von uns ist völlige Selbstbeherrschung gegeben, und wir sollten nicht für alles, was wir tun, verantwortlich gemacht werden. Die Justiz scheint sich zu fürchten, eine andere Stellung einzunehmen als die, daß alle Verbrechen absichtlich geschehen und das Ergebnis freier Willensbestimmung sind. Das völlige Gegenteil dieser Annahme wäre erträglicher. Das Verbrechen und seine Bestrafung erscheinen mir in diesem Fall als zwei Verbrechen, und so, wie die Personen bei dem ersten Verbrechen in dem schrecklichen Netz ihrer falschen Werte gefangen wurden und die Leiden aller ihren Höhepunkt in dem Mord erreichten, so fängt sich auch der Staat in dem Gewebe seiner falschen Werte, indem er glaubt, daß das Chaos eintreten würde, wenn irgendein Verbrechen unbestraft bliebe. So steht die Justiz allein und heroisch mit dem Schwert der Autorität in der Hand und verteidigt sich gegen einige wirkliche, aber meistens nur in der Einbildung vorhandene Feinde. Sie bestraft nicht die Schuldigen, sondern die Sündenböcke. Wer soll je sagen, daß derjenige, der bestraft wird, auch der ist, der das Verbrechen beging? Daß er seinen Namen und sein Gesicht trägt, und auch die Fingerabdrücke stimmen, bedeutet nichts. Der Verbrecher kann aus dem Körper entschlüpft sein, so daß jetzt ein weiserer

Mensch oder zum mindesten ein anderer dasteht, um die dem einst in seinem Körper wohnhaften Verbrecher zudiktierte Strafe auf sich zu nehmen. Gerechtigkeit mit nur menschlichen Händen und Köpfen als Instrumenten auszuteilen scheint mir dasselbe zu sein, als wollte man einen Fleck aus dem Auge mit einem Schlachtermesser entfernen. Wie man ehemals beim Militär von je zehn Mann einen herausgriff und ihn erschoß, um die Disziplin der übrigen neun wiederherzustellen, so geht die Justiz noch heute vor. Nein, es ist mir unmöglich, mir ein intelligentes System der Justiz und der Bestrafung vorzustellen. Barmherzigkeit ist schwer genug . . .«

Aus dem Vorstehenden geht klar hervor, daß dieser junge Mann aus seinen Erlebnissen im Gefängnis auch Nutzen gezogen hat. Auch er hat gelernt, selbständig zu denken. Aber wir, die wir draußen stehen, was haben wir profitiert? Augenscheinlich ist es mit all unserem Denken vorbei. Und nicht nur mit dem Denken, sondern auch mit dem Fühlen. Wie lange würde dieses Strafsystem dauern, frage ich mich, wenn wir jeden ins Gefängnis begleiten oder nach seiner Freilassung abholen müßten? Kein Wunder, daß Gérard de Nerval sagen konnte: »Sobald ich mich unter den Irrsinnigen befand, verstand ich, daß bis zu diesem Augenblick alles in meinem Leben Illusion gewesen war.« Wir sind nur »Phantasmen der Lebenden«. Und die Menschen, die wir hinter Gitter sperren, sind die Phantome von Phantasmen. Weg, geht uns aus den Augen! Aber Geister kann man nicht verscheuchen. Die Geister, die wir ermorden, verkörpern sich wieder in den erschauernden Fasern unseres Fleisches.

Und nun wollen wir zu der rätselhaftesten Gestalt des Buches zurückkehren, zu Anna Jahn, der Mörderin. Alles dreht sich um Anna Jahn. Tatsächlich alles. Sie ist der Angelpunkt des ganzen Dramas. Sie ist wie starres Glas. Die ganzen schrecklichen Ereignisse, die sich zu einem Gespinst verdichten, aus dem es kein Entrinnen mehr gibt, und sich schließlich zu Kokons zusammenrollen und alle Beteiligten ersticken, scheinen ihren Ursprung allein in der Existenz Anna Jahns zu haben. Sie ist eine neue Borgia. Sie scheint nichts zu tun, es sei denn, Unglück herbeizuführen. Sie ist überhaupt nur Schein, das ist es. Sie spiegelt die Wünsche, die Hoffnungen, die Träume und Illusionen eines jeden wider, mit dem sie in Berührung kommt. Sie ist böse – weil sie sich unfähig zum Handeln gemacht hat.

Was ist nun eigentlich ihr Verbrechen? Dummheit. Wenn man darüber nachdenkt, könnte man über einen solchen Charakter nichts Schlimmeres sagen, als daß sie abgrundtief dumm ist. Die Szene zwischen ihr und Maurizius, als dieser sie nach seiner Begnadigung aufstöbert, ist fast zu schrecklich, um sie zu lesen. »Die Zeit«, so sagt Wassermann, »wohltätig verdeckend oder grausam entblößend, hat eine souveräne Manier, was dem menschlichen Auge als unlösliche Verstrickung und geheimnisvolle Tiefe erscheint, in der Kümmerlichkeit der richtigen Maße und Bezüge aufzuzeigen. Die ursprüngliche Simplizität der Dinge wird, bei Klärung des trüben Gegenwartswesens, nur von der Simplizität der Schicksale übertroffen. Daran ändert auch die Wortzauberei eines Waremme nichts. Die sich vor Gott zu rechtfertigen oder ihre verworrenen Wege zu kommentieren wähnen, indem sie das Einfache der Welt in ein grandioses Mysterium umdichten, die sind die wahren Verdammten, denn sie können vor sich selber nicht gerettet werden.«

Wenn auch Wassermann sie so souverän entläßt, so müssen wir uns doch noch dem Bild zuwenden, das Waremme von ihr gibt. Waremme kennt sie in- und auswendig, er kennt sie sogar besser als Wassermann, wenn man eine solche absurde Behauptung überhaupt aufstellen kann. Seine Kenntnis ist erbarmungslos wie das Messer des Chirurgen. Und warum sollte er sie nicht kennen? Hat sie doch wie eine schwärende Wunde in ihm gelebt.

In jener Nacht, als Etzel Waremme endlich das Geständnis entwindet, auf das er so lange gewartet hat, erhalten wir dieses schillernde Porträt Anna Jahns. Und mit ihm den Kernpunkt der ganzen Tragödie. Wir verstehen endlich, warum Maurizius so handelt, warum er wie vom Schicksal gebunden war.

»Ich werde jetzt etwas sagen, was außer Ihnen und mir niemand auf der Welt weiß«, beginnt Waremme. »Es mag zunächst scheinen, daß es etwas sehr Gewöhnliches ist, aber im Hinblick auf die Person, um die es sich handelt, ist es etwas Außerordentliches. Es ist eben das, was mich zum letzten Schiedsrichter gemacht hat. Als ich den Sachverhalt begriff, war mir, als hätte mich ein Gigant gepackt und mir das Rückgrat gebrochen. Nämlich, sie hat den Menschen geliebt, das war es. Sie hat ihn unsinnig geliebt. Sie hat ihn so geliebt, mit einer so furiosen Leidenschaft, daß ihr Gemüt sich verfinsterte und unheilbar krank wurde. Das war das Äußerste für sie, diese Liebe, es war der Sprung in den Orkus. Und er, er wußte es nicht. Er hatte nicht einmal die Ahnung. Er seinerseits liebte nur, der Unselige, aber er bettelte und warb und winselte noch, indes sie schon . . . nun ja, in den Orkus gesprungen war. Daß er es nicht wußte, verzieh sie ihm nicht. Daß sie ihn so über alles Maß liebte, verzieh sie ihm ebenfalls nicht, und verzieh sie sich selber nicht. Dafür mußte er seine Strafe leiden. Er durfte nicht mehr auf der Welt sein. Daß sie die Schwester erschossen hatte um seinetwillen, durfte niemals, unter keinen Umständen, ein Weg von ihm zu ihr werden. Sie hatte sich ein Aberrecht gebaut, darin mauerte sie sich ein. Sie schuf sich seinen Tod, sie schuf sich seine Sühne, sie war sein grausamster Verfolger und machte sich selber, um sein Leben und seine Strafe mitzuleiden, zur seelenlosen Lemure. Außerdem war ein bürgerlicher Stolz in ihr und eine bürgerliche Feigheit zugleich, die man kaum wieder in einem Wesen derartig verquickt finden wird . . . Nein, Mohl (Etzel), diesen Charakter können Sie nicht verstehen, und schließlich muß ich sagen, der Himmel bewahre Sie auch davor, ihn zu verstehen. Heidnisch wild und albern bigott, voll Hoffart und voll Selbstuntergrabungswut, keusch wie ein Altarbild und von einer mystischen, urwaldhaft dunklen Sinnlichkeit durchflammt, streng und zärtlichkeitshungrig, verriegelt, die Riegel hassend, den hassend, der sich dran vergreift, und den, der sie respektiert, vor allem aber: unter dem schwarzen Stern. Es gibt viele Menschen, die unter dem schwarzen Stern gehen. Lichtlose. Sie wollen ihr dunkles Fatum und locken's an sich und fordern es so lange heraus, bis es sie zertritt. Sie wollen zertreten sein. Sich nicht beugen, sich nicht hingeben, zertreten sein. So war das mit ihr . . .«

In seiner kleinen Zelle hat Maurizius natürlich endlos über den Charakter dieser Frau nachgedacht, und auch er hat ein schreckliches Urteil über sie gefällt. Um etwas über sie zu erfahren, müßte man. so sagt er bei sich, ihr die Brust aufschneiden und ihr Herz untersuchen. Sie hat keinen Wesenskern. Sie ist, unheilvoll einsiedlerisch und selbstisch, auf sich und ihr Schicksal beschränkt. Als er in Herrn von Andergasts Gegenwart umhergehend laut spricht, faßt er sein Urteil in ein Wort zusammen: Narzißmus. »Gefäß, dem wir erst den Inhalt geben, vielleicht auch die Seele, jedenfalls die Bestimmung und die Bewegung. Möglich, daß sie nur deswegen als unser Opfer hinsinken, weil sie so narzißhaft in sich beruhen, und was ist denn das Narzißhafte? Etwas Körperloses im Grunde; und dafür, daß wir das Bild umarmen wollen, weil kein Menschenkörper da ist, dafür lassen sie uns büßen und machen uns verantwortlich bis zum Jüngsten Tag . . .«

Manchmal, wenn ich an Anna Jahn denke, denn in meinem Geist lebt sie und hat ihre Wurzeln überall, in all unseren Gedanken, in all unseren Handlungen . . . manchmal, sage ich, vergleiche ich sie mit Frauen, die ich gekannt habe und die ihr ähnlich sind, alle geheimnisvolle Gestalten, außerordentlich schön, verführerisch gramvoll oder melancholisch, und alle ausgesprochen engelhaft. Immer bewegen sie sich wie in einem Netz, spinnen mit jedem Schritt, den sie tun, die Schicksale jener, die sie umgeben, verweben deren Leben unauflöslich mit anderen, aber in einem solchen Grade, daß man, wenn man versuchte, das Gespinst mit der Schere zu trennen, in ein schwammartiges Gewächs schneiden würde – oder in einen Ball, wie ihn Kinder aus Gummibändern herstellen, um ihn über Hausdächer springen zu sehen. Wenn man es wagte, eine Tür zu öffnen, die in das Innere solcher Personen führt,

würde man sofort wie von einem Vakuum eingesogen werden.
Sie sind wie fleischfressende Blumen, die einen verschlingen und
über Nacht verdauen. Bei allen diesen engelhaften Vampiren
habe ich eine sich immer wiederholende Tatsache gefunden –
sie legen es darauf an, sich schon in früher Jugend vergewaltigen
zu lassen. Die Filippowna (bei Dostojewskij) ist dafür ein klas-
sisches Beispiel. Doch auch im Leben sind sie klassisch, alle
klassische Beispiele. Man nimmt sie nicht für ganz lebendig:
Sie kommen zu uns aus den Seiten von Büchern, aus den
Träumen von Heiligen und Verrückten. Was für zarte Herzen
sie zu haben scheinen! Bis man die Tiefe ihrer abgrundtiefen
Grausamkeit auslotet. In ihrer Gegenwart sprießen Messer und
Revolver hervor, aber man wundert sich nicht einmal über die
Widersinnigkeit dieses Zubehörs, so natürlich erscheint es, daß
diese seraphischen Wesen bei der Ausführung eines Verbrechens
behilflich sind. Wahrlich, auf geheimnisvolle Weise weilen sie
unter uns, denn sie gehören weder zu dieser Erde noch zur
Unterwelt. Im Garten der weiblichen Verschiedenartigkeit sind
sie wie schwarze Kamelien. Sie sind die Blumen, in die sich
Engel verkleiden, wenn sie ihren Ursprung vergessen haben.
Ihre verlorene Unschuld wirkt wie ein Magnet, der dem Organismus erlaubt, jeden Widerspruch in sich aufzunehmen und
Verwirrung auszustrahlen. Die Erde dreht sich täglich einmal
um ihre Achse. Aber diese gefallenen Engel weigern sich nicht
nur, sich zu drehen, sondern auch zu sterben. Vom Leben
gehen sie schnell in die Legende über und von der Legende
wieder zum Leben. Ihr Tod ist nur ein *Scheintod!*

Wenn ich in meiner Vorstellung den Film *Der Fall Maurizius*
ablaufen lasse, sehe ich Anna Jahn in jeder Szene erscheinen.
Alle anderen Gestalten scheinen mir nur in ihr und durch sie
zu existieren. Wenn ich sie nackt sehe, ist sie wie eine der mittelalterlichen französischen Jungfrauen, die man auf den Seiten
seltener Bücher erblickt. Sehe ich sie bekleidet, so immer in dem
samtartigen Verführungsgewand ihrer weißen Haut. Wo immer
sie erscheint, sprießen Blumen auf, Blumen schwer von Tau und
betäubendem Duft, sie springen hinter ihren Schritten auf wie

das phosphoreszierende Leuchten, das auf der Bahn eines schnellen Meerwindhundes entsteht. Um ihre Lippen schwebt dauernd ein Lächeln. Aber dieses Lächeln ist von so grenzenloser Schwermut, daß man es kaum erkennt; es ist wie ein blasser Halbmond in einer Nacht, in der die Sterne betörend glitzern. Von diesem Körper, in dem so viel Kummer und Glanz verankert sind, geht eine ständige Emanation von geisterhaften Gestalten aus, alle Anna Jahns, aber alle verschieden glänzend und verschieden schwer, als wenn sie eine Unendlichkeitsrechnung ihres eigenen Atomgewichts ausspie. Dies verleiht jeder Begegnung mit ihr eine Atmosphäre äußerster Helligkeit. (Blakes Pflanzenauge.) Das Körperliche und das Geistige vermischen sich, bleiben aber immer durchsichtig. Alles spielt sich »oben« ab, während der Schlüssel dazu von »unten« geliefert wird. Auf der Ebene des Narzißmus, wo sie wie ein verlassener Leuchtturm aufragt, gibt das Drama keinen Sinn. Sie ist nichts weiter als ein Wappenfeld, das nur symbolisch gedeutet werden kann. Nichts regt sich in ihrer Seele, denn sie ist durch und durch aus Glas und bewegungslos. Aber in den Ausstrahlungen spiegeln sich alle Königreiche und Fürstentümer wie in einem Strudel. Und von Geistererscheinung zu Geistererscheinung, die alle in den Myriaden Fäden eines riesigen Kokons gefangen sind, gehen krampfartige Schauer wie Zitterbewegungen eines eingeäscherten Tintenfisches.

Hier muß ich Anna Jahn jetzt verlassen. Möge ihre Seele in Frieden ruhen. Es ist ein anderer Tag, und mein Geist arbeitet nicht mehr in kinematographischen Bildern. »Augustinus sagt, Gott müsse existieren, weil er ihm in den weiten Palästen seiner Erinnerung begegnet ist.« Ich las dies kürzlich in einem von Wallace Fowlies Büchern. Die Worte verfolgten mich. besonders der Ausdruck »in den weiten Palästen seiner Erinnerung«.

Solche weiten Erinnerungspaläste finden sich in Hülle und Fülle im *Fall Maurizius*. Aber Gott fehlt darin. Jede Gestalt in dem Buch, vor allem die Hauptpersonen, schwitzten ihre Erinnerungen an Kummer und Verzweiflung aus. Wenn man das

Buch schließt, hat man den Eindruck, in einem Leichenhaus gewesen zu sein. Die Erinnerungen haben sich in Gerippe verwandelt, die Knochen sind voll von Würmern. Maurizius ist die verkörperte Erinnerung. In ihm lebt und stirbt jeder immer wieder. Nicht nur Personen, sondern Rassen und Kulturen. Jede Nacht wächst in ihm ein neuer Wald Erinnerungen. Jede Nacht? Jede Minute des Tages, denn die Minuten sind in Sekunden geteilt, und die Sekunden sind Lichtjahre weit auseinander. In Waremme ziehen ganze Kulturen noch einmal vorüber, werden verdaut und vor die Hunde geworfen. In ihm erleben wir die goldenen Zeitalter der Vergangenheit. Er sitzt in ihnen wie ein Geizhals, der seine Ersparnisse abzählt. Alles Wissen scheint durch ihn filtriert zu sein, selbst das Wissen um Gott. Er ist die Stimme des Heimwehs. Er ist noch einsamer als der Zuchthäusler Maurizius. Nichts kann sein Elend mildern. Er ist sozusagen der Geist eines sterbenden Zeitalters. In ihm tönt der Untergang der Kulturwelt wie die verlorene Stimme eines Dinosauriers. Er lebt in der »Phänomenologie des Geistes«.

Alle sind gequälte Seelen – Andergast, Maurizius' Frau Elli, Anna Jahn, Etzels Mutter, der alte Maurizius, alle miteinander. Was für ein Deutschland! Was für eine Welt! Und doch ist es eine Welt voll kostbarer Schätze, wie Waremme uns ständig zeigt. Es ist nicht die Wüste der krankhaften Phantasie Eliots. Auch ist es nicht das Deutschland, mit dem wir es jetzt gerade zu tun haben, wo, nach Zeitungsberichten, 20 000 000 Seelen wie Küchenschaben umherrennen, da sie nicht wissen, wie und wo sie den Bomben entrinnen sollen. In diesem Deutschland, das Waremme schildert, gibt es noch schöne Tableaus: Überall spürt man Kultur, selbst innerhalb der Zuchthausmauern. Die Personen reden in einer erheiternden und manchmal nicht alltäglichen Sprache. Trotz des bürgerlichen Rahmens, in dem das Drama spielt, ist alles von einem warmen, menschlichen Licht durchdrungen. Selbst in seiner Verderbnis läßt sich der Geist nicht verleugnen. Deutschland ist keine Wüste, ist kein Vakuum. Viel von all diesem verdanken wir Wassermann, aber das meiste Europa. Selbst daß wir das Problem nicht lösen können, verdanken wir Europa, dieser in sich geschlossenen Weltanschauung, die erkennt, daß die Tragödie zum Wesenskern der Welt gehört.

Erst heute morgen habe ich mir einige alte Postkarten aus Europa angesehen. Was für ein schreckliches Heimweh erfaßte mich da! Viele dieser Straßenecken existieren nicht mehr, viele Kathedralen sind in Trümmer gebombt. Aber man wird sie wieder aufbauen. Europa wird immer anders aussehen als unsere Welt. Älter, zernarbt, von Erinnerungen durchfurcht. Menschlicher, trotz des unaufhörlichen Haders und Gemetzels, das seine Geschichte erfüllt. Wir brauchen diese Welt, selbst wenn es in ihr keinen einzigen Hamilton La Due mit »strahlendem Geburtstagsgesicht« gibt. Wir brauchen Menschen, die verzweifeln, so sehr wie Menschen, die hoffen. Aber vor allem brauchen wir Europas kulturellen Reichtum. Amerika ist ein verarmtes Land, es hat alles und doch nichts. Menschen wie La Due gibt es zwar hier, aber auch nicht so zahlreich wie Grashalme. Und wenn ich ehrlich meine Meinung sagen soll – wenn man mich fragt, in welcher Welt ich lieber leben möchte, in der Welt La Dues oder in der Waremmes, würde ich die letztere wählen. Selbst wenn Waremme der Teufel in Person ist, kann man sich doch mit einem solchen Burschen unterhalten, man fühlt sich bei ihm daheim. Gibt es nicht an den Fassaden der großen Kathedralen genug Teufel und Dämonen? Man wendet sich nicht vom Portal einer Kathedrale ab, weil dort auch der Teufel vertreten ist. In La Dues Welt sehe ich keine Bauwerke mit Symbolen irgendwelcher Art. Ich lobe mir das warme Herz, den gesunden Instinkt, die Hilfsbereitschaft, und ich erkenne sie voll an. Aber zum Aufbau einer Welt ist mehr nötig. Manchmal, wenn ich an La Due denke, sehe ich wieder das Tabernakel und den Tempel der Mormonen in Salt Lake City vor mir. Für mich ist diese Schöpfung der Heiligen vom Jüngsten Tage die Apotheose der Unfruchtbarkeit. Die Mormonen sind, wie jeder zugeben wird, eine gute Gemeinschaft. Sie leben und planen mit Vernunft, sie bereiten den anderen Einwohnern des Landes keine Schwierigkeiten, man kann sie sogar den anderen Volkselementen der Vereinigten Staaten als Beispiel vorhalten. Aber was für eine kalte, kahle Welt ist das! Wer würde den Kulturreichtum eines Waremme und seiner Welt gegen die Nüchternheit und Rechtschaffenheit der Mormonen eintauschen?

Der Fall Maurizius wie der Fall Dreyfus, der Fall Tom Mooney, der Fall Sacco–Vanzetti, der Fall Bridges – wie viele solcher Fälle könnte man zusammenstellen! – Fälle, die einen mit Traurigkeit und Verzweiflung erfüllen, nicht wegen des Justizirrtums, sondern, weil sie zeigen, daß die Gesellschaft selbst ein großes Netz ist, in dem alle ihre Mitglieder, gute und böse, eingeschlossen sind und hilflos herumzappeln. Alle intelligenten Menschen wissen, daß die gesetzlichen und moralischen Ordnungen ihrer Länder unzulänglich sind, aber sie wissen nicht, bis wir wieder einen berühmten Fall haben, daß man nichts tun kann, daß jedem die Hände gebunden sind. Nur wenn eine zum Himmel schreiende Ungerechtigkeit geschieht, merken wir, wie leer das Wort Kultur ist. Plötzlich zeigt sich, wie verrottet das ganze Gebäude ist – die Würmer werden sichtbar. Die Flut der Geschichte trägt uns weiter, wir nicken oder stöhnen oder machen die Augen zu. Ein Fall folgt dem anderen, und schließlich sind wir wieder beim Massenmord. Das Gebäude bröckelt, schwankt, kracht um unsere Ohren. Unsere schmachvolle Geschichte ist um ein neues Kapitel reicher. Aber der Mensch überlebt alles, selbst die Würmer.

Das Schlimmste, was man über den zivilisierten Menschen sagen kann, ist vielleicht, daß sein aufgeklärter Geist ihm nicht im geringsten hilft, die Verhältnisse zu bessern. Bei jedem schweren Konflikt sehen wir Kräfte am Werk, über die wir keine Gewalt haben. Der Mensch kann sich für das Gute entscheiden, aber das heißt noch nicht, daß er es durchsetzen kann. Gerade seine glühende Opferbereitschaft ist oft verdächtig. Wir haben schon darauf hingewiesen, daß Etzel Andergast zu der Art Menschen gehört, die sich für das Gute und Richtige aus falschen Beweggründen einsetzen. Er ist ein Symbol für die Größe des tragischen Zwiespalts der ganzen Gesellschaft, die ihre Nemesis im Unbewußten findet. Was nützen die hohen, edlen Ideale, die unsere Kultur uns einschärft, wenn unsere unausrottbaren Leidenschaften sie immer wieder zerstören? Wir können nicht, wie Klakusch sagt, aufhören und unsere Probleme von einer anderen Seite anpacken. Wir und unsere Probleme sind eins. Jedes Zeitalter hat seine besonderen Probleme, so, wie jeder einzelne Mensch seine eigenen hat. Je besser der Mensch, desto größer seine Probleme. Und so ist es mit einem Volk, so mit einem Zeitalter. In unserem Zeitalter sind wir in die mißliche Lage geraten, Lösungen zu sehen, die, wie wir wissen, zu verwirklichen sind. Lösungen, sage ich, und keine halben Maßnahmen. Die allgemeine Neurose, von der die zivilisierten Menschen heute ergriffen sind, hat keine andere Ursache. Darum glaube ich, daß Wassermann aus der Sackgasse des Falles Maurizius in die noch krummere und ausweglosere Sackgasse des zweiten Buches seiner Trilogie geriet, in dem die Hauptperson Dr. Kerkhoven ist. Aber was entdeckt Dr. Kerkhoven? Genau das, mit dem unsere Ärzte heute zu kämpfen haben – nämlich, daß er mit der Menge der Kranken, die ihn belagern, nicht mehr fertig werden kann. Die Psychoanalyse ist keine Lösung, ebensowenig wie es das zweite Erscheinen Christi sein würde. Um das kranke Gewissen der Welt zu heilen, ist eine gänzlich neue Lebensanschauung nötig. Kein Heiland. Jeder muß sich nun, wie nie zuvor, selbst retten. Denn wir wissen jetzt, daß keine andere Lösung möglich ist. Wir haben alles versucht, immer wieder. Das ist die Lehre der Geschichte: die Vergeblichkeit aller anderen Versuche. Das ist die Bedeutung jener Rattenfalle, die man die zyklische Auslegung der Geschichte nennt. Man mag in dieser zyklischen Wiederholung eine nach oben oder unten laufende Spirale entdecken, das nützt alles nichts. Der Kreislauf muß unterbrochen werden. Wir müssen aus ihm herauskommen, oder der Mensch, wie wir ihn kennen, wird auf eine untermenschliche Ebene zurückkehren. Darum handelt es sich. Dies wird nicht über Nacht entschieden werden, weder durch Krieg oder durch Revolution, noch durch eine religiöse Erneuerung.

Es wird jahrhundertelange Kämpfe kosten. Aber der Mensch hat die Ausdauer dafür, besonders da er sich der Art seines Kampfes immer mehr bewußt wird. In gewissem Sinn ist dies ein apokalyptischer Kampf. Der Mensch sieht jetzt zwei Wege vor sich – zurück und vorwärts. Er hat die Wahl wie nie zuvor. Er hat sich ein neues Gewissen geschaffen, und das bedeutet, daß er vorwärts auf eine neue Bewußtseinsebene gehen muß, oder er wird sich der Vernichtung gegenübersehen. Dies ist kein Gedanke, der nur Metaphysiker und Analytiker angeht. Er sitzt heute im Herzen eines jeden Menschen, und er sticht und quält ihn und macht ihn zu dem kranken und hilflosen Geschöpf, das er ist.

Ich spreche nicht von einem zukünftigen tausendjährigen Reich. Konflikte und Kriege wird es immer geben. Aber die Probleme, die uns todkrank gemacht haben, werden bald nicht mehr existieren. Wir werden eine andere Ebene erklommen haben und mit größeren und edleren Problemen fertig werden können. Die Kriege werden nicht aufhören. Diese besondere Form des Leidens, die den Namen Krieg führt, wird noch unentbehrlich sein, wenn auch nur aus dem Grunde, daß beim Aufsteigen der Menschen auf eine höhere Bewußtseinsebene die Fähigkeit, auf die rein physischen Ausdrucksmittel zu verzichten, eine größere Rolle spielen wird als bisher. Wir müssen noch eine gewaltige Strecke Dunkelheit durchschreiten, und diese Finsternis ist mit Strömen von Blut gefüllt. Was die vier Jahrhunderte Pest und Seuchen für Europa waren, werden Kriege und Revolutionen für die Zukunft der ganzen Welt sein. Aber diese Katastrophen werden einen anderen Charakter annehmen, wenn wir durch sie hindurchgehen. Man braucht nur an die verschiedenen Stadien der Bewußtseinssteigerung und an die mit ihnen verbundenen, immer größeren Schrecken zu denken, um zu verstehen, was hier gemeint ist. Jede Entstehung eines neuen Bewußtseins hat eine unerhörte und bis dahin noch nicht dagewesene Qual zur Folge. Und wir stehen zweifellos an der Quelle einer neuen Lebensanschauung. So erschreckend die Aussicht ist, es läßt sich zu ihren Gunsten sagen: Die Geburt einer neuen Zeit steigert den Mut der Menschen. Die Verzweiflung und der Ekel, mit denen sie in den letzten Jahrhunderten in den Krieg gezogen sind, werden sich geben, sobald man das Licht eines neuen Tages sieht.

So sehe ich die Dinge, die da kommen werden. Sie stellen kein Paradies dar, wie ich schon sagte. Für die hoffnungsvollen Seelen, die in ihrer Illusion glauben, daß die Leiden und die Opfer, die sie durchmachen und bringen, sofort eine bessere Welt zur Folge haben werden, mag diese Ansicht enttäuschend sein. Angenommen, daß als Ergebnis dieses beispiellosen Ringens (Weltkrieg Nummer zwei) liberalere, menschlichere Gesetze, ein besseres Zusammenleben unter den Menschen mit besseren Arbeitsbedingungen für die große Masse von Männern und Frauen, die jetzt nur Arbeitstiere sind, hervorgehen ... angenommen, es wäre so, sage ich – würde das genügen? Wird es den Frieden sichern? Wird nichts Böses mehr drohen? Man braucht sich diese Fragen nur vorzulegen, um die Antwort zu kennen. Nein, es genügt nicht! Nein, es wird nicht den Frieden sichern! Das Böse wird immer dasein, als Drohung und als Wirklichkeit!

Menschen, die Krieg führen, können nie einen gerechten Frieden schließen. Ich sage einen »gerechten« Frieden, wohlgemerkt, nicht einen »milden«. Nein, nicht einmal einen gerechten Frieden können wir von den Siegern in diesem Konflikt erwarten. Das ist unmöglich.

In Erinnerung an die Worte Georg Dibberns über die große Gelegenheit, die Deutschland (nach dem ersten Weltkrieg) hatte, der Welt ein Beispiel zu geben, nahm ich mir heute morgen die Bibel vor, um die Bergpredigt zu lesen. In ihr ist das Herz der christlichen Lehre enthalten. Wenn man den Geist dieser Botschaft verleugnet, verleugnet man Christus in sich selbst. Ich suche nach der Stelle, die Georg Dibbern in seinen eigenen Worten wiedergab. Ich will beginnen mit Matthäus, Kapitel 5, Vers 38:

»Ihr habt gehöret, daß da gesagt ist: Auge um Auge, Zahn um Zahn.

Ich aber sage euch, daß ihr nicht widerstreben sollt dem Übel, sondern, so dir jemand einen Streich gibt auf deinen rechten Backen, dem biete den anderen auch dar.

Und so jemand mit dir rechten will, und deinen Rock nehmen, dem lasse auch den Mantel.

Und so dich jemand nötiget eine Meile, so gehe mit ihm zwo.

Gib dem, der dich bittet, und wende dich nicht von dem, der dir abborgen will.

Ihr habt gehöret, daß gesagt ist: Du sollst deinen Nächsten lieben und deinen Feind hassen.

Ich aber sage euch: Liebet eure Feinde, segnet, die euch fluchen, tut wohl denen, die euch hassen, bittet für die, so euch beleidigen und verfolgen.«

Wir wissen aus dem blutigen Verlauf von zweitausend Jahren Christentum, daß die Antwort auf diese Worte des Herrn gelautet hat: *Unmöglich!* Wir wissen ebenfalls, daß die Geschichte so lange wie ein blutiges Schlachthaus aussehen wird, wie die Menschen weiter glauben, daß diese Lebensweise unmöglich ist, weil sie eben Menschen(!) sind.

Ein munterer Wirbel, was? Auch so ein verdammter, munterer Wirbel! Wieviel bequemer und lustiger ist es, sich ein Paradies im Jenseits auszumalen und eine Hölle hier und jetzt! Wenn wir nur glauben, so werden wir in den Himmel kommen. Wie reizend! Was wir mit unserem Geist und Körper tun, geht niemanden etwas an. Die Welt ist verdammt ungemütlich, und überdies haben wir sie ja nicht geschaffen, nicht wahr? Es ist erhebend, am Sonntagmorgen dem Prediger zuzuhören, ob er nun schimpft oder uns schön tut, aber nur am Sonntagmorgen. Die übrigen Tage der Woche sind nichts als Plackerei, faules, stinkiges Schmutzwasser. Bald wird man den runden Tisch aufstellen, und die Friedenskonferenz kann beginnen. Legen wir die Waffen ab, wenn wir den Saal betreten? Ganz bestimmt nicht. Wir werden dort mit schwererer Artillerie anrücken, mit Panzern, Bombern, Superfestungen, Flammenwerfern, Giftgas und allen anderen netten kleinen Dingen, die wir so raffiniert ausgedacht haben, um den Feind zu schlagen. Es darf nie wieder geschehen – außer, wenn wir selbst anfangen. Wenn ein neuer Krieg kommen sollte, so wollen wir dabei etwas zu sagen haben. Wir werden dem Feinde Arme und Beine binden, nicht zu fest natürlich, weil wir ihm genügend Freiheit und Spielraum zur Arbeit lassen müssen – so daß er seine Kriegsentschädigung bezahlen kann. Wir haben gewonnen, und wir diktieren, wie er von nun an leben muß. Das ist immer das Vorrecht des Siegers gewesen. Einwandfrei, nicht wahr? Man erwartet doch wohl nicht von uns, daß wir unsere Feinde nach allem, was sie verbrochen haben, als Menschen behandeln, nicht wahr? (Wenn wir verloren hätten, würden wir uns natürlich ein bißchen anders ausdrücken. Aber wir haben gewonnen. Zweifelt man etwa daran?) Und während wir jetzt mit einem dicken Stock regieren, erwarten wir, daß man uns alle Tage unseres Lebens nur Gutes und Liebes erweist. Wir sind gute Christen. Keine hundertprozentigen allerdings, aber *praktische.* Wir wollten ja nicht alle diese armen Teufel schlachten, aber sie wollten es nicht anders haben. Und wir werden es wieder so machen, wenn sie nur einen Muckser tun. Das geht nicht anders, das sieht doch jeder ein, nicht wahr? Einen anderen Weg gibt es nicht. Wir sind anständige, rücksichtsvolle Menschen – keine Heiden wie jene Halunken. Wir haben *Grundsätze!* Wir töten, weil wir müssen, nicht, weil uns das Spaß macht . . .

Man könnte das so ad infinitum weiter fortleiern. Die Friedenskonferenz schließt immer mit dem Lied der Selbstrechtfertigung. Das ist das Lied, das die Lektüre der Geschichte ekelerregend macht. Es ist das Lied der Welt, aber nicht das, das Giono hörte. Noch das, das der heilige Franziskus hörte. Es ist das Lied des Teufels, der immer das Wort »unmöglich« auf den Lippen hat, wenn die wahrhaft menschlichen Instinkte die Oberhand gewinnen wollen. Dies ist das Lied, welches das Leiden nutzlos und das Opfer sinnlos macht. Der Refrain beginnt immer mit den Worten: »Es kann nicht anders sein.« Aber im Herzen weiß jeder, daß es ganz anders hätte sein können, und weil der Mensch das weiß, weil ihm dieses Wissen keine Ruhe läßt, darum kämpft er immer wieder. Gegen denselben Feind? O nein, immer gegen einen anderen. Der Feind ist sehr listig, er tritt stets in neuer Verkleidung auf. Gerade, wenn man glaubt, man hätte ihn endgültig niedergeworfen, steht er schon wieder auf, aber unter einem anderen Namen, unter einem anderen Banner. Der Feind! Der Feind! Werden wir nie von ihm loskommen? Wer ist er, da er so schnell und so listig sein Aussehen wechseln kann? *Ja, wer ist der Feind?* Sicher wird er ein schreckliches Ungeheuer sein, sonst müßten wir nicht immer wieder gegen ihn zu Felde ziehen. Warum bleibt er nicht tot am Boden liegen? Sind unsere Waffen nicht gut, nicht tödlich genug? Also bessere Waffen her, stärkere, abschreckendere Waffen! Aber der Feind wird trotz aller zu seiner Vernichtung hergestellten Waffen nie genügend abgeschreckt. Kaum haben wir die Dinge in Ordnung gebracht, steht er schon wieder in unserem Rücken auf, bereit, uns von neuem niederzuschlagen. Wirklich, man sollte größeren Respekt vor ihm haben. So kann dieses Feindspiel ewig weitergehen. *Wer hat damit angefangen?*

Dies ist der Fall Maurizius im kosmischen Ausmaß. Entweder man tötet den Feind oder man macht ihn unschädlich. Lebenslängliches Zuchthaus zum Beispiel. In der Welt, aber nicht mehr zu ihr gehörig. Wenn man den bösen Geist nicht vertreiben kann, errichtet man Mauern um ihn und sperrt ihn ein. Dann gehen wir heim und versuchen, friedlich zu schlummern. Aber wir entdecken bald, daß wir keinen Schlaf finden können. Solange er im Gefängnis sitzt, sind wir bei ihm. Wir waschen dauernd unsere Hände, aber das Blut bleibt daran haften, man kann es nie wegwaschen. Und dann kommt eines Tages ein vollkommen harmloses Geschöpf, ein Knirps wie Etzel, jemand, der aus unserem Fleisch und Blut stammt und den wir nach unseren Grundsätzen erzogen haben, revoltiert, schlägt über die Stränge und proklamiert vor der ganzen Welt, *daß wir selbst Mörder sind.* Obwohl man sich vorsagt, daß man streng nach den Regeln und im Namen der Gerechtigkeit gehandelt hat, weiß man im Herzen, daß man schuldig ist. Das Haus stürzt zusammen und begräbt uns unter ihm. Man hat inzwischen den Feind begnadigt, aber es ist zu spät. Nicht ein Mensch verläßt das Gefängnis, sondern ein lebender Leichnam. Jetzt ist man selbst der Feind, aber niemand begnadigt uns, und es ist niemand da, den wir um Verzeihung bitten könnten. Man brütet über dem Verbrechen, um zu entdecken, wie es entstand, aber das führt zu nichts. Der Same zu ihm liegt in jedem Haushalt, in jeder Brust. Die Gesellschaft, die man stützen wollte, erscheint uns nun wie eine große eiternde Wunde. Man muß wieder nach dem Arzt schicken, ein neuer Aderlaß ist nötig . . .

Dies ist die zyklische Auslegung: das Rad der Schuld, von dem Blut tropft.

»Schuldig oder nicht schuldig?« fragt der Richter.

»Nicht schuldig, Euer Gnaden.«

»Ich verurteile dich hiermit in 48 Punkten zu 569 Jahren Gefängnis, abzubüßen im Zuchthaus Kressa. Und laß mich nichts mehr hören von dir, verstanden? Dieser Fall ist erledigt. Ich bin die Gerechtigkeit selbst, die da spricht. Bum, bum, bum! Man führe ihn hinaus. Der nächste Fall, bitte!«

Und so kommt überall der Fall Mensch gegen Mensch zum Ende. Blast einen Marsch, Jungens! *Maurizius immerdar!*

Jakob Wassermann im dtv

Caspar Hauser oder die Trägheit des Herzens
Die Geschichte des rätselhaften Findlings, der 1828 im Alter von etwa 17 Jahren fast sprachlos aufgegriffen wurde: Seine Herkunft regte ganz Europa zu Spekulationen an.
dtv 10192

Der Fall Maurizius
Seit 19 Jahren gilt Maurizius als Mörder seiner Frau, verurteilt vom Oberstaatsanwalt Andergast. Doch dessen Sohn Etzel hat Zweifel an der Rechtmäßigkeit des Urteils…
dtv 10839

Etzel Andergast
Joseph Kerkhoven ist ein erfolgreicher Psychiater. Aber ist er gegen die Liebe zu einer Patientin gefeit? Etzel Andergast wird sein Schüler…
dtv 12960

Joseph Kerkhovens dritte Existenz
Seine Frau und Etzel Andergast haben Kerkhoven hintergangen. Die Entdeckung wirft den berühmten Psychiater aus der Bahn… dtv 10995

Christian Wahnschaffe
Wassermanns Hauptwerk: Ein Millionenerbe verläßt seine soziale Schicht und geht zu den Mühseligen und Beladenen.
dtv 12371

Laudin und die Seinen
Friedrich Laudin ist ein erfolgreicher Rechtsanwalt, wohlsituiert und gutverheiratet. Da begegnet er Lu, der gefeierten Schauspielerin, und seine Welt gerät plötzlich aus den Fugen…
dtv 10767

Mein Weg als Deutscher und Jude
Wassermanns eigene Erkundungen von 1904 bis 1933
dtv 11867

Der Aufruhr um den Junker Ernst
Ein phantasiebegabter junger Mann gerät in die Mühlen der Inquisition.
dtv 12080

Alfred Döblin

»Wer Döblin liest, wird reich …«
Wolfgang Minaty

Berlin Alexanderplatz
Die Geschichte vom
Franz Biberkopf
dtv 295

Berlin Alexanderplatz
Die Geschichte vom
Franz Biberkopf
Die erste kommentierte
TB-Ausgabe von Alfred
Döblins berühmtem
Berliner Großstadtroman
dtv 12868

**Jagende Rosse /
Der schwarze Vorhang
und andere frühe
Erzählwerke**
dtv 2421

**Die drei Sprünge des
Wang-lun**
Chinesischer Roman
dtv 2423

**Wadzeks Kampf mit
der Dampfturbine**
Roman · dtv 2424

Wallenstein
Roman · dtv 2425

**Der deutsche Maskenball
von Linke Poot / Wissen
und Verändern!**
dtv 2426

Reise in Polen
dtv 12819

Manas
Epische Dichtung
dtv 2429

Unser Dasein
dtv 2431

**Pardon wird nicht
gegeben**
dtv 2433

Amazonas
Romantrilogie
dtv 2434

**Der Oberst und der
Dichter oder
Das menschliche Herz /
Die Pilgerin Aetheria**
Zwei Erzählungen
dtv 2439

**Der unsterbliche Mensch
Der Kampf mit dem Engel**
Religionsgespräche
dtv 2440

Drama, Hörspiel, Film
dtv 2443

Briefe
dtv 2444

Alfred Döblin

Zwei Seelen in einer Brust
Schriften zu Leben
und Werk
dtv 2445

**Der Überfall auf
Chao-lao-sü**
Erzählungen aus
fünf Jahrzehnten
dtv 10005

Schicksalsreise
Bericht und Bekenntnis
dtv 12225

**Babylonische Wandrung
oder Hochmut kommt
vor dem Fall**
dtv 12370

**Schriften zu jüdischen
Fragen**
dtv 12454

**Die Ermordung einer
Butterblume**
dtv 12534

**Hamlet oder Die lange
Nacht nimmt ein Ende**
Roman · dtv 12737

November 1918
Eine deutsche Revolution
Kassettenausgabe in
4 Bänden
Band 1: **Bürger und
Soldaten**
Band 2: **Verratenes Volk**
Band 3: **Heimkehr der
Fronttruppen**
Band 4: **Karl und Rosa**
dtv 59030